CELUI QUE TU CHERCHES

Tour à tour journaliste free-lance, représentante de commerce, chef d'un service de garde d'animaux et huissier de justice, Amanda Kyle Williams s'est inspirée de ses nombreuses expériences professionnelles pour écrire son premier roman, *Celui que tu cherches*. Salué par la presse anglo-saxonne, il a également été élu parmi les meilleurs romans de l'année 2011 par la revue littéraire américaine *Kirkus Reviews*.

D0721093

AMANDA KYLE WILLIAMS

Celui que tu cherches

ROMAN TRADUIT DE L'ANGLAIS (ÉTATS-UNIS)
PAR PIERRE REIGNIER

ALBIN MICHEL

Titre original :

THE STRANGER YOU SEEK
Publié par Bantam Books pour Random House, Inc.,
New York, 2011.

À Anna Scott Williams, ma source d'inspiration.
Et à Donny Kyle Quinn
qui m'a aidée à faire germer cette graine.

Prologue

Le soleil n'avait pas encore séché la rosée sur l'herbe, au pied des chênes, mais l'air était déjà lourd, sirupeux comme une masse liquide à fendre à la nage, et la chaleur estivale presque infernale.

Dans une voiture garée au bord du trottoir, l'assassin essuya une goutte de sueur sur sa tempe, sans cesser d'observer patiemment Westmore Drive qui entamait sans hâte cette journée de milieu de semaine.

Les fenêtres blanches de la petite maison en brique s'étaient ouvertes vers sept heures. Lei Koto était apparue dans la cuisine, silhouette insaisissable, presque abstraite, derrière la moustiquaire de la croisée, mais non moins objet de désir. Les ouvertures avaient bientôt laissé filtrer les odeurs de son petit-déjeuner – bacon, pain grillé, café. L'assassin avait senti son appétit s'aiguiser.

Peu avant dix heures, le calme régnait dans la rue. Le dernier voisin à partir au travail s'était mis en route à neuf heures cinquante, ponctuel comme à son habitude. Chez Lei Koto, les odeurs avaient changé ; il émanait à présent de la cuisine un relent nauséabond de légumes bouillis.

L'assassin ouvrit sa portière. Une démarche assurée sur le trottoir, un attaché-case, de bonnes chaussures, un sourire étincelant, une carte de visite.

Ils ouvrent toujours leur porte.

1

Je m'appelle Keye Street. Prénom hérité de mon grand-père asiatique, patronyme cadeau de mes parents adoptifs. Niveau vécu professionnel, je suis détective – privé, s'entend – et agent de recouvrement de caution assermenté, c'est-à-dire chasseur de primes. Niveau vécu tout court, je suis une alcoolique difficilement repentie, une fanatique des cheeseburgers Krystal[1] et des beignets Krispy Kreme[2], et une exchargée d'analyse comportementale du FBI. L'histoire de ma petite enfance, qui m'a valu de grandir dans le sud des États-Unis où j'ai l'insigne honneur d'avoir la tête de ce que la plupart des gens d'ici appellent encore une *Chinetoque*, et où j'ai appris à parler avec un accent qui me ferait passer pour une péquenaude à peu près partout ailleurs dans le monde, cette histoire est un mystère qu'Emily et Howard Street n'ont

---

1. Chaîne de restauration rapide du sud des États-Unis. *(Toutes les notes sont du traducteur.)*
2. Chaîne nord-américaine de beignets et de boissons à base de café.

jamais totalement éclairci à mes yeux. Je sais qu'ils tenaient tant à avoir un enfant qu'ils ont accepté, à l'orphelinat, la gamine maigrichonne aux origines génétiques américano-chinoises douteuses qu'on voulait bien leur donner. Mes grands-parents et responsables légaux avaient été assassinés, et le couple de mes parents biologiques se composait de deux toxicomanes dont une strip-teaseuse. Je n'ai aucun souvenir d'eux – ils se sont débinés peu après ma naissance. Je ne connais pas plus de trois mots de chinois, mais ma mère, Emily Street, qui a un don inégalé pour l'allusion perfide, m'a beaucoup appris sur le subtil langage de l'agressivité passive des femmes du Sud. Mes parents espéraient se voir confier une jolie petite fille aux traits européens, mais un truc dans le passé de mon père, un truc qu'ils ont toujours catégoriquement refusé de m'expliquer, leur a valu d'être déboutés sur ce point. J'ai compris dès mon plus jeune âge que les gens du Sud n'ont pas la confidence facile.

J'ai adopté le Sud, pourtant ; je me suis mise à l'aimer passionnément et cet amour n'a jamais flanché. Le Sud, on apprend à lui pardonner son étroitesse d'esprit et ses douleurs de croissance car il a un cœur immense. On lui pardonne ses étés étouffants parce que le printemps y est un luxuriant tableau impressionniste, parce que novembre s'y pare de rouges et d'ors stupéfiants, parce que les hivers y sont cléments et brefs, parce que le pain de maïs, le thé bien sucré et le poulet frit y sont tout aussi essentiels à la réussite du dimanche en famille que les beaux habits qu'il faut enfiler pour se rendre à l'église, parce qu'un habitant d'ici qui se respecte ne manque jamais, jamais, de dire « s'il vous plaît » et « merci ». Le Sud, c'est de l'air doux et de la vigne vierge, des forêts de pins et des grosses tomates de jardin. Le Sud, c'est cueillir la pêche juteuse sur l'arbre et la mordre à pleines dents. Ici, en Géorgie, c'est aussi éprouver une reconnaissance un peu honteuse, mais profonde, envers nos voisins de l'Alabama qui encaissent l'essentiel des railleries sur les « braves ploucs » que le reste du pays réserve aux États du Sud. Le Sud vous rentre dans le sang par les narines, sous la peau, il vous pénètre jusqu'à la moelle. Je fais moins partie du Sud que le Sud ne fait partie de moi. C'est assez émouvant, cette idée du triomphe de la géographie sur soi. Par ici nous avons le sens du mélodrame. Nous sommes tout à la fois Rhett Butler, Scarlett O'Hara et Rosa Parks[1].

Mon frère, Jimmy, un petit Afro-Américain que mes parents adoptèrent deux ans après moi, a connu une expérience bien différente. Comme nous n'étions pas blancs, nous fûmes l'un et l'autre victimes, durant toute notre enfance, de l'ignorance et des préjugés – mais ceux-ci jouèrent plutôt en ma faveur alors qu'ils portèrent préjudice à Jimmy. Souvent étonnés que je sois capable de m'exprimer en anglais, les gens étaient d'autant plus charmés de m'entendre parler avec l'accent du Sud. Ils tenaient aussi pour acquis que mon patrimoine génétique asiatique devait me placer intellectuellement au-dessus de la moyenne. Ils s'attendaient à me voir réussir et m'encourageaient. En revanche, ils auraient traversé la rue, le soir, plutôt que de marcher sur le même trottoir que mon frère qui,

---

1. R. Butler et S. O'Hara : personnages des roman et film *Autant en emporte le vent*. R. Parks : figure de la lutte contre la ségrégation raciale au milieu du vingtième siècle.

étant noir et de sexe masculin, ne pouvait être considéré que comme dangereux. Par-dessus le marché, Jimmy avait adopté les intonations de la côte Atlantique d'où venait ma mère : c'est-à-dire qu'il avait un accent réservé aux Blancs, dans un quartier de la ville essentiellement blanc, à une époque où la diversité culturelle n'était pas nécessairement matière à réjouissance. Arrivé à l'adolescence, incapable de trouver sa place où que ce soit, il a consacré toute son énergie à se faire accepter dans une université de Californie et à préparer minutieusement son évasion. Jimmy est un organisateur-né. Et d'une prudence exemplaire dans tous les aspects de sa vie. Jamais il ne s'est endetté, jamais il n'a été licencié, jamais il n'a été accro à la moindre substance, jamais il n'a traversé Manhattan, complètement saoul, le buste passé à travers le toit ouvrant d'une limousine, à beugler « Hé, salut la compagnie ! » aux piétons – comme à moi, je l'avoue piteusement, il m'est arrivé de le faire. Jimmy, c'est l'enfant bien élevé de la famille. Il vit aujourd'hui à Seattle avec Paul, son compagnon. Pas même la proposition de Mère (il n'y a que moi qui appelle ainsi notre chère maman) de lui préparer une tourte aux mûres, son dessert préféré, ne peut le convaincre de revenir en Géorgie.

Quant à savoir pourquoi je m'approchais tout doucement, ce soir-là, de la porte d'une maison délabrée, les mains crispées sur la crosse de mon Glock 10 mm, le dos plaqué au mur de la façade dont la peinture écaillée s'accrochait à mon tee-shirt et tombait en paillettes sur les lattes de la galerie extérieure, eh bien… c'est une tout autre histoire.

On m'appelait autrefois « agent spécial Street ». Ça sonne bien, non ? J'ai reçu une formation de premier ordre et j'ai fait mes classes sur le terrain, comme tout le monde, avant d'être nommée au Centre national d'analyse des crimes violents, une branche du FBI basée à Quantico en Virginie, en tant qu'analyste d'investigation criminelle – ou *profileuse*.

Et puis un jour, quelques années plus tard, on m'a retiré ma carte d'accès sécurisé, mon arme, et on m'a tendu ma feuille de licenciement.

« *Vous avez beaucoup de talent et d'intelligence, docteur Street. Il vous faut juste redéfinir vos priorités.* »

On m'a escortée jusqu'au parking où mon vieux paquebot décapotable, une Chevrolet Impala de 1969, carrosserie et sellerie blanches, était garé de traviole sur deux emplacements. Mettez un agent spécial à la porte et vous récupérez deux places de stationnement. Bien joué.

Et me voilà quatre ans plus tard, accroupie pour passer sous la fenêtre de la façade de la maison…

Je venais de me féliciter de ma discrétion, lorsqu'une latte du plancher de la galerie craqua sous mon pied. *Mince.* La lueur vacillante de la télévision filtrait à travers les rideaux de la fenêtre. Le volume était si bas que j'entendais à peine le programme. Je patientai quelques instants sans plus faire un geste, guettant le moindre bruit, puis me redressai légèrement pour essayer de jeter un coup d'œil entre les rideaux. J'aperçus la silhouette d'un homme. *Ouaaah !* Une silhouette carrément massive.

Les missions de ce genre sont parfois délicates. Les prévenus qui, après avoir été libérés sous caution, décident de ne pas se présenter à leur convocation au tribunal sont en général doués pour filer à la première alerte. Le chasseur de primes doit agir dès que l'occasion se présente et quels que soient les risques. Pas le temps de surveiller le quartier, d'observer les habitudes des uns et des autres, de repérer les visiteurs du fugitif. J'étais donc devant cette maison sans savoir ce qui m'y attendait, sans renforts, j'y allais comme ça, à chaud, le cœur battant la chamade, un torrent d'adrénaline dans les veines. L'adrénaline, je la sentais même dans ma bouche : *amande et saccharine*. J'étais morte de trouille et j'adorais ça.

2

Les réverbères de la rue étaient éteints et le ciel nocturne tendu de nuages blancs cotonneux qui diffusaient une lumière ténue sur le jardin envahi de mauvaises herbes. Ces nuages, hélas, retenaient aussi la chaleur au sol comme une couverture : Atlanta en été, étouffante et humide. Des perles de sueur nées à la racine de mes cheveux glissaient sur mon front, mes tempes, et jusqu'à la peau noircie de mes joues. Je m'étais grimé le visage et je portais des vêtements adaptés à ma mission. Agenouillée près de la porte de la maison, j'ouvris mon sac à dos pour en tirer le « petit voyeur », comme je l'appelle, un tube flexible de fibre optique d'un mètre de long, équipé d'un écran miniature à l'une de ses extrémités, d'un œil électronique à l'autre, qui me permet d'éviter bien des surprises dans les situations délicates. Dès que j'eus coudé et glissé le minuscule tube sous la porte, j'eus une vue bien dégagée de la pièce principale de la maison.

Le fugitif, Antonio Johnson, était un délinquant récidiviste violent. Il était sorti de prison depuis à peine deux mois lorsqu'il avait braqué une épicerie. J'avais retrouvé sa trace au Canada trois semaines plus tôt, puis je l'avais perdue. Mais son ex-femme était à Atlanta et je savais qu'il avait l'habitude de la harceler. Ces derniers jours, elle avait reçu plusieurs coups de fil anonymes. Par mes contacts dans la police d'Atlanta, j'avais pu retrouver l'origine de ces appels : un téléphone à pièces installé devant un motel peu recommandable de West End, un quartier miné par les dealers de crack. J'y avais trouvé des gars qui connaissaient Johnson, et l'un d'eux me l'avait vendu pour trente dollars. Il logeait ici, dans cette maison proche de Jonesboro Road et de la prison fédérale – un secteur que ses habitants traversent toutes portières verrouillées et que les banlieusards évitent à la nuit tombée.

Je voyais nettement Johnson sur mon écran de trois pouces de diagonale. Il ne semblait pas avoir de compagnie. Il était vautré dans un canapé miteux, les pieds sur un dévidoir de câble industriel reconverti en table basse, une canette de bière dans la main droite – et la gauche invisible sur le côté de la cuisse. *Tu caches quelque chose contre ta jambe, l'armoire à glace ?*

Dans l'atmosphère moite du jardin, par-dessus la puanteur douceâtre des ordures et des canettes vides qui jonchaient le sol, je perçus une odeur chimique de colle extra-forte et de polystyrène.

J'appuyai sur la sécurité de la détente du Glock, puis frappai à la porte, prête à appeler à l'aide avec ma meilleure voix de femme en détresse – pour dire que j'avais un pneu crevé, ou besoin de téléphoner, ou peur du noir, n'importe quoi pour inciter Johnson à venir m'ouvrir. Depuis que j'étais à mon compte, j'avais appris à improviser.

Il n'hésita pas. Sur l'écran du petit voyeur, j'aperçus un objet long surgir de derrière sa cuisse. Et il tira aussitôt. La détonation fut assourdissante. Un trou gros comme une balle de base-ball apparut dans la porte – juste devant moi. Des éclats de bois me giflèrent le visage. Je bondis au pied des marches et m'agenouillai devant la galerie.

Une seconde détonation me déchira les oreilles. La fenêtre la plus proche de la porte explosa et une pluie d'éclats de verre me tomba sur le dos. Ils me piquèrent la nuque, les épaules, les bras, et je sentis que nombre d'entre eux m'entaillaient la chair. Je me redressai légèrement, juste assez pour tirer deux balles en direction de la fenêtre. Pas pour atteindre Johnson ; je voulais juste qu'il batte en retraite.

Je remontai les marches, à moitié accroupie, et m'approchai de la porte le plus discrètement possible. Le silence régnait à nouveau sur la maison. J'allais glisser la main dans le trou de la porte pour essayer d'atteindre la serrure lorsque je perçus les déclics caractéristiques d'un fusil à pompe. *Merde !* Il suffit d'avoir entendu ces bruits une fois pour ne jamais les oublier : la garde avant qui glisse sur son rail, la cartouche usée qui s'éjecte, la nouvelle cartouche qui s'engage dans la chambre, la culasse qui se referme. Ce mouvement de réarmement ne prend qu'un instant pour celui qui sait y faire – et l'ami Johnson ne manquait manifestement pas d'expérience en la matière.

Je me plaquai dos au mur de la maison et inspirai profondément. Face à la menace d'un fusil à pompe, il est toujours bon de s'accorder une minute pour réfléchir. Étais-je prête à mourir en essayant d'arrêter ce type ? Putain, non, sûrement pas. Mais la situation provoquait en moi un état d'excitation maniaque, soutenu par l'adrénaline, qui me poussait à aller de l'avant plus qu'il ne m'incitait à décamper. Une illustration parfaite, sans doute, de la différence qui existe entre nous, les tarés de détectives dans mon genre, et le reste de la population.

Boum ! Johnson tira une cartouche qui ouvrit une nouvelle brèche dans la porte. La déflagration me vrilla les tympans et je sentis le plancher de la galerie trembler sous mes pieds. Ce malfrat fabriquait sans doute lui-même ses cartouches et Dieu seul savait ce qu'il y fourrait. Puis il y eut quatre détonations plus discrètes – *pan, pan, pan, pan*. Johnson avait aussi un pistolet automatique.

À trois, me dis-je, baissant les yeux sur les bottes militaires noires que j'avais aux pieds.

... Un... deux... deux et demi... deux trois quarts... Et merde ! Trois !

Je m'écartai du mur et donnai un coup de pied dans la porte, de toutes mes forces, juste au-dessus de la serrure. Déjà bien meurtri par les coups de semonce de Johnson, le bois craqua et le battant s'ouvrit à la volée. Je plaquai à nouveau le dos au mur et tendis l'oreille.

Silence.

Le cœur battant si fort dans la poitrine que je sentais une veine pulser contre le col de mon tee-shirt, je me penchai vers l'embrasure de la porte, Glock braqué à deux mains devant moi, et balayai la pièce du regard. Mon bonhomme ne s'y trouvait plus. Au fond, il y avait un couloir qui donnait sur la cuisine et comportait trois autres portes, sans doute celles des chambres et de la salle de bains. J'avais fait le tour de la maison pour me familiariser avec les lieux, jetant un coup d'œil à travers les fenêtres, avant de passer à l'action. Où Johnson était-il passé, alors ? Dans une chambre ? Dans la cuisine ?

Pan, pan, pan. Je tirai quelques balles et entrai dans la maison en me jetant à terre en roulé-boulé au cas où le malfrat aurait eu l'idée de répliquer.

— Recouvrement de caution, monsieur Johnson ! criai-je de ma voix la plus autoritaire. Lâchez votre arme et montrez-vous, les mains derrière la nuque. *Immédiatement !*

— Une gonzesse ? cria-t-il, hilare, quelque part au fond de la maison. Jamais de la vie, connasse !

La porte-moustiquaire de derrière claqua. Je me précipitai dans le couloir en direction de la cuisine. La porte oscillait encore, à moitié arrachée de ses gonds. Au-delà, j'aperçus le dos de Johnson – l'inscription en lettres blanches sur son tee-shirt tressautait en direction du haut grillage du jardin.

Je ralentis, tirai la porte-moustiquaire et descendis calmement les trois marches de la galerie arrière. J'éprouvai tout à coup un très agréable sentiment de satisfaction. J'avais préparé un petit quelque chose, au cas où Johnson réussirait à filer de ce côté-là, et… j'avais bien joué mon coup.

Le piège ne tarda pas à fonctionner. Le jardin était grand comme un timbre-poste. Johnson saisit le grillage à deux mains pour s'y hisser et une explosion bleu et blanc le projeta violemment en arrière. Il s'effondra sur le sol. Un peu de poudre, de l'huile de paraffine, une batterie, deux câbles électriques, et voilà le travail : un petit feu d'artifice pour freiner gentiment les fuyards. J'étais à trois mètres de lui, mais l'explosion me fit tinter les oreilles et un million de minuscules ampoules me clignotèrent devant les yeux pendant quelques secondes.

Johnson gisait sur le ventre comme une grosse limace inerte. Je m'approchai de lui avec précaution, le Glock braqué sur son épaule, puis me baissai pour lui prendre le pouls. Il respirait normalement, mais, pas de doute, il était dans les pommes. J'attrapai l'une après l'autre ses paluches de bûcheron pour les lui attacher derrière le dos. Ses paumes étaient légèrement brûlées.

— J'avoue que ç'a été un peu plus spectaculaire que prévu, dis-je en lui passant les menottes. Mais bon : je ne suis pas diplômée en maniement des explosifs.

Je glissai une courroie autour de sa taille et l'attachai aux menottes, après quoi je le retournai sur le dos. Saisissant ses chevilles – chaussures pointure quarante-cinq –, j'essayai de le tirer sur le sol poussiéreux du jardin. *Mince*. Le lascar pesait au moins cent trente kilos. Moi, je mesure un mètre soixante-cinq hissée sur la pointe des pieds et je pèse cinquante-cinq kilos si je bois beaucoup d'eau. Je ne réussis même pas à le déplacer de dix centimètres. En soupirant, je m'accroupis et lui donnai des petits coups dans les côtes avec le canon du Glock. Bien sûr, j'aurais pu prendre mon portable pour appeler les flics – qu'ils viennent l'embarquer eux-mêmes. Mais la fifille que j'étais n'avait pas envie d'essuyer plusieurs semaines de railleries de la part des petits mecs du commissariat.

— Hé, gros bébé ! criai-je. Il est temps de se réveiller !

Les paupières de Johnson se soulevèrent sur ses yeux marron injectés de sang. Il lui fallut une bonne minute pour revenir à la réalité.

— Salut ! dis-je d'un ton enjoué, braquant une lampe-torche sur ses pupilles. On se souvient de moi, monsieur Johnson ?

Il se trémoussa, puis poussa des grognements de bête furieuse quand il se rendit compte qu'il avait les mains menottées derrière le dos.

— Bon ! dis-je. Allez-vous lever votre gros cul et vous installer de vous-même, bien gentiment, dans ma voiture, ou faut-il que j'appelle la police ?

— T'es qui, toi, la pouffe, si t'es pas flic ?

Je réfléchis. La question n'était pas complètement absurde.

— Hmm… un de ces jours, promis, je vous expliquerai ça.

Je lui fourrai un peu rudement le canon du Glock entre les côtes pour l'inciter à se lever. Problème : sans ses mains il avait beaucoup de difficultés à se redresser. Je me plaçai derrière lui et poussai sur son dos.

— Un régime, ça vous a jamais tenté ? demandai-je.

— Ça te plaît, salope, répliqua-t-il d'une voix mal articulée – à vrai dire il n'avait pas l'air complètement revenu sur terre. Tu veux de l'Antonio, t'en as envie, tu le sais bien.

Oh, oui, comme j'en ai envie ! Rien de tel qu'un pourceau abonné à la taule pour s'envoyer en l'air.

— D'accord, gros lard. Nous deux, maintenant, on z'y va !

3

Le complexe Sears Roebuck, gigantesque immeuble de briques dont la construction a pris sept mois en 1926, est un des principaux jalons de l'histoire de l'urbanisme d'Atlanta. N'empêche, il a toujours davantage ressemblé à une prison qu'à un centre commercial. Peut-être à cause de la haute tour, semblable à un mirador, qui se dresse en son milieu. Ses deux cent mille mètres carrés s'étendent sur neuf étages au bord de Ponce de Leon Avenue, dans un quartier où il était difficile de s'arrêter à une station-service sans se faire chahuter, sinon détrousser, par les sans-abri, avant que les flics ne s'y installent. Depuis quelques années, en effet, l'immeuble porte le nom de CITY HALL EAST et abrite le trop-plein de la bureaucratie surdimensionnée de notre ville, ainsi qu'un commissariat où est installé une part importante de sa police. Mais cette période touche elle aussi à sa fin. Le maire a conclu un marché de quarante millions de dollars avec un promoteur immobilier qui veut faire du Sears Roebuck la nouvelle adresse branchée de la ville[1] à coups d'appartements de luxe, de résidences et d'ateliers d'artistes, de restaurants et de cafés. Voilà comment s'écrit l'histoire à Midtown : le paysage change continuellement et la vente des échafaudages n'y connaît jamais la crise. La mairie a entamé des discussions sur le devenir des occupants actuels de l'immeuble, mais personne, évidemment, n'est enthousiaste à l'idée de devoir déménager. En tout cas pas les flics que je connais personnellement.

À un carrefour situé à quelques centaines de mètres de City Hall East, la file d'attente commençait à s'allonger devant la porte de la soupe populaire. Depuis un mois, pas un seul jour la température n'était descendue sous les vingt-cinq degrés, même à l'aube – nous connaissions une vraie canicule comme le Sud peut en produire –, mais les SDF faisaient la queue, pour le petit-déjeuner, vêtus de vestes épaisses et de blousons. Difficile de ne pas avoir froid, sans doute, quand on a le ventre vide. Je me demandais parfois si la symbiose serait possible entre la nouvelle adresse la plus branchée de la ville et la fraction la moins favorisée de sa population.

Pendant que j'attendais mon tour pour faire enregistrer l'arrestation d'Antonio Johnson, je vis Rauser – le commissaire Aaron Rauser – qui m'observait à travers les vitres de son bureau au fond du couloir. Johnson, qui avait complètement repris ses esprits, jurait, gesticulait, fanfaronnait un peu. Le malfrat s'était tenu tranquille sur la banquette arrière de ma voiture pendant l'essentiel du trajet, encore sonné par les subs-

---

1. Transformation entamée en juin 2011. L'immeuble porte désormais le nom de Ponce City Market.

tances qu'il avait consommées et par ma petite explosion artisanale. Mais quand j'avais téléphoné à Tyrone, patron de Tyrone's Quikbail, qui m'avait confié cette mission, pour l'informer que l'affaire était réglée, il avait commencé à jouer au mariole.

Les flics qui défilaient devant nous dans le couloir – la plupart à la fin de leur service – se marraient en voyant Johnson s'exciter sur le banc.

— Hé, Keye, me lança un agent en uniforme d'un air narquois. Vous n'avez pas l'air dans votre assiette. Le gros lard vous a botté le cul ?

Je levai les yeux au ciel et fis signe à Johnson de se mettre debout. C'était à nous. Dès que j'eus en main le reçu dont j'avais besoin pour être payée par Tyrone, je me dirigeai vers le repaire de Rauser. Quand je traversai le plateau de bureaux paysagers de la brigade des homicides, plusieurs flics échangèrent des sifflements. La relation qui nous unissait, Rauser et moi, semblait constituer une inépuisable source de divertissement pour ce commissariat. Sans doute formions-nous un couple assez improbable. Rauser était blanc, de douze ans mon aîné, et nous venions de deux mondes très différents. Il n'y avait rien entre nous, bien sûr. Nous n'étions même pas amants. En revanche, c'était mon meilleur ami.

— Salut ! dis-je avec enthousiasme en dépit du fait qu'une horrible migraine me labourait le crâne.

J'avais aussi plusieurs éclats de verre dans les avant-bras et la nuque, et des dégoulinures de sang séché, ici et là, que je n'avais même pas eu le temps de nettoyer.

Rauser n'avait pas bonne mine, lui non plus. Il désigna d'un geste las le comptoir où un policier en uniforme était en train de prendre les empreintes digitales d'Antonio Johnson.

— Pourquoi tu fais ce genre de boulot merdique ? me demanda-t-il comme il le faisait de temps en temps.

— Pour l'argent, dis-je, sachant qu'il ne croirait pas plus cette réponse que d'habitude.

J'avais perdu mon sourire. À cause du ton sur lequel il avait parlé. Il avait parfois cet air étrange – et il s'en prenait à moi – quand quelque chose clochait dans son propre monde. Ça ne me plaisait pas beaucoup, mais je ne savais pas toujours comment y échapper.

— Voyons, Keye ! Tu as de brillants diplômes et des contrats avec des entreprises et des cabinets d'avocats prestigieux. Rien ne t'oblige à accepter ces corvées indignes de toi. Parfois, je ne comprends pas tes choix.

Je triturai le pot à crayons posé au bord de sa table, évitant de croiser son regard. Il croyait sans doute que je me fichais de lui, mais tant pis ; je n'étais pas d'humeur pour son petit couplet paternaliste.

Quant aux « prestigieux » cabinets d'avocats et entreprises auxquels il faisait allusion… Les honoraires étaient conséquents, oui. Ils m'avaient d'ailleurs permis de payer une partie de l'emprunt immobilier de mon appartement. Mais le boulot était souvent assommant : enquêtes sur les antécédents de candidats à l'emploi et de gardes d'enfants, recherches sur le passé juridique d'entreprises privées, vérification de la légitimité des demandes de compensations financières d'employés maltraités, fraudes aux assurances, infidélités conjugales, délivrance d'assignations, de citations à comparaître, d'ordonnances restrictives et autres joyeusetés. De temps en temps il y avait un petit défi à relever, mais, pour l'essentiel, les tâches que me confiaient mes « prestigieux » clients étaient abominablement barbantes.

J'étais chasseur de primes assermenté depuis que j'avais quitté le Bureau. Ce boulot alimentaire m'avait bien aidée pendant que je montais ma propre agence de détective privé, et il m'apportait encore un joli complément de revenus. D'après ma psy, le Dr Shetty, j'ai un fantasme de puissance – un gros problème d'envie du pénis. Que puis-je répondre à cela ? C'est vrai, de temps à autre j'aime bien avoir un bon gros Glock à la main.

Et pour les « brillants » diplômes : criminologie à l'université Georgia Southern, doctorat de psychologie du développement à l'université d'État de Géorgie. Mais rien de tout ça, même avec mes huit années de service au FBI, ne pouvait plus me permettre de décrocher un poste digne de ce nom dans la moindre institution judiciaire du pays. Mon alcoolisme avait changé la donne. Il avait laissé une empreinte indélébile sur mon CV en même temps qu'il ravageait ma vie, il m'avait discréditée pour toujours dans le milieu auquel j'avais appartenu tout au long de ma première vie professionnelle. Je ne pouvais même pas proposer mes services comme expert auprès des tribunaux. Cette bonne planque m'était inaccessible car le témoignage d'expert exige des experts qui sont inattaquables à la barre. Et ça, ce n'est carrément pas moi. J'ai des squelettes plein mon placard.

J'avais quinze ans quand j'ai entendu parler pour la première fois de l'Unité d'analyse comportementale, une section du Centre national d'analyse des crimes violents. À partir de là, je n'ai plus pensé à rien d'autre. J'ai orienté mes études, ma vie tout entière, pour réussir à décrocher une place au FBI. Quelques années plus tard, j'y suis parvenue. Et puis j'ai tout fichu en l'air.

Parfois, la vie ne vous donne qu'une seule chance. Parfois, c'est aussi une bonne chose. Quand la porte se referme en claquant sur le truc sans lequel vous pensiez ne pas pouvoir vivre, eh bien… c'est là que vous commencez votre véritable éducation. Vous devez trouver le moyen de faire la paix avec tout ça et d'avoir une vie intérieure qui vous permette de tenir le coup. Creuser en soi, et au plus profond, ce n'est jamais vraiment une mauvaise chose, en définitive – même si ça vous lamine et vous met carrément la chair à vif.

— Si tu continues de faire l'andouille avec ces saloperies de sociétés de cautionnement, il va finir par t'arriver un pépin, grommela Rauser.

Et il ajouta, en marmonnant, quelque chose qui ressemblait à « bandes de tordus ».

Je m'assis avec précaution sur une des deux chaises qui se trouvaient en face de lui : une assise et un dossier aux coussins de vinyle bien mal rembourrés, des accoudoirs métalliques. Mes cabrioles à la maison d'Antonio Johnson m'avaient causé pas mal de bobos dont je commençais tout juste à prendre la mesure.

— Oublions ma carrière, veux-tu, répliquai-je. Qu'est-ce qui ne va pas ?

Rauser tira une cigarette du paquet qu'il avait dans sa poche de chemise. La pierre usée de son Zippo fit jaillir une flamme à la troisième tentative. Il n'était pas censé fumer à l'intérieur du bâtiment, mais je ne risquais pas de lui en faire la remarque. Pas aujourd'hui en tout cas.

— Tu te souviens de l'époque où il n'y avait que des affaires, genre... normales ? Quand les mecs se contentaient de tirer sur les lascars qu'ils trouvaient au pieu avec leurs femmes, par exemple ? Quand les affaires n'étaient pas si souvent bizarres. Quand les gens s'entre-tuaient civilement.

— Hmm, non, fis-je, secouant la tête. Ça devait être avant moi.

Rauser ouvrit un tiroir de son bureau et écrasa sa cigarette dans un cendrier qu'il planquait là. Tête baissée, il se massa un moment les tempes. Je remarquai pour la première fois que ses cheveux étaient désormais plus poivre et sel que bruns. À bientôt cinquante ans, il était encore assez mince, bien bâti, et il avait une belle tête, mais sa longue vie de caféine et de cigarettes, sa longue vie passée à pourchasser des monstres, le faisait paraître plus vieux que son âge.

— Sale affaire ? demandai-je.

— C'est peu dire, grogna Rauser sans lever les yeux vers moi.

— Tu trouveras quand même le coupable, affirmai-je. Le bien triomphe toujours, non ?

— Hmm, c'est sûr, acquiesça Rauser avec à peu près autant de conviction que Bill Clinton faisant sa déposition. Et peut-être que la juge Judy[1] va débarquer

---

1. Judith Sheindlin, née en 1942, juge et personnage principal de la série télévisée juridique *Judge Judy*.

ici et dandiner du cul rien que pour nous, pendant que tu y es.

— Je ne serais pas contre, dis-je.

Et là, enfin, Rauser me gratifia d'un sourire.

4

Votre blogosphère adulte > Fétichisme extrême & Jeux de lames > Extrême SANS LIMITES, une fantaisie de Lame-Vive > Chou rouge

Je l'avais déjà vue à plusieurs reprises, mais c'était la première fois que nous étions physiquement si proches. Elle me connaissait, elle aussi – inconsciemment, peut-être, je ne sais pas, mais elle avait bel et bien posé les yeux sur moi dans certains lieux publics. J'attendis sur le perron qu'elle vienne m'ouvrir. J'aurais pu entrer. Le loquet de la porte-moustiquaire n'était même pas mis. *Vous vous croyez tous tellement en sécurité dans vos petites maisons*, pensai-je, et les paroles d'une très vieille chanson me revinrent à l'esprit : « Petites boîtes à flanc de colline, petites boîtes en préfabriqué… qui se ressemblent toutes… »

Elle apparut enfin, vêtue d'un chemisier de coton bleu pâle, un torchon à la main, le front en sueur. Elle me proposa d'entrer. La brise chaude de la rue parcourait la maison par les fenêtres ouvertes. Dans la cuisine, elle m'invita à prendre place sur une chaise. Plans de travail en formica, vieillots, d'un vilain jaune délavé. En été, comme elle n'avait pas la climatisation, m'expliqua-t-elle, elle avait l'habitude de se mettre aux fourneaux de bonne heure, avant la grosse chaleur. L'atmosphère de la pièce était déjà étouffante. La puanteur du chou mis à bouillir dans une casserole me coupait presque la respiration. Elle se mit à bavasser au sujet de son fils qui devait revenir cet après-midi-là de colonie de vacances. Moi, je ne pensais déjà qu'à l'odeur qu'elle dégagerait lorsque la catalyse des fluides de son corps aurait commencé.

« Mon fils a toujours une faim de loup », dit-elle avec un grand sourire, mère poule caquetante, comme si elle citait une des plus adorables qualités de l'enfant. « Mais je suis contente d'avoir votre visite. Je n'avais pas compris que cela devait se passer aujourd'hui. »

Je ne lui avais pas précisément expliqué la raison de ma présence. Je ne voulais pas lui gâcher la surprise. Cette bécasse continuait de sourire. Avec le dos de la main, elle chassa une mèche de cheveux humide de sueur qui lui tombait devant les yeux. Je pensais à sa peau, à la chaleur de sa peau, à son goût salé, à sa texture, sa fermeté et sa résistance sous mes dents quand je la mordrais.

Elle me servit un thé glacé qu'elle posa devant moi. Rapidement, des gouttes de condensation glissèrent sur le verre pour former une petite mare sur la table. Je gardais les mains jointes sur les cuisses. À aucun moment je n'ai touché le verre. Je ne touche à rien. Je suis invisible.

J'ouvris mon attaché-case en le tournant sur la table pour qu'elle n'en voie pas le contenu. Elle s'approcha de la gazinière pour surveiller la cuisson de son chou rouge. « À votre avis, comment le petit Tim prendra-t-il le fait d'aller vivre chez votre sœur ? » demandai-je. Je ne pouvais résister à l'envie de la taquiner un peu. Ces moments sont tellement fugaces.

Elle pivota sur elle-même, étonnée. « Mon fils vit avec moi. Je ne comprends pas. »

Tu comprendras bientôt.

Son visage se crispa comme sous l'effet d'un léger malaise. Ses yeux noirs, soudain pleins d'inquiétude, glissèrent sur l'attaché-case, sur mon visage, sur mes mains sagement posées sur mes cuisses, avant de filer vers la porte de la cuisine. Un désagréable pressentiment l'envahissait, essayait de la faire réagir, une petite voix anxieuse lui intimait de quitter la pièce. Elle ne risquait pas de l'écouter. Ils n'écoutent jamais leur intuition. C'est absurde, en fait, complètement absurde. Ils ne veulent pas me froisser. Et s'ils se trompaient ? Leur réaction serait affreusement impolie.

Je fermai les yeux et pris une grande inspiration. Au-delà des relents de chou, au-delà de la chaleur étouffante, je la percevais enfin : l'odeur de la peur – sa peur à elle, mais aussi la mienne –, tenace et épaisse dans l'air que nous respirions ensemble. Elle m'électrisa. La chimie de nos deux organismes s'emballait, le cortisol nous suintait quasiment par les pores de la peau et je sentais mon cœur s'emballer, avec espoir et enthousiasme, dans la perspective de la scène qui devait suivre. J'éprouvais des pulsations intenses, presque douloureuses, entre les jambes. Désormais je ne voyais plus que cette petite femme. Je ne sentais plus qu'elle. Je ne voulais plus qu'elle. Elle était mon seul univers.

J'enfilai des gants chirurgicaux en latex si fin qu'il me sembla percevoir le contact de l'air au bout de mes doigts surchauffés, puis je sortis mon jouet préféré de l'attaché-case : un couteau à lame d'acier haute résistance de douze centimètres de longueur, courbée à son extrémité, avec un manche en bois verni et une garde en or blanc. Observant le dos étroit de la petite femme qui s'était remise à touiller son chou, je me demandais si elle percevait déjà le lien qui nous unissait. Je voulais qu'elle le sente, qu'elle en ait *conscience*, au moins quelques instants, avant que ma main ne s'abatte sur elle pour la première fois.

Je crois qu'elle avait compris, oui. Et qu'elle m'attendait.

Située en plein cœur d'Atlanta, à mi-chemin du quartier des restaurants, bars et boutiques à la mode de Virginia Highlands et de celui, plus « contre-culture » mais tout aussi fréquenté, de Little Five Points, ma petite agence de détective privé se trouve dans ce qui était autrefois une enfilade d'entrepôts abandonnés sur Highland Avenue. Il y a deux ans, le propriétaire des lieux a décidé d'en rénover les extérieurs et d'y ajouter des ornements d'aluminium et de nickel brossé, un passage couvert aux couleurs pétantes et quelques sculptures métalliques. Le résultat final donne un peu l'impression qu'un designer farfelu s'est armé d'un fer à souder après avoir fumé du crack. Le proprio a rebaptisé l'ensemble The Studios et a mis chaque unité sur le marché comme « loft commercial ». Il en a aussi profité pour augmenter les loyers des locataires déjà en place, c'est-à-dire moi et mes voisins directs : une compagnie de théâtre homo, un salon de tatouage et piercing (avec sa Jeep ornée d'autocollants SM garée juste devant), un salon de coiffure indien. Les rénovations promettaient de nous attirer « beaucoup plus de monde », nous avait-il dit. La clientèle des cafés bobos des environs passerait par chez nous après le cappuccino et les *biscotti*. Moi-même, j'allais avoir des tas de nouveaux clients ! Tu parles. Je déteste les *biscotti*. Sérieux : qui peut avoir envie d'avaler ces machins-là ? Et des *nouveaux clients* ? Comme ça, des promeneurs qui décident impromptu d'engager un détective privé ? N'importe quoi. En général, les gens qui entrent dans mon agence sans une bonne raison sont des cinglés. Quand on a la tête sur les épaules, on ne consulte pas un détective privé pendant qu'on fait du lèche-vitrines. Ma profession, c'est un autre univers.

N'empêche, le quartier est génial. Parfois je me surprends à chantonner les musiques des spectacles de la compagnie gay et lesbienne quand elle est en répétition, et quand je travaille tard le soir je croise des acteurs en costume qui bavardent, fument leur clope et déambulent devant nos entrepôts restaurés. Pas plus tard qu'hier, une femme en habit de sirène m'a observée ouvrir la porte de l'agence. Elle avait un cigare entre les lèvres et clignait des yeux à cause de la fumée. Elle ne m'a pas adressé la parole et je n'ai pas engagé la conversation. Que peut-on dire à une sirène lesbienne ? Devant l'entrepôt de la troupe, un tableau d'affichage posé sur un chevalet annonçait la répétition générale d'*Apogaylypse Now*.

Juste à côté, il y a un salon de coiffure et institut de beauté qui ouvre aux heures normales. Un lieu paisible. La propriétaire déteste s'entendre dire qu'elle est « coiffeuse », « visagiste » ou, Dieu nous garde de prononcer une telle insulte, « esthéticienne ». Elle explique à qui veut l'entendre qu'elle est « artiste

36

capillaire ». De surcroît, son gourou lui a récemment donné un nouveau nom, gage de son élévation spirituelle, et elle tient à ce que nous y fassions honneur. Nous ne demandons pas mieux que de lui donner satisfaction, mais, ayant dû passer subitement de « Mary » à « Lakshmi », nous avons de temps en temps la langue qui fourche. Ce nom signifie quelque chose comme « déesse de la prospérité » ; les voisins et moi, nous espérons bien qu'il aura l'effet escompté et nous portera chance à tous.

J'occupe le Studio A. Une petite plaque, sur la porte, annonce : CORPORATE INTELLIGENCE & INVESTIGATION. *Corporate*, voui. Je ne refuse pas les particuliers, bien sûr, mais je donne surtout dans l'enquête et le renseignement pour les entreprises. À l'intérieur, les ordinateurs, les imprimantes, les deux fax essoufflés, les néons et les lampadaires, sans oublier l'énorme climatiseur, produisent une sorte de ronron électronique qui emplit tout l'espace et que j'entends encore, certains soirs, quand je me mets au lit.

J'ai ouvert cette boîte il y a un peu plus de deux ans, quand je suis sortie de la clinique de désintoxication. J'étais paumée, aveuglée par la lumière du monde extérieur, comme si j'avais passé trois mois au fond d'une grotte. Il fallait que je trouve quelque chose à faire, n'importe quoi, je devais travailler, me changer les idées. Je ne voulais surtout pas avoir à retourner dans cette clinique. Jamais. Un jour, un type m'avait demandé si c'était ma *première* cure. Je l'avais regardé fixement, bouche bée, en songeant : *Quoi ? Parce qu'il en faut plus d'une ? !* Mais aujourd'hui je comprends sa question. Le monde extérieur, c'est une tout autre histoire. Il ne vous soutient pas, il ne vous protège pas. Il n'a rien d'un filet de sécurité. Le monde extérieur, c'est trop d'heures à passer chaque jour – c'est être confronté minute après minute à l'aveuglante horreur de ses propres faiblesses.

Les premiers temps, après ma « libération », je suis allée à des réunions de groupes de soutien aux quatre coins de la ville. Parfois toute la journée : je les enchaînais. Et je les détestais. Toutes ces prières adressées à Dieu, en particulier chez les Alcooliques Anonymes, me tapaient sur le système. Je sais, oui, je sais. En guise de « Dieu », prétendent-ils, vous choisissez celui qui vous plaît ; vous invoquez qui vous avez envie. Mais croyez-moi, quand vous êtes là-bas et que tout le monde veut communier en se tenant les mains, et prier *Dieu*, vous n'avez pas trop le sentiment d'avoir le choix. Et puis… les entendre tous parler constamment d'alcool, ça me donnait atrocement envie de picoler. Mais là-bas, impossible d'avoir le moindre verre – et c'est justement l'intérêt de la chose, en tout cas pour moi. En vérité, aussi… ces gens qui me paraissaient minables et que je méprisais souvent pour leurs défaillances et leur horripilante gentillesse, ces gens ont très patiemment, en toute connaissance de cause, supporté ma mauvaise humeur, ma bêtise, mon attitude globalement détestable – et m'ont sauvé la vie. C'est en partie grâce à eux que j'ai pu décider de me colleter au monde extérieur et de lancer mon affaire plutôt que de retourner au rayon spiritueux des supermarchés.

CI&I m'a d'abord donné de quoi m'occuper, puis l'affaire s'est mise à bien tourner. Outre les contrats pour les « prestigieux cabinets d'avocats », je fais des enquêtes traditionnelles, des recherches de personnes disparues, des filatures, des détections de micros espions dans les bureaux et, à l'occasion, quelques missions moins conventionnelles.

— Denver ! s'exclama Neil, et il s'esclaffa. On le tient. Il a acheté une maison là-bas.

Neil est blond et il a le plus souvent les cheveux en bataille et une barbe de deux jours. Il était assis devant son ordinateur, vêtu d'un bermuda et d'une chemise cubaine déboutonnée jusqu'au nombril. J'ai toujours pensé qu'il détonnait un peu dans cette ville où l'on ne trouve aucune plage où coincer la bulle.

Je m'approchai de lui et jetai un œil à l'écran par-dessus son épaule. Il sentait le café et le haschisch – son cocktail énergisant perso.

Nous tentions depuis quelques jours de retrouver la trace d'un comptable qui avait disparu avec le contenu d'un des coffres-forts de la boîte qui l'employait, une grosse société d'Atlanta. Il avait mis la main sur une très belle somme d'argent liquide, mais la compagnie ne voulait pas porter plainte, il était clair qu'elle préférait régler cette affaire sans faire de vagues. Mes interlocuteurs m'avaient demandé de seulement repérer le comptable et de les prévenir à ce moment-là. Je n'avais pas demandé pourquoi. De toute évidence, ce coffre-fort avait contenu quelque chose qui justifiait que la boîte fasse tout pour le récupérer, et *discrètement*, mais ça ne me regardait pas. Mon passé de flic était définitivement derrière moi.

— Faudra qu'on m'explique, dit Neil d'un ton perplexe en rabattant une mèche de ses cheveux mi-longs derrière son oreille. Ce mec a piqué cinq cent mille dollars et il choisit de s'installer à *Denver* ?

Quand l'idée de CI&I s'était concrétisée dans ma tête, j'avais aussitôt pensé à contacter Neil. Il me fallait un expert en informatique de son calibre. Un petit génie des réseaux. Neil, c'est le genre de garçon qui a passé ses années de scolarité secondaire enfermé dans sa chambre, rivé au clavier de l'ordinateur, le joint aux lèvres, animé par l'envie adolescente de bouleverser l'ordre établi. Il a fondamentalement l'âme d'un hacker et, parmi les hackers surdoués, il est de ceux qui se retrouvent très jeunes sur la liste des cybercriminels les plus recherchés du FBI… avant de se faire recruter comme consultants. Aujourd'hui, il collabore aussi avec certaines des plus grosses entreprises du pays qui en ont fait leur allié quand elles se sont rendu compte qu'elles ne pouvaient pas l'empêcher de pénétrer leurs réseaux. Neil est un hacker payé pour *ne pas* jouer au hacker. Bref, il est le roi de l'extorsion. Mais c'est toujours bien d'avoir un type comme ça dans son camp, non ? En plus, il ne me réclame pas un gros salaire. Il ne manque pas d'argent. Il fait ce qu'il fait parce que le boulot lui plaît. Étant son propre maître, en revanche, il ne travaille que quand il en a envie et dans les conditions de son choix. Ça ne me pose aucun problème. Neil est un atout considérable pour CI&I et nous nous entendons bien la plupart du temps.

Il fit pivoter son fauteuil et posa les yeux sur moi pour la première fois de la matinée. J'avais enfilé un short mi-cuisses et un chemisier dont j'avais roulé les manches jusqu'aux coudes. Les ecchymoses que j'avais sur les avant-bras en disaient long sur la séance d'arrestation de l'aube. Neil saisit son mug et but une gorgée de café en me couvant d'un regard attentif. Puis il demanda simplement :

— Tu vas à Denver mettre la main sur ce type ?

— Non. Je veux juste être payée.

— Je te parie dix dollars qu'ils vont te demander de récupérer ce qu'il a piqué dans le coffre. Et je mettrais ma main au feu que ce n'est pas l'argent qui les intéresse. Peut-être qu'ils bidouillent leurs comptes ou qu'ils trichent sur les appels d'offres. Ou bien il s'agit... d'un truc genre grosses partouzes des cadres dirigeants en vidéo !

Je fis la moue.

— Ça ne m'intéresse pas davantage.

Neil sourit, plongeant dans les miens ses yeux rougis par le hasch et bordés de longs cils blonds.

— T'as peur de te casser un ongle ?

— Moins que toi, mon mignon, répliquai-je du tac au tac.

Il parut sécher un instant. Ensuite il lança :

— Poule mouillée !

Ainsi commençait notre journée d'invectives gratuites et puériles. Nous adorions ce petit jeu.

Nous entendîmes « pouet, pouet ! » dans la rue. Peu après, la porte s'ouvrit sur Charlie Ramsey qui s'avança tout sourire dans la pièce. Neil me fit un clin d'œil. Nous recevons nos clients sur rendez-vous et nous n'avons pas beaucoup de visiteurs réguliers : Rauser, ma grande copine Diane que je connais depuis l'école primaire, et Charlie. Charlie qui s'annonce toujours avec le vieux klaxon à poire en caoutchouc fixé au guidon de sa bicyclette. Il travaille comme coursier à vélo et, autant que je puisse en juger, il possède les capacités intellectuelles d'un enfant de douze ans. Il est donc tout à fait à sa place parmi nous. Nous profitons de ses visites pour faire une pause dans le travail et tout le monde est très content comme ça.

On entendait pas mal d'histoires, dans le quartier, sur les raisons qui avaient valu à Charlie Ramsey de se retrouver, à quarante ans et des poussières, coursier sur ce vélo équipé d'un klaxon à l'ancienne. Les détails varient, mais le noyau commun est celui-ci : une carrière prestigieuse, une femme et des enfants merveilleux, une vie en or, jusqu'à ce qu'un fourgon de transport de fonds ne le renverse au carrefour de la Dixième et de Peachtree, avec pour conséquence des handicaps physiques et mentaux irréversibles. Sa famille le quitte, il perd son emploi et sa maison. Il a de terribles douleurs dans la nuque, m'a-t-il expliqué un jour, et des migraines qui le clouent au lit. Il ne s'exprime pas toujours très clairement ; il bafouille, il bégaie et il parle beaucoup trop fort, surtout quand il s'excite. Comme il se tient tout près de ses interlocuteurs pour leur parler et qu'il a toujours son casque de cycliste un peu de travers sur la tête, les conversations avec lui prennent un petit côté… surréaliste. Il semble avoir des moments de lucidité, mais des moments seulement. La plupart du temps, Charlie n'est qu'un grand benêt infantile. Un jour, je l'ai interrogé sur son passé. Il m'a parlé de l'accident, il m'a parlé d'*après* l'accident, mais jamais d'*avant* l'accident. Comme s'il ne s'était rien passé dans sa vie jusqu'à ce drame. Cette fois-là il a aussi eu un de ses rares éclairs de sérieux, d'intelligence adulte, et il m'a déclaré qu'il suffisait d'une fraction de seconde pour que la vie bascule. Au cours de ses longs mois de rééducation au Shepherd Center d'Atlanta, il a découvert que les patients de cet hôpital appelaient les gens du dehors les « tévés », ou TV – les Temporairement Valides. Une façon comme une autre de se rappeler les fluctuations de la vie. C'était une leçon que j'avais apprise avant de connaître Charlie et son vélo, mais je n'oublierai jamais l'espèce de ferveur qu'il avait dans la voix ce jour-là. Nous ne l'avions pas vu depuis près de deux semaines et nous nous faisions un peu de souci pour lui. Charlie passe ses journées à circuler à vélo dans Atlanta où la circulation automobile est pour le moins chaotique et, comme il a l'air de n'avoir plus qu'une moitié de cerveau, il nous fait l'effet de vivre sous la menace constante d'une bombe à retardement. Rauser et Neil font des paris sur lui : « Dix dollars que Charlie y passe ce mois-ci » et autres inepties de ce genre. Moi, je joue à celle qui est au-dessus de ça.

Charlie nous rend visite à intervalles irréguliers, en milieu de matinée ou en fin d'après-midi, deux fois par semaine en moyenne, toujours souriant et presque jamais sans un petit cadeau. En été, il peut par exemple débarquer avec des mûres plein sa vieille casquette de base-ball. En hiver, il arrive parfois avec des pensées qu'il plante lui-même dans la jardinière qui est devant notre porte. Un pépiniériste se trouve un peu plus loin sur l'avenue et nous supposons qu'il les chipe là-bas la nuit, quand il lui suffit d'escalader le grillage d'enceinte pour accéder aux magnifiques pensées aux couleurs vives des étals extérieurs. Il semble avoir une préférence marquée pour les jaunes à cœur violet – celles-là mêmes qui manquent parfois sur les longues tables en bois du commerçant.

Charlie s'approcha de nous sans se départir de son sourire, son petit casque de guingois sur le crâne, ses épaisses lunettes en plastique plaquées contre ses sourcils. Il portait son uniforme de coursier : un short et un polo orné d'un écusson brodé, des socquettes blanches. Il était mince, costaud, avec des cuisses d'athlète – mais sa façon d'incliner légèrement la tête sur le côté, les tics qui agitaient par moments son visage et ses épaules, son regard parfois étrangement fixe et sa bouche toujours entrouverte prouvaient que quelque chose clochait pour de bon dans son cerveau.

Il nous montra le contenu de sa casquette de base-ball qu'il tenait au creux de sa main droite.

— Des figues ! dit-il, si fort et d'une voix si mal articulée que nous entendîmes plutôt « *fiiyes* ». Tu aimes les fiiyes, Keye ? Neil, t'aimes ça ?

— Des filles bien fraîches ? répondit Neil. Super ! Tu les as trouvées où ?

Charlie désigna la rue du pouce, par-dessus son épaule.

— Dans un arbre, bordel de merde ! s'exclama-t-il, très fier de lui.

Neil éclata de rire. Il s'amusait beaucoup à apprendre à Charlie à jurer. Je lui décochai un regard réprobateur.

— Tu sais, Charlie, mes parents ont un figuier dans leur jardin, dis-je. Tu veux voir comment ils les mangent ?

Je sortis un pot de mascarpone du réfrigérateur. Le mascarpone, Neil et moi nous en tartinions tout et n'importe quoi.

— Tu sais te servir d'un couteau ? demandai-je encore. Tu veux bien couper les figues en deux ?

Charlie hocha vigoureusement la tête.

— Avec un couteau, je sais vider les poissons !

— Ouah ! fis-je, admirative.

Je râpai un zeste d'orange par-dessus le fromage frais italien, avant d'y ajouter un peu de miel. Muni d'une petite cuiller, Charlie étala ma préparation sur chaque demi-figue. Je la complétai d'un peu de crème au chocolat praliné, puis nous admirâmes le résultat.

— C'est drôlement beau, dit Charlie.

— Et je te promets que tu vas a-do-rer.

— Tu tiens tes promesses, Keye ? demanda Charlie, et il glissa une demi-figue entre ses lèvres.

Je méditai la question un instant.

— Ça n'a pas toujours été le cas. Mais aujourd'hui, je fais de mon mieux.

Neil remplit son mug de café et nous rejoignit auprès de la table. Charlie saisit une autre demi-figue sur l'assiette.

— C'est très, *très* bon ! s'exclama-t-il. Dis, Keye, pourquoi tu t'appelles Keye ?

— C'était le prénom de mon grand-père.

— Mais tu n'as pas de famille, toi.

Je ne me souvenais pas d'avoir jamais parlé de mon enfance à Charlie. Cependant, je n'avais pas oublié le jour où j'avais pris mon courage à deux mains pour lui demander de me parler de la sienne. Peut-être avais-je quand même lâché quelques bribes d'information sur mon passé à ce moment-là.

— J'ai une famille, si. Mais… ça a pris un petit moment à s'organiser. Et ma famille n'a pas voulu que je change de nom.

— C'est bien. Et il est très bien, ce nom, marmonna Charlie en essuyant du bout des doigts le mascarpone et le chocolat qu'il avait autour des lèvres. En plus, c'est un truc que t'as qui est à toi et rien qu'à toi, non ?

Je me penchai par-dessus la table et posai une main sur celle de Charlie.

— Tu es drôlement futé, Charlie, tu sais ?

— Ouaip, fit-il. Je vide les poissons très vite !

5

La porte s'ouvrit sur le commissaire Aaron Rauser qui entra dans l'agence accompagné d'un rai de soleil matinal. Il faillit se heurter à Charlie qui nous quittait à cet instant.

— Charlie ! s'exclama-t-il. Quoi de neuf ?

Charlie rit trop bruyamment et en topa cinq avec Rauser.

— Je dois aller travailler, M'sieur Man ! Hé, vous savez, Keye est drôlement bonne cuisinière !

Depuis le jour où il avait fait la connaissance de Rauser, il l'appelait ainsi : *M'sieur Man*. Sans un mot de plus, il sortit de l'agence.

— C'est celaaa, oui, dit Rauser d'une voix traînante. Difficile de croire qu'il était autrefois chercheur ou je ne sais quelle grosse tête dans le domaine biomédical. Pauvre gars.

— J'ai entendu dire qu'il était ingénieur, moi aussi, mais j'ai un peu du mal à y croire, dit Neil, tordant le cou en direction des fenêtres pour s'assurer que Charlie s'était éloigné. Moi, je crois qu'il est juste débile léger.

Rauser pouffa de rire.

— Ça, c'est vraiment méchant. Même pour des enfoirés comme toi et Keye.

— Bof, fit Neil avec un haussement d'épaules.

Et il retourna à son bureau, son mug à la main.

Rauser se dirigea vers le plan de travail de la cuisine, où il savait pouvoir trouver une thermos de café frais. Neil ne s'alimente quasiment que de ce breuvage et en a toujours à disposition. De temps en temps, quand il est d'humeur très généreuse, il nous prépare aussi des cappuccinos. Le matin, il aime boire un café très noir et fort, en général du Bustelo[1]. Les après-midi d'hiver, il apprécie quelque chose de plus doux comme le Blue Mountain de Jamaïque. L'été, il opte plutôt pour un café cubain qu'il boit refroidi avec des glaçons et agrémenté de crème et de sucre. Il cesse de me resservir quand il s'aperçoit que mes mains commencent à trembler.

Cependant, Rauser n'était pas venu ce matin-là pour les talents de barista de Neil. Je le sentais préoccupé. Je patientai, l'observant se mordiller la lèvre inférieure pendant qu'il tournait sa cuiller dans son café au lait. Il portait un tee-shirt noir uni dont les manches moulaient ses biceps, un pantalon gris et son holster d'épaule. Il avait beaucoup d'allure. Il présentait quelques aspérités, oui, mais il était très séduisant. Et même beau. En tout cas pour qui aimait les bonshommes au niveau de testostérone carrément hors norme, ceux qui doivent se raser chaque matin des oreilles jusqu'aux clavicules. Rauser était bien plus

---

1. Célèbre marque de café aux États-Unis.

Tommy Lee Jones que Richard Gere. Davantage Jake Gyllenhaal que Brad Pitt.

La « cuisine » où Rauser se trouvait n'était pas une pièce à proprement parler, mais un angle aménagé de mon « loft commercial ». Elle possédait néanmoins tous les appareils électroménagers voulus, un évier, deux plans de travail de marbre rouge, et une table. Rauser posa les yeux sur les deux demi-figues qui restaient sur l'assiette. Il m'interrogea du regard, puis les saisit et les engloutit. La gourmandise était une des nombreuses choses que nous avions en commun.

Deux volumineux canapés d'angle, stratégiquement disposés, occupaient une partie conséquente du vaste entrepôt, avec six poufs en cuir – rouge vif, violet et menthe. La peinture de trois des murs de la salle était d'un vert cendré très clair, mais le mur le plus long et le plus dégagé était pervenche et parcouru d'une ligne brisée étonnante, couleur de pomme Granny Smith, qui hésitait entre l'éclair d'orage et la courbe d'électrocardiogramme. J'avais donné carte blanche à une décoratrice d'intérieur dont je savais uniquement, au moment où je l'avais engagée, qu'elle avait bonne réputation en ville. Je m'étais souvent demandé par la suite si j'avais pris une décision judicieuse.

« Pu-taiiin ! Il ne nous manque plus qu'un dinosaure mauve ! » m'étais-je exclamée quand j'avais vu pour la première fois mon entrepôt relooké par cette femme. Et elle, mains sur les hanches, ses quatre assistants au garde-à-vous autour d'elle, m'avait expliqué d'une voix crispée, comme si j'étais à moitié débile, que « l'espace » était désormais « incroyablement sophistiqué et spectaculaire ». Ouais. D'accord. Spectaculaire, je n'étais pas contre. J'avais donné beaucoup d'argent à cette décoratrice pour qu'elle nous fasse entrer dans le vingt et unième siècle et, bon sang de bonsoir, j'étais décidée à apprendre à aimer cet endroit ! Mon truc préféré, ici, quoi qu'il en soit, c'était l'immense télévision à écran plasma qui descendait d'entre les poutrelles métalliques du toit de l'entrepôt. Chaque fois que j'appuyais sur le bouton de la télécommande pour la faire descendre, j'étais aux anges. Neil, Rauser, moi, Diane, et même Charlie à l'occasion, nous passions régulièrement la soirée ici à regarder des matches et des films. Nous jouions souvent au baby-foot, aussi, sur la table que Neil et moi avions commandée. Et que nous avions fait monter par un spécialiste après nous être engueulés à deux reprises en essayant de l'assembler nous-mêmes, incompétents que nous étions pour mener à bien un tel projet. Ce fichu bazar devait se composer d'au moins cinq cents pièces.

Rauser nous rejoignit en soufflant sur son café. Comme bien souvent, Neil et moi étions en train d'échanger des idioties. Il nous regarda d'un air navré, puis grommela :

— Aaah, la stimulation intellectuelle unique de ce lieu. C'est évidemment pour ça que je suis venu ce matin.

— Mais tu viens pour *quoi*, alors ? rétorqua Neil, narquois.

— Pour voir si tu suces aussi bien que tu fais le café, peut-être, répliqua Rauser du tac au tac.

— Dans tes rêves, dit Neil avec un haussement d'épaules, et il se tourna vers son ordinateur.

Un méli-mélo de lettres, de symboles et de chiffres défilait à l'écran. J'ignorais ce qu'il était en train de faire. Peut-être venait-il de s'introduire dans les serveurs de la CIA. Il avait déjà accompli cette prouesse – pour remplacer le mot *Intelligence*, sur le logo de l'organisation, par un terme qu'il préférait[1].

Neil fit de nouveau pivoter son fauteuil, les bras croisés sur la poitrine, et soutint le regard de Rauser pour dire :

— Ce matin, à propos, j'ai mis un hallucinogène léger dans le café.

Neil et Rauser s'aimaient bien, mais semblaient aussi constamment en compétition l'un contre l'autre. Et c'était pire quand j'étais avec eux. Je décidai d'aller à mon bureau avant que ça ne dégénère. J'avais du travail, de toute façon.

Mais Rauser m'emboîta le pas.

Il me suivit jusqu'à l'angle du vaste entrepôt que j'appelais mon bureau. Là, ni mur ni même une cloison de verre pour me donner de l'intimité. Oh non – ç'aurait été bien trop simple. En guise de délimitation de territoire, la décoratrice avait dressé une étonnante barrière métallique composée d'une espèce de fil de fer barbelé aux piques démesurées – du fil barbelé *dopé*, en quelque sorte –, qui s'élevait jusqu'à trois mètres au-dessus du sol. Elle était éclairée par des spots bleu électrique qui lui donnaient un air de sculpture est-allemande en pleine guerre froide. L'ensemble était très original et, je dois le reconnaître, assez beau dans le style déco d'entreprise qui refuse ce label.

---

1. *Central Intelligence Agency*. Le mot anglais *intelligence* signifie « renseignement » dans ce sigle, mais peut aussi signifier « intelligence ».

Rauser posa sa vieille sacoche de cuir bourrée de paperasses au bord de ma table de travail. Il se bagarra quelques secondes avec l'une de ses fermetures en laiton pour l'ouvrir. Je souris en l'observant. Les angles inférieurs de cette sacoche au cuir tout griffé étaient tellement rabotés qu'ils avaient blanchi, et le dessin gravé sur le rabat tellement usé qu'on imaginait difficilement ce qu'il avait pu représenter. Ça, ça me plaisait bien. Voilà le genre de bonhomme qu'était Rauser. La police d'Atlanta lui avait proposé une nouvelle voiture de service, mais il tenait trop à sa vieille Ford, une Crown Victoria, pour en changer. « Rauser, lui avais-je fait remarquer, cette voiture est équipée d'un lecteur de *cassettes*. Tu te rends compte ? » Il avait haussé les épaules et marmonné qu'il redoutait le moment de nettoyer la boîte à gants, les vide-poches des portières et les moindres recoins de la voiture où il fourrait ses notes, ses cartes, ses papiers, ses cigarettes et tout le reste.

Il sortit une liasse de photos de la sacoche et les lança dans ma direction. Elles atterrirent sur la table avec un bruit sourd. Des photos de scène de crime balancées sous le nez, comme ça, la mort plein les yeux, sans le moindre avertissement. Mon sourire et ma bonne humeur s'évanouirent en un éclair. La gorge déjà nouée, je saisis la première photo.

— Une mère au foyer, dit Rauser. Une femme comme des millions d'autres. Tu vois ce que je veux dire ?

Il s'assit en face de moi sur une chaise. J'avais tout à coup l'impression d'avoir un bloc de granit à la place de l'estomac. Le dos de la photo portait la date et le nom de la victime, son origine ethnique, son âge :

Lei Koto, femme asiatique, trente-trois ans. Retrouvée à plat ventre sur le sol de sa cuisine, partiellement dénudée, baignant dans son sang. On apercevait un bout de la porte du four dans le coin supérieur droit de l'image. Elle avait les jambes écartées, les fesses et l'intérieur des cuisses couverts de marques de coups de couteau et de morsures. *Elle a l'air si petite et si seule*, me dis-je, et je fus frappée, comme toujours, par l'aspect tout à la fois austère, surréaliste, faux et tellement précis des photographies de scènes de crime – les blessures et les ecchymoses étrangement illuminées par les flashes de la police scientifique et technique, le sang coagulé dans les cheveux, les positions étranges, anormales, des membres du corps, l'absence si criante de vie. Un seul coup d'œil à ces images, avant même d'avoir prêté attention aux détails, et l'on sait qu'elles dépeignent une mort violente. Et on ne peut plus les oublier.

— Qui l'a trouvée ? demandai-je.

— Un gamin de dix ans, répondit Rauser.

Je levai les yeux vers lui.

— Son fils, précisa-t-il. Il s'appelle Tim.

Ce crime transformerait cet enfant ; il bouleverserait sa façon de voir le monde, de considérer les inconnus, une tache de sang, une maison vide. Le crime changerait ce petit garçon de la même façon qu'il m'avait changée. Moi et tous ceux qui ont vécu ce genre de chose, nous sommes comme défigurés par le chagrin que le meurtre laisse derrière lui. Je ne voulais pas penser à cet enfant, à ce qu'il éprouvait en ce moment, à ce qu'il ressentirait plus tard. Avoir de la curiosité pour ça, c'est inviter les ténèbres dans son âme. Mais j'avais mal pour lui. J'aurais voulu l'aider, d'une façon ou d'une autre. Le prévenir, aussi – lui parler des cauchemars qui meurtriraient ses nuits, ainsi que de la gêne, des hésitations, des silences de son entourage. Personne ne sait vraiment quoi faire d'un gamin qui se retrouve orphelin à cause d'un acte de violence barbare. Des proches vont-ils l'accueillir sous leur toit ? se demanderaient les flics avec les meilleures intentions, mais maladroitement. Les adultes murmureraient entre eux, se feraient du souci, lui jetteraient des regards inquiets qui ne feraient qu'accroître son désespoir. Une assistante sociale, une étrangère, resterait avec lui pendant qu'on chercherait ses plus proches parents. Mais aucune parole rassurante, aucune marque de gentillesse ne pourrait contrer ce terrible ébranlement de l'infrastructure. Et il faudrait des années et des années pour qu'il se reconstruise.

Les photographies tremblaient entre mes doigts.

— Pourquoi tu me montres ça ? demandai-je à Rauser.

Il me tendit une lettre dactylographiée adressée à son nom à la brigade des homicides. Impression soignée et pas de signature. Je sentis son regard sur moi tandis que j'en entamai la lecture.

Cher commissaire,

Voulez-vous savoir comment j'ai procédé ? Non, vos experts de la police scientifique et technique doivent avoir déjà tout expliqué. Certains détails vous ont-ils paru troublants ? J'ai des souvenirs tellement riches de cette expérience. Je me revois sur le seuil de la petite maison, humant les odeurs qui

*émanaient de sa cuisine. Elle m'a souri quand elle
a ouvert la porte.*

*Je sais où vous conduisent vos pensées, commis-
saire, mais vous ne trouverez aucune trace de moi
dans sa vie. Je ne faisais pas partie de son premier
cercle. Elle est morte sans savoir qui je suis. Elle
est morte en demandant POURQUOI ? Ils veulent tous
cette paix-là au milieu du chaos. Leur chaos, pas le
mien ! Je ne leur réponds pas. Je ne suis pas là pour
les réconforter.*

*Les journaux me traitent de monstre. Vous, je
crois, vous savez que l'étiquette est pauvre. Que
vous disent les profileurs ? Que j'ai une intelligence
supérieure à la moyenne ? Que je sais me fondre
dans la population ? Que sur le plan sexuel, je n'ai
pas de blocage particulier ? Quel dommage tout
de même que leurs méthodes ne vous offrent pas de
meilleurs critères pour évaluer les miennes !*

*Concernant les scènes de crime, vous avez dissi-
mulé certaines informations aux médias. Saviez-
vous que leurs conjectures, aussi inlassables
qu'inexactes, m'obligeraient à réagir ? Et que vous
dit votre expérience au sujet de cette lettre, de ce
nouvel outil pour votre enquête ? Vous êtes arrivé
à la conclusion que j'ai de graves penchants
sadiques et que j'aime me vanter. Ou que j'éprouve
le besoin de me faire attraper et punir. Et vous
devez vous demander si je suis bel et bien le suspect qu'il vous faut. Puis-je tenter de vous en
convaincre ?*

*À dix heures, ce matin-là, la journée était déjà
brûlante et une casserole de chou rouge bouilli rendait l'atmosphère presque insupportable dans la*

cuisine. Une brise légère, heureusement, entrait par la fenêtre. Je l'ai sentie sur ma nuque pendant que je me tenais à côté de la table, contemplant son corps inerte sur le sol. Elle était enfin calme, immobile. Elle m'a paru si petite quand je l'ai retournée pour poser mes dents sur elle.

Les derniers bruits qu'elle a entendus, par-dessus ses gémissements sourds, ont été le déclic de mon appareil photo et le craquement de ses vertèbres cervicales qui se désintégraient – en particulier la première, l'atlas, celle qui supporte tout le globe de la tête – quand je lui ai vrillé la nuque.

6

— Il lui a brisé la nuque, dis-je calmement.

Je me rencognai dans mon fauteuil, une des photos
à la main : Lei Koto gisant dans une mare de sang sur
le sol de sa cuisine, les membres tordus, la tête bizarrement penchée sur la gauche.

— La cause du décès, marmonna Rauser. La référence aux vertèbres cervicales et en particulier à la
première, l'atlas. Qu'est-ce que ça t'évoque ?

Je repoussai le mélange d'émotions qui m'assail-
laient depuis que j'avais commencé à examiner les
photographies et retrouvai mes capacités d'analyse de
profileuse pour répondre :

— Pouvoir. Domination. Manipulation de la victime, du corps de la victime.

— La lettre décrit parfaitement la scène. Jusqu'à la
précision sur le chou rouge. Nous n'avons communiqué à la presse ni la cause exacte de la mort, ni aucun
des détails qu'il cite. L'original de la lettre est au labo.
Avec un peu de chance, il aura laissé une empreinte
ou léché l'enveloppe. Mais… pour le moment, nous
n'avons rien pour avancer !

— Tu as une lettre de l'assassin, objectai-je. Ce n'est pas tous les jours que les meurtriers nous livrent d'eux-mêmes ce genre de données comportementales.

Rauser fit la moue.

— Ouais, Keye, mais l'affaire est très particulière. Le mobile nous échappe. La scène de crime elle-même nous échappe ! Elle ne comporte pour ainsi dire aucun indice matériel. Pour attraper ce type, il va falloir comprendre ce qu'il a dans la tête au moment où il commet ses crimes.

Une petite sonnette d'alarme retentissait quelque part en moi. Je commençais à éprouver ce besoin que je connaissais bien d'élucider la pathologie, de contempler les actes violents du criminel jusqu'à ce que je réussisse à le devancer. *Cette affaire est très particulière*, pensai-je. Une décharge d'adrénaline jaillit dans mon corps. J'avais soudain les mains moites.

Ils veulent tous cette paix-là au milieu du chaos.

— Ce n'est pas la première victime, m'entendis-je dire à Rauser.

L'affaire était particulière, oui. Ce criminel ne tuait pas par opportunisme. Ce n'était pas non plus un voyou. Il était… autre chose. Un monstre cruel et affamé qui planifiait ses meurtres et se nourrissait de la terreur et de l'angoisse de ses proies.

Les yeux de Rauser étaient fixés sur moi, gris et froids comme une pluie d'hiver.

— En effet. Nous lui connaissons déjà quatre victimes. C'est le Centre national d'analyse des crimes violents qui a fait le lien entre les différentes affaires. Il y a quelques mois, plusieurs dossiers de crimes anciens et non résolus ont été confiés à un enquêteur de Floride. Il a entré les données dans le système, lequel a trouvé des similitudes entre deux meurtres survenus en Floride et un autre ici, dans la banlieue nord d'Atlanta. Le système a aussi réagi quand nous lui avons fourni les éléments du crime Lei Koto il y a deux semaines. Tous ces meurtres sont liés, cela ne fait aucun doute. Même mode opératoire et mêmes composantes de la signature : le positionnement du corps, les multiples coups de poignard, les morsures, la mise en scène, le manque d'indices matériels. Plus spécifiquement, les victimes sont toutes à plat ventre et jambes écartées, elles portent toutes des coups de couteau *antérieurs* à la mort à divers endroits du corps et des coups de couteau *postérieurs* à la mort dans certaines zones spécifiques, à savoir les cuisses – en particulier leurs faces intérieures –, les fesses et le bas du dos. L'arme du crime est aussi la même dans tous ces meurtres. C'est une lame à dents de scie, genre couteau de pêche, de dix à quinze centimètres de long. Enfin, les traces de morsure sont celles d'une seul et même individu.

— Pas d'ADN ?

Rauser secoua la tête.

— Il se sert de gants en latex ou en vinyle, et peut-être d'une digue dentaire. Nous nous renseignons évidemment du côté des boîtes de matériel médical, des dentistes, des infirmiers, des médecins, etc.

Il soupira et se mordilla nerveusement la lèvre inférieure.

— Quatre victimes *dont nous avons connaissance*, Keye ! Je veux dire, combien de meurtres ce mec a-t-il pu commettre qui n'ont pas été entrés dans les bases de données ? Ou dont les caractéristiques varient plus ou moins par rapport à celles de ces quatre-là ? S'il a commencé à tuer quand il était jeune, ses premiers crimes ressemblent-ils à ceux d'aujourd'hui ? Je suppose qu'il a dû faire évoluer sa technique. Apprendre…

— De quand date le premier meurtre connu ?

Rauser n'eut pas besoin de consulter ses notes. Il mémorisait sans effort toutes les données de ses dossiers.

— D'il y a quinze ans. Keye, ce mec tue depuis au moins quinze ans !

Je retournai cette pièce du puzzle dans ma tête. Combien de meurtres, en effet, n'avaient jamais été traités par les autorités ? Combien de dossiers en souffrance n'avaient pas été entrés dans les bases de données comparatives ?

— Ce dernier meurtre l'a laissé sur sa faim, observai-je. Voilà pourquoi il t'a écrit. Il est nerveux, insatisfait. Avec cette lettre, il t'annonce qu'il entre dans une phase d'activité plus intense.

— Tu sais ce qui me chiffonne le plus ? dit Rauser, passant une main sur ses joues. La façon qu'il a de mettre ses victimes en scène. Cet enfoiré connaissait l'existence du gamin de Lei Koto. Il sait assez de choses au sujet de chacune de ses victimes pour arriver sur les lieux au bon moment, sans jamais risquer d'être pris. Et il voulait que ce soit le petit qui trouve sa mère !

Je n'avais pas envie de penser à ce garçon – à quiconque trouvant une mère, une épouse, un être cher la nuque brisée, le corps traité avec tant de mépris. Une boule d'angoisse m'envahit la gorge et il me fallut un petit moment pour la refouler.

60

— La mise en scène rituelle du corps, le fait d'organiser la scène pour qu'un proche trouve la victime dans une position que le tueur juge humiliante, le fait aussi de laisser le cadavre nu, ainsi que les mutilations postérieures à la mort – tout ça suggère la domination. Le tueur veut exercer un contrôle absolu sur sa victime.

Rauser sortit d'autres photos de scènes de crime de sa sacoche : trois paquets d'images dûment étiquetées, attachées par des élastiques. Il les poussa vers moi à travers la table.

— À ton avis, pourquoi il les met à plat ventre ?

— Peut-être parce que leurs visages lui déplaisent. Ou bien… parce qu'il a l'impression que les victimes l'observent.

— Nom de Dieu…

— Le positionnement des corps renforce son sentiment de puissance et lui permet de se dissocier de ses victimes, de les considérer comme des objets.

Je découvris les autres séries de photographies. *Anne Chambers : de race blanche, vingt ans, étudiante à Tallahassee en Floride. Bob Shelby : blanc, soixante-quatre ans, de Jacksonville en Floride. Elicia Richardson : noire, trente-cinq ans, d'Alpharetta en Géorgie.* La plus récente victime, Lei Koto, était une Asiatique âgée de trente-trois ans. Trois femmes et un homme aux physiques et aux âges variés – face contre terre, poignardés et mordus en de multiples endroits.

Elle est morte en demandant POURQUOI ? Ils veulent tous cette paix-là au milieu du chaos. Leur chaos, pas le mien ! Je ne leur réponds pas. Je ne suis pas là pour les réconforter.

— Ce type de crime n'est pas motivé par le seul désir de tuer, dis-je, relevant les yeux vers Rauser. Le meurtre n'est que la *conséquence* du comportement de l'auteur sur le lieu du crime. Le plaisir de la manipulation, le besoin de contrôler la situation et de dominer la victime, voilà ce qui le motive.

Rauser soupira.

— Génial. Ce genre de mec est vraiment facile à retrouver.

Je regardai à nouveau les images de la scène : la petite cuisine avec ses murs jaune pâle, ses plans de travail jaune et ses appareils ménagers blancs éclaboussés de sang et couverts de traces des mains ensanglantées de la victime. J'avais examiné d'innombrables scènes de crime au cours de ma carrière au FBI. Toutes me choquaient et me troublaient. Toutes racontaient une histoire différente.

D'après le rapport d'autopsie, la victime présentait de nombreuses blessures au cou et aux épaules. Les angles d'attaque donnaient à penser qu'elle avait tourné le dos à son meurtrier à un moment donné. Sur certaines blessures, la chair était entaillée, sur d'autres elle était en lambeaux, déchiquetée. Je jetai un coup d'œil au rapport de l'analyste à propos des traces de sang. Outre la mare d'hémoglobine sur le sol de la cuisine autour du cadavre, il y avait de multiples éclaboussures sur la cuisinière, le frigo, les murs et jusque dans le couloir. Le sang avait giclé des artères de la victime ; l'analyste avait également relevé des projections imputables à la lame ensanglantée tandis que l'assassin frappait encore et encore la victime. Je comprenais ce qui s'était sans doute passé. Le tueur avait d'abord attaqué Lei Koto par-derrière. Surprise, elle avait essayé de se déplacer à travers la pièce tandis qu'il la poignardait plusieurs fois de suite. Le schéma des éclaboussures indiquait qu'elle avait réussi à lui échapper à un moment donné, et commencé à prendre la fuite. Peut-être le meurtrier lui avait-il volontairement accordé ce bref répit – pour se divertir, pour avoir le plaisir de la pourchasser. J'apprenais déjà quelque chose à son sujet. Ce tueur était sadique et patient, sans le moindre doute. Et discipliné. D'après le légiste, le calvaire de Lei Koto avait duré plus de deux heures. Il s'était poursuivi à travers toute la maison. Et pour finir, comme le montraient les traînées de sang du salon et du couloir, le tueur avait ramené la pauvre femme dans la cuisine.

Pourquoi ? Pourquoi avait-il éprouvé le besoin d'achever son œuvre dans cette pièce où tout avait commencé ? Dans sa lettre, il évoquait le chou rouge qui bouillait sur la cuisinière. Je jetai un œil sur les feuillets d'inventaire. Il y avait du bifteck haché sur une assiette dans le frigo. Lei Koto cuisinait de bonne heure le matin, avant que la chaleur du soleil n'ait transformé la maison en étuve. Dîner pour elle et pour son fils. La nausée m'envahit. Le tueur n'avait pas seulement voulu que l'enfant découvre le cadavre de sa mère ; il avait tenu à la laisser à l'endroit même où elle préparait le repas de leurs retrouvailles.

Je fermai les yeux et imaginai le petit garçon arrivant à la maison. L'odeur de chou trop cuit ne pouvait que l'avoir attiré directement dans la cuisine. *Maman ? Maman ? Tu es là ?* Le tueur devait avoir prévu cela, bien entendu. L'organisation du crime et les fantasmes qu'il lui inspirait, puis le meurtre lui-même, le temps passé avec la victime – tout cela n'était qu'une partie de son plaisir. L'attention qu'il recevait de la part du monde extérieur était aussi une immense source d'excitation et de justification *a posteriori*. *Que disent-il à mon sujet ? Que pensent-ils ?* L'empreinte qu'il laissait sur la vie de l'enfant, le fait d'avoir marqué un être humain de façon indélébile, était aussi un énorme plus, un facteur de grande stimulation.

Je consultai les rapports d'autopsie des quatre victimes associées à ce tueur par le FBI. C'était le même couteau à fines dents de scie qui avait infligé l'essentiel de leurs blessures, mais uniquement pour les affaiblir. Jamais ce couteau n'était la cause ultime de la mort. Il n'était donc qu'un outil, décidai-je, un accessoire de l'univers fantasmatique du meurtrier.

Rauser avait tiré son carnet de notes de sa vieille sacoche en cuir. Il aimait faire ça, de temps en temps : tester ses idées sur moi.

— La femme noire, Elicia Richardson, était une brillante avocate. Elle habitait dans un quartier cossu d'Alpharetta, au nord de la ville. Elle a été tuée chez elle. Exactement comme Lei Koto, qui était veuve et vivait avec son fils. Ensuite, les deux affaires de Floride : Bob Shelby touchait une pension d'invalidité et il a lui aussi été tué à son domicile. Et la première victime dont nous ayons connaissance, l'étudiante de l'université d'État de Floride, a été tuée dans sa chambre à la résidence universitaire. Chaque crime a eu lieu en plein jour.

Il se pencha vers moi, posant les avant-bras au bord de la table.

— Nous savons donc comment cet enfoiré les tue. Mais nous ne voyons pas le lien qui existe entre ces différentes victimes. Les sélectionne-t-il au hasard ?

Les voit-il quelque part, dans un lieu précis, et... et là, il pète un câble ?

— Je ne pense pas qu'il les choisisse au hasard.

— Le profil victimologique nous apprend que les modes de vie des victimes, leurs origines ethniques, leurs environnements sociaux sont trop diversifiés. Impossible de relier les victimes entre elles avec ces données. Pourtant, je croyais que les tueurs en série avaient pour caractéristique fondamentale de choisir un type de personnalité particulière, ou une race, ou un sexe, ou un groupe d'âge, enfin quelque chose de spécifique. Là, toutes les pistes sont brouillées ! Il n'y a pas de fil directeur, tu comprends ? Je ne vois pas quel truc bien particulier le pousse vers ces différentes personnes. Jamais il n'entre chez elles par effraction. Ça signifie qu'elles ont toutes ouvert leur porte, de leur plein gré, à ce fou furieux. La dernière, Lei Koto, lui a même servi un verre de thé glacé.

Rauser désigna une des photographies étalées devant moi. En effet, deux verres presque pleins se trouvaient sur la table de la cuisine.

— Aucune empreinte digitale, reprit-il. Pas de salive. Il n'a pas touché le verre. Il ne touche jamais rien. Les scènes de crime sont démentiellement propres. Chez toutes les victimes, on a aussi des écorchures profondes de la peau, aux poignets et dans certains cas au cou, parce qu'il les attache avec du fil de fer.

— Elles sont donc conscientes et se débattent pendant qu'il les torture, dis-je.

Rauser acquiesça du menton. Nous gardâmes le silence un moment, essayant de ne pas imaginer la scène – et l'imaginant malgré nous. Nous avions vu trop de scènes de crime, l'un comme l'autre, pour être capables de refouler ces images. En revanche, nous savions mieux que quiconque refouler les *sentiments* qu'elles nous inspiraient.

— As-tu transmis les rapports du crime Lei Koto au FBI ? demandai-je.

Rauser hocha la tête.

— Avec la lettre. Pour le Bureau, le tueur est un homme de race blanche, trente-cinq à quarante-cinq ans, intelligent, sans doute actif, qui vit seul, et pourrait être divorcé. Un prédateur sexuel qui vit et travaille probablement dans l'agglomération, dit-il, et il poussa un grognement moqueur : Bravo, le Bureau, et grand merci ! Ça nous réduit le pool des suspects potentiels à environ deux millions de bonshommes rien que dans cette ville.

— Il a besoin de temps et d'espace pour laisser se développer les fantasmes qui sont le moteur de ses crimes violents, observai-je. C'est pourquoi le Bureau présuppose qu'il vit seul. Et d'après sa lettre, il prend des photos qui l'aident à entretenir et alimenter ces fantasmes. Il imagine ses crimes avant de passer à l'acte. Dans les moindres détails. Ensuite, il s'agit simplement d'y insérer les victimes. Il estime sans doute avoir une sorte de relation intime avec elles. Y a-t-il des scènes secondaires ?

— Non. Une seule scène de crime. Il fait tout le boulot sur les victimes dans un seul endroit. Qu'est-ce que tu en déduis ?

— Que rien ne l'oblige à les emmener ailleurs. Qu'il sait qu'il ne sera pas interrompu. De toute évidence, il prend toutes les précautions nécessaires pour se sentir parfaitement en sécurité, c'est-à-dire qu'il connaît les emplois du temps de ses victimes, leur voisinage. Il est certain, aussi, qu'elles lui ouvriront leur porte.

— Il n'y a pas trace de viol, pas de sperme, pourtant le Bureau parle à son sujet de criminel sexuel. Pourquoi ? Ce genre d'étiquette ne peut qu'exciter les médias.

— Le FBI dit ça parce que nous associons en général les coups de couteau aux pulsions sexuelles du tueur.

— Nom de Dieu ! s'écria Rauser, d'une voix si forte que je sursautai. J'ai hâte d'annoncer que nous avons un assassin affamé de sexe en liberté dans la ville. Nous tenons une conférence de presse dans deux heures. C'est moi qui vais avoir le plaisir de révéler à Atlanta que ce salopard est un tueur en série.

J'étais parfaitement immobile dans mon fauteuil, mais je me sentais de plus en plus nerveuse. Ma table était jonchée de photographies de scènes de crime et il me semblait que Rauser libérait un flot d'hormones de stress qui m'envahissait. Il faut dire que nous sommes rarement à l'aise ensemble quand l'un de nous est tendu. Nous sommes un peu comme des chiots, Rauser et moi : bien plus doués pour jouer et nous bagarrer que pour nous apaiser mutuellement. Quand nous sommes tous les deux à cran, nous finissons en général par nous disputer.

Il soupira, les yeux posés sur les barbelés postmodernes qui fermaient mon espace de travail.

— Je suis à court d'idées, et tu ne me dis rien que je ne sache déjà.

Je regardai la lettre du tueur et le rapport du médecin légiste. L'idée de décevoir Rauser m'était insupportable. J'adorais et je détestais tout à la fois les émotions que j'éprouvais en sa présence. La relation au père, peut-être – quelque chose comme ça. En tout cas, je mordais systématiquement à l'hameçon. Quand j'étais gosse, mon père ne m'avait pour ainsi dire jamais parlé, vraiment *parlé*. Il ne parlait d'ailleurs à aucun membre de ma famille. Et quand il le faisait enfin, c'était comme si les nuages se dissipaient, laissant apparaître un rayon de soleil qui nous réchauffait tout à coup jusqu'au plus profond de notre être. Mon frère et moi, nous avons tous les deux passé beaucoup trop de temps, gamins, à essayer de faire parler notre père pour connaître ce bonheur. Et moi j'ai passé une trop grande partie de ma vie d'adulte à rechercher le même genre de chose chez les hommes. Ma mère, en revanche, c'est tout le contraire. Elle n'a jamais su garder le silence. Elle a toujours généreusement distribué les critiques à son entourage – et les marques d'approbation au compte-gouttes. Et cela n'a sans doute pas arrangé nos névroses.

— Les criminels violents admettent souvent avoir eu des fantasmes de pénétration au moment où ils poignardaient leurs victimes, expliquai-je à Rauser. En théorie, donc, le couteau du criminel est un substitut de son pénis. Les blessures qu'il inflige à ses victimes se trouvent souvent aux alentours des organes génitaux et des seins. C'est le cas de ton tueur. En outre, certaines de ces blessures sont postérieures aux décès, ce qui signifie qu'elles n'ont pas pour but de faire souffrir, mais de procurer une sensation particulière au tueur. Les spécialistes de psycho-criminalistique appellent parfois ça la nécrophilie régressive.

— Quoi d'autre ?

— Le fait qu'il t'écrive après avoir gardé le silence si longtemps – s'il y a effectivement quinze ans qu'il commet des meurtres – et cette envie de jouer au chat et à la souris avec la police… Il fait ça pour s'exciter et pour se mettre en danger. Parce que les meurtres ne lui suffisent plus.

— Il ne fait pas que commettre des meurtres, Keye. Il mutile ses victimes, précisa Rauser en passant une main dans ses épais cheveux poivre et sel.

— Je suis désolée. J'aimerais pouvoir t'aider davantage. Vraiment.

Je n'étais qu'à moitié sincère, bien sûr. Je disais cela quand Rauser se faisait du souci.

— Tu peux m'aider ! s'exclama-t-il alors à ma grande surprise. Viens au commissariat, lis tous les documents que nous avons sur les quatre crimes et tires-en quelque chose qui me permettra de comprendre ce salopard. Je te ferai payer comme consultante.

— Hmm… là, tout de suite, je ne crois pas que ce soit une bonne idée. Ce genre de truc, c'est ce qui m'a fait devenir alcoolique.

— Tu déconnes ? !

Rauser s'esclaffa, mais il me fixait d'un regard sombre. Il n'avait jamais été du genre à me faciliter les choses.

— Tu es devenue alcoolique parce que tu picolais, point barre, affirma-t-il. De quoi as-tu peur ?

— N'oublie pas que j'ai été mise à la porte du FBI. Je n'arrivais plus à passer une journée entière sans boire. Oh, et puis mon mariage s'est cassé la gueule et j'ai passé trois mois en clinique de désintoxication. Tu te souviens ? Veux-tu faire capoter toute ton enquête ?

Il te faut une criminologue dont les références sont inattaquables au moment du procès.

— Le procureur pourra toujours trouver un pseudo-spécialiste au CV impeccable pour témoigner à la barre. J'ai besoin de toi maintenant, aujourd'hui, à *cette* phase de l'enquête. Je n'ai confiance en personne d'autre que toi pour nous pondre ces foutus profils supercalés dont nous avons besoin. Et j'ai horreur, putain, j'ai horreur de t'entendre t'apitoyer sur toi-même !

Il se mit debout et commença à rassembler ses documents sur la table.

— Je sais, je sais, reprit-il. Le Bureau t'a trahie. Mais bon sang, Street, oublie ça. Tourne la page. D'accord, tu as un problème avec l'alcool. Comme cinquante millions d'autres personnes dans ce pays. Cesse d'utiliser ce truc comme excuse pour te défiler. D'accord, tu as eu une enfance difficile. Bienvenue au club !

Visiblement énervé, il fourra ses notes et les photos dans sa sacoche. Je pensai à Bob Shelby, le seul homme parmi les quatre victimes répertoriées. Il vivait seul, avec une pension d'invalidité. Il avait connu une existence déjà bien difficile. Il ne méritait pas de connaître la souffrance, l'humiliation et la terreur qu'il avait éprouvées avant de rendre l'âme. Je pensai à Elicia Richardson. Noire, femme, jeune et couronnée de succès : elle avait cumulé les handicaps et les avait tous surmontés. Sa famille devait être très fière d'elle. Pourquoi avait-elle ouvert la porte, ce jour-là ? Je pensai à Anne Chambers, au seuil de la vie adulte, étudiante à l'université d'État de Floride. Je pensai à Lei Koto, à sa cuisine transformée en scène d'horreur et à

Tim rentrant chez lui pour trouver sa mère assassinée. Je pensai aux yeux de Rauser fixés sur moi, deux perles d'acier aux éclats bleutés. Je le connaissais. Il avait dû se faire violence pour me demander de l'aide.

Je renversai la tête en arrière, fermai les yeux, pris une profonde inspiration. J'avais très envie de boire, tout à coup.

Rauser boucla sa sacoche.

— Félicitations, à propos. Tu es parfaitement au diapason de tes anciens collègues. Le Bureau nous dit lui aussi que le tueur est en train de se réveiller et que sa période de latence sera brève. Tu sais aussi bien que moi ce que ça signifie.

Non, pensai-je alors, le tueur ne traversait pas vraiment une période de latence. Il accélérait graduellement le rythme de ses meurtres. Et si la police d'Atlanta n'avait pas encore découvert de nouveaux cadavres, il n'en était pas moins là, quelque part en ville, et il fantasmait, il revivait ses crimes, il organisait méticuleusement le prochain pour pouvoir le revivre à volonté par la suite – et il cherchait peut-être déjà une nouvelle victime.

7

Votre blogosphère adulte > Fétichisme extrême & Jeux de lames > Extrême SANS LIMITES, une fantaisie de Lame-Vive > Le mignon de la piscine

Il n'avait pas remarqué ma présence. Le téléphone portable collé à l'oreille, il racontait à son interlocuteur, d'une voix beaucoup trop forte, qu'il avait *tellement* de travail. « Je vois ma femme et mes gosses cinq minutes le matin au petit-déj' », l'entendis-je faire mine de déplorer. J'eus du mal à ne pas éclater de rire. Il était huit heures et nous nous trouvions dans un ascenseur plein à craquer. Tous ces crétins de costards-cravates serrés contre moi, et lui qui pérorait pour la galerie. Je le vis balayer du regard la petite cabine – s'assurer qu'il avait un public. Il prenait son pied dans ce genre de situation. Je connaissais cette pathologie. Elle me donnait la nausée. J'avais l'impression qu'une lourde couverture poisseuse m'était tombée sur les épaules et que cette couverture avait un nom : David. Petit connard, petit merdeux prétentiard. Monsieur Le-monde-m'appartient. Pas une minute pour sa propre famille, mais tout le temps du monde pour sa bite. Il n'avait pas changé.

Il abaissa enfin le clapet de son téléphone et regarda de nouveau autour de lui. Il voulait être sûr d'avoir fait forte impression sur l'ascenseur. Le pauvre, il avait tant besoin de cette reconnaissance. *Pathétique*.

Son visage s'illumina quand il m'aperçut. Le souvenir lui revint aussitôt en mémoire, c'était visible. Un ami commun, un barbecue chez lui, dans son propre jardin. J'avais fait la connaissance de sa femme et je l'avais baisé, lui, vingt minutes plus tard, derrière le pavillon de la piscine. Et là, cette rencontre fortuite dans l'ascenseur. Quelle chance !

Les portes s'ouvrirent. Je descendis de la cabine avec lui, au cinquième étage. Il brandit un index accusateur vers mon visage.

— Tu ne m'as jamais rappelé.

Nos attachés-cases à la main, nous traversâmes ensemble un hall en marbre, puis longeâmes un couloir moquetté avant de nous arrêter devant le minuscule comptoir d'un vendeur de boissons pour commander des cafés à emporter. David bavassait au sujet de quelque promotion qu'il attendait bientôt. Il remuait les mains en parlant – des mains fines, aux ongles soignés, avec une épaisse alliance en or. Il me regardait de temps en temps pour s'assurer que je l'écoutais. Il croyait qu'il m'intéressait. Oh, il m'intéressait, oui. *Beaucoup*. Il sourit. Il aimait ma façon de le considérer. Ma froideur le flattait et le renforçait dans ses certitudes. Je connais le genre. Comme moi, il accordait beaucoup d'attention à son apparence. Les John Lobb noires qu'il avait aux pieds devaient lui avoir coûté douze cents dollars, son costume Fioravanti bleu marine douze mille de plus. Il payait aussi quatre cents dollars par mois une dominatrice qui lui envoyait des insultes par textos, lui posait des pinces à linge sur les couilles et l'attaquait de temps en temps avec un godemiché.

Nous avons pris rendez-vous. Pour dîner. Je crois que je le baiserai un moment avant que la pointe de ma lame ne perce sa chair. Comment le sang d'un homme aussi creux que David jaillira-t-il ? Je vous tiendrai au courant. *LameVive*.

À Atlanta, les couchers de soleil sont éblouissants et totalement faux. Cinq millions d'automobiles en circulation contribuent à donner à l'atmosphère de la ville une teinte jaunâtre, les jours d'été, quand la composition du smog dépasse tellement les niveaux normalement acceptables pour les autorités fédérales que même les dirigeants des grandes entreprises polluantes sont susceptibles de froncer les sourcils. Le soir, en revanche, lorsque les rayons du couchant traversent cet air chimique, ils embrasent le ciel du centre-ville. De la fenêtre de mon appartement, au dixième étage du Georgian Terrace Hotel, je peux admirer ce spectacle comme le million d'automobilistes qui repartent vers leurs banlieues sur l'autoroute 75-85 embouteillée – vue de chez moi, deux interminables rubans onduleux blancs et rouges.

La première fois que je me suis approchée de cette fenêtre pour regarder la ville, il pleuvait. Nous étions en décembre et Peachtree Street, au pied de l'immeuble, portait ses décorations de fêtes de fin d'année. Les lumières du Fox Theatre se reflétaient sur la chaussée humide et les spectateurs du concert de ce soir-là quittaient les cafés alentour, emmitouflés dans leurs manteaux, pour prendre place dans la file d'attente sous les ampoules jaune pâle du grand auvent rouge. J'adore vivre dans ce quartier où de délicieuses odeurs de cuisine s'échappent par les portes de service des restaurants, toujours ouvertes pour laisser l'air circuler, où les foies de poulet frits et les tartes aux noix de pécan sont au menu avec le risotto de homard et le soufflé à l'alcool de figue, où marchands ambulants et SDF continuent de tenter leur chance auprès des citadins nantis qui filent sur les trottoirs dans leurs chaussures hors de prix, où les laveurs de pare-brise patientent aux carrefours pour une pièce avec leurs vaporisateurs à moitié vides.

Mais Atlanta est une ville parfois pénible en été. Les journées sont longues, et le soleil implacable nous vaut souvent des températures records. Les gens s'énervent. Les moteurs des véhicules amplifient la chaleur des rues et on a parfois l'impression, quand on traverse la chaussée, de passer par un sauna à ciel ouvert. Atlanta bouillonne dans sa propre colère. Et moi, à cause de ce que Rauser m'avait raconté, je savais qu'un nouveau tueur en série rôdait dans ses rues.

J'entrai dans mon appartement, lorsque j'entendis un bruit derrière moi dans le couloir, du côté des ascenseurs. Je ne sais pas pourquoi, je pensai tout à coup à Dan. Une odeur, un bruit, un déclic de serrure pouvaient encore me ramener aux souvenirs de la vie que j'avais partagée avec cet homme, de notre foyer, des tâches prosaïques du quotidien, des moments où j'attendais le retour de ses yeux bleus le soir, et sa voix tout près de mon oreille. Entre Dan et moi, désormais, ce n'était plus du tout ça. Loin de là. C'était une épreuve de chaque instant. C'était à peine poli. C'était cassé.

Racaille, la chatte blanche que j'avais recueillie un soir, deux ans plus tôt, dans une petite rue du quartier, sortit de ma chambre, s'étira sur ses pattes en bâillant, puis vint à ma rencontre pour fourrer sa tête entre mes chevilles. Je l'ai appelée Racaille parce que je l'ai trouvée, encore chatonne, faisant ses premières armes en compagnie d'un groupe de matous qui se disputaient avec de féroces miaulements les déchets d'un conteneur à ordures renversé – et qui prirent tous la fuite à mon approche. J'ai décidé de l'adopter avant qu'elle n'en devienne vraiment une, de racaille. Je ne sais pas quel nom elle m'a donné. Je me baissai pour la caresser un peu, puis me redressai devant la fenêtre. J'observai un moment Peachtree Street avec une moue chagrine. Je me sentais seule. En plus, je n'avais rien mangé depuis des heures.

La sonnerie que j'avais affectée au numéro de Rauser s'éleva de mon téléphone portable. Je n'avais pas envie de lui parler, je ne voulais parler à personne, mais je ne suis pas toujours douée pour exprimer mes sentiments.

— Salut, fis-je sans enthousiasme.

Je lui en voulais un peu de m'avoir étrillée comme il l'avait fait, la veille, à mon agence, pour l'unique raison que je ne lui donnais pas ce qu'il voulait.

— Hmm… pas très accueillante.

Derrière lui, j'entendais les bruits de fond, les téléphones, les voix du commissariat d'Atlanta. Rauser devait être assis dans son bureau. Nous ne nous étions pas parlé depuis qu'il avait quitté le mien en rogne.

— Je n'ai pas passé une très bonne journée, dis-je pour éluder.

— Tu as déjeuné avec Dan, c'est ça ?

J'entendais à présent qu'il se déplaçait ; le carillon d'un ascenseur retentit dans l'écouteur.

— C'était aujourd'hui, non ? insista-t-il. Vous avez réussi à vous parler un peu ?

— J'en ai ma claque, de parler, répliquai-je.

— Ouah ! Génial comme attitude, Street.

— Dan a un psy. Moi aussi. Lâche-moi les baskets.

— Amère et seule pour fêter ça, commenta Rauser.

— Oui, je suis amère. Il se prend pour un putain de psy, maintenant qu'il voit lui-même quelqu'un. Et il est tellement moralisateur et sûr de lui ! C'est insupportable.

— Et... quel est le diagnostic du Dr Dan ?

— Que je ne sais pas être sérieuse. Que j'ai des problèmes pour ce qui est de vivre dans l'intimité d'autrui.

— Pas mal, dit Rauser, pouffant de rire. Tu as réagi comment ?

Je soupirai.

— Je... Je lui ai dit que ses problèmes, je m'en battais les burnes. Et puis je me suis attrapé l'entrejambe en le regardant droit dans les yeux, et je me suis tirée.

— Très futé. Et vachement adulte, en plus.

L'ascenseur carillonna à nouveau, j'entendis un bruit de pas sur un dallage extérieur et le vent se mit à siffler dans l'écouteur. Rauser était sorti de l'immeuble. Je me demandai où il allait, pour quelle urgence. Une autre scène de crime, ou simplement l'envie pressante d'une cigarette ? Je repensai pour la centième fois à ces photos qu'il avait laissé tomber devant moi à l'agence.

Rauser et moi avions déjà eu ce genre de discussion. Nous comprenions des choses, l'un sur l'autre, comme seuls des amants de longue date peuvent normalement le faire. Ma vie amoureuse n'avait jamais été qu'une succession de petites guerres. De la dernière, un mariage qui avait duré cinq ans, j'étais sortie les nerfs à vif et passablement blessée. Rauser était divorcé depuis dix ans. Il avait deux enfants, déjà adultes, qui vivaient à Washington et ne venaient jamais à Atlanta. Il les voyait occasionnellement. Il disait encore aimer sa femme. Je savais qu'il l'avait appelée à plusieurs reprises, ces dernières années, et qu'il avait toujours coupé la communication au moment où elle décrochait. Il savait qu'il m'arrivait encore de coucher avec Dan, à l'occasion, en dépit de la colère que j'éprouvais contre lui – et il savait que je ressortais de chacun de ces épisodes privée d'un fragment supplémentaire de mon amour-propre. Rauser et moi étions tous deux cruellement sous-qualifiés pour les relations amoureuses durables. Nous étions lunatiques, égocentriques et nous avions affreusement tendance à nous apitoyer sur nous-mêmes. Nos *défauts*, voilà ce qui nous rapprochait le plus, avions-nous constaté un jour en nous goinfrant de beignets chez Krispy Kreme.

— Dan est un con, dit Rauser avant de souffler longuement – et j'imaginai une volute de fumée de cigarette devant son visage. Un con gnangnan et casse-couilles. Ça faisait longtemps que je voulais te dire ça.

Je réfléchis quelques instants. Dan avait la ligne et les mouvements fluides d'un danseur, des cheveux bruns qu'il portait toujours sous la nuque, et il était juste assez séduisant, à sa façon un peu artiste et canaille, pour ne pas être considéré comme efféminé. Mais je n'oubliais pas l'expression profondément lasse qui se peignait sur ses traits fins chaque fois que je lui avais présenté quelqu'un.

— C'est un con, c'est vrai, acquiesçai-je.

— Alors qu'est-ce qui t'attire, chez lui ?

— Sa bite. Elle est énorme.

Rauser rit.

— Écoute, Keye… Je suis désolé pour hier. Je voulais juste… Je ne voulais pas passer mes nerfs sur toi, d'accord ?

C'était dans ces instants-là, dans ces petites attentions, que Rauser se dévoilait vraiment. Quand il se pointait chez moi avec des plats à emporter ou téléphonait juste pour voir ce que je faisais – et se coltinait le récit complet de ma journée alors qu'il était lui-même sous pression à cause d'une enquête difficile. Rauser était un homme charmant et finalement j'étais heureuse qu'il m'ait appelée.

— Merde ! dit-il tout à coup. Faut que je te laisse, Street.

8

Je ne sais pas depuis combien de temps je dormais lorsque la chanson *Dude (Looks Like a Lady)*[1], d'Aerosmith, s'éleva de mon portable. N'étant pas certaine que Rauser apprécierait la blague, je ne l'avais pas informé que j'avais associé ce titre à son numéro de téléphone. Racaille était allongée sur ma poitrine. En général ça ne me dérangeait pas, mais elle avait pris l'habitude, depuis quelque temps, de se positionner dans le mauvais sens : j'avais le privilège de voir son cul lorsque j'ouvrais les yeux. Je la poussai vers le sol en attrapant le téléphone et en jetant un coup d'œil au réveil sur la table de nuit. Il était trois heures du matin.

— T'as un problème ? demandai-je.

— J'ai reçu une autre lettre. Ce mec est totalement cinglé !

Je laissai ma tête retomber sur l'oreiller, sans rien dire.

_____

1. « Ce mec (a des airs de madame) ».

— Keye ? Tu dors ?

— Hmm… oui.

En toute sincérité, je ne savais pas si j'avais envie de raccrocher ou de courir le retrouver et lui apporter mon aide. J'avais déjà essayé, par le passé, de tracer une ligne entre son travail et ma vie privée, et de définir les conditions dans lesquelles les deux univers pouvaient ou ne devaient surtout pas se rencontrer – mais j'avais envoyé des signaux ambigus à Rauser, je m'en rendais bien compte. L'enquête criminelle m'attirait comme une vodka citron ; j'adorais autant que je détestais cette chose que j'avais passé l'essentiel de mon existence à apprendre.

— Je te faxe tout de suite la lettre, d'ac ? relança Rauser. Jettes-y un coup d'œil, s'il te plaît. Je ne te dérangerai plus, après ça, promis, mais là j'ai besoin de tes lumières. Il nous donne son calendrier ! Nous avons trois jours jusqu'au prochain meurtre.

Je pris une seconde pour assimiler cette terrifiante information, puis me redressai dans le lit. Les photos des scènes de crime envahissaient déjà mes pensées : Lei Koto sur le sol de sa cuisine, Bob Shelby, Elicia Richardson, Anne Chambers. Je pensais à leur supplice, à la terreur qu'ils avaient dû éprouver dans les derniers instants de leurs vies et que l'on sentait, d'une certaine façon, sur les photos. *Trois jours.*

Ayant enfilé un tee-shirt et un vieux caleçon de Dan, je me dirigeai vers la cuisine. L'hypoglycémie me guettait, j'avais un peu le tournis, j'attrapai une bouteille de jus de raisin dans le frigo. Les premiers jours de mon séjour en clinique de désintoxication, les médecins m'avaient imposé une grande purge et fourni divers produits de substitution à l'alcool – barbituriques et jus de raisin, notamment. Une infirmière m'avait expliqué que le jus de raisin leurrait l'organisme en lui apportant la même satisfaction que le cognac. Elle avait raison. Au quatrième jour, hélas, il était déjà temps de commencer à me retirer ces béquilles. D'abord les barbituriques. Le lendemain, adieu le jus de raisin. J'en veux encore un peu à la clinique. Dès mon premier passage au supermarché, après ma libération, je me suis constitué un stock de jus de raisin. Rauser en a désormais toujours dans son frigo, lui aussi. Quand je lui rends visite, il m'en verse trois doigts dans un verre à whisky, remplit son propre verre de bourbon bon marché, et puis nous trinquons et nous nous affalons devant la télé pour regarder un film ou un match de base-ball – surtout si ce sont les Braves qui jouent.

En soupirant, je m'accoudai au plan de travail avec mon verre de jus de raisin. Ma culpabilité vis-à-vis de Rauser se ravivait. La culpabilité : un autre héritage de mes années d'alcoolisme. Mais mon attitude était-elle vraiment égoïste ? Rauser disposait d'un panel de gens très compétents, doués pour l'enquête criminelle. Il ne tenait qu'à lui de les exploiter. Oui, mais Rauser avait davantage confiance en moi. Et il protégeait son territoire, il rechignait à laisser les gens du FBI intervenir. Chose que je ne pouvais guère lui reprocher. Les bons flics savent mieux que personne résoudre les crimes qui affectent leur propre ville.

Le fax se mit à couiner dans le living-room. Racaille, qui m'avait suivie à la cuisine, se frotta à mes jambes pour réclamer la généreuse dose de lait et de crème fraîche qu'elle avait pris l'habitude de s'avaler chaque matin. Le fait que nous soyons réveillées quatre heures trop tôt ne semblait pas perturber son talent pour la mendicité et son insatiable appétit de produits laitiers. Je la servis dans une soucoupe avant d'aller récupérer le fax de Rauser.

De quoi avais-je si peur ? De ne pas pouvoir travailler sans boire, peut-être. Me sentais-je incapable de laisser mon esprit s'aventurer sur ce terrain violent, sauvage, de l'enquête criminelle, sans un verre à la main ? L'analyste comportementale que j'avais été ne devait-elle ses prouesses qu'à l'alcool ? À l'époque, oui, j'étais sans doute plus sensible, plus à l'écoute du potentiel destructeur de l'être humain – mais ce potentiel, malheureusement, je le possédais aussi. Peut-être était-ce l'apprentissage de cet art lugubre du profilage qui m'avait poussée vers une addiction que mes gènes étaient prêts à endosser, voire à réclamer. Risquais-je de me retrouver à nouveau emportée dans la même direction ? Je ne voulais pas retourner là-bas. Jamais de la vie. *Et pourtant*, j'avais chaque jour envie de boire de l'alcool. L'interminable va-et-vient des désirs contradictoires, voilà le supplice de l'addiction. Et voilà que je pensais de nouveau à boire en saisissant les deux pages imprimées par le fax. Mais je percevais aussi une accélération familière de mon rythme cardiaque, et ce n'était là ni de la peur ni de l'angoisse, bien au contraire : plutôt une sorte d'euphorie.

J'allumai un lampadaire et me vautrai sur le canapé pour lire la lettre.

Commissaire Aaron Rauser
Police d'Atlanta
Brigade des homicides, City Hall East

Ce n'était pas prévu. Je n'étais pas là-bas pour le rencontrer. La Providence nous a réunis. Vous voulez comprendre, commissaire, n'est-ce pas ? Vous voulez que je vous explique le processus de sélection. « Qu'est-ce que c'est ? Quelle est cette chose sans nom, insondable et surnaturelle ? » se demandait Melville dans Moby Dick, *tout comme vous vous interrogez, vous, maintenant.* POURQUOI *ces crimes ? La question doit vous rendre dingue.*

Un ascenseur. Une rencontre des plus fortuites. Il fanfaronnait au téléphone. J'étais tout près, si près de lui que je sentais son après-rasage. Sa suffisance m'a d'abord donné envie de rire, puis elle m'a donné envie de vomir. Il lissait de temps en temps ses cheveux bruns du plat de la main. Son besoin de paraître *était horripilant.*

Je l'ai observé, je l'ai écouté. Je connais ce genre de bonhomme. On trouve une belle pile de cadavres au pied de l'échelle qu'il a grimpée pour faire carrière. Quatre-vingts heures par semaine au bureau, mais il trouve quand même le temps de tromper sa femme. Ce frisson de l'aventure extraconjugale, il en a besoin, c'est un impératif. Le sexe comble des vides. Et des vides, il y en a un certain nombre dans sa vie. Il dit aimer sa femme et ses enfants, mais au fond il en est incapable. Il fait semblant. Moi aussi je fais semblant. Comment les profileurs expriment-ils cette caractéristique, de nos jours ? Le « vernis d'une vie sociale réussie », quelque chose comme ça ? Les sourires, les discussions avec les collègues et les voisins, une main sur leur épaule, copain-copain. Êtes-vous surpris d'apprendre que j'ai des amis ? Rien d'honnête làdedans, bien sûr. Nulle intimité, aucune des dispositions psychologiques qui fabriquent réellement l'amitié. Uniquement l'apparence de l'amitié. C'est un jeu pour lequel j'ai acquis beaucoup de savoirfaire. Les gens m'apprécient, commissaire. Est-ce la raison pour laquelle ils m'ouvrent leurs portes ?

Faut-il vous lâcher un petit quelque chose ? Un détail pour vos analystes ? Quand je suis avec eux, quand ils me supplient d'arrêter, quand ils me disent que je leur fais mal, quand ils me demandent pourquoi, je leur réponds par une question : « Qu'est-ce que cela fait ? Comment c'est à l'intérieur ? » Ils ne savent jamais quoi dire. Ils ne comprennent même pas la question. J'enfonce la lame plus profond. Je continue. Je ne leur laisse aucun répit. Je veux savoir. Qu'est-ce que ça fait, putain ? Ainsi, je leur donne au moins une raison tangible d'avoir du chagrin. Et une douleur précise à laquelle résister héroïquement. Ils me pardonnent la douleur. Chacun peut apprécier, quand l'occasion se présente, de disposer d'une souffrance dans laquelle mordre à pleines dents. Voilà pourquoi certaines personnes se lacèrent le corps – je comprends ça, désormais. Nous saignons la plupart du temps et pour tant de raisons, de toute façon. Autant voir pour de bon les éclaboussures que nous laissons derrière nous !

Incapable d'empathie, conclurez-vous à mon sujet. Complètement égocentrique. Mais saurais-je *leur faire du mal si je n'avais pas moi-même une compréhension globale de la douleur et de l'avilissement ? Il faut adopter un point de vue quasi altruiste pour jouir véritablement des plaisirs de l'égocentrisme ! Malade, malade, malade, direz-vous. Ne me jugez pas en fonction de vos propres critères. Cela ne vous aidera pas à me retrouver. Vous et moi, nous n'avons pas les mêmes idéaux, voilà tout. Un assassin aussi malade devrait avoir des difficultés à éviter longtemps les filets de la police, n'est-ce pas ? Mais je fais ce que je fais depuis plus longtemps que vous ne le supposez, commissaire.*

Je lui ai dit bonjour devant l'ascenseur, ce matin-là, et nous nous sommes serré la main. Avez-vous écarquillé les yeux en lisant ces mots ? Un lieu public, des témoins, des caméras vidéo ! Oh, je vous sens tellement intrigué ! Quel immeuble, quel ascenseur ? Nous connaissions-nous déjà ? Il m'a souri – un sourire de requin. J'ai su à cet instant que nous étions de la même race de prédateurs.

Quelques indices, à présent, pour faire sursauter d'espoir votre petit cœur de flic ?

David. Cheveux bruns. Costumes de marque. Très belle carrière.

Trois jours, commissaire. Tic-tac.

Les lumières de Peachtree Street projettent des taches de couleurs sur les plafonds de mon appartement, la nuit, dont j'aime la chaleur comme j'aime l'auvent du Fox, avec ses grosses ampoules rondes, juste sous mes fenêtres. Mais là, j'avais un invité inattendu et mon home me paraissait étrangement sombre, silencieux et froid. Carnet de notes et stylo en main, je relus plusieurs fois la nouvelle lettre de l'assassin.

Le téléphone sonna une heure plus tard.

— Tu veux bien me parler, maintenant ? demanda Rauser sans préambule. Je fais le café, si tu me laisses monter.

Il avait appelé du rez-de-chaussée et il apparut à la porte deux minutes plus tard. Vêtu d'un jean Levi's et d'un polo bleu roi qui portait les lettres APD[1] cousues au fil jaune sur la manche gauche, il n'était pas rasé et il avait l'air épuisé. Il alla droit à la cuisine et remplit le moulin électrique de grains de café. Il savait où trouver les choses. Nous passions pas mal de temps l'un chez l'autre.

— Et voilà ! annonça-t-il au bout de quelques minutes en me rejoignant dans le living-room.

Il posa sur la table basse les deux mugs qu'il avait préparés, s'assit à côté de moi et me prit la main.

— Merci, Keye. J'ai besoin de parler de tout ça avec quelqu'un qui comprend ce merdier.

Je hochai la tête. Qu'aurais-je pu répondre ?

Carré au fond du canapé, une cheville en travers d'un genou, il sirota un moment son café, qu'il avait complété de lait et de sucre, avant de reprendre :

— Je ne crois pas que ce type nous enverrait des avertissements si nous avions effectivement le temps de trouver le fameux David. Mais nom de Dieu, nous allons quand même essayer ! Tant pis si nous sommes obligés de visionner les enregistrements de toutes les

_____

1. *Atlanta Police Department* : police d'Atlanta.

caméras de surveillance de tous les immeubles de cette ville. Nous aurons ce salopard.

Je songeai à la difficulté d'une telle entreprise – au temps et aux ressources qu'elle nécessiterait, aux pauvres flics qui seraient obligés de regarder les films granuleux et flous des caméras de surveillance. Et que chercheraient-ils, au juste ? Deux bonshommes qui se serrent la main devant un ascenseur et marchent ensuite dans un couloir en bavardant. Et puis quoi ? Il faudrait alors passer des heures, ou plutôt des *jours*, à essayer de mettre un nom sur les visages de ces individus, de les localiser, enfin de les interroger. Le tueur avait livré juste ce qu'il fallait d'infos pour faire tourner les flics en rond.

Trois jours, commissaire. Tic-tac.

— Le scénario qu'il annonce est peut-être totalement bidon, reprit Rauser au bout d'un moment. Il se fout de nous. Les tueurs en série ont tendance à raconter un maximum de salades.

Il gribouillait avec un crayon sur une copie de la lettre qu'il avait tirée de sa poche.

— C'est bien ça le problème, avec les assassins, continua-t-il d'un ton aigre. Ce sont des menteurs, de sales menteurs ! Peut-être que l'histoire de l'ascenseur est vraie, et peut-être pas. Peut-être que David existe, et peut-être pas. Mais nous devons vérifier. Pas le choix. Il faut regarder ça dans les moindres détails.

Rauser avait déjà mis davantage d'hommes sur cette enquête qu'aucune autre affaire criminelle traitée par la police d'Atlanta n'en avait mobilisés. Le maire l'avait fièrement annoncé aux médias et les médias avaient répliqué que la dépense était excessive. Rauser avait aussi fait établir des lignes téléphoniques joignables vingt-quatre heures sur vingt-quatre pour qui aurait des renseignements à fournir. Mais la presse n'en démordait pas : le groupe d'enquête le plus cher de l'histoire de la ville n'obtenait aucun résultat.

— Une idée à garder en tête, dis-je. Le tueur sait peut-être très bien ce que l'enquête peut signifier en termes de moyens et de nombre de policiers impliqués.

Une question troublante me vint alors à l'esprit : cet homme qui se vantait de ses crimes dans les lettres adressées à Rauser était-il proche du monde de la police ? Et en ce cas, proche à quel degré, au juste ?

Rauser pointa son index et son pouce, et les braqua sur moi comme un pistolet.

— Bien vu, dit-il avant de prendre son portable pour appeler l'un de ses inspecteurs. Williams ! Bevins et toi, vous commencez à regarder les noms de tous les candidats recalés à l'école de police ces quinze dernières années. Vous regardez ça de *très près*, tu m'entends ? Les mecs qui auraient voulu être flics, les obsédés de séries télé policières, tout le monde – vous me les trouvez et vous vérifiez leurs alibis. En plus, je veux que tu t'occupes personnellement, et discrètement s'il te plaît, d'établir une liste de tous les agents soumis à des mesures disciplinaires, ces dernières années aussi, pour brutalités, harcèlement sexuel, violence verbale, etc. Tu regardes attentivement les agents tenus à l'œil ou mis en disponibilité pour un truc de ce genre. Je veux leurs dossiers sur mon bureau à midi.

Il raccrocha, sortit les photos de scènes de crime de sa sacoche et les étala devant nous sur la table basse, dans l'ordre chronologique des crimes – Anne Chambers, Bob Shelby, Elicia Richardson, Lei Koto.

— De toute évidence, notre assassin est intelligent, dit-il. Mais le FBI parle d'un type amer, rancunier, qui aurait raté sa vie professionnelle. Tu es du même avis ?

— Non, absolument pas. Je vois plutôt un perfectionniste. Quelqu'un de prudent et concentré, qui veut paraître brillant, qui veut impressionner son monde. Les deux lettres nous montrent bien ça. Je ne vois pas du tout un type qui vivrait encore au sous-sol de la maison de sa maman.

Rauser hocha la tête.

— J'ai donc une victime potentielle qui s'appelle David et un putain d'ascenseur. Voilà ce que cette saleté de lettre m'a apporté, dit-il en tapotant la missive de l'index.

— Hmm, il y a quelques autres trucs à en tirer. D'abord, notre suspect est quelqu'un qui contrôle les moindres aspects de sa vie. Sa famille, ses amants, ses collègues doivent en avoir fait l'expérience d'une façon ou d'une autre. Ensuite, ses pulsions sadiques ont probablement besoin de s'exprimer *aussi* pendant les périodes de latence, sans doute avec ses partenaires sexuels. Il paie probablement quelqu'un pour assouvir ce besoin, ou bien il fréquente les communautés SM qui pratiquent le bondage et les jeux douloureux. Mais contrairement à ce qui se fait dans les communautés BDSM, où les activités sont bien encadrées, il n'aime sans doute pas que ses partenaires posent des limites à leurs jeux ou utilisent des mots clés de sécurité. Or, les gens qui se comportent de cette façon ont vite mauvaise réputation. Tu devrais donc poser des questions du côté de ces communautés. Il consulte aussi sans doute des sites web qui l'aident à alimenter ses fantasmes de domination. Mais il est prudent. Le truc du vernis d'une vie sociale réussie, comme il dit, c'est tout à fait juste. Je pense qu'il est ce qu'il dit être. Très doué pour le jeu qu'il veut jouer.

— De toute évidence, il n'a eu aucun mal à accéder à ses précédentes victimes. Mais si David a une famille… ça doit être différent, non ? Il a sans doute une alarme chez lui, des caméras, peut-être une nounou pour les enfants, peut-être une femme qui reste à la maison, et un ou deux chiens…

— Elicia Richardson avait un système de sécurité chez elle, fis-je remarquer.

Je saisis une photo de cette femme gisant à plat ventre, jambes écartées, battue et mordue. Le sang s'était étalé sur le parquet en chêne, autour du tapis chinois sur lequel elle avait été abandonnée comme une poupée de chiffon. Des morsures abominables couvraient ses épaules et l'intérieur de ses cuisses, elle avait reçu des coups de couteau sur les cuisses, les fesses, les hanches et au bas du dos. J'essayai d'imaginer le tueur entrant dans la maison. L'attendait-elle ? Je fermai les yeux et me projetai là-bas pour voir Elicia vivante à travers les yeux de cet assassin. Je sonne à la porte et j'attends. Elle est jolie. Elle sourit. Me connaît-elle ? Ma présence lui fait en tout cas plaisir. Pour quelle raison ? J'entre. Je suis le tueur. Je suis nerveux, mais mes poumons s'emplissent de l'air qu'elle respire et je me sens tout à coup très fort. Je sais qu'elle m'appartient, à présent, comme m'appartient le seuil que je viens de franchir, l'air que nous respirons ensemble, le tapis sur lequel je me tiens.

Maintenant, je n'ai plus qu'une seule chose en tête : quand vais-je lui asséner le premier coup ? J'aime la vivacité de ces premiers instants. J'aime l'effet de surprise. J'aime l'entendre me supplier pendant que je sors mon fil de fer pour l'attacher.

— Ouais, mais cette alarme n'était pas activée, objecta Rauser. Parce qu'elle a ouvert la porte à ce tordu comme les trois autres. Mais elle vivait seule, tu as raison. Pas David.

— Il ne tuera peut-être pas David chez lui. De notre point de vue, ça le rend encore plus dangereux.

— Nous avons essayé de nous intéresser à l'aspect bisexuel de son profil. Mais c'est une communauté assez fermée. Les bonshommes qui en font partie ne mettent pas nécessairement leur entourage au courant. Espérons juste que David et/ou le tueur ne se cachent pas, eux. Nous écumons les bars – hétéros, gays, SM – et nous interrogeons les prostitués des deux sexes.

— L'orientation sexuelle du tueur et ses goûts dans ce domaine ne sont pas primordiaux, dis-je. C'est un point commun à beaucoup de tueurs en série que j'ai étudiés au Bureau. Ce qui compte avant tout, pour eux, c'est le pouvoir qu'ils ont sur leurs victimes.

Rauser se tourna vers moi :

— Comment je fais pour le retrouver ? Et comment je fais pour retrouver David avant qu'il ne soit trop tard ?

— Publie la lettre dans les journaux.

9

J'étais fatiguée comme si j'avais fait du jogging toute la nuit. Rauser était resté chez moi jusqu'à près de six heures du matin. Je devais délivrer une ordonnance restrictive à neuf heures. Normalement, ce genre d'événement ne se planifie pas vraiment. Mais sur ce coup, j'avais eu de la chance : mon client, un certain William LaBrecque, s'était vu contraint d'accepter de participer à des réunions paroissiales de conciliation. Je comptais en profiter pour lui refiler cette ordonnance que le shérif n'avait pas réussi à lui mettre entre les mains depuis des semaines, et sur l'autorité de laquelle l'État pourrait envisager, à une date ultérieure, de lui accorder des visites accompagnées chez sa femme et son gamin. De l'argent facile, pour ce qui me concernait.

Je trouvai William LaBrecque assis sur un banc au fond de l'église, droit comme un i, le regard fixé sur l'autel. D'après son dossier il était menuisier. Et bâti comme une armoire à glace, constatai-je quand je l'abordai. Il ne paraissait pas particulièrement content de me voir. Le sentiment était réciproque. Il y avait une bonne quinzaine d'années que je n'avais pas mis les pieds dans une église.

Quand il vit l'ordonnance restrictive entre mes doigts, une moue de dégoût lui pinça les lèvres.

— Vous avisez pas de me donner ce papier dans la maison de Dieu ! siffla-t-il d'une voix outrée.

— Hé oh, murmurai-je. Nous savons tous les deux que vous devez accepter ce document, ou bien vous ne serez jamais autorisé à revoir votre gamin. Alors épargnez-moi le couplet à deux balles sur la maison de Dieu, d'accord ? Prenez cette ordonnance, ou bien je la laisse ici, sur le banc, à côté de vous. Dans un cas comme dans l'autre, vous êtes sommé de ne plus vous approcher de votre femme ni de votre enfant, monsieur LaBrecque.

Heu... Je me rendis alors compte que nous allions peut-être avoir un petit problème. Le bonhomme était devenu rouge de colère et une veine bleue, à sa tempe, commençait à battre le rythme de la Macarena.

— Je la laisse ici, donc, ajoutai-je calmement.

— Allez vous faire foutre ! grogna-t-il.

Il agrippa mon poignet, brutalement, alors que je reculais vers l'allée. Je n'appréciais pas du tout son geste, et ses yeux vitreux, qui lançaient des éclairs, commençaient à m'inquiéter. Maison de Dieu, mes fesses.

— Hé, l'ami ! m'exclamai-je, en libérant mon poignet. Je ne suis que la messagère. Vous saviez ce qui vous pendait au nez. C'est votre prêtre qui a organisé cette rencontre. Je ne pense pas que vous gagneriez quoi que ce soit à faire une scène dans cette église.

— Vous savez pourquoi cette pute d'avocate et le prêtre ont pensé à l'église ? Pour que je ne sois pas tenté de découper votre petit cul de Chinetoque en morceaux avant de vous balancer dans les égouts.

Oh, Seigneur.

La matinée commençait bien.

Le soleil entrait à flots, par les vastes fenêtres, dans la pièce silencieuse. L'iPhone à la main, l'assassin s'installa confortablement dans un fauteuil. L'appareil contenait des vidéos de l'avocate noire et de la bécasse asiatique – la mère poule qui cuisinait du chou puant pour son gamin. Ce film-là était le meilleur. Lei Koto à genoux, qui suppliait, qui criait grâce. Aucune dignité.

Souriant, l'assassin glissa une main sous la ceinture de son luxueux pantalon et lança la vidéo de Lei Koto. *On a tous besoin de se soulager de temps en temps.*

« Mets les gants… Comme ça, bien. Maintenant, donne-moi ta main. Touche-moi ici… Oui, de cette façon. *Fais-le !* Oui, c'est bien. Continue, ma belle. Si tu arrêtes, je te fracasse. Tu m'entends ? Petite conne, stupide petite connasse ! Ça te plaît que je me branle devant toi, hein ? Dis-le. Dis-moi que tu aimes ça. *Dis-le-moi !*

— J'aime ça. Oui.

— Tu aimes quoi ? *Dis-le !*

— J'aime… J'aime vous voir vous branler ?

— Oh, non ! Ce n'est pas bon du tout. Sais-tu ce qui va se passer, si tu ne me fais pas plaisir ? Je ressors le couteau. C'est ça que tu veux ? Essaie encore une fois. Mais avec de la conviction. *Dis-le.* Montre-moi que tu le penses vraiment. Tu aimes me voir me branler, n'est-ce pas ? Tu *adores* ça. Tu veux que je jouisse ! Hein ?

— S'il vous plaît, libérez-moi. Je ferai tout ce que vous voudrez. Je ferai tout. Je le jure. Je ne ferai pas de bruit. Dites-moi juste ce que vous voulez.

— Je veux que tu dises correctement les choses, ou bien j'arrête tout immédiatement. Tu comprends, Lei ?

— Oui. Je comprends. Je ferai ce que vous voudrez. Je vous en prie...

— Obéis, alors ! Maintenant, dis-moi à quel point tu aimes me toucher. Dis-moi que tu veux me faire jouir. *Dis-le !*

— J'aime vous toucher.

— Dis que tu aimes me branler. Je veux entendre ces mots dans ta bouche. Tu te crois trop bien pour ça ? *Obéis !* Dis « branler ». Je veux entendre ce mot sortir de ta putain de bouche de petite salope.

— J'adore ça. C'est vrai. Je vous en prie, libérez-moi et je ferai n'importe quoi. Je vous branlerai. Je... Je le ferai aussi avec ma bouche. Je promets. Je vous laisserai faire tout ce que vous voudrez et je ne crierai pas. Mais ne me faites plus de mal. S'il vous plaît ! Je ne ferai pas de bruit.

— C'est bien. Tes pleurs, ça m'excite. Continue – avec ta main. Continue, oui. Je vais bientôt jouir. Je vais bientôt jouir ! Ne t'arrête pas de parler. Dis-moi ce que tu aimes faire.

— J'aime vous branler. Je veux vous branler avec ma main et vous voir jouir.

— Oh ! oui... Dis-moi ce que tu veux... Continue. *Parle !*

— Je veux vous voir jouir. J'adore ça, ma main qui vous branle…

— Oui ! Oh, oui… Oui ! Oui ! *Putain !* C'était pas bon, ça, ma belle ? Regarde la caméra, maintenant. Souris. *Souris, salope !* Parfait. Maintenant, retire les gants et donne-les-moi. Très bien. Il ne faut pas que je les oublie, n'est-ce pas ?

— J'ai… J'ai la tête qui tourne.

— Oui, c'est normal. Et tu as comme des picotements dans les lèvres, non ? Pas encore ? Tu perds beaucoup de sang, tu sais.

— Que va-t-il se passer ?

— Je vais faire en sorte que tu ne saignes plus. »

Au numéro 1800 du Century Center Boulevard, je m'engageai sur le parking d'un immeuble triangulaire en verre noir, de dix-sept étages, qui cuisait sous le soleil de midi. Je devais passer prendre des documents au bureau d'un client, un cabinet d'avocats relativement modeste par sa taille, mais connu en ville et, surtout, qui me donnait régulièrement du travail. Larry Quinn était spécialisé dans les affaires de dommages corporels, et ses associés traitaient les divorces à la chaîne. Je m'écorchais régulièrement les bras et les épaules sur des massifs de rosiers pour prendre les meilleures photos possibles de conjoints infidèles des deux sexes. Et je délivrais ensuite documents de divorce, assignations à comparaître et ordonnances restrictives aux personnes concernées. Tout ça payé à l'heure, plus cent cinquante dollars par dossier. Ce genre de boulot ne se refuse pas.

La journée était brûlante et sèche, comme la plupart de nos journées d'été depuis trois ans que la sécheresse frappait la région. Le temps était pourtant sur le point de changer, avais-je entendu dire ; on attendait de la pluie. Je savais que j'aurais dû me soucier davantage de l'avenir de nos forêts et du lac Lanier, la principale source d'approvisionnement en eau d'Atlanta, dont le niveau avait paraît-il baissé de cinq mètres. Les médias locaux s'angoissaient beaucoup à ce sujet. Chaque jour ou presque ils nous soumettaient des graphiques terrifiants. Et ils laissaient entendre que nous n'avions plus beaucoup de temps avant de commencer à manquer d'eau et à nous dévorer les uns les autres. Mais moi, j'appréciais secrètement et très égoïstement la sécheresse. Elle signifiait que je pouvais rouler capote baissée au volant de ma vieille Impala.

Je me dirigeai vers la porte tournante de l'immeuble. Le soleil me chauffait les épaules. Il avait de réels efforts à faire pour percer le smog matinal, mais il s'en tirait très bien – surtout du côté du triangle où se trouvait le cabinet de Larry Quinn. Je soupirai à la perspective de monter là-haut. Je connaissais ces bureaux à cette heure de la journée, quand le soleil tapait directement sur les murs de verre noir. Le système de climatisation ne parvenait pas à faire baisser la température intérieure. J'avais participé à quelques réunions, dans la salle de conférences, où tout le monde était en sueur et obligé de s'éventer avec un dossier. La compagnie AT&T, le groupe Marriott, l'antenne de supervision locale du FBI, et des tas de médecins et d'avocats avaient leurs bureaux dans cet immeuble tout proche des quartiers d'Executive Park et de Druid Hills. À proximité, aussi, le quartier des restaurants de Buford Highway offrait le meilleur éventail possible de cuisines du monde entier : coréenne, malaise, indienne, chinoise, cubaine, péruvienne, thaïe, etc. Quelle que soit la recette que l'on souhaitait déguster, quel que soit l'ingrédient dont on avait envie – qu'il marche, qu'il rampe, grouille, nage, pousse sur un arbre ou sur une vigne, à l'air libre ou sous terre –, on pouvait être sûr qu'il y avait quelqu'un, à Buford Highway, qui le faisait mijoter dans une sauce savoureuse et en tirait un plat à se pâmer d'extase.

Le cabinet de Larry Quinn était au quinzième étage : un long trajet dans un ascenseur bondé en début de matinée, au déjeuner et à dix-sept heures, mais aujourd'hui j'avais la chance d'éviter ces moments d'affluence. Le secrétaire de Quinn, Danny, un bel homme de vingt-cinq ans, était à sa table de travail, casque-micro sur les oreilles, les doigts courant sur le clavier de l'ordinateur. Danny semblait capable de faire douze choses à la fois sans jamais s'emmêler les pinceaux. Du lundi au vendredi, il abattait quarante heures de boulot chez Larry Quinn & Associés, assistant Larry et deux autres avocats. Le week-end, il se rasait des joues jusqu'aux chevilles, enfilait une tenue moulante, chaussait des talons et se pavanait comme un mannequin de haute couture dans l'un des meilleurs clubs de drag-queens d'Atlanta. En fait, je ne connaissais pas de plus belle femme que lui.

— Salut, toi ! me lança-t-il. Je préviens Larry que tu es arrivée. Attention, il est de mauvais poil.

— Il a des soucis ?

Danny haussa les épaules.

— Tu le connais, ma belle. Il peut passer de gros imbécile à vilain connard en même pas dix secondes.

Et malheureusement pour nous, c'est le vilain connard que nous avons sur le paletot depuis deux mois.

— Peut-être qu'il est trop serré dans sa petite culotte, murmurai-je.

Nous éclatâmes de rire. Quinn apparut à cet instant à la porte de son bureau.

— Qu'est-ce qu'il y a de si drôle ?

— On parlait entre filles, répondit Danny. Pourriez pas comprendre.

Quinn avait la quarantaine, mais il faisait plus jeune. Ses cheveux blonds et son fort accent du Sud étaient célèbres dans Atlanta à cause de ses publicités télévisées assez racoleuses. *Divorce ? Dommages corporels ? Le fisc sur le dos ? Larry Quinn y est à son affaire et vous, ne vous laissez pas faire !* Tout le monde en ville, ou presque, connaissait Larry. Je ne pouvais l'accompagner nulle part sans entendre quelqu'un l'apostropher et répéter son slogan ridicule.

— Danny, apportez-moi le dossier Bosserman, voulez-vous ? Merci, dit Quinn, et il tourna les talons.

Je le suivis dans son bureau, où je découvris un petit miracle. Des stores avaient été installés aux fenêtres ; il devait faire dix degrés de moins que la dernière fois que je m'étais trouvée dans cette pièce.

— Café, Keye ? Ou bien de l'eau ?

— Rien, merci. Vous allez bien, Larry ?

Quinn était en général un type optimiste et enjoué qui avait toujours une plaisanterie sur les lèvres et une petite lueur malicieuse dans les yeux. Aujourd'hui, il avait les traits tirés.

Il ouvrit une bouteille d'eau, s'assit et lissa du plat de la main sa cravate violette.

— J'ai une sale gueule, hein ? Le marché a plongé. J'ai payé très, très cher. Bon, je ne suis pas à la rue, loin de là, mais… Il n'y a rien que je possède qui n'ait perdu la moitié de sa valeur. Voyez ce que je veux dire ?

— Comme tout le monde, Larry.

Danny s'avança dans le bureau, tendit une chemise cartonnée à l'avocat et ressortit en refermant calmement la porte sur lui.

— Alors voilà, dit Larry, ouvrant la chemise. La position de la plaignante est celle-ci : elle se rend dans cette, heu… Clinique LaserPlus, comme s'appelle l'établissement qui nous concerne, pour une épilation définitive de la lèvre supérieure. Le technicien qui s'occupe d'elle fait une erreur. Il règle le laser trop fort, à une puissance normalement réservée aux zones moins sensibles du corps, comme les jambes. Conséquence : brûlures au troisième degré au-dessus de la lèvre supérieure.

— Aïe. Alors maintenant elle a une moustache tatouée sur la peau, c'est ça ?

Le célèbre sourire de Larry s'épanouit sur ses lèvres.

— Je vous jure, Keye, elle ressemble à mon oncle Earl.

Nous nous accordâmes quelques instants pour nous réjouir du malheur de la cliente. C'était mal, bien sûr, mais le truc était vraiment drôle.

— Si je comprends bien, repris-je, vous voulez un topo complet sur cette clinique et sur le technicien qui s'est occupé de la cliente ?

— Voilà. Je veux en particulier les éventuelles plaintes d'autres clients, et savoir si le technicien y est mentionné. Il me faut aussi les déclarations des personnes lésées, les comptes rendus d'audiences et résultats des arrangements à l'amiable que vous réussirez à dégoter. Danny vous a préparé une copie des documents dont vous avez besoin.

Larry avait déjà son portable en main quand je sortis de son bureau. Le dossier avec lequel je repartais me mettait de bonne humeur. C'était une affaire vaguement intéressante, pour une fois, et pour laquelle je pourrais facturer des tas d'heures de travail.

Quand j'arrivai à l'agence, Neil était comme d'habitude devant son écran d'ordinateur. Une énorme corbeille de fruits trônait sur la table de réunion autour de laquelle nous recevions parfois les clients, mais qui nous servait surtout pour manger et passer le temps ensemble – et parfois faire des puzzles. Neil était un as des puzzles. Il était capable de repérer dans une montagne de pièces celle qu'il lui fallait. Je soupçonnais même son cerveau d'avoir la forme d'une pièce de puzzle.

— C'est quoi, ça ? demandai-je bêtement.

Neil ne se donna pas la peine de répondre. Je m'approchai de la corbeille et y trouvai une enveloppe coincée sous une mandarine satsuma. Elle contenait une carte luxueuse, ornée d'un motif en relief, qui me remerciait de mon travail, particulièrement satisfaisant, sur un certain dossier. Elle portait la signature de Margaret Haze, ma première grosse cliente et, désormais, ma référence professionnelle la plus prestigieuse. Quelques avocats et chasseurs de têtes faisaient aujourd'hui appel à moi pour l'unique raison que j'étais recommandée par le cabinet Guzman, Smith, Aldridge & Haze.

Il faut que j'engage quelqu'un, me dis-je. *Bientôt.* J'avais besoin d'une autre paire d'yeux et d'oreilles pour les longues heures de surveillance que j'assumais parfois en tenant le coup avec trop de caféine, de sucreries, et quelques mauvais audiolivres ; j'avais besoin d'un bon assistant pour les recherches, les plannings, l'intendance de l'agence ; j'avais besoin de quelqu'un pour accueillir *gentiment*, ce qui n'était pas toujours mon cas, les nouveaux clients. J'avais peur, pourtant, de faire entrer une nouvelle personne dans mon entreprise et dans ma vie. Les changements de ce genre sont en général facteurs de désagréments.

Je scrutai le contenu de la corbeille à la recherche d'un fruit susceptible de me faire envie.

— Il y a vraiment des gens qui mangent ces trucs ? lançai-je. J'aurais largement préféré une boîte de beignets Krispy Kreme. Les gens sont bizarres, tout de même.

Je me tournai vers Neil pour ajouter que la corbeille était un cadeau du cabinet de Margaret Haze.

— Tes talents de détective ne sont plus à prouver, répliqua-t-il, grognon.

Ah. Une journée difficile, donc. Neil pouvait parfois être, comment dire… un peu lunatique. Et, dans ses mauvais moments, devenir carrément bête et méchant. Mais bon, j'ai toujours eu un faible pour les salauds.

Je m'assis à mon bureau, décrochai le téléphone et consultai ma boîte vocale. Elle était pleine. Neil ne prenait jamais de messages. Il transférait simplement les appels qui ne l'intéressaient pas – c'est-à-dire à peu près tous ceux que recevait l'agence – vers mon poste.

J'écoutai une poignée de messages, des clients pour la plupart, puis j'entendis tout à coup la voix de Rauser, tellement impatiente qu'il devait être au bord de la crise de nerfs, et je me souvins que je n'avais pas rechargé mon portable. Je composai aussitôt son numéro.

Le quotidien *Atlanta Journal-Constitution* avait reçu une copie de la première lettre du tueur, celle qui décrivait le meurtre de Lei Koto, et avait décidé de la publier dans son intégralité ou presque. Rauser était furieux. Il pensait d'abord aux proches de la victime, à leur émotion quand ils liraient cette froide description du crime. Il avait peur, aussi, que la publicité faite au tueur ne serve qu'à le motiver davantage et n'entrave l'enquête.

— En plus, conclut-il d'un ton dépité, le maire et le chef n'arrêtent pas de me botter le cul. Ils exigent que les choses avancent !

Quand la seconde lettre, celle sur David, serait-elle rendue publique ? demandai-je. Rauser avait essayé de convaincre le chef de la police, Connor, de la donner à la presse, mais il avait essuyé un refus catégorique. Le maire et Connor craignaient d'être mangés tout crus par les médias si les flics ne réussissaient pas à trouver David avec les seuls indices qui apparaissaient dans cette lettre.

J'attrapai le journal du matin déposé par Neil au bout de ma table, le tirai de son fourreau plastique et l'étalai devant moi. LE TUEUR ATLAS NARGUE LA POLICE.

C'était le gros titre de la une. Les journalistes avaient déjà donné un nom à l'assassin. Un nom évoquant un pouvoir surhumain.

Les derniers bruits qu'elle a entendus, par-dessus ses gémissements sourds, ont été le déclic de mon appareil photo et le craquement de ses vertèbres cervicales qui se désintégraient – en particulier la première, l'atlas, celle qui supporte tout le globe de la tête – quand je lui ai vrillé la nuque.

Un frisson me descendit le long de la colonne vertébrale. *Normal que Rauser devienne dingue*, pensai-je. Ses supérieurs ne pouvaient qu'accroître la pression sur lui. Il devait à présent travailler en les ayant constamment sur le dos, à ausculter ses moindres décisions. Et il se ferait laminer quand le tueur frapperait à nouveau. Car la série de meurtres continuerait, *c'était certain*. Déjà, le tueur s'imaginait sur toutes les lèvres, dans tous les esprits de la ville, sinon du pays. La célébrité est un aphrodisiaque puissant pour qui la recherche.

Écrirait-il d'autres lettres pour narguer son monde, pour étaler son sentiment de supériorité ? *Ce tueur aime jouer*, me dis-je. *Et plus il jouera, plus il prendra le risque de faire une bêtise.*

Je sortis un carnet à feuillets jaunes du tiroir et entamai une liste de notes au fil de mes réflexions.

1. *Mesures préventives, surveillance, recherches sur les emplois du temps... Victimes seules.*
2. *Attaques en plein jour. Prise de risques élevée pour atteindre les victimes.*
3. *Lieux : 1re victime chambre universitaire, puis 3 victimes à leurs domiciles (rez-de-chaussée).*
4. *Approche par abus de confiance. Pas d'effraction, pas d'usage de la force. Pas de témoins. Choisit le moment le plus calme de la journée. Se déguise ? Personnage familier ? Facteur, jardinier...*

5. *Victimes : milieux socioprofessionnels divers.*
6. *Des deux sexes et d'âges variés.*
7. *Absence d'indices matériels sur les scènes de crime, mesures préventives extrêmes. Disposition théâtralisée des victimes et nettoyage poussé de la scène de crime. S'arrange pour ne rien laisser aux enquêteurs.*
8. *Communique avec la police. Motivation, mobile inconnus.*

À FAIRE : voir photos d'autopsie, croquis et vidéos des scènes de crime, lire interrogatoires des enquêteurs et rapports de labo sur toutes les victimes.

J'étais certaine que la police avait déjà fait les vérifications nécessaires du côté des prestataires de services – électricité, gaz, poste, fibre optique – et répertorié les éléments susceptibles de relier les victimes entre elles d'une façon ou d'une autre. Rauser avait réquisitionné autant d'inspecteurs qu'il avait pu, c'est-à-dire tous ceux dont les travaux en cours n'étaient pas absolument prioritaires. Avaient-ils aussi vérifié du côté des boutiques de matériel photo et d'électronique ? Si le tueur prenait des photos, il utilisait sans doute un appareil numérique – compact, haute résolution. Les imprimait-il ? Oui, probablement. Il avait besoin de cette maniabilité des images que lui offrait le papier photo. *Imprimantes photo de qualité, magasins d'électronique et de photo*, écrivis-je encore. Il disposait sans doute ces images dans un ordre qui avait du sens pour lui, et il se masturbait, et il revivait les scènes... *Mais*, pensai-je tout à coup, *pourquoi se contenter d'images fixes quand un bon téléphone équipé d'une caméra peut faire beaucoup plus ?* C'était un détail, mais, à mon sens, une vraie révélation : je compris que je venais de faire un petit pas en avant dans le décryptage de la vie intérieure du tueur. Avec un smartphone, tout était tellement facile ! Dans le bus, au bureau… Je réfléchis quelques instants à cette possibilité inquiétante. Avec un tel outil, le tueur était en mesure d'entretenir presque constamment ses fantasmes. Il pouvait regarder les scènes n'importe où, n'importe quand. Personne n'accordait la moindre attention à un type qui fixait l'écran de son téléphone. De fait, la moitié des habitants d'Atlanta ne lèvent même pas les yeux de leur BlackBerry pour traverser la rue !

Anne Chambers avait été tuée à Tallahassee et Bob Shelby dans les environs de Jacksonville. Il fallait corréler les dates de leurs meurtres aux archives des compagnies aériennes et des loueurs de voitures. Si le tueur avait commencé sa carrière criminelle en Floride pour s'installer ailleurs par la suite, ses déplacements devaient être consignés quelque part, d'une façon ou d'une autre. *Vérifier immatriculations et cartes grises, services postaux, impôts.*

Briser la nuque de la victime pour l'achever est une pratique inhabituelle, même pour un tueur en série. Et le geste nécessite un certain savoir-faire. *Écoles d'arts martiaux, service militaire, étudiants en médecine… médecins ?*

Et pourquoi les victimes ouvrent-elles leur porte ? Un réparateur ? Un livreur ? La police avait-elle vérifié du côté des boutiques de location d'uniformes et de costumes ? Y avait-il eu des querelles de voisinage, des élections locales, n'importe quel événement justifiant que des individus fassent du porte-à-porte dans les quartiers où vivaient les victimes ? *Conseils communaux, agences immobilières. Lire rapports d'enquêteurs ayant interrogé les voisins.*

Je me rencognai dans mon fauteuil et fermai les yeux. *À quoi je joue, là, nom de Dieu ?* pensai-je. *C'est trop risqué.* J'avais le sentiment, assez étrange, qu'il me fallait réapprendre ce que j'avais appris au FBI – mais sans alcool dans le sang. Mon problème n'était pas de me souvenir de mon métier de profileuse, mais de me passer des réflexes conditionnés qui en avaient accompagné la pratique pendant toutes ces années – un peu comme quelqu'un qui est incapable d'entamer une discussion au téléphone sans se fourrer une cigarette entre les lèvres. J'avais fait carrière au Bureau dans la peau d'une alcoolique impénitente, même si j'étais restée fonctionnelle de bout en bout. Je n'étais même pas sûre de savoir comment réfléchir à ces crimes, et comment gérer les émotions qui allaient avec, sans un verre à la fin de la journée. Pourtant, j'étais déjà plus ou moins impliquée dans cette enquête et je me rendais compte que j'avais envie de discuter en détail avec Rauser de chaque scène de crime que le tueur avait laissée derrière lui. Mon cœur voulait se réjouir et souffrir tout à la fois de chaque nouvelle affaire. Je penchai la tête à droite et à gauche, tordis le cou d'avant en arrière, mais les câbles refusaient de céder. Un verre aurait pu arranger ça. Juste un. J'y étais, voilà – de nouveau attirée par la violence. *Va te faire foutre, Rauser.*

J'avais besoin de bouger. D'aller quelque part. Je tournai la tête vers Neil, à l'autre bout de mon vaste entrepôt. Il était toujours devant l'ordinateur.

— Hé ! lançai-je. Tu veux aller chez Southern Sweets ?

Pas de réponse. Southern Sweets était une minuscule pâtisserie d'Avondale Estates dont les présentoirs offraient certains gâteaux qu'il fallait être de marbre pour ne pas avoir envie de dévorer.

— Je t'offre une douceur, ajoutai-je d'un ton enthousiaste. Allez, quoi ! Ça nous mettra tous les deux de bonne humeur. En passant par DeKalb Avenue, nous y serons en un petit quart d'heure.

Hormis Rauser, Neil était l'une des personnes avec lesquelles je préférais partager mes repas.

Il fit pivoter sa chaise pour me regarder.

— Clafoutis aux cerises ?

— Adjugé ! dis-je en attrapant mon trousseau de clés. Pour ma part, je pensais plutôt à un bon vieux gâteau au chocolat, ou à du cheese-cake aux patates douces.

Neil se leva, une moue dubitative sur les lèvres.

— Le cheese-cake, c'est dommage de le marier aux patates douces. Autant y étaler du beurre de cacahuètes, pendant que tu y es. Nan, ça mérite quelque chose de plus sophistiqué.

— Mouais, fis-je avec un sourire en coin.

Quelques jours plus tôt, je l'avais surpris, devant le frigo, qui plongeait des saucisses à hotdog crues dans un pot de moutarde. Mais je me gardai de tout commentaire.

10

La salle de crise avait été mise sur pied à la hâte, après que les bases de données du FBI avaient permis de relier entre eux les quatre meurtres, mais elle était bien organisée. Les types de blessures observées sur les victimes, les empreintes des outils utilisés par le tueur et les mises en scène constituaient une seule et même signature, désignaient un seul assassin toujours armé du même couteau et du même fil de fer. Cet homme ne tuait pas quand l'occasion se présentait, comme d'autres tueurs en série tels que Gary Hilton, il ne sélectionnait pas non plus ses victimes en fonction de critères bien définis et intangibles – un certain groupe ethnique, un certain groupe d'âge –, à la manière d'un Wayne Williams. Non, cet assassin était différent, Atlanta n'en avait jamais connu de pareil et la police n'avait aucun moyen de protéger ses victimes potentielles.

Je me tenais immobile près de la porte de la salle de crise. Quelques inspecteurs qui me connaissaient m'avaient saluée d'un geste, mais la plupart des personnes présentes dans la pièce n'avaient même pas remarqué ma présence. Rauser était au téléphone et me tournait le dos. La longue table de réunion au bout de laquelle il était assis était jonchée de documents. Au fond, des photos de scènes de crime et d'autopsies numérotées et datées couvraient un grand tableau d'affichage. Sur un autre tableau, des épingles colorées indiquaient les lieux des meurtres sur des cartes de la Géorgie et de la Floride. Un troisième tableau était consacré aux indices les plus importants, aux témoins, aux interrogatoires, aux rapports des enquêteurs. Sur le quatrième et dernier tableau, enfin, il y avait les victimes – des clichés des trois femmes et de l'homme de leur vivant : Anne Chambers, l'étudiante ; Elicia Richardson dans un jardin, devant un barbecue, agitant une spatule en métal et souriant timidement à la caméra ; Bob Shelby les pieds sur une table basse, une canette de bière à la main, vêtu d'un simple short, des coups de soleil sur le torse ; Lei Koto avec son fils, Tim, qui brandissait à deux mains une médaille de natation. Au FBI aussi nous avions l'habitude d'afficher ce genre de photos de famille ou de photos du vécu des victimes. Elles avaient pour but de rappeler à tous les enquêteurs que ces gens n'avaient pas toujours été des cadavres et les proies d'un tueur en série. C'étaient de vraies personnes qui avaient laissé derrière elles des enfants, des amis, des parents endeuillés, des amants et des conjoints bouleversés, des jardins à entretenir, des documents administratifs à moitié remplis, des courses d'épicerie à sortir des cabas, des dîners sur la cuisinière, des vies entières. Rauser m'avait dit qu'il ne sortait quasiment plus de cette salle. Il voulait s'immerger dans les données de ces meurtres – jusqu'à ce qu'il finisse, peut-être grâce à une sorte de phénomène d'osmose, par leur trouver un sens.

La brigade des homicides traversait une période difficile. Les plus hautes autorités de la ville faisaient durement pression sur Rauser et ses hommes. Des inspecteurs qui croulaient déjà, en temps normal, sous les affaires criminelles de toutes sortes, entraient et sortaient de la salle de crise, parfois un gobelet de café à la main, apportant un complément de rapport, venant consulter quelque chose à l'ordinateur ou échanger des idées avec les collègues. Le silence se fit tout à coup dans la pièce, durant quelques instants, quand un homme fixa une pancarte, au-dessus des tableaux d'affichage, qui portait l'inscription MEURTRES ATLAS. Ces deux mots donnèrent à tout le monde le sentiment étrange et troublant d'assister à la naissance d'une terrible légende. Et de peut-être participer à un moment historique.

— Seigneur, entendis-je Rauser marmonner.

J'attrapai une chaise et m'assis à côté de lui au bout de la grande table de réunion.

— Mettons-nous au travail, d'accord ? proposai-je.

Il me regarda fixement quelques secondes, puis poussa sa chaise en arrière pour se mettre debout.

— Votre attention, tout le monde, s'il vous plaît !

Les va-et-vient cessèrent à travers la salle. Les conversations s'interrompirent. Deux hommes qui passaient à cet instant dans le couloir s'immobilisèrent dans l'embrasure de la porte.

— Pour ceux d'entre vous qui ne la connaissent pas, je vous présente Keye Street. C'est une criminologue très expérimentée, formée à l'interprétation des indices matériels. Elle collaborera avec notre groupe d'enquête en tant que consultante. Alors jouez le jeu, je vous prie, mesdames et messieurs, transparence complète et partagez vos biscuits !

Il se rassit et nous commençâmes à travailler. Je passai l'après-midi dans la salle de crise, prenant des notes qui remplirent bientôt tout un carnet à spirale – des pages entières de vilains gribouillages, de gros points d'interrogation et de remarques quasi illisibles couchées sur le papier. J'avais toujours travaillé de cette façon. La mise en forme n'avait pas d'importance. Il était trop tôt pour ça. Il fallait d'abord avancer et poser les bases d'une réflexion cohérente. « Intuition et méthode, m'avait dit un jour un instructeur de Quantico. Il ne faut se fier à l'une qu'en relation avec l'autre. »

— Je cherche les débriefings des premiers agents arrivés sur les scènes de crime, ou ceux des ambulanciers, dis-je, fouillant la montagne de documents entassés devant nous sur la table.

Je commençai à me sentir très fatiguée. Je ne comprenais pas comment Rauser tenait encore debout.

— Je te les ai donnés tout à l'heure, répondit-il. Il n'y a pas eu de débriefing à Jacksonville.

Je désignai une des photos de scènes de crime épinglées sur le premier tableau d'affichage. Une table basse était renversée à côté du cadavre de Bob Shelby. Je contemplai cette image, puis regardai la photo prise de cet homme de son vivant : la canette de bière, la casquette, le même canapé, la même table basse – ces deux meubles juste un peu plus proches l'un de l'autre que sur la photo de scène de crime. Le tueur avait laissé la pièce en désordre. Certaines traces, sur la moquette, prouvaient qu'il avait déplacé des éléments de mobilier. Les restes d'un menu de fast-food étaient dispersés par terre. Des empreintes de pas sanglantes menaient de l'emplacement où la victime gisait à plat ventre, nue, dans une mare de sang, en direction du couloir et de l'arrière de la maison. Les bras, les épaules, les aisselles portaient des ecchymoses résultant de coups violents. La peau pâle du bas de son dos, de ses fesses et de ses cuisses était couverte de coups de couteau et de morsures.

— Si tu devais commenter cette scène, que dirais-tu ? demandai-je en désignant la photo à Rauser.

— Que ce mec aimait bien la bouffe de chez Taco Bell ?

— Très drôle.

Rauser avait déjà regardé ces images mille fois, il avait lu et relu les rapports – il connaissait le dossier à fond.

— Bob Shelby, dit-il. Soixante-quatre ans. D'après ses blessures, il n'a pas eu vraiment le loisir de se défendre. Grosse contusion à l'arrière du crâne. Dîner renversé, quelques meubles déplacés, des ecchymoses sur les bras et les épaules dues à des chocs assénés par le tueur pour l'étourdir et donc le contrôler. Des écorchures profondes, aux poignets, causées par du fil de fer. Beaucoup de sang sur le sol et des projections sur les meubles alentour. Le tueur l'a frappé comme un dingue, l'a poignardé une vingtaine de fois pendant qu'il respirait encore, et puis à trente-trois reprises après son décès. Il lui a tranché la gorge avant de s'en aller en mettant un pied dans le sang, sans doute accidentellement, et en nous laissant une empreinte de chaussure de taille quarante-trois.

— Le premier agent arrivé sur les lieux était-il un homme ?

— Oui.

— Sais-tu ce qu'il a fait quand il a débarqué dans la pièce ?

— Il a suivi les consignes imposées aux premiers agents qui découvrent une scène de crime. Il a prévenu les gens à prévenir et il a délimité un périmètre de sécurité.

— A-t-il posé le pied dans le sang ? insistai-je. Sait-on quel modèle de chaussures il portait ce jour-là ? Quelle est sa pointure ? Es-tu sûr que ce ne sont pas les ambulanciers qui ont déplacé les meubles et renversé le plateau-repas ?

Je désignai ces détails sur les images avec la pointe de mon stylo.

— Le corps se trouve entre le canapé et la table basse, repris-je. Faut-il en déduire que ce sont les ambulanciers qui ont déplacé cette table, ou bien est-ce le tueur qui l'a laissée là ? Connais-tu le modèle et la taille des chaussures de ces ambulanciers ? Autre chose : les ecchymoses qu'il a sur le haut des bras pourraient être apparues bien après le décès. Tu sais que c'est possible. Pendant la manipulation du corps par les ambulanciers ou les gens de la morgue. Le légiste qui a fait l'autopsie doit te donner une réponse claire à ce sujet.

Rauser fronçait les sourcils.

— Qu'est-ce qui te tracasse, au juste ?

— Eh bien… si l'agresseur a pris le contrôle de sa victime par une attaque éclair, et vu le traumatisme crânien que nous avons ici, cela semble être le cas, il n'y a pas eu de bagarre entre eux. Shelby était à terre, incapable de répliquer. Ça ne colle pas avec ces traces de pas. Sans les débriefings des premiers intervenants sur la scène de crime, nous ne savons donc pas si nous avons sous les yeux, avec ces photos, le résultat des interactions entre le tueur et sa victime ou les effets du passage du premier agent et des ambulanciers dans la pièce. Et à cause de ça, nous pouvons tout autant espérer que le tueur chausse du quarante-trois que voir un glaçon ne pas fondre en plein cagnard.

Rauser soupira et prit note de ma remarque.

— Ce n'est pas nous qui avons traité cette affaire, marmonna-t-il.

— Alors où sont les débriefings des autres services ? Je n'ai rien vu, à part les rapports des premiers agents arrivés sur les lieux. Et ces rapports ne nous disent strictement rien, tu le sais bien. Ces agents ne prennent jamais le temps de s'investir dans ces rapports s'ils n'en reçoivent pas clairement l'ordre.

— D'accord. Nous allons cuisiner les agents et les ambulanciers des dossiers Koto et Richardson.

— Souviens-toi de Locard, dis-je.

Selon le principe d'échange de Locard, fondamental dans le travail de la police et du FBI, toute personne qui intervient sur une scène de crime y laisse des traces de sa présence et emporte avec elle des traces de cette scène.

— Ça me fait mal de le dire, ajoutai-je, mais notre criminel comprend mieux Locard que les flics qui se sont occupés de ses crimes. Il est très, très doué, Rauser. Il faut garder cette idée en tête pendant le traitement des scènes. Tes agents doivent savoir quel genre d'informations rassembler, et ne pas oublier de mener

116

des interrogatoires précis de *toute personne* qui met les pieds sur le lieu du crime.

— Je suis complètement d'accord avec toi.

Je sentais en Rauser cette énergie nerveuse, ce dynamisme qui le caractérisait et qui était à la fois contagieux et un peu déconcertant pour moi. Sur ce genre d'affaire il carburait sans interruption, dormant à peine, la tête débordante d'idées, jusqu'à ce qu'il trouve la solution. Mais il payait ensuite assez cher ces épisodes maniaques. Les jours ou les semaines qui suivaient la fin de l'enquête, il touchait subitement le fond ; il déprimait tellement qu'il pouvait à peine sortir de son lit. J'avais vu plusieurs fois ces accès de bile noire le terrasser. Lui, il disait qu'il avait la « grippe ». Moi j'appelais ça de l'hypomanie, mais mes opinions sur sa santé psychique ne l'intéressaient pas.

J'appelai Neil du commissariat pour lui donner certaines infos sur les victimes – dates de naissance, identités exactes, numéros de sécu et autres. Dans le domaine de l'espionnage et de la recherches de données personnelles, Neil était imbattable. Je voulais examiner en profondeur les vies de ces quatre victimes, établir leurs profils aussi précisément que l'avait fait le tueur, et découvrir pourquoi elles s'étaient retrouvées exposées à lui. Si nous comprenons les victimes, nous comprenons l'assassin. Il tire quelque chose d'elles. Quoi ? Quel besoin assouvit-il ? Que nous dit son comportement vis-à-vis des victimes sur ses motivations ? À quel moment les victimes se sont-elles pour la première fois retrouvées en danger ? Répondre à ces questions devait nous permettre de mieux comprendre les efforts que le tueur était prêt à produire pour atteindre ses victimes, les lieux qu'il choisissait pour les attaquer, les éléments qui le poussaient à passer à l'acte.

Un mouvement à la périphérie de mon champ de vision : Jefferson Connor, vingt-quatrième chef de la police d'Atlanta, venait d'entrer dans la salle de crise. Il portait l'uniforme, comme il en avait l'habitude pour les conférences de presse. Je me demandai si la perspective de sa rencontre avec les journalistes expliquait l'expression lugubre qu'il arborait. Mais peut-être étaient-ce les deux cents millions de dollars de son budget, ou les deux mille quatre cents employés qu'il avait à gérer, qui lui pesaient. Ou peut-être était-il seulement furieux d'avoir un tueur en série dans sa ville. Je ne le connaissais pas personnellement, mais je l'avais déjà vu répondre avec beaucoup d'assurance à toutes sortes de questions – sur les enquêtes menées par ses services aussi bien que sur les accusations de corruption qui accablaient de temps à autre la police d'Atlanta. Rauser m'avait beaucoup parlé de lui. Ils avaient fait équipe et ils avaient été copains, à Washington, autrefois, quand ils étaient des jeunes flics en uniforme. Ils comptaient l'un et l'autre plus de vingt ans de carrière dans les forces de l'ordre. Connor n'avait eu de cesse de s'élever dans la hiérarchie. Rauser, en revanche, avait refusé certaines promotions afin de continuer de faire le travail qu'il aimait. Rauser était venu à Atlanta, tandis que Connor partait à Los Angeles où il avait continué de gravir les échelons, créé des postes d'agents de liaison entre la police et les diverses communautés de la ville, lancé un « service d'intégrité publique » et, travaillant en étroite collaboration avec les représentants des quartiers difficiles, fait radicalement baisser les chiffres de la criminalité. Sa nomination à Atlanta avait déclenché un battage médiatique mémorable. Il avait été accueilli comme une rock-star par les médias quand il avait débarqué de l'avion à Hartsfield-Jackson, et le maire avait été aux anges quand ils avaient donné ensemble leur première conférence de presse.

Connor, une armoire à glace d'un mètre quatre-vingt-quinze, avait le nez en patate et le teint rougeaud d'un homme qui passe beaucoup de temps soit au soleil, soit dans les bars. Jeanne Bascom, la porte-parole officielle de la police d'Atlanta, le suivait. Elle faisait chaque jour un topo à la presse, distribuait les rapports de progression d'enquête, veillait au grain sur tous les fronts et, d'après Rauser, était bien mal récompensée de ses efforts. Non seulement elle se faisait étriller presque tous les jours par les journalistes, mais elle prenait aussi les familles des victimes au téléphone et devait rendre des comptes au chef et au maire pour chaque faux pas commis par tous les fonctionnaires de police d'Atlanta. Je ne voyais pas comment on pouvait avoir envie d'un tel job.

Le chef salua de la main la petite foule de policiers présents dans la salle, posa un instant les yeux sur moi, puis dit à Rauser :

— Rassemblement pour la conférence de presse. Tu dois venir. Tu sais bien qu'ils adorent nous voir en rang d'oignons. Comme ça, ils peuvent faire un carton sur tous les flics de la ville d'un seul coup. Tu as deux minutes pour me rejoindre, Aaron.

Esquissant enfin un sourire, il balaya la salle du regard avant de tourner les talons et de sortir.

Rauser s'adressa à l'équipe :

— Écoutez-moi ! Keye Street a commencé à établir un profil psychologique. Prenez-en bonne note, s'il vous plaît, et puis je veux que vous repartiez en vitesse sur le terrain. Thomas, précisa-t-il en se tournant vers l'une des deux seules femmes du groupe d'enquête, tu retournes dans le quartier de Lei Koto, tu interroges de nouveau les voisins, tu te balades et tu parles aux gens jusqu'à ce que vous trouviez quelque chose. Notre tueur devait se planquer dans une voiture, ce matin-là, pour surveiller la rue. Ou à moto, ou sur un vélo. Un voisin, un gamin ou une vieille dame un peu curieuse l'ont peut-être remarqué, mais sans penser après coup que c'était lui. Ils ont besoin qu'on leur pose la bonne question pour se souvenir de ce détail. Je veux connaître tous les individus qui ont mis le pied dans ce quartier au cours des deux semaines qui ont précédé l'assassinat de cette femme. Stevens, toi tu t'assures que nous avons tous les interrogatoires et les débriefings du comté de Cobb au moment du meurtre d'Elicia Richardson. Retrouve-moi l'intégralité de ces documents. Les voisins, les livreurs de journaux, les éboueurs, les premiers agents sur la scène de crime – la totale. Nous avons cinq ans entre le meurtre Richardson et le meurtre Koto, mais il faut me retrouver tout le monde. Et réinterroger tout le monde ! Bevins, tu prends contact avec toutes les juridictions du Sud, et avec les États limitrophes. Peut-être qu'en réalité il n'a pas attendu cinq ans. Peut-être que nous avons d'autres victimes, ici ou là, dans notre État ou dans un autre. Peut-être que nous avons une scène de crime, quelque part, qui a plus de choses à nous dire que celle de Koto. Williams, Balaki, je me fous que vous soyez obligés d'inspecter tous les ascenseurs de cette ville pour découvrir où ce monstre sélectionne ses proies. Faites quand même ce travail, parce que la seule chose que nous sachions, en ce moment, au sujet de David, c'est que nous savons que dalle ! Si vous avez le moindre soupçon en ce qui concerne l'immeuble dont ce salopard parle dans sa lettre, et je me fiche que ce ne soit qu'une intuition, allez-y, réclamez les enregistrements vidéo ! Nous n'avons rien à perdre.

Il tourna les talons et quitta la pièce. Tout au bout du couloir, j'aperçus Jeanne Bascom assise sur une des chaises en vinyle du bureau de Rauser. Le chef, Connor, avait pris place dans son fauteuil.

— Pauvre commissaire, dit l'inspecteur Andy Balaki, son éternelle casquette des Braves sur la tête. Ça se présente mal.

Je m'éclaircis la voix pour prendre la parole :

— La famille du tueur que nous cherchons, ainsi que ses amis, peut-être aussi ses collègues de travail, doivent avoir fait l'expérience de sa tendance à se montrer hypercritique, lunatique, peut-être même verbalement agressif.

Personne ne m'écoutait. Aucun des flics présents dans la pièce ne s'était même donné la peine de lever les yeux vers moi. Quoi qu'ait pu dire Rauser, j'étais une étrangère.

— D'accord, écoutez-moi ! dis-je en élevant la voix. Moi aussi, je veux faire jeter ce fils de pute en prison !

Quelques têtes se tournèrent dans ma direction.

— Je ne suis pas ici pour vous ennuyer. Et je ne suis pas ici pour vous dire comment faire votre travail. Je suis ici pour vous aider, dans la mesure du possible, mais pas pour me mêler de vos affaires. Je faisais autrefois la même chose que vous. J'étais flic. Je sais à quel point le métier est difficile.

Quelques regards supplémentaires convergèrent vers moi.

— Les scènes de crime et les lettres de ce tueur ont toutes une histoire à raconter. Ce type est adroit et intelligent, et il sait se contrôler. Il sait cacher ses émotions. Il ne veut pas être vu en train de s'énerver.

— Et du côté de sa vie privée ? demanda l'inspecteur Thomas, qui portait un jean et un sweat-shirt à capuche kaki. Nous cherchons un homme marié, divorcé, gay, hétéro ?

— Il n'a jamais été marié, répondis-je. Les relations intimes durables sont pleines d'embûches. Il a des partenaires amoureux et il est sexuellement actif, mais c'est surtout pour les apparences. Il est hétéro, mais cette orientation sexuelle est indépendante du choix de ses victimes.

J'avais réussi à les intéresser. Un par un, les douze inspecteurs du groupe d'enquête se rapprochèrent de moi autour de la table.

— Koto, Richardson et les deux meurtres de Floride ont eu lieu pendant la journée, dit Brit Williams, un bel homme à la peau très mate qui s'habillait avec beaucoup d'élégance. Faut-il en déduire qu'il travaille de nuit ?

— Eh bien… c'est vrai qu'il a besoin de la journée et de la soirée pour la surveillance préparatoire, pour s'organiser et pour fantasmer sur ses prochains meurtres. Mais la chose la plus importante à prendre en considération, en ce qui concerne son travail, c'est qu'il doit lui permettre de se déplacer et lui laisser une grande liberté de mouvement et d'organisation de son temps. Il pourrait par exemple avoir une profession qui l'amène à se déplacer comme représentant de commerce, routier ou employé du bâtiment, mais je pense qu'il occupe plutôt un poste de cadre supérieur ou équivalent. Et c'est ce travail qui lui permet d'aller et venir à sa guise au cours de la journée. Il a reçu une éducation supérieure, ça c'est très clair, et le regard que le monde porte sur sa personne compte beaucoup pour lui. De toute évidence, il a aussi des connaissances ayant trait à la médecine légale et au travail de la police scientifique et technique, puisqu'il ne nous laisse absolument aucun indice sur les scènes de crime. Quelles connaissances exactement ? Difficile à dire, mais, au minimum, il lit régulièrement des revues spécialisées dans ces domaines. Il doit avoir des abonnements. Les listes de diffusion et les visites des sites web de ces publications pourraient donc nous aider.

Williams hocha la tête, notant quelque chose dans son carnet. L'inspecteur Andy Balaki fronçait les sourcils.

— Et les blogs ? demanda-t-il. Je veux dire, ce mec est un putain de vantard. Ses lettres, c'est « regardez comme je suis plus intelligent que tout le monde » !

— Oui ! acquiesçai-je. C'est exactement ça. Il y a de très bonnes chances pour qu'il tienne un blog quelque part, ou qu'il fasse au moins des visites régulières sur les sites qui lui sont consacrés. Mon spécialiste de la Toile me dit qu'il y en a déjà des dizaines. Maintenant, par-dessus le marché, il a un surnom – Atlas. Donc ces pages web vont se multiplier. Ces choses-là renforcent le plaisir qu'il tire de ses crimes. Il a envie de savoir ce que les forces de l'ordre disent à son sujet, ce que les profileurs écrivent. Il doit par conséquent prêter une grande attention à l'information diffusée dans la presse et sur le web. Il faut aussi regarder du côté des organismes de protection de l'enfance. Il y fait peut-être des dons, car il a lui-même souffert de maltraitance quand il était gamin. Une comparaison des listes de diffusion de ces organismes avec celles des publications spécialisées que nous venons d'évoquer pourrait donner quelque chose.

Je marquai une pause, regardant l'un après l'autre les douze visages rassemblés autour de moi.

— Les meurtres deviennent plus fréquents et la période de latence est de plus en plus brève. Ce schéma comportemental n'a rien d'inhabituel, pour un tueur en série actif, mais il fait courir un grave danger à la population d'Atlanta.

11

Votre blogosphère adulte > Fétichisme extrême & Jeux de lames > Extrême SANS LIMITES, une fantaisie de Lame-Vive > Un bon vin

Le restaurant était petit mais d'excellente réputation. Son chef y avait lancé une sorte de révolution culinaire : le Nouveau Sud, faisant fi de toutes les règles. Je connaissais cet établissement. Quasi impossible d'y réserver une table, mais lui, bien sûr, il avait réussi ! Il s'en est bien vanté pendant le dîner. Il se vantait de tout.

Il était déjà installé à une table au fond de la salle quand je l'ai rejoint. J'étais un peu en retard. Il portait un superbe costume Brioni en gabardine bleu marine. Cinq millimètres de poignets de chemise bleu pâle, pas un de plus ou de moins, dépassaient des manches de la veste. J'avais vraiment hâte de m'occuper de lui.

Il regarda sa montre juste avant de m'apercevoir qui traversais la salle. Il avait l'air agacé. Il y avait déjà deux verres à eau sur la table, ainsi que des pains individuels et du beurre. Il voulait un dîner *parfait*. Voilà le genre d'homme qu'il était. Je savais quelques autres petites choses à son sujet. Il devait encore deux cent quarante mille dollars sur sa maison, il avait deux gosses, il aimait le bon vin, jouait au golf, trompait régulièrement sa femme, allait à la salle de musculation cinq fois par semaine, possédait un berger allemand et aimait se vanter d'avoir été nommé associé dans je ne sais plus quel cabinet d'avocats de merde. Je fais mes devoirs. Ça fait partie du fun.

Une lueur de plaisir anticipé s'alluma dans ses yeux quand il me vit. Il se leva pour me serrer la main, m'offrit son sourire le plus ravageur – et me regarda fixement. Il voulait un signe. Je lui rendis un petit quelque chose, du fond des yeux, mais une seconde seulement, juste assez pour lui donner l'impression que mes désirs me trahissaient. Puis je baissai timidement les yeux. Très facile, ce genre de mimique – même si j'avais des bourdonnements dans les oreilles à cause de la chaleur, même si l'atmosphère était lourde à l'intérieur de ce restaurant. Je laissai mon regard glisser vers sa ceinture et s'y attarder un instant de trop. Il sourit, le requin. Il croyait entamer une soirée très prometteuse. Cette idée me plaisait. Après tout, nous étions là pour ça ! Tout comme vous êtes ici maintenant pour lire le récit de mes fantasmes. Vous voulez de la baise et des coups de couteau. Et lui, bien sûr, il en voulait tout autant.

Il aplanit sa cravate de la main gauche quand nous nous assîmes, puis fit signe au serveur. Rien d'ostentatoire, un petit geste discret. Il commanda le vin sans se donner la peine de me consulter. Il dirigeait le personnel du restaurant, il me dirigeait, il dirigeait tout. *Monsieur Le-monde-m'appartient, qui contrôle si bien tout et tout le monde !*

Nous bavardâmes agréablement pendant le dîner, mentant tous les deux sur les individus que nous étions et sur nos intentions réelles. Nous *savions* que nous mentions et cela nous plaisait. Rien ne nous obligeait à tomber les masques, car l'un comme l'autre nous n'avions cure de ce qui se cachait derrière. Et puis le vin commença à agir, nos yeux s'enflammèrent, nos esprits se mirent à gambader, nos genoux se touchèrent sous la table. Il affichait un sourire des plus satisfaits. Je lui appartenais ; il en était certain. Et pourquoi pas ? Nous avions déjà été ensemble, à moitié nus, derrière le pavillon de la piscine, pendant que sa femme s'occupait des invités à quelques mètres de là.

Il posa une main sur la table et effleura mon petit doigt – très discrètement, mais ce contact me percuta comme une balle de revolver ; le sang afflua dans tous les bons endroits de mon corps.

— On va quelque part ? demanda-t-il.

Oh, oui ! Quelque part dans ta bouche, quelque part entre tes fesses.

— Je t'attends dehors, dis-je, et je le laissai régler l'addition.

Je sentis ses yeux rivés sur mon dos pendant que je m'éloignais. Il me voulait, il avait *besoin* de moi.

Essaie de contrôler ça, David, petit enfoiré.

Je sombrai ce soir-là dans un sommeil agité, fiévreux. Après notre orgie de gâteaux chez Southern Sweets, j'étais allée directement à la salle de crise et je n'avais rien avalé d'autre de la journée. Racaille voulut dormir sur mes jambes et j'eus l'impression bizarre d'être prise au piège. Je crois me souvenir de l'avoir vue décoller du lit, à un moment donné – peut-être l'avais-je éjectée en remuant les jambes sous l'effet d'une bouffée de chaleur. Seigneur, en arrivais-je déjà au stade des bouffées de chaleur ? Quarante ans, ce n'était pas très loin de l'âge fatidique, mais tout de même. Ma mère biologique avait-elle glissé tranquillement, facilement, vers la ménopause, ou avait-elle poignardé le père que je n'avais jamais connu dans une bouffée de chaleur et terminé sa vie en prison ? Voilà les seuls moments durant lesquels je pensais à mes parents – quand je m'interrogeais sur ce que mon héritage génétique pouvait valoir à ma santé. Je ne me sentais pas vraiment bouleversée par le fait qu'ils m'avaient abandonnée. Ils avaient pris cette décision parce qu'ils étaient incapables de s'occuper d'un enfant. Entre la prostitution, le strip-tease, la drogue et tout le reste, ils étaient vraiment très occupés. Je crois que j'étais un peu agacée, quelque part, d'avoir grandi nourrie au jus de viande et à la semoule de maïs agrémentée de fromage au lieu d'avoir englouti les bonnes protéines de soja du régime alimentaire asiatique qui auraient pu m'aider à passer les étapes de mes mutations hormonales sans coup férir, mais, de manière générale, je me jugeais incroyablement chanceuse d'avoir été confiée à une autre famille. C'était peut-être l'acte le plus altruiste que mes parents biologiques eussent jamais commis de leur vie.

Je préparai du café et me servis un grand bol de yaourt grec dans lequel j'ajoutai du miel et des morceaux de brugnon. J'appelai Rauser pendant que je m'habillai pour aller à un rendez-vous. Toujours aucune piste pour David, me dit-il d'une voix maussade qui trahissait son épuisement.

J'engageai l'Impala dans un parking proche de la tour SunTrust Plaza et en ressortis à pied au coin de Baker Street et de Peachtree Center Avenue. Je n'eus aucune envie de traverser la chaussée avant que le feu ne passe au rouge. Fichtre. J'avais grandi dans le Sud, j'avais eu gravement maille à partir avec l'alcool et j'avais épousé un acteur. Pourquoi tenter davantage le sort ?

Je passai devant des cafés aux terrasses désertes et jetai un coup d'œil à travers les vitrines : à l'intérieur, en revanche, les comptoirs et les salles étaient pleins de monde. Au printemps et à l'automne, les tables du dehors accueillaient d'innombrables clients qui bavardaient en buvant martini, café glacé ou expresso. Mais pas en ce moment. Personne ne voulait affronter la chaleur d'étuve et le niveau d'alerte rouge du smog – surtout vêtu d'un complet ou d'un tailleur. Personne, en outre, ne voulait être pris pour cible par un tueur en série dont le processus de sélection semblait si terriblement aléatoire.

Je franchis la porte tournante du 303 Peachtree Street et lâchai un soupir de soulagement quand l'air climatisé du hall me frappa le visage. Atlanta possède quelques tours de bureaux assez extraordinaires, avec halls et ascenseurs décorés d'acajou, de marbre d'Italie et de cristal, de tapis d'Orient tissés à la main et d'œuvres d'art originales. La SunTrust Plaza compte parmi celles-là. Elle est également célèbre à cause de certains de ses occupants – de richissimes cabinets d'avocats, pour l'essentiel, et des banquiers d'investissement. Ses cinquante-trois étages de verre bleuté se dressing sur une sorte d'éminence entre Peachtree Street et Peachtree Center Avenue, les savants décrochements architecturaux de son premier tiers et sa flèche centrale occupent une place importante dans la silhouette de la ville.

Dans l'un des ascenseurs habillés de miroirs, je plaquai sur le détecteur la carte magnétique qui me permettait d'atteindre les étages quarante-huit à cinquante-trois, occupés par le cabinet Guzman, Smith, Aldridge & Haze : mon plus gros client, celui qui payait mon emprunt immobilier et l'essentiel de mes factures chaque mois. Je regardai mon reflet dans la glace. Pas mal. Je portais un tailleur Ralph Lauren bleu nuit, sérieux et élégant à la fois, avec un chemisier blanc. Il ne m'aurait probablement pas valu de me faire draguer, mais il disait que j'étais une professionnelle soucieuse de son apparence et compétente, et que je ne cherchais pas à tenir la dragée haute à mes clients. Les escarpins que j'avais aux pieds, en revanche, me parlaient davantage à moi qu'ils ne révélaient quoi que ce soit sur ma personnalité. Et là, tout de suite, ils me disaient : *Hé, toi, là-haut, tu vas devoir te serrer la ceinture ce mois-ci !* D'accord, je m'octroie de temps en temps un budget chaussures parfaitement extravagant. Mais je connais des gens qui claquent des fortunes toutes les semaines en cocaïne ; par rapport à eux je ne m'en tire pas si mal.

Une standardiste appuya sur un bouton pour m'ouvrir les portes vitrées du cabinet, avant de me désigner d'un geste le couloir menant aux bureaux des associés. J'avais rendez-vous avec Margaret Haze, l'un des plus célèbres avocats en droit criminel du pays.

130

Son assistante, Diane, sourit quand elle me vit approcher. Blonde, l'air d'une éternelle adolescente, elle portait un tailleur gris qu'il me semblait avoir aperçu dans la vitrine du grand magasin Macy's. Diane était de ces filles qui pouvaient enfiler du prêt-à-porter et donner l'impression d'être en haute couture. Je ne lui en voulais pas le moins du monde. Je l'adorais.

— Salut, ma belle, dit-elle en saisissant sur sa table, pour me les tendre, deux classeurs que des avocats du cabinet lui avaient laissés à mon intention.

Diane Paulaskas et moi étions copines depuis l'école primaire. En commère de première bourre qu'elle était, Diane me relayait tous les bruits de couloir de la tour SunTrust Plaza. C'était grâce à elle que je travaillais pour des cabinets comme Guzman, Smith, Aldridge & Haze. Elle avait glissé ma carte de visite dans chaque dossier et dans chaque bureau des cinq derniers étages de l'immeuble, et quand un avocat cherchait un détective privé, elle parlait de moi comme de la pépite d'Atlanta. Elle engloutissait deux gin tonics pour chacun de mes verres d'eau de Seltz, n'avait pas l'habitude de garder sa langue dans sa poche, et était de ces gens vraiment capables de vous dire la vérité quand vous avez besoin de l'entendre.

— Alors ? Tu t'es éclatée au pieu, récemment ? demanda-t-elle.

Je levai les yeux au ciel, comme si j'étais bien au-dessus de ce genre de préoccupation.

La porte du bureau de sa patronne s'ouvrit. Diane et moi retînmes notre souffle. Nous n'étions pas plus indifférentes que quiconque au charme de Margaret Haze. Avec le mètre quatre-vingts qu'elle atteignait sur ses talons hauts et sa cascade de cheveux auburn tombant derrière les épaules, elle avait l'allure d'un mannequin dans une pub L'Oréal. Elle était tout simplement sublime.

— Entrez, Keye, je vous en prie, dit-elle avec chaleur.

Elle me serra la main. Elle me serrait toujours la main et prenait toujours le temps de me recevoir dans son bureau. Les autres avocats se contentaient de gribouiller leurs instructions sur une feuille de papier et de me laisser un dossier sur la table de Diane.

— Merci, tout d'abord, pour l'excellent travail que vous avez fait pour nous dans l'affaire Stoubart, dit-elle, m'invitant d'un geste à prendre place dans un fauteuil du coin salon de son gigantesque bureau. Vous m'avez apporté tant d'éléments à opposer aux témoignages de l'accusation que le procès n'aura même pas lieu. J'ai envoyé un petit quelque chose à votre agence.

— C'était beaucoup trop, cette magnifique corbeille, mais merci infiniment. Nous nous sommes régalés.

Là, je mentais un peu – j'avais déjà donné les fruits à Charlie.

Le sourire aux lèvres, elle me tendit un dossier, puis s'assit dans un fauteuil à côté de moi et croisa ses longues jambes de déesse.

— J'ai vu que vous avez pu boucler le dossier LaBrecque. Avez-vous eu des difficultés à lui donner l'ordonnance ?

— L'affaire se serait beaucoup plus mal passée si nous n'avions pas été dans une église, dis-je avec un haussement d'épaules.

— Hmm… c'est ce que je craignais.

— Ce M. LaBrecque n'est pas très gentil.

— S'est-il montré agressif ?

Je montrai à Margaret les ecchymoses que j'avais au poignet.

— Notre rencontre se rappellera à mon souvenir encore quelques jours.

Un éclair de colère passa dans les yeux de Margaret.

— L'épouse de cet homme est l'amie d'une amie qui m'a appelée à l'aide, expliqua-t-elle.

Je savais bien que ce n'était pas le genre d'affaire dont elle acceptait normalement de se charger. Avec une carrière aussi brillante que la sienne, Margaret Haze était tellement sollicitée qu'elle pouvait choisir ses clients.

— Il maltraite sa femme et son enfant depuis trop longtemps. L'ordonnance restrictive n'est qu'une première étape. J'ai confié le suivi du dossier à l'un de mes collaborateurs. Si tout se passe comme nous pouvons l'espérer, sa femme obtiendra bientôt le divorce. Je suis désolée qu'il vous ait blessée.

Elle se leva pour se diriger vers sa table de travail.

— Je crois me souvenir que vous buvez du Pepsi Max, n'est-ce pas ? dit-elle avant de presser un bouton sur la console téléphonique. Diane, voulez-vous trouver un Pepsi Max à Keye, je vous prie ?

La voix enjouée de mon amie s'éleva du haut-parleur :

— Tout de suite !

J'ouvris le dossier que Margaret m'avait donné et lut en diagonale le premier document qu'il contenait.

— Vous avez pris comme client un homme qui a tiré vingt-trois fois sur son employeur ? demandai-je sans cacher mon étonnement.

— Oui. Et nous allons plaider la légitime défense.

— Heu…

— L'employeur en question était une brute épaisse. Un type absolument terrifiant. Tous les jours, mon client avait peur pour sa propre vie. Tous les cadres dirigeants de la compagnie sont des bonshommes assez patibulaires. La plupart d'entre eux portent une arme. C'est une grosse société de dépannage.

On toqua à la porte. Diane entra, sourire aux lèvres, et me tendit un verre de Pepsi Max avec des glaçons. Elle aperçut le document que j'avais à la main et dit :

— Oh, tu vas travailler sur la compagnie de dépannage ? Ce sera difficile de trouver un jury impartial. Tout le monde déteste ces types…

— Merci, Diane, l'interrompit Margaret, et elle rassembla quelques papiers sur la table pour les lui tendre. Ce sera tout.

— Certainement, répondit mon amie sans perdre sa bonne humeur.

Je la regardai sortir du bureau, puis m'adressai de nouveau à Margaret :

— Je vois qu'il lui a logé vingt-trois balles dans le corps avec un Glock 9 mm. Il a donc été obligé de recharger l'arme. Cela signifie calme et détermination – pas un acte de violence sous le coup de la terreur.

Margaret esquissa un sourire.

— Voilà pourquoi je fais appel à vous, Keye. Vous comprenez les difficultés auxquelles nous sommes confrontés. Trouvez-nous des choses terrifiantes au sujet de l'employeur de mon client. Nous avons à peu près trois mois pour nous préparer. J'aimerais que vous m'apportiez quelque chose d'ici quatre semaines.

Je me levai, bus une gorgée de Pepsi Max et posai le verre sur la table basse.

— Je garde le dossier ? demandai-je en me dirigeant vers Margaret.

— Oui. Cet exemplaire est pour vous.

Je saisis une photographie sur la table. On y voyait deux adultes et une enfant en maillot de bain, bronzés et séduisants, qui se tenaient sur le pont d'un voilier. L'homme serrait dans ses bras la fillette. Et la femme ressemblait beaucoup à Margaret.

— Vous avec vos parents ? demandai-je.

— À la belle époque, répondit-elle en souriant. Quand je n'avais pas encore à gagner ma vie.

— Très jolie famille.

Je reposai la photo sur la table, essayant de la replacer à l'endroit exact où je l'avais trouvée. Margaret avait saisi une épaisse liasse de documents qu'elle commençait déjà à feuilleter.

— Reparlons-nous dans une quinzaine, si vous le voulez bien, dit-elle sans lever les yeux.

Quand je sortis du bureau, Diane m'apostropha pour me prévenir qu'elle s'apprêtait à quitter son poste pour aller retrouver Neil et Charlie à l'agence. Ils prévoyaient de regarder un match sur l'écran géant et voulaient savoir si j'étais de la partie. Rauser, Diane, Neil, Charlie et moi, nous passions souvent la soirée à l'entrepôt, surtout pendant le championnat de base-ball.

— Je ne peux pas, répondis-je.

Je voulais rejoindre Rauser à la salle de crise. De nouveaux rapports d'interrogatoires des agents impliqués dans le traitement des scènes de crime d'Atlas m'y attendaient. Je savais aussi que les recherches de

« David » ne donnaient toujours rien en dépit des nombreux appels téléphoniques reçus par la police sur les lignes spécialement ouvertes pour cette opération. Il y avait déjà deux jours qu'Atlas avait annoncé le meurtre de David dans sa lettre. Rauser et ses enquêteurs étaient tellement désespérés qu'ils avaient commencé à piocher tous les David de tous les annuaires de l'État pour tenter de les contacter – mais quelle chance avaient-ils de tomber sur l'homme qu'ils cherchaient, avec un prénom biblique aussi répandu, dans une partie du monde aussi profondément chrétienne et croyante que le Sud, et dans une métropole de cinq millions d'habitants ? *Trois jours, commissaire.* Tic-tac. Si la lettre disait vrai, il restait vingt-quatre heures. Pas de quoi rendre Rauser et ses hommes très optimistes.

— Je sors avec quelqu'un, me dit soudain Diane. Et c'est sérieux, je crois.

— Hé, génial ! m'exclamai-je.

Mais je savais aussi qu'avec Diane, c'était toujours « sérieux ». Elle tombait immédiatement amoureuse, s'accrochait trop à ses mecs, se montrait trop vite trop prête à tout – et, en récompense de ses efforts, finissait en général par se faire piétiner le cœur. Je regardai ma montre.

— Je t'appelle dans un jour ou deux. Promis. Et tu me raconteras tout.

12

Bientôt deux heures du matin. Rauser avait allumé le gyrophare mais pas la sirène, inutile de réveiller les indigènes. Nous remontions Peachtree en direction de Piedmont Road, roulant très vite, sans échanger un mot. Nous nous rendions sur la scène d'un nouveau meurtre. La victime était un homme. Couché sur le ventre dans un lit, le corps massacré à coups de couteau et couvert de morsures. Les vitres de la Crown Vic étaient baissées, l'air tiède de la nuit nous balayait les cheveux, le haut-parleur de la C.B. produisait un étrange fond sonore grésillant. Je tournais de temps en temps la tête pour contempler le profil de Rauser. Il avait l'air concentré, tendu. Éclairé par intermittence par le gyrophare, il me faisait penser à un personnage de la bande dessinée *Dick Tracy*. Nous nous sentions tous les deux coupés de la réalité. Nous attendions d'arriver à destination. Une scène de crime intacte est un outil inestimable. Voir les choses exactement comme le tueur les a laissées, respirer son air, capter les odeurs des lieux et écouter les histoires qu'ils ont à raconter. Les photos de scènes de crime sont utiles, mais elles ne vous jettent pas au visage des impressions frappantes et des révélations subliminales comme peut le faire une scène de crime toute fraîche. Les images sur papier ou écran ne permettent pas de sentir vraiment les angles, les distances, les formes. Mais le temps est toujours compté. Aussitôt après avoir été découvert, le paysage d'une scène de crime commence à changer inéluctablement. On allume les lumières, on glisse les indices dans des sachets, l'atmosphère des lieux est perturbée, le corps est bougé. On collecte les traces de sang, d'ADN, de pas, de cheveux, mais certaines sont quand même perdues pour toujours.

Je jetai un œil au compteur de vitesse. Rauser filait à cent vingt kilomètres à l'heure sur l'avenue et ralentissait à peine aux carrefours, mais j'aurais voulu qu'il aille encore plus vite. Je voulais arriver là-bas *tout de suite*. Comme Rauser, je ne pensais qu'à la chance que nous aurions peut-être, cette nuit, de découvrir de nouveaux indices, des éléments importants ; je pensais aux secondes qui s'égrenaient trop vite sur cette scène parfaitement préservée. Je ne songeais pas à la perte regrettable d'une vie humaine, à l'horreur de ce crime abominable. Ces réflexions-là viennent plus tard. Dans le métier, on apprend à compartimenter, à repousser ses émotions pour être efficace. Hélas, c'est un savoir-faire qui ne donne pas forcément de bons résultats dans la vie privée. Le taux de divorce est très élevé chez les gens de notre acabit.

Peu de temps auparavant, nous étions en salle de crise avec plusieurs inspecteurs, autour de la table couverte de rapports, de mugs de café, de cartons de nourriture à emporter, avec les victimes, nos quatre victimes, épinglées sur les tableaux d'affichage, qui nous rappelaient constamment ce qui risquait d'arriver à un certain « David », lorsque le téléphone avait sonné. J'avais vu le visage de Rauser se métamorphoser. La salle de crise s'était vidée en quelques secondes dès qu'il avait commencé à crier ses ordres. Il était déjà au téléphone avec un analyste des traces de sang quand nous étions arrivés devant les ascenseurs bondés. Nous avions décidé de descendre par les escaliers, avalant les marches deux par deux. Peu après, la voiture jaillissait du parking souterrain de City Hall East, ses pneus crissant sur le bitume.

Rauser prit la parole pour la première fois depuis que nous roulions :

— Je veux qu'on traite cette scène à fond, complètement à fond ! dit-il d'une voix déterminée. Cette fois, putain, aucune erreur. Le premier agent arrivé là-bas a bouclé les lieux. Personne ne peut entrer. Les techniciens de scène de crime nous attendent et le spécialiste du sang est en route. Nous avons besoin de quelqu'un d'autre ?

— Non. Sauf d'un bon odontologiste légiste, à l'institut médico-légal, pour les morsures.

Rauser hocha la tête et soupira.

— Je voulais retrouver ce David, Keye. Le trouver vivant et lui éviter cette mort atroce…

— Des tas de gens meurent à plat ventre, Rauser, l'interrompis-je.

Nous passions à cet instant devant la Symphony Tower et ses immenses ailerons argentés qui la font ressembler à un gratte-ciel de la planète-ville de *La Guerre des étoiles*. Je la regardai filer derrière la vitre de ma portière et ajoutai :

— Des tas de gens sont assassinés et mordus par leur meurtrier. Nous ne savons pas si nous avons affaire à une victime d'Atlas. Nous ne savons pas si le mort est David.

Quelques minutes plus tard, enfin, Rauser engagea la Crown Vic sur le parking d'une résidence hôtelière de luxe de Piedmont Road, dans le quartier de Buckhead. Il s'avança entre des voitures de police et des véhicules d'urgence garés en tous sens, gyrophares bleus et rouges allumés sur les toits. Des agents étaient en train de poser du ruban jaune de scène de crime et repoussaient les équipes de télévision et la foule des curieux qui se massaient aux abords de l'hôtel. Divers véhicules banalisés, des Crown Vic plus ou moins cabossées pour la plupart, arrivaient derrière nous – les inspecteurs du groupe d'enquête. Rauser me tendit une paire de gants chirurgicaux qu'il avait tirée d'une boîte en plastique sur la banquette arrière. Je le suivis à travers le parking, longeant une demi-douzaine de voitures de patrouille dont les C.B. étaient allumées à plein volume. Il échangea quelques mots, chaleureux comme toujours, avec un petit groupe d'agents qui se tenaient devant la porte de l'hôtel. Rauser avait encore le cœur d'un îlotier. Dans ses souvenirs, dans les histoires qu'il racontait, cette période de sa carrière était une des plus heureuses qu'il avait connues. Il pensait avec nostalgie au temps où il avait des ampoules aux pieds à force de battre le pavé. Et il avait beau travailler à la brigade des homicides depuis douze ans, il se disait toujours qu'il s'habillait en « civil » le matin quand il enfilait son costume.

Un certain nombre de curieux s'agglutinaient autour de l'entrée de l'hôtel désormais inaccessible au public.

— Quelqu'un se charge de filmer ça ? demandai-je.

Rauser hocha la tête.

— Williams et Balaki n'étaient pas loin d'ici quand nous avons été prévenus. Ils ont fait le nécessaire. Espérons que notre homme est du genre qui aime lambiner sur le lieu de son crime. C'est souvent le cas.

J'eus soudain un pressentiment bizarre qui me donna la chair de poule. Pivotant sur moi-même, je scrutai à nouveau la foule. Il y avait… quelqu'un, là, quelque part. Des yeux qui nous observaient. Je les sentais sur moi. Je me ressaisis, songeant que je devais me concentrer sur la scène de crime. Les indices matériels, les traces, les formes et les types de blessures – tout cela nous dirait s'il s'agissait d'un nouveau meurtre d'Atlas.

Les clients de l'hôtel avaient été rassemblés dans le hall de la réception. Tous s'interrogeaient à voix haute sur les raisons de cet étrange exercice nocturne. Les rumeurs allaient bon train et la responsable de nuit faisait de son mieux pour maintenir le calme. Au comptoir de la réception, la console téléphonique sonnait mais l'employée qui se tenait là ne décrochait pas. Elle était immobile, le regard perdu dans le vide, le teint gris, sans aucune expression sur le visage. L'inspecteur Brit Williams se tenait à côté d'elle, carnet de notes en main, mais elle ne parlait pas ; elle semblait même ne pas remarquer sa présence. Je connaissais cette réaction. C'était elle, cette femme, qui avait découvert le cadavre. Elle ne serait plus jamais tout à fait la même ; elle n'ouvrirait jamais une porte sur une pièce sombre sans être assaillie par le souvenir de ce crime. Je pensai à Tim Koto trouvant sa mère poignardée et tabassée à côté de la cuisinière où elle lui avait préparé à dîner. Qui s'occupait de ce petit garçon, désormais ? La responsable de nuit commençait à pleurer. Le meurtre perturbe l'existence de tous ceux qu'il touche ; il change pour toujours la trajectoire de leur vie.

Assise sur un vieux carrelage, plus de trente ans plus tôt, j'avais vu le sang de mes grands-parents s'écouler de leurs cadavres et former une mare autour de moi. Je ne me souviens guère d'eux, à vrai dire, ni de ma vie avant cette scène. Je crois que je suis née sur une scène de crime à l'âge de cinq ans. J'étais en train de jouer derrière le comptoir quand j'avais entendu la porte s'ouvrir, puis des éclats de voix : *Où est le fric, vieux maboul ? Donne-nous ton fric, putain !* À ce moment-là, grand-père avait plaqué une main sur ma tête, fermement, et m'avait poussée vers le sol pour que je ne risque pas de me redresser et de prendre une balle dans le crâne. Quand il était tombé à côté de moi, et juste après quand le second coup de feu avait fait s'écrouler ma grand-mère, je n'avais pas émis le moindre bruit. Silencieuse, obéissante, j'avais regardé le sang imbiber mes vêtements et les petites chaussures rose pâle que j'avais aux pieds.

Je jetai à nouveau un coup d'œil dehors. Les projecteurs des équipes de télévision illuminaient la rue, le parking, et les journalistes commençaient à parler devant les caméras, hôtel et ruban jaune de scène de crime en image de fond. Des policiers en uniforme essayaient de disperser la foule. Certaines personnes murmuraient déjà qu'Atlas avait commis un nouveau meurtre, et tous les gens qui n'étaient pas à l'intérieur du périmètre de sécurité semblaient avoir un téléphone à l'oreille.

— C'est ce malade qui a écrit aux journaux, entendis-je un homme marmonner dans son BlackBerry.

Je rejoignis Rauser qui regardait lui aussi dehors en se mordillant nerveusement la lèvre inférieure. Nous suivîmes un policier à travers le parking, longeant plusieurs bâtiments. Les policiers en costume et les flics en uniforme rassemblés devant le bâtiment G, où se trouvait la suite 351, cessèrent de bavarder entre eux quand ils nous virent approcher.

Rauser avait ordonné que personne ne prévienne l'institut médico-légal tant que la scène de crime n'aurait pas été dûment traitée. Cette entorse au règlement lui vaudrait d'en prendre pour son grade, mais je savais qu'il s'en fichait. Il avait déjà été en conflit avec les légistes, par le passé, pour des histoires de procédures et d'attributions des uns et des autres. Sur le moment, quoi qu'il en soit, j'étais d'accord avec lui : il était essentiel de préserver la scène et les indices susceptibles de se trouver sur le corps, pour les analyser immédiatement – pour ensuite remettre le corps à l'institut médico-légal.

Avant d'entrer dans la suite, nous écoutâmes le premier agent arrivé sur les lieux nous faire son rapport. Il avait suivi les instructions de Rauser à la lettre. Personne, pas même un technicien de scène de crime trop empressé, n'avait été autorisé à accéder au bâtiment. Et les rares individus qui avaient été en contact avec la scène avaient été retenus à l'hôtel et attendaient maintenant, bien contre leur gré, d'être interrogés.

— La victime s'appelle David Brooks, nous dit pour finir l'agent.

Rauser me regarda. Un tic nerveux agitait sa joue. Il tapota l'épaule de l'agent et dit doucement :

— Bon travail.

À la demande de Rauser, j'allai parler avec Ken Lang, le spécialiste du labo, pour lui expliquer qu'un analyste des traces de sang était en route et qu'aucun échantillon ne devait être pris, aucun prélèvement fait dans l'immédiat – sauf si le sang avait formé des mares, auquel cas il pouvait être prélevé avec un tampon sans que soient perturbées les autres traces, projections et éclaboussures. Je précisai à Lang que Rauser voulait traiter la scène comme s'il s'agissait *a priori* d'un crime d'Atlas. Lang me promit que s'il y avait une seule fibre, la moindre trace d'ADN, le plus petit bout d'empreinte digitale dans la chambre, il les trouverait. Je n'en étais pas si sûre.

Si David avait une famille et si le tueur n'avait pas pu s'occuper de lui comme de ses précédentes victimes, c'est-à-dire dans leur propre environnement domestique qu'il avait manifestement pour habitude de prendre la peine de connaître à fond, quel meilleur endroit que cet hôtel ? La propriété s'étendait sur près d'un hectare. La réception et l'administration se trouvaient dans un bâtiment à part et les « chambres » étaient en fait des suites en duplex regroupées par deux dans de petits bâtiments disséminés sur tout le domaine. Je n'avais vu aucune caméra de surveillance, sauf à l'entrée principale et près du comptoir de réception. Si pointilleux soient-ils sur le ménage et l'entretien, en outre, les hôtels sont par définition des lieux qui regorgent d'ADN, de fibres et de traces de toutes sortes.

Rauser distribuait leurs tâches à plusieurs inspecteurs et agents en uniforme.

— Personne ne quitte l'hôtel, ordonna-t-il. Et tous les gens qui se trouvaient ici ce soir doivent être interrogés – si loin que soit leur chambre, pour les clients, de la scène de crime. Répartissez-vous entre les bâtiments et questionnez tout le monde. Assurez-vous d'avoir vu tous les membres du personnel et qu'aucun d'eux ne rentre chez lui. Balaki, tu récupéreras les reçus de cartes de crédit à la réception. Il faut aussi que l'un de vous fasse le tour des commerces du quartier, au cas où quelqu'un aurait vu quelque chose. J'ai l'impression que le Krystal et le grill qui sont là-bas sur l'avenue sont encore ouverts. Bevins, toi et Velazquez vous vérifiez tous les véhicules et vous fouillez une fois de plus la propriété !

La tension était palpable. Rauser tâta sa poche de poitrine à la recherche de son paquet de cigarettes, puis se ravisa. Si forte qu'ait pu être son envie de nicotine, il était exclu qu'il fume sur une scène de crime.

— Allez, tout le monde ! s'exclama-t-il. Remuez-vous ! Peut-être que notre criminel est encore dans les parages.

Lang nous attendait. Il tenait une caméra vidéo d'une main, une mallette en aluminium de l'autre, et il avait un Nikon numérique autour du cou. Il avait déjà enfilé une charlotte en papier, des surbottes et une blouse spécialement conçue pour limiter au maximum la contamination de la scène.

— Merci d'avoir patienté, lui dit Rauser. Nous nous équipons et nous vous suivons.

À quelques mètres de nous, deux agents en uniforme barrèrent le passage à une femme qui portait une mallette d'analyse de scène de crime dans chaque main. Elle était vêtue d'un jean et d'un vieux tee-shirt de l'armée aux manches coupées et *raccourci au-dessus de la taille.*

— Voilà notre pro des traces de sang, dit Rauser, et il m'adressa un grand sourire avant d'aller à sa rencontre.

Il lui serra la main et l'entraîna dans ma direction en passant un bras autour de ses épaules. Elle était très jolie en dépit de sa mâchoire un peu carrée, elle mesurait environ un mètre soixante, elle avait la silhouette mince, en V, d'une nageuse, les cheveux courts et ondulés, la peau crémeuse. Le genre de nana qui se nourrissait de noix et de baies, avait sans doute du lait de soja dans son frigo et ne touchait jamais, jamais, à un cheeseburger Krystal.

— Keye, je te présente Jo Phillips, dit Rauser. Jo, voici Keye Street, notre profileuse de choc. Jo gagnait autrefois sa vie de façon honorable. Ensuite elle est passée dans le camp des vampires.

— J'étais flic, précisa Jo en me souriant. J'ai changé de voie il y a sept ans.

Nous enfilâmes tous des surbottes et des blouses spéciales. Jo glissa ses longs doigts dans des gants d'examen, puis donna un coup de coude à Rauser et me dit sur le ton de la complicité :

— Vous savez comment sont les hommes d'un certain âge. Toujours à revivre le passé.

Elle avait la voix de Lauren Bacall, à la fois rauque et douce, avec des intonations du Sud. Je la détestais déjà. Regardons les choses en face. Qui vient travailler sur une scène de crime, en pleine nuit de surcroît, le nombril à l'air ? Jo était le diminutif de quel prénom, d'ailleurs ? *Joseph*, pensai-je avec espoir. Et ce petit coup de coude familier, presque intime, qu'elle avait

146

décoché à Rauser me déplaisait carrément. Et leur façon de s'appeler par leurs prénoms ! Ils étaient bien trop copain-copain à mon goût.

Rauser poussa la porte de la suite. Ken Lang entra le premier, caméra vidéo en main, progressant lentement à travers la pièce. Les traces qui résultent du contact entre le tueur et sa victime sont extrêmement fragiles. Un simple souffle d'air provoqué par le déplacement d'une personne peut en déloger certaines.

La suite était cossue. Conçue de toute évidence pour les voyageurs d'affaires aux poches pleines. Elle comportait deux niveaux, des cheminées, une véritable cuisine, un bar, un bureau équipé d'une connexion wifi, une table de réunion dans la partie salle à manger. Qui avait choisi ce lieu de rendez-vous, le tueur ou la victime ? Lequel des deux connaissait assez bien ce genre d'hôtel pour vouloir y venir ? *Non*, pensai-je, *le lieu du crime ne peut avoir été laissé au hasard. Pas avec un assassin aussi prudent et méticuleux.* C'était lui, pas David, qui avait sélectionné cet établissement. Je fis part de mes réflexions à Rauser. Nous cherchions quelqu'un qui menait une carrière de haut vol, quelqu'un dont les notes de frais pouvaient absorber une telle facture.

La climatisation était à fond, la pièce glaciale – contraste saisissant après les trente degrés centigrades de l'atmosphère sirupeuse dans laquelle nous avions pataugé dehors. Les nuits moites de Géorgie mouillent les vêtements et oppressent. Quand on entre dans une pièce à quinze degrés, on ne peut que se demander pourquoi la température est si basse. Des flammes courtes brûlaient dans la cheminée au gaz. Je m'interrogeai aussi sur ce détail, me souvenant d'avoir passé un week-end en amoureux avec Dan, autrefois, dans un bel hôtel, et d'y avoir allumé la cheminée. Rien de tel que cet accessoire pour créer une ambiance romantique. Je me demandai cependant si le tueur en avait profité *avant* ou *après* le meurtre.

On éprouve un sentiment étrange à pénétrer dans un lieu en sachant qu'il est subitement devenu, très peu de temps auparavant, une scène de crime. Une chambre d'hôtel anodine, et puis… Comment la séance avait-elle commencé ? me demandai-je. Dans la douceur ? Avec des caresses ? Ou immédiatement dans la violence ? Pour le moment, je ne voyais aucune trace de lutte. Il faudrait dix ou douze heures pour traiter à fond une suite en duplex comme celle-ci. À ce moment-là, l'histoire commencerait à prendre forme, nous comprendrions un peu mieux ce qui s'était passé entre le tueur et sa victime. Et c'était Lang qui se chargerait de la collecte de l'essentiel des indices matériels, hormis les traces de sang. Pour lui, la nuit serait bien longue.

Nous montâmes à la chambre. Immobile sur le seuil tandis que Lang filmait les premières images de cette pièce qui semblait être le site principal du crime, je parcourus lentement la scène des yeux. Le corps était sur le ventre, étendu dans l'immense lit double. Une vaste auréole de sang s'était formée sur le drap du dessous, autour de son cou et de sa poitrine ; le sang semblait imprégner profondément le tissu, le matelas sans doute, et avait déjà pris une couleur de brique. Le drap du dessus avait été remonté jusqu'à la taille de la victime et tendu autour de ses fesses et de ses jambes écartées comme pour mettre en relief la partie inférieure du corps. Le tissu était maculé de nombreuses taches de sang. Une baffle, quelque part dans la chambre, diffusait de la musique à faible volume.

Une bouteille de chardonnay visiblement coûteux se trouvait sur la commode. Le verre était perlé de gouttes de condensation. Il y avait aussi deux traces circulaires d'humidité, à côté du téléphone, sur une des petites tables de chevet. Je fronçai les sourcils, perplexe. Où étaient les verres ? Lang, qui continuait de filmer, avait suivi mon regard ; il désigna le côté droit du lit en disant :

— Deux traces de verres mais un seul verre. Il est là, sur le tapis. Possible que la victime l'ait laissé tomber.

Un verre disparu ? L'assassin avait pris un verre de l'hôtel ? Pourquoi ? Comme souvenir à ajouter à sa collection de petits trophées personnels ? Ou s'agissait-il d'une simple précaution ? On ne sait jamais quand on risque de laisser un peu de salive derrière soi, une empreinte partielle, un cil, un brin d'ADN, au moment où l'on se dépêche de quitter le lieu du crime.

Je reportai mon attention sur le cadavre. David Brooks. Homme de race blanche. Chemise bleu pâle relevée sur les reins. Les fesses gravées d'une série de morsures bien visibles sous le drap. Un bras levé au-dessus de l'épaule, l'autre tombant sur le côté du lit. Musclé et manifestement très en forme.

— Je sais que c'est sans doute grâce à vous que je suis ici, dit Jo Phillips qui se tenait derrière moi, puis elle baissa la voix pour ajouter : La plupart du temps, la police d'Atlanta fait appel à ses propres spécialistes, et ils sont bons. Mais ça, c'est mon truc. Les traces de sang, c'est *tout* ce que je fais. Depuis trois ans, déjà, je leur répète qu'elles sont la manifestation physique de ce qui se passe à l'intérieur de la tête du criminel, qu'elles sont à la fois des indices matériels *et* comportementaux. Et qu'elles méritent un expert.

Elle poussa un petit soupir agacé et dit encore :

— Mais tout ce qu'on me répond, c'est qu'il n'y a pas de budget pour ce genre de chose. C'est dingue ! Vous devez avoir une sacrée influence sur eux, Keye, pour qu'il m'ait appelée ce soir.

— Influence ? Avec Rauser ? Il est désespéré, c'est tout.

— Je crois que je vais avoir beaucoup de plaisir à travailler avec vous.

Elle me gratifia d'un long regard, très appuyé, puis passa devant moi, son bras effleurant le mien, pour aller se pencher au-dessus du lit. Elle appliqua un coton-tige sur le drap, à l'endroit où le sang avait formé une mare déjà absorbée par le matelas. Je contemplai le coton-tige qui virait au rouge sombre. Elle le laissa sécher quelques instants à l'air avant de le glisser dans un tube à essai, puis elle releva la tête et me sourit. Je songeai qu'elle flirtait peut-être avec moi – mais nous étions au travail, sur une scène de crime, et cette idée me paraissait, comment dire, un peu tordue.

Elle désigna la tête de lit et les tables de chevet.

— Il y a des projections jusqu'ici.

Elle commença à faire des prélèvements sur chaque surface où elle trouvait des traces de sang, pour les déposer dans des tubes qu'elle étiquetait avec soin. Elle prit aussi de nombreuses photographies sous divers angles. Au cours des deux heures qui suivraient, elle rassemblerait ainsi toutes les données dont elle avait besoin et mettrait en place un système complexe de mesures et d'analyses, avec du fil, pour déterminer les trajectoires et les distances couvertes par toutes les traces de sang visibles sur les vêtements de la victime, sur les draps, la tête de lit, les murs, etc. Elle identifierait chaque trace par son type – goutte, éclaboussure, projection des artères ou projection caractéristique de la lame d'une arme blanche ensanglantée. Tirant des lignes entre les axes de groupes entiers de traces de sang, elle pourrait déterminer leurs points d'origine, leurs directions et les angles qu'elles avaient pris en atteignant les surfaces de l'environnement. À son labo, ensuite, elle entrerait ces données dans l'ordinateur et tirerait des conclusions probantes, après de nombreux calculs, sur l'histoire terrifiante de la scène qui s'était jouée entre le tueur et sa victime. Les analystes comme Jo Phillips jouaient un rôle fondamental dans la reconstitution des crimes. Et les schémas des traces de sang étaient indiscutables au tribunal. Je pris garde à ne pas entraver ses mouvements pendant qu'elle travaillait. Elle était méthodique, précise, concentrée, elle avait toutes les qualités requises pour son métier – et la beauté en plus. Merde ! Si elle avait été encore plus parfaite que ça, je crois que je me serais étranglée de dépit. J'avais déjà des démangeaisons.

— Qu'est-ce que tu penses du drap sur son cul ? me demanda Rauser. On voit bien qu'il y a des blessures dessous. Pourquoi l'a-t-il recouvert de cette façon ?

Je me rendis compte qu'il n'avait pas quitté le seuil de la pièce. Il se tenait là, immobile, scrutant la chambre du regard. Rauser était de ces types qui pouvaient mémoriser entièrement une scène de crime, puis fermer les yeux, plus tard, et la revoir centimètre carré par centimètre carré, dans les moindres détails. Il s'imprégnait littéralement de ses images.

— C'est un geste protecteur et respectueux à l'égard de la victime, dis-je. En évitant de la laisser à découvert, le tueur indique qu'il ne voulait pas l'humilier. C'est peut-être le signe qu'ils avaient une relation avant le meurtre. Qu'ils se connaissaient. Sinon, la victime symbolise quelqu'un d'important aux yeux du meurtrier – un parent, un conjoint, un frère, quelqu'un à qui il pense avec affection. Ce drap remonté sur ses fesses, c'est une marque de tendresse.

— Putain de façon de manifester sa tendresse, marmonna Rauser. Même moi, je pourrais faire mieux.

— Que tu crois, répliqua Jo Phillips sans lever les yeux du prélèvement qu'elle était en train de faire.

Rauser pouffa de rire et répondit qu'il tenait toujours parole. Ensuite il s'avança dans la pièce et reprit d'un ton plus sérieux :

— D'après la réception, David Brooks a pris la suite vers vingt-trois heures. Il n'avait pas de réservation et il semblait être seul.

Il s'agenouilla, sortit un stylo de sa poche et s'en servit pour soulever le verre à vin renversé sur le tapis. Il l'examina quelques instants avant de le reposer à sa place.

— Ils sont donc arrivés à l'hôtel assez tard, ajouta-t-il. Peut-être sont-il allés ailleurs auparavant. Dîner, par exemple.

— L'autopsie répondra à cette question en nous livrant le contenu de l'estomac de la victime, dis-je. Les rideaux de la fenêtre sont tirés, la radio est réglée sur une station de jazz, ils avaient une bouteille de vin… Il s'agit manifestement d'un rendez-vous galant.

Un rendez-vous qui doit apparaître sur son agenda. Au minimum, il y a des appels sur son portable. Cette rencontre n'a pas eu lieu au pied levé. Elle était prévue.

— Je pense comme toi, dit Rauser.

Quelqu'un l'appela au rez-de-chaussée. Il quitta la chambre quelques minutes. Quand il revint, il dit :

— Williams a enfin réussi à tirer quelque chose de la réceptionniste qui a découvert le corps. Elle a remarqué que la porte de la suite était ouverte, elle a glissé la tête dans l'entrebâillement et a appelé. Comme personne ne répondait, elle s'est inquiétée. Elle est entrée, elle est montée ici, elle a vu le corps et elle a décampé aussitôt. Elle jure qu'elle n'a rien touché du tout, sauf la porte et la rampe de l'escalier.

Rauser se tourna vers moi, l'air songeur.

— Ce fumier a laissé la porte ouverte. Il voulait être sûr que le crime serait découvert rapidement. Pourquoi ? À mon avis, il a fait ça… parce qu'il voulait rester dans les parages et nous voir débarquer ici en masse, gyrophares allumés, pour nettoyer ses saloperies. Il s'est probablement tiré quand nous avons commencé à filmer la foule des curieux, mais espérons que non.

Il s'écoula près de deux heures et demie avant que Jo Phillips ne nous annonce qu'elle avait pris toutes les mesures dont elle avait besoin et que nous pouvions enfin soulever le drap qui couvrait les jambes et les fesses de David Brooks. Ken Lang lui enfila des sachets en papier marron sur les mains, et les attacha avec des élastiques autour des poignets, pour les protéger pendant le transport jusqu'à la morgue. On trouve difficilement des traces intéressantes sur les mains des personnes assassinées. À la télévision, la police scientifique semble toujours récupérer des tonnes de cellules gorgées de bon ADN, ainsi que les fibres les plus diverses, sous les ongles des défunts. En réalité, elle ne racle le plus souvent que de la saleté, un magma infâme dont il est difficile de tirer la moindre trace probante.

Rauser souleva délicatement le drap et le tira jusqu'au pied du lit. Jo Phillips lâcha un petit gémissement horrifié quand elle vit les traces des coups de couteau et les morsures sur les fesses et les cuisses de l'homme.

— Je suppose que nous sommes maintenant certains de savoir à qui nous avons affaire, dit calmement Rauser. Quelqu'un veut bien éteindre cette foutue radio ?

Un second technicien avait rejoint Ken Lang pour manipuler la caméra vidéo à sa place. Lang prenait des notes dans un dictaphone et photographiait le cadavre et la chambre avec son Nikon :

— Profonds coups de couteau sur les fesses, l'arrière et l'intérieur des cuisses, et le bas du dos, l'entendis-je marmonner dans son appareil. Peu de sang et de contusions à ces endroits. Sans doute ces dernières sont-elles apparues après le décès. Morsures dans le cou, sur les épaules, les fesses, le bas du dos, les cuisses…

Tous les éléments de la signature d'Atlas étaient là. Coups de couteau et morsures, en particulier, aux mêmes emplacements que sur les cadavres des précédentes victimes connues. Le positionnement du corps, la mise en scène étaient similaires. C'était bel et bien un crime d'Atlas, oui, et pourtant cette victime avait quelque chose de différent. J'en étais convaincue.

D'abord, il n'y avait pas de marques de fil de fer à ses poignets. David Brooks n'avait pas été attaché. Il ne s'était pas débattu. Pourquoi ? J'avais l'impression que si nous réussissions à répondre à cette question, nous ferions un grand pas en avant dans la compréhension de l'assassin.

Quand Lang eut terminé d'examiner et de photographier le dos de David Brooks, il le retourna avec son assistant.

— Seigneur, murmura Rauser.

Une affreuse entaille était visible au niveau de la fourchette du sternum. La lame du couteau l'avait pénétré d'un coup. Profondément. Cette blessure expliquait l'impressionnante quantité de sang qui avait imbibé le matelas. L'expression de Brooks ne nous révélait rien, ne livrait aucun secret. Il semblait juste s'être endormi. Il y avait aussi de nombreux coups de couteau autour du pubis et de profondes morsures sur les hanches.

Quelqu'un appela à nouveau Rauser du rez-de-chaussée. Cette fois, je lui emboîtai le pas. J'avais besoin de prendre l'air. Je voulais m'éloigner de cette chambre. Un inspecteur avait trouvé la voiture de Brooks, non verrouillée, sur le parking. Cela signifiait que David et son meurtrier étaient arrivés à l'hôtel chacun avec sa voiture, ou que le meurtrier était reparti à pied – ou, si nous avions de la chance, en taxi ou en bus. Rauser déplia la veste de costume de David, posée sur le siège passager ; il en tira délicatement le portefeuille qui était dans la poche intérieure.

— Hé ! Voyez un peu. D'après sa carte de visite, il est avocat.

Nous échangeâmes un regard tandis que nous faisions le lien chacun dans notre tête. Un instant plus tard, j'étais au téléphone et je réveillais Neil. Parmi les victimes d'Atlas, David Brooks n'était pas le premier avocat. Je sentis mon cœur faire un petit bond dans ma poitrine : c'était la première fois que nous trouvions un point commun dans la sélection des victimes. Ce lien nous permettrait-il enfin de progresser dans l'enquête ?

— Hé, commissaire !

L'inspecteur Brit Williams venait à notre rencontre, brandissant un journal.

— *Atlanta Journal-Constitution*, première édition du matin.

Rauser lui arracha le quotidien, jeta un œil à la première page et me le fourra entre les mains.

— Cette fois, au moins, ils ont eu la décence de ne pas tout lâcher.

Le gros titre disait : CONNAISSEZ-VOUS DAVID ? UNE NOUVELLE LETTRE ANNONCE D'AUTRES MEURTRES.

13

Le jour était levé quand je laissai les techniciens de scène de crime et les enquêteurs à l'hôtel où David Brooks avait été assassiné. En quittant la chambre, j'entendis Rauser reprocher bruyamment aux agents de l'institut médico-légal de manipuler trop rudement le corps et de perturber la scène. La journée du commissaire Aaron Rauser serait longue et difficile. Au troisième jour, David Brooks était mort. Au troisième jour, l'*Atlanta Journal-Constitution* avait la seconde lettre. *Tic-tac, commissaire.*

Je pris un taxi pour rentrer chez moi. On parlait du meurtre et de la seconde lettre à la radio. Le chauffeur voulait en parler, lui aussi. Il avait peur pour sa propre sécurité. Il avait l'œil, m'expliqua-t-il, pour jauger un client – savoir qui embarquer et qui laisser sur le trottoir, qui risquait de le dévaliser, qui lui donnerait un bon pourboire. Mais là, il ne savait plus quoi penser. La radio lui racontait que le tueur pouvait être n'importe qui, votre voisin, le caissier de l'épicerie, l'homme qui attendait derrière vous au distributeur de billets.

Il me déposa devant la porte du Georgian. Dans le hall, j'obliquai pour entrer dans le petit café qui se trouvait sur la gauche. J'étais épuisée.

La télévision suspendue au mur était allumée sur une chaîne d'informations. Qui parlait évidemment du meurtre de Brooks. Je fixai l'écran, fascinée comme tout le monde, pendant que je faisais la queue. Le caractère aléatoire de la sélection des victimes, le mystère quant aux motivations du tueur et, par conséquent, le côté totalement imprévisible des meurtres, semblaient planter le germe de la terreur en chacun de nous. Tout le monde était menacé. L'angoisse infectait l'atmosphère de la ville. Dans une interview de trente secondes, un criminologue de l'université Georgia Southern nous apprit qu'il était évident que le tueur frapperait à nouveau, et bientôt. Un numéro de téléphone apparut à l'écran pour les joggeurs qui voulaient constituer des groupes plutôt que de continuer à courir seuls. Un journaliste suggéra aux parents d'accompagner leurs enfants aux arrêts de bus, rappela leur grande vulnérabilité, à la nuit tombée, aux cyclistes et aux motards, et annonça que des mesures de sécurité exceptionnelles étaient déjà prises dans toutes les stations de métro de la ville.

Atlanta a une longue histoire de crimes en série : le Boucher noir dans les années 1900 ; les vingt et un enfants et adolescents assassinés dans les années soixante-dix et quatre-vingt ; le déchaînement de violence de Brian Nichols, d'abord au tribunal du comté de Fulton puis à travers les banlieues de la ville ; le courtier Mark Barton qui avait liquidé sa famille et ses collègues de Buckhead. Nous avions grandi avec les récits du passé violent d'Atlanta, nous avions lu, entendu et vu beaucoup de choses à leur sujet, mais là c'était différent. Le tueur s'adressait directement à nous, il décrivait les tortures qu'il prévoyait d'infliger à ses victimes. Il nous disait qu'il leur parlait, qu'il leur demandait : « *Qu'est-ce que cela fait ?* » Cet aperçu sur la relation de l'assassin avec ses victimes faisait grimper en flèche l'anxiété de la ville.

Et comme si nous n'étions pas déjà assez stressés, l'émission *Good Morning America* s'ouvrit sur ces mots du présentateur : « *Le tueur en série d'Atlanta connu sous le nom d'Atlas a commis un nouveau meurtre après avoir envoyé des lettres, à la police d'Atlanta et au quotidien* Atlanta Journal-Constitution*, dans lesquelles il nargue les autorités et annonce le sort qu'il réserve à sa prochaine victime. Est-ce pour des raisons politiciennes que la police d'Atlanta n'a pas fait appel à la meilleure ressource qui se puisse concevoir, c'est-à-dire la population même de cette ville, pour empêcher ce nouveau meurtre très brutal ? À partir d'aujourd'hui, cependant, Jacob Dobbs, un criminologue et profileur de grande réputation, apportera son concours à l'enquête pour contrer la menace de cet assassin...* »

Je foudroyai la télévision du regard et allai m'asseoir avec ma boisson à une table du fond de la petite salle. Jacob Dobbs, je le connaissais bien. J'avais travaillé avec lui au FBI. Un vrai fils de pute. Inapte à faire avancer l'enquête de quelque manière que ce soit, à mon avis, car il ne connaissait pas les flics de cette ville. « Apporter son concours », avec ce connard, signifiait en réalité « se perdre en conjectures ». L'assassin regardait-il l'émission, lui aussi ? Cette histoire se répandait à travers le pays comme une épidémie. Pour un tueur qui s'était vu baptiser par les médias, ce devait être enivrant.

JEUXDELAMES.COM

Votre blogosphère adulte > Fétichisme extrême & Jeux de lames > Extrême SANS LIMITES, une fantaisie de Lame-Vive > Seize ans et si douce

Il reste tant à faire et nous sommes un peu sous pression. Ils disent qu'ils veulent que j'arrête tout, mais le veulent-ils vraiment ? Non. Ils ont hâte de lire la description du prochain cas dans les journaux.

Voulez-vous connaître un secret ? J'avais seize ans la première fois. Seize ans, et mes notes, au lycée, ne fléchirent absolument pas. Je n'étais pas comme les autres adolescents.

Je me douchai, pris le petit-déjeuner avec Racaille qui adorait elle aussi les œufs brouillés au fromage frais et à la ciboulette, puis appelai Neil. J'avais encore un emprunt à rembourser et une entreprise à faire tourner, des appels professionnels à passer, des promesses à tenir, de l'argent à faire rentrer afin de garder la tête hors de l'eau, quels que soient les drames qui accablaient la ville. Et ce matin-là j'avais besoin de l'aide de Neil. Il était déjà onze heures passées quand nous montâmes ensemble en voiture.

Je pris Piedmont Avenue pour traverser Midtown tandis que Neil, avachi sur le siège passager, tirait de longues bouffées de son joint, retenant longtemps la

fumée dans ses poumons avant de la souffler en tous-
sotant. Il faisait déjà chaud et lourd, et ma longue nuit
de veille m'avait vidée. Neil était fatigué, lui aussi. Il
avait travaillé avec deux inspecteurs du groupe de
Rauser pour dresser un tableau complet des modes
de vie des victimes – avec tous les détails susceptibles de nous aider à déchiffrer le processus de sélection d'Atlas. La capote était baissée et j'appréciais le
souffle du vent chaud sur mon visage. J'avais attaché
mes cheveux derrière la nuque, et enfilé un pantalon
en toile et une chemise blanche à petits boutons bleu
marine qui portait, cousu sur la poche de poitrine, le
logo d'une compagnie de messagerie fictive. Aux
pieds, j'avais une paire de mocassins Tod's qui
m'avaient délestée de quatre cents dollars – quitte à
porter un pantalon en toile *et* des mocassins, autant y
aller franco, n'est-ce pas ?

Je jetai un coup d'œil vers Neil.

— Comment tu fais pour fumer ce truc à longueur
de journée ? Tu serais capable de conduire, avec tout
ce shit dans l'organisme ?

Il souffla un nuage de fumée dans ma direction.

— Carrément !

Nous arrivions au carrefour de la Dixième Avenue :
sur notre droite, la librairie-café Outwrite Books, avec
ses délicieux scones aux framboises et sa clientèle de
beaux garçons, puis le Flying Biscuit juste après le
feu ; à gauche, Red Tomato, Nickiemoto et Caribou.
C'était l'heure du brunch, ou du déjeuner pour certains
clients. Des odeurs de melon, de pâte à pain et de
bacon grillé planaient dans la rue et, pendant une
seconde, je me souvins avec précision du goût du
bloody mary à cette heure de la journée.

Neil ouvrit le dossier de la femme à qui je devais délivrer une citation à comparaître comme témoin. Nous avions son adresse personnelle, son adresse professionnelle, la description de son véhicule et le numéro de sa plaque, une photo d'identité, une copie de son permis de conduire, un bref descriptif de ses relations avec l'avocat qui la voulait devant le juge, des copies des documents du tribunal expliquant la raison de cette citation à comparaître, et une copie du rapport du shérif.

— Je me souviens d'avoir cherché si j'avais d'autres adresses de cette bonne femme, dit Neil après avoir regardé les documents. Le shérif a déjà essayé de lui soumettre la citation trois ou quatre fois.

Les gens peuvent avoir des tas de raisons d'ignorer les citations à comparaître comme témoin. Neuf fois sur dix, ils ne veulent pas se déranger. Qui a envie de prendre sur son temps pour se présenter au commissariat et faire une longue déposition, ou pour rester assis des heures dans un tribunal en attendant de témoigner ? Parfois, aussi, les témoins ont peur. Parfois ils sont *payés* pour la boucler. Parfois ce sont eux-mêmes des voyous et des criminels.

— Franchement, dis-je, je ne crois pas que ce sera bien difficile.

Neil me regarda d'un air amusé.

— Ah tiens ? Et que sais-tu, toi, que le shérif ne sait pas ?

Je lui fis un clin d'œil. Nous passâmes devant Piedmont Park, prîmes à gauche sur Monroe Drive et tournâmes sur le parking d'une résidence qui se trouvait en face du centre commercial Ansley.

162

Plusieurs des cabinets d'avocats avec lesquels je travaillais faisaient appel à moi pour les citations et assignations difficiles à remettre aux personnes ciblées. En particulier quand le bureau du shérif n'avait pas réussi à mener cette mission à bien. De mon côté, je n'avais aucune restriction légale quant aux méthodes que je pouvais employer – ni le moindre impératif moral, à vrai dire. Par conséquent je pouvais me montrer créative si nécessaire. En plus, j'avais le temps. Les flics n'ont pas le temps. Ils ont beaucoup trop à faire. À Noël, un an plus tôt, j'avais fourré une citation à comparaître dans un cake. Récemment, un soir que Rauser et moi avions commandé des pizzas pour notre dîner, j'avais réussi à convaincre le coursier de me prêter sa casquette. Avec cet accessoire et ma boîte à pizza, j'avais pu délivrer sa citation à un homme qui avait échappé aux adjoints du shérif pendant trois mois. Eh oui : qui refuserait d'ouvrir sa porte au livreur de pizzas ? Aujourd'hui, la citation que je devais remettre était pliée et glissée dans un gobelet à café qui se trouvait lui-même dans un paquet-cadeau que j'avais enveloppé de papier kraft. Dessus, un bel autocollant aux couleurs chatoyantes annonçait GAGNANT DE LA GRANDE LOTERIE et portait une adresse bidon dans l'Illinois – je l'avais fait préparer par un imprimeur plutôt doué de mon quartier.

Helen Graybeal et son époux vivaient dans l'appartement C-6, au rez-de-chaussée. Je me garai devant le bâtiment suivant, sortis mon porte-bloc de vraie petite employée de société de livraisons, et glissai un stylo dans ma poche de chemise.

— Fais gaffe, dit Neil, la nuque appuyée au dossier de son siège, les yeux fermés. Cet endroit ne me fait pas bonne impression.

La porte de l'appartement s'ouvrit dès que j'eus sonné.

— J'ai un paquet pour Mme Helen Graybeal, annonçai-je.

— D'accord. Je le prends.

L'homme portait un short en tissu écossais à dominante rouge et un tee-shirt vert. Il avait une cigarette à la main, des avant-bras épais, la peau bronzée – pas le genre de bronzage qu'on se paie dans un institut de beauté ou à la plage ; plutôt celui des bonshommes qui bossent toute la journée en plein air.

Je fis semblant de lire les instructions de livraison sur mon porte-bloc tout en tournant le paquet, l'air de rien, de façon à bien montrer l'autocollant à mon interlocuteur.

— Ah, désolée, dis-je. Il me faut la signature de la destinataire. Dites-lui de venir demain à l'entrepôt, s'il vous plaît. Elle pourra récupérer le colis.

M. Graybeal semblait avoir de la peine à prendre une décision. Il nous regardait, moi et mon petit paquet, d'un air très embarrassé.

— Helen, c'est encore une de tes loteries ! lança-t-il finalement par-dessus son épaule. Y a besoin de ta signature !

J'aperçus une ombre au fond du couloir. *Bingo !* La tête d'Helen apparut dans l'embrasure d'une porte. Enfin, elle vint dans notre direction. Elle était mince, elle avait la peau parcheminée par l'excès de cigarettes et des rides peu avenantes autour des lèvres et des yeux. Elle n'avait pas l'air commode. Elle s'immobilisa à côté de son mari, lui jeta un regard haineux et lui fourra son mug de café entre les mains. Sans un mot, elle saisit le porte-bloc que je lui tendais et gribouilla sa signature sur mon faux bon de livraison.

Je regagnai la voiture – au pas de charge – dès que la porte se fut refermée sur le couple. Il faut absolument éviter de se trouver à proximité d'un témoin qui a su esquiver pendant un bon moment sa citation à comparaître lorsqu'il découvre le tour qui vient de lui être joué. Les fanfaronnades des films, les « vous voilà à présent notifié, monsieur », ça ne marche pas dans ce genre de cas. On ne sait jamais ce qui peut arriver.

Neil avait pris le volant et sorti la voiture de sa place de stationnement. Le moteur tournait au ralenti.

— Je l'ai eue, dis-je en prenant place à côté de lui. Le mari a tout gobé quand il a vu l'adresse de l'expéditeur. Elle est fana de loteries et de loto.

— Et tu savais ça parce que… ?

— Hé ! Y a pas que toi qui sais fouiner à droite et à gauche. Je suis détective privé, tout de même.

— Ce qui veut dire que tu avais fouillé ses poubelles ?

— Voui.

Nous attendions une accalmie dans la circulation de Monroe Drive pour quitter le parking de la résidence, lorsque j'entendis des hurlements derrière nous. Je baissai le pare-soleil pour regarder dans le miroir de courtoisie. Helen Graybeal venait droit sur nous. Elle agitait d'une main le mug de café, la citation de l'autre, et elle criait qu'elle allait me fourrer les deux dans le cul. Son mari la suivait et essayait en vain de la calmer.

— Mon Dieu ! Allons-y ! dis-je à Neil.

Et puis *boum !* Le mug fusa à travers les airs, survola ma vieille décapotable et me frappa près de l'oreille gauche. Pendant quelques secondes, je ne vis plus que des étincelles dorées.

— Putain, démarre ! criai-je. Cette salope sait carrément viser.

Neil éclata de rire.

— Je ne peux pas m'engager de force…

Pan ! Un trou rond apparut dans le pare-brise. Une balle était passée entre nos têtes. Nous échangeâmes un bref regard de stupéfaction, puis Neil écrasa l'accélérateur pour s'élancer sur Monroe Drive. Il traversa les quatre voies de circulation de part en part et fonça vers le parking du centre commercial Ansley accompagné par un tintamarre de coups de klaxon et de crissements de pneus sur l'asphalte. Continuant sur sa lancée, il traversa le parking à toute allure – la voiture rebondit sur six ralentisseurs successifs – et rejoignit Piedmont Avenue. Il s'arrêta alors à la lisière du parc.

Je crois que nous fûmes incapables de parler pendant une pleine minute. Nous contemplions, médusés, le trou du pare-brise et les fêlures qui en irradiaient.

— Putain de merde ! murmura enfin Neil.

Je palpai la vilaine bosse qui enflait déjà derrière mon oreille, et rouspétai :

— Ce pare-brise était tout neuf.

Mon téléphone sonna. Le nom de Tyrone's Quikbail s'affichait à l'écran.

— Quoi de neuf ? demanda Tyrone.

— Eh ben… je ne sais pas si tu me croiras quand je te raconterai ce qui vient de se passer.

— Essaie pour voir.

166

— D'accord. Je viens de me faire assommer par un mug, une balle de revolver a fait un trou en plein milieu de mon pare-brise et Neil est à deux doigts de dégueuler.

— Sympaaa, entonna Tyrone. Bon, j'ai un truc qui va te paraître facile en comparaison. Le mec n'a pas respecté son ordonnance restrictive, les flics l'ont arrêté, nous avons payé sa caution, et devine ? Ce con ne s'est pas pointé au tribunal. Tu veux te faire quelques billets ?

— Droit de la famille, ou criminel ?

Tyrone hésita. Mauvais signe.

— Criminel.

— Alors il n'a pas seulement ignoré l'ordonnance restrictive. Il a agressé quelqu'un ?

— Son ex-femme, précisa Tyrone. Il l'a salement amochée. Quand tu mets la main sur lui, tu peux faire en sorte qu'il ait bien mal quelque part avant de l'emmener au commissariat.

— Comment il s'appelle ?

— Heu... attends. Il a un nom de pédale à la française, dit Tyrone, et je l'entendis remuer des papiers.

— Ce serait pas LaBrecque, par hasard ? dis-je, frottant ma nuque endolorie. William LaBrecque ?

— Ouais, c'est bien le nom de ce fumier. Billy LaBrecque.

14

Il y avait quarante-huit heures que le corps criblé de coups de couteau de David Brooks avait été retrouvé dans une chambre d'hôtel et que la seconde lettre adressée à Rauser avait été publiée par les médias. Et une semaine que la première lettre, sur Lei Koto, avait donné à ce tueur un surnom que la presse adorait : Atlas. Un meurtrier rôdait dans nos rues. La menace était très réelle. Et histoire de bien mettre tout le monde sur les nerfs, le soleil faisait cuire Atlanta à près de quarante degrés centigrades pour la deuxième semaine consécutive. Le taux de crimes violents grimpait en flèche, comme toujours dans une grande ville quand elle connaît un été brûlant. Les médias ne se lassaient pas de publier des rapports alarmistes : *Le gérant d'une épicerie abattu par balles... Encore un cas d'automobiliste enragé sur l'autoroute... Pollution, alerte rouge !*

Personne ne se sentait plus en sécurité. Atlanta semblait condamnée à meurtrir ses habitants. On baignait dans une atmosphère de pure crise.

À l'agence, la paperasse s'accumulait. Le foutoir

régnait dans mon bureau. Je ne retrouvais pas la preuve que j'avais payé ma facture d'électricité, j'avais depuis des jours de l'argent à déposer à la banque et il y avait près d'un mois que je n'avais pas établi la moindre facture à mes clients. J'avais horreur de ces corvées, et je ne m'y mettais que lorsque j'y étais obligée. Que cela me plût ou non, pourtant, l'agence se développait et semblait destinée à connaître un beau succès.

En vérité, je n'avais jamais vraiment eu le cœur à diriger cette affaire. Je n'avais eu le cœur à rien depuis ma séparation d'avec Dan, depuis mon renvoi du FBI, depuis que j'avais lâché la bouteille. La plupart des dégâts que j'avais causés durant ma vie d'alcoolique avaient été réparés, certaines brèches comblées, mais je me rendais bien compte, au fil de ces semaines de chaleur et d'anxiété, qu'il me manquait encore un bout de moi-même. Et j'étais souvent troublée de constater que j'étais vide de toute émotion. La vie passait à toute vitesse, à mon insu semblait-il, sans rien laisser derrière elle. Quand m'étais-je ainsi fermée aux choses, *pourquoi* m'étais-je repliée sur moi-même ? Aucune idée. Mais cette nuit-là, pendant que je roulais vers la scène de crime de David Brooks, le cœur battant à cent à l'heure, puis lorsque j'étais entrée dans cette pièce où un homme avait assassiné un autre homme si peu de temps auparavant que le cadavre était encore chaud et le vin encore frais, j'avais été électrisée, je m'étais sentie à nouveau vivante. J'avais vraiment *éprouvé* quelque chose. C'est bizarre qu'il faille un cadavre pour me stimuler, je sais. C'est tordu.

Je voulais abattre autant de travail que possible à l'agence avant le retour des rapports des labos et de l'institut médico-légal au sujet du meurtre de David Brooks. Il faudrait un peu de temps pour rassembler toutes les infos disponibles et en tirer un récit cohérent, susceptible de guider les enquêteurs, mais je tenais à être prête. Le traitement approfondi et rigoureux de la scène nous révélerait comment le meurtrier et la victime avaient interagi, et nous permettrait de mieux saisir les motivations d'Atlas. À ce moment-là, j'en étais convaincue, nous aurions de meilleures chances de le retrouver.

Je devais aussi faire un petit voyage à Denver, dans le Colorado. Neil avait eu raison : la compagnie qui nous avait engagés pour retrouver son voleur de comptable voulait maintenant que je m'occupe de lui directement. Passant mes vêtements en revue dans la penderie, je m'interrogeais sur ce que je devais emporter. Cette mission, c'était du bon argent, du très bon argent qu'il n'était pas question de refuser. Je projetais d'y consacrer vingt-quatre heures, avec une nuit sur place. L'ancien comptable aurait une belle surprise quand je me pointerais chez lui. Avec un peu d'espoir, la rencontre se passerait bien. La bosse à la tête que m'avait causée le mug d'Helen Graybeal et les ecchymoses que j'avais au poignet à cause de William LaBrecque me faisaient assez mal pour me rappeler que mon travail tenait parfois du parcours du combattant. Outre Denver, j'avais aussi à m'occuper du cas d'épilation au laser qui avait mal tourné, pour Larry Quinn, ainsi que de mon prochain tête-à-tête avec LaBrecque. Je me demandais comment il réagirait quand je lui ferais comprendre mon intention de l'arrêter pour le conduire au commissariat.

Mon téléphone vibra. Rauser.

— Désolé, je n'ai pas eu une minute pour t'appeler, dit-il.

Je lui avais envoyé un texto la veille, avant de me coucher, sans obtenir de réponse. Ça ne lui ressemblait pas.

— Il me tombe sans arrêt des trucs sur les bras, dit-il. Le légiste nous a envoyé son rapport sur le contenu de l'estomac de David. De la truite, du crabe, des navets, un truc à base de patate douce, et une bonne quantité de vin blanc. Nous montrons sa photo dans tous les restaurants du quartier de Buckhead où il a été tué. Et aussi aux alentours, bien sûr.

— Navets et patates douces à Buckhead ? Hmm…

— Sans doute un de ces restaus fusion-prout-prout qui font des petits dessins abstraits sur l'assiette avec les sauces. Et écoute ça, Keye : il y avait des traces de capote sur le corps, mais pas dans la suite. Nous avons aussi des résidus de savon partout sur le corps, ainsi que sur le drap du dessous. Brooks avait des traces de sperme sur le pénis, mais à part ça il était parfaitement propre. Je veux dire, il n'y avait pas la moindre trace d'ADN étranger ! Ses ongles ont été coupés avec soin et *brossés*. Nous avons tout de même tiré pas mal de trucs de la chambre, mais il va falloir un bon moment pour faire le tri. Rien que sur la moquette, il y a les traces des clients des trois dernières années. Le savon trouvé sur le corps de David était celui de l'hôtel, mais il a disparu de la chambre. Oh, et puis un autre truc intéressant : d'après l'hôtel, il y a trois gants de toilette dans chaque chambre. Envolés, eux aussi. Pas de capote, pas de gants, pas de savon entamé, un verre disparu.

— Il l'a nettoyé au gant, dis-je. Avant de le tuer.

171

L'image que je me faisais du tueur commençait à se préciser. Il n'était pas simplement capable de tromper ses victimes pour qu'elles lui ouvrent leur porte. Il se livrait aussi à d'habiles manœuvres de séduction. Il les manipulait.

— Ça explique le sperme et les traces de savon sur les draps, ajoutai-je. Ce nettoyage a dû faire partie de leur jeu sexuel. C'est une autre caractéristique qui distingue David des autres victimes.

Brooks n'avait pas eu à souffrir de longues heures sous la torture. Son corps avait été recouvert d'un drap – un signe de respect, sinon d'affection. Brooks signifiait quelque chose, sur le plan symbolique, dans la vie de son assassin.

— Il a été tué par-derrière, ou je me trompe ? demandai-je.

— Tu ne te trompes pas. Le tueur se trouvait derrière lui quand il a porté le coup fatal. Il l'a poignardé au niveau de l'incisure jugulaire du sternum. Les marques du couteau, à propos, sont les mêmes que celles relevées sur les autres victimes.

Lesquelles victimes avaient eu le temps de comprendre le sort qui les attendait, de se rendre compte qu'elles avaient été piégées par un monstre. Et après l'effroi et la panique qui accompagnent une telle prise de conscience, elles avaient eu tout le temps aussi de se voir mourir avant d'être abandonnées nues, le corps à découvert, jambes écartées. Brooks avait connu un sort différent. Brooks *était* différent. Le tueur n'avait pas voulu qu'il voie la mort venir. Pourquoi ? Je fis part de mes interrogations à Rauser, qui dit après quelques instants de réflexion :

172

— Les caméras de la réception nous montrent que Brooks était seul au moment où il a pris la chambre. Et il n'y a pas de caméra ailleurs dans le complexe. Il n'y a que deux suites par bâtiment et celle jouxtant la 351 était vide. Brooks et le tueur étaient donc bien isolés. Si quelqu'un me plantait un couteau dans la clavicule, je suppose que je gueulerais comme un porc. Le tueur avait bien choisi son hôtel.

— Un coup de couteau dans cette partie du buste paralyse le diaphragme, dis-je. L'air ne peut plus passer à travers les cordes vocales. La victime est dans l'impossibilité de produire le moindre son et la mort est quasi instantanée. De ce point de vue, peu importe où ils se trouvaient. Ce meurtre a été complètement silencieux.

— Là tu me fous les jetons, Keye, dit Rauser. *Mon Dieu !* Je ne sais pas si j'ai envie d'être copain avec quelqu'un qui connaît ce genre de détail sur l'anatomie humaine.

— Je sais, dis-je. Je suis un vrai rayon de soleil.

Rauser renifla, puis reprit d'une voix lasse :

— Nous avons examiné la vie privée de Brooks. Un bel enfoiré de coureur de jupons. Il sautait sur tout ce qui bougeait. Nous n'avons pas trouvé la preuve qu'il était bisexuel, mais la plupart des hommes bisexuels cachent cet aspect de leur vie, c'est connu. Enfin bon… pour être honnête, je n'ai pas l'impression d'avoir avancé d'un iota dans la compréhension du processus de sélection des victimes.

— Pas d'accord. Nous savons une chose que nous ignorions il y a deux jours. Le tueur éprouvait certains sentiments positifs envers Brooks. C'est énorme, Rauser. Tu as peut-être une victime qui connaissait le tueur dans sa vie privée. Comment dit-il la chose dans sa première lettre, déjà ? Il parle de « premier cercle », non ?

— Alors tu ne penses pas qu'il connaissait toutes ses victimes ? Et tu crois que Brooks est un cas à part ?

— Je crois que le tueur connaissait Brooks, et que celui-ci représentait quelqu'un de symboliquement important. Quelqu'un qu'il aimait et qu'il désirait.

— Putain de merde, grogna Rauser. Pourquoi je fais ce métier ?

15

La maison, située au bord de la Dixième Avenue dans Midtown, n'avait pas du tout l'air d'un abri pour femmes battues. Elle se trouvait à dix minutes de mon appartement du Georgian et j'étais passée devant un millier de fois, en voiture ou à pied, sans me douter de quoi que ce fût. De fait, rien ne permettait de la distinguer des autres résidences d'époque victorienne, souvent très imposantes, qu'on trouvait ici et là dans divers quartiers d'Atlanta.

Après avoir préparé mes affaires pour le voyage de Denver, j'avais décidé de consacrer le reste de la matinée à chercher William LaBrecque. Je m'étais rendue à l'adresse de Candler Park où il avait vécu un temps avec son épouse, Darya, qui était d'origine russe. Une voisine m'avait dit qu'il n'y avait personne dans la maison depuis deux ou trois jours – Darya et son petit garçon avaient fiché le camp dès qu'ils avaient appris la libération sous caution de LaBrecque. Darya était certaine qu'il reviendrait, avait précisé la voisine. Il revenait toujours et il s'en prenait violemment à elle. J'avais ensuite déniché l'adresse des parents de La-

Brecque, pour découvrir que la grossièreté et l'agressivité de ce brave Billy avaient une explication simple. Je ne m'attendais guère à ce qu'ils m'aident à pincer leur fils pour le jeter en prison, mais je n'avais pas envisagé qu'ils puissent se montrer aussi franchement abjects. Ils me firent part notamment de l'opinion qu'ils se faisaient de leur belle-fille ; quand je réussis à faire le tri entre tous les jurons et les insultes, je constatai qu'ils avaient une prédilection certaine pour les mots *pute* et *salope*. Je songeai en les écoutant que LaBrecque avait probablement gratifié Darya de ces qualificatifs pendant qu'il la battait. J'appris aussi par ses parents qu'il avait fait la connaissance de sa femme en Allemagne, sept ans plus tôt, lorsqu'il avait été hospitalisé dans une base militaire américaine pendant sa dernière année de service. Un héros qu'il était ! me précisèrent-ils. *Mouais*. Il avait trouvé Darya sur Internet – un de ces sites web spécialisés dans la recherche d'épouses de nationalités exotiques. Elle s'était rendue en Allemagne pour faire sa connaissance ; ils s'étaient plu et installés ensemble aux États-Unis. Je savais quelques petites choses que ses parents avaient omis de me préciser. La police avait répondu à trois appels pour violence domestique, au domicile LaBrecque, au cours des dix-huit derniers mois. Une fois, ils avaient arrêté Darya, en dépit du fait qu'elle était couverte d'ecchymoses et avait le nez en sang, parce que LaBrecque les avait accueillis à la porte pour leur affirmer qu'elle s'était mise en rage par jalousie, l'avait agressé, et qu'il n'avait fait que se défendre. Il ne suffit pas d'être femme pour avoir le soutien des flics. Un autre jour, les services de protection de l'enfance avaient envoyé un travailleur social à l'hôpital après qu'un médecin avait signalé des ecchymoses et une fracture suspectes chez le petit garçon. Darya avait fini par demander une ordonnance restrictive. Et celle-ci ne l'avait absolument pas protégée.

Le dossier de LaBrecque ne contenait pas grand-chose susceptible de m'envoyer dans la bonne direction. Ses parents ne m'avaient donné aucun renseignement valable. Ils ne lui connaissaient pas d'amis. Supposant que sa femme saurait malgré tout où il était susceptible de se cacher, j'avais commencé à appeler tous les centres d'accueil pour femmes battues de la région d'Atlanta en y laissant des messages à l'intention de Darya. Aucun d'eux ne m'avait livré la moindre information, bien sûr. Ces centres font tout leur possible pour protéger l'anonymat de leurs résidentes. Mais quand j'avais reçu l'appel, en fin de matinée, d'un numéro masqué, j'avais eu le pressentiment qu'il s'agissait de Darya.

Après m'être garée, je longeai l'allée d'accès à l'immense maison victorienne, assez biscornue, aux volets et aux ornements de fenêtre couleur pêche. Sur ma droite, il y avait une vaste porte métallique motorisée ; je supposai que les véhicules du personnel et des résidentes étaient garés par là, derrière la maison, hors de vue. Une enceinte en bois peint entourait la propriété. Je grimpai les marches de la galerie et sonnai à la porte. La diode d'une caméra de surveillance clignota au-dessus de ma tête à l'angle du mur. Derrière moi, sur l'avenue, la circulation était fluide à cette heure de la journée. Aux heures de pointe, les voitures y avançaient au pas, pare-chocs contre pare-chocs.

La porte s'ouvrit sur un déclic. Je m'avançai vers un comptoir de réception vitré.

— Bonjour. Je m'appelle Keye Street, dis-je à la femme qui se tenait là. Darya LaBrecque m'a contactée.

— Bonjour ! dit-elle – et dans ce seul mot j'entendis l'accent de la Louisiane. Je suis Adele. Je travaille pour la CVD.

Elle quitta son siège derrière le comptoir et m'invita à la suivre vers le fond du hall. Elle avait la trentaine, elle était grande et maigre, avec les cheveux dressés sur la tête et d'immenses yeux bleu-vert. Elle portait un débardeur qui laissait voir sur ses épaules un tatouage complexe représentant un vitrail. Quelque part, à proximité du hall, j'entendais des voix de femmes et d'enfants, une télévision.

— Qu'est-ce que c'est, la CVD ? demandai-je.

— La Coalition contre la violence domestique. Je suis assistante sociale et je fais des permanences ici. Un petit rouage dans le système, précisa Adele en me souriant.

Elle poussa une porte et me précéda dans un long couloir. Nous passâmes devant la porte ouverte d'un bureau où je vis deux tables, des ordinateurs, et une femme coiffée d'un casque-micro, qui semblait engagée dans une conversation très sérieuse.

— Ici, nous avons une ligne de S.O.S. femmes battues ouverte vingt-quatre heures sur vingt-quatre, m'expliqua Adele. Nous prenons les appels à tour de rôle. C'est très éprouvant.

De l'autre côté du couloir, il y avait un poste de sécurité dont un mur entier était couvert d'écrans de surveillance. J'aperçus des images de la porte d'entrée et de la rue, des flancs de la maison, des jardins.

Nous tournâmes à l'angle du couloir et entrâmes dans une vaste pièce où plusieurs gamins jouaient par terre tandis que quelques femmes assises sur un canapé regardaient le *Jerry Springer Show* à la télévision. Le mobilier, vieillot et mal assorti, provenait de toute évidence de l'Armée du Salut ou d'autres associations caritatives.

— Les organismes qui nous subventionnent ne se soucient pas beaucoup de la décoration intérieure, dit Adele comme si elle avait lu dans mes pensées.

Continuant notre chemin, nous reprîmes un couloir et longeâmes plusieurs petites chambre meublées de lits simples. Nous parvînmes à la cuisine, où deux femmes jouaient aux cartes. Enfin, Adele me désigna la porte du jardin.

— Darya est dehors, sur la terrasse.

Darya LaBrecque avait peut-être été jolie, mais, depuis que son époux l'avait remodelée avec ses poings, il était difficile de savoir à quoi elle ressemblait au naturel. Son visage était tellement contusionné et bouffi – difforme, à vrai dire – qu'elle ne pouvait pas fermer complètement les lèvres sur sa cigarette. Un petit bruit de succion bizarre lui échappait quand elle en tirait une bouffée. J'eus mal au ventre de la voir dans cet état. Ses ecchymoses étaient affreuses, presque insoutenables.

Je m'assis à côté d'elle sur une balancelle. Installé à une table pour enfants vert et rouge, un garçon brun qui devait avoir six ou sept ans s'appliquait à désosser une petite voiture.

— Merci de m'avoir rappelée, dis-je.

Je me tournai pour la regarder droit dans les yeux ; on lui avait déjà suffisamment manqué de respect.

— Vous devez le trouver. Il le faut.

En dépit des difficultés qu'elle avait pour parler à cause de ses joues et de ses lèvres enflées, j'entendis clairement l'accent russe dans sa voix.

— Je crois que je sais où il est. Peut-être, ajouta-t-elle. Dans le comté de Gwinnett, près de Lawrenceville, il y a un lac. Et un chalet qui appartient à l'un de ses amis, un homme riche qui voyage tout le temps. Billy aime beaucoup passer du temps là-bas. Pour la pêche.

Quand je me mis debout pour partir, le petit garçon leva la tête pour la première fois et me demanda :

— Vous allez empêcher mon papa de nous retrouver ?

Ses yeux noirs débordants d'angoisse me firent mal au cœur.

— C'est ce que tu veux ? répondis-je avec douceur.

Il reporta son attention sur sa petite voiture. Je songeai que je l'avais perdu, qu'il était trop timide pour répondre – sans doute n'avait-il pas l'habitude qu'on l'interroge sur ses désirs. Mais il murmura alors :

— Oui.

— Tu ne dois pas t'inquiéter, mon grand. Ici, ta maman et toi vous êtes en sécurité. D'accord ?

J'attendis quelques instants, mais il n'avait apparemment plus rien à me dire. Darya lui ébouriffa affectueusement les cheveux, puis se baissa pour l'embrasser. Je les quittai avec l'impression d'avoir reçu un violent coup de poing à l'estomac.

Peu après l'heure du déjeuner, je m'engageai sur un chemin de terre qui bifurquait de Webb Gin House Road, dans le comté de Gwinnett. Nous avons un dicton à Atlanta : *Reste à l'intérieur du périmètre de sécurité.* Pas pour échapper aux agressions, aux meurtres et aux cambriolages, bien sûr. Ça, nous en avons jusque par-dessus la tête dans notre ville. Non : pour éviter les fous furieux qui vous brandissent la Bible sous le nez à tout bout de champ, et les gentils péquenauds qui ne changent de salopette qu'une fois par semaine. L'autoroute 285, qui fait un grand cercle autour de la ville, délimite en quelque sorte ce périmètre et nous donne le sentiment trompeur d'être protégés de ces gens-là. Nous ne sortons pas du périmètre. Ils ne nous envahissent pas. C'est très bien comme ça. La plupart d'entre nous qui ne sommes pas blancs, pas blonds, pas membres de l'église baptiste, préféreraient affronter le blizzard du Grand Nord, de la neige jusqu'aux genoux, plutôt que passer une minute « EDP » (En Dehors du Périmètre). Pourtant, je venais d'en sortir. J'étais en pleine cambrousse. Et lancée à la poursuite du dénommé Billy LaBrecque qui m'avait déjà traitée de Chinetoque.

Le ciel s'était couvert et une pluie drue tombait depuis un moment. Je voyais la brume s'élever du lac. La buée commençait à envahir mon pare-brise cassé. La chaleur était invraisemblable. Je glissai la main sous le siège pour attraper mon Glock et le caler entre mes jambes. Je roulais à présent sur le chemin d'accès au chalet. Pas question de laisser à LaBrecque la moindre chance de me faire subir le traitement qu'il avait infligé à sa femme. Le souvenir des yeux anxieux de Darya derrière le masque violacé et bouffi qu'était devenu son visage alimentait en moi une colère sourde et tenace.

Le chemin de terre et de gravillons que je suivais ne me plaisait pas du tout. Il faisait au moins un kilomètre de long et grimpait et descendait, au gré du relief vallonné de la région, d'une façon qui me permettait, certes, d'apercevoir de temps en temps le chalet – mais qui risquait aussi de dévoiler ma présence à son occupant. Heureusement, la pluie tombait de plus en plus fort, comme c'est souvent le cas lorsqu'un front froid rencontre les systèmes tropicaux qui passent au-dessus de la Géorgie en été : j'espérais qu'elle limiterait la visibilité et couvrirait le bruit de mes pneus sur le chemin. Une dernière montée, une courbe, et je me rendis compte que le chalet n'était plus qu'à deux cents mètres. Je décidai de finir le trajet à pied. Arrêtée au bord de l'étroit chemin, j'essuyai le pare-brise avec une serviette en papier d'un restaurant Krystal. Entre deux passages des essuie-glaces, je remarquai que le toit du chalet était en métal. Ayant glissé le Glock derrière mon dos, sous la ceinture de mon jean, j'enfilai un blouson de pluie gris, équipé d'une capuche, qui m'aidait à me fondre dans le paysage les jours de mauvais temps tout en me laissant libre de mes mouvements. Le vent commençait à faire des siennes quand je me mis en route sur le chemin boueux. La pluie me labourait les épaules. Un éclair déchira le ciel au-dessus du lac, pendant une fraction de seconde, et je fis ce que j'avais toujours fait depuis que j'étais gamine : je me mis à compter. *Un, deux, deux et demi* – et le tonnerre retentit. C'est ma mère qui m'a enseigné ce petit truc pour me faire oublier ma peur des orages. Il m'a aidée à supporter de très nombreuses tempêtes au cours de ma vie.

Au bout d'une centaine de mètres, je découvris de profondes ornières dans la terre argileuse rouge saturée de pluie. Quelqu'un était passé ici, au volant d'un véhicule, peu de temps auparavant. LaBrecque était-il venu au chalet… et déjà reparti ? Il conduisait un pick-up Dakota bleu marine, je le savais d'après son dossier – mais avec toute cette flotte, impossible de déterminer la taille des pneus qui avaient creusé ces sillons. La terre était trop ramollie, les traces indistinctes.

Je descendis une petite pente dans un virage et eus soudain une vue complètement dégagée sur le chalet. Construit en briques rouges, il était beaucoup plus vaste que je ne l'avais imaginé. C'était une de ces résidences secondaires que les riches appellent leur « bicoque » à la campagne, mais qui sont en fait de vraies maisons cossues aux yeux de tous les autres gens. Alors que les nuages avaient beaucoup assombri le ciel, aucune lumière ne semblait briller derrière les fenêtres. Le pick-up bleu de LaBrecque, dégoulinant de pluie, était garé au bord de la pelouse qui s'étendait devant le chalet. Sur le côté, un escalier de pierre menait au lac. Quiconque aime pêcher pendant les mois les plus chauds de l'année sait qu'il vaut mieux s'y mettre le matin de bonne heure, ou tard le soir, ou après qu'une bonne pluie a rafraîchi l'atmosphère. Sur le rivage, près du ponton, deux barques étaient retournées. J'imaginai LaBrecque à l'intérieur de la maison, préparant ses appâts, ses hameçons et sa canne à pêche, mettant aussi quelques canettes de bière bon marché dans une glacière, pour sa sortie du jour.

Je m'avançais sur le sentier dallé qui traversait la pelouse, lorsque quelque chose me fit tiquer. *Merde*. La porte d'entrée était entrouverte. Mon cœur se mit à battre la chamade. Je me déportai vers le côté de la maison, à moitié accroupie, et saisis mon arme dont je libérai la sécurité. J'étouffais dans mon blouson gris. La pluie dégoulinait de la capuche sur mon visage, m'empêchant de bien voir. J'attendis de longues secondes. Rien. Aucun mouvement dans le chalet – juste le souffle du vent et la pluie qui crépitait sur le toit et mon vêtement. La journée risquait-elle de devenir encore plus merdique qu'elle ne l'était déjà ? J'étais sur le point de le découvrir.

Je m'approchai à petits pas de la porte d'entrée, plaquai le dos au mur, puis, du pied, poussai doucement le battant pour l'ouvrir en grand. Je patientai quelques instants avant de pencher la tête à l'intérieur. Je vis une cheminée éteinte du côté droit, un canapé, un fauteuil. Une baie panoramique donnant sur le lac. Une cuisine ouverte à gauche, quelques tableaux champêtres et objets de cow-boy sur les murs. Pas de Billy LaBrecque.

Normalement, j'aurais dû appeler pour prévenir qu'un chasseur de primes était sur le seuil de la maison. Mais j'avais un mauvais pressentiment. L'atmosphère était étrange. J'entrai dans la pièce et me dirigeai d'abord du côté de la cuisine, brandissant le Glock à deux mains, comme un flic, devant moi. Au centre du mur du fond, il y avait un escalier flanqué de quatre portes, deux à gauche et deux à droite – toutes fermées. Je décidai de couvrir d'abord l'ouverture la plus évidente : l'escalier qui menait au sous-sol du chalet. Là, je trouvai une immense salle de jeux aux murs lambrissés de bois blanchi, au sol moquetté, qui possédait un bar pourvu de toutes les bouteilles imaginables, un billard, une télévision et un vieux flipper. Mais LaBrecque n'y était pas.

Je remontai l'escalier et m'immobilisai sur la dernière marche. La pièce était exactement comme je l'avais laissée : vide et mal éclairée par la lumière grise, maussade, qui filtrait par la grande fenêtre.

Je me dirigeai vers la porte la plus à gauche. Le dos au mur, j'essayai de faire jouer la clenche et n'y sentis aucune résistance. J'ouvris la porte à la volée et me précipitai dans l'embrasure, prête à faire feu. À présent, j'étais en sueur. Le blouson adhérait à mes vêtements et je sentais mon cœur battre à tout rompre dans ma poitrine. Mon système nerveux, plein de cette sagesse génétique qui caractérise l'espèce humaine, hésitait furieusement : prendre la fuite ou poursuivre l'offensive ? Je ne savais pas très bien ce que je devais faire.

C'était une chambre. Vide. Je jetai un coup d'œil dans la penderie, dans la salle de bains. Vides. Je retirai mon blouson et le laissai sur le sol. Je refis cet exercice pénible pour les deux pièces suivantes, me figeant sur place chaque fois qu'une latte du parquet craquait sous mon poids ou qu'un gond de porte gémissait.

C'est derrière la quatrième et dernière porte que je trouvai LaBrecque. Un frisson me parcourut violemment le dos – de soulagement ou d'horreur, je ne saurais dire. Je ne pouvais pas voir son visage, mais je reconnus d'emblée sa carrure, son cou épais, ses bras musculeux. En revanche, je n'étais plus face à la brute menaçante que j'avais vue à l'église, à l'homme qui malmenait sa femme et son fils et s'arrogeait le droit de m'agripper par le poignet en me traitant de Chinetoque. Le William LaBrecque qui se trouvait dans cette pièce était pour ainsi dire complètement dépouillé de ses attributs : nu, allongé par terre, les jambes écartées, les fesses et les cuisses ensanglantées, marquées d'ecchymoses, il présentait aussi des blessures à l'abdomen.

Atlas était passé dans cette maison avant moi.

Je m'avançai dans la pièce et pivotai sur moi-même, le cœur dans les talons, prête une fois encore à vider le chargeur du Glock sur quiconque serait caché derrière la porte. Mais il n'y avait personne. Je regardai dans le placard et la salle de bains, puis revins vers LaBrecque, m'accroupis et plaquai deux doigts sur son cou. Mort. Je cherchai par sécurité un pouls à son poignet : oui, il était bel et bien mort. Mais sa peau était encore chaude. Je m'interrogeai. LaBrecque était très costaud et il faisait chaud à l'intérieur de la maison. Même nu et le cœur à l'arrêt, il ne pouvait refroidir très vite. Cependant, les ornières que j'avais vues sur le chemin étaient de toute évidence récentes…

Veillant à perturber le moins possible la scène – tout en restant sur mes gardes au cas où un bruit, une ombre, me signalerait la présence d'une tierce personne –, je me penchai pour regarder son visage. Parfois je me dis que j'ai un bloc de glace à la place du cœur. Ou peut-être que tout enquêteur, tout détective a en lui cette chose froidement voyeuriste. Et cet étrange intérêt pour le sang.

LaBrecque avait été frappé, violemment frappé, avec un objet contondant. Son visage était méconnaissable. Une vaste mare de sang s'étendait sous sa tête.

Un simple poing ne pouvait avoir causé tant de dégâts. J'embrassai du regard les traces de sang visibles tout autour de lui. Sur les murs, le plafond et le sol, il y avait des projections de moyenne vélocité – conséquences d'un traumatisme asséné par un objet relativement lourd, et avec une très grande force.

Je soulevai son menton avec deux doigts. Et voilà. Un choc traumatique, oui, et une cavité juste au-dessus de la tempe – le crâne était brisé. Pourquoi tant de fureur contre lui ? Je songeai à Darya. Y avait-il un rapport entre la mort qu'il avait connue et les souffrances qu'il avait infligées à sa femme ? Les autres victimes étaient-elles des personnalités violentes, elles aussi ? Seule une des cinq précédentes victimes, la première dont nous avions connaissance, l'étudiante de l'université d'État de Floride, avait reçu un coup violent comme LaBrecque. Qu'avaient-elles fait, ces deux victimes, pour mettre le tueur dans une telle rage ?

Je venais de prendre mon téléphone en main pour appeler Rauser, lorsque j'aperçus un rouleau à pâtisserie ensanglanté, sur le sol, à deux mètres du cadavre. Un point commun de plus avec le premier meurtre de Floride. Quand il avait assassiné Anne Chambers, quinze ans plus tôt, Atlas s'était armé d'un objet disponible sur le lieu du crime. Peut-être simplement pour des raisons de commodité. Ou d'efficacité. Un rouleau à pâtisserie ici, une lampe là-bas. Pas le genre d'objet, en tout cas, qu'on trimbale dans sa poche. Je me redressai. Cette scène avait une autre caractéristique qui m'intriguait : elle était très nettement délimitée. Tout semblait avoir commencé et s'être terminé ici, dans cette pièce. Le reste de la maison ne portait aucune souillure, tout était en ordre, le mobilier n'avait pas bougé. L'assassin avait-il trouvé LaBrecque endormi dans cette chambre, saoul en plein milieu de la journée, et lui avait-il asséné ce coup brutal avant qu'il ne reprenne ses esprits ? Ou bien l'avait-il abordé et séduit comme David Brooks ? LaBrecque ne semblait pas le genre d'homme à fricoter avec la communauté gay ou bisexuelle… Mais comment savoir, au fond ?

Rauser me répondit qu'il se mettait en route immédiatement et qu'il se chargeait d'appeler les flics du comté de Gwinnett. Je restai un bon moment dans la chambre pour graver les moindres détails de la scène de crime dans ma mémoire. Quand j'entendis les sirènes de la police, je soupirai profondément, glissai le Glock sous ma ceinture et sortis de la maison, mains derrière la nuque, pour accueillir les flics du comté de Gwinnett qui ne pouvaient absolument pas savoir que je n'étais pas le nouveau Ted Bundy[1].

---

1. L'un des plus célèbres tueurs en série des États-Unis, qui assassina trente à trente-cinq femmes dans les années soixante et soixante-dix.

16

J'étais épuisée. J'avais passé des heures sur la scène de crime LaBrecque et m'étais fait sévèrement interroger par des inspecteurs qui voulaient comprendre comment il était possible que je sois consultante sur l'affaire Atlas et que j'aie cherché en même temps à appréhender un fugitif qui se trouvait maintenant être la plus récente victime du tueur. Cela paraissait insensé, bien sûr, mais j'avais fait de mon mieux pour leur répondre, jusqu'à ce que Rauser me sauve en débarquant enfin au chalet, suivi par Ken Lang et la camionnette des techniciens de scène de crime. Là, il y avait eu une certaine tension dans l'air. Les flics du comté de Gwinnett n'appréciaient pas du tout d'avoir la police d'Atlanta dans les pattes ; Rauser n'était pas content de ne pas avoir l'exclusivité du traitement de la scène de crime. Ils avaient joué un moment à se montrer qui avait la plus grosse, avant de finir par trouver un compromis.

L'après-midi touchait presque à sa fin quand je pus m'en aller. Rauser ne voulait pas me voir partir, mais rien ne me retenait plus vraiment au chalet et j'avais encore une entreprise à faire tourner – avec pas mal de travail en retard. En plus, je mourais de faim.

J'appelai Neil.

— Tu veux prendre le petit-déjeuner avec moi ?

— Il est dix-sept heures passées, me fit-il remarquer.

— Tu m'en diras tant.

L'appel du bar et de l'happy hour me retournait subitement les tripes. Je passais rarement un jour sans connaître cette sensation, ne serait-ce que quelques instants, mais aujourd'hui je *mourais d'envie* de boire.

— Dure journée ? demanda Neil.

— Pas chez Waffle House ! m'exclamai-je d'une voix chantante, sachant qu'il serait incapable de résister à une telle proposition.

S'il y a bien une marque sur laquelle on peut compter par chez nous, c'est Waffle House. Ses grills sont allumés vingt-quatre heures sur vingt-quatre. Bacon, gaufres et pommes de terre sautées, croustillantes au-dehors, moelleuses à l'intérieur, luisantes d'huile de cuisson : mangez-en tous les jours et elles auront votre peau, mais de temps en temps rien ne vaut ces délices. À accompagner de deux œufs brouillés au fromage, de toasts trop beurrés et de quelques tasses de ce café maison qui vous nettoie le système comme du déboucheur à évier.

Nous commandâmes une tonne de nourriture et prîmes tout notre temps pour la savourer. Tout en parlant de LaBrecque. Nous savions des tas de choses à son sujet, ce qui nous permettait de partir du bon pied. Il y avait de gros points d'interrogation sur les autres victimes. Pas sur ce type.

La bouche à moitié pleine, je demandai :

— Peux-tu chercher, chez les précédentes victimes, tout ce qui peut avoir un rapport avec la violence conjugale, les appels à la police pour agression entre conjoints, ce genre de choses ?

— Ouais, si tu veux. Mais Rauser pourrait faire ça facilement.

— Voyons quand même si l'idée a le mérite d'être creusée avant que je ne colle un autre fardeau sur les épaules de Rauser. Et les archives des hôpitaux ? Les dossiers des services d'urgence ? Peux-tu retrouver tout ça, pour chaque victime, s'il y a quelque chose à trouver ? Et pour leurs proches ?

— Ça dépend de leur âge.

Neil fit la grimace en me voyant verser de longues traînées de moutarde sur les pommes de terre sautées au piment que j'avais commandées. Puis il apostropha la serveuse pour lui demander une deuxième gaufre aux noix de pécan.

— Je dois m'occuper du traitement au laser qui a mal tourné, dis-je. C'est pour Quinn. Tu m'accompagnes ? Cette fois, aucun risque de prendre une balle dans le pare-brise.

— J'ai adoré faire ce truc, tu sais ? C'était carrément cool.

— Ah ouais ? C'est pour ça que tu avais ce teint verdâtre, juste après ?

— Hmm… c'est comme la première fois que tu descends du wagonnet des montagnes russes. Tu te sens mal, t'as envie de t'enfuir, mais en même temps t'as tellement adoré que tu veux y retourner.

Nous quittâmes le Waffle House gonflés à bloc, le mauvais café nous gargouillant dans l'estomac. L'orage s'était éloigné comme le font les orages de fin d'été ;

je baissai la capote de l'Impala. Il était dix-neuf heures. La chaleur avait enfin un peu diminué.

Vincent Feldon habitait un pavillon de plain-pied sur McLendon Avenue, dans le quartier de Candler Park, pas loin de Little Five Points – une partie d'Atlanta où il n'est pas rare de voir dans un même pâté de maisons des Vespas rutilantes, des couples de métrosexuels gays ou hétéros, des amateurs de rollers, des fanas de tatouages, des musiciens de rue, des adolescents couverts de piercings des pieds à la tête et des SDF recroquevillés pieds nus sur les trottoirs. « La diversité, ouais, mais partie en vrille », m'avait dit Rauser, un après-midi, tandis que nous mangions en terrasse au restaurant Front Page News avec un couple de transsexuels qui avaient d'énormes faux pénis dans leurs pantalons moulants, Whitney Houston accompagnée d'une équipe de téléréalité, un groupe d'écrivaines lesbiennes qui sortaient tout juste d'une lecture publique à la librairie féministe Charis Books, plusieurs types musclés et très bruyants qui s'enfilaient bière sur bière, et un homme assis seul à sa table avec un perroquet.

Je me garai devant la maison voisine de celle de ma cible, coupai le moteur et remontai la capote de l'Impala.

— Pourquoi tu t'arrêtes ici ? demanda Neil d'une voix étrange.

Je désignai le pavillon qui m'intéressait.

— C'est ici que vit Vincent Feldon, le technicien du centre d'épilation laser qui a fait une bêtise.

— Je connais cette adresse, marmonna Neil en se trémoussant sur son siège.

— Ah oui ? Et… ?

— Mon… mon pote John habite ici, ajouta-t-il de mauvaise grâce.

— Ton pote John ? Et c'est qui, au juste, ton pote John ?

— Eh ben, heu…, fit Neil, de plus en plus nerveux. C'est, genre, heu… mon fournisseur de shit.

— Tu déconnes ! Vincent Feldon vit avec un dealer de shit ? m'exclamai-je, et j'éclatai de rire. Ah, génial ! Quinn va adorer. Mon Dieu, pas étonnant que la pauvre femme ait maintenant une moustache grillée sur la lèvre…

— Je ne savais pas qu'il partageait la maison avec quelqu'un, dit Neil. Je n'ai jamais vu que John. Mais, heu… c'est vrai que c'est une grande baraque.

Le bruit d'une porte qui claquait nous fit tourner la tête vers la maison de Feldon. Un jeune type très corpulent, dont l'entrejambe du jean lui descendait au niveau des genoux, verrouilla avec précaution la serrure avant de pivoter sur lui-même et de marcher d'un pas tranquille en direction du trottoir en lançant son porte-clés en l'air plusieurs fois de suite. Il tira un téléphone de sa poche et le porta à son oreille. J'attrapai mon dossier sur la banquette arrière pour regarder la photographie que m'avait donnée Larry Quinn.

— C'est lui, dit Neil.

— Ah bon ? Tu as déjà vu ce type, alors ?

Neil me jeta un regard peiné.

— C'est John !

Je tirai la photo du dossier. Le « pote John » de Neil et Vincent Feldon étaient une seule et même personne.

J'appelai aussitôt le cabinet de Quinn. Danny, son assistant, m'informa que Larry avait quitté son bureau depuis un bon moment. Avais-je son numéro de portable ? Oui, je l'avais.

— Écoute, dit Neil tandis que je cherchais Quinn dans ma liste de contacts. C'est toi qui m'as embarqué dans cette histoire, mais moi… moi je n'ai pas du tout envie d'envoyer ce mec en taule !

— Personne n'a l'intention de l'envoyer en prison, dis-je, et à cet instant Larry Quinn prit mon appel. Larry, hé, salut, c'est Keye. Vous avez une minute ?

— Keye, comment allez-vous ? J'ai entendu parler du nouveau meurtre. Il paraît que vous avez vous-même trouvé le cadavre. C'est affreux, je suis désolé pour vous.

— Qui vous a raconté ça ?

— Les médias, très chère ! répondit Quinn avec cet accent typique du Sud qui l'avait rendu célèbre dans ses publicités. Les radios et les chaînes de télé ne parlent que de ça. Et puis, bon… j'ai tout de même quelques copains dans la police. Vous allez bien ? Pas trop dure, cette histoire ?

— Je vais très bien, dis-je.

Je n'avais pas envie de parler de LaBrecque. Je n'avais même pas eu le temps de penser à ce que je ressentais – si je ressentais quoi que ce fût – depuis que j'avais découvert son cadavre. J'avais juste tenté de piger pour quelle raison ce malfrat avait fini ses jours battu à mort par Atlas. Je n'avais aucune envie que quelqu'un essaie de me réconforter. De mon point de vue, la meilleure réaction possible face aux épreuves consistait en général à continuer d'avancer – coûte que coûte. Les angoisses, les questionnements, tout ça, je les confierais au Dr Shetty pendant notre prochaine séance à cent quatre-vingts dollars.

— Je voulais vous parler de l'affaire de la clinique LaserPlus. Le technicien qui a fait une gaffe.

— Ouais, d'accord. Alors ?

— Il augmente ses revenus en vendant du shit et j'ai des raisons de croire qu'il en fume lui-même une bonne quantité.

— Nom de Dieu ! Voilà pourquoi il ne s'est pas présenté à l'examen d'urine. Il a raconté qu'il avait la grippe ou je ne sais quoi. Nous avons aussi été obligés de reprogrammer sa déposition.

— Je l'observe en ce moment même, devant chez lui, et il ne m'a pas du tout l'air d'avoir la grippe.

M'étant assurée que le marquage de la date et de l'heure était bien activé sur l'appareil photo, je pris quelques clichés de Vincent Feldon parlant au téléphone en faisant les cent pas sur le trottoir devant sa maison, puis glissant sa grande carcasse dans une minuscule Chrysler Crossfire. Quand il démarra et s'éloigna, je patientai quelques secondes avant de m'engager à mon tour sur la chaussée.

Nous le suivîmes sur Moreland Avenue en direction du quartier de Reynoldstown. Il obliqua dans une ruelle calme. Je me rangeai au bord du trottoir et l'observai. Il s'arrêta devant une petite maison en bois blanche, descendit de sa voiture et frappa à la porte. Dès qu'il eut disparu à l'intérieur de la maison, je sortis de l'Impala avec mon appareil. Neil se recroquevilla sur son siège, l'air horrifié.

— Hé ! fis-je. Vois les choses du bon côté. Feldon va sans doute perdre son travail à la clinique, mais il va aussi pouvoir dealer à plein temps !

À travers une fenêtre de la maison, je vis Feldon bavarder avec une femme, puis s'asseoir sur le canapé et jeter sur la table basse un sac en plastique transparent qui semblait rempli de marijuana. La série de photos que je pris alors montrerait à qui voudrait les consulter Feldon ouvrant le sac, préparant un shilom, l'allumant, puis soufflant un gros nuage de fumée avant de tendre le sac à la femme contre une somme d'argent liquide. Il en avait fallu beaucoup moins pour causer de graves ennuis au nageur olympique Michael Phelps. Quinn serait sans doute très satisfait de mon travail.

J'appelai Rauser pour voir où il en était. Il se trouvait encore au chalet. Je lui annonçai que je devais m'absenter une journée, me rendre à Denver pour un client. Il ronchonna. Il n'était jamais content de me voir partir. Hélas, les honoraires que la police d'Atlanta me versait pour mon boulot de consultante n'auraient même pas payé mes courses du supermarché.

Denver m'a toujours fait l'effet d'une ville étonnamment banale. On peut y passer des jours entiers et presque oublier qu'elle est entourée des paysages extraordinaires des montagnes Rocheuses. De fait, la vision des piétons s'y limite aux immeubles d'affaires et aux constructions résidentielles qui s'alignent sur le vaste plan quadrillé de ses rues et de ses avenues. Heureusement, il y a pas mal de cafés et de restaurants pour apporter un peu d'animation.

Quand je quitte Atlanta, où l'immobilier du centre-ville est arrivé à saturation depuis longtemps et où les immeubles ont dû grimper en hauteur pour continuer de pousser, de nombreuses villes me donnent l'impression qu'une débroussailleuse géante a rasé les sommets des bâtiments. Denver, à mille six cents mètres au-dessus du niveau de la mer, me parut elle aussi drôlement tassée sur elle-même, tandis que je roulais de l'aéroport à la résidence hôtelière située au carrefour de Logan Street et de la Dix-Huitième Avenue, où je devais passer la nuit.

Je me tenais sur le balcon de ma chambre, observant la ville, quand le soleil se coucha. Lumières et réverbères semblèrent s'allumer subitement dans les rues. La température baissa et l'air sec de la montagne m'envahit les poumons. Admirant les Rocheuses qui se découpaient au loin sur le ciel crépusculaire du Colorado, je songeais que je ne pouvais décidément pas me plaindre. Lors de mon précédent séjour dans cette ville, j'avais eu pour « vue » de ma chambre de motel le dos et la buanderie d'un hôtel Best Western. Et pas de service d'étage ; il fallait aller chercher soi-même sa nourriture au restaurant minable qui se trouvait de l'autre côté de la rue et servait ses plats à emporter dans des sachets en papier graisseux. Selon les critères du FBI, c'était pourtant un traitement de première classe pour un agent en mission.

Je me douchai et enfilai le peignoir en éponge de la penderie. Cette suite m'avait été fournie par mon client qui la louait à l'année. J'étais chargée de conclure un marché avec le comptable. Roy Echeverria, c'était son nom, avait non seulement pris la fuite avec une énorme somme d'argent, avais-je appris depuis peu, mais il avait également volé une dizaine de cassettes audio contenant les enregistrements de réunions très privées des hauts dirigeants de la compagnie. Pour récupérer ces cassettes, j'avais l'autorisation d'offrir à Echeverria une somme équivalente à celle qu'il avait dérobée – cinq cent mille dollars. Je devais aussi lui faire signer une promesse de confidentialité rédigée par les avocats maison. Ma mission serait alors terminée. La compagnie craignait que les conversations enregistrées sur ces cassettes, apparemment assez dangereuses pour que ses dirigeants fassent dans leur froc, ne soient portées un jour ou l'autre à la connaissance du public. Pourquoi ne pas retrouver la trace de cet enfoiré de comptable, lui faire une offre, une très belle offre, et en finir une fois pour toutes avec cette histoire ? À six cents dollars la journée, plus les frais, plus cette suite luxueuse, je jugeais que c'était un très bon programme.

Je commandai des asperges au romarin, un écrasé de pommes de terre au fromage de chèvre et du thon à l'unilatérale, puis j'allumai la télévision et me vautrai sur le canapé en attendant le service d'étage. Une envie d'alcool, heureusement fugace, mais puissante, me saisit tout à coup. J'entendis presque le bruit des glaçons tintant dans le verre quand le garçon m'apporterait ma boisson sur un plateau argenté. Au plus fort de ma période alcoolique, j'avais utilisé des chambres d'hôtel pour être tranquille, pour être seule avec la chose que j'aimais alors plus que tout. Ce soir, je me contenterais d'un Pepsi Max.

J'ouvris mon ordinateur portable pour consulter mes e-mails. Mon amie Madison, à Quantico – la seule amie qui me restait au Bureau –, voulait avoir de mes nouvelles. Elle avait autrefois travaillé pour la CIA, en mission active sur des opérations très clandestines, et puis un jour sa couverture avait été grillée. Elle avait abouti à la « Ferme », le centre de formation de la CIA, où elle avait essayé d'enseigner à des « gamins », comme elle appelait les nouvelles recrues, le métier trompeur et dangereux du renseignement. Elle avait ensuite été attirée par le Bureau, où j'avais fait sa connaissance par hasard. Nous étions immédiatement devenues copines. Son e-mail lui ressemblait bien : *Ai désespérément besoin de parler avec quelqu'un qui ne pond pas des diamants sur sa chaise de bureau.* Sa façon très british de dire qu'elle travaillait avec une bande de coincés.

J'avais aussi un mail de ma mère. Elle n'avait découvert les joies d'Internet que depuis peu et me relayait avec ferveur d'innombrables messages à caractère religieux. Je ne les lisais jamais. Si je reçois un texte qui comporte trois cents noms dans sa liste de destinataires, je le fiche aussitôt à la corbeille. Tant pis s'il m'annonce le retour de Jésus. Mon père, par chance, ne s'intéresse toujours pas à Internet.

Où es-tu passée, mon enfant ? demandait la ligne « Sujet » de son message – et j'entendis presque son lourd accent du Sud dans cette question. Emily Street avait grandi dans la baie d'Albemarle, en Caroline du Nord, où les gens semblent avoir l'accent plus traînant que n'importe où ailleurs dans les États du Sud. Sa voix était tout à la fois miel et eau de marécage, douce et puissante, et quand j'étais enfant elle m'apaisait beaucoup. Mère me lisait des histoires pour m'endormir le soir et insistait pour que je lui fasse la lecture les après-midi – toutes sortes de livres, des magazines, les journaux. Les mots étaient ses tapis volants, ils l'emmenaient où elle voulait aller. Elle m'a enseigné cette forme d'évasion et j'ai grandi dans l'amour des livres qui la rendent possible.

Je décidai de ne pas lui téléphoner tout de suite. Mère est la reine de l'agressivité passive – surtout quand elle estime que ses enfants la négligent – et je suis obligée de me préparer mentalement à nos conversations. En authentique belle du Sud, elle donne raison à la légende selon laquelle les gens de cette partie des États-Unis sont capables de dire n'importe quoi à n'importe qui, y compris les propos les plus insultants, car ils commencent ou terminent toutes leurs phrases par des « ma petite mignonne » ou « mon pauvre chéri ». Emily Street a même fait de cette caractéristique une forme d'art. Le miel coule de ses lèvres quand elle tend ses longues griffes et se prépare à frapper. *Melanie, ma pauvre chérie, où en es-tu de cet affreux problème de surpoids ? Et avec Harvey qui te trompe à tour de bras, ma petite mignonne. Mais ne t'inquiète pas, ma chérie. Tu seras très bien soutenue. J'en ai parlé à tout le monde.*

Quand mon téléphone sonna, je regardais des bêtisiers à la télé et dégustais une asperge que j'avais trempée dans la purée. Voilà ma vie dans les hôtels depuis que je ne vide plus les mignonnettes du minibar.

Neil avait l'air exalté.

— Sacrebleu, je crois que je le tiens ! dit-il, imitant mal un acteur de vieux film hollywoodien. Le lien, chère amie ! Le lien ! Je le tiens. Comme tu sais, Elicia Richardson et David Brooks étaient avocats. Avocats spécialisés en droit *civil*. Tous les deux ! Richardson n'était *pas* dans le droit criminel, contrairement à ce que dit son dossier. Ça, c'était une erreur.

— D'accord. Et… ?

— La deuxième victime, Bob Shelby, vivait avec une pension d'invalidité – il survivait, disons plutôt, avec cette pension –, mais il attendait un très, très gros chèque après avoir gagné un procès pour dommages corporels quatre mois avant son meurtre. S'il avait vécu un ou deux mois de plus, il aurait pu se payer quelques jolis bibelots. Maintenant, voilà le truc le plus intéressant : Lei Koto a gagné un procès, elle aussi, pour négligence grave ayant entraîné la mort, contre la compagnie d'électricité pour laquelle travaillait son mari au moment où il a été tué. Dans l'exercice de ses fonctions, évidemment. L'affaire a duré près de six ans.

Je m'efforçai de saisir les implications de ce que j'entendais.

— Donc… aucun rapport avec les questions de violence conjugale, d'accord. Mais tu es en train de me dire qu'il y a un lien à chercher entre les victimes du côté des procès au civil ou du droit civil en général. C'est ça ?

— Ouais. C'est bizarre, hein ?

— Carrément ! Peut-être le tueur considère-t-il les procès au civil comme des litiges frivoles, ou motivés par la seule cupidité des plaignants. Ça le fait exploser et il s'attaque aux plaignants. Intéressant…

— Peut-être qu'il a été lui-même lésé par le système. Il s'est fait baiser, ou bien un juge ou un jury ont tranché en sa défaveur. Peut-être qu'un procès a foutu son entreprise en l'air et il s'est retrouvé au chômage. Hé, attends ! Je viens d'avoir une idée du tonnerre. Peut-être que c'est par ce biais qu'il réussit à entrer chez les victimes. Il joue le mec blessé, il fait semblant d'être handicapé. Qui refuserait d'ouvrir sa porte à un mec en fauteuil roulant ? Hein ?

C'était une possibilité. Il fallait la garder à l'esprit.

— Où ces affaires ont-elles été jugées ? demandai-je au bout de quelques instants.

— Celle de Shelby en Floride, mais celle de Koto à Fulton. Et on dirait bien que la majorité des affaires gérées par Brooks et Richardson étaient elles aussi jugées à Fulton.

— Et LaBrecque ? Et la première victime de Floride, Anne Chambers ?

— Je ne vois rien de tel pour LaBrecque et, heu… c'est difficile de trouver quoi que ce soit sur Anne Chambers, dit Neil, et l'émotion envahit sa voix quand il ajouta : J'ai cherché un peu, quand même, et… c'était une gamine, tu sais ? Comment un mec peut-il vouloir faire un truc pareil à quelqu'un de si jeune ?

Si vous y pensez vraiment, si vous vous autorisez à regarder en face la violence et l'horreur du meurtre, à sentir la peur et la confusion que la victime a pu éprouver, si vous songez à ce qu'elle a laissé derrière elle, à tous les dommages collatéraux, au choc, au désespoir, aux vies gâchées, vous pouvez en avoir le cœur brisé. C'était la première fois que Neil était confronté de si près à cette réalité. Je gardai le silence tandis qu'il se ressaisissait.

— Trouve l'adresse actuelle de la famille d'Anne Chambers, d'accord ? dis-je enfin. Je veux la contacter. J'appelle tout de suite Rauser pour lui parler de tes découvertes. Il va sauter au plafond. C'est énorme. Tu es un champion, Neil.

Je posai un moment mon téléphone pour réfléchir. David Brooks et Elicia Richardson avaient-ils été assassinés parce qu'ils étaient des avocats spécialisés en droit civil ? Combien d'autres victimes, en Géorgie ou ailleurs, n'avaient pas trouvé leur place dans les bases de données parce que les meurtres ne collaient pas dans les moindres détails avec le mode opératoire et la signature d'Atlas ? Nous savions maintenant que ce tueur était capable de travailler dans divers environnements. Le petit garçon de Lei Koto avait-il trouvé sa mère martyrisée sur le sol de la cuisine parce qu'elle avait décidé de porter plainte contre une compagnie d'électricité pour la mort de son mari ? Je me souvenais du chou rouge sur la cuisinière – je pensai soudain à ce légume brûlé, qui puait dans la casserole, tandis que le garçon décrochait le téléphone pour appeler les secours, puis attendait, seul avec le cadavre de sa mère, l'arrivée de la police. Aujourd'hui encore je suis capable de visualiser, en fermant simplement les yeux, les corps de mes grands-parents assassinés – je sens la sueur de leurs meurtriers, le sang, l'odeur aigre et puissante d'une bouteille en verre de jus de canneberge qui s'était brisée en tombant d'une étagère. Aujourd'hui encore je suis incapable de voir du jus de canneberge, ou quoi que ce soit qui contienne de la canneberge, sans avoir des palpitations nauséeuses dans l'estomac. Le meurtre marque les enfants de façon indélébile, en fait des orphelins et détruit les familles. Je voulais débarrasser les rues d'Atlanta de cet assassin.

Mon cerveau continuait de gamberger. Procès au civil et avocats... Quels étaient les points communs ? Les juges, les greffiers, les sténographes, un tribunal. J'écarquillai les yeux. Le *tribunal*. L'ascenseur mentionné par Atlas dans sa seconde lettre. Était-ce là

qu'il avait rencontré David Brooks ? Cet implacable
tueur utilisait-il le tribunal du comté de Fulton, à
Atlanta, comme terrain de chasse ?

17

Jamais personne n'avait répondu à la place de Rauser sur son portable. Pas une seule fois. La voix de la femme me rappelait vaguement quelqu'un, mais j'étais trop stupéfaite pour l'identifier.

— Aaron, c'est pour toi ! cria-t-elle.

Aaron ? J'entendis un bruissement de tissu, le petit choc du téléphone qu'elle posait sur une surface dure, des rires étouffés. Quand Rauser prit l'appareil, je demandai :

— C'est qui, ça, qui t'appelle par ton petit nom ?

— Une amie.

Sa voix avait une sonorité éraillée que je lui avais entendue un million de fois – trop de whisky et trop de cigarettes.

— Tu sais ce qui cloche, là-dedans, Rauser ? dis-je sur le ton de la plaisanterie. Tu n'as pas d'amis.

J'avais furieusement envie de l'engueuler, de serrer les poings et de lui labourer la poitrine de coups. Nom de Dieu ! J'avais l'impression qu'il me trompait. Il ne m'avait même pas dit qu'il sortait avec quelqu'un.

— C'est Jo, ajouta-t-il à voix basse avec cette intonation que les bonshommes adoptent pour se parler entre eux de leurs conquêtes.

Il se vantait, putain. Il se vantait *carrément*, devant *moi*, et il murmurait pour que la fille ne l'entende pas. Mais… *Jo ?* C'était qui, ça – Jo ? Perplexe, je fouillai ma mémoire. *L'analyste, à la scène de crime Brooks !* pensai-je soudain. *La grande amazone spécialiste des traces de sang !* C'était donc elle qui l'appelait Aaron… Et leur petite histoire ne datait sans doute pas d'hier. *Voilà pourquoi ils étaient tellement copain-copain, ce soir-là, à l'hôtel…* Je me souvenais de Rauser, tout joyeux à l'arrivée de Jo, capable même de faire des blagues alors que nous étions sur le site d'un crime atroce. Ils flirtaient ensemble, à vrai dire, ils se tournaient autour pendant que David Brooks refroidissait sur son lit inondé de sang. Et moi qui avais cru qu'elle s'intéressait à *moi* ! *Quelle conne je suis*, pensai-je. Je me rappelai soudain avoir envoyé un texto à Rauser, deux soirs plus tôt, et ne pas avoir obtenu de réponse. Maintenant je comprenais pourquoi. Je m'effondrai sur le canapé. Au bout du fil, j'entendis des glaçons cliqueter dans un verre. Rauser adorait le thé glacé, je le savais – du bon thé glacé préparé à la sudiste, avec une montagne de sucre. Il pouvait en boire des litres. Je me le représentai déambulant dans son jardin au soleil couchant, le téléphone coincé au creux de l'épaule, son verre à la main, avant de s'installer sur la véranda qu'il avait construite derrière la maison. Il aimait porter des débardeurs – ceux qui se vendent par lot de trois, pour quelques dollars, au supermarché. Je n'avais aucune envie d'imaginer Jo là-bas avec lui.

Je lui fis part des découvertes de Neil et de mon hypothèse selon laquelle le tribunal était peut-être un point commun à plusieurs des crimes – le lieu où David Brooks et les victimes qui avaient eu une affaire, à titre d'avocat ou de plaignant, portée devant la justice du comté de Fulton, avaient peut-être rencontré leur meurtrier.

— On peut penser qu'Atlas se procure les comptes rendus d'audiences aux archives, précisai-je. Crois-tu qu'ils conservent un registre des personnes qui demandent à voir ces dossiers ?

— Je vais vérifier ça tout de suite, dit Rauser, très excité. Tu sais, je pense tout à coup à un coursier. Oui, voilà, peut-être qu'il s'agit d'un coursier ! Je sais que les coursiers ont l'habitude de passer dans les tribunaux récupérer les comptes rendus d'audiences. Et pour les obtenir, il suffit d'avoir un numéro de dossier, une date et trois dollars. Nom de Dieu, Keye, c'est énorme ! Je vais avoir une grosse dette envers Neil et toi. Oh la vache ! Il me faut aussi trouver la société qui s'occupe de la sécurité du tribunal de Fulton, pour obtenir ses enregistrements de vidéosurveillance. Là-bas, il y a des tas de caméras. Les agents de l'entrée, au détecteur de métaux, pourront aussi nous aider. Ils savent qui entre et sort du bâtiment régulièrement. Attends une seconde, tu veux bien ? Je dois dire au revoir à Jo.

Je sentis le sang affluer à mon cerveau. Peut-être même que mes yeux s'exorbitèrent un peu. J'entendis des voix étouffées, des rires. *Oh, pitié*... Enfin, après m'avoir fait poireauter trop longtemps, cet enfoiré ingrat revint au téléphone pour dire :

— Désolé. Jo devait s'en aller, elle a des trucs à faire.

— Nouvel épisode de câlins pour bientôt, j'espère, dis-je sans même essayer de cacher mon ressentiment.

M. Délicat éclata de rire, siffla, hulula : la réaction typique des bonshommes quand ils se plaisent à se chamailler avec quelqu'un et voient la situation tourner à leur avantage.

Après avoir raccroché, je me levai et fis les cent pas à travers la suite comme un animal en cage. Je n'arrêtais pas de penser à Jo et à Rauser. Je ruminais aussi le fait que j'avais communiqué à ce dernier de nouvelles informations *capitales*, le genre d'infos susceptibles de débloquer toute l'enquête, et qu'il avait eu le culot de me faire attendre pendant qu'il faisait ses adieux à sa blonde. J'étais blême – et je m'en voulais. Je n'avais pas le droit de me mettre dans cet état. Je le savais. Mais ça ne m'aidait pas à surmonter mes émotions. Je descendis au café qui se trouvait au rez-de-chaussée de la résidence et engloutis deux tranches de quatre-quarts au citron. C'était une solution bien préférable à l'autre option que j'aurais pu choisir : le bar, de l'autre côté du hall, et quelques verres de vodka citron. N'empêche, je savais que c'était une réaction que le Dr Shetty aurait désapprouvée. Tant pis. Avalant le gâteau, je me rendis compte que dans un coin de ma tête, quelque part, je m'étais gardé Rauser pour moi. Il était... Il était comme ma roue de secours. Je n'avais jamais envisagé que quiconque puisse se pointer et mettre ça en péril. Sinon, bien sûr, j'aurais levé la patte et fait pipi partout sur lui. Je commandai une troisième tranche de quatre-quarts.

Je ne dormis pas bien et, le matin venu, je n'étais pas d'humeur à négocier des arrangements avec des comptables véreux. En fait, je n'étais d'humeur à rien. Je me sentais déstabilisée et je n'ai jamais été du genre à m'absorber dans le travail quand j'ai des soucis. J'avais bien plus envie de fermer les volets, de me fourrer au lit et de manger des Twinkies toute la journée. Je ne touchais plus à l'alcool, mais, par bien des aspects, j'étais toujours dans le cercle vicieux des comportements que j'avais acquis durant ma période alcoolique – avec en tête de liste une tendance certaine à me couper du monde et à m'apitoyer sur moi-même.

Il faisait dix-huit degrés centigrades et le soleil brillait agréablement quand je quittai la résidence hôtelière pour grimper dans ma Jeep Liberty de location. On était samedi – un jour où j'avais de bonnes chances de trouver à son domicile l'homme qui avait détroussé mon client.

Je me perdis dans la conurbation de Denver. Triste à dire, mais mon cerveau n'a jamais acquis le minimum de sens de l'orientation qu'ont la plupart des gens. J'ai de vraies difficultés avec les cartes et les plans. Comme j'ai aussi un certain penchant pour l'errance, je parcours de bien plus longs trajets que je ne le devrais quand je suis en déplacement dans un endroit inconnu. Disons que je visite. Aujourd'hui ne devait pas faire exception à la règle : la demi-heure de trajet prévue pour me rendre chez le comptable fut multipliée par trois. Et j'étais distraite ; je n'avais absolument pas la tête au dossier sur lequel je travaillais, au marché que je devais conclure au nom de mon client. J'étais obsédée par Rauser et Jo l'Amazone. Je regrettais aussi de me trouver si loin de la salle de crise. Grâce à Neil, l'enquête allait prendre une tournure très intéressante. J'aurais voulu en être. Mais étais-je attirée – *obsédée*, plutôt – par cette affaire parce que je tenais vraiment, sincèrement, à arrêter le tueur ? Ou bien… parce qu'elle remplissait un vide en moi ? Parce que mon esprit névrosé et enclin aux addictions y trouvait matière à remâcher ?

Quand j'arrêtai enfin la Jeep devant la maison de Roy Echeverria, je n'étais pas de bon poil. Je me contrefichais de ce connard de comptable à deux balles qui avait piqué dans la caisse de sa boîte. Mais bon : je devais me concentrer. Cet homme avait utilisé l'argent qu'il avait volé à mon client pour s'offrir une nouvelle identité et se payer une maison à Highlands Ranch, une vaste banlieue pavillonnaire entrecoupée de terrains de golf, et bordée par la réserve naturelle de Wildcat Mountain, à vingt kilomètres au sud de Denver. Pas mal, à vrai dire, pour un petit comptable.

Agenouillé sur sa pelouse, Echeverria disposait des granulés de bois au pied des arbustes plantés sous les fenêtres de la façade. Il portait des gants de jardinage, un jean, un tee-shirt et des mules d'extérieur qui ressemblaient à des mocassins. Il avait le teint olivâtre, de grands yeux noirs, les cheveux très bruns, et il ne devait pas avoir plus d'une trentaine d'années. Plutôt séduisant, dans le style beau brun mélancolique. Plus mince, en outre, que je ne l'avais cru d'après la photo de son dossier.

— Monsieur Echeverria, dis-je, marchant à sa rencontre sur l'allée de son petit jardin. Je m'appelle Keye Street. J'aimerais m'entretenir avec vous au sujet de certains biens qui sont en votre possession mais qui appartiennent légalement à votre ancien employeur.

Il se leva lentement, de toute sa hauteur, en carrant les épaules. Il retira ses gants qu'il jeta par terre, puis épousseta calmement le devant de son jean à deux mains.

— Vous vous trompez, je ne suis pas la personne que vous cherchez, dit-il avec un sourire agréable.

Il avait un fort accent. Je savais, d'après le dossier, qu'il était originaire du Pays basque.

— Je m'appelle…

Je l'interrompis en lui brandissant sous le nez la copie de sa photographie d'identité que m'avait fournie la compagnie.

— Vous vous appelez Roy Echeverria. Arrêtons tout de suite de déconner, d'accord ? Voulez-vous que nous parlions ici, dehors, ou préférez-vous que nous entrions dans la maison ?

— Vous, vous arrêtez de déconner ! hurla-t-il soudain, l'air menaçant.

À ma plus complète surprise, il s'élança vers moi et me donna une poussée aux épaules, des deux mains, en braillant « Noooooon ! » comme on apprend à le faire en cours d'autodéfense. Je tombai sur le cul au milieu du jardin et il prit la fuite. Ses mules claquaient sur les dalles, l'obligeant à lever les genoux très haut pour ne pas les perdre. Il avait l'air d'une espèce de poule d'eau surexcitée.

Je suis petite, moi, mais je suis vive comme l'éclair. Je me relevai et me lançai à sa poursuite. Sur la pelouse du voisin, je plongeai en avant pour le tacler. Il essaya de se dégager d'un coup de pied et perdit une mule. J'agrippai ses jambes – jusqu'à ce qu'il bascule en avant et s'écroule avec un grognement sourd. Le choc lui coupa la respiration. Je grimpai sur son dos et attrapai mes menottes, derrière ma ceinture, en essayant de le maintenir plaqué au sol. Mais il gesticulait comme un poisson au fond d'une barque et réussit à m'éjecter sur le côté. Je le rattrapai par la tête et nous roulâmes l'un sur l'autre, deux ou trois fois, jusqu'à ce qu'il me morde l'épaule. Si violemment que je glapis de douleur et fus obligée de le lâcher. Il se redressa et partit à toutes jambes en direction du parcours de golf où il s'assit au volant d'une voiturette. Il me montra son majeur tandis qu'il s'éloignait sur la pelouse.

— *Merde !* grognai-je.

Je me mis debout et frottai mes vêtements. Plantés sur le seuil de la maison devant laquelle nous nous étions battus, une femme et deux enfants en bas âge me regardaient fixement, bouche bée. Quand je fis un pas dans leur direction, les enfants se blottirent contre la jambe de leur mère comme si j'allais les mettre à la marmite pour les dévorer.

— Ah, la famille ! m'exclamai-je avec un grand sourire. Roy et moi, c'est le même topo depuis que nous sommes tout petits. Nous finissons toujours par nous bagarrer.

La femme et ses mômes continuèrent de me dévisager sans desserrer les lèvres.

J'allai garer la Jeep dans une rue transversale, puis revins à la maison d'Echeverria. La porte n'était pas verrouillée. Au moment de se mettre à jardiner, il n'avait manifestement pas prévu d'entamer un combat de lutte gréco-romaine avec une nana et de devoir ensuite se tailler dans une voiturette de golf. Je montai à la salle de bains. Pas de trousse de premiers soins.

Je ne trouvai qu'une petite bouteille d'eau oxygénée et du coton. En grimaçant, je tirai sur le col de mon chemisier pour inspecter la morsure qu'il m'avait laissée à l'épaule.

— Enfoiré de putain de salopard, marmonnai-je.

La blessure était vilaine. Une ecchymose violacée s'étendait déjà autour de la peau déchiquetée par ses dents. Et j'avais mal ! La piqûre de l'eau oxygénée me fit monter les larmes aux yeux.

— Bon, ça suffira, dis-je.

Je passai à la chambre du maître des lieux et trouvai, après l'avoir fouillée un petit moment, un pistolet 9 mm et des balles dans une boîte à chaussures en haut de la penderie. Je chargeai l'arme avant de redescendre au rez-de-chaussée.

Dans la cuisine, il y avait une boîte à café sur le plan de travail. Je remplis la cafetière, l'allumai et patientai. Mon lascar n'avait plus qu'une seule mule et se déplaçait dans une voiturette de golf volée. Je ne l'imaginais pas rester en vadrouille bien longtemps. Et j'avais raison. Au bout d'une petite heure, la porte d'entrée s'ouvrit très lentement. Je l'entendis marcher sur la pointe des pieds à travers la maison, ouvrir des portes et les refermer, fouiller des placards, tirer sèchement des rideaux de douche. Ses yeux s'arrondirent quand il entra dans la cuisine ; ils se posèrent un instant sur le pistolet, puis sur le mug que je m'étais servi, puis sur la cafetière, avant de se fixer sur moi.

Je saisis le 9 mm.

— Approchez, monsieur Echeverria.

Il soupira, entra dans la cuisine en traînant les pieds – il avait largué sa seconde chaussure – et s'assit lourdement en face de moi.

— Rien ne marche jamais comme prévu, marmonna-t-il.

— Oh, super, un pleurnicheur, répliquai-je. La journée est de plus en plus chouette.

Il me raconterait plus tard qu'avec l'achat de cette maison et de sa nouvelle identité, il avait eu l'intention de mener une vie des plus normales. Depuis qu'il avait pris la fuite, hélas, il avait la trouille en permanence. Il craignait d'être suivi ou surveillé, et même d'être bientôt tué par la compagnie pour ce qu'il avait fait.

Les cassettes étaient dans un coffre-fort. Dès lundi matin, me promit-il, il irait les récupérer, signerait le document préparé par les avocats de son ancienne boîte et me donnerait les enregistrements en échange du chèque de banque de cinq cent mille dollars que je lui offrais. Pour être certaine qu'il ne changerait pas d'avis pendant le week-end, je fus donc obligée de m'inviter chez lui. Il s'opposa mollement à cette idée, puis se résigna quand il se rendit compte que j'étais déterminée à rester.

Quand arriva le lundi, j'avais compris pas mal de choses à son sujet et je savais comment il justifiait le vol qu'il avait commis. J'avais même *tout* compris de lui, à vrai dire – toute sa vie, dans ses détails les plus pénibles ! Je connaissais le nom de sa sœur et je savais qu'il avait eu la varicelle à treize ans. Je connaissais la date de naissance de sa deuxième petite amie ; ses notes au lycée ; les noms de tous les chats qu'il avait eus au cours de sa vie et leurs petites habitudes côté litière. Cet enfoiré parlait sans arrêt. L'idée de le liquider m'avait plusieurs fois traversé l'esprit pendant le week-end.

— Les cassettes vous permettront de découvrir ce qu'ils pensent de tous les gens qui n'ont pas la peau blanche ou, Dieu m'en est témoin, qui parlent avec un accent différent du leur, me dit-il pour la treizième fois dans la cuisine de la maison que l'argent volé à mon client avait payée. Et vous entendrez les blagues qu'ils échangent en réunion. Des blagues profondément racistes. Mais ça, ce n'est pas le fond du problème. Le plus grave, c'est la politique de discrimination qu'ils appliquent.

Il me regarda fixement.

— Ils se moqueraient de vous aussi, vous savez. Ils refuseraient de vous accorder une promotion, ou même de vous payer correctement, pour la simple raison que vous n'êtes pas blanche.

Il avait vu sur mon visage l'héritage dont je ne savais moi-même rien du tout. Il espérait exploiter le filon de ma colère contre les gens de l'acabit de ses anciens employeurs. Manque de chance, je n'avais aucune colère en moi. Après deux jours en sa compagnie, en plus, j'étais comme engourdie – fermée à sa personne et au son même de sa voix. S'il m'avait annoncé qu'il envisageait de se masturber à l'intérieur d'un bidon de beurre de cacahuète, j'aurais hoché la tête et répondu : « C'est sympa. »

Je n'écoutai pas les cassettes quand il me les eut remises. Je ne voulais pas savoir. Mon travail ne consistait pas à sauver le monde de la bêtise humaine. Je voulais juste présenter ma facture de deux mille dollars à mon client et quitter Roy Echeverria sans en avoir gros sur la patate. Les cassettes allèrent dans ma petite valise que je verrouillai et gardai avec moi comme bagage à main dans l'avion. J'avais fait mon boulot. Le reste, je m'en fichais.

En fin d'après-midi, je regardai un moment le soleil se coucher derrière les Rocheuses à travers le hublot d'un 767 qui s'apprêtait à décoller pour Atlanta. J'étais fatiguée d'avoir dormi d'un œil sur le canapé, dans la maison d'Echeverria, pendant deux nuits, et il ne fallut pas longtemps, après que l'avion se fut envolé dans le vaste ciel du Colorado, pour que je m'endorme.

Je rêvai. J'étais dans un petit restaurant – le genre qui possède des box avec des banquettes en moleskine et où l'on sert les salades accompagnées de tomates-cerises et de petits paquets de biscuits salés. J'étais installée au comptoir. À côté de mon assiette en faïence blanche, il y avait un pistolet sur une serviette en papier. Et un grand verre de martini dans lequel était plongée… une vertèbre cervicale. *L'atlas* – je la reconnaissais. Je comprenais qu'elle avait une signification particulière, qu'elle était là comme une sorte de présage, et j'eus tout à coup très peur.

Je fus réveillée par une hôtesse qui voulait savoir si je désirais dîner. Barbra, d'après l'insigne en laiton qu'elle avait sur sa veste bleu marine, y allait un peu fort sur le rouge à lèvres. Quand on fait un rêve angoissant et qu'on a le cœur qui bat à cent à l'heure, on n'a pas forcément envie d'ouvrir les yeux sur de grandes lèvres peinturlurées en rouge.

— Juste un décaféiné, répondis-je.

J'ouvris mon ordinateur portable. Le Dr Shetty s'éclatait à disséquer mes rêves. Elle avait passé plusieurs séances sur le dernier que je lui avais raconté : je m'étais vue à cheval sur un Twinkie géant, fonçant vers un mur de briques. Je décidai de lui envoyer un e-mail. Elle serait ravie.

C'est alors que je le vis : un message, dans ma boîte de réception, comme la vertèbre cervicale dans le verre de mon rêve. Je portai brusquement une main à mon cou. J'avais la gorge nouée. La femme assise à côté de moi me demanda si j'allais bien.

— Oui, oui, ça va, répondis-je d'une voix mal assurée.

Le style de la lettre était reconnaissable entre tous. Son auteur était le même que celui des missives reçues par Rauser au sujet des actes de tortures et des meurtres d'Atlas.

Dans la réalité comme dans mes rêves, je me sentais tout à coup menacée comme jamais cela n'avait été le cas depuis le début de l'enquête. Le courriel était adressé à Rauser, mais il portait mon nom comme second destinataire.

Bien cher commissaire,

Vous vous demandez pourquoi David n'a pas été traité comme les autres, n'est-ce pas ? Vous vous demandez ce que j'ai fait avec lui, où je l'ai fait, comment je l'ai quitté. Les différences vous sautent aux yeux. Et William LaBrecque. Lui aussi, il est différent. Avez-vous seulement commencé à comprendre en quoi il est différent ? Voilà ce que ces hommes avaient en commun : tous deux étaient des fléaux qu'il fallait éradiquer. Certes, pour des raisons très différentes. Mais ils n'en étaient pas moins, l'un et l'autre, des plaies. Ces affaires doivent vous obséder. Que vous ont dit les analystes ?

Que le mode opératoire du tueur en série peut changer, que ses motivations peuvent changer, qu'il apprend et évolue, qu'il est, comme tout être humain, multidéterminé ?

Vos analystes ne savent rien de moi et vous non plus.

De mon côté, j'ai appris quelques petites choses. Commençons par votre nouvelle consultante. Je lui ai donné LaBrecque. Aviez-vous deviné ? Quelle extase elle a dû connaître, cette excellente profileuse, quand elle a découvert la scène de crime ! Elle était toute seule, là-bas, au bord du lac, dans cette grande maison. Je n'aurais eu aucun mal à revenir m'occuper d'elle. Ah, j'ai toute votre attention, à présent. Qu'est-ce qui vous étonne le plus ? Que je savais qu'elle était là-bas, ou que je connais son passé au FBI ? Je vous ai vus arriver ensemble à l'hôtel où vous avez trouvé le pauvre David. Pourquoi avons-nous un détective privé sur une scène de crime ? me suis-je demandé. Ça, c'était une question à creuser. Les hommes et les femmes de votre groupe d'enquête perçoivent-ils la tension qu'il y a entre vous – votre attirance l'un pour l'autre ? Votre chef, ou le maire, en ont-ils conscience ? Moi, je sais. Que ressentez-vous quand elle déconstruit mes scènes de crime pour vous ? Ça vous excite ? Parlez-vous de moi au lit ? Mais travail et plaisir, commissaire... Franchement, vous devriez savoir qu'il ne faut pas mélanger les deux.

Vous pensez que j'ai commis des erreurs avec David, n'est-ce pas ? L'avoir emmené dans un lieu public, l'avoir utilisé comme je l'ai fait. Pourtant,

vous n'avez rien trouvé dans cette chambre d'hôtel.
Ne désespérez pas, commissaire. Mes traces ne
vous auraient servi à rien, de toute façon. Je ne suis
dans aucune base de données. Mon ADN ne pour-
rait vous servir qu'à une seule chose : constituer
une référence pour la prochaine affaire.

À propos : « Atlas », ce sobriquet, cette étiquette,
c'est absurde, vous ne croyez pas ? Mais bon ! Les
médias adorent sortir les choses de leur contexte
sans en livrer toute la substance, n'est-ce pas ? Sur
quoi vont-ils se fixer la prochaine fois ? A.

Je calai ma nuque sur l'appuie-tête et pris une
grande inspiration pour me ressaisir. Ma voisine semblait avoir disparu et je me demandai si, mon anxiété
et ma nervosité grandissant au fil des minutes, mon
odeur corporelle n'était pas devenue désagréable.
J'essayai de me renifler discrètement une aisselle.
Peut-être était-elle juste partie se chercher un siège
libre quelque part. Il fallait l'espérer.

Je reportai mon regard sur les mots affichés à
l'écran de l'ordinateur, les mots d'un psychopathe. Il
se moquait du surnom que lui avaient donné les
médias, mais il reprenait le « A » d'Atlas pour en faire
sa signature. Il avait adopté cette nouvelle identité.

Comment interpréter cet e-mail ? Son objectif, sans
doute, était de nous faire peur de deux façons.
D'abord, il y avait la promesse de nouveaux meurtres.
Mon ADN ne pourrait vous servir qu'à une seule
chose : constituer une référence pour la prochaine
affaire. Ensuite, il y avait un message un peu plus
crypté. *Sur quoi vont-ils se fixer la prochaine fois ?* Le

tueur faisait-il allusion à Rauser ? Ou à Rauser et à moi ?

J'ouvris la fenêtre des « Propriétés » du courriel, puis cliquai sur l'onglet « Détails » pour essayer de voir d'où il provenait. Il avait été envoyé à l'adresse de Rauser et à la mienne ; aucun autre destinataire n'était visible. J'examinai les infos disponibles sur l'expéditeur : il s'agissait de toute évidence d'une adresse établie par Atlas pour ce seul courriel et je savais qu'il serait inutile d'en remonter la trace ; elle ne mènerait sans doute pas au tueur. Lequel était tout de même culotté d'utiliser Internet pour communiquer. Neil et les informaticiens de la police n'auraient guère de difficulté à retrouver l'ordinateur à partir duquel il avait été envoyé. Atlas devait commencer à s'ennuyer.

Je me souvenais que la nuit du meurtre de David Brooks, je m'étais tournée vers la foule massée au-delà du ruban jaune, devant l'hôtel, avec l'impression de sentir la présence du tueur. L'atmosphère m'avait paru étrange, comme si la vibration d'une entité néfaste, menaçante, agitait l'air. J'étais certaine que les hommes de Rauser avaient examiné les vidéos des curieux filmés sur toutes les scènes de crime, qu'ils les avaient comparées et fait toutes les vérifications nécessaires. Mais peut-être faudrait-il les visionner à nouveau. Ce n'était pas une mauvaise idée. Et que penser du moment où je m'étais engagée sur le chemin de terre menant au chalet où William LaBrecque avait été tué ? Je fouillai ma mémoire. Il y avait des voitures sur la route goudronnée, oui, mais je ne me doutais absolument pas que j'allais tomber sur une scène de crime. J'allais juste arrêter un type qui tabassait sa femme et avait pris la fuite après avoir été libéré sous caution. Je ne cherchais que le pick-up bleu de cet homme-là. Pourquoi LaBrecque ? Quelle place occupait-il dans la série de meurtres d'Atlas ? Et comment ce dernier avait-il su que je me rendais là-bas, à la maison au bord du lac ?

Je lui ai donné LaBrecque. Aviez-vous deviné ? Quelle extase elle a dû connaître, cette excellente profileuse, quand elle a découvert la scène de crime ! Elle était toute seule, là-bas, au bord du lac, dans cette grande maison. Je n'aurais eu aucun mal à revenir m'occuper d'elle.

M'avez-vous réellement « donné » LaBrecque, Atlas ? Ou avez-vous vu les rapports de police et décidé de faire ce petit coup d'éclat ? Un peu de spectacle pour vous amuser ? Pour perturber la profileuse ? En quoi ma participation à l'enquête vous dérange-t-elle ? Et pourquoi, justement, n'êtes-vous pas revenu vous occuper de moi ce jour-là ?

J'avalai deux comprimés d'ibuprofène avec le décaféiné que m'avait apporté Barbra aux grandes lèvres rouges. J'avais encore mal à l'épaule, là où Roy Echeverria avait plongé ses canines dans ma chair, et une vilaine migraine m'attaquait le lobe frontal droit. Le rêve, la lettre, l'affaire, ce tueur – ce méli-mélo me fascinait et me dégoûtait tout à la fois. J'avais l'impression d'avoir plongé les orteils dans un bassin de requins. Et c'était bien sûr ce qu'il y avait de si attirant dans ce travail.

Vous vous demandez pourquoi David n'a pas été traité comme les autres, pas vrai ?

Oui. Dites-moi. Quelle différence entre Brooks et vos autres victimes ? Cet homme est une clé de votre passé, n'est-ce pas ?

Le tueur ne faisait référence à Brooks, dans la lettre, que par son prénom. Une fois encore, un signe de familiarité, voire d'affection. Mais une affection réelle ou symbolique ?

Et LaBrecque ? *Et William LaBrecque. Lui aussi, il est différent. Avez-vous seulement commencé à comprendre* en quoi *il est différent ?*

Non, bon sang, je n'y comprends rien, mais j'ai su, dès l'instant où j'ai vu le mort dans le chalet, que c'était vous qui m'aviez précédée dans cette pièce. J'avais vu vos marques sur son corps. Pourquoi les retournez-vous, Atlas ? Pourquoi sont-ils sur le ventre ? Rauser m'avait déjà posé cette question. Je n'avais toujours pas de réponse.

Je sortis mon carnet de notes et fis une nouvelle liste des victimes dans l'ordre des meurtres, puis je traçai des colonnes « date », « lieu » (séjour, cuisine, hôtel, maison de campagne…), « cause du décès », « heure du décès », « nombre de blessures antérieures à la mort », « *idem postérieures* à la mort », et finalement « temps de survie estimé, après le premier coup, d'après le légiste ». J'ajoutai une croix à côté des noms des victimes liées par leur métier ou par un procès au droit civil. Et une étoile, près du nom de Brooks, pour me rappeler qu'il y avait eu contact sexuel.

Je traçai une flèche depuis le premier nom, Anne Chambers, jusqu'au dernier, William LaBrecque. Ces deux personnes avaient été agressées de façon extraordinairement violente, avec un objet lourd, et elles étaient mortes sous l'effet d'un coup puissant. Avaient-elles un lien personnel avec le tueur ? Entre elles ? J'essayai de me souvenir du dossier d'Anne

Chambers. J'avais étudié le rapport de police, les rapports d'autopsie et de scène de crime, les photos, j'avais examiné tous les éléments matériels de l'affaire. Le tueur avait abandonné la victime à l'endroit où il l'avait agressée, sans la déplacer – classique dans son mode opératoire. Le meurtre d'Anne avait eu lieu dans sa chambre de résidence universitaire et il avait été particulièrement brutal. Elle avait de profondes écorchures, autour du cou et des poignets, à cause du fil de fer avec lequel Atlas l'avait attachée, et elle avait été si violemment tabassée avec un pied de lampe que les os de son visage et de son crâne avaient été brisés. Je repensai au visage de LaBrecque, au rouleau à pâtisserie ensanglanté sur le sol de la chambre. Sur ces deux scènes de crime seulement une arme avait été retrouvée. À demi conscientes et facilement manipulables après avoir été frappées, les deux victimes avaient été attachées avec du fil de fer, puis soumises à ce qui était désormais connu comme le rituel typique d'Atlas : il les avait poignardées et mordues dans le bas du dos, sur les fesses et sur les cuisses, ainsi qu'à proximité de leurs organes sexuels. Mais là, apparaissait une particularité dans le cas d'Anne Chambers. Elle avait aussi été pénétrée avec le couteau. Et son clitoris et ses tétons avaient été coupés. Le médecin légiste avait compté plus de cent coups de couteau sur son corps – preuve d'une rage et d'une frénésie sexuelles inimaginables. Aucune des victimes suivantes n'avait subi un tel traitement. Les scènes de leurs meurtres étaient aussi plus ordonnées, plus organisées. Il fallait en conclure, à mon avis, qu'il y avait eu un lien puissant, une relation passionnelle, entre le tueur et cette première victime. Je notai de comparer les rapports de labo d'Anne Chambers et de LaBrecque pour voir si le thème de l'humiliation semblait aussi fort chez ce dernier.

David Brooks avait connu un meurtrier différent, qui l'avait tué rapidement et par-derrière, en silence, avant de couvrir son corps d'un drap pour protéger sa dignité. Rien n'indiquait qu'il avait été victime d'actes de sadisme. Le sadisme a pour but la souffrance de la victime, et l'assouvissement de pulsions sexuelles au travers de la terreur et de la douleur endurées par celle-ci. Le comportement sadique ne peut, par définition, se prolonger après le décès de la victime, puisque celle-ci n'est plus consciente, ne peut plus souffrir, ne peut plus pleurer ou implorer son bourreau. Brooks avait été poignardé et mordu uniquement *après* son décès. Il ne pouvait en avoir souffert. Coups de couteau et morsures constituaient donc un événement rituel à caractère sexuel, pour le tueur, dont il avait un besoin irrépressible.

Anne Chambers avait souffert davantage. Elle avait été maintenue en vie plus longtemps et ses organes sexuels avaient été mutilés quand elle respirait encore. LaBrecque avait été tabassé de façon si violente que j'avais à peine reconnu la bouillie qui avait été son visage. Brooks avait moins souffert et il était le seul des trois à avoir un rapport avec le droit civil. Cependant, ils avaient tous une chose en commun : la mise en scène caractéristique d'Atlas, avec coups de couteau et morsures aux mêmes endroits du corps. Que fallait-il en déduire ?

Je renversai la nuque contre l'appuie-tête et fermai les yeux. Il fallait que je parle à Rauser. Je me demandais s'il avait déjà lu cette troisième lettre d'Atlas.

Qu'en pensait-il ? J'espérais de tout cœur qu'elle n'avait pas encore été envoyée aux journaux. L'anxiété m'envahit et ma gorge se serra à nouveau douloureusement.

18

L'aéroport Hartsfield-Jackson est colossal : une véritable cité grouillante de vie, mais sans âme ni réelle communauté, une ville de passants anonymes, idéale pour se perdre dans la foule. Vu de l'autoroute 85 ou de Turner Field, à quelques kilomètres au sud d'Atlanta, c'est une vaste tache brillante sous un ciel traversé par les traînées blanches des réacteurs.

Vu de l'intérieur, Hartsfield-Jackson donne le tournis. Dès l'instant où l'on pénètre dans les énormes terminaux par les portes vitrées automatiques, on se trouve dans un capharnaüm de panneaux, d'écrans d'affichage, de messages enregistrés diffusés par haut-parleurs, de trottoirs roulants, de bars et de salons, d'escalators, de moniteurs vidéo, de contrôles de sécurité, de boutiques, de restaurants, de métros, d'employés – quarante-trois mille ! –, de soldats, de flics, de chiens renifleurs et de voyageurs. C'est l'un des plus grands aéroports internationaux du monde, mal fichu partout où il ne faudrait pas – c'est un déluge d'informations, de sons et de lumières. Sauf si l'on y vient vraiment pour observer, pour scruter la scène pendant que les autres sont concentrés sur ce qu'ils ont à y faire. Tout à leurs préoccupations, les voyageurs ne sont que vaguement conscients, en dépit des menaces de l'époque et de la nécessité pour eux d'être attentifs, des gens qui les entourent. Il suffit de modifier un peu son apparence – des lunettes, une casquette, des vêtements aux couleurs et aux coupes anodines –, pour passer à côté d'une personne que l'on connaît, ou se tenir près d'elle dans une boutique de l'aéroport, sans risquer d'être reconnu. Ici, les gens ne se regardent pas vraiment. Ils aperçoivent des catégories et des stéréotypes : un voyageur, un client, un flic, un homme d'affaires.

À environ deux cents mètres de la porte par laquelle j'avais débarqué du vol de Denver, le hall B plongea brutalement en profondeur par des escalators abrupts conduisant aux trottoirs et aux métros souterrains. Du haut des marches de métal, je balayai la foule du regard. J'avais été formée à ce genre d'exercice. Je savais repérer le mouvement brusque, la démarche un peu étrange, le détail qui clochait, l'individu qui accordait trop d'attention à une personne en particulier. Je descendis vers le quai de la navette. Je portais un jean Levi's et un pull léger, sans manches, mais j'avais aussi chaud que dans l'avion depuis que j'avais lu la lettre d'Atlas. Ma petite valise à roulettes à la main et ma sacoche d'ordinateur en cuir noir à l'épaule, je lus un panneau d'affichage, au-dessus de ma tête, annonçant l'arrivée imminente d'un train. Je le sentis approcher dans les dalles du sol, par une vibration d'abord à peine perceptible, puis de plus en plus forte, accompagnée par un grondement sourd quelques instants avant que le train n'apparaisse le long du quai.

Dès que les portes en verre s'ouvrirent en chuintant, je me glissai dans le wagon au milieu des autres passagers ; j'attrapai une des poignées suspendues pour garder l'équilibre, et regardai les gens autour de moi. Il n'était pas du tout impossible qu'un sociopathe violent et égotiste comme celui que nous cherchions décide de me voir de ses propres yeux à mon retour. Qu'il veuille lire la peur, le stress, sur mon visage. Le jeu auquel Atlas s'adonnait – car c'était un jeu, pour lui, indiscutablement – consistait à briser et à affecter des vies. Et désormais il nous avait, Rauser et moi, dans sa boucle de communication. Il voudrait sans doute jouer au chat et à la souris pendant quelque temps. Mais étais-je réellement observée par quelqu'un, comme j'en avais le sentiment, ou avais-je cette réaction angoissée à cause de l'e-mail ? Je l'avais lu et relu et j'en avais encore la chair de poule. *Mon ADN ne pourrait vous servir qu'à une seule chose : constituer une référence pour la prochaine affaire... Mais bon ! Les médias adorent sortir les choses de leur contexte sans en livrer toute la substance, n'est-ce pas ? Sur quoi vont-ils se fixer la prochaine fois ?*

Le trajet à pied était long, à travers l'aéroport, après la navette, jusqu'au parc de stationnement de longue durée. En plein jour, déjà, celui-ci est mal éclairé et lugubre. Mais là, juste après minuit, il me procurait un sentiment des plus désagréables. Le trafic aérien était calme et seuls de rares gémissements de réacteurs, lointains, presque fantomatiques, couvraient le couinement des roulettes de ma valise sur le béton. J'avais l'impression que quelqu'un allait bondir sur moi de derrière les buissons. Bon, d'accord, il n'y a pas de buissons à Hartsfield-Jackson. Ce que je veux dire, ici, c'est que je n'étais plus capable de savoir si j'étais réellement en danger ou si je me laissais emporter par mon imagination.

Suis-je la prochaine sur la liste ? n'arrêtais-je pas de me demander. Non. Quel était le profil, en définitive, des victimes de ce tueur ? Comme les choisissait-il ? Nous avions découvert un point commun entre *certaines* d'entre elles, mais non entre toutes, et nous n'en savions pas assez pour comprendre le processus de sélection. Je me forçai à marcher à une allure normale, l'air calme, et je m'interdis de jeter des coups d'œil par-dessus mon épaule. Je voulais juste arriver à ma voiture. De temps à autre, j'entendais une portière claquer, le grondement d'un moteur qui démarrait, et ces bruits résonnaient de façon démesurée dans ma tête. Je me répétais, pour me rassurer, que ce tueur ne s'intéressait probablement pas du tout à moi. Il avait déjà laissé passer une occasion, en tout cas c'était ce qu'il prétendait, sur le lieu du crime LaBrecque. Peut-être aimait-il surtout *regarder*. Regarder alimentait ses fantasmes.

Regarder lui donnait l'illusion de la force, du pouvoir.

Il me fallut tout le courage que j'avais en moi pour ne pas lâcher ma valise et déguerpir à travers le parking. J'imaginais encore des yeux braqués sur mon dos quand je parvins – enfin – à ma vieille Impala. Avec le courriel d'Atlas, une certaine ligne avait été franchie. Jamais, pendant ma carrière au FBI, quand je travaillais sur toutes sortes de criminels récidivistes, quand j'établissais les profils psychologiques de tueurs en série, de pédophiles et de violeurs, jamais je n'avais été impliquée à titre personnel dans les affaires que je traitais. Il y avait toujours une barrière entre le criminel et le criminologiste – même si sur le plan émotionnel, bien sûr, ce travail causait de gros dégâts. J'avais ramené ces affaires et ces tueurs chez moi le soir, ils m'avaient accompagnée dans le lit que je partageais avec mon mari. Ils m'avaient causé d'innombrables insomnies et m'avaient obligée à me lever des centaines de fois au milieu de la nuit : un verre pour me calmer les nerfs, pour prendre du recul devant les actes abominables que j'avais passé la journée à reconstruire dans leurs plus pénibles détails. Et puis au matin, un verre avant le bureau pour engourdir le sentiment d'épuisement, repousser la dépression. Un verre, souvent, pour tuer la gueule de bois de la veille. Tout individu capable d'un certain degré d'empathie, j'en suis persuadée, est marqué en profondeur par cette aptitude à comprendre la souffrance des victimes. Et certains tiennent le coup mieux que d'autres, voilà tout. Quoi qu'il en soit, cette présence sombre n'avait jamais physiquement frappé à la porte de ma vie privée comme elle le faisait maintenant.

J'ouvris la portière, fourrai ma valise et ma sacoche d'ordinateur sur le siège passager et m'assis au volant le cœur battant la chamade. Dieu merci, mon père s'occupait de l'entretien de cette vieille Impala cabossée que je conduisais déjà au temps du lycée. Il avait tout revu dans le moteur, un V8 de quatre cent vingt-sept chevaux, et il l'avait entièrement restaurée juste avant que je n'entre à la fac. Elle en avait bien assez dans le ventre pour me permettre de semer un éventuel poursuivant. Même avec son trou dans le pare-brise, elle me rendait fière. Elle grondait comme un fauve et j'adorais le sifflement que j'avais dans les oreilles quand je roulais capote baissée. Normal, après tout : j'avais grandi et j'étais devenue majeure en Géorgie, entourée de voitures aux moteurs débridés et de types sexy en diable dans leurs jeans moulants. Quand Jimmy et moi étions gamins, ma mère préparait des paniers à pique-nique, le samedi après-midi, pour que nous allions suivre les courses de dragsters sur le circuit de Yellow River. Nous mangions du concombre au poivre noir et au vinaigre blanc, de la salade de pommes de terre dans des Tupperware, et de petits hamburgers que mon père laissait cuire trop longtemps sur un gril à charbon portable. Nous apportions une table à cartes et une nappe à carreaux qui étaient censées, je crois, ajouter une touche de classe à notre équipée. Les odeurs des pots d'échappement et de la gomme brûlée des pneus des dragsters faisaient partie du pique-nique. Et le bruit était absolument assourdissant. Mais le samedi, sur ce circuit de Yellow River, mon père était un homme heureux. C'était à peu près le seul moment de la semaine où il acceptait de quitter notre garage, dans lequel il bricolait inlassablement – et le seul moment où il n'entendait plus la voix de ma mère.

J'avais onze ans quand il avait décidé que je devais apprendre à conduire. Il m'avait mise au volant de notre vieux pick-up Chevrolet tout cabossé, sur un chemin de campagne, et il avait ri presque à en pisser dans son pantalon quand j'avais traversé la moitié d'un champ de maïs avant de trouver la pédale de frein. Plus tard, quand nous étions ados, mon frère et moi avions fait de longues virées silencieuses en voiture en sa compagnie. Nous nous arrêtions pour acheter des cacahuètes fraîches bouillies et des pêches gonflées de jus au bord de la route, et puis nous remontions dans le pick-up et nous continuions de rouler, rien que moi et mes yeux bridés, mon père à la peau rose et mon frère noir, sous le regard étonné des petits Blancs de Géorgie. Encore aujourd'hui, le vrombissement des pneus sur l'asphalte me berce comme le bruit de l'océan. Je peux conduire et conduire encore, et tout oublier.

Je tirai mon téléphone d'une poche de mon jean pour appeler Rauser. Il était connu pour se montrer parfois très grincheux envers les gens qui le dérangeaient en pleine nuit. Les inspecteurs tiraient à pile ou face celui qui se chargerait de le réveiller quand c'était absolument nécessaire.

— Y a intérêt à ce que ça vaille le coup, grogna-t-il dès qu'il prit l'appel. Il est minuit passé !

— C'est moi, dis-je.

Je venais de payer mon écot à la sortie du parking et dirigeais à présent ma vieille décapotable vers la sortie de l'aéroport.

— J'ai trouvé un e-mail, dans l'avion, une nouvelle lettre d'Atlas qui t'était adressée. Et il m'avait mise en copie. Ensuite… j'ai eu l'impression d'être observée quand je suis arrivée à l'aéroport. Mais à cause de la lettre, et d'un rêve insensé que j'avais fait juste avant, j'étais totalement flippée. Enfin je ne sais pas. Le temps d'arriver au parking, j'avais les nerfs en pelote. Je l'ai senti, Rauser. Je crois qu'Atlas attendait mon vol. Je ne sais pas pourquoi. J'ai juste…

— Hé, hé, attends un peu ! Qu'est-ce que tu dis ? Il y a une nouvelle lettre ?

Je m'arrêtai à un stop et regardai dans le rétroviseur. Trois voitures arrivaient derrière moi de trois directions différentes. Le conducteur de la première klaxonna agressivement quand il s'aperçut que je restais arrêtée au stop. À contrecœur, je pressai l'accélérateur et obliquai en direction de l'autoroute 75-85.

— Parle-moi pendant que je m'habille, ordonna Rauser. Et va moins vite. Il y a donc une lettre d'Atlas ? Par voie électronique ? Hmm… c'est peut-être une bonne nouvelle. Nous devrions pouvoir en remonter la trace.

Déjà plus calme que pendant ma traversée du parking, je lui détaillai le contenu de l'e-mail que j'avais trouvé dans ma boîte de réception.

Bientôt, le bruit de sa respiration changea dans l'écouteur. Je compris qu'il marchait à grands pas. Je l'imaginai verrouillant la porte de sa maison, puis se précipitant vers la Crown Vic garée au bord du trottoir.

— Tu crois qu'il te suit en ce moment ? demanda-t-il.

— Je ne sais pas. C'est absurde de penser ça, bien sûr. Il y a énormément de caméras de surveillance dans cet aéroport. Il doit se douter que ce serait dangereux pour lui.

— Hmm, nous n'allons quand même pas parier là-dessus. Prends ton temps, donne-nous quelques minutes si tu peux. Tu remontes par la 75-85, c'est ça ? Et tu conduis l'Impala ?

— Oui, et je viens tout juste de m'engager sur la 75-85.

J'entendis Rauser appeler des renforts sur la C.B. de sa voiture. Je roulais à petite allure pendant qu'il parlait avec ses hommes.

— Bon, Keye, me dit-il ensuite. Prends la sortie de Capitol Avenue et tourne autour du terrain de base-ball. Tu vas tomber sur des feux de circulation, alors garde les yeux ouverts. Verrouille tes portières, pour l'amour du ciel. Nous avons des voitures dans les parages. Je vais faire en sorte que les sorties de l'auto-route soient couvertes. Normalement, nous devrions pouvoir te récupérer sans problème.

Il marqua une pause, puis ajouta d'une voix sou-cieuse :

— Tu es sûre que tu ne fais pas une crise de para-noïa ?

— Je crois qu'il veut voir si la lettre m'a fichu les jetons. Il a besoin de savoir qu'il peut nous atteindre personnellement. Ça lui procure un certain sentiment de puissance. Il se sent maître du jeu.

Je regardai de nouveau dans le rétroviseur : per-sonne.

— Alors ne t'arrête pas, Street. Sous aucun pré-texte. Je me fiche qu'Angelina Jolie traverse la chaus-sée à poil et tortille du cul pour toi. Tu ne t'arrêtes pas, tu m'entends !

Je savais ce qui inquiétait Rauser. Lui et moi, nous ne connaissions que trop bien les méthodes employées par les tueurs en série pour kidnapper leurs victimes. Mon esprit calcula machinalement les risques aux-quels j'étais exposée. Circulation automobile quasi nulle un mardi après minuit. Il ne faut que quelques petites secondes pour briser une vitre de voiture et frapper le conducteur. Et je n'avais pas d'arme sur moi. J'étais chasseur de primes assermenté et j'avais un permis de port d'arme, mais à moins de voyager en compagnie d'un fugitif en état d'arrestation, je ne pou-

234

vais pas emporter mon Glock en avion – et même avec un fugitif, la procédure d'embarquement était particulièrement compliquée depuis le 11-Septembre.

— Brad Pitt sera là, lui aussi, à ton avis ? demandai-je à Rauser. Ou bien ce sera Angelina toute seule ?

Quand je suis nerveuse, je me cale sur des plaisanteries à deux balles. Une des choses que mon ex-mari détestait. Dan estimait que je me réfugiais dans l'humour, l'humour vaseux en particulier, pour éviter tout véritable dialogue, ou toute réflexion susceptible de me mener à une véritable compréhension de mes problèmes de fond. *Seigneur*. Dan n'a assurément pas la profondeur d'esprit qu'il faut pour identifier le moindre problème de *fond*.

Rauser ne goûte pas non plus la saveur de mes blagues. À certains moments, en tout cas. Il ne rit pas.

— Et si Brad se désape au milieu de la chaussée rien que pour moi ? insistai-je. Je m'arrête, là ?

Rauser lâcha enfin un petit rire.

— T'as vraiment un truc qui cloche dans ta tête, Street. Tu sais ça, non ? Je te rappelle dans quelques minutes.

Il raccrocha. Dans le rétroviseur, des phares me fixaient à présent comme des yeux de chat dans l'obscurité. Chaque voiture que je voyais derrière moi, chaque voiture que je croisais me procurait un frisson désagréable. Mais pourquoi avais-je ce sentiment bizarre, détestable, d'être la proie d'Atlas ? Nom de Dieu, j'avais envie d'écraser l'accélérateur et de mettre le plus de distance possible entre cette menace et moi. Je ne voulais plus avoir ce souffle brûlant sur ma nuque. Je ne voulais pas être si près du danger. Mais peut-être était-ce un mensonge. Peut-être la vie que j'avais vécue, et les pensées que j'avais laissées occuper mon esprit, les domaines que j'avais étudiés et dont j'avais parlé, et parlé encore au cours de ma carrière, peut-être tout cela avait-il créé une sorte de champ magnétique qui l'attirait vers moi, justement : la violence, cette chose qui m'effraie tellement qu'elle me fait grincer des dents et, en même temps, m'intrigue si profondément que j'y reviens sans cesse.

J'avais envie de prendre la première sortie de l'autoroute qui se présenterait, de couper les phares de la voiture et d'obliquer rapidement dans une rue transversale. Pour voir si j'étais réellement prise en chasse. Mais je suivis le plan de Rauser. Les avantages du travail d'équipe m'avaient bien été rentrés dans le crâne au FBI, et non sans raison. Les actions individuelles risquent de faire échouer la traque. Et quand le suspect est un tueur en série comme Atlas, les comportements perso risqués sont encore plus impardonnables.

À quelques kilomètres devant moi, la silhouette des gratte-ciel d'Atlanta se découpait sur le ciel nocturne comme un damier déchiqueté tenu à la verticale. La température était élevée et j'avais encore la puanteur du kérosène de l'avion dans les narines. Normalement, j'aurais baissé la capote et allumé la radio sur 102.5, mais la situation n'était pas vraiment…

Pan ! Un bruit semblable à un coup de fusil perça le silence de la nuit, interrompit le flot de mes pensées, me mit les nerfs à vif. L'Impala piqua du nez et vira tout à coup vers la droite en direction de la bande d'arrêt d'urgence. Je crispai les mains sur le volant, m'efforçant de garder le contrôle de la voiture tandis que sa roue avant gauche partait en travers de l'auto-

236

route en rebondissant sur la chaussée. Je me mis à déraper à quatre-vingt-dix kilomètres à l'heure sur trois roues et un bout d'essieu. Mon téléphone se mit à sonner au moment où je traversais la ligne blanche de la voie d'arrêt d'urgence dans un horrible crissement de pneus, puis heurtais la glissière de sécurité. La voiture rebondit lourdement sur le métal.

Je me souviens que l'Impala continua de filer sur l'asphalte en direction de la rambarde d'un pont, je me souviens que je ne la contrôlais plus du tout et je me souviens que les phares qui me suivaient à distance respectable quelques instants plus tôt se rapprochaient dans le rétroviseur.

Je ne me souviens pas d'avoir été projetée à travers le pare-brise.

19

Vous serez peut-être surpris d'apprendre que je suis une patiente très facile. Je ne fais pas partie de ces gens qui se plaignent de devoir rester cloués au lit et ronchonnent qu'ils veulent retourner au boulot le plus vite possible. Oh non. Pas mon style. Je me contente très bien de n'avoir rien à faire et de roupiller ou de regarder la télé en avalant les plateaux-repas de l'hôpital. Bon, je n'aurais pas dit non si l'infirmière m'avait apporté quelques comprimés de Demerol dans leurs mini-gobelets à eau à usage unique, mais apparemment on ne donne pas d'antalgiques de ce genre pour les commotions cérébrales. Eh non. Les médecins veulent que vous ayez toute votre tête pendant la période d'observation. Deux jours d'immobilisation et un rapide examen des pupilles toutes les demi-heures, voilà tout ce à quoi j'avais droit. Quand Rauser m'expliqua que j'avais eu beaucoup de chance par rapport à la patiente de la chambre voisine, qui était sortie de son accident de voiture avec vingt fractures et devait gober les plus lourds antalgiques du marché, je me surpris à rêver d'aller lui piquer quelques-uns de ses cachets de Dilaudid pendant qu'elle en écrasait. Je trouvais tellement dommage d'être ici et de ne même pas pouvoir me shooter un petit peu. C'était l'hôpital, pourtant : toxicomanie autorisée, zéro culpabilité.

Neil, qui testait sur lui-même, depuis l'adolescence, toutes les substances psychotropes imaginables, prit mes récriminations tellement au sérieux qu'il disparut une demi-journée et revint à mon chevet avec un Tupperware rempli de brownies au haschisch de sa confection, et un petit sachet de pilules vert et blanc dont il me jura qu'elles me « retourneraient les yeux dans les orbites ». Je jetai celles-ci à la poubelle et mis les gâteaux de côté.

J'étais à l'hôpital Piedmont, à Midtown, sans savoir comment j'étais arrivée là. Après l'accident, j'étais restée dans les vapes pendant plusieurs heures. Quand j'avais enfin ouvert les yeux, la tête labourée par des élancements atroces, j'avais trouvé les hommes de ma vie rassemblés autour de mon lit : Rauser, Neil et mon père – tous trois la tête hirsute, les vêtements froissés, une vilaine odeur de tabac froid sur la peau. J'étais assez étonnée de les voir et de me rendre compte que j'étais dans un hôpital – d'être encore en vie, à vrai dire. Je me souvenais d'avoir heurté la glissière de sécurité, je me souvenais que la voiture filait de travers sur la chaussée, incontrôlable, et je me souvenais d'avoir pensé, dans un éclair de lucidité douloureuse, que je m'étais trompée : le tueur ne s'amusait pas à m'observer ; il m'avait tendu un piège et à présent il me suivait – les phares dans mon rétroviseur – pour me capturer dès que mon véhicule serait immobilisé. Après quoi il jouerait avec moi, me ligoterait, me ferait subir Dieu seul savait quels supplices. Durant ces quelques secondes de dérapage, me semble-t-il, j'avais revu toutes les scènes de crime et toutes les photos de victimes sanglantes que j'avais pu examiner au cours de ma carrière.

Mais je devais maintenant m'adresser à mes admirateurs :

— Suis-je au paradis ? murmurai-je d'une voix chevrotante.

Rauser leva les yeux au ciel.

— Ça va. Elle est indemne.

Mon père, un homme assez terre à terre qui n'a jamais bien saisi mon sens de l'humour, m'embrassa sur le front et me prit délicatement les joues entre ses mains calleuses.

— Non, ma petite chérie, tu es à l'hôpital ! dit-il en détachant bien ses mots et en élevant la voix comme si l'accident m'avait écrabouillé la cervelle.

Merci, papa.

— Ta mère est partie chercher des cafés ! Elle revient de suite ! Diane est avec elle !

— Tu laisses Mère boire du café ? m'étonnai-je. Oh, super. Ça va m'aider à avoir moins mal à la tête.

— J'aurais dû faire installer de vraies ceintures de sécurité dans cette voiture, enchaîna mon père d'un ton dépité. Je m'en veux de ne pas y avoir pensé. Les vieilles ceintures d'avion que tu as là-dedans ne suffisent pas.

Au bout de quarante ans de mariage, mon père ne doutait même plus qu'il devait se sentir seul responsable de tout ce qui concernait, de près ou de loin, notre famille. Si quelque chose allait de travers, c'était automatiquement à papa qu'il fallait en faire le reproche. Les exceptions à la règle étaient rares. La culpabilité était une composante incontournable de la vie avec Mère.

— Ce n'est pas ta faute, objectai-je.

Je souffrais horriblement de la tête au moindre mouvement, mais je lui pris la main et fixai ses yeux bleus, pâles et chassieux pour ajouter :

— Ton erreur, par contre, c'est de m'avoir appris à conduire comme une dingue. Dans quel état est ma voiture ?

— Mal en point, comme toi, répondit mon père, et il désigna Rauser d'un coup de tête. Aaron l'a fait envoyer au garage de la police avant que je m'occupe de la faire réparer. Heureusement qu'il t'a vue déraper !

Rauser me lança un clin d'œil et je compris qu'il avait menti à mes parents au sujet de ce qui s'était passé sur l'autoroute. Que s'était-il réellement passé, d'ailleurs ? Avais-je eu un accident, ou quelqu'un avait-il trafiqué l'Impala ? Avais-je été suivie ? Les flics avaient-ils attrapé l'automobiliste qui roulait derrière moi ? Était-ce Atlas ? Je savais que je devais attendre de me retrouver seule avec Rauser pour avoir des réponses à ces questions. Pour le moment, mes parents étaient à mon chevet. Cela ne me dérangeait pas. J'étais contente de laisser tout le monde se bousculer pour être aux petits soins avec moi.

Une sonnerie étouffée s'éleva de la poche de Rauser. Il prit son portable en main, décrocha et écouta son correspondant.

— Donne-moi une demi-heure, répondit-il avant de rabattre le clapet du téléphone.

Il se pencha vers moi et me caressa la joue du bout des doigts.

— Le patron veut me voir, dit-il avec une moue résignée.

Rauser n'aimait pas être convoqué dans le bureau de Connor, le chef de la police. Il disait que ce n'était jamais bon signe. Il respectait Connor, mais leurs chemins s'étaient séparés depuis de longues années. Jefferson Connor avait l'âme d'un politicien et connaissait les rouages qui permettaient de grimper les échelons ; il avait toujours su, d'instinct, quand et où avancer ses pions. Rauser avait fait à peu près tout le contraire. Forte tête, il s'était même un peu trop souvent opposé à ses supérieurs. Connor appréciait les privilèges de sa position et adorait aussi, de toute évidence, être à la tête d'une administration complexe. Et il n'avait pas terminé son ascension. Il avait l'intention d'entrer un jour ou l'autre au gouvernement à Washington – et Rauser le croyait bien capable d'atteindre cet objectif. Rauser, quant à lui, avait résisté à toute promotion qui aurait pu l'empêcher de continuer à travailler sur le terrain. Quand il avait fini par accepter de prendre la tête de la brigade des homicides, il avait prévenu Connor qu'il refusait d'être enchaîné à un bureau et de jouer aux petits jeux de l'establishment. Le chef avait préféré accepter cette solution que le perdre.

— On se revoit très vite, me dit-il avant de se tourner vers mon père : Howard, vous faites en sorte qu'elle reste au lit, d'accord ?

— Ah oui !

La porte du couloir s'ouvrit à cet instant et ma mère s'avança dans la chambre, un plateau de gobelets de café entre les mains. Sur ses talons, Diane trimbalait une pile de beignets sous cellophane. Rauser lui en piqua un en quittant la pièce.

— Oh, ma petite mignonne, tu as tellement mauvaise mine !

Mère avait le visage étrangement bouffi et la peau brillante : Debbie Reynolds sous corticoïdes. Elle posa le plateau sur la table de chevet et me tapota la main.

— Oh, ma petite chérie !

Diane me souriait.

— Tu ne devrais pas être au travail, toi ? demandai-je.

— Pas quand ma meilleure amie est à l'hôpital après un grave accident de voiture. Margaret m'a donné son feu vert. Comment te sens-tu ?

— Comme si j'avais été plongée dans un seau de merde avant d'être roulée dans un énorme tas de cornflakes.

Tout le monde rit – sauf ma mère qui donna une claque sur l'avant-bras de mon père et l'admonesta :

— Mon Dieu ! Tu vois ce que tu as enseigné à tes enfants, Howard ?

— Jimmy ne parle jamais comme ça, fis-je remarquer.

— Oui, mais Jimmy est *gay* ! s'exclama ma mère.

Et, de façon inexplicable, elle frappa de nouveau mon père.

Ma convalescence prit fin abruptement deux jours plus tard. N'ayant trouvé aucune raison de s'inquiéter pour ma santé, le Piedmont me mettait à la porte. Lassée de regarder la télévision et d'engloutir de la gelée à tous les desserts, je m'en allai sans regimber.

Je rassemblai dans un petit sac les quelques affaires que j'avais dans la chambre. Mes gestes étaient encore lents. J'avais des élancements dans la tête et la morsure à l'épaule que m'avait infligée le comptable trop bavard me cuisait encore. J'enfilai le short, le haut en V noir, sans manches, et les sandales que Rauser avait eu la gentillesse de passer prendre dans mon appartement avec quelques produits de première nécessité – carnet de notes, stylos, dentifrice, brosse à cheveux, sous-vêtements et tampons. Je ne lui avais pas réclamé les tampons, mais il avait supposé, comme il le faisait chaque fois qu'il me trouvait soupe au lait, que j'en avais besoin. J'avais noté dans un coin de ma tête de lui en offrir une boîte la prochaine fois qu'il se montrerait un tantinet désagréable envers moi.

Je me brossai les dents et observai dans le miroir les contusions et les égratignures que j'avais sur le front, le menton, les joues et les bras. Le tueur se trouvait-il vraiment au milieu de la foule, ce soir-là, à la sortie de l'aéroport ? Avais-je croisé son regard, voire échangé un sourire avec lui ?

J'avais lu et relu ses lettres, pendant ces deux jours d'immobilisation forcée, et j'étais convaincue qu'il commettrait bientôt un nouveau crime. Atlas était dans une phase maniaque. Il nous écrivait, il narguait la police, il se sentait invincible. Et parce que j'étais apparue sur la scène d'un de ses meurtres en compagnie de Rauser, parce que j'avais été engagée pour établir son profil psychologique, il essayait de me prendre dans ses filets. Il voulait me montrer, il voulait montrer à Rauser et à tout le monde, que nous n'étions pas si futés que nous le croyions.

Neil avait préparé des dossiers très complets sur les passés d'Anne Chambers, de Bob Shelby, d'Elicia Richardson, de Lei Koto, de David Brooks et de William LaBrecque. Six victimes, déjà, dont nous avions connaissance. *Six victimes !* Six êtres humains massacrés pour assouvir l'appétit de sang d'un psychopathe. J'en étais malade. J'avais exploité toutes les informations les concernant – leur amis, leurs cercles sociaux, leurs milieux professionnels, leurs passe-temps et même leurs maladies – pour dresser leurs portraits psychologiques et tenter de comprendre les raisons pour lesquelles elles avaient été prises pour cibles par Atlas. J'avais rédigé mes notes sur des fiches cartonnées de format A6 que j'avais fixées au mur de la chambre avec du ruban adhésif de peintre qu'un type du personnel d'entretien de l'hôpital m'avait procuré.

La police n'avait pas réussi à déterminer si j'avais été suivie, à la sortie de l'aéroport, le soir où ma voiture avait perdu une roue avant de partir en travers de la chaussée. Le temps que les agents envoyés par Rauser arrivent sur place, suivis quelques minutes plus tard par Rauser lui-même, tout était terminé. Un automobiliste qui roulait derrière moi avait vu l'accident et s'était arrêté pour me secourir. Sachant qu'ils devaient intercepter toute personne susceptible de me vouloir du mal, les flics avaient hélas pensé au pire quand ils avaient vu ce bon Samaritain près de ma portière ouverte : ils l'avaient contraint à se mettre à plat ventre sur le bitume, l'avaient menotté sans ménagement, puis ils l'avaient emmené au commissariat pour l'interroger, si bien et si longtemps que nous étions tous certains qu'il ne ferait plus jamais la moindre bonne action. L'homme avait expliqué avoir vu l'Impala perdre tout à coup une roue, faire une violente embardée, heurter la glissière de sécurité, puis déraper sur la route pour être brutalement arrêtée, un peu plus loin, par la rambarde de sécurité du pont. Aucun autre automobiliste ne s'était arrêté, avait-il affirmé – aucun n'avait même ralenti, alors qu'il avait vu plusieurs voitures passer en trombe à côté de l'Impala accidentée. Lui, en revanche, je me rendais compte qu'il m'avait peut-être sauvé la vie en décidant de venir à mon secours. Nous n'en aurions jamais la certitude, mais j'imaginais bien le tueur passant là au volant de son véhicule et découvrant avec déception la présence inattendue d'un citoyen plein de bonne volonté.

Le labo avait conclu que ma roue avant gauche avait été trafiquée. Sans surprise, il n'avait trouvé aucune trace d'ADN et aucune empreinte digitale. Juste les marques d'un outil qui n'était pas bien adapté aux écrous de la roue.

Nous savions aussi que le parc de stationnement de longue durée de l'aéroport, contrairement aux autres parkings, n'était équipé de caméras qu'à certains endroits stratégiques : l'entrée, la sortie, l'ascenseur et les escaliers. Et les caméras de l'entrée et de la sortie filmaient uniquement les conducteurs et les plaques d'immatriculation arrière des véhicules. Tous ces enregistrements seraient visionnés avec attention, bien sûr, mais les moyens d'accès à l'aéroport Hartsfield-Jackson étaient nombreux. Les métros et les bus de la ville y pénétraient directement, sans parler des taxis et des minibus des sociétés de transport privées.

Cependant, nous gardions quand même espoir de tomber sur des images de vidéosurveillance utiles. Les terminaux d'Hartsfield-Jackson étaient comme les casinos de Las Vegas, m'avait expliqué Rauser : truffés de caméras, impossible de s'y cacher ! Les enregistrements de plusieurs d'entre elles étaient déjà entre les mains de la police et Rauser avait chargé deux agents de les visionner en suivant le trajet que j'avais emprunté de la porte de débarquement de mon avion jusqu'au parking. Ils devaient scruter les visages de toutes les personnes qui se trouvaient autour de moi et prévenir Rauser du moindre détail susceptible de l'intéresser.

Je commençais à penser aux piles de courrier qui m'attendaient à l'agence, aux innombrables messages qui encombraient sans aucun doute ma boîte vocale. Je n'avais même pas encore remis à leurs véritables propriétaires les cassettes que j'avais « achetées » à Roy Echeverria. Problème, je n'avais carrément aucune envie d'y aller avec ma tête d'accidentée de la route. Je devrais soudoyer Neil pour qu'il accepte de s'habiller décemment – un pantalon et une chemise de ville – et de livrer ces cassettes aux clients. La promesse d'un festin de gâteaux chez Southern Sweets suffirait peut-être.

J'étais en train de commencer à détacher mes notes du mur lorsque j'entendis la voix de Rauser dans mon dos :

— Salut, toi, dit-il d'un ton morose.

Je le regardai, perplexe. Il avait l'air un peu mal à l'aise.

— Asseyons-nous et parlons un petit moment avant que je te ramène chez toi, d'accord ? proposa-t-il.

Hmm... Jamais, de mémoire de Keye, on n'avait entendu Rauser s'exprimer de cette façon.

— Bon, reprit-il quand nous eûmes pris place côte à côte au bord du lit. Tu connais le climat en ville en ce moment, je suppose ? Les meurtres font beaucoup jaser. Tout le monde est sur les dents et très inquiet.

— À mon sujet ? demandai-je pour essayer d'alléger l'atmosphère.

Mais je me sentais soudain toute petite. Depuis l'enfance, il ne m'en avait jamais fallu beaucoup pour avoir l'impression de ne pas être à ma place au milieu des gens – d'être une sorte de mouton noir. Il me vint à l'esprit que c'était peut-être à cause de mes propres fragilités, de mon manque de confiance en moi, que j'avais accepté de m'impliquer dans l'enquête de Rauser. Essayai-je, avec l'affaire Atlas, de rempiéter mon ego ? De me prouver, de prouver à tout le monde, que je n'étais pas vraiment l'imposteur que je craignais d'être au fond de moi ?

— C'est pour ça que le patron voulait te voir ? relançai-je.

— Voilà ce qui se passe, dit Rauser. Un journaliste de télé – un mec de Channel 11 – s'est procuré des infos à ton sujet. Il a dégoté ton dossier personnel du FBI et... et celui de la clinique de désintoxication où tu as séjourné.

Oh, merde !

— Plus précisément, il a trouvé ces dossiers sur le capot de sa voiture, continua Rauser. Ensuite il s'est mis à creuser...

— Comment ça, « sur le capot de sa voiture » ? l'interrompis-je. *Qui* les lui a procurés ? Ces dossiers sont confidentiels !

Rauser sembla hésiter. Je compris qu'il avait d'autres mauvaises nouvelles pour moi.

— Écoute, Keye, Channel 11 a préparé un… Enfin, heu… Ils ont maintenant un putain de reportage au sujet de l'enquête et des personnes qui y participent. Ils ont interviewé Dan, qui parle de votre mariage et de ton alcoolisme.

— Dan ? répétai-je, stupéfaite.

La brûlure cuisante de la trahison me fit monter les larmes aux yeux.

— Si ça peut te consoler, tu n'es pas la seule à être écharpée. Je passe pour un imbécile complet. La chaîne a tout de même eu la décence de nous montrer le film avant diffusion, pour que nous ayons le temps de préparer une réponse avant que ce merdier ne nous éclate à la figure. Mais je dois te dire que ce que j'ai vu… Ce n'est pas bon du tout. Et le chef est carrément furax.

Il planta un index dans le matelas, entre sa cuisse et la mienne, pour ajouter d'une voix sourde :

— Nous… Nous avons besoin que tu n'aies plus de présence visible dans l'enquête. Mais j'aimerais quand même continuer d'avoir tes conseils. Officieusement. Et…

Je restai bouche cousue, comprenant qu'un autre missile allait me tomber en travers de la figure.

— Jacob Dobbs n'est plus simple consultant, Connor l'a nommé porte-parole du groupe d'enquête, conclut Rauser.

La nouvelle resta suspendue entre nous dans l'atmosphère de plus en plus pesante de la chambre. Je fixai mes pieds. J'étais incapable de regarder Rauser.

— C'est le mec du Bureau dont tu m'as déjà parlé, non ? demanda-t-il au bout d'un moment.

— Oui. C'est ça.

Je me mis debout, arrachai rapidement les notes sur le mur, balayai la chambre du regard pour m'assurer de n'avoir rien oublié.

Une petite blonde en tenue d'hôpital rose entra en trombe avec un bouquet de roses blanches : une douzaine de longues tiges aux feuilles d'un vert profond.

— Je suis bien contente de vous trouver ! s'exclama-t-elle de cette voix haut perchée, bizarrement optimiste, que le personnel hospitalier adopte souvent pour s'adresser aux patients. Ne sont-elles pas splendides ? Il y a quelqu'un qui vous aime, dirait-on !

Elle me faisait penser à un petit gâteau jaune recouvert d'un glaçage rose. Elle posa les fleurs sur la table et nous offrit un sourire radieux. Comme nous ne réagissions ni l'un ni l'autre, son sourire se décomposa ; elle quitta la pièce si penaude que j'eus l'impression d'avoir donné une taloche à un chiot.

— Ça veut dire quoi, au juste, « plus de présence visible » ? demandai-je en attrapant l'enveloppe glissée au milieu du bouquet de roses. Et qu'entends-tu par « officieusement », Rauser ? Le fait que tu aies *officieusement* besoin de mon aide, ça me paraît vouloir dire que je cesse *officiellement* d'être payée.

Je déchirai brusquement l'enveloppe. Le papier me récompensa de mes efforts en m'entaillant le doigt.

— Attends, attends, dit Rauser, les mains levées.

C'était le seul geste d'apaisement qu'il semblait connaître : paumes en avant, le corps légèrement incliné en arrière, comme s'il cherchait à calmer un fauve avant qu'il ne lui saute à la gorge.

Un chèque-cadeau de la compagnie de pneus Goo-
dyear s'échappa de la carte qui se trouvait dans l'enveloppe : un bon pour un équilibrage des roues de ma
voiture. Je soupirai et ouvris la carte, m'attendant à y
trouver le gribouillis de la signature de mon père. Mais
je me trompais.

*Il est tellement important de bien entretenir sa
voiture !*

*Je regrette que vous ayez eu cet accident. Mais
je vous félicite de ce début de carrière très promet-
teur à la télévision !*

A.

20

Nous parlâmes à peine pendant que Rauser me reconduisait chez moi. J'essayais d'encaisser les nouvelles qu'il m'avait annoncées à l'hôpital : le reportage assassin de Channel 11 – avec une interview de mon ex-mari ! – et Jacob Dobbs engagé pour me remplacer, maintenant que j'étais *officiellement* éjectée de l'affaire. Ou était-ce *officieusement* ? Quant à la douzaine de roses blanches accompagnées du « A » désormais familier d'Atlas, c'était la cerise la plus pourrie sur le gâteau le plus dégueu qui se pût imaginer.

Mon téléphone sonna. Rauser ne détacha pas les yeux de la route.

— Devine quoi ? me dit Diane quand je pris l'appel. J'ai des réservations chez Bacchanalia. Toi et moi, nous avons une bonne grosse séance de papotage à nous payer.

Bacchanalia est un restaurant de grande classe proche de la Quatorzième Rue, à la lisière de Midtown. Tellement au-dessus de mes moyens que je dois me hisser douloureusement sur la pointe des pieds pour en payer l'addition. Mais Diane et moi nous offrons quand même ce plaisir une fois par mois.

Je baissai le pare-soleil pour regarder mes contusions, mes égratignures, mes coupures au visage dans le miroir de courtoisie. Et je grognai :

— J'ai vraiment une sale gueule.

— Super ! dit Diane en riant. Nous ferons comme si tu étais l'esclave et moi la maîtresse.

Nous prîmes place à notre table en début de soirée. Avec ses nappes blanches et ses lumières tamisées, Bacchanalia était un endroit parfait pour un dîner entre copines qui avaient des tas de choses à se raconter, mais il ne pouvait dissimuler l'horrible bruit de succion induit, à l'arrivée de l'addition, par la fuite d'une part substantielle de nos revenus. Tant pis. Ce restaurant vaut chaque sou qu'on y dépense. Dès la première bouchée, vous comprenez que la chef met le meilleur d'elle-même dans son art. Sa carte est riche et courageuse, elle varie avec les saisons, cuisine des produits locaux, et chaque menu propose quatre plats.

Diane commanda une salade de roquette, du flet de Virginie fumé aux copeaux de pastèque, des cavatellis à la ricotta et un gâteau d'asperge à la glace italienne au citron. Je commençai avec des gnocchis – quand il s'agit de me gaver de mauvais glucides, j'aime bien y aller franco – pour enchaîner avec un vivaneau grillé, une salade de pecorino romano, de fèves et de fenouil, et un soufflé à l'orange sanguine. Exactement ce dont j'avais besoin après les œufs lyophilisés du petit-déjeuner, les patates lyophilisées du déjeuner et du dîner, et l'excès de desserts à base de gelée que je m'étais payés à l'hôpital. J'étais affamée.

Un serveur en veste blanche nous apporta une miche encore tiède de pain au romarin qu'il trancha devant nous sur la table. Diane commanda un cosmopolitan au jus de sureau pour elle, un café pour moi.

Je lui parlai du sentiment que j'avais eu, le sentiment d'être suivie à l'aéroport, je lui racontai comment ma voiture était partie dans le décor sur l'autoroute, j'évoquai les roses blanches et le fouille-merde de la télévision qui s'apprêtait à étaler mon passé peu glorieux d'alcoolique et les tripes de mon mariage raté sur tous les écrans d'Atlanta. Elle m'écouta avec attention, sirotant lentement son cocktail, sans jamais détacher ses yeux bleus de mon visage. Elle portait une veste en lin cintrée sur une jupe noire et des escarpins à lanières. Diane aimait séduire, et ce soir elle était habillée pour. Ses cheveux blonds mi-longs étaient coiffés derrière ses oreilles, quelques bouclettes rebelles retombant sur ses joues.

— Te sens-tu en sécurité, maintenant ? demanda-t-elle d'un air inquiet.

Voilà pourquoi j'adorais Diane. Depuis notre toute première rencontre – nous avions alors six ans –, elle se faisait du souci pour moi. Je passai la lame de mon couteau sur le beurre pour tartiner un morceau du pain tiède et délicieusement parfumé qui se trouvait dans la corbeille. J'avais trop faim pour attendre davantage.

— Je sais que ça peut paraître étrange, mais je ne pense pas qu'il veuille réellement me faire du mal. Je crois qu'il essaie juste de me faire peur. Pour que je lâche l'enquête, sans doute.

Les entrées arrivèrent. Nous nous régalâmes. Les gnocchis étaient divins.

— Assez parlé de moi, maintenant, dis-je.

Diane rit.

— Ne raconte pas de bêtises. On ne parle jamais assez de toi.

Elle vida son verre et fit signe au serveur de lui en apporter un autre.

— Alors ? relançai-je d'un ton autoritaire. Tes nouvelles amours ?

— Jusqu'à maintenant, c'est génial. Tu remarques que je nuance mon jugement, n'est-ce pas ? Mais Dieu sait s'il y a longtemps que je n'avais pas connu ça !

Je pouffai de rire.

— Heu… je crois tout de même qu'il n'y a que six ou sept semaines que tu as largué Brad.

— Blake, rectifia Diane. Quand j'y pense… qu'est-ce que je fichais avec ce mec ? Il était tellement… cradingue.

— Hmm, peux pas dire le contraire. Mais c'est un style.

— Et il embrassait fabuleusement bien. Ça, il faut le reconnaître.

— À propos, tu es splendide ce soir. Tes fringues, là… Ça sort de chez Armani, non ? Tu as été augmentée ou quoi ?

Diane sourit telle une enfant ravie.

— J'ai plein de nouveaux trucs comme ça dans mon armoire. Le week-end dernier, nous avons passé tout un après-midi à faire du shopping.

— Il t'a emmenée faire les magasins ! m'exclamai-je, stupéfaite. Ouaaaah ! Ça fait un peu… Richard Gere dans *Pretty Woman*, non ?

— Oh, je t'en prie, Keye. Laisse-moi m'amuser, d'accord ? Je pense que c'est… c'est vraiment gentil de sa part.

Le serveur approcha avec le deuxième cosmo au sureau de Diane. Le cocktail, servi dans un verre à martini, avait une jolie teinte lavande et était recouvert d'une mince couche de glace pilée. Son parfum me chatouilla les narines.

— Je bois pour ceux qui ne peuvent pas boire, dit Diane en levant le verre. À ta santé !

— Tu es l'abnégation incarnée, répondis-je en riant.

Elle but, posa le verre et me regarda droit dans les yeux.

— Ce coup-ci c'est différent, Keye. Je crois que c'est le grand amour.

Je souris comme si j'étais vraiment contente pour elle. Et je l'étais, d'une certaine façon. Diane croyait en l'amour. Elle y croyait très, très fort. Elle était persuadée que chacun avait sa moitié quelque part, son âme sœur, *la* personne parfaite. J'y avais cru, moi aussi, à tout ça. Jadis.

— Raconte-moi tout, alors ! Nom, grade, matricule...

— Bonsoir, docteur Street.

Je sursautai en découvrant l'homme qui s'était subitement matérialisé près de notre table. Et m'exclamai d'une voix trop haut perchée :

— Jacob !

Ma fourchette m'échappa et heurta mon assiette avec un claquement sonore. Jacob Dobbs ! Je n'en revenais pas. Je n'aurais pas été plus choquée si quelqu'un m'avait frappée sur le pouce avec un marteau.

— Pardonnez-moi de vous déranger, mais je ne pouvais pas ne pas venir vous saluer, dit-il, et il écarquilla les yeux quand il tourna la tête vers Diane. Ma parole ! A-t-on jamais vu plus jolie femme que vous !

Comme d'habitude, il portait un costume parfaitement ajusté, aux épaules carrées. Il aimait dégager cette impression de puissance. Il était rasé de frais ; je sentais son after-shave. Ses yeux bleus pétillaient au milieu de son visage pâle.

Tout sourire, Diane tendit la main pour serrer celle de Jacob. Il la saisit, inclinant le buste, pour la baiser délicatement. Elle rougit jusqu'aux oreilles.

Il fallait que j'intervienne :

— Jacob, je vous présente mon amie Diane Paulaskas. Diane, je te présente Jacob *Dobbs*. Mon *ancien* patron.

L'information mit quelques instants à remonter le courant des cosmopolitans qu'elle avait déjà ingurgités, mais j'eus bientôt la satisfaction de voir son sourire mourir sur ses lèvres.

Sans nous demander notre avis, Dobbs attrapa une chaise à la table voisine et s'assit avec nous. Il remit sa cravate en place avant de me dire avec son accent british de grand maître du théâtre shakespearien :

— Bien, bien ! Vous avez l'air en forme. Je suis content de vous voir dans cet état.

Un serveur apporta nos salades. Grand seigneur à sa façon, Dobbs lui annonça que notre addition devait être ajoutée à la sienne. Diane commanda illico un autre cosmo à vingt dollars et me lança un clin d'œil.

Il y avait plusieurs années que je n'avais pas parlé à Dobbs. Je l'avais vu à la télévision, bien sûr, comme tout le monde, quand les plateaux avaient besoin d'un commentateur photogénique pour expliquer pourquoi les tueurs tuent. Les médias adoraient faire appel à

Dobbs en tant qu'« expert ». Il était passé maître dans l'art de donner l'impression de parfaitement s'y retrouver dans les méandres des profils psychologiques des meurtriers. En le regardant, je me dis tout à coup : *Oh, et puis merde. Ça fait tellement longtemps. Pourquoi ne pas enterrer la hache de guerre ?* Si j'étais impolie avec lui maintenant, en plus – juste après avoir été éjectée de l'affaire Atlas –, je risquais de donner l'impression d'être amère et jalouse.

— Vous aussi, vous avez l'air en forme, dis-je. Vous êtes seul ?

Il hocha la tête.

— Je ne peux pas ne pas passer par Bacchanalia quand je suis en ville. La chef est une vieille copine. Voulez-vous faire sa connaissance ?

— Ce ne sera pas nécessaire, mais merci.

Léger sourire blasé de Dobbs. Ses yeux glissèrent sur moi, lentement, et je sentis mon corps tout entier se raidir contre ce regard. *Salopard*, ne pus-je m'empêcher de penser. Ses yeux passèrent sur la table, ma tasse de café presque vide, mon verre d'eau, puis revinrent très délibérément sur ma poitrine, mon cou, mon visage, et à nouveau sur ma poitrine.

— Toujours sobre, à ce que je vois ? demanda-t-il, relevant enfin les yeux vers les miens.

Diane prit son troisième cosmo de la main du serveur et dit :

— Je ne veux pas paraître grossière, monsieur Dobbs…

— Jacob, je vous en prie.

— Ce soir, à vrai dire, monsieur Dobbs, nous aimerions rester entre filles.

Je souris, étonnée par son aplomb. Étonnée aussi de l'entendre persister à l'appeler par son nom. En présence de personnalités imposantes comme Dobbs, Diane était en général plutôt du genre à minauder. Je songeai que sa froideur, là, tout de suite, en disait long sur sa loyauté envers ceux qu'elle aimait vraiment.

— Mais c'est très, très gentil à vous de régler notre addition, ajouta-t-elle.

— Je ne veux pas vous importuner. Enchanté d'avoir fait votre connaissance, Diane, dit Dobbs, et il se leva. Docteur Street, je vous demanderai de nous remettre toutes vos notes et vos dossiers sur l'affaire qui nous intéresse. Trouvons le temps de régler ça très bientôt, d'accord ?

— Sans problème, dis-je. Et Jacob... Ravie de vous avoir revu. Ça m'a rappelé que vous êtes un bel enfoiré.

Dobbs posa deux doigts sur mon épaule.

— Prenez un verre de quelque chose, Keye. En général ça vous calme bien les nerfs.

Il s'éloigna, torse bombé, nez en l'air, très à l'aise dans son costume et ses chaussures de luxe.

Diane lâcha un bruyant soupir. Elle semblait un peu pompette.

— Pff ! C'était assez intense, cette rencontre.

Je songeai qu'il vaudrait mieux que je prenne le volant et nous ramène toutes les deux à mon agence après le dîner. Diane but deux autres cosmo et dut se tenir à mon bras pour quitter le restaurant.

Quand nous arrivâmes à l'agence, où je savais que nous allions devoir nous coltiner le reportage de

Channel 11, Neil avait déjà préparé un gigantesque saladier de pop-corn. Il me fit gentiment la conversation, s'efforçant de me changer les idées. Sans succès. Enfin nous nous installâmes tous les trois dans les canapés en cuir, devant l'immense télévision descendue d'entre les poutrelles du plafond, et nous regardâmes le reportage de Channel 11 sans échanger un mot. Sonnés. Le journaliste avait consulté toute une ribambelle d'« experts » pour critiquer le travail du groupe d'enquête de la police d'Atlanta, de l'institut médico-légal, du labo de la police scientifique et technique. Ils critiquèrent si bien qu'ils remirent même en question les actions des policiers en uniforme présents sur les scènes de crime. Mon nom fut jeté en pâture aux téléspectateurs en même temps que celui d'un voyant extralucide que la police d'Atlanta avait consulté une seule fois, des années auparavant, et nous fûmes tous – ce voyant, moi, Rauser et d'autres – soumis à un matraquage en règle. Dans ses commentaires, le journaliste laissait plus ou moins entendre que Rauser avait engagé un ramassis de soulards et de cartomanciens pour tenter d'élucider les meurtres d'Atlas. Dan fit son apparition. Il expliqua avec beaucoup de douceur, des larmes dans les yeux, que mon alcoolisme avait détruit notre mariage et que je n'avais peut-être pas été de taille à supporter les exigences d'une carrière au FBI. On vit ensuite Neil sortant de l'agence une canette de bière à la main. Puis les familles des victimes qui, confrontées aux « révélations » du journaliste, se déclarèrent en toute logique choquées et furieuses face à tant d'incompétence. Nombre des personnes interrogées pleuraient à l'écran. Pour finir, les téléspectateurs se virent appelés à se montrer très prudents tant que le tueur continuerait de rôder dans les rues d'Atlanta.

Mon téléphone sonna : Rauser, qui voulait prendre de mes nouvelles. Il n'avait pas vu le reportage. Il avait mieux à faire, me dit-il. Il avait reçu l'ordre de se faire discret. Le maire, le chef de la police et sa porte-parole, Jeanne Bascom, assureraient désormais eux-mêmes les conférences de presse. Il me répéta qu'il était désolé, vraiment, vraiment désolé de m'avoir entraînée là-dedans. Il voulait que je lui promette de le tenir au courant de tous mes déplacements. Il me croyait encore en danger. De mon côté, j'estimais que le tueur avait obtenu ce qu'il voulait me concernant. Les gros titres des journaux, le reportage de la télévision, le chef qui m'évinçait de l'enquête, les e-mails, les roses – tout ça orchestré par lui dans le but de nous faire honte, à la police d'Atlanta et à moi, et de se montrer plus futé que tout le monde, de jubiler. Certes, il pouvait se lasser de ces distractions et décider de me faire sérieusement du mal, mais… j'étais prête à parier qu'il n'avait pas ce projet en tête.

Dan appela pour me consoler après avoir vu ce reportage « très embarrassant » sur la chute vertigineuse qui m'avait vue passer d'agent spécial du FBI à patiente de clinique de désintoxication. Il affirma qu'il n'avait absolument pas pu se douter que le reportage donnerait cette vision des choses, et que ses propos avaient été grossièrement déformés. Il leur avait raconté l'histoire de ma grande force de caractère et de ma guérison, dit-il. Le problème, confessa-t-il aussi, c'était qu'il avait été content d'être interviewé ; il espérait que cette apparition devant la caméra l'aiderait à relancer sa carrière. Il n'avait pas du tout compris qu'il nous ferait passer tous les deux pour des andouilles. Et sur ce point, malheureusement, je le croyais.

Mère appela ensuite. Mon père n'est pas un adepte du téléphone ; il est plutôt du genre à exprimer son mécontentement par des grimaces et des grognements.

— Je te jure, Keye, tu aurais pu nous badigeonner sur place de beurre, tellement nous étions sonnés ! dit ma mère. Nous étions en train de regarder Joyce Meyer[1], et puis ton père, tu sais comment il n'arrête pas de tripoter la télécommande, a changé subitement de chaîne. Il refuse de l'admettre, mais les femmes qui sont capables de parler de leur foi à la télévision l'intimident, c'est certain. Reconnais-le, Howard ! Tu n'aimes pas que les femmes aient du pouvoir, n'est-ce pas ? Enfin bon, tout à coup c'est toi que nous voyons à l'écran. Notre fille, à la télévision ! Et ces choses qu'ils racontaient, oh, mon Dieu ! Bénie sois-tu, ma petite mignonne. Ton frère nous a appelés. Il dit que le reportage a aussi été diffusé à Washington. C'est incroyable, non ?

— Fils de putes, ces journalistes, marmonnai-je d'un ton amer.

— Keye, pour l'amour du ciel, depuis quand t'es-tu mise à jurer comme un charretier à longueur de journée ? Ce n'est pas du tout séduisant, sais-tu ? Howard, as-tu entendu ça ? J'espère que tu es fier ! Ta fille parle exactement comme toi !

Je demandai à Neil de reconduire Diane chez elle. L'alcool l'avait sonnée et elle ne disait plus grand-

---

1. Célèbre auteure chrétienne et télé-évangéliste.

chose depuis une heure. Je ne voulais pas qu'elle prenne le volant. Quant à moi, j'avais hâte de me retrouver au fond de mon lit, avec Racaille sur le ventre, pour regarder des inepties à la télévision. Au cours des deux dernières semaines, j'avais retiré des éclats de verre de mon cou et de mes avant-bras avec une pince à épiler après m'être fait canarder au fusil à pompe par un criminel en fuite, j'avais été frappée à l'arrière du crâne par un mug volant et j'avais failli me prendre une balle tirée par une femme maigrichonne et rageuse à cause d'une minable citation à comparaître comme témoin, j'étais tombée sur une scène de crime d'Atlas, je m'étais battue avec un comptable qui avait planté ses dents dans mon épaule, j'avais été projetée à travers le pare-brise de mon Impala (lui-même blessé par la balle susmentionnée), j'avais été officiellement virée du groupe d'enquête de Rauser, hospitalisée, libérée et livrée en pâture aux médias, j'avais vu mon ex-mari disséquer notre mariage dysfonctionnel devant les caméras de télévision, j'avais vu des inconnus parler devant les mêmes caméras de mon séjour en clinique de désintoxication et de mon passé au FBI, enfin j'avais reçu des roses, des roses blanches, de la part d'un tueur en série sadique. *Oh, joie.* Quelle était la signification de ces roses, d'ailleurs ? me demandaije. On utilisait les roses blanches aux mariages – symboles de pureté de l'union amoureuse. Fallait-il en déduire qu'Atlas nous voyait engagés dans une sorte de relation, ainsi qu'il l'avait probablement pensé au sujet de David Brooks, ainsi qu'il le pensait sans doute au sujet de Rauser et de tous ceux qu'il attirait dans sa vie fantasmatique tordue ? Cela dit, les roses blanches étaient aussi utilisées aux enterrements.

Rauser avait rattrapé la femme qui avait apporté le bouquet dans ma chambre. Les roses avaient été déposées à l'accueil de l'hôpital, au rez-de-chaussée, dans une autre aile que celle de ma chambre, puis étaient passées entre de nombreuses mains avant d'arriver jusqu'à moi. Rauser avait donné l'ordre à ses hommes de visionner les enregistrements de vidéosurveillance de l'hôpital ; il avait aussi emporté les roses et la carte au labo de la police.

— Regarde un peu ça, dit Neil, désignant notre écran géant.

Il était en train de chercher ses tongs tandis que Diane l'attendait à la porte, une main sur le chambranle pour ne pas perdre l'équilibre. Un bandeau, en haut de l'écran, annonçait : « EN DIRECT ». Plein cadre, Jacob Dobbs se tenait sur les marches en marbre blanc du tribunal du comté de Fulton, dans son costume à six mille dollars, face à un essaim de journalistes.

Dobbs avait été l'un des fondateurs de l'Unité d'analyse comportementale du FBI. Pendant que j'étais en désintoxication, il avait quitté le Bureau pour fonder une société de conseil en investigation criminelle. Il était connu dans le monde entier. Mais il s'était renié. Ses conclusions n'étaient plus aussi scientifiques, aussi rigoureuses qu'autrefois. Il se faisait payer extrêmement cher pour bâtir des profils, sans se donner la peine d'examiner à fond les données des enquêtes. Il omettait aussi de préciser que ses hypothèses étaient équivoques. À vrai dire, ses profils ressemblaient à des dossiers de presse améliorés. Tous ceux qui avaient encore un minimum de conscience professionnelle dans le métier le savaient. À mes yeux, il avait trahi sa science et totalement embobiné les médias.

La colère m'envahit quand je le vis se pencher pour parler dans les micros des plus grands réseaux de télévision du pays. Il était seul. Ni maire ni chef de la police. Rien que lui à l'image, son visage pâle, ses fines rides autour des yeux et sur les pommettes, sa mâchoire carrée – sans oublier la fameuse cicatrice qu'il avait sur la joue droite depuis qu'un dangereux tueur avait fait irruption dans sa vie privée. Dans sa propre maison. Dobbs, sa femme et ses enfants étaient couchés, à l'étage, quand l'un des assassins sur lesquels il enquêtait à l'époque avait brisé une fenêtre pour s'introduire dans le salon. Avec l'intention de massacrer tout le monde. Mais Dobbs avait su sauver les siens, bien sûr, héros qu'il était. C'était une histoire terrible et électrisante, que je l'avais entendu raconter à sa façon bien à lui, c'est-à-dire faussement modeste, en insistant sur la terreur absolue qu'il avait éprouvée lorsqu'il avait découvert, puis tué le meurtrier, sur son canapé, alors que sa famille se trouvait juste au-dessus.

— La police d'Atlanta m'a demandé d'étudier le profil du tueur qui se fait désormais appeler Atlas, annonça-t-il avec son impeccable accent british. Et j'ai hâte de commencer à travailler avec le groupe d'enquête.

— Monsieur Dobbs ! hurla un reporter. Que pensez-vous du travail de la police d'Atlanta sur cette affaire jusqu'à aujourd'hui ?

Jacob Dobbs tricota des sourcils et se composa une expression adaptée à la gravité de la situation.

— J'ai énormément de respect pour la police d'Atlanta. J'ai eu le privilège de travailler avec elle sur l'affaire des meurtres d'enfants, il y a quelques années, dont vous devez tous vous souvenir. Wayne Williams a été arrêté, faut-il le rappeler, et les meurtres ont cessé. De même, le tueur qui martyrise la ville aujourd'hui sera bientôt hors d'état de nuire.

Un autre journaliste lança :

— Pensez-vous avoir été engagé parce que la police d'Atlanta n'a pas été capable d'arrêter Atlas ?

Dobbs esquissa un sourire presque peiné.

— Je crois qu'il vaut mieux pour la ville et pour les familles des victimes que nous allions de l'avant, pas vous ? dit-il, et il regarda directement la caméra avant d'ajouter : Il ne fait aucun doute que l'enquête est désormais menée avec toute la compétence professionnelle voulue.

Sur ces mots, il descendit avec assurance les marches du tribunal – l'homme qui avait les réponses. Je projetai le saladier de pop-corn que j'avais sur les genoux vers l'écran.

J'arrivai à l'agence de bonne heure le lendemain matin. J'avais beaucoup à faire. Factures à payer, factures à encaisser, virements bancaires, le courrier à traiter, les messages de la boîte vocale à écouter – toutes ces choses s'empilaient, s'amassaient et devenaient quasi ingérables. J'avais envie de tout ficher à la poubelle et de repartir de zéro. Ou d'ignorer ces saloperies qui finiraient peut-être par disparaître d'elles-mêmes. La vérité, c'est que je ne suis pas taillée pour les corvées de bureau. Ranger des documents, pour moi, c'est une forme de torture. Ça me rend presque malade. Ça me donne de l'urticaire. Sérieux, j'admire les gens atteints de troubles obsessionnels compulsifs qui ont des bureaux impeccablement rangés parce qu'ils classent le moindre document dès qu'il leur tombe entre les mains. Pas du tout mon genre. Pas celui de Neil non plus. Il fallait que j'engage quelqu'un pour gérer ces machins-là, bon sang, mais cette perspective me fichait la trouille. Engager quelqu'un, ce n'est pas juste engager *quelqu'un*. C'est engager sa famille et ses problèmes personnels, ses maladies et ses difficultés financières, ses habitudes bizarres et ses amis non moins bizarres. C'est aussi devoir partager les toilettes avec un inconnu. C'est un peu comme coucher avec un nouvel amant, mais sans les avantages évidents de la partie de jambes en l'air.

Un bruit familier retentit devant la porte de l'agence : *Pouet, pouet !*

Je souris. L'arrivée de Charlie était une interruption bienvenue. Je me demandai ce qu'il avait chapardé aujourd'hui – ce qu'il m'apportait niché au creux de sa casquette de base-ball. Il était trop tard pour les mûres, pour les figues aussi, et il faisait encore trop chaud pour les pensées.

— Où tu étais ? me demanda Charlie dès qu'il eut poussé la porte. On devait manger ensemble chez Fritti, tu te souviens pas ?

Il tenait sa casquette à deux mains contre son ventre et me regardait d'un air soucieux. Il parlait trop fort, comme d'habitude. Le volume de sa voix lui échappait complètement.

Fritti est le nom d'une pizzéria napolitaine qui se trouve un peu plus bas dans notre rue. L'odeur de sa pâte à pizza parvient jusqu'à nous quand le vent souffle dans le bon sens – et parfois elle me rend folle. Fritti prépare une pizza aux artichauts et aux olives noires qui a de quoi donner le tournis. Et la panna cotta est comme du velours sur la langue.

— Charlie, mince, j'ai complètement oublié. Je suis vraiment, vraiment désolée. Tu as attendu longtemps ?

— Vingt minutes.

Il fit un pas en avant et se tourna pour fermer la porte. Il n'avait pas son habituel sourire un peu niais. Je remarquai que ses cheveux commençaient à se clairsemer sur le pourtour de son crâne. Il n'y avait rien pour moi dans sa casquette.

— Je suis superdésolée, dis-je. J'ai énormément de travail et les choses ont été assez dingues, ces temps-ci. J'ai oublié. On peut y aller maintenant, si tu veux ?

— Je n'ai plus faim, dit Charlie avec un sérieux que je ne lui avais jamais vu. J'étais inquiet. Tu étais avec M'sieur Man ? C'est ton petit ami ?

— Rauser n'est pas mon petit ami, Charlie. Tu le sais très bien. C'est mon *ami*. Tu veux boire quelque chose ?

Charlie hocha la tête et me suivit jusqu'à la cuisine. Je sortis un Pepsi Max du frigo et attrapai deux verres sur le plan de travail.

— Je ne te poserais jamais de lapin, dis-je. Tu le sais, n'est-ce pas ?

— Ouais, je suppose, marmonna-t-il en s'asseyant.

— Peut-être que je pourrais quand même nous dégoter quelque chose à manger... Hmm ?

268

Il secoua la tête. Je m'assis à côté de lui et posai une main sur son avant-bras.

— Tu sais que tu es mon ami, Charlie. Indépendamment de ma relation avec Rauser.

— D'accord ! dit-il, et il rit trop fort. Je suis désolé. Maintenant, j'ai faim.

Je souris.

— D'ac.

Je me levai. Charlie se mit debout lui aussi. Il tendit les bras vers moi pour m'enlacer. Je le laissai faire et l'étreignis à mon tour. Charlie était un petit peu amoureux de moi, ce n'était pas un secret. Nous avions fait connaissance devant l'entrepôt, un beau jour, deux ans plus tôt. Il passait par là sur son vélo. Je l'avais trouvé charmant. Attendrissant. Pathétique, aussi. Neil, Rauser et Diane me taquinaient au sujet de l'amour qu'il me portait. Cela n'avait aucune importance.

Je lui donnai une bise sur la joue et voulus me dégager de son étreinte. Il me serra alors plus fort contre lui et m'embrassa sur la bouche. Je n'aurais pas été plus surprise s'il avait tiré un lézard vivant de son oreille. Ses mains se refermèrent durement autour de mes bras.

J'écartai ma tête de la sienne et dit d'un ton ferme :

— Tu ne peux pas m'embrasser comme ça, Charlie. Maintenant lâche-moi.

— Si, parce qu'on est copains ! objecta-t-il. Comme toi et M'sieur Man.

Je vrillai le buste pour me libérer. Sa main droite m'agrippa les cheveux derrière la nuque. Sa main gauche crocheta mon bras. Il colla de nouveau ses lèvres sur les miennes. Il avait beaucoup de force et ses doigts s'enfonçaient dans ma chair. Ses dents commencèrent aussi à m'entailler les lèvres.

Comme je bougeais à nouveau pour me dégager, il tira sèchement sur mes cheveux, m'obligeant à lever le visage vers lui. Ses yeux noisette, derrière les verres de ses lunettes, ne laissaient transparaître aucune émotion.

— Je crois que je devrais te baiser comme M'sieur Man te baise, dit-il.

Son trouble de l'élocution avait disparu. Son sourire niais avait disparu. Je ne connaissais pas ce Charlie Ramsey-là.

Il lâcha mon bras pour ouvrir sa braguette de la main gauche. Je sentis son sexe en érection contre mon ventre.

— Il a une grosse bite, M'sieur Man ? demanda-t-il.

Quelque chose en moi, un truc sous pression, dangereux, passa de l'étincelle à l'incendie en une fraction de seconde. Je n'attendis pas, je ne pris pas le temps d'inspirer : comme j'avais appris à le faire au FBI, je lançai brutalement le genou vers son entrejambe. Sa réaction fut aussi prévisible qu'instantanée. Il se plia en deux sous le coup de la douleur. À ce moment-là, je levai de nouveau le genou pour le lui envoyer en plein front – de toutes mes forces. Je n'avais aucun scrupule à me servir de cette technique d'autodéfense. Je n'aimais pas me faire brutaliser et Charlie n'avait plus le bénéfice du doute. Ses intentions, il les avait clairement annoncées.

Il trébucha en arrière. Quand il redressa la tête, respirant bruyamment, j'abattis ma paume droite sur son nez, avec force, comme si je voulais le lui enfoncer entre les yeux. Il tomba à la renverse.

— Je suis désolé ! gémit-il.

Il leva les mains vers son visage. Sa respiration était hachée, comme s'il avait de la peine à respirer.

— J'oublie trop souvent de prendre mes médicaments. Je suis désolé. Je suis désolé ! Ne dis rien à M'sieur Man.

Je me dirigeai à grands pas vers mon bureau et revins auprès de Charlie le Glock à la main. J'étais furax.

— Si tu oses me toucher encore une fois de cette façon, tu n'auras pas à te soucier de la réaction de Rauser. Je n'aurais aucun état d'âme à me servir de cette arme. Tu comprends ? N'oublie plus tes médicaments, Charlie !

Neil entra dans l'agence. Il vit mon expression, baissa les yeux sur le pistolet, puis sur Charlie qui se tordait de douleur sur le sol. Il me regarda alors comme si j'avais fait pipi devant l'autel d'une église.

— Fiche-le dehors, dis-je. Rauser doit arriver d'une minute à l'autre. Il va péter un plomb, s'il le voit dans cet état.

Neil se pencha vers Charlie pour examiner son visage, après quoi, il se redressa, alla tirer plusieurs kleenex d'une boîte qui se trouvait sur son bureau et revint les fourrer sous le nez de mon agresseur. Charlie le remercia d'un geste, l'air piteux, et plaqua les kleenex sur son nez.

— Nom de Dieu, Keye, c'est quoi ce bordel ? demanda Neil.

— J'ai cru que nous avions un cambrioleur, dis-je.

Neil me considéra d'un air sceptique.

— Je t'expliquerai plus tard, ajoutai-je. Fais-le sortir d'ici.

Charlie se redressa en position assise, les kleenex toujours sur le nez. Il semblait encore avoir de la peine à respirer.

— Nom de Dieu ! répéta Neil.

21

J'éprouvais un bien étrange sentiment à nettoyer le sang de Charlie sur le sol de l'agence. Charlie, si doux, si gentil, qui m'apportait toujours un petit cadeau dans sa casquette de base-ball. Charlie, mon ami un peu bizarre, un peu toqué.

Neil m'avait aidée à le relever et accepté de le reconduire jusque chez lui – où que fût ce « chez lui ». Je m'étais sentie mal à l'aise à l'idée que j'avais presque cassé le nez de cet homme et que je ne connaissais même pas son adresse. Nous supposions tous qu'il vivait dans une sorte de foyer, mais je ne sais pas pourquoi nous nous étions mis cette idée dans la tête. Seigneur ! Comment devrais-je me comporter à l'avenir vis-à-vis de Charlie ? Il avait été mon ami. Il avait fait partie de notre petit groupe de cinglés. Jamais je ne m'étais inquiétée à l'idée de me retrouver seule avec lui. C'était donc *ça*, Charlie sans ses médicaments ? Désormais, plus rien ne serait pareil entre nous. Mais quelles lésions cérébrales, au juste, son accident lui avait-il causées ? Quel homme Charlie avait-il été avant d'être renversé dans la rue par ce camion, avant toutes les opérations chirurgicales qu'il avait dû subir, avant la perte de son emploi, la perte de sa famille ? Je notai dans un coin de ma tête de demander à Neil de se procurer son dossier médical. De nos jours, de toute évidence, il n'était plus très difficile d'avoir accès aux dossiers confidentiels des uns et des autres – la preuve, les détails les plus embarrassants du mien venaient d'être exposés sur Channel 11. Je voulais en savoir davantage sur l'accident de Charlie. Je voulais comprendre. Neil, moi, Diane, nous l'aimions tous, chacun à notre façon. Je voulais croire qu'il s'était comporté comme il l'avait fait parce qu'il avait effectivement oublié de prendre ses médicaments.

La porte de la rue s'ouvrit sur Rauser qui s'avança vers moi en annonçant :

— Il faut que je mange quelque chose ! Et il faut qu'on parle, Keye. Écoute, je sais que tu es en rogne, mais sache que je me suis battu pour te garder dans l'équipe. Ce n'est pas moi qui ai pris cette décision. Sois un peu cool avec moi, sur ce coup-là, s'il te plaît.

Je ne répondis rien.

— Plaquer cette turne et aller manger chinois, ça te dit ? me proposa-t-il avec un grand sourire. Hmm ? Manger chinois, tu connais ça, toi ?

Je fis la moue et pris un accent chinois des plus caricaturaux pour répondre :

— Nous, disons juste « manger ».

Il me glissa un bras autour des épaules.

— Si cette blague n'était pas si éculée et nulle, je rirais, dit-il – et il rit quand même. Comment ça va, toi ? Sacrée putain de semaine tordue, non ?

Je sentis une présence à la porte et me tournai. Jacob Dobbs se tenait là, dans l'embrasure. Il avait la tête de quelqu'un qui vient de recevoir une éclaboussure de merde sur sa chemise.

— Oh, joie, dis-je. Le prince des Ténèbres en personne.

Un frisson nerveux me saisit. *Laisse tomber*, me dis-je. *La haine, c'est malsain.*

Rauser ricana. Dobbs me fixa froidement pour répliquer :

— Très pro et très sociable comme à son habitude, à ce que je vois.

— Nous allions sortir, dit Rauser d'un ton peu amène.

Je savais que Dobbs ne pouvait s'être attiré les bonnes grâces de Rauser quand, à peine débarqué en ville, il avait donné une conférence de presse impromptue avant même d'avoir discuté des meurtres avec les flics qui menaient l'enquête. De mon côté, j'avais été horripilée de voir ce connard prétentieux sur les marches du tribunal, mais je devais reconnaître qu'il avait magistralement joué son coup. Dobbs savait que ses déclarations aux médias envoyaient également un message clair au tueur : *Je sais où vous êtes, où vous traquez vos victimes. Et je vous aurai.* Cette conférence de presse lui avait aussi permis de camper une figure d'autorité, protectrice et rassurante, pour les familles des victimes.

Dobbs ignora Rauser et embrassa du regard mon entrepôt reconverti en « loft commercial ».

— C'est joli, ici. Si on aime le béton. Vous avez bien redressé la barre, à ce que je vois. Dommage que la télé ait diffusé ce malheureux reportage sur votre passé.

— Qu'y a-t-il pour votre service, Jacob ?

Je me forçais tellement à sourire que j'en avais le visage crispé. Je savais que si je passais plus de quelques minutes avec ce type, je risquais d'attraper des tics nerveux.

— Vous deviez vous attendre à ma visite, répondit-il sur le ton de l'évidence. Je vous ai dit que je voulais vos notes et toutes les informations que vous possédez sur l'affaire Atlas.

Il s'avança dans la pièce, retira sa veste de costume et la posa délicatement sur le dossier du fauteuil de Neil.

Rauser leva les mains en l'air en signe de capitulation.

— Tu as quelque chose dans le frigo ? Je meurs de faim.

Dobbs le suivit jusqu'à la cuisine.

— Bonne idée, à vrai dire. J'ai le ventre vide, moi aussi.

Il roula ses manches de chemise sur ses coudes pendant que Rauser et moi inspections le contenu du frigo.

— J'ai réfléchi au fait qu'Atlas vous a mis sa dernière lettre en copie, docteur Street, dit Dobbs. Et… je n'aime pas l'idée que vous soyez prise à partie de cette façon.

Je veux bien le croire.

— J'aimerais comprendre pour quelle raison ce criminel a communiqué avec vous, ajouta-t-il d'une voix où pointait une note accusatrice. A-t-il fait cela uniquement parce qu'il pouvait accéder à vous et parce que vous étiez impliquée dans l'enquête – une proie facile, d'une certaine façon. Ou bien lui avez-vous donné quelque forme d'encouragement ? Au moment où vous avez été virée du groupe d'enquête, vous avez dû vous sentir assez mal. Déconsidérée… comme autrefois au FBI, en quelque sorte.

— Quelque forme d'encouragement ? répétai-je, interloquée. Précisez votre pensée, Dobbs.

— N'avez-vous pas communiqué par un autre biais, quel qu'il puisse être, avec ce meurtrier ? Ne vous étiez-vous pas déjà écrit ou parlé, avant cet e-mail duquel il vous a soi-disant mis en copie ?

— Vous êtes ridicule. Et vous le savez très bien.

Là, je ne pouvais plus résister à la colère qui m'envahissait. Je fourrai une tranche de fromage et une feuille de salade entre deux toasts, y ajoutai un jet de moutarde et posai sans cérémonie ce sandwich sur une assiette devant Dobbs.

— Atlas a envoyé des roses à Keye à l'hôpital, dit Rauser.

Il décrivit le bouquet et la carte à Dobbs, qui demanda ensuite :

— Le fleuriste ?

— Nous l'avons retrouvé. Hier matin, en ouvrant sa boutique, il avait dans sa boîte aux lettres une enveloppe qui contenait des instructions écrites et de l'argent liquide. Nous avons récupéré l'enveloppe, mais elle est clean.

Dobbs reporta son attention sur moi.

— Et des roses, par-dessus le marché ? Un e-mail, un chèque-cadeau pour un équilibrage de vos roues, des roses ? Fascinant. Avez-vous d'autres choses de ce

genre à nous révéler, docteur Street ? Vous n'entrave-
riez pas volontairement l'enquête, par hasard ?

— Hé, attendez un peu ! protesta Rauser, tirant une
chaise pour s'asseoir en face de Dobbs. Keye a tout
fait pour nous aider. Et elle n'a pas demandé à être
embarquée dans cette histoire. Elle est victime, ici, pas
suspecte !

Dobbs poussa un petit grognement narquois. J'abattis violemment ma paume sur la table. Le sandwich de
Dobbs tressauta sur l'assiette. Rauser me regarda
comme si je l'avais giflé.

— Je ne suis *pas* une victime, dis-je.

— Eh bien, eh bien, regardez un peu ça ! Une que-
relle d'amoureux, ironisa Dobbs.

Il semblait prendre beaucoup de plaisir à nous provoquer et ses yeux, quand il me regardait, me mettaient mal à l'aise. Exactement comme autrefois. Ses
yeux, ses propos salaces, ses mains baladeuses
– j'avais consacré pas mal de temps et d'énergie, au
FBI, à les éviter.

Rauser se leva brusquement, les poings serrés, l'air
menaçant.

— À quoi vous jouez, Dobbs ?

— Hé, hé, hé ! dis-je, levant les mains. Calmez-
vous, tous les deux. Rauser, assieds-toi, s'il te plaît.
Prenons une minute pour reprendre nos esprits,
d'accord ?

Rauser attrapa son sandwich sur le plan de travail et
reprit sa chaise, renfrogné.

Je fis un pas vers Dobbs, soutenant son regard pour
affirmer :

— Jamais je n'entrerais de mon fait en contact avec
un suspect en dehors du cadre de l'enquête. *Jamais.*

Ce serait inconvenant, moralement douteux, professionnellement inacceptable, stupide et très dangereux.

Puis, pour ramener la paix, je lui exposai d'un ton conciliant que je comprenais qu'il était désormais *le* spécialiste et le meneur de jeu de l'enquête. À vrai dire, il méritait cette place, elle lui était même *due*, car il était le mec le plus foutrement valeureux du monde. Je me retins de justesse de me mettre à baver devant lui. Rauser poussa un grognement et fourra quelques chips dans sa bouche. Du réfrigérateur, je sortis un Tupperware plein de brownies, et en retirai le couvercle avant de le poser devant Dobbs, comme une offrande expiatoire.

Il me toisa quelques instants, l'air sceptique, puis, posant les coudes sur la table, joignit les paumes devant sa gorge, le bout des doigts sous le menton. Je connaissais ce geste, qu'il avait sûrement beaucoup travaillé, censé indiquer qu'il réfléchissait intensément. En bon petit salopard calculateur qu'il était, il dit alors d'un ton grave :

— Je propose de poser les armes. D'accord ?

Je me forçai à sourire. Il saisit un brownie et mordit dedans à pleines dents.

— Maintenant, ajouta-t-il, donnez-moi vos notes et faisons une petite séance de brainstorming, si vous le voulez bien. Tous les trois.

Je dissimulai ma colère et mon dépit. Dobbs tirerait la couverture à lui quoi qu'il advînt. Je savais comment il travaillait. Et moi, bien sûr, je devrais lui donner absolument tout – mes notes, mes idées sur Atlas – pour le bien de l'enquête, de Rauser, des victimes passées et à venir.

— Entendu, dis-je, puis je posai un autre brownie sur son assiette.

Rauser tirait la gueule et ne disait plus rien. Nous mangeâmes en silence. Enfin, après avoir avalé son sandwich et quatre brownies, Dobbs se leva et s'excusa pour aller aux toilettes. J'en profitai pour essayer de comprendre le fonctionnement de la machine à expresso de Neil.

Nous passâmes dans la partie centrale de l'entrepôt avec nos tasses. Dobbs s'assit sur un canapé, bâilla et tira un pouf devant lui pour y poser les jambes.

— Motivé par la colère et l'excitation, dit-il, et il eut un de ces « hmmm » un peu mystérieux que les médecins et les garagistes maîtrisent si bien.

Il était en train de lire le profil préliminaire d'Atlas et les évaluations des victimes que j'avais rédigés à l'hôpital et imprimés dès que j'étais rentrée chez moi. Bien sûr, il ne pouvait s'empêcher de donner l'impression qu'il parcourait la composition écrite d'un collégien. Mais cela ne me dérangeait pas. Si votre travail ne peut être lu par autrui, en particulier par vos collègues, c'est qu'il n'a aucune valeur. Si égoïste et paresseux fût-il, Dobbs, en outre, avait autrefois été un criminologue de premier plan, un grand pro que j'avais admiré, et même en qui j'avais eu foi. Je me demandais à quel moment de sa carrière il avait cessé d'éprouver le besoin de découvrir la vérité dans les affaires sur lesquelles il travaillait. Quand la célébrité avait-elle pris le pas sur tout le reste ? Quel événement l'avait ainsi transformé ?

— Vous ne lui voyez aucun désir de vengeance ? demanda-t-il, quelque peu étonné, en levant les yeux vers moi.

— Un désir de vengeance ? répéta Rauser en se penchant en avant pour poser son mug sur la table basse. Un désir de vengeance du genre, heu... quelqu'un m'a fait tellement souffrir par le passé que c'est vous que je fais souffrir aujourd'hui parce que vous me rappelez ce quelqu'un ?

— Voilà, acquiesça Dobbs.

— Nous avons de très, très nombreux coups de couteau sur les corps des victimes, dis-je. Nous avons des séances de torture qui durent en général longtemps. Ce n'est pas le signe d'un simple désir de vengeance. Le tueur cherche essentiellement à être témoin de la souffrance de la victime. C'est son besoin fondamental.

Dobbs fit de nouveau « hmmm », puis dit :

— En effet, peut-être que les comportements sadiques se manifestent sur le lieu du crime. Mais la fureur dont il fait preuve contre les victimes donne tout de même à penser qu'il leur en veut. Et si on prend en compte le lien qui a pu être établi entre vos victimes, il paraît logique que le tueur ou sa famille ont été impliqués, d'une façon ou d'une autre, dans un procès au civil – en tant que plaignants ou accusés, père ou mère, frère ou sœur qui ont souffert, peut-être, du jugement rendu. Directement ou indirectement, l'affaire a bouleversé la vie du tueur. C'est une chose qu'il faudra vérifier dans le passé du suspect, commissaire Rauser – quand vous aurez un suspect, bien sûr – avec les autres éléments dont le Dr Street a déjà dressé la liste : la mobilité professionnelle, la maturité, la famille à enfant unique, les dons aux organismes de protection de l'enfance, etc.

— La première et les deux dernières victimes ont suscité une réaction émotionnelle chez le tueur, fis-je remarquer. Et Anne Chambers, la première victime dont nous ayons connaissance, a été beaucoup plus brutalisée que toutes les autres jusqu'à William LaBrecque. Quel est l'élément déclencheur ? Nous savons qu'il ne s'agit pas d'un procès au civil, au moins pour Chambers et LaBrecque, car aucune trace de ce genre ne figure dans leur passé. Et puis il y a le cas de David Brooks, qui a été traité avec respect, sinon avec délicatesse, tué très vite, apparemment sans bruit, et enfin recouvert d'un drap. J'ai quelques idées là-dessus, mais… rien de bien important.

— Oh, Keye, ne soyons pas si modeste, dit Dobbs. Mettez-les sur le tapis, ces idées ! Peut-être nous conduiront-elles quelque part.

— Entendu. Eh bien… comme vous l'avez dit vous-même, la fureur dont Atlas a fait preuve envers ses victimes est généralement le signe, chez les tueurs en série, d'un lien affectif fort entre lui et elles. En ce qui concerne Anne Chambers, si l'on tient compte du fait que ses tétons ont été sectionnés – les tétons qui signi-fient « maman », bien sûr –, et des autres mutilations de ses organes génitaux, de l'extrême violence avec laquelle elle a été achevée, je crois qu'elle représente la figure maternelle dans la vie du tueur et, plus pré-cisément, une relation très perturbante et intensément compétitive avec cette figure maternelle. David Brooks, de son côté, pourrait représenter un père aimé et désiré, voire une relation incestueuse avec le père. Il est le seul à avoir eu le droit de mourir sans souffrir. Chez les autres victimes, la souffrance est un impor-tant facteur d'excitation pour le tueur. Cela nous donne une indication fondamentale sur sa pathologie. La souffrance alimente la colère et l'excitation, ou le sadisme, d'Atlas. Les besoins et les désirs de la victime ne comptent pas. Tuer, enfin, ce n'est qu'une mesure de précaution parmi d'autres. Il vit à fond ses fantasmes et puis il met de l'ordre.

— Et quels sont-ils, ces fantasmes, déjà ? demanda Rauser.

— Ils sont complexes, ça c'est sûr, marmonna Dobbs.

Il bâilla de nouveau et se frotta les yeux avec les index. Quand il baissa les mains, je remarquai que le blanc de ses yeux était injecté de sang.

— Le terme « multidéterminé » qu'Atlas utilise dans une de ses lettres est très juste, dit-il. De nombreux facteurs comptent pour lui. Le sexe, la vengeance, le jeu qui consiste à échapper à la police, le besoin de reconnaissance, l'intérêt des médias pour ses meurtres. Voir ses lettres dans la presse, entendre parler de ce qu'il a fait, ça doit être presque aussi bon, pour ce tueur, que de retourner sur le lieu de ses crimes. Et communiquer avec vous deux lui donne le grand frisson. L'illusion d'être au cœur des choses, de détenir tous les pouvoirs et de vous maintenir comme il le veut, l'un et l'autre, dans le petit cercle de son intimité. Sauf que ce cercle va devoir s'élargir, maintenant que je suis ici.

Dobbs nous regarda avec un sourire faraud, avant d'ajouter :

— Je me demande comment il va prendre la chose.

— Vous êtes extrêmement visible, Jacob, dis-je. Il va sans doute vous inclure dans sa liste de correspondants.

— Hé, ça veut dire quoi, ça ? fit Dobbs, l'air agacé. Je vous rappelle que je suis visible parce que je suis *payé* pour ça.

Oh, bien sûr. Personne ne vous accusera jamais de faire le crâneur gratuitement.

— Et LaBrecque, là-dedans ? demanda Rauser. Quelle est sa place parmi les victimes d'Atlas ?

— Je ne sais pas très bien, dis-je. Le point commun du processus de sélection que nous avons identifié – les affaires de droit civil – ne se retrouve pas dans le cas de LaBrecque. Quel que soit son lien avec le tueur, il est trop personnel, ou trop spécifique, pour que nous puissions mettre le doigt dessus tout de suite.

— Nos informaticiens ont retrouvé l'adresse de l'ordinateur d'où est parti l'e-mail, dit Rauser. C'était un café Internet de Midtown. Pas de caméras. Nous allons quand même faire surveiller l'endroit par un agent, au cas où.

Dobbs s'étendit de tout son long dans le canapé. Il avait l'air fatigué.

— Ouais, marmonna-t-il. Eh ben...

La sonnerie du portable de Rauser l'interrompit. Rauser prit l'appel en se dirigeant vers mon bureau.

Dobbs joignit les mains derrière la nuque et me regarda avec un léger sourire.

— Bravo, docteur Street. Il est clair que vous avez beaucoup travaillé sur ce dossier. Même moi, je n'aurais pas pu dresser un meilleur profil du tueur que nous recherchons.

— J'ai eu pas mal de temps pour réfléchir quand j'étais à l'hôpital.

— Comment vous sentez-vous, à propos ?

— Je vais très bien, dis-je d'un ton sec.

Je n'avais aucune envie d'entendre Dobbs faire preuve de sollicitude envers moi.

— Je suis désolé de tout ce qui s'est passé entre nous au Bureau, Keye.

Je ne répondis pas. Je doutais carrément de sa sincérité et je n'étais pas du tout prête à le blanchir. Pendant les derniers mois que j'avais passés au FBI, j'avais eu de graves problèmes. Travail, vie privée, tout m'était devenu très difficile. On me tenait à l'œil. Et Dobbs avait rédigé un rapport assassin à mon sujet, recommandant que je sois purement et simplement renvoyée du Bureau. Je savais que si j'avais couché avec lui, il aurait conseillé en conclusion de son rapport que me soit accordé un arrêt maladie de longue durée. Il me l'avait clairement fait comprendre. Avec le culot qui le caractérisait. À ce moment-là, j'avais besoin d'une cure de désintoxication et d'un coup de main – pas d'un méchant coup de poing en pleine tête. Mais voilà : il m'avait d'abord rendu la vie quasi impossible avec ses remarques et ses avances, puis il m'avait complètement tourné le dos.

Rauser revint vers nous.

— Nous avons le nom du restaurant où Brooks a mangé le soir de sa mort. Une serveuse a reconnu sa photo. Elle l'a installé à sa table et elle a pris elle-même sa commande de vin parce que l'équipe devait changer à ce moment-là et le nouveau serveur n'était pas encore arrivé. La réservation était pour deux, au nom de John Smith. Original, n'est-ce pas ? La serveuse a aussi précisé que Brooks l'a rendue dingue parce qu'il n'arrivait pas à se décider sur le vin qu'il voulait. L'autre serveur s'est enfin pointé, et quand la serveuse est partie, Brooks était encore seul à sa table. Nous avons le nom et l'adresse du serveur. Balaki et Williams sont en route. Nous n'avons retrouvé aucun reçu de carte de crédit. David a tout payé en liquide – le dîner, les boissons, l'hôtel. Il était marié et il ne voulait manifestement pas laisser de traces derrière lui.

— Et du côté du tribunal ? demandai-je.

— Nos gars sont sur les enregistrements des caméras. Brooks est la seule victime à y apparaître, mais nous ne sommes encore remontés que soixante jours en arrière. Et Brooks est filmé presque chaque jour. Malheureusement, pas de caméras dans les ascenseurs, mais dans tous les halls, si. Nous pointons chaque personne qui n'est pas employée au tribunal et qui apparaît plus de deux fois à l'écran. En tout état de cause, il va falloir un bon moment pour visionner le tout.

La porte de la rue s'ouvrit sur Neil. Il se dirigea droit vers la cuisine en s'exclamant :

— Eh ben c'est carrément bizarre !

Il ouvrit le frigo, puis se tourna vers Rauser pour ajouter :

— J'ai dû ramener Charlie chez lui.

Je me renfrognai, espérant qu'il n'allait pas parler devant Rauser de ce qui s'était passé entre Charlie et moi. Heureusement, il posa les yeux sur Dobbs et je pus changer de sujet en faisant les présentations.

— Neil Donovan. Jacob Dobbs.

— Ah, oui, Dobbs, dit Neil. Le nouveau grand homme de l'équipe, c'est bien ça ? Enchanté.

Il reporta son attention sur le frigo.

— À propos de Charlie, dit Rauser. Il apparaît souvent sur les vidéos du tribunal. Il s'y rend plusieurs fois par semaine. C'est un inspecteur qui m'a fait remarquer ça.

Je frissonnai de la tête aux pieds. Aujourd'hui, Charlie m'avait brutalement rappelé qu'on ne connaît jamais la vie intérieure de quiconque. Il avait une face sombre, méchante, agressive. J'en avais été témoin. Presque victime. Charlie le coursier. Charlie qui se rendait souvent au tribunal du comté de Fulton…

— Il faut passer tout le monde en revue, ajouta Rauser. Sans exception.

Neil pouffa de rire et décapsula une canette de soda.

— En ce qui concerne Charlie, ce serait du temps perdu. Ce type peut à peine se souvenir qu'il doit faire sa toilette tous les jours ! En plus, il est souvent au tribunal parce que la compagnie de messagerie pour laquelle il travaille fait des recherches d'actes de propriétés immobilières et des tas de travaux d'enregistrements simples pour des avocats. Je le sais, parce que je me donne la peine de le faire parler de sa petite vie, précisa-t-il, et il regarda Rauser pour demander : Keye t'a dit qu'elle lui a fait son Bruce Lee, tout à l'heure ? Elle l'a carrément amoché. Pendant que je le ramenais chez lui, j'ai dû m'arrêter au bord du trottoir pour qu'il vomisse ses tripes. C'était brutal, c'est tout ce que je peux dire.

— C'est qui, ce Charlie ? demanda Dobbs.

— Un ami, dis-je.

Rauser me regardait en fronçant les sourcils. Il comprenait que Neil n'avait pas tout dit et il sentait que j'étais embarrassée.

— Qu'est-ce qui s'est passé, tout à l'heure ? Bruce Lee… ?

— Charlie a un peu dérapé, c'est tout, répondis-je.

— Dérapé comment ?

Je levai les yeux au ciel.

— Du calme, mon grand. Je me suis occupée de lui.

— Tu sais qu'il ne vit pas bien loin d'ici, en fait, me lança Neil. Et dans un ensemble pavillonnaire vraiment stylé près de DeKalb Avenue, par-dessus le marché ! Moi qui croyais qu'il était dans un hospice ou un truc de ce genre…

— Parce que tu te donnes la peine de le faire parler de sa petite vie, c'est ça ? demanda Rauser avec ironie.

Neil, qui s'était de nouveau tourné vers le frigo pour chercher de quoi manger, demanda tout à coup :

— Alors vous avez décidé de vous attaquer aux brownies, finalement ? Et vous leur avez fait leur fête, dis donc ! Il n'en reste plus que deux.

Neil vint vers nous et pouffa de rire en désignant le canapé. Rauser et moi regardâmes Dobbs. Il s'était endormi – les mains derrière la nuque, la bouche ouverte.

Rauser me dévisagea comme s'il venait de voir ma tête faire un tour complet sur mes épaules.

— Non ! s'exclama-t-il. Tu lui as donné les brownies au hasch de Neil ! Nom de Dieu ! J'espère que tu te rends compte que ça me pose quelques problèmes moraux.

— Oh, arrête ton char. Il y a dix minutes, tu étais prêt à lui casser la gueule. Ça, par contre, ça ne t'aurait pas posé de problème moral.

— Mais je n'y pensais pas sérieusement ! objecta Rauser.

Je désignai Dobbs.

— Il a l'air tellement angélique, tellement mignon, quand il ronfle et qu'il bave de cette façon – vous ne trouvez pas ?

— S'il se réveille défoncé et qu'il comprend que tu lui as donné des brownies au hasch, il va gravement nous faire chier, protesta Rauser, indigné.

— Et peut-être pas ! répliquai-je avec un haussement d'épaules. Peut-être qu'il se réveillera de bonne humeur, charmant, et prêt à nous donner un vrai coup de main.

— Ouais. Et peut-être que Madonna entrera ici dans deux secondes pour dandiner du cul au milieu de la pièce.

Je réfléchis à cette hypothèse.

— Madonna, ouais, ce serait marrant.

Rauser soupira.

— C'est quand même peu probable, dit-il, l'air presque déçu.

— T'as raison. Elle doit être occupée ailleurs.

Nous prîmes nos affaires, nos trousseaux de clés, pour partir chacun dans notre direction.

— Hé ! lança Neil quand nous fûmes à la porte. La Belle au Bois Dormant, j'en fais quoi ?

— Donne-lui un café bien fort quand il se réveillera et appelle-lui un taxi, répondis-je. Et puis… ne lui parle pas des brownies, d'accord ?

22

L'histoire qui m'a valu de devenir propriétaire d'un appartement de deux cents mètres carrés au dixième étage du Georgian Terrace Hotel d'Atlanta est celle, pour tout dire, d'un vrai coup de chance. Je venais de conclure une enquête, pour un promoteur immobilier en instance de divorce, qui exigeait discrétion et doigté. L'homme avait une maîtresse, une épouse, un enfant, un petit ami et des tas de propriétés. Heureusement pour lui, j'avais découvert que sa femme avait elle aussi une maîtresse et un petit ami. Il m'avait payée pour que je négocie le divorce avec elle, en privé, sans que leurs avocats se disputent son énorme patrimoine. Et miraculeusement, j'avais réussi. Pendant cette opération, j'avais découvert qu'il prévoyait de se débarrasser de l'appartement privé qu'il se gardait dans cet hôtel, qui lui appartenait depuis les années quatre-vingt, pour le transformer en suite de grand luxe. Dès ma première visite des lieux, j'étais tombée amoureuse des murs de briques rouges, des moulures artisanales des plafonds hauts de trois mètres cinquante, des salles de bains en marbre, des parquets de bois sombre, des immenses fenêtres et de la vue qu'elles offraient sur Peachtree Street. J'avais proposé à mon client de renoncer à mes honoraires, tous mes honoraires jusqu'à la fin de ma vie, j'avais même offert de lui abandonner mon premier-né, pour qu'il m'autorise à lui faire une offre. À l'époque j'avais un peu d'argent devant moi car une compagnie d'assurances venait de me verser un joli petit magot – un certain pourcentage de la somme que je lui avais permis de ne pas perdre dans une affaire de fraude sur des œuvres d'art. Pour verser l'acompte d'un tel appartement, j'avais tout de même dû lâcher l'intégralité de mes économies, tout l'argent que mes parents avaient pu me donner et tout le liquide que j'avais pu tirer de la vente de quelques trucs dont je n'avais plus besoin. J'avais aussi fait un gros emprunt immobilier et supporté trois ans de travaux chaotiques, partageant presque ma vie avec les menuisiers et les plombiers, au milieu de la sciure, des outils et de la peinture. Cette expérience avait également beaucoup marqué Racaille. Au bout du compte, cependant, elle avait transformé l'appartement en cet immense espace un peu étrange que j'appelais mon chez-moi. Pas de décoratrice d'intérieur ici, par contre. Cette étape viendra quand j'aurai à nouveau des liquidités – dans une cinquantaine d'années, je présume. En attendant, j'ai juste un lit, un buffet, un énorme canapé, une table marocaine magnifique que j'ai trouvée un jour à Piedmont Park au moment du Dogwood Festival, une télévision, un lecteur de CD, un ordinateur, trois tapis et une chatte de gouttière blanche. Ça me suffit bien.

Seule résidente permanente de l'hôtel, je connais par leurs prénoms la plupart de ses employés. Je petit-déjeune ou dîne plusieurs fois par semaine au restaurant qui est en bas, le Livingstone, dont j'apprécie particulièrement la terrasse en surplomb de Peachtree Street. Je n'ai cependant aucun des privilèges des clients de l'hôtel. Pas pendant la journée en tout cas. Le directeur de l'établissement n'apprécie manifestement pas ma présence dans l'immeuble. Il m'interdit l'accès à la salle de gym et à la piscine. Ce sont peut-être les allées et venues de mes ouvriers, pendant de longs mois, dans le hall immaculé de l'hôtel, qui expliquent son hostilité à mon égard. Les deux directeurs adjoints, en revanche, me fichent la paix. Rauser et moi, nous nous offrons de temps en temps un bain de minuit dans la piscine. Nous aimons aussi monter sur le toit et, assis côte à côte, les genoux remontés contre la poitrine, discuter à n'en plus finir en admirant la silhouette nocturne éblouissante du centre-ville. Dans mon appartement du Georgian, je me retrouve – je peux atterrir en douceur les jours où j'ai été attaquée sur plusieurs fronts et où j'ai dû répliquer en balançant mon genou dans la tête d'un handicapé mental ou en faisant avaler des space cakes au représentant du groupe d'enquête de la police d'Atlanta sur l'affaire Atlas. Seigneur, qu'avais-je dans la tête pour réagir comme ça ? Charlie avait mérité une raclée, oui, mais refiler ces brownies à Dobbs… Hmm, j'avais honteusement manqué de jugement et de probité. En plus, je m'étais montrée bêtement critique, pour ne pas dire moralisatrice, envers lui.

J'avais l'excuse d'être quand même un peu sous pression. Trois jours plutôt seulement, j'avais reçu l'e-mail d'Atlas et j'étais passée à travers le pare-brise de mon Impala. Et hier, une douzaine de roses blanches hors de prix m'avait fait passer un message qui me glaçait les sangs : *C'est à cause de moi que votre roue s'est détachée de la voiture. C'est à cause de moi que les problèmes de votre passé sont tombés entre les mains des journalistes. Et je sais où vous êtes en ce moment même...* Tout ça, c'était difficile à avaler. Ensuite, eh bien… donner mes notes à Dobbs, et le profil du tueur, et les études des victimes sur lesquelles j'avais tant travaillé, et devoir encaisser le dédain à peine voilé avec lequel il avait feint de me complimenter… Quel connard, ce mec ! Tout compte fait, je ne m'en voulais pas tant que ça de lui avoir fait avaler les brownies.

Oh, comme j'avais soif d'un martini-vodka ! Ou d'un whisky-soda avec un zeste de citron. L'un ou l'autre m'auraient fait tellement de bien après cette longue journée. Juste un. Était-ce si grave que ça ? Fallait-il vraiment croire ceux qui disaient qu'il était impossible de se limiter à un seul verre ? Je ne voulais pas y croire. Là, tout de suite, en tout cas, je choisissais de ne pas y croire et de me dire que je pouvais avoir à nouveau cette chose dans ma vie *et la contrôler*. Mon cerveau d'alcoolique, si doué pour les justifications complexes, si perfide, cherchait une faille. Je décidai d'appeler Diane, qui m'avait soutenue de bout en bout, en véritable amie, quand je m'étais engagée sur la voie du retour à la sobriété. Diane était une grande adepte d'Al-Anon[1]. Elle adorait aller à ces réunions. Trop, à mon avis. Après avoir découvert Al-Anon, elle s'était

---

1. Al-Anon/Alateen Groupes familiaux : association d'aide aux familles, aux proches et aux amis de personnes alcooliques, créée aux États-Unis au début des années cinquante.

mise à fréquenter les Endettés Anonymes, les Accros du Shopping Anonymes et les Dépendants Sexuels Anonymes. J'avais commencé à sérieusement m'inquiéter le jour où elle m'avait demandé si je pouvais l'accompagner à une réunion des CoDAA (Codépendants Affectifs Anonymes) parce qu'elle avait horreur d'y aller seule.

Je décrochai le téléphone.

Je lui expliquai que j'avais à nouveau envie de boire depuis quelque temps. Terriblement envie. Je lui avouai que j'étais à deux doigts de descendre au bar de l'hôtel et de commander un double quelque chose, parce que j'avais besoin de rire et de me sentir à nouveau libre. Elle me rappela d'une voix douce, mais en me citant certains détails des plus crus, ce que ce genre de liberté avait à m'offrir – et comment j'avais été au contraire *enchaînée* à la bouteille. Pour bien me faire entrer le message dans le crâne, elle me relata quelques-uns de mes comportements les moins élégants du passé : des scènes où l'on m'avait vue ramper et vomir mes tripes sur le carrelage de diverses salles de bains, me pencher en hurlant aux portières des voitures, pleurer, m'évanouir, me donner en spectacle de cent façons toutes plus lamentables les unes que les autres. Elle boucla son topo avec la Prière de la Sérénité des Alcooliques Anonymes. Quand elle se tut, l'idée de boire de l'alcool ne me paraissait plus si tentante que ça. Je remerciai Diane et nous convînmes d'une date pour déjeuner ensemble la semaine suivante. Après avoir raccroché, je me souvins que j'avais une fois de plus oublié de l'interroger sur son nouvel amoureux. J'étais vraiment une amie merdique. Il n'y en avait toujours que pour moi.

Le téléphone sonna. Sans même me saluer, Neil dit :

— J'ai un truc à te raconter. Un jour, tu vois, Charlie est passé à l'agence et il a prétendu que son ordinateur était en panne et qu'il avait l'habitude d'envoyer régulièrement des e-mails à ses parents, alors bref, est-ce qu'il pouvait se servir d'un de nos ordinateurs ? Il ne faut pas être bien futé pour envoyer un e-mail, d'accord ? Sur le moment, donc, je ne me suis pas posé de question. Est-ce que tu savais, toi, qu'il tapait très bien au clavier ? Avec tous les doigts, en plus ! Je suppose que ça prouve à quel point le cerveau a des zones spécialisées pour ceci ou cela. Enfin bon ! Quand il a eu terminé et qu'il est parti, j'ai voulu jeter un œil sur son historique de navigation. Juste pour rigoler, tu comprends ? Pour voir le genre de sites qu'un mec comme Charlie est susceptible de consulter. Mais cette petite analyse m'a pris un bon moment. Et tu sais pourquoi ? Parce que l'historique de navigation, le cache, les cookies – tout était nettoyé !

Je m'assis sur le canapé, tournée vers la large fenêtre qui donnait sur Peachtree Street et le Fox Theatre. La nuit tombait. Les réverbères s'allumaient.

— J'en ai déduit deux choses, continua Neil. Primo, Charlie est plus intelligent que je ne le croyais. Secundo… il ne voulait pas que nous puissions voir les sites qu'il avait consultés à partir de ton ordinateur.

— Attends un peu. Il était sur *mon* ordinateur ?

Récemment, j'avais dû réentrer au clavier des tas de données de formulaires pour des sites qui reconnaissaient d'habitude mon adresse IP – la banque, les comptes de courrier électronique, ce genre de choses.

À présent je comprenais pourquoi. Tous les cookies avaient été liquidés.

— C'est… C'est pour ça que je ne t'en avais pas parlé, répondit Neil, gêné. Je pensais bien que ça te mettrait en rogne, mais comme j'étais en train de travailler sur ma bécane, je l'ai laissé utiliser la tienne. Quoi qu'il en soit, sa navigation était plutôt anodine. J'ai finalement retrouvé un écran de connexion à Hotmail et quelques sites d'informations.

— Y as-tu regardé de plus près ? Tu te souviens des articles qu'il a consultés ?

— Non.

— A-t-il pu fouiller dans mes documents ?

— S'il n'est pas complètement con, il a tout à fait pu le faire, bien sûr, puisque tu ne protèges absolument pas tes données – pas même avec un simple mot de passe. À quoi tu penses, Keye ? Franchement, y a de quoi se le demander !

À quoi je pensais ? Là, tout de suite, je pensais à l'e-mail que Rauser et moi avions reçu ; je pensais à mon arrivée à l'aéroport, quand j'avais eu l'impression d'être observée ; je pensais à mes dossiers professionnels et médicaux transmis à un journaliste de télévision. Pourquoi moi ? *Parce que le tueur me connaît.* Ma présence sur le lieu du crime de David Brooks l'avait inquiété, alors il m'avait transmis la nouvelle lettre qu'il avait écrite à Rauser. Oui, voilà, ce tueur qui me connaissait m'avait vue à l'hôtel ou à la télévision… et il s'était senti menacé. Voilà pourquoi il avait fait tout son possible pour m'éloigner de l'enquête – en détruisant ma réputation, en faisant de moi la risée de tout le pays, en trafiquant ma voiture puis en m'envoyant un bouquet de roses. Mais était-ce la raison pour laquelle Charlie avait eu besoin d'accéder à mon ordinateur ? Avait-il cherché à découvrir si j'avais des notes sur l'enquête… et s'il était soupçonné ? Mon cœur se mit à palpiter. Une minuscule fenêtre s'était ouverte dans mon esprit, et je ne pouvais m'empêcher de m'y engouffrer.

Charlie avait-il assez de duplicité en lui pour échapper longtemps à la détection de la police ? Les tueurs en série qui font une carrière durable dans le crime sont ceux qui réussissent à compartimenter totalement leur moi violent, afin de mener une vie en apparence normale et paisible. Aujourd'hui, pour la première fois, j'avais découvert un Charlie agressif et méchant. J'avais vu une étincelle de plaisir sadique dans ses yeux. D'un autre côté, son attitude impulsive ne me paraissait pas coller à la personnalité du tueur organisé, méthodique, dont j'avais établi le profil. De plus, je ne voyais pas ce tueur se choisir le mode de vie et le caractère apparents de Charlie en guise de façade sociale. Atlas était à mon sens un homme profondément narcissique ; il voulait briller, être considéré comme un individu éduqué et couronné de succès. Ce n'était pas le cas de Charlie, qui était adorable, attendrissant, qui faisait même un peu pitié. Cependant, je savais aussi qu'un enquêteur ne doit jamais orienter l'enquête dans une direction particulière pour la faire coller à une hypothèse donnée. Ça, c'était le genre de chose que faisait Dobbs. Il me fallait garder l'esprit ouvert et examiner les faits tels qu'ils se présentaient à moi – quelle que soit leur nature, et qu'ils me plaisent ou non.

Je pris quelques minutes pour réfléchir de nouveau à la liste déjà longue des détails qui tenaient la route.

Charlie avait accédé à mon ordinateur par la ruse. Il avait pu s'envoyer par mail tout mon historique de travail et de recherches des derniers mois, ainsi que bon nombre de mes documents personnels ; il avait été en mesure de rassembler suffisamment d'informations pour inciter un journaliste à fouiller mon passé. Il faisait la bonne taille : chez toutes les victimes, l'angle d'attaque des coups de couteau montrait que le tueur mesurait environ un mètre quatre-vingts. Et il s'était vanté devant moi de savoir vider les poissons au couteau de pêche – c'est-à-dire avec une lame dentée de même longueur que celle utilisée par le tueur. Je l'avais vu couper des figues avec une dextérité étonnante pour un homme habituellement si empoté. Le couteau et l'habileté à le manier revendiquée par Charlie collaient donc avec ce que nous savions d'Atlas de ce point de vue. Ensuite… les gens faisaient confiance à Charlie. Il avait beaucoup de liberté et il circulait en permanence. Qui fait attention au gentil demeuré qui sillonne la ville à vélo toute la journée ? Tout le monde et personne. Je songeai à William LaBrecque, au rouleau à pâtisserie, à son visage écrabouillé, à la mare de sang sous sa tête. À l'aspect du bord de cette mare, aussi – un détail qui s'était gravé dans ma mémoire : le sang avait commencé à réagir à l'air ambiant ; la séparation entre sérum et caillot se produisait alors que le corps était encore chaud. Charlie pouvait-il vraiment avoir assassiné LaBrecque – avoir fait preuve d'une telle rage meurtrière ? Pourquoi ? Avait-il vu l'ecchymose que j'avais au poignet à cause de LaBrecque ? Avait-il lu mes notes sur l'incident qui s'était produit à l'église quand j'avais présenté son ordonnance restrictive au malfrat ? Certes, les psychopathes obsessionnels qui sont amoureux peuvent réagir de la sorte s'ils voient l'objet de leur affection souffrir. Étions-nous dans ce cas de figure ? Le béguin que Charlie avait pour moi s'était-il transformé en pulsion meurtrière contre LaBrecque ? Ce matin, d'accord, j'avais découvert en lui un cocktail dangereux de jalousie et de violence dont j'ignorais jusqu'alors l'existence. Mais, à supposer qu'il ait assassiné LaBrecque, avait-il également tué les autres ? *Pourquoi ?* Étais-je trop proche de Charlie pour saisir le mobile de ses crimes ? Il avait été agressif envers moi, son travail de coursier à vélo le rendait très mobile, il se baladait à travers la ville comme une sorte d'homme invisible, et il se rendait régulièrement au tribunal. Mais il ne pouvait avoir couvert *à vélo* le périmètre parcouru par Atlas pour ses meurtres. C'était impossible. En plus, certains crimes avaient eu lieu en dehors de la ville. Charlie cachait-il une voiture quelque part ?

Je butai tout à coup sur une pensée troublante. Charlie avait reçu une éducation supérieure. D'après ce que j'avais entendu dire, il avait été ingénieur, ou chercheur dans un domaine de pointe. Son cerveau avait autrefois parfaitement fonctionné. Il était intelligent, il avait une carrière, une famille. Puis un accident avait bouleversé sa vie. Et ensuite ? Que s'était-il passé après ce drame ? Charlie ou les siens avaient-ils intenté un procès au civil contre la compagnie dont le camion l'avait presque tué ? Était-ce cette affaire qui le reliait au système juridique – aux victimes elles-mêmes liées à la justice pour une raison ou une autre ? Un jugement avait-il été rendu en sa défaveur ? Du coup, haïssait-il désormais ceux qui s'en sortaient mieux que lui au tribunal ? Charlie Ramsey, le type qui chipait des fleurs rien que pour me faire sourire, était-il un assassin sanguinaire ?

Je fermai les yeux. J'avais la gorge serrée. Je me souvins alors que Neil m'avait dit à la fin de notre conversation téléphonique : « J'ai fait quelques vérifications, et, heu, il y a des trucs que tu devrais voir. Je t'envoie ça tout de suite. »

J'allumai mon ordinateur portable, ouvris les liens et les pièces jointes que Neil m'avait adressés par e-mail. Le premier me fit écarquiller les yeux :

UN JOUEUR-VEDETTE ACCUSÉ DE VIOL
UNE COMMUNAUTÉ EN ÉTAT DE CHOC

Charlie Ramsey, running back et étoile montante de l'équipe de football de l'université Winston, est accusé d'avoir agressé sexuellement une étudiante, vendredi soir, à la propriété Ramsey, dans la banlieue d'Ithaca. La police a perquisitionné cette propriété après qu'une pom-pom girl de Winston lui a déclaré qu'elle avait été droguée au moment des faits, et par conséquent incapable d'avoir une relation sexuelle consentie. Deux autres joueurs sont cités dans la plainte.

L'article, qui provenait des archives d'un journal local, avait plus de vingt ans. Je passai au suivant :

UN RUNNING BACK D'UNE PRESTIGIEUSE UNIVERSITÉ
DU NORD-EST
INCULPÉ POUR AGRESSION.
L'INCULPATION POUR VIOL DEVRAIT SUIVRE

Puis au suivant :

UN CÉLÈBRE JOUEUR DE FOOTBALL
RACCROCHE SON CASQUE,
AVEC D'EXCELLENTS RÉSULTATS UNIVERSITAIRES,
POUR ÉTUDIER LE GÉNIE BIOMÉDICAL

Cet article comportait la photographie d'un jeune homme musclé et viril, qui souriait à l'objectif en tenant son casque orange de footballeur contre sa poitrine. Charlie Ramsey, sans le moindre doute, même s'il avait bien changé. D'autres articles exposaient les détails de sa carrière compliquée, et parfois violente, de footballeur universitaire. Celle-ci avait été émaillée de trois inculpations pour viol – dont deux réglées à l'amiable, la troisième plainte étant retirée par la plaignante – et de deux inculpations pour agression – dont une lui avait valu dix-huit heures de travail d'intérêt général parce qu'il avait brisé d'un coup de poing la vitre d'un automobiliste à un feu rouge. Neil avait joint à son mail la copie d'un accord signé entre l'université Winston et une jeune femme de dix-sept ans qui affirmait que Charlie l'avait violée après qu'elle avait refusé d'avoir des relations sexuelles avec lui lors d'une fête. Et celle d'un document signé, un an plus tard, entre la famille Ramsey et une autre jeune femme. Ensuite, Charlie s'était fait oublier des médias. Cinq années de calme, apparemment, après que sa famille avait réglé un dernier litige avec un chèque de trois cent mille dollars. Un article signalait alors que les parents de Charlie avaient été tués dans le crash d'un jet privé dans le nord de l'État de New York, et que Charlie était l'unique héritier de leur considérable fortune.

301

Il avait dit à Neil qu'il avait besoin d'un ordinateur pour écrire à ses parents. Encore un mensonge.

Ce papier-là avait été publié huit ans plus tard. Il relatait le passé difficile de Charlie, sa consommation de drogues et d'alcool, ses problèmes avec la justice, son rétablissement, la perte de ses parents, et finalement le grand virage qu'il avait réussi à prendre. Il avait brillamment réussi son master avant d'entamer un troisième cycle en génie biomédical. Au moment où l'article avait été rédigé, il se préparait à s'installer à Atlanta avec sa femme et ses deux enfants en bas âge. Une grosse société de conception de produits biomédicaux lui avait offert un poste très important. Il travaillait dans le domaine des tissus organiques – la peau artificielle. Néanmoins, l'article s'intéressait essentiellement au fait que Charlie accusait les programmes d'entraînement des athlètes universitaires de créer chez eux une culture de l'irresponsabilité, de la fête à outrance et de la violence. Charlie affirmait notamment que les avocats des universités n'avaient d'autre fonction que d'aider les joueurs à échapper à la justice pour toutes sortes de délits et de crimes – de la simple effraction à l'agression et au viol. Il avait déclaré au journaliste : « Peu importe, pour ces gens, que vous quittiez l'université toxicomane ou psychiquement et physiquement brisé par les stéroïdes. Peu importe que vous acheviez vos études sans avoir rien appris ou incapable de fonctionner en société. Tout ce qui compte, c'est que vous jouiez au top niveau. Il m'a fallu des années pour me reconstruire et réussir à trouver ma voie. »

Un minuscule encart apparaissait quelques années plus tard dans la section « Témoignages » de l'*Atlanta Journal-Constitution* : un homme qui avait été l'ami de Charlie à l'université Winston cherchait à le joindre après avoir appris qu'il avait eu un accident gravissime et d'autres problèmes. Cet article, vieux de deux ans, faisait brièvement allusion à la carrière footballistique de Charlie et évoquait son travail dans le domaine de la conception de peaux de synthèse et de valves cardiaques artificielles. « Tout le monde savait que les recherches de Charlie auraient un impact considérable sur la conception des tissus artificiels, disait une personne interrogée. Il allait sauver de nombreuses vies. »

Je refoulai un pincement de tristesse à la lecture de ces mots et passai à la pièce jointe suivante. C'était le compte rendu d'un procès : *Charles E. Ramsey contre Wells Fargo dans l'État de Géorgie, comté de Fulton, ville d'Atlanta.* L'énoncé de la plainte me rappela ce que je savais déjà au sujet de Charlie. Un camion blindé l'avait renversé, brûlant un feu rouge, alors qu'il traversait la rue sur un passage piéton au carrefour de la Dixième Rue et de Peachtree. Wells Fargo tentait vaguement de nier toute responsabilité dans le drame, mais peu après le litige était réglé à l'amiable.

Je reportai mon attention sur le dossier déposé par les avocats de Charlie au tribunal de Fulton : dans leurs rapports, les médecins présentaient avec tous les détails voulus les longs mois de kinésithérapie endurés par Charlie, ses douleurs diverses, ses problèmes cognitifs, de mémoire et de raisonnement, ses difficultés dans le domaine de la perception sensorielle (vision, ouïe, odorat), ses problèmes de communication, sa dépression, son anxiété, ses changements de personnalité, son agressivité et son impulsivité, ses comportements antisociaux. Certains de ces troubles pouvaient n'être que temporaires, précisaient les spécialistes ; d'autres handicaperaient Charlie de façon irrémédiable. Le cerveau était un organe encore mal connu ; on ignorait notamment si, et dans quelle mesure, il était capable de se régénérer avec le temps. Les avocats mettaient aussi en avant le fait que Charlie avait perdu son travail, donc ses revenus, et sa vie de famille. À vrai dire, il avait tout perdu. Et on lui avait offert deux millions de dollars pour le faire taire. Je me demandais s'il avait pu vraiment en profiter avec le cerveau qui lui restait. D'un autre côté… je me souvenais qu'il m'avait dit un jour que la vie pouvait changer du tout au tout en un instant. Charlie avait-il assez de ressentiment en lui pour commettre des meurtres ? Peut-être. Son cerveau fonctionnait-il suffisamment bien pour lui permettre non seulement de réaliser ces forfaits, mais, en plus, de laisser derrière lui des scènes de crime immaculées ? Il fallait beaucoup de lucidité, et de réelles capacités d'organisation pour accomplir une telle prouesse. Charlie les possédait-il, ces capacités ? Je n'y croyais pas, et je continuais de penser que les caractéristiques des crimes d'Atlas – en particulier les coups de couteau et les morsures autour des parties génitales – ne collaient pas avec la personnalité de cet homme. En outre, il n'existait aucun lien entre Charlie et la Floride, où les meurtres avaient commencé. Mais avaient-ils commencé là-bas ? Combien d'autres victimes de ce tueur nous restaient-elles encore inconnues ? Je me souvenais du jour où Charlie nous avait apporté des figues. *Je vide les poissons très vite !* m'avait-il affirmé avec fierté. Atlas était-il aussi… simple que cela ? Commettais-je l'erreur de l'intellectualiser ?

Je rappelai Neil.

— Peux-tu vérifier dans l'État de New York, et en particulier dans la région centrale et vers Ithaca, si tu trouves des crimes sexuels avec coups de couteau et morsures à l'époque où Charlie était étudiant là-bas ?

— J'y suis déjà, répondit-il.

À présent, je devais en apprendre davantage au sujet de Charlie Ramsey. Pour commencer, il fallait que je découvre où il vivait et *comment* il vivait. Je regardai Peachtree Street par la fenêtre. Le soleil avait disparu derrière l'horizon et la nuit était tombée. Il était presque vingt et une heures. Et puis zut.

23

J'étais passée plusieurs fois par semaine devant la maison de Charlie depuis trois ans qu'elle avait été bâtie. Elle faisait partie d'une rangée de pavillons plutôt pimpants située près de DeKalb Avenue, la grande artère qui filait du centre d'Atlanta jusqu'à Decatur, où habitaient mes parents. Nous avions tous pensé qu'avec les problèmes particuliers qui étaient les siens, Charlie devait aussi avoir de graves difficultés financières. Et nous avions tous eu tort. Avions-nous supposé cela de nous-mêmes, ou le germe de cette idée avait-il été planté en nous ? J'essayais de me souvenir du moment où elle m'était venue à l'esprit, de l'instant où j'avais pensé qu'il vivait sans doute dans un foyer, un hospice ou un centre d'accueil pour personnes handicapées. Il m'avait raconté un jour qu'une église de la ville s'était chargée de l'aider à trouver un emploi de coursier et qu'elle avait tout fait pour qu'il ne soit pas à la rue. Peut-être était-ce là que j'avais fait le lien : église, donc foyer d'accueil. Maintenant je me rendais compte que l'histoire de Charlie comportait de nombreuses zones d'ombre. Riche ou pauvre, en tout état de cause, il avait besoin de travailler pour garder une place dans la communauté. Les médecins avaient déterminé qu'il avait des difficultés à réguler et à maîtriser ses émotions. Il fallait supposer qu'il était suivi par un psychiatre. Et il paraissait logique qu'un éclopé aux facultés mentales apparemment diminuées ait eu besoin d'aide pour trouver du travail.

Je me trouvais dans sa rue, Edgewood Avenue, au volant du véhicule que j'utilisais pour mes missions de surveillance, une Plymouth Neon blanche. Personne n'accorde la moindre attention à cette voiture banale dont on trouve un bon million d'exemplaires à Atlanta. Elle n'aurait pas forcément fait l'affaire dans les rues d'un quartier friqué comme Buckhead, mais elle convenait à merveille dans l'environnement socialement mixte du centre d'Atlanta. Détails qui achevaient de la rendre invisible, sa peinture blanche grisonnait et son capot était légèrement tordu. Je m'étais mangé la roue de secours d'un gros 4×4 arrêté à un feu rouge alors que je conduisais tout en tapant un texto sur mon téléphone. Oui, d'accord, j'ai retenu la leçon.

J'étais garée au coin d'Edgewood et d'une transversale qui rejoignait DeKalb Avenue. Et je n'étais pas la seule. Deux inspecteurs de Rauser, Balaki et Williams, étaient stationnés une cinquantaine de mètres plus loin. Pas faciles à repérer dans cette rue bordée sur ses deux côtés de voitures en stationnement, mais mes phares les avait balayés quand je m'y étais engagée, arrivant d'une autre transversale. J'avais d'abord vu Williams, puis Balaki assis au volant. Rauser ne m'avait pas prévenue qu'il avait décidé de faire surveiller Charlie. Ou bien… avait-il voulu me faire comprendre cela, justement, quand il m'avait dit qu'il avait vu Charlie apparaître très souvent sur les vidéos de surveillance du tribunal ? Il avait eu l'air très soucieux lorsque je lui avais expliqué que Charlie s'était mal comporté, mais j'avais juste pensé qu'il s'inquiétait pour moi. En savait-il davantage au sujet de Charlie qu'il ne voulait bien me le dire ? Avait-il appris, lui aussi, que Charlie avait eu un passé violent à l'université, qu'il avait perdu ses parents et hérité d'une immense fortune, puis qu'il avait été victime d'un accident qui l'avait privé d'une partie de ses capacités cérébrales ? Ces informations pouvaient avoir suffi à déclencher l'alerte au commissariat.

J'observais avec attention l'enfilade de maisons neuves, proprettes, qui bordait Edgewood Avenue. De temps en temps, une lumière s'allumait ou s'éteignait à une fenêtre. J'essayais d'imaginer Charlie se levant pour aller à la cuisine chercher un truc à grignoter, ou passer par la salle de bains, mais… ça ne fonctionnait pas dans ma tête. Je n'arrivais plus à imaginer Charlie faisant quoi que ce fût, car j'avais dû me défaire de l'idée que je connaissais cet homme, et accepter de le considérer désormais comme suspect potentiel dans une enquête criminelle. Pendant que Neil recherchait d'éventuels meurtres survenus dans l'État de New York à l'époque où Charlie y était étudiant, j'avais trouvé, sur le site du cadastre et des actes de propriétés du comté de Fulton, les documents qui concernaient cette maison d'Edgewood Avenue. Une société de crédit l'avait financée à hauteur de trois cent quarante mille dollars, avec un acompte de cinquante mille dollars de Charlie et la caution du cabinet d'avocats Benjamin, Recworst, Stickler & Paille.

À vingt-trois heures, je m'ennuyais ferme. Un embout du casque de mon MP3 dans une oreille, j'écoutais un audiolivre pour me maintenir éveillée ; de l'autre oreille je guettais les bruits du quartier. Sur le siège passager, il y avait deux paquets de gâteaux sans sucre Little Debbie – gages de ma volonté de manger sainement. Je ne savais pas ce que j'attendais dans la rue de Charlie. J'avais juste eu l'idée de venir prendre le pouls de l'endroit où il vivait. Il était tard. Il ne se passerait rien, évidemment. Il valait mieux, commençais-je à me dire, que je revienne le lendemain à une heure différente – un moment où j'aurais de meilleures chances d'apercevoir Charlie.

Une lumière s'alluma sur le perron de la maison. Je saisis mes jumelles tandis que la porte s'ouvrait. Faisant la mise au point, je vis Charlie sortir son vélo du hall. J'éprouvai un pincement de culpabilité : un pansement blanc couvrait l'arête de son nez. Après avoir verrouillé la porte, il souleva le vélo pour descendre l'escalier avant de pousser tranquillement l'engin en direction de la rue sur l'allée du jardin. Il marchait d'un pas nonchalant – et tout à fait normalement. Ma nervosité grandit. Qu'étaient devenues sa démarche claudicante, sa façon de tenir la tête penchée sur le côté et toutes les petites bizarreries comportementales qui indiquaient d'habitude que le cerveau lésé de Charlie ne lui permettait plus de contrôler son corps ? Il y avait peut-être un truc qui clochait dans le cerveau de Charlie, oui, mais… pas au sens où nous l'avions cru. Je me rappelai tout à coup que son défaut d'élocution avait disparu, lui aussi, quand il m'avait agressée. *Je crois que je devrais te baiser comme M'sieur Man te baise.*

Il enfourcha le dix-huit vitesses et partit vers la droite en direction d'Elizabeth Street – une rue qui l'emmènerait au cœur du quartier d'Inman Park et, de là, à Highland et à mon agence. Charlie nous avait si souvent rendu visite, s'annonçant avec le « pouet pouet ! » de son klaxon – et il n'habitait qu'à cinq minutes de là !

Balaki et Williams prirent Charlie en filature. Je démarrai la Neon et, sans allumer les phares, allai me garer sur la place qu'ils venaient de quitter, beaucoup plus proche de la maison de Charlie que celle que j'occupais auparavant.

Par la rue transversale j'aperçus un métro aérien passer en sifflant sur DeKalb Avenue, les silhouettes des passagers se découpant à l'intérieur des wagons illuminés. Toutes ces vies qui défilaient à toute allure, toutes ces destinations. Combien d'entre ces gens auraient peur, ce soir, en descendant de la rame à leur station, parce qu'un monstre avait fixé ses yeux sur notre ville ? De l'autre côté des voies, en bordure de Cabbagetown, un quartier ouvrier durant la première moitié du vingtième siècle, l'immense filature de coton avait été reconvertie en lofts comme à peu près tous les anciens bâtiments industriels d'Atlanta. Les rues de Cabbagetown étaient désormais bordées de restaurants branchés qui offraient des menus intelligents et inspirés, préparés à base de produits régionaux directement livrés aux cuisiniers par les agriculteurs. Quelques années plus tôt, un pompier d'Atlanta avait rendu les lofts de la filature célèbres dans tout le pays quand, un terrible incendie s'y étant déclaré, CNN l'avait filmé, suspendu à un câble d'hélicoptère, qui sauvait un grutier piégé dans sa cabine tout près des flammes. Plus récemment, nouvelle page sombre de ce quartier, une tornade y avait tracé un sillon destructeur en pulvérisant les quatre derniers étages de la vieille filature.

Mon téléphone se mit à sonner. *Mince !* Le volume était beaucoup trop fort et *Dude (Looks Like a Lady)*, la chanson que j'avais attribuée à Rauser, me fit sursauter.

— Écoute, Keye, nous savons qu'il est en déplacement. Et nous le tenons à l'œil, d'accord ? Mes gars t'ont aperçue. Je ne vois pas de mal à ce qu'une troisième paire d'yeux soit là-bas, mais tu ne peux pas le suivre, compris ?

— Entendu.

J'avais déjà passé la sangle de mon petit sac de matériel sur mon épaule. Je descendis de la voiture et refermai doucement la portière.

— À propos, Dobbs s'est réveillé de sa sieste aux brownies. Il ne se sent pas dans son assiette et il pense qu'il a attrapé un mauvais rhume, dit Rauser. Et il pouffa de rire. Pauvre mec ! J'ai presque de la peine pour lui.

— Est-ce qu'on peut ne *jamais* reparler de ce truc des brownies, s'il te plaît ?

Je me mis à marcher d'un bon pas sur le trottoir nord d'Edgewood Avenue.

— Ah ! fit Rauser, ironique. Elle est donc capable d'éprouver du remords. C'est bon à savoir.

— Et toi, répliquai-je, c'est sympa de m'avoir prévenue que tu faisais surveiller Charlie.

— Ouais, ben… tu n'as pas été excessivement franche du collier avec moi, n'est-ce pas ? Et qu'est-ce que tu fiches, là, tout de suite ? On dirait que tu te

déplaces. Keye ? Tu es sortie de ta voiture ! Non !
Non, il est hors de question que tu entres chez lui par
effraction ! Dis-moi que tu ne vas pas faire ça !

— Tu n'as pas besoin de savoir ce que je vais faire.

— Merde, grogna Rauser. J'arrive !

— Ça, ce serait drôlement futé. Le chef adorerait ce
genre d'initiative. Garde tes distances, au contraire, au
cas où ça tournerait mal. Je mets mon téléphone sur
vibreur. Et fais en sorte que quelqu'un me prévienne
s'il revient chez lui, veux-tu ?

— Keye, attends…

Je glissai le téléphone dans une des poches du pantalon cargo noir, coupe large, que je portais pour les
missions de nuit – plein de poches pour mes outils et
accessoires, grande liberté de mouvements, sombre,
coton doux et silencieux. Je scrutai les pavillons et
leurs jardins proprets de douze mètres sur douze, puis
traversai la chaussée pour marcher droit sur celui de
Charlie.

Sur le perron, j'enfilai des gants en vinyle avant de
me baisser pour examiner la serrure. C'était un modèle
à goupilles standard, le genre que la plupart des gens
ont sur leur porte, facile à ouvrir avec une clé, pas si
facile sans. Je sortis mon kit de crochetage de mon
sac, en tirai un entraîneur pour appliquer une tension
sur le cylindre et glisser le crochet à l'intérieur. L'une
après l'autre, les goupilles se soulevèrent au passage
du crochet et s'alignèrent avec de très discrets déclics.
Un, deux, trois, quatre, cinq clic, un peu plus de pression avec l'entraîneur, et je pus pousser la porte
d'entrée de la maison de Charlie Ramsey. C'est alors
que j'entendis le dernier bruit au monde que j'aurais
souhaité entendre : les bips-bips monotones du tempo-

risateur d'un système d'alarme. Charlie, Charlie-le-débile-léger avait un système d'alarme ! *Merde*. Je savais que j'avais quarante-cinq, soixante secondes à tout casser, avant que les portes de l'enfer ne s'ouvrent devant moi.

La maison était joliment décorée et meublée, dans un style masculin aux teintes essentiellement brunes et orangées, avec quelques touches de vert. Dans la grande pièce de la façade, un canapé en cuir à gros rivets d'acier et un fauteuil à dossier mobile campaient en face d'une gigantesque télévision. Qui était allumée.

Je devais tirer parti de ces quelques dizaines de secondes. J'allait droit vers l'escalier. Aucun homme ne laisse dans son salon, au rez-de-chaussée, les choses qu'il ne veut montrer à personne.

Deux chambres à l'étage. Dans la seconde, un matelas à même le parquet, sans sommier, draps en désordre. Sol jonché de journaux, de magazines, de coupures de presse. Un ordinateur portable, aussi, sur le lit, et deux canettes de Coca-Cola vides. Un flacon de gel lubrifiant Astroglide sur la table de chevet.

Je ne savais pas très bien ce que je cherchais. Quelque chose, n'importe quoi, pour écarter les soupçons que je commençais à nourrir au sujet de Charlie. Mon ami Charlie, si drôle et un peu toqué, qui oubliait de prendre ses médicaments et se comportait mal, mais de façon parfaitement exceptionnelle, quand j'oubliais que nous avions rendez-vous pour déjeuner ensemble. Charlie qui en pinçait adorablement pour moi. Je ne voulais pas croire au mauvais pressentiment qui m'avait envahie et me lancinait.

J'ouvris le tiroir de la table de chevet. Des magazines – des trucs d'amateurs de cuir et de BDSM. Dessous, un livre signé Jacob Dobbs : *Les Comportements criminels des violeurs récidivistes.*

À l'intérieur de la penderie, posé à même le sol, il y avait un coffre-fort d'une cinquantaine de centimètres de profondeur, le genre qui s'achète dans les boutiques de matériel de bureau. Verrouillé, bien sûr. Je le déplaçai un peu pour me faire une idée de son poids. Lourd. Je manquai de temps. Depuis combien de secondes étais-je dans la maison ? Vingt ? Quarante ?

Quelques coupures de presse éparpillées sur le matelas à côté de l'ordinateur attirèrent mon attention. Tirées de l'*Atlanta Journal-Constitution*, du *New York Times* et du magazine *Time*, elles portaient toutes sur les crimes d'Atlas. Je les examinai un instant, cherchant désespérément à me faire une idée de ce qui se passait dans cette chambre, dans la tête de Charlie. C'est alors que je vis une photo, sur une coupure du *Washington Times*, de Rauser et de moi-même nous apprêtant à entrer dans l'hôtel où David Brooks avait été tué. Avec la légende : *Les enquêteurs découvrent une nouvelle scène de crime du tueur en série surnommé Atlas.* Un cercle avait été tracé au marqueur noir autour de nos visages. Et les mots *Salope ! Menteuse !* étaient griffonnés au-dessus du mien.

Dégoûtée, bouleversée, je fourrai cette coupure dans ma poche et passai le doigt sur le pavé tactile de l'ordinateur. Il fallait que je file. La bécane me réclama un mot de passe. Pas le temps. Mon téléphone vibra dans ma poche. Les hommes de Rauser ? *Merde.*

Je touchai du bout des doigts le Glock 10 mm que j'avais glissé derrière mon dos, sous la ceinture de mon pantalon, et je me précipitai vers l'escalier dont je dévalai les marches deux par deux. Le rythme des bips-bips du système d'alarme venait subitement d'accélérer.

Étrange comme le cerveau continue à enregistrer des choses quand le temps semble suspendu. Je me souviens d'avoir pensé qu'il n'y avait pas d'animal de compagnie dans la maison de Charlie. Ni de photos de famille, ni d'œuvres d'art. Les murs étaient nus. Et la télévision était allumée sur une chaîne spécialisée dans les affaires criminelles. Charlie rêvait-il de devenir flic ? Était-il fana de séries comme *Les Experts* ?

Les hululements atroces d'une sirène me vrillèrent soudain les oreilles, accompagnés par une voix masculine tonitruante qui hurlait : « *Intrus ! Intrus ! Sortez ! Sortez !* » Tout le quartier devait l'entendre. « *Intrus ! Sortez !* »

J'allais ouvrir la porte, lorsque je sentis une résistance sur la clenche et entendis des clés tinter sur un trousseau de l'autre côté du battant. En frémissant, je regardai dans l'œilleton : j'aperçus un bout de vélo sur le perron – et la tête de Charlie.

Je me précipitai dans le couloir en direction de la cuisine. Une porte donnait sur l'arrière de la maison. Je défis le verrou et tirai le battant. *Merde !* Le petit jardin qui se trouvait là était entouré d'une palissade en bois de trois mètres de haut. « *Intrus ! Intrus ! Sortez ! Sortez !* » Des jurons que j'ignorais connaître jaillirent de mes lèvres. Comme un animal pris au piège, je tournai bêtement sur moi-même deux ou trois fois, cherchant une solution. Puis je sautai au bas de l'escalier, attrapai la lourde table de jardin en fer forgé qui en occupait le centre et la tirai vers la palissade avant de grimper dessus. Je sautai à pieds joints pour attraper le sommet des lattes et m'y hissai avec toutes les peines du monde. Mes muscles tremblaient. Sérieusement, il fallait que je me remette à la muscu. La chute sur le sol, de l'autre côté, dans la ruelle qui bordait l'arrière des pavillons, me coupa le souffle, mais je me relevai presto et me mis à courir comme une dératée. Je n'avais pas du tout envie que Charlie me rattrape. Dès que je fus dans ma voiture, je démarrai sans allumer les phares et manquai emporter l'aile de la Volkswagen garée devant moi. Mon téléphone vibra de nouveau dans ma poche.

— Hé, dit Rauser, ironique. Beau travail. Discret, en plus.

Je m'arrêtai devant la station de métro de Candler Park et essayai de me calmer en respirant profondément. Mon cœur battait à cent à l'heure. Bien fait pour moi si j'avais une crise cardiaque.

— Maintenant tu as une raison d'entrer chez lui, dis-je. L'alarme a sans doute réveillé tout le quartier.

— Je ne crois pas qu'il risque de nous inviter. Nous allons le savoir d'une seconde à l'autre, mais je ne suis pas optimiste.

— Les tourments que j'endure pour aider la police d'Atlanta, tout de même. Et tout ça pour quoi, finalement ?

— Ah ouais, c'est vrai, tu penses toujours aux autres. Et peut-être que Britney va débarquer dans mon bureau pour me donner la fessée, pendant qu'on y est.

— Ah, les hommes de pouvoir. Fascinant. C'est pour ça qu'on parle si souvent de toi sur CNN, non ?

Rauser garda le silence un moment. Puis dit d'un ton radouci :

— C'était vraiment stupide, Keye. Merdique. Ne refais plus jamais ça. Je ne peux pas te protéger quand tu deviens folle.

— Je n'ai pas besoin que tu me protèges, répliquai-je.

N'empêche, mon cœur tonnait encore dans ma poitrine et je ne me sentais pas fière.

— Attends une seconde. Nous avons des agents à la porte de Charlie. Ils parlotent, ils parlotent… et voilà ! Exactement ce que je craignais. Il leur dit que tout va bien et il se débarrasse d'eux. Il fait son cirque habituel du brave type au cerveau un peu dérangé.

Rauser inspira profondément.

— Bon. Dis-moi ce que tu as vu.

— Aaah ! Je savais bien que tu voulais que j'entre dans cette maison.

Je souris. Enfin plus calme, j'embrayai et me réengageai sur la chaussée. Rauser ne respectait pas toujours le règlement au pied de la lettre, mais c'était un bon flic, et un flic honnête. Quant à moi, je n'étais pas soumise aux mêmes règles que lui. Plus maintenant. Le secteur privé a ses avantages.

Je lui racontai ma visite dans la maison de Charlie, sans oublier de mentionner les coupures de journaux, en particulier celle que j'avais dans la poche. Nous ne pourrions pas utiliser ce document contre lui, bien sûr. Même pas pour une recherche d'ADN. Rauser aurait été obligé d'expliquer comment je me l'étais procuré.

— Écoute, dit-il quand j'eus terminé. Je veux que tu portes plainte contre lui. Pour que nous puissions l'arrêter et le secouer un peu.

— Porter plainte ? Pour quel motif ?

— Voie de fait, agression sexuelle, tentative de viol.

Je restai silencieuse.

— N'est-ce pas exactement le genre d'imposture dont tu me parlais ? relança Rauser. Une double vie, une vie bien étrange, un gros tas de mensonges sous le masque trompeur du brave innocent ? L'accident, les roses – tout se tient, Keye. Tu portes plainte, Dobbs voudra qu'il soit interrogé et le chef ne pourra pas protester contre ta présence auprès de nous, puisque c'est toi qui nous auras livré Charlie. As-tu vu comment il marchait ?

Je sentais que Rauser s'emballait. Il passait en mode offensif et débordait d'énergie.

— Ce type *s'est rétabli*, Keye ! Il s'est remis de son accident, mais il a continué à jouer le malade, insista-t-il. Et il marqua une pause avant d'ajouter : Mais toi, tu n'y crois pas.

Ce n'était pas une question.

— Je ne sais pas encore, dis-je calmement. Je ne sais plus qui est Charlie.

— Comme tu veux, dit Rauser.

Sa voix était devenue sèche. Je le connaissais : il était déçu. Il n'aimait pas ma façon de réagir ; ma circonspection l'agaçait. Il voulait que je sois enthousiaste, comme lui, à l'idée de tenir un suspect.

— Mais tu es d'accord que nous devons découvrir qui est réellement ce type, n'est-ce pas ? relança-t-il.

— Oui. Bien sûr.

— Écoute, je sais que tu l'apprécies. Nous aimions tous Charlie. Pauvre Charlie, inoffensif et tellement charmant ! N'est-ce pas pour ça, justement, qu'ils lui ouvrent leur porte ?

Un frisson glacial me saisit. *Elle m'a souri quand elle a ouvert la porte.*

24

Quand nous arrivâmes à City Hall East, la climatisation était en panne depuis déjà deux bonnes heures. Au deuxième étage, l'atmosphère était celle d'une cuisine de restaurant pendant le coup de feu. Fin limier, Rauser dénicha un ventilateur sur pied dans un placard à balais du premier étage ; il se l'appropria avant que quelqu'un ne mette la main dessus. L'appareil en métal, passablement rouillé, grinçait en pivotant sur son axe. Il agitait les feuillets de notes que Rauser avait posés sur la table et coincés avec un cendrier, dans la salle d'observation où nous patientions avec les inspecteurs Andy Balaki et Brit Williams. Rauser ne voulait pas de ventilateur dans la salle d'interrogatoire, de l'autre côté du miroir sans tain. Il préférait qu'il fasse chaud, très chaud, dans cette pièce, et il n'aurait pas hésité à allumer les radiateurs si cela avait pu contribuer à déstabiliser l'homme qu'il attendait.

Nous utilisions la salle d'interrogatoire numéro 3, une pièce qui ressemblait à la plupart des petits bureaux de ce vieux commissariat. Les murs sans fenêtre étaient vert caca d'oie, les moulures et les plinthes… vert moisi. La peinture s'écaillait au moindre effleurement. Il y avait là une table, quatre chaises et deux caméras. De notre côté du miroir sans tain, des moniteurs nous montraient les images des caméras. La vidéo défilait aussi dans plusieurs bureaux de la brigade des homicides : n'importe qui pouvait observer comme il le souhaitait ce qui se passait dans les trois salles d'interrogatoire.

Rauser, nerveux, faisait les cent pas. Il avait hâte de commencer l'interrogatoire de Charlie.

— Où est notre célèbre profileur de choc, à propos ? demanda l'inspecteur Brit Williams entre deux gorgées de café.

— Il cherche sans doute un box pour son destrier blanc, répondit Balaki avec un sourire narquois.

— Il devrait être ici, c'est vrai, dit Rauser, consultant sa montre, et il me décocha un regard sombre avant d'ajouter : Mais il ne se sentait pas en grande forme.

— Moi, ça ne me dérange pas qu'il reste dans son hôtel quatre étoiles, dit Williams. Parce que franchement, si les connards étaient des avions, Dobbs serait un 767.

Tout en parlant, il se battait avec le système d'ouverture d'une des fenêtres basculantes de la salle d'observation.

— Nom de Dieu, depuis combien de temps ces saloperies n'ont pas été ouvertes ? grogna-t-il. Elles sont complètement grippées.

Sa chemise blanche, humide de sueur, adhérait à son dos. Il poussa sur la fenêtre, en tapota les bords, essaya de nouveau d'en abaisser la poignée. Il passa à la fenêtre d'à côté et ses doigts rencontrèrent, dans un angle du montant, un amas poisseux de toiles d'araignées. Poussant un juron, il chercha autour de lui de quoi s'essuyer les doigts.

— Hé, Einstein, dit Balaki. La poignée, il ne faut pas la baisser. Il faut la soulever en la tournant pour libérer le mécanisme.

Jurant à nouveau, Williams se replaça devant la première fenêtre et réussit enfin à l'ouvrir. Elle bascula sur ses gonds, la plus grande partie tournée vers l'extérieur. Une bouffée de chaleur pénétra dans la pièce et l'air chimique d'Atlanta nous assaillit. J'éprouvai aussitôt des picotements dans les yeux. Au loin, sur North Avenue, l'océan de voitures qui avançaient au pas en ce milieu de journée miroitait sous le soleil comme une véritable nappe d'eau. Mais le spectacle avait quelque chose de factice.

Balaki s'approcha de moi, les mains dans les poches, et contempla quelques instants la scène avant de dire :

— Vous voyez le centre de dialyse, de l'autre côté de l'avenue ? Hier, j'ai aperçu un mec, là, qui pissait au milieu du parking. C'est pas normal, quand même. Vous voyez ce que je veux dire ?

Ayant ouvert toutes les fenêtres, Brit Williams attrapa une chaise au bout de la table et s'assit face à la vitre sans tain. La sueur luisait sur sa peau très noire. Il avait remonté les manches de sa chemise froissée et déboutonné son col – jamais je ne l'avais vu si débraillé. Il posa un carnet à feuillets jaunes devant lui et tira de sa poche de chemise un stylo dont il fit cliqueter plusieurs fois le mécanisme avec le pouce.

Rauser continuait d'aller et venir à travers la pièce.

La porte de la salle d'interrogatoire s'ouvrit. Charlie y entra, accompagné par un agent en uniforme. Balaki et moi reprîmes nos sièges. Une énorme ecchymose s'épanouissait comme une corolle autour de l'œil droit de Charlie. Et des Steri-Strip couvraient son nez.

— Eh ben ! fit Balaki en me regardant. Vous lui avez foutu une sacrée raclée !

Charlie avait retrouvé son demi-sourire de gros nigaud et sa façon de se tenir la tête légèrement penchée sur le côté, les genoux un peu rentrés en dedans – tous les détails qui donnaient l'impression, au premier regard, que cet homme était sérieusement handicapé. C'était le Charlie que j'avais appris à connaître, et même à aimer. S'il jouait la comédie maintenant, s'il avait joué la comédie ces deux dernières années, il était vraiment très doué.

Charlie avait été interpellé en tout début de matinée – à six heures quinze exactement. Les flics avaient tambouriné à sa porte, lui avaient expliqué qu'il était arrêté pour agression et tentative de viol, lui avaient lu ses droits Miranda et l'avaient embarqué. Rauser avait tenu à ce que la scène se passe de très bonne heure. Il ne voulait pas que Charlie ait profité d'une longue nuit de sommeil. À la lecture de l'acte d'accusation, l'avocat de Charlie, Ricky Stickler, avait expliqué au juge que son client ne risquait absolument pas de s'enfuir, qu'il n'avait même pas de permis de conduire ou de carte de crédit, et qu'il était suivi par un psychiatre. Un adjoint du procureur avait répliqué que Charlie Ramsey avait eu des démêlés avec la justice par le passé – plusieurs affaires d'agressions sexuelles contre des femmes –, qu'il intéressait également la police pour certains crimes non élucidés, et qu'il devait absolument être incarcéré. Le juge avait déclaré qu'il manquait d'éléments concluants pour garder le suspect en prison, que les anciennes affaires, classées depuis des décennies, survenues dans d'autres États, n'étaient plus recevables, et que du moment que Charlie acceptait d'être interrogé dans la journée et n'avait absolument aucun contact avec la victime présumée – moi –, il pouvait être libéré sous caution pour un montant de cinquante mille dollars.

Ricky Stickler entra dans la salle d'interrogatoire d'un pas assuré, le torse bombé. Il s'assit à côté de Charlie et lui tapota la main. Âgé d'environ trente-cinq ans, c'était un bel homme aux cheveux blond-roux.

— Vous serez dehors sous peu, assura-t-il. On est déjà en train de préparer les papiers de votre libération.

À côté de moi, Williams croisa les bras sur sa poitrine et dit en désignant l'avocat du menton :

— Gros cabinet, Stickler & Cie. Et plutôt chérot, pour un coursier à vélo.

Nous observâmes quelques minutes les deux hommes assis de l'autre côté du miroir. Stickler tira sur le nœud de sa cravate et retira sa veste. La chaleur infernale qui régnait dans la pièce faisait son petit effet. Des auréoles de sueur apparaissaient déjà sur sa chemise bleu pâle.

Rauser regarda sa montre, composa un numéro sur son portable, attendit quelques instants et rempocha l'appareil.

— Où est notre nouvelle superstar, nom de Dieu ? grogna-t-il. Cet enfoiré de Dobbs ne répond même pas au téléphone ! Williams, venez avec moi. N'attendons pas plus longtemps.

Il fourra les pans de sa chemise dans son pantalon et nous regarda avec un grand sourire.

— De quoi j'ai l'air ?

— Très, très joli, commissaire, dit Balaki.

Les trois hommes s'esclaffèrent bruyamment. Humour de flics. Je ne les suivais pas toujours.

Je regardai Williams entrer dans la salle d'interrogatoire d'un pas nonchalant, suivi de Rauser qui s'assit en face de Ricky Stickler et de Charlie, et jeta sur la table la grande enveloppe kraft qu'il avait à la main. Williams posa les fesses au bout de la table, du côté de Charlie.

— Désolé pour l'étuve, messieurs, dit-il. Les vieux immeubles, vous savez ce que c'est ! Vous voulez de l'eau, quelque chose… ?

— Non merci, répondit Stickler.

Rauser regarda Charlie et lui offrit un grand sourire qui plissa les pattes-d'oie de ses yeux.

— Charlie ! Eh ben mince ! Qu'est-ce qui vous est arrivé, mon vieux ? Vous êtes tombé de votre vélo, ou quoi ? Vous êtes salement amoché.

— Je sais que vous êtes en colère, marmonna Charlie.

Son défaut d'élocution était de retour – il parlait comme quelqu'un dont la voix se trouble un peu parce qu'il a bu un ou deux verres de trop.

— Je suis vraiment désolé, ajouta-t-il. Vraiment, vraiment désolé. J'aime beaucoup Keye. Je ne voulais pas faire ça.

Rauser avait sorti un dossier de l'enveloppe. Il le parcourut quelques instants des yeux, avant de dire :

— Je vois que vous avez déjà fait ce genre de choses, Charlie. Trois fois au moins. Vous « vouliez » le faire, avec vos précédentes victimes ?

— Commissaire ! s'exclama Stickler. Mon client a été examiné à de nombreuses reprises. Nous avons tout un historique d'imagerie cérébrale qui prouve que son cerveau a subi de graves lésions lors de l'accident dont il a été victime. Il prend près de vingt médicaments différents afin de stabiliser son psychisme. Et pour l'affaire qui nous concerne, il se trouve qu'il avait juste oublié d'en prendre certains. Mais il n'est pas agressif. N'est-ce pas, Charlie ?

— Nan, fit Charlie, secouant la tête. Je suis gentil.

— Est-ce que ça vous arrive de vous mettre très en colère, Charlie ? insista Rauser. Très, très en colère ? Est-ce que ça vous arrive d'avoir envie de rentrer dans le lard de quelqu'un, et de lui faire mal ?

— Ne répondez pas, ordonna Stickler.

— Ouais, dit Charlie en étirant excessivement la syllabe – comme Dustin Hoffman dans *Rain Man*. Des fois, je me mets vraiment très en colère !

— Merde, marmonna Balaki qui avait pris la chaise à côté de moi libérée par Williams. Il n'est absolument pas sur la défensive. *Je me mets vraiment très en colère !* Ce sera dur de faire croire à un jury qu'il est en état d'être jugé.

— Charlie, mon ami, enchaîna Rauser. Avez-vous déjà assassiné quelqu'un ?

— Non, M'sieur Man, répliqua Charlie en secouant vigoureusement la tête.

— Hmm, fit Rauser. Votre truc, alors, c'est juste le viol ?

Stickler leva une main, disant d'une voix péremptoire :

— Ne répondez pas, Charlie. Commissaire...

Williams l'interrompit :

— Votre client nous intéresse dans le cadre de plusieurs enquêtes pour meurtres que nous menons actuellement, maître. Et nous étions d'accord. Vous devriez lui conseiller de répondre, au contraire, ou bien nous l'arrêterons à nouveau demain, et après-demain, et les jours suivants, jusqu'à ce que nous y voyions plus clair. Compris ?

— Regardons ensemble quelques dates, dit Rauser à Stickler. Si votre client a un alibi crédible, eh bien... il n'y aura plus aucun problème.

Stickler, qui semblait de plus en plus indisposé par la chaleur, s'emporta :

— Vous voulez rire ! Charlie ? Charlie ne reconnaîtrait pas son propre cul si vous le lui mettiez sous le nez. Évidemment qu'il n'a pas d'alibi ! Il ne se souvient même pas de ce qu'il a mangé ce matin au petit-déjeuner. N'est-ce pas, Charlie ?

— Ce matin je n'ai pas petit-déjeuné, répondit Charlie. J'ai faim.

Rauser baissa les yeux sur ses notes.

— Charlie, vous vous êtes débrouillé pour faire croire à tout le monde que vous viviez, et travailliez, grâce à l'aide d'une église de la ville. N'est-ce pas ? Vous avez laissé entendre qu'elle vous logeait, et puis... Et puis nous découvrons que vous possédez une maison individuelle dans un beau quartier, pas loin d'Inman Park.

— Protéger son patrimoine n'a rien d'illégal, répliqua Stickler. Charlie a hérité d'une fortune assez conséquente à la mort de ses parents. Il doit se montrer très prudent. Notre cabinet, qui gère ses avoirs, lui a bien expliqué cela.

— Et que penser de cette histoire tellement attristante de l'épouse et des gosses qui l'ont abandonné ? poursuivit Rauser, imperturbable. Mensonge, là encore ! C'est vous-même qui avez demandé le divorce, Charlie. J'ai les documents sous les yeux. Et il a fallu vous pourchasser et vous conduire devant un juge pour que vous versiez enfin la pension alimentaire que vous deviez à cette famille ingrate. Comprenez-vous qu'on se pose un peu des questions à votre sujet, Charlie ? La plupart du temps vous jouez le gentil niais, mais il y a bien des moments, de toute évidence, où vous n'êtes rien d'autre qu'un beau salopard.

— Parfait ! s'exclama Stickler. Je n'entends aucune question, donc je pense que nous en avons terminé. Venez, Charlie. Il fait trop chaud, dans cette pièce, de toute façon.

— Ouais, il fait une sacrée putain de chaleur ! cria Charlie, et il partit de ce rire étrange que nous avions tous appris à accepter. Neil aime bien quand je dis *putain* ! Et moi j'aime bien Neil. Vous aimez bien Neil, vous, M'sieur Man ?

Charlie commença à se lever. Rauser tendit le bras en travers de la table pour lui saisir le poignet.

— Tant d'argent à la banque, Charlie, et pourtant vous pédalez à travers toute la ville dans votre uniforme de…

— Le travail est une composante essentielle du processus de guérison, l'interrompit l'avocat. Les personnes handicapées comme Charlie ont *elles aussi*

besoin de se sentir utiles à la communauté, commissaire.

— Arrêtez vos salades, dit Rauser sans lâcher Charlie qu'il regardait droit dans les yeux. C'est comme ça
que vous entrez chez eux, hein ? C'est pour ça qu'Elicia Richardson et Lei Koto et les autres vous ont
ouvert leur porte ? Vous apportez un paquet ? Vous
avez l'air d'avoir très chaud, vous leur demandez si
vous pouvez boire un verre d'eau ?

— Je ne connais pas ces gens.

Charlie essaya de dégager son bras, mais Rauser le
retint.

— Pauvre Charlie, devant la porte, avec son paquet,
qui a si chaud et si soif…

— Commissaire Rauser, lâchez mon client !

Rauser se mit debout et se pencha par-dessus la
table, approchant son visage de celui de Charlie.

— Il paraît que vous savez drôlement bien manier
le couteau. Vous devez en avoir, des couteaux, chez
vous, non ? J'aimerais les voir.

— Avez-vous le moindre élément qui vous permette
d'associer mon client aux crimes auxquels vous faites
allusion ? demanda Stickler d'un ton autoritaire. Non,
c'est bien ce que je pensais.

Il attrapa sa veste sur le dossier de sa chaise et posa
une carte de visite sur la table.

— Si vous avez d'autres questions, commissaire,
appelez-moi. Venez, Charlie.

— Ça s'est bien passé, dis-je d'une voix sourde.

Balaki tourna la tête vers moi.

— Ouais. Rauser voulait le déstabiliser et voir sa
réaction.

Mais Rauser n'en avait pas encore terminé. Juste avant que les deux hommes ne quittent la salle d'interrogatoire, il se planta devant Charlie et dit d'une voix très calme :

— Nous allons revenir chez vous, dans cette jolie maison cossue, avec un mandat, et la passer au peigne fin. Nous en fouillerons les moindres recoins. Je vous mets au défi de vous débarrasser des indices susceptibles de vous incriminer. Vous êtes fichu, Ramsey. Ce n'est qu'une question de temps.

Il tourna les talons et sortit de la pièce.

— Pas d'aveux, alors ? demanda Balaki avec un grand sourire lorsque Rauser et Williams nous eurent rejoints dans la salle d'observation.

— Tu parles, grogna Rauser. Il y a davantage de chances que Nancy Pelosi[1] débarque ici pour nous faire un strip-tease.

— Ah ouais, approuva Balaki, hochant énergiquement la tête. En voilà une idée qu'elle est bonne !

Nous le regardâmes fixement. Quelques instants de silence embarrassé suivirent, puis Rauser dit :

— Il faut rester sur le dos de ce mec en permanence, je dis bien *en permanence*, et il faut faire ça par équipes alternées. Vous deux, vous mettrez Velazquez et Bevins au courant.

Les deux inspecteurs maugréèrent. Ils savaient que la surveillance de Charlie leur imposerait des plages de douze heures non-stop d'un travail insupportablement barbant. Ces hommes ne craignaient pas les

---

1. Femme politique américaine née en 1940, appartenant au parti démocrate, présidente de la Chambre des représentants de 2007 à 2010.

longues journées de travail ; ils en avaient l'habitude. C'était l'inactivité qui les rendait dingues.

— On prendra le premier quart en fin de journée, d'accord ? dit Balaki. Laisse-nous le temps d'embrasser nos femmes et de remplir la thermos de café.

Rauser se dirigea vers la porte du couloir, puis se tourna vers moi, l'air intrigué.

— Qu'est devenu ce con de Dobbs ? Où est-il ?

— Estime-toi heureux qu'il ait disparu, dis-je avec un haussement d'épaules.

25

Nous avions pris l'ascenseur pour descendre au parking souterrain où se trouvait la Crown Vic de Rauser. Nous arrivions à la voiture lorsque j'entendis des claquements secs de chaussures à talons sur le ciment. Je me retournai en même temps que Rauser, qui marmonna :

— Et merde.

Elle marchait au pas de charge à travers le parking, tenant un micro à bout de bras comme la torche olympique. Un gros type la suivait, armé d'une caméra sur l'épaule.

— Attendez, commissaire, attendez, s'il vous plaît ! cria-t-elle. Commissaire, est-il vrai que vous avez arrêté un suspect dans l'affaire Atlas ?

Elle s'appelait Monica Roberts et elle avait comme spécialité de filer les flics d'Atlanta et les employés de la mairie pour s'assurer qu'ils faisaient leur travail. J'avais vu nombre de ses reportages et je l'avais souvent applaudie. Mais là, tout de suite, j'étais très ennuyée. Je paniquais un peu, à vrai dire, et je me doutais que Rauser devait être dans le même état d'esprit. Nous étions à nouveau réunis devant une caméra de télévision alors que j'avais été virée du groupe d'enquête ! Quand Connor, le chef de la police, apprendrait ça... J'imaginai une tornade noire géante déchiquetant City Hall East en soulevant un tourbillon de débris.

— Je n'ai rien à vous dire ! affirma Rauser.

Il avait reçu l'ordre de ne plus ouvrir la bouche devant les médias. Désormais, seuls les huiles de la police et de la mairie – et Jacob Dobbs – étaient habilités à parler de l'enquête.

— Vous avez pourtant interrogé un suspect, insista la journaliste.

— Les conférences de presse sont à midi tous les jours, dit Rauser quand elle s'immobilisa devant nous. Comme vous le savez très bien, Monica.

— Comment expliquez-vous que le spécialiste du profilage engagé par la police d'Atlanta, le Dr Jacob Dobbs, n'ait pas été présent à cet interrogatoire ? relança la journaliste.

Elle se tourna alors vers moi et la caméra la suivit. J'ouvris la portière de la voiture pour m'asseoir calmement sur le siège passager.

— Je n'ai rien à vous dire, répliqua Rauser.

— Très bien, mais pouvez-vous m'expliquer pourquoi la spécialiste du profilage qui a été *remerciée* et exclue du groupe d'enquête était présente, elle, à cet interrogatoire ?

Rauser prit place derrière le volant, claqua sa portière et démarra la vieille Ford.

— Nom de Dieu, grogna-t-il en commençant à rouler à travers le parking. Où est-ce qu'elle dégote ses renseignements, cette nana ? Si elle sait déjà tant de choses, elle doit aussi avoir le nom de Charlie.

Il soupira et me regarda, l'air pensif, avant d'ajouter :

— D'un autre côté, ça pourrait être une bonne chose. Si notre ami Charlie a un peu plus de pression sur les épaules, je veux dire.

À la sortie du parking, il prit à gauche sur Ponce de Leon Avenue pour rejoindre Peachtree Street. Il n'y avait quasiment aucun véhicule sur la chaussée. C'était un moment étrange de la journée. La ville était comme ramassée sur elle-même. Le déjeuner était passé mais il restait encore deux bonnes heures avant la sortie des bureaux, les foules de piétons sur les trottoirs, les embouteillages sur les grandes artères. L'après-midi était si tranquille, à vrai dire, et le ciel si parfaitement bleu, qu'on aurait pu se croire dans un monde sans climat. Mais la chaleur étouffante nous rappelait que ce n'était pas le cas. Les pneus de la Crown Vic crissaient doucement sur l'asphalte. Nous baissâmes nos vitres pour avoir un peu d'air. Rauser me dit qu'il n'avait pas de chance, en ce moment, avec les systèmes de climatisation. Les conversations du central de la police s'élevaient du haut-parleur grésillant de la C.B. Nous parlâmes peu. J'étais fatiguée, et même un peu déprimée. Rauser avait l'air de mauvaise humeur.

— Cadavre non identifié, peut-être un meurtre, annonça le dispatch du commissariat. Au carrefour de Juniper et de la Huitième.

Rauser poussa un grognement de surprise et saisit le micro.

— Ici deux-trente-trois. Sur place d'ici deux minutes, dit-il, et il jeta un coup d'œil vers moi pour ajouter : Peut-être un meurtre. Je dois y aller. C'est tout près d'ici.

Il activa le gyrophare et la sirène. Les rares voitures qui nous précédaient commencèrent leurs migrations paranoïaques vers les voies latérales. Rauser accéléra et quitta Ponce de Leon deux carrefours plus loin. Quelques instants plus tard, nous arrivâmes à la Huitième Avenue près de Juniper Street. Deux femmes se tenaient sur la pelouse d'une maison de style victorien aux volets bleu clair, les bras croisés sur la poitrine, et fixaient avec des mines effarées une Lincoln gris métallisé garée au bord du trottoir.

Une voiture de patrouille qui arrivait de la direction opposée s'arrêta en travers de la chaussée, suivie d'une Crown Vic.

Rauser reprit le micro en main.

— Ici deux-trente-trois. Je suis sur place, dit-il, et il ouvrit sa portière. Keye, je te ramène chez toi dès que j'aurai vu de quoi il s'agit. Attends-moi, d'accord ? Je ne veux pas que tu marches.

À pied, j'aurais pu être chez moi en moins de dix minutes. Mais je répondis simplement :

— Je ne bouge pas.

À l'arrêt, au soleil, en quelques secondes la voiture de Rauser se transforma en four. Je descendis sur le trottoir et m'adossai à la portière. Il ne faisait pas beaucoup moins chaud à l'extérieur. Je vis les feuilles d'un pacanier s'agiter mollement au passage d'un souffle de vent, puis retrouver leur immobilité. Rauser marcha en direction des deux femmes, échangea quelques mots avec elles, puis alla s'entretenir avec l'agent en uniforme et les deux inspecteurs arrivés en même temps que nous. Ils s'approchèrent alors tous ensemble de la Lincoln grise. Rauser détacha l'agrafe du holster d'épaule dont il ne se séparait pour ainsi dire jamais, puis ouvrit la portière du conducteur. Il me sembla le voir tressaillir devant le spectacle qu'il découvrait dans la voiture. Sa réaction était presque imperceptible, à vrai dire – un léger raidissement de ses épaules, un infime mouvement de recul –, mais elle me fit peur.

Rauser contourna la voiture pour en regarder la plaque d'immatriculation. En même temps, il sortit son téléphone de sa poche. Une camionnette de la police scientifique et technique arriva à ce moment-là dans la rue, suivie d'une camionnette de l'institut médico-légal dont descendit Frank Loutz, un légiste du comté de Fulton.

Je regardai à nouveau Rauser. Il avait l'air tendu. Il s'était écarté de la voiture et s'essuyait le front d'un revers de manche. Je savais qu'il ne s'était jamais habitué aux étés brûlants d'Atlanta. Une autre camionnette de la police scientifique s'immobilisa à côté de la première, suivie d'une Ford Taurus gold au volant de laquelle j'aperçus… Jo Phillips. Oh, génial. « Jo », l'analyste des traces de sang et l'amazone de choc de Rauser. Mais celui-ci ne semblait pas avoir remarqué son arrivée. Il se tourna vers moi, l'air perplexe, puis fit face au légiste qui s'approchait de lui. Ils parlèrent un moment. Enfin, Rauser vint à ma rencontre.

— C'est Dobbs, dit-il.

— Quoi ?

— Il est mort.

Deux agents en uniforme commençaient à délimiter une zone interdite au public, cinquante mètres autour de la Lincoln, avec le ruban jaune de scène de crime. Ils travaillaient rapidement. C'était nécessaire. Dès que la nouvelle serait connue, équipes de télévision et badauds ne manqueraient pas d'accourir.

— La température du foie indique qu'il est ici depuis déjà dix ou douze heures. Et la rigidité cadavérique est là, me dit Rauser. Ça signifie qu'il a été tué avant l'aube, à peu près deux heures avant que nous arrêtions Charlie. Le cadavre porte de multiples traces de coups de couteau.

D'autres véhicules de la police envahissaient la rue, stationnant en travers de la chaussée. Je songeai à mon comportement envers Dobbs lors de notre dernière rencontre, à mon agence – quand je l'avais laissé endormi sur le canapé, assommé par les brownies au haschisch de Neil. Les brownies. *Seigneur*. Étaient-ce eux qui l'avaient perturbé, lui avaient fait baisser sa garde au point qu'il s'était retrouvé en position de vulnérabilité face à son assassin ? Écœurée, je me laissai glisser le long de la portière de la Crown Vic et m'assis sur le trottoir.

Rauser se pencha et me toucha doucement l'épaule. Il voulait me reconduire chez moi. Je fermai les yeux quelques instants, puis :

— Je veux voir Jacob.

— Alors maintenant c'est *Jacob* ? répliqua-t-il, agacé. Pourquoi faut-il que tu fasses toujours un roman de tout, Street ? Ce mec était un con ! Dommage qu'il ait été tué, mais c'était un con et un enfoiré. Et au cas où tu voudrais te sentir coupable, il ne titubait pas, il ne se cognait pas aux murs, il n'est pas tombé entre les griffes du tueur parce qu'il avait un peu de THC dans le sang. D'ailleurs, son système avait déjà tout évacué pendant qu'il roupillait. Il est évident que quand il s'est réveillé sur ton canapé, il avait les idées bien claires et il était de nouveau le fumier qu'il a toujours été.

— Ça, Rauser, c'est un peu dégueulasse de ta part, dis-je en me remettant debout. Vu ce qui vient de se passer, tout de même… Enfin peu importe. J'ai besoin de voir la scène.

Je me dirigeai vers la Lincoln, ce cercueil sur roues dans lequel le criminel s'était débarrassé du corps. Rauser me rattrapa et me tendit des gants en latex.

— Comme tu voudras ! Va voir le spectacle. Et si la télé et le patron te voient ici, sur *ma* scène de crime, et si les retombées me causent des problèmes, à *moi*, dans *mon* travail, on s'en fout complètement, n'est-ce pas ? Du moment que tu fais ce que tu veux, *toi*, *toi*, *toi* !

— Me fais pas chier, Rauser.

— Et merde à l'enquête ! continua-t-il, marchant à côté de moi. Merde à ma carrière. Merde à Aaron Rauser. Keye Street veut aller au bout des choses. Pour elle-même ! Parce qu'il ne s'agit bien toujours que de toi, Keye, n'est-ce pas ? Ou alors… est-ce parce que tu penses devoir superviser notre travail ? Parce que toi tu peux faire tout ça mieux que personne, c'est ça ?

Je m'immobilisai et le fusillai du regard.

— Putain, Rauser, c'est toi qui es venu me demander de l'aide !

— Ouais, eh ben… montre-moi que ce n'était pas une grosse erreur. Parce que là, tout de suite, je te demande de t'arrêter.

Je lui jetai au visage les gants qu'il m'avait passés.

— Très bien. Je rentre chez moi. À pied !

Je ne répondis pas au téléphone pendant des heures. J'entendis la sonnerie de Rauser deux fois, mais je l'ignorai. Je n'étais plus en colère contre lui. J'étais simplement furax qu'il ait eu à ce point *raison*. À propos de tout. Ce n'était pas la première fois qu'il me reprochait de faire un roman des trucs merdiques de mon existence – surtout de ma relation avec Dan. Je deviens connement sentimentale quand je me sens seule et quand j'oublie ce qu'était *réellement* ma vie conjugale avec Dan. Je ne pense pas que l'esprit humain ait la capacité de se souvenir complètement des douleurs du passé. C'est une caractéristique qui présente autant d'avantages que d'inconvénients, bien sûr.

Vers minuit, je décidai de ravaler ma fierté et d'appeler Rauser. C'était la meilleure chose à faire.

Il me répondit d'une voix épuisée :

— J'ai téléphoné à la femme de Dobbs. Deux flics étaient à leur domicile, pour qu'elle ne soit pas seule au moment où je lui annoncerai la nouvelle. C'était vraiment bizarre, Keye. Elle a réagi très calmement. Et puis il y a eu un bruit, comme si elle avait lâché le combiné. Un des agents a pris la ligne et m'a dit qu'elle s'était évanouie.

Je me mettais à la place de Rauser. J'imaginais aussi le chagrin que devait éprouver la femme de

Dobbs – surtout sachant à quel point la mort de son époux avait été brutale et sordide. Je ne la connaissais pas personnellement. Je savais qu'ils étaient mariés depuis de longues années et qu'elle dirigeait le département de sociologie de l'université de Virginie.

— Je suis désolée, dis-je.

— Certains jours, je déteste ce putain de travail.

J'entendis les chaussures de Rauser claquer sur un sol carrelé, puis un grincement de gonds, puis une lourde porte qui se fermait.

— Où es-tu ?

— À Pryor Street.

Cela voulait dire l'institut médico-légal du comté de Fulton – la morgue. Un des endroits d'Atlanta qu'il aimait le moins.

— La Lincoln, c'était une location ?

— Ouais. Elle est au labo. Les traces de sang montrent qu'il a été tué dans cette voiture.

— Je ne comprends pas. Que faisait-il dans ce quartier au milieu de la nuit ? Y a-t-il rencontré quelqu'un ? Était-il déjà accompagné ? A-t-il été obligé de conduire jusque là-bas ?

— Nous cherchons des réponses à toutes ces questions. Nous savons déjà qu'il était seul, à la sortie de son hôtel, au pupitre du voiturier, quelques minutes après minuit, quand il a demandé la Lincoln. Nous savons aussi qu'il semblait un peu éméché. À mon avis, voilà ce qui a pu se passer. Vu qu'il a dormi la moitié de la journée sur ton canapé, en fin de soirée il n'a pas du tout sommeil. Une ville qu'il connaît mal, il est seul, il boit quelques verres dans sa chambre mais il s'ennuie, alors il sort rôder un peu. Il traîne dans un ou deux bars, il boit davantage et il baisse sa garde. Nous avons interrogé tout le monde dans le quartier où il a été retrouvé. Personne ne connaissait Dobbs, sauf les gens qui l'avaient vu à la télé, et personne ne se souvient à quel moment exact la Lincoln est apparue dans la rue. Je pense que le tueur a choisi le lieu plus ou moins au hasard. La rue paraissait tranquille, ça lui a suffi. Dobbs était au volant, le tueur l'a invité ou obligé à s'arrêter là.

Je fermai les yeux. J'avais encore du mal à me faire à l'idée qu'un cadavre de la morgue portait le nom de Jacob Dobbs.

— Le coup de couteau fatal est le même que celui qui a tué Brooks, enchaîna Rauser. Au niveau de la fourchette du sternum. L'angle d'attaque nous indique que le tueur était sur le siège passager et qu'il a simplement tendu le bras en travers de l'habitacle pour frapper. C'est un droitier. Dans cette position, un gaucher aurait manqué de force pour plonger la lame dans la poitrine de Dobbs.

— Atlas place la barre de plus en plus haut, dis-je. Les photos qu'il dit prendre de ses crimes, les lettres qu'il t'adresse et dont il me met en copie par mail, ma voiture qu'il a trafiquée, le fleuriste, et maintenant une cible connue comme Dobbs. Ses fantasmes évoluent, le dominent, et il éprouve un besoin irrépressible de les réaliser. Quitte à ne plus aussi bien se protéger qu'auparavant. Il prend davantage de risques. Sa maladie progresse.

— Oui, il devient imprudent. Loutz a retrouvé des fibres sur le cadavre. Il pense que ce sont des fibres de moquette. Nous avons récupéré un échantillon de moquette de la chambre d'hôtel de Dobbs, mais il ne correspondait pas. J'essaie d'obtenir un mandat pour perquisitionner chez Charlie Ramsey. Ces fibres, ce sera peut-être la seule piste à exploiter quand nous entrerons enfin chez lui. Je suppose qu'il s'est déjà débarrassé du couteau, des photos et de tous les autres trucs qu'il avait chez lui, ce petit tordu, avant même que nous ne l'arrêtions ce matin. C'est ce que j'aurais fait, moi, en tout cas, si j'avais tué un mec d'une douzaine de coups de couteau deux heures plus tôt.

Je me souvenais d'avoir vu une cheminée dans le salon de la maison de Charlie – idéale pour brûler des photos. La destruction des images numériques d'un téléphone ou d'un appareil photo était également très facile. Quant au couteau… Un coursier à vélo pouvait sans difficulté se débarrasser d'un pareil objet. La police d'Atlanta ne pouvait pas le suivre partout. Il entrait et sortait d'immeubles de bureaux, de centres commerciaux, de toilettes publiques, à longueur de journée. Rauser avait sans doute raison, Charlie avait pu facilement détruire tous les indices compromettants en sa possession.

— Que sais-tu d'autre au sujet de Dobbs ? demandai-je.

— Même couteau que pour les précédents meurtres d'Atlas. Par contre, pas de morsures.

— Il a manqué de temps pour le rituel, dis-je, réfléchissant à voix haute. Un quartier résidentiel, des piétons sur le trottoir…

— Keye, il y a une chose que je ne t'ai pas encore dite, m'interrompit Rauser. La scène de crime, cette voiture… C'était assez… dégueulasse.

Je me souvenais d'avoir vu Rauser tressaillir quand il s'était penché dans l'habitacle. Je me préparai mentalement à entendre le pire.

— Le pantalon de Dobbs était baissé, dit-il. Et, heu… sa bite avait disparu.

26

Les fibres noires que le médecin légiste avait récupérées à l'intérieur d'une des blessures de Dobbs provenaient d'une moquette de voiture. Pour Rauser, ce détail allait dans le sens de l'hypothèse que j'avais avancée : le tueur avait probablement posé le couteau sur la moquette de son propre véhicule avant de le récupérer pour attaquer Dobbs. Quelques fibres s'y étaient accrochées, puis, quand la lame avait plongé dans la poitrine de Dobbs, elles étaient restées prisonnières de sa chair. Le légiste avait consulté la base de données des fibres de moquettes d'automobiles du FBI, qui recensait plus de sept cents modèles de voitures des dernières décennies. Elle ne possédait pas suffisamment d'échantillons de comparaison pour déterminer l'année de fabrication des fibres retrouvées sur Dobbs, mais le légiste avait tout de même découvert qu'elles provenaient d'une moquette utilisée dans seulement quinze modèles d'automobiles : la Jeep Wrangler, la Chrysler LeBaron, la Dodge Challenger, la Toyota Camry et onze autres. Le champ de recherche était encore trop vaste, mais, pour la toute première fois, la scène d'un crime d'Atlas avait livré un indice réellement utile pour l'enquête. En l'espace d'une nuit, en outre, Frank Loutz était passé du statut de bon à rien à celui de héros dans l'esprit de Rauser.

Mauvaise nouvelle pour ce dernier, en revanche, le service des immatriculations n'avait pas de véhicule au nom de Charlie Ramsey, son principal suspect. Charlie n'avait pas non plus de permis de conduire – dont il aurait eu besoin pour louer une voiture. Mais Rauser restait convaincu que Charlie était le suspect idéal pour ces meurtres. Et il était déterminé à trouver la preuve de sa culpabilité. Si Charlie n'avait pas une voiture cachée quelque part, disait-il, c'était sans doute qu'il en avait volé une. Ses inspecteurs avaient donc commencé à comparer les listes de véhicules volés dans la région à celle des quinze véhicules équipés des fibres compromettantes.

Rauser m'avait demandé d'aller vivre chez mes parents jusqu'à l'arrestation d'Atlas. Il craignait que le tueur n'envisage pour notre prochain rapport quelque chose de plus grave que l'envoi d'un e-mail, un match de catch à l'agence ou une roue perdue sur l'autoroute. Il voulait que je disparaisse, et pour tout un tas de raisons. J'avais envisagé pendant deux pleines secondes de me réfugier chez mes parents. Indiscutablement, Atlas se rapprochait : la mort de Dobbs était un message clair pour toutes les personnes impliquées dans l'enquête. Ainsi que leurs proches. Il n'était pas question que j'expose mes parents à cette menace. De plus, je risquais d'avoir moi-même des pulsions meurtrières si j'étais contrainte de passer trop de temps auprès de ma chère et tendre mère. Bénie soit-elle.

Quelles que fussent les motivations d'Atlas, je savais que Rauser et ses hommes pouvaient eux aussi être menacés. Le tueur avait pris un virage très net et modifié sa trajectoire. Désormais, il ne s'intéressait plus aux plaignants de procès au civil. Rauser, qui était à la tête de la brigade des homicides et du groupe d'enquête sur l'affaire Atlas, constituait un adversaire de taille qui risquait fort de le priver de sa liberté. Le tueur s'était déjà amusé à ses dépens en lui adressant plusieurs lettres. En outre, il savait que Rauser et moi étions très proches : ses lettres laissaient entendre que nous étions amants. Comme Charlie l'avait dit lui-même quand il m'avait attaquée.

Je conseillai à Rauser d'être prudent. Il m'assura qu'il faisait très attention.

J'avais appelé un serrurier que je devais retrouver de bonne heure à l'agence. J'avais aussi contacté Neil pour lui demander de venir chercher ses nouvelles clés – et lui expliquer que nous devions changer certaines de nos habitudes. Il ne pouvait plus travailler la porte de la rue grande ouverte. Il fallait non seulement la fermer, mais également la verrouiller.

Le serrurier me suivit jusqu'au Georgian, et à huit heures et demie du matin la serrure de mon appartement était changée elle aussi. Je préparai du café, nettoyai la litière de Racaille, lui donnai à manger et de l'eau, puis allumai la télévision.

L'assassinat de Dobbs était sur toutes les chaînes d'information. Lesquelles rediffusaient toutes les interviews juteuses qu'elles avaient de lui dans leurs archives. J'avais beau avoir détesté cet homme, je trouvais ces images extrêmement pénibles. Je me mettais aussi à la place de la femme et des enfants de

Dobbs qui entendaient les journalistes gloser sur les détails sanglants de son meurtre – sans oublier la mutilation de son pénis. Disons plutôt que j'*essayais* de me mettre à leur place : je savais que j'étais loin de pouvoir imaginer ce qu'ils devaient ressentir.

Pourquoi n'avais-je pas été assez douée, assez intelligente, pour fournir à la police d'Atlanta une analyse, des données qui lui auraient permis d'appréhender ce tueur avant qu'il ne frappe une nouvelle fois ? Cette question m'obsédait. Et cette autre, aussi : Charlie Ramsey pouvait-il réellement être le tueur cruel et assoiffé de sang que nous appelions Atlas ?

Il avait été terriblement brutal et vulgaire quand il m'avait agrippée à l'agence pour tenter de me violer. Je n'avais pas oublié son regard glacial, ses gestes de fauve. Je songeai à la scène de crime Brooks, au moment où j'avais trouvé Billy LaBrecque battu à mort, à l'enfant de Lei Koto entrant dans cette cuisine aux murs éclaboussés de sang. Je pensai aussi à mon accident sur l'autoroute, à Jacob Dobbs...

Un étau d'angoisse me comprima subitement la gorge. Je ne voulais pas avoir peur pour Rauser, pour moi-même, pour Neil ou pour ma famille. Je ne voulais pas vivre comme ça. Pas question.

Commence par le début, me dis-je. *C'est là que tu dois toujours aller – au début de l'affaire.*

J'appelai ma mère, lui demandai de s'occuper de Racaille pendant quelques jours. Je savais qu'elles seraient contentes de se retrouver. Racaille accepte des poignées entières de friandises industrielles pour chats et toutes les délicatesses culinaires que Mère lui offre, se frotte affectueusement à ses chevilles et ne dédaigne pas de longues séances de câlins. Mère, cependant, n'est pas d'accord avec le nom que je lui ai donné et s'obstine à l'appeler Blanchette, Pouponnette ou Toutounette.

Je passai quelques coups de fil pour me libérer de certaines tâches prévues dans la semaine et refilai à Neil autant de travail qu'il voulut bien en prendre. Racaille me suivit dans la chambre ; elle m'observa sortir une valise de la penderie. Comprenant que je m'en allais quelque part et réprouvant un tel acte de trahison, elle s'assit au milieu du parquet et fixa sur moi les deux fentes débordantes de ressentiment de ses yeux verts.

Je partais dans le Sud. Les deux premiers meurtres attribués à Atlas avaient eu lieu en Floride. Nous n'avions pas pu obtenir d'étude victimologique complète sur Anne Chambers, première de la série. Certains documents rédigés à l'époque nous avaient apporté diverses informations, mais la vie privée d'Anne nous restait largement inconnue. Les meurtres n'avaient pas commencé en Floride sans raison. En même temps, Anne Chambers ne semblait pas avoir le moindre rapport avec le système judiciaire. De toutes les victimes, c'était elle qui avait été traitée avec le plus de cruauté, le plus de violence. Atlas avait horriblement brutalisé cette jeune femme et l'avait mutilée de ses organes génitaux et de ses seins. J'avais besoin de savoir pourquoi.

Le carillon de la porte d'entrée retentit à travers l'appartement et n'arrangea pas l'humeur de Racaille : elle fila sous le lit. J'allai à la porte comme j'étais : en short et vieux tee-shirt sans soutien-gorge, pieds nus. Hissée sur la pointe des pieds pour regarder par l'œilleton, j'y découvris le visage de mon ex-mari.

J'éprouvai alors à peu près la même chose que si je m'étais mouillé le doigt avant de le fourrer dans une prise de courant. Je crois que mes yeux s'exorbitèrent un peu.

Pas une seule fois, même aux pires heures de notre mariage, je n'avais regardé Dan sans rien éprouver. Il éveillait toujours, toujours quelque chose en moi. Ma réaction n'était pas nécessairement positive, mais toujours hyperintense. J'avalai la boule de coton coincée au fond de ma gorge et ouvris la porte.

— Tu as froid ? demanda-t-il avec ce sourire bien blanc, invraisemblablement sexy, qui me faisait fondre.

Baissant les yeux sur mon tee-shirt, je me rendis compte, non sans mécontentement, que mes tétons s'autorisaient une sorte de coup d'État au détriment du bon sens.

Dan me tendit les fleurs que j'avais aperçues derrière son dos. Un bouquet jaune, rouge, violet – sans feuillage pour le gonfler. Dan avait la particularité de connaître un très grand nombre de fleurs par leurs noms. Il avait sans doute sélectionné celles-ci individuellement, peut-être même avait-il supervisé l'arrangement du bouquet. Du temps de notre mariage, il m'en rapportait à la maison chaque fois qu'il avait été infidèle. Les fleurs étaient devenues pour lui une sorte de sous-spécialité. Sa spécialité, bien sûr, c'était le bobard.

Croisant les bras sur les petits traîtres insubordonnés qui faisaient saillie sous mon tee-shirt, je regardai froidement Dan, froidement le bouquet, puis tournai les talons pour regagner la chambre.

— Écoute, Keye, je sais que je n'ai jamais été un bon mari !

Il ne me suivit pas. Il avait simplement franchi le seuil de l'appartement, fermé la porte derrière lui et élevé la voix pour que je l'entende.

— Qu'est-ce qui t'arrive, Dan ? Tu as encore fait quelque chose d'inadmissible ? demandai-je – et je ne plaisantais qu'à moitié. Quoi donc, cette fois ?

— Non, non ! Ce n'est pas du tout ça. J'ai réfléchi à des tas de trucs, par contre, et… Écoute, je sais que je ne t'ai pas assez soutenue quand tu avais besoin de moi. J'étais un mari minable et un ami déplorable. Putain ! La moitié de ma vie, j'ai eu de la peine à être un mec bien.

Je ne répondis rien. J'attendais la suite, méfiante comme toujours avec lui. Racaille, en revanche, ne craignait plus rien. En entendant sa voix, elle sortit de sa planque sous le lit, s'étira et sortit de la chambre en se dandinant. Elle avait toujours adoré Dan. Deux minutes plus tard, quand je revins dans le salon, il était accroupi près d'elle. Il portait un jean moulant légèrement évasé au bas des jambes et une chemise blanche, à col mao, qui mettait en valeur sa peau mate. Racaille, pattes avant étirées et cul en l'air, s'abandonnait avec volupté à ses caresses.

M'apercevant, Dan se redressa de toute sa hauteur – un mètre soixante-quinze à peine avec ses santiags.

— Je lui ai manqué, dit-il.

Je fis la moue.

— Tu sens probablement le poisson.

Il sourit.

350

— Je suis en train de changer, Keye. Je fais de gros efforts pour réformer ma vie. Pour me comporter correctement.

— Pourquoi les chats aiment-ils le poisson, d'ailleurs ? Ils n'ont pourtant pas l'habitude de chasser la truite tout seuls en pleine nature. T'as déjà vu un seul chat, toi, sur les chaînes animalières, pêcher un poisson dans une rivière ?

Dan ne se laissa pas décourager.

— Je ne sais pas comment tu pourrais me pardonner d'avoir été l'homme que j'ai été avec toi, mais si tu voulais essayer, ne serait-ce qu'*essayer*, je te promets que je ne te décevrais plus jamais.

Bien sûr qu'il me décevrait. C'est notre mode de relation. Nous nous faisons des promesses, il ne les tient pas, je suis blessée et furax – et puis nous recommençons. C'est tordu, je sais, mais… Là, tout de suite, ça m'était égal. J'avais juste envie de lui. Je ne tendis pas à proprement parler les bras devant moi en levant le cul en l'air, mais je dus lui envoyer quelque signal invisible, au niveau le plus inconscient – ou le plus animal –, car il s'approcha soudain de moi, me glissa une main derrière la nuque et m'embrassa. Sa bouche avait un goût de bonbons Starburst, ceux à l'orange qu'il aimait par-dessus tout et dont il avait probablement un plein sac dans sa vieille voiture. Il sentait les draps frais et le savon. Se serrant contre moi, il murmura :

— Je suis dingue de toi, Keye. J'ai toujours été dingue de toi, tu le sais bien.

Son sexe déjà dur appuyait sur mon ventre. Il ne me demanda pas pourquoi j'étais en train de faire mes bagages, dans la chambre, quand nous descendîmes ma valise du lit pour la poser par terre.

Dan était un amant docile – doux, patient, inlassablement en érection. Il aimait embrasser. Il aimait se faire déshabiller. Il aimait aussi être attaché, parfois. Il aimait me laisser faire tout ce dont j'avais envie, aussi longtemps que je le souhaitais. Dans certains cercles on l'aurait appelé un Receveur ou un Soumis ; c'était une des choses que j'appréciais le plus chez lui. Sa façon de faire l'amour avait quelque chose d'enfantin et de touchant. Il était sensible et réceptif, enthousiaste et complètement fasciné par moi. Tout ce que j'aurais voulu qu'il soit dans la vie courante – et que je ne pouvais plus espérer obtenir.

Nous restâmes allongés un long moment, silencieux, après avoir fait l'amour. Ma tête était posée sur sa poitrine et il me caressait l'épaule du bout des doigts.

— Tu es réveillée ? murmura-t-il enfin.

Je ne répondis pas. Je ne voulais pas parler. J'avais juste envie de m'endormir, comme ça, dans la douceur de l'instant.

Il me secoua légèrement l'épaule.

— C'est quoi cette valise ?

Je l'embrassai dans le cou et posai un doigt sur ses lèvres. Le soleil se couchait, j'avais sommeil. Racaille sauta sur le lit pour s'approprier la moitié disponible de la poitrine velue de Dan. Avant de s'installer, elle marqua une pause pour renifler mes cils. Puis elle me colla son cul sous le nez et s'abandonna de tout son poids sur Dan. Et le téléphone sonna. Adieu la douceur de l'instant.

— Non-présentation à convocation devant le juge, annonça sans préambule Tyrone, de Tyrone's Quikbail, quand je décrochai. Avec antécédents. Ça t'intéresse ? C'est bien payé. Du bon gros flouze.

Tyrone était capable d'employer ce genre de mot, « flouze », sans avoir l'air ringard. Je me redressai sur un coude.

— Quel genre d'antécédents ?

— Attaque à main armée.

Depuis quelques jours, je ne croulais pas à proprement parler sous les nouveaux contrats. J'avais été submergée par l'enquête Atlas et par toutes les saletés qui infestaient mon existence professionnelle – enquêtes de moralité, notifications, et une centaine de dossiers de candidatures à vérifier pour Rapid Placement, l'agence d'intérim qui me pompait pour quelque deux mille dollars de temps de travail chaque mois. J'avais besoin de ces revenus, mais le boulot était tellement ennuyeux que je ne m'y mettais qu'à la toute dernière minute chaque semaine, m'endormant souvent sur le clavier de l'ordinateur, la bave aux lèvres, le dimanche soir, pour remettre mes rapports à leurs destinataires le lundi matin.

J'expliquai à Tyrone que je devais quitter la ville quelques jours. Il prit bien la chose. Il avait une longue liste d'agents prêts à travailler pour lui. Il m'avait appelée la première parce qu'il m'aimait bien. C'était ce que j'entendais dire en ville, en tout cas. Avec Tyrone, parfois je ne savais pas très bien à quoi m'en tenir.

Je me recroquevillai contre Dan à côté de la chatte de gouttière blanche qui se désintéressait désormais complètement de moi.

— Je vais en Floride pour le travail, dis-je avant que Dan ne me repose la question. Deux jours, peut-être trois. Je ne sais pas encore très bien.

Il m'embrassa le front et m'étreignit en disant d'un ton lourd de regrets :

— Pile au moment où ça va si bien entre nous.

— N'oublie pas que là, tout de suite, c'est la partie facile de l'épisode, répondis-je en souriant.

— Non, ce n'est pas ça. Là, tout de suite, c'est la preuve qu'il y a quelque chose de vraiment très fort entre nous, Keye. Et c'est ce qui me tue, *après*, quand je ne suis plus avec toi. Tu me manques. Tu me manques *douloureusement*. Pourquoi ça ne peut pas être tout le temps comme maintenant ?

Peut-être était-il sincère. Peut-être me récitait-il une ligne de dialogue qu'il avait entendue quelque part. Peut-être avait-il de nouveau la tête dans une mauvaise série télé. Je n'étais plus capable de faire la différence. Je doutais qu'il en fût lui-même capable. Il jouait la comédie depuis si longtemps, répétant un rôle après l'autre, attendant toujours *le* rôle, celui qui le propulserait enfin au sommet...

— Ça te plairait que je reste ici ? demanda-t-il.

Comme ça. De but en blanc. Je le regardai sans doute comme s'il avait subitement perdu un œil, car il s'empressa d'ajouter :

— Une semaine ou deux, pas plus. Il y a une fuite de gaz ou je ne sais quoi dans mon immeuble. Tout le monde est mis à la porte. Des ouvriers ont déjà commencé à attaquer la rue au marteau-piqueur.

Je me levai et attrapai mon peignoir. Percevant des vibrations négatives, Racaille sauta du lit et fit le tour de la chambre en poussant avec vigueur de ses petites

354

pattes sur le parquet. Puis elle décida de disparaître sous le lit.

— Alors c'est pour ça que tu t'es pointé avec des fleurs et ton couplet sur le mari minable ! Tu te croyais encore à une de tes putains d'auditions ! m'exclamai-je, et je me frappai le front avec la paume. Salopard ! Je parie que tu as une valise dans le coffre de ta voiture. Non ?

— Attends, Keye, écoute... Ce n'est pas ce que tu crois.

Je partis au pas de charge vers la cuisine. Dan quitta le lit et me suivit sans même prendre la peine d'enfiler son caleçon. J'avais dans le frigo un cheese-cake au yaourt grec recouvert d'un glaçage à la grenade – et j'avais l'intention de le manger *tout de suite*. Il y a des gens qui gobent un Xanax quand ils sont anxieux. Mon truc à moi, c'est le cheese-cake.

— Tout ce que je t'ai dit sur nous deux, je le pense complètement ! Et le truc à propos de mon immeuble, je n'avais même pas prévu de te poser la question. Ça m'a traversé l'esprit et j'ai lâché ça sans réfléchir.

— Hmm...

J'ouvris le frigo et y dégotai le cheese-cake.

— Et la vérité au sujet de ton appartement, alors, c'est quoi ? La *vraie* vérité, Dan ? Tu n'as pas payé tes factures d'électricité ou de téléphone, une fois de plus ? Tu as encore oublié un certain truc comme le loyer ? Tu as besoin d'argent ?

Le téléphone sonna.

— Ne réponds pas, ordonna Dan.

J'attrapai le combiné avant la deuxième sonnerie. Dan leva les mains en l'air, l'air résigné, et se dirigea vers les fenêtres qui donnaient sur Peachtree Street et le Fox Theatre.

— Tu es occupée ? demanda Rauser.

Je couvris le combiné pour dire à Dan :

— Tu veux bien ne pas rester à poil devant la fenêtre, s'il te plaît ? Je sais que tu es fasciné par ta bite, mais Peachtree Street s'y intéresse beaucoup moins.

— Hé, désolé de déranger, dit Rauser d'un ton amusé. J'adorerais en entendre davantage sur la minuscule zigounette de Dan. Je commençais à penser que les hommes ne t'attiraient plus.

— C'est le cas. J'en ai ma claque des bonshommes !

— Peut-être que tu es lesbienne, en fait.

Les yeux fixés sur les parties génitales de Dan, je réfléchis un instant à cette idée. Jamais je n'avais éprouvé le besoin de me déclarer hétéro. Jamais je n'avais eu de crise d'identité sexuelle, et jamais je n'avais ressenti la nécessité de consulter un psy pour avoir des orgasmes. Dans mes moments de grande libéralité envers moi-même, j'aimais me dire que j'aurais été capable de tomber amoureuse d'une femme. Mais je n'avais jamais fait cette expérience – à moins de compter comme aventure lesbienne une brève séance de pelotage entre filles, à la fac, après quatre shots de vodka.

— Tu supposes toujours que les nanas te draguent, reprit Rauser. Tu sais bien…

— Non, pas du tout, l'interrompis-je.

— Et la serveuse de chez Hooters, tu ne te souviens pas d'elle ?

— Elle me draguait *carrément* !

356

— Ouais, admettons, fit Rauser comme s'il n'en pensait pas moins. Et Jo ? Elle aussi, tu as cru qu'elle s'intéressait à toi. Hmm ? À l'hôtel de la scène de crime Brooks. Tu te souviens ?

— Comment tu sais ça, toi ?

— Jo l'a bien senti, dit Rauser, et il pouffa de rire. Elle m'a raconté que t'es devenue toute bizarre quand elle a touché ton bras. Comme si tu allais te recroqueviller sur toi-même.

Je soupirai.

— Génial.

— Les homophobes sont souvent des homos refoulés, tu le sais, asséna-t-il, et il m'envoya quelques bisous ironiques dans l'écouteur.

La porte de l'appartement s'ouvrit sur ma mère. Je la regardai, regardai mon ex-mari qui boudait à côté de la fenêtre, puis regardai de nouveau ma mère. Je raccrochai au nez de Rauser.

— *Mère !* Qu'est-ce que tu fais ici ?

— Neil m'a donné la nouvelle clé. Je croyais que tu étais partie en voyage !

Mère ferma la porte, jeta un coup d'œil vers Dan et baissa les yeux vers le sol, un léger sourire sur les lèvres.

Dan s'écarta de la fenêtre et agita la main.

— Bonjour, maman. Ça me fait vraiment plaisir de vous voir !

Son calme m'étonna d'autant plus que la partie de son anatomie dont il était le plus fier avait rétréci au point de faire à peu près la taille de mon pouce. Dan et son pénis rabougri traversèrent la pièce en direction de la chambre. Mère tenait d'une main un plat recouvert d'un torchon, de l'autre une petite valise. Elle semblait avoir perdu sa langue, événement rare et que j'aurais pu apprécier à sa juste valeur si je n'avais été si mécontente.

— Je suis heureuse que vous soyez rabibochés, vous deux, dit-elle, suivant des yeux le cul nu de Dan.

Heureusement, il était déjà presque dans la chambre. J'élevai la voix pour être sûr qu'il m'entende :

— Nous sommes rabibochés, oui, mais uniquement pour qu'il puisse s'habiller et s'en aller d'ici le plus vite possible !

— Seigneur tout-puissant, Keye ! Faut-il vraiment que tu sois si dure ?

— Mère. Qu'est-ce que tu fiches ici ?

— Et *toi*, qu'est-ce que tu fiches ici ? Je dois m'occuper de Blanchette, tu ne te souviens pas ?

— Elle s'appelle Racaille, répliquai-je d'une voix rauque de colère. Pas Blanchette, ni Pouponnette, ni Toutounette, ni Foufounette, ni aucun des autres noms que tu voudrais lui donner ! Son nom, c'est *Racaille*.

— Je pensais m'installer ici pendant ton absence, pour qu'elle ne se sente pas seule, dit Mère, puis elle dodelina de la tête, l'air un peu peinée, avant d'ajouter : En plus… ça permettra à ton père d'être un peu tranquille.

Oh-ho. Papa et maman avaient-ils des problèmes de couple ? La perspective de voir ma mère s'installer chez moi durablement ne m'emballait pas du tout.

— Ça ne va pas, vous deux ? demandai-je.

— Howard n'est pas du tout dans son assiette, Keye. Je regrette de devoir t'annoncer que ton grand-père Street est mort.

Les parents de mon père m'ayant toujours appelée « la petite Chinetoque », la nouvelle de ce décès ne pouvait guère me bouleverser. Nous n'avions jamais été proches. Mais je savais que mon père aimait beaucoup le sien et qu'il devait être très attristé.

— Et… tu as laissé papa tout seul ? demandai-je, un peu perplexe.

— Tu connais ton père ! Parfois il est tout simplement inconsolable. Et ça n'arrange rien que son imbécile de père se soit fait tuer alors qu'il était au volant de sa propre tondeuse.

— Quoi ? Tu veux dire… Un chauffard a foncé sur le jardin de grand-père et l'a renversé alors qu'il tondait la pelouse ?

J'essayai de me retenir de rire – vraiment. Je savais, je me rendais parfaitement compte que c'était mal. Mère jugerait probablement ma réaction *inconvenante*.

— Non, non, dit-elle. Il était dans la rue. Dans une rue importante, même ! Et il allait rendre visite à ta grand-mère.

— Rendre visite à ma grand-mère ? Où ça ? Je ne comprends pas.

Mère soupira profondément, posa sa valise et alla au frigo y déposer son plat. Enfin, elle me répondit :

— Ils s'étaient séparés parce que ton grand-père avait ramené un serpent chez eux. Ta grand-mère refusait catégoriquement de vivre dans sa propre maison avec ce serpent, et comment ne pas la comprendre ? Par-dessus le marché, ton idiot de grand-père était à moitié aveugle et la police lui avait retiré son permis de conduire depuis plusieurs années. Alors il s'était mis à se balader en ville au volant de cette horrible tondeuse verte. Quel vieil imbécile, quand tu y penses ! Et ta pauvre grand-mère, Keye – tu te rends compte ? se lamenta ma mère, en secouant la tête. Une humiliation après l'autre, je te dis !

— Grand-père avait un serpent ?

J'avais un peu de mal à suivre.

— Oh, pour l'amour du ciel, ma fille ! Tu ne sais donc rien de ce qui se passe dans cette famille ?

27

Votre blogosphère adulte > Fétichisme extrême & Jeux de lames > Extrême SANS LIMITES, une fantaisie de LameVive > Seuls les solitaires

J'adore l'observer. Elle s'investit tellement dans ce qu'elle fait. Comme moi, mais avec des objectifs différents, bien sûr. Pour elle, il s'agit d'avoir un ventre bien plat et des fesses bien fermes à mouler dans ses collants. De mon côté, je sais quand ses voisins rentrent chez eux et quand sa femme de ménage est dans la maison. Je connais son chat. J'ai appris à adorer ses joggings de fin de journée. Elle fait celle qui ne sait pas que je suis là, gardant tout le temps les petits écouteurs de son MP3 dans les oreilles, mais je sais qu'elle sent ma présence. Elle adore que je m'intéresse à elle. Elle a envie de ma lame ; elle désire même aussi fort que moi sentir ma lame déchirer la peau factice de son corps.

Je monte le volume du lecteur de CD. C'est notre chanson, à Melissa et à moi. *Seuls les solitaires, doum, doum,*

361

doum, doum-di-daaa, peuvent me comprendre ce soir.
Seuls les solitaires, doum, doum, doum-di-daaa, savent
que c'est injuste[1].

J'embraye et appuie doucement sur l'accélérateur
pour la suivre au fil de son parcours. Je passe cette chanson pour elle, pour nous. Je la chante moi-même, aussi. Je
ne peux pas m'en empêcher. C'est tellement bon de la revoir.

J'ai perdu mon amour. J'ai perdu mon cœur... Oh, oh,
oh, oui...

Tallahassee ne semblait pas savoir que l'été s'ache-
vait sur des journées grises dans la plus grande partie
du pays. Le soleil brillait de tous ses feux, la température atteignait les trente-cinq degrés et le vent était
brûlant. À Atlanta, nous sommes suffisamment au sud
pour avoir des hivers doux et de longs étés, et suffisamment au nord pour avoir de réelles couleurs
d'automne et un printemps radieux d'arbres bourgeon-
nants et de fleurs. J'avais envisagé, autrefois, de
m'installer à Tallahassee pour y faire mes études.
L'université d'État de Floride, où j'arrivais maintenant
en voiture, possédait un excellent programme de criminologie. Mais finalement je m'étais sentie incapable
de vivre dans un endroit où il n'y avait pas cette alter-
nance nette de saisons qui m'apaise et m'aide à lutter
contre la dépression.

Je me dirigeai vers le centre d'accueil des visiteurs,
expliquai du mieux possible la raison de ma visite, fus

---

1. Cette chanson écrite et chantée en 1960 par Roy Orbison a
pour titre original *Only the Lonely*.

invitée à gagner les services administratifs pour m'entretenir avec une certaine Mary Dailey.

— Je recherche des informations sur une de vos anciennes étudiantes, dis-je à celle-ci. Elle devait être en première année il y a seize ans. Suis-je au bon endroit pour obtenir l'aide dont j'ai besoin ?

Mary Dailey avait une cinquantaine d'années, les cheveux châtains barrés d'une mèche grise sur le front, les yeux marron bordés de rides légères.

— Vous êtes détective privé, dites-vous ?

Je hochai la tête.

— J'enquête sur une affaire à Atlanta et…

— Puis-je voir une pièce d'identité, s'il vous plaît ?

— Certainement. Et vous pouvez vérifier auprès de la police d'Atlanta, si vous voulez. Je travaille avec le commissaire Aaron Rauser, patron de la brigade des homicides.

Je lui notai le numéro de portable de Rauser sur une feuille de papier. N'étant pas venue à titre officiel en Floride, j'aimais autant qu'elle ne passe pas par le standard du commissariat.

Elle examina ma pièce d'identité professionnelle et le numéro de Rauser, avant de demander :

— Et vous voulez des informations sur Anne Chambers, donc ?

Je hochai de nouveau la tête.

— Toutes les archives dans lesquelles elle apparaît. Et tout ce que vous avez, si vous avez quoi que ce soit, au sujet de ses amis, de sa famille, de sa vie en dehors du campus… Je crois qu'elle venait de passer en deuxième année, au moment où elle a été tuée ?

— Cette affaire a eu lieu il y a *seize* ans, madame Street, dit Mary Dailey comme si elle évoquait un siècle lointain. Pour ma part, je ne suis ici que depuis cinq ans.

— Mais vous connaissiez son nom et la raison de ma venue.

— Oui, répondit-elle d'une voix teintée de regret. Nous nous attendions à avoir de la visite depuis que les autorités ont fait le lien entre le meurtre d'Anne Chambers et ceux qui se sont produits à Atlanta. Et pour vous dire les choses franchement, cette perspective ne faisait plaisir à personne. Ce n'est pas le genre de publicité que nous recherchons.

— Je comprends. Mais… dois-je aussi comprendre que je suis la première à venir vous voir ?

— Un inspecteur de Jacksonville s'est déjà présenté ici il y a environ six semaines. Comme vous le savez, il y a eu un meurtre dans cette ville. Mais avec tout ce qui se raconte au sujet d'Atlanta en ce moment, nous savions que nous allions avoir la visite de quelqu'un de là-bas.

— Nous ?

— Toute l'équipe, répondit Mary en désignant les bureaux de l'administration, derrière elle, d'un geste de la main. Nous parlons de tout ça entre nous, bien entendu.

Elle marqua une pause, hésitante, puis reprit :

— Je peux vous permettre de consulter les albums universitaires des années qui vous intéressent, s'ils sont susceptibles de vous être utiles, et vous donner aussi quelques renseignements généraux, mais nous ne communiquons pas nos archives au public.

— Hmm… le truc, vous voyez, c'est qu'il ne me faudrait pas bien longtemps pour obtenir un mandat du tribunal, dis-je d'un ton agréable. Et avec ça, évidemment, vous auriez la visite d'une équipe complète d'enquêteurs qui se baladeraient à travers le campus et qui auraient *tout à fait*, croyez-moi, l'allure de flics. Ou bien vous pouvez m'aider tout de suite. Je vous promets d'être très discrète. Quasi invisible.

Elle poussa un petit soupir.

— Puis-je vous téléphoner un peu plus tard dans la journée ? Où logez-vous ?

— Je n'ai pas encore d'hôtel. Je suis venue directement d'Atlanta en voiture.

Je notai mon numéro de portable au dos d'une carte de visite que je lui tendis.

— Je crois savoir qu'Anne Chambers vivait ici, dans l'un des bâtiments de la résidence universitaire. Serait-il possible que j'y jette un coup d'œil, avant de m'en aller ?

Mary Dailey se mit debout, droite comme un piquet.

— Il faut que je retrouve le nom du bâtiment dans lequel elle avait sa chambre. Le campus est immense. Voulez-vous m'excuser un moment, madame Street ?

À l'instant où elle quitta le bureau, je fis le tour de sa table de travail. Le centre d'accueil des visiteurs l'avait appelée pour la prévenir de mon arrivée : un Post-it, sur le sous-main, portait mon nom, celui d'Anne Chambers, les années auxquelles elle avait été inscrite à l'université, et les mots *meurtres*, *bâtiment Roberts*, *secteur ouest*. Si elle avait déjà ces renseignements, pourquoi s'était-elle absentée ? J'étais intriguée, mais je repris ma place du bon côté du bureau et me composai une mine parfaitement innocente.

Mary Dailey reparut peu après.

— Voulez-vous venir avec moi dès maintenant, madame Street ? proposa-t-elle. Je vais vous montrer la résidence de Mlle Chambers. Il y a eu d'importantes rénovations à travers tout le campus depuis l'époque où elle était ici, mais je suppose que cela n'a pas d'importance pour vous.

— Le plan général des lieux est à peu près le même ?

— Je vous trouverai une carte du campus datant de cette époque, pour en avoir la certitude, mais je pense que oui.

— J'en déduis que la personne que vous avez consultée à l'extérieur de votre bureau vous a dit… ?

— De vous donner satisfaction, m'interrompit-elle d'une voix égale. En effet.

— Merci ! Et je serais enchantée d'avoir un plan du campus, dis-je avec enthousiasme. Anne Chambers partageait-elle la chambre avec une autre étudiante ?

— Avec *deux* étudiantes, à l'époque. Aujourd'hui, cependant, la majorité des chambres sont aménagées pour deux, répliqua un peu sèchement Mary Dailey.

Elle me nota les noms des deux jeunes filles en question sur une feuille, puis soupira de nouveau avant de dire :

— Madame Street… personne, dans cette université, ne veut entraver la marche de la justice. Mais nous aimerions avoir l'assurance que le déroulement de l'enquête ne risquera pas de produire des conséquences négatives pour notre institution. Par ici, les gens avaient complètement oublié le meurtre d'Anne Chambers. Les médias parlent d'Atlanta, uniquement d'Atlanta, et… nous aimerions que cela ne change pas.

Au volant d'une voiturette de golf, Mary Dailey nous conduisit à travers le campus très séduisant, aux rues et aux allées magnifiquement arborées, où Anne

Chambers, une jeune femme de vingt ans, avait vécu et connu une mort violente seize années plus tôt. Je songeai à sa famille, aux gens qui l'avaient aimée. Non, madame Dailey, les « gens » n'avaient pas oublié, avais-je envie de lui dire. Ce genre de crime ne s'oubliait jamais. Mais je gardai mes pensées pour moi.

Mary Dailey me guida jusqu'à la chambre qu'avait occupée Anne Chambers et m'y laissa seule, précisant qu'elle m'attendait devant le bâtiment. Les murs étaient vert menthe. Je me demandai combien de fois ils avaient été repeints au cours des quinze dernières années et combien d'étudiants avaient vécu ici. Il y avait deux lits simples et une bibliothèque encastrée, un petit bureau, un minuscule réfrigérateur et un lavabo. La pièce ne mesurait pas plus de quinze ou seize mètres carrés. Pas de salle de bains. Le sol était couvert de livres, de vêtements, de cartons à pizzas.

La chambre avait à peu près le même aspect, sur les photographies que j'avais vues, à l'époque où Anne Chambers vivait ici, étudiante en arts plastiques. *Arts plastiques*, pensai-je. *Quel genre de jeune fille choisit d'étudier les arts plastiques ? Une rêveuse*, me dis-je, et j'éprouvai soudain une grande tristesse.

Située au rez-de-chaussée, la chambre possédait deux fenêtres qui laissaient la lumière pénétrer à flots. Je me souvenais d'avoir étudié les meurtres de Ted Bundy quand j'avais été nommée au Centre national d'analyse des crimes violents. Lorsque Bundy était ici, en Floride, à pourchasser et à tuer des jeunes femmes, les étudiantes des universités, terrifiées, avaient amassé des feuilles mortes et des papiers froissés sous leurs fenêtres, dans l'espoir d'entendre le rôdeur approcher. Certaines y avaient planté des cactus, d'autres les avaient carrément barricadées. Ces mesures de sécurité n'avaient servi à rien. Bundy n'était pas le genre d'assassin à escalader les fenêtres pour s'introduire quelque part. Son physique de jeune premier et son charme, la sympathie qu'il inspirait à tout le monde – voilà ses armes. Ses victimes lui tombaient dans les bras. Après le meurtre d'Anne Chambers, les jeunes femmes de ce campus avaient-elles été effrayées à l'idée de marcher seules dehors ou de quitter leurs chambres le soir ?

Les murs n'étaient pas épais. Même la porte fermée, j'entendais de la musique et des bruits divers provenant des chambres alentour.

Le meurtre avait eu lieu en milieu de journée. La résidence devait être alors à moitié vide. À l'époque, déjà, le tueur devait bien étudier le terrain. Il avait su à quel moment venir, à quelles heures la victime et les deux étudiantes qui partageaient sa chambre s'y trouvaient ou non. Anne Chambers avait reçu un coup violent à la tête. Mais ce coup ne l'avait pas tuée ; il avait eu pour but de l'étourdir. Pendant quelques minutes au moins, elle avait été incapable de se défendre, de faire le moindre bruit ; le tueur avait eu amplement le temps de l'attacher et de la bâillonner.

Comment était-il sorti de la chambre, puis du bâtiment, sans être vu ? J'ouvris la porte et scrutai le couloir des deux côtés. Impossible pour lui d'atteindre l'une ou l'autre des issues du bâtiment sans être remarqué par une étudiante qui vivait ici, surtout s'il avait les vêtements couverts de sang. La scène avait été violente. Il y avait du sang partout dans la chambre. Par la fenêtre, peut-être ? Non. Le plus proche parking était assez loin. Le bâtiment voisin, de même, était trop distant. Quelqu'un l'aurait aperçu dans l'une ou l'autre direction. Peut-être portait-il un sac ou un attaché-case dans lequel il avait des outils et un change de vêtements ? Le sac aurait été parfait pour emporter les vêtements ensanglantés… Non. Le bagage aurait été trop volumineux. J'écarquillai les yeux. Une idée venait de me traverser l'esprit. *Bien sûr !* pensai-je. *Les vêtements, il les retire. Être nu avec la victime, cela fait partie du rituel.*

Je ne voulais plus rester dans cette chambre. Je voulais faire ce que j'avais fait dans le passé après avoir imaginé l'impossible. Je voulais boire.

Au lieu de quoi je passai le reste de la journée à éplucher la vie d'une jeune femme assassinée. Je listai les camarades de cours, les camarades de chambre, les professeurs d'Anne Chambers, puis je commençai le long labeur qui consistait à les retrouver et à les contacter les uns après les autres. L'histoire de ce meurtre était si ancienne que j'eus bien du mal à retrouver qui que ce fût qui eût le moindre souvenir au sujet d'Anne. Les gens se rappelaient le meurtre, oui, mais personne ne semblait savoir le genre de vie privée qu'Anne avait pu avoir – ses rêves de jeune femme, ses relations amoureuses. En deux ans, elle avait eu trois compagnes de chambre différentes. Toutes avaient gardé le souvenir d'une fille timide, assez distante, peut-être même un peu renfermée. Secrète. Mary Dailey me tendit une pile d'albums de différentes unités de recherche couvrant les années de présence d'Anne à l'université ; je les embarquai dans ma voiture pour les examiner plus tard.

J'avais appelé la mère d'Anne et nous étions convenues de nous rencontrer le lendemain matin. Le trajet jusqu'à Jekyll Island, où elle habitait, ne me prendrait sans doute que deux petites heures, même au volant d'une bagnole aussi poussive que la Plymouth Neon. J'espérais avoir le temps de me balader là-bas un moment. J'adorais cette île – le sable compact de ses plages, le bois flotté qui les jonchait, les immenses chênes aux troncs tortueux, penchés comme des vieillards le long des dunes à force de subir les assauts du vent de l'Atlantique. Au coucher du soleil, les enchevêtrements noirs des branches qui se détachent sur la lumière rouge orangé du ciel sont à la fois tellement étranges et tellement beaux qu'ils vous donnent la chair de poule. Jekyll n'est pas de ces îles aux plages de sable blanc et soyeux parfaitement entretenues qu'on trouve en certains lieux. L'océan qui la borde est agité, moutonneux, et dans l'après-midi les orages et la pluie battante vous tapent durement sur les épaules. Les îliens s'efforcent de préserver leur patrimoine et de repousser les promoteurs immobiliers ; ils tiennent à protéger la flore et la faune de Jekyll et leur vie communautaire de cols bleus et d'artistes, d'écrivains, d'éleveurs de crevettes et de chalutiers. Partez en balade sur n'importe quel sentier, vous apercevrez des cerfs, des crabes et des tortues, une immense variété d'oiseaux et des alligators qui feignent de dormir dans les eaux peu profondes des marais. Sur cette île, j'ai davantage le sentiment d'être à ma place que n'importe où ailleurs, comme si j'étais venue au monde ici, née de cette terre, de ce sable, de ces roseaux, et m'étais jetée à la mer à la façon d'une tortue caouanne. Au plus profond de moi, je suis une fille de cette partie de la Géorgie et j'aime plus que tout respirer son air doux et saumâtre. Je n'avais pas très envie de rencontrer la mère d'Anne Chambers. En revanche, j'avais hâte de me promener pieds nus sur le sable sombre de Jekyll Island.

J'arrivais au pont qui relie l'île au continent lorsque mon téléphone sonna.

— Mirror Chang à l'appareil, docteur Street. Jacob Dobbs était mon mari.

Je patientai deux ou trois secondes. Comme elle n'ajoutait rien, je dis :

— Mes plus sincères condoléances, madame Chang.

J'avais l'impression d'être totalement à côté de la plaque, de manquer cruellement de compassion vis-à-vis de cette femme qui devait être ivre de chagrin, mais je ne savais pas quoi dire d'autre.

Elle reprit alors d'une voix neutre qui ne trahissait aucune émotion :

— Vous avez travaillé avec Jacob, juste avant sa mort, à Atlanta. Vous étiez aussi collègues à l'Unité d'analyse comportementale, il y a quelques années.

— À l'époque j'étais davantage son étudiante que sa collègue.

— Mon mari est mort, docteur Street. Et maintenant… j'aimerais savoir la vérité. J'ai entendu raconter tellement d'histoires…

Sa voix commençait à se fêler. Elle s'interrompit, puis reprit d'un ton monocorde :

— Pourquoi éprouvons-nous ce besoin absurde, quand une personne que nous aimons meurt subitement, de savoir si elle nous a trahis ?

— C'est une façon de retarder l'assaut du chagrin, dis-je avec douceur.

Mirror Chang émit un petit rire triste.

— C'est exactement le genre de chose que Jacob aurait pu répondre. Alors dites-moi, docteur Street : que s'est-il passé entre mon mari et vous ?

— Au FBI ? J'ai rédigé une plainte contre lui, mais elle n'a pas été prise en considération…

— Parce que le Bureau lui était loyal et parce que vous étiez alcoolique. Je me trompe ?

J'avalai ma salive avant de répondre :

— Sans doute.

— Je me souviens de la colère qu'il éprouvait contre vous à cette époque. Une colère… démesurée, me semblait-il. Je sentais qu'il y avait beaucoup d'émotion entre vous deux.

— Je peux vous assurer que ce n'était pas le cas, madame Chang. Pas au sens où vous l'entendez, en tout cas.

Elle ne dit plus rien pendant quelques secondes. Puis :

— On m'a rapporté ses effets personnels. N'est-ce pas extraordinaire qu'un jour votre mari ait des vêtements sur le dos et diverses choses dans ses poches, et que le lendemain tout cela ne soit plus que ses « effets personnels » ?

Je ne répondis pas. Elle devait être au supplice de partager avec une inconnue ces pensées si bouleversantes, si douloureuses.

— J'ai lu certaines notes de Jacob. Votre nom y apparaît. Et dans des formulations… disons, sexuellement explicites. Avez-vous été la maîtresse de mon mari, docteur Street ?

— *Non*. Jamais. Absolument jamais.

372

— Certains hommes sont incapables d'être fidèles. Jacob était peut-être de ceux-là. En tant que mari il n'était pas parfait, mais ce que vous ignorez peut-être c'est qu'il a été bon père et bon compagnon pour moi pendant trente ans.

Je songeai à toutes les fois où j'avais vu Dobbs retirer son alliance et la glisser dans sa poche quand il flirtait avec une femme – la petite nouvelle du service, une analyste à la cafétéria, un contact quand nous étions en mission, une adjointe du shérif de la localité où nous nous trouvions pour telle ou telle enquête. Une fois, nous étions alors dans le Wyoming sur les traces d'un tueur en série, il avait couché avec la shérif du coin *et* avec son adjointe. Le jour où je lui avais fait remarquer que la marque de son alliance était visible – la peau de son annulaire un peu plus claire à cet endroit –, il avait éclaté de rire et déclaré : « *Seul un sociopathe pourrait être infidèle à une femme aussi dévouée que la mienne et garder la bague au doigt quand il la trompe. Je ne retire pas mon alliance pour cacher le fait que je suis marié, Keye. Je la retire par respect pour ma femme.* »

— Je suis terriblement désolée, dis-je à Mirror Chang. Votre chagrin doit être immense.

— Vous étiez sans doute très en colère contre mon mari, puisque c'est à cause de lui que vous avez perdu votre travail. À vrai dire, vous devez l'avoir détesté.

Je sentais le venin poindre, envahir sa voix. J'attendis la chute.

— Avez-vous tué Jacob, docteur Street ? Est-ce vous, la pute qui a tué mon mari ?

J'arrivais en vue de la guérite du péage d'accès à l'île. Je m'arrêtai sur l'accotement et m'efforçai, en répondant, de cacher à quel point j'étais choquée et blessée par ces propos. Le chagrin lui faisait perdre la raison.

— J'ai consacré toute ma carrière à faire arrêter les individus qui martyrisent et tuent des innocents. Oui, votre mari et moi avons eu des rapports très difficiles, ce n'est un secret pour personne. En effet, je n'aimais pas beaucoup Jacob. Mais il ne méritait pas ce qui lui est arrivé. Et vous et vos enfants ne méritez pas la souffrance que vous êtes obligés d'endurer aujourd'hui. Si cela peut vous réconforter, sachez que la peine capitale est encore applicable en Géorgie. Et la police d'Atlanta ne baissera pas les bras tant que ce monstre ne sera pas condamné à mort.

Une buse à queue rousse tournoyait au-dessus du bois-sent-bon et du laurier blanc qui bordaient la route, scrutant les marais et les laisses de vase en quête de proies. J'avais cru ne jamais pouvoir détester Jacob Dobbs davantage que de son vivant. Je m'étais trompée.

— Il fallait que je pose la question, dit-elle dans un murmure entrecoupé de silences.

Je crois qu'elle pleurait. Elle raccrocha.

JEUXDELAMES.COM

Votre blogosphère adulte > Fétichisme extrême & Jeux de lames > Extrême SANS LIMITES, une fantaisie de LameVive > Le mannequin d'essai

Bonjour, amis et admirateurs de mon blog, et merci à tous pour vos commentaires. J'apprécie énormément que vous soyez heureux de lire les récits de mes fantasmes les plus noirs. J'aime beaucoup lire les vôtres. Peut-être pourrons-nous jouer ensemble, un jour, et comparer nos méthodes.

Avez-vous vu les journaux ces derniers jours ? Ils citent les noms de tous mes anciens partenaires. J'admets avoir éprouvé une certaine nostalgie à la lecture de ces articles, surtout quand j'ai repensé aux premiers jeux, à l'époque où je devais encore me dégourdir, affiner ma méthode – l'époque, aussi, où il ne m'était pas possible de braquer l'objectif de mon téléphone sur mes partenaires pour emporter avec moi les merveilleux souvenirs de nos rencontres. Aussi, je voudrais coucher certains de ces souvenirs par écrit et les partager avec vous.

Elle s'appelait Anne et nous étions très jeunes. Anne était encore plus jeune et plus inexpérimentée que moi. Ce jour-là, elle avait l'air mécontente quand elle m'a ouvert sa porte. J'arrivais trop tard, dit-elle. Il était onze heures et demie du matin. Tout le monde était en cours. Elle me réclamait tant d'attention ! Elle était si désespérée ! Elle voulait toujours que nous ayons du temps libre, que je me rende disponible pour elle, pour être le centre de mon univers. Elle voulait baiser, aussi. Nous n'aimions pourtant pas tant que ça faire l'amour ensemble. Mais c'était sa personnalité : il fallait qu'elle remplisse ce trou noir, ce vide, ce *besoin* qu'elle avait toujours en elle. C'était sans fin. Alors elle voulait toujours du sexe, ou *quelque chose*, elle *me voulait, me voulait, me voulait, me voulait, moi, moi, moi* ! Et quand elle ne peignait pas ses petits tableaux ou ne baisait pas, elle fumait des joints, buvait ou mangeait. Elle avait constamment besoin d'être remplie. Elle était insatiable – un puits sans fond de besoins, d'attentes. Ma mère s'était comportée de la même

375

façon vis-à-vis de mon père. Je l'avais vue l'épuiser, le vider de sa substance vitale. Et en faire autant avec tout son entourage.

Nous n'aurons pas autant de temps que d'habitude, m'a dit Anne ce jour-là. Une heure, peut-être. C'est amplement suffisant, ai-je répondu, et elle s'est serrée contre moi. Je savais que je n'aurais aucun mal à faire ce que j'avais prévu. Il fallait juste qu'elle soit sûre d'avoir toute mon attention. Qu'elle sache que je n'avais qu'elle, *elle seule*, en tête. De mon côté, j'étais dans le bon état d'esprit. J'avais apporté ce dont j'avais besoin. Elle avait dit qu'elle voulait explorer cet univers avec moi. Moi, je voulais explorer tout son corps avec la pointe de ma lame.

Oh, non, a-t-elle dit. Ce n'était pas exactement ce qu'elle avait envisagé. C'était trop. Ça faisait mal. *Pauvre chérie*. Ferme-la ! lui ai-je dit. Ferme-la, putain ! Elle s'est mise à pleurer. Elle avait le visage rouge et elle saignait légèrement. J'avais tout juste effleuré son sein droit avec le tranchant de la lame – je cherchais à évaluer le geste qu'il me fallait faire pour obtenir une blessure peu profonde. Mais cette conne s'est mise à geindre et elle est devenue toute rouge. Pourtant je commençais à peine. Et j'avais tout prévu. Il n'était plus question que je m'arrête. Huit longues années s'étaient écoulées depuis ma première expérience ; je n'avais alors que seize ans. Tout avait été tellement précipité, cette fois-là ! Et j'avais eu si peur, et tant de rage en moi ! Je n'avais pas pu vraiment apprécier ce que je faisais. Là, dans la chambre d'Anne, je comptais bien savourer chaque instant de notre rencontre.

Je l'ai embrassée, je l'ai rassurée et, quand elle m'a présenté son dos magnifique, j'ai abattu le pied de sa lampe de chevet sur sa nuque : cette petite pute s'est chiffonnée comme une feuille d'aluminium. J'ai regardé l'heure. Il me restait quarante-cinq minutes pour explorer Anne. Cela n'a pas été aussi facile que je l'avais cru. Première fois que je ligotais un être humain, première fois que j'utilisais du fil de fer. Mais quel résultat ! Les chevilles, les poignets, le cou attachés à la chaise. Ses yeux s'arrondissaient, s'exorbitaient, partout sur son corps les veines saillaient. Le fil était trop serré. J'avais noué une écharpe autour de sa tête pour l'empêcher de recracher le torchon que je lui avais fourré dans la bouche. Elle s'étouffait, elle avait des haut-le-cœur, elle pleurait. Le fil de fer pénétrait ses chairs au moindre mouvement qu'elle faisait. Elle gémissait sourdement. J'ai fermé les yeux pour l'écouter. Plaisir ou douleur – ses gémissements, ses râles étaient les mêmes dans les deux cas. C'était fascinant. Vraiment fascinant. Je l'aimais tellement, à ce moment-là ! Après m'avoir tant pris, elle me rendait enfin quelque chose.

Elle a failli basculer avec la chaise, tellement elle s'est débattue, quand je lui ai coupé les tétons. Belle pagaille – pipi par terre, beaucoup de mélodrame. J'aurais dû attendre. J'ai appris, depuis, ce qu'il faut faire en premier, et ce qu'il convient de garder pour après. Mais ce jour-là je manquais d'expérience ! Quand je l'ai baisée avec la lame, elle a renoncé : elle s'est défilée – évanouie. Elle n'a plus rien voulu me donner, cette pute. Alors je l'ai frappée fort, une fois de plus, avec la lampe, et j'ai laissé mon couteau faire ce qu'il avait envie de faire. C'était comme de poignarder un pamplemousse. La pointe du couteau s'immobilisait parfois un instant, quand elle rencontrait une résistance, et puis plongeait profondément en elle. J'ai continué jusqu'à ce qu'elle m'ait rendu tout ce que les femmes dans son genre nous prennent. *Tout*. J'ai continué jusqu'à ce que les mouvements de ma lame soient parfaits. Et puis j'ai plongé mes dents dans sa chair chaude et j'ai joui, j'ai joui tellement fort – tellement fort ! Je ne l'oublierai jamais, mon petit mannequin d'essai.

28

Katherine Chambers était une femme ronde et ave-
nante aux cheveux argentés. Son mari et elle ne
voulaient pas avoir d'enfant, commença-t-elle par
m'expliquer, mais à trente-sept ans elle était tombée
enceinte par accident et tout avait changé.

— Ce n'est pas que je ne me considère pas comme
une féministe, précisa-t-elle. Je défends les droits des
femmes, bien sûr. J'y tiens !

Elle n'avait aucun accent. J'étais absolument incapable de deviner dans quelle région du pays elle avait
passé son enfance. Elle nous servit dans des mugs un
café à l'arôme puissant qu'elle avait préparé dans une
cafetière à piston. Une odeur de vanille et de noisette
planait dans la cuisine. Nous nous assîmes autour
d'une table ronde en sapin. Derrière la fenêtre j'aper-
cevais la mer et le sable de la plage tassé par la pluie
de la veille.

— Mais voilà, je me posais des questions sur le
moment auquel la vie commence, enchaîna Mme Chambers d'un ton détaché, comme si nous parlions du dernier orage qui avait frappé l'île. Et puisque ni les

scientifiques ni les théologiens ne me semblaient avoir de réponse concluante, eh bien… l'avortement m'a paru inconcevable.

Elle but tranquillement une gorgée de café. Un sourire attristé lui plissa les lèvres quand elle reposa le mug sur la table.

— Nous avons d'abord pensé la faire adopter dès sa naissance, et puis, au fil des mois, Martin et moi nous avons commencé à être de plus en plus excités à l'idée d'avoir un enfant. Et nous avons gardé le bébé, bien sûr. Je… Je suis sûre que vous avez déjà entendu dire ça, mais… quand on est parent, on ne s'attend pas à survivre à ses enfants. C'est une horrible, une terrible surprise. Mais je suppose qu'on ne peut jamais prévoir le genre de chose qui est arrivée à Anne…

— Non, madame. On ne peut jamais prévoir une chose pareille.

Elle tourna la tête vers la fenêtre et regarda un moment les chênes alignés devant la dune. La marée était haute et l'océan, très imposant – il poussait de puissantes vagues vertes vers le rivage, il semblait même faire un peu l'intéressant. La saison des ouragans et des cyclones n'était pas complètement terminée. Cette année, ils étaient tous passés trop loin en mer pour toucher la côte de la Géorgie. Mais un nouvel ouragan menaçait : Edward s'était formé non loin de la Jamaïque, avait matraqué Cuba et dévasté les Keys, puis il avait reculé, repris le large, et il tournait à présent patiemment sur lui-même, gagnant à nouveau en puissance, sans doute pour s'attaquer de nouveau à la côte. L'alerte était donnée de West Palm Beach à Jacksonville en Floride, ainsi que tout le long de la côte de la Géorgie et jusqu'aux rubans de sable des Outer Banks en Caroline du Nord. Je me demandai tout à coup si les vents déjà très forts qui soufflaient sur l'île risquaient d'affecter ma conduite sur la petite route à deux voies qu'il me faudrait emprunter pour remonter vers Atlanta. Et j'entendis Rauser me dire : « Il ne s'agit pas toujours que de toi, Keye. » Mais là, il se trompait. Bien sûr qu'il ne s'agissait toujours que de moi.

— Est-il vrai que l'assassin de ma fille est responsable de tous ces autres meurtres ? me demanda soudain Mme Chambers.

— Tous les indices semblent le confirmer, en effet.

— J'ai lu dans les journaux ces horribles lettres qu'il a envoyées à la police. C'était très pénible.

— Je ne peux même pas imaginer ce que vous avez dû ressentir, dis-je. Je suis terriblement désolée.

Son regard se posa de nouveau sur l'océan, quelques instants, puis elle reprit :

— En quoi puis-je vous aider, madame Street ? Mais venez, passons à côté…

Je la suivis jusqu'au salon. Une peinture à l'huile était accrochée au-dessus de la cheminée : on y voyait le phare de Jekyll Island se dresser au-dessus d'un ensemble de gratte-ciel évoquant New York. Dans la rue, les silhouettes sombres de piétons vêtus de flanelle grise, attaché-case ou sac à la main, affrontaient le vent, tête baissée. Des taxis jaunes attendaient le long du trottoir.

— Nous avons quitté Manhattan pour nous installer ici quand Anne avait seize ans, expliqua Katherine Chambers. Au début, la ville lui a beaucoup, beaucoup manqué. Elle a peint cette toile à ce moment-là.

— Elle avait du talent, dis-je comme si j'y connaissais quoi que ce fût.

Deux cartons se trouvaient sur le sol devant la table basse. Les affaires d'Anne, récupérées dans sa chambre de la résidence universitaire, m'expliqua Mme Chambers, le visage soudain plus pâle, en s'asseyant sur le canapé. Agenouillée, j'ouvris les cartons et en sortis quelques objets, aussi délicatement que possible.

— Puis-je vous emprunter l'album de l'université qui est ici ? Et son journal intime ? demandai-je. J'ai déjà des albums, mais celui d'Anne pourrait m'être utile.

— Parce qu'il contient des photos et sans doute des messages de ses camarades de classe et de ses amis, répondit Mme Chambers d'une voix posée. Vous pensez que l'assassin était l'un de ses proches ?

— C'est aussi votre avis ?

— Oh, je ne sais pas, dit-elle d'une voix lasse. Anne était tellement discrète, tellement *secrète*, faudrait-il dire, sur sa vie privée. Nous savions si peu de chose de l'existence qu'elle menait à la fac. C'était… C'était à croire que Tallahassee se trouvait à cinq mille kilomètres d'ici.

Secrète. Les anciens camarades de fac d'Anne à qui j'avais parlé avaient employé le même mot.

— Vous ignorez donc si elle fréquentait quelqu'un, à l'université ?

— Parfois, elle n'appelait pas pendant plusieurs semaines d'affilée. Je disais à Martin qu'elle devait avoir un petit ami. Vous savez comment ça se passe, quand on est jeune. On explore, on veut découvrir de nouvelles choses. Et lorsqu'on est amoureux, on pense n'avoir besoin de personne d'autre au monde. Cependant, j'avais le sentiment que ses aventures ne duraient pas longtemps. Oui, il me semblait qu'elle changeait souvent de petit ami.

Je posai une photo de Charlie Ramsey sur la table.

— Avez-vous déjà vu cet homme ?

— Non.

— Merci. Avait-elle des amis, ici, sur l'île, avec lesquels elle est restée en contact pendant qu'elle était à la fac ?

— Elle n'avait passé qu'un an sur l'île, lorsqu'elle est partie à Tallahassee. Et ici, elle n'était pas très heureuse. Les adolescents du coin ne l'intéressaient pas, je crois. Par contre, elle voyait souvent une femme que tout le monde appelle la vieille Emma. Elle était fascinée par elle – comme la moitié des gens d'ici, d'ailleurs. Elle se rendait très souvent chez elle. Le matin, elle lui apportait quelque chose à manger et une thermos de café. Elle y allait pieds nus, je me souviens, par la plage…

Mme Chambers se rembrunit à l'évocation de ce souvenir. Elle soupira avant d'ajouter :

— Après le dîner, elle récupérait presque toujours les restes du repas et les mettait au frigo pour les donner aux chats d'Emma. Aujourd'hui c'est moi qui m'en charge, de temps en temps.

— Vous voulez dire que la vieille Emma vit toujours sur l'île ?

— Oh oui ! Je crois qu'elle a passé toute son existence ici. Avec ses cent ou cent cinquante chats. Mais ces jours-ci la route est inondée. Si vous voulez la voir, vous devrez y aller à pied. Comme Anne.

Mme Chambers posa les yeux sur la photo de Charlie, puis me dévisagea quelques instants avant de dire :

— Vous n'êtes pas du tout la personne dont ils ont fait le portrait à la télévision. Je regrette d'en parler, mais je vous ai reconnue. Ici nous avons toutes les chaînes d'Atlanta…

— Je vous remercie, au contraire. Je ne suis plus celle que ce reportage a montrée, mais pendant des années, c'est vrai, j'ai été une alcoolique fonctionnelle.

— J'ai cessé de boire quand je suis tombée enceinte d'Anne. Il y a trente-cinq ans. Cette grossesse a été une véritable bénédiction. Et de bien des façons.

Je souris.

— Merci, madame Chambers. Je veillerai à vous restituer les affaires d'Anne. Je suis désolée pour ce qui s'est passé, et je suis désolée de vous avoir obligée à ranimer ces souvenirs. S'il y a quoi que ce soit que je puisse faire, je vous en prie, n'hésitez pas à m'appeler.

Je lui tendis ma carte de visite. À ma plus complète surprise, elle me saisit brusquement la main et dit d'une voix pressante :

— Trouvez ce monstre ! *Voilà* ce que vous pouvez faire pour moi, madame Street.

Je longeai la plage suivant ses indications. Au bout de cinq cents mètres, le ruban de sable se rétrécit près d'un groupe de chênes aux troncs moussus et d'un sentier jonché de morceaux de bois flotté. M'y engageant, j'imaginai Anne Chambers, âgée de seize ans, lorsqu'elle passait ici le matin, pieds nus, avec une thermos de café, quelques aliments et des restes pour les chats.

Il me fallut un moment pour me rendre compte qu'Emma m'avait vue arriver et m'observait. Sa maison était fascinante – moitié galerie d'art folk, moitié dépotoir. Éviers et sièges de voiture, pare-chocs, vélos, cadres de fenêtres, portes, chaises hautes : une myriade de rebuts étaient empilés, suspendus ou soudés les uns aux autres, dessinant des sculptures complexes dans le petit carré de jardin sableux de la vieille femme.

L'ensemble, à la fois magnifique et hideux, avait dû nécessiter une bonne trentaine d'années de collecte et d'assemblage. Couchés sur toutes les surfaces planes disponibles, des chats alanguis me fixaient de leurs yeux sauvages et méfiants. L'atmosphère était chaude et poisseuse et les moustiques, de toute évidence, n'avaient pas encore petit-déjeuné. La maison avait grand besoin, sans doute depuis des décennies, d'une couche de peinture. L'air salé avait mis à nu le bois de sa façade. Lorsque je tendis la main pour tapoter la porte-moustiquaire, je perçus un mouvement à l'intérieur et une voix éraillée cria :

— Qu'est-ce que vous voulez ?

Je dissimulai ma surprise et souris.

— Je ne vois qu'une vingtaine de chats, dis-je. On m'a pourtant raconté que vous en aviez au moins cent cinquante.

Un visage sortit de l'obscurité derrière la porte-moustiquaire. J'aperçus deux rangées de vilaines dents.

— Vous venez pour une consultation, ou vous allez rester là à compter les chats ? répliqua la vieille Emma.

Consultation ? Il me fallut quelques instants pour comprendre.

— Oh, fis-je. Vous êtes voyante.

La porte-moustiquaire s'ouvrit. Emma ressemblait à une méchante sorcière rabougrie. Elle mesurait un mètre cinquante, pas plus, mais donnait l'impression de ne pas avoir toujours été si petite. Ses yeux pâles me toisèrent des pieds à la tête – deux fentes calculatrices qui évaluaient ma valeur en tant que cliente potentielle, prenant en compte mes chaussures, mes boucles d'oreilles, la montre que j'avais au poignet. Elle se demandait combien elle réussirait à me soutirer. Je connaissais ce regard. Je l'avais vu en ville sur le visage de nombreux sans-abri rompus à la mendicité. Elle soupira, déçue, et recula dans les ténèbres de la maison. La porte-moustiquaire me claqua au nez.

Je restai plantée là quelques instants, ne sachant trop quoi faire, puis élevai la voix pour demander :

— S'il vous plaît !

— Venez ! ordonna-t-elle avec son accent traînant – j'entendis quelque chose comme « *V'naiiii* ».

Je la trouvai assise devant une table ronde recouverte d'une épaisse nappe rouge ornée de passepoils et de glands dorés. Un jeu de tarots était posé en son centre. L'intérieur de la maison était aussi encombré de bric-à-brac que le jardin – et nettement moins propre. La passion d'Emma pour les vieilleries et la récupération des ordures non ménagères ne datait pas d'hier.

Elle me signifia d'un geste de m'asseoir en face d'elle.

— Mélangez ça pour moi, ordonna-t-elle.

Je pris les cartes et les battis.

— À vrai dire, je suis ici pour que vous me parliez d'Anne Chambers.

— Vous voulez pas savoir votre avenir, d'accord, je vous dis rien. Mais c'est quand même quinze dollars la consultation.

— La mère d'Anne m'a dit que la jeune fille avait l'habitude de vous rendre visite.

Emma ne broncha pas.

— Anne Chambers ? insistai-je. La jeune fille qui vivait avec ses parents…

— Je sais de qui vous parlez, ronchonna Emma.

Je posai les cartes sur la table et écartai la main avant que la vieille femme ne me morde. Je n'étais pas sûre qu'elle eût pris son petit-déjeuner, elle non plus.

— Après être entrée à l'université, a-t-elle continué de venir vous voir ?

Pas de réponse.

— Savez-vous si elle avait un petit ami ?

Elle étala les cartes sur la table et les examina longuement. Quelque part au fond de la maison, j'entendis le jingle du jeu télévisé *Jeopardy !*

— Je le savais ! Je savais que ça finirait par arriver, dit enfin Emma. Je l'ai prévenue, un jour, qu'elle était en danger. Elle ne m'a pas crue. Elle était heureuse, qu'elle a dit ! Amoureuse ! Et aimée en retour, qu'elle a dit !

Emma s'exprimait avec une vilaine moue de dégoût et de mépris, ses vieilles mains noueuses croisées devant la poitrine, balançant son buste d'avant en arrière comme une possédée. Elle avait prononcé les mots « amoureuse » et « aimée » comme s'il s'agissait d'insultes.

— Elle vivait donc une histoire sérieuse avec quelqu'un ? demandai-je.

— Pour finir par se faire tuer, faut que l'histoire soit assez sérieuse, croyez pas ?

Emma partit d'un grand rire rauque, sinistre, qui creusa les rides de son visage. J'étais maintenant à peu près sûre qu'elle se fichait de moi.

— Sa mère ne m'a pas parlé de ça, observai-je.

— Nan, bien sûr ! Aucun risque.

J'attendis qu'elle précise sa pensée. Elle n'ajouta rien. Je me redressai un peu sur mes jambes et fourrai la main dans la poche de mon jean pour en sortir un billet de vingt que je posai sur la table.

— Elle ne vous a rien dit de plus sur cette histoire d'amour ? insistai-je par acquit de conscience. Un nom ? Une photo qu'elle vous aurait montrée… ?

— Hmm, fit Emma en secouant la tête.

Elle me fixa de longues secondes de ses yeux perçants, puis ajouta d'un ton qui me fit froid dans le dos :

— Vous n'êtes pas passée loin, vous non plus ! Hein ? Il n'y a pas bien longtemps…

— Passée pas loin de quoi ?

Elle ricana.

— De connaître le même sort qu'Anne, tiens !

Un gloussement hystérique jaillit d'entre ses lèvres – et se transforma bientôt en une quinte toux si grasse et si violente qu'elle me mit mal à l'aise. Je me levai pour me diriger vers la porte à moitié arrachée de ses gonds. Dans le même état de délabrement, à vrai dire, que tout ce que je voyais autour de moi dans l'univers d'Emma. Je me retournai avant de sortir, regardai le cendrier débordant de mégots posé sur une colonne en plâtre, les cartes de tarot étalées sur la table, le rideau qui délimitait l'espace des « consultations » de voyance, le tapis de sol bordeaux élimé. Quand je posai les yeux sur la vieille femme, ses lèvres desséchées se fendirent d'un sourire. Et elle me demanda :

— Vous bouffez du minou, vous aussi ?

Beurk ! D'accord, Emma était carrément cinglée. Je franchis la porte-moustiquaire et retrouvai le monde extérieur, son air marin, son art brut et ses vieilleries en pagaille, ses dizaines de chats. J'avais la chair de poule et je m'en voulais d'avoir laissé cette vieille loufoque me déstabiliser de la sorte.

Je m'avançai entre les étranges sculptures d'Emma lorsqu'elle poussa la porte et jeta sa cigarette allumée à mes pieds dans le sable. Je fixai un instant l'extrémité rougeoyante du mégot. Un filet de fumée monta jusqu'à mes narines et me picota les sinus. Quand je me retournai vers Emma, elle brandit une carte de tarot vers mon visage. Le pendu.

— Votre M. Joli-Cœur, il vous aime pas ! Il aime que lui. Mais le flic, pas pareil. Il vous aime, lui !

M'en ayant ainsi donné pour mes vingt dollars, elle tourna les talons et disparut dans la maison.

29

Le détective privé qui rentre chez lui bredouille a du vague à l'âme. J'étais partie deux jours, et qu'avais-je appris ? Anne Chambers était timide, « secrète », d'après ses anciennes camarades de chambre. Elle avait du mal à se faire de nouveaux amis, d'après sa mère. Elle était amoureuse de quelqu'un, d'après une vieille tireuse de cartes à moitié folle. Elle bossait dur à l'université, d'après son dossier. Elle avait un certain talent dans le domaine artistique. Tout cela ne m'aidait guère à me faire une meilleure idée de ses habitudes et de ses goûts, des endroits qu'elle fréquentait, de ses amours. Personne ne semblait avoir réellement connu cette jeune fille. En outre, je ne voyais aucun lien entre elle et les autres victimes. Et rien n'indiquait qu'elle eût jamais croisé la route de Charlie Ramsey. Pourtant, il devait y avoir quelque chose quelque part. Je le savais. Le premier meurtre donnait toujours le *la*, d'une façon ou d'une autre, des suivants. Tout avait commencé avec Anne. Nous finirions bien par découvrir pourquoi.

Je m'interrogeais aussi sur la mutilation particulière dont Jacob Dobbs avait été victime dans sa voiture de location en plein milieu d'Atlanta. Pourquoi Atlas avait-il coupé le pénis de cet homme ? À notre connaissance, il n'avait pas pratiqué ce genre de terrible mutilation sexuelle sur une victime depuis Anne Chambers. En plus, pourquoi avoir commis ce crime dans une voiture et dans une rue résidentielle ? Il avait pris un risque considérable. Pour la première fois, d'ailleurs, il avait laissé un indice derrière lui – les fibres de moquette de voiture. Enfin, il n'avait pas mordu Dobbs. Le plaisir qu'il tirait de ses meurtres tenait pour une bonne part au fait qu'il prenait son temps avec ses victimes. *Qu'est-ce que cela fait ?* leur demandait-il pendant qu'il les torturait. Pourquoi en avait-il terminé avec Dobbs si vite et si brutalement ? Je pensais qu'il se gargarisait peut-être du choc psychologique qu'il savait avoir créé en assassinant une célébrité. Un homme qui collaborait avec la police. Et qui l'avait défié devant toutes les télévisions. Ajoutez au meurtre la mutilation de son sexe et les médias ne pouvaient que péter les plombs. Mais l'affaire était-elle si simple que cela ? M'étais-je profondément méprise sur les besoins, les pulsions de ce prédateur violent ? J'avais parfois l'impression qu'il y avait deux Atlas.

J'avais salement besoin de me changer les idées. Une bouteille de vodka aurait gentiment fait l'affaire.

À Brunswick, je m'arrêtai dans une station-service. Je savais à peu près où j'étais, mais, n'ayant pas de GPS dans la Neon, j'avais besoin de consulter ma carte routière pour essayer de regagner Atlanta sans emprunter l'autoroute 75 qui m'aurait fait passer par

Macon à l'heure des embouteillages de fin de journée. Ça, non merci. Je savais que le développement du système routier de cette ville n'avait pas suivi la croissance de sa population.

— Bonjour, m'dame !

L'écusson cousu au-dessus de sa poche de chemise m'informa qu'il s'appelait Grady. Les taches de graisse qu'il avait sur le devant du jean m'informèrent qu'il était le mécanicien-pompiste de cette petite station-service. Manches de chemise remontées sur les coudes, cheveux auburn ondulés, provincial et terre à terre : il ressemblait à des tas de jeunes mecs que j'avais connus quand j'étais ado.

Il inclina le buste, appuyant les coudes sur ma portière. Ses yeux me plurent – doux, couleur grain de café rehaussé d'éclats dorés. Il m'offrit un sourire ravageur.

— Je vous fais le plein ?

Oh, oui, faites-le-moi.

— Et je jette un coup d'œil sous votre capot ? ajouta-t-il. Je ne vous avais jamais vue par ici, dites ! Vous traversez la région ?

— Vous interrogez tous les automobilistes de cette façon ? demandai-je.

— Oui, m'dame. Absolument.

Il avait une belle voix grave et l'accent de la côte de la Géorgie.

— Mais pour bien finir ce sondage, j'aurais besoin de votre adresse, de votre numéro de téléphone et de quelques heures de votre temps ce soir.

Je me penchai vers lui, en souriant.

— Grady, mon mignon, j'ai une bonne douzaine d'années de plus que vous.

Il avait les dents régulières et tout à fait blanches, mais son sourire tirait un peu vers la gauche – imparfait et totalement adorable.

— Hmm… c'est peut-être vrai, ça, m'dame, mais je vous assure que je suis majeur.

Il se redressa.

— Je vous laisse une minute pour y réfléchir.

Il longea lentement la voiture pour aller ouvrir le capot, sûr évidemment que je ne manquais pas d'admirer son joli derrière moulé dans son jean. Je n'avais pas vraiment besoin qu'il vérifie le niveau d'huile, mais j'appréciais l'occasion qu'il me donnait, l'air de rien, de l'observer davantage. C'est assez rare, quand on y songe.

Je descendis de la voiture et montrai ma carte routière à Grady. Ravi que je lui soumette mon petit problème, il me proposa un itinéraire qui devait me permettre, assura-t-il, d'éviter Macon *et* de gagner une cinquantaine de kilomètres sur le trajet total.

— Je n'ai pas encore déjeuné, dit-il tandis que nous étions penchés ensemble par-dessus le capot de ma voiture. Vous voulez manger un morceau avec moi ? Vous passez ici par hasard, vous vous arrêtez, on se rencontre… Qui sait ? Peut-être que l'univers vous envoie un message.

Sa jambe avait effleuré la mienne plusieurs fois, depuis le début de la conversation, et j'en avais frissonné des pieds à la tête.

— Je ne peux pas m'en aller d'ici avant la fin de l'après-midi, ajouta-t-il. Mais j'ai des MoonPie et du RC Cola.

RC et MoonPie ? Oh, Seigneur… il y avait des années que je n'avais pas eu droit à ces icônes américaines. Le meilleur cola de mon enfance, et puis ces incroyables disques de gaufrettes fourrées à la guimauve, recouverts d'un glaçage… Je suis faible, comme tout le monde. Et j'avais besoin de me changer les idées.

— Vanille ou chocolat, les MoonPie ? demandai-je.

Grady m'offrit son sourire de séducteur. Il savait qu'il me tenait.

— Vanille *et* chocolat.

Sur le côté de la station-service, une table de pique-nique et deux fauteuils occupaient un petit carré d'herbe bordé de buissons et flanqué d'une sorte de tonnelle qui disparaissait presque complètement sous un immense jasmin en fleur. Nous déballâmes les MoonPie de leur cellophane et mordîmes dedans à pleines dents avant de les faire descendre avec de grandes gorgées de RC Cola bien frais que Grady avait sorti d'une vieille glacière Coca-Cola – le genre gros coffre qui vous arrive à la taille, qu'il faut remplir de glace, et au flanc duquel est fixé un décapsuleur. Je ne crois pas avoir jamais savouré boisson plus délicieuse et plus rafraîchissante. Il y avait longtemps que je ne m'étais sentie aussi détendue. Grady me raconta qu'il avait vécu dans le même patelin toute sa vie et qu'il n'avait jamais voyagé au-delà de la frontière sud de la Géorgie. Je compris bientôt comment une telle chose était possible. Il adorait le poulet frit que lui préparait sa maman, il avait deux sœurs aînées qui le houspillaient sans arrêt quand il était gosse, et il savait que le dimanche, après l'église, il était certain de trouver de la tarte à la crème de banane, un mets essentiel de son existence, sur la table de ses parents. Il aimait danser – beaucoup – et promettait de me montrer ça si je décidais de rester. Il aimait embrasser, et il voulait savoir si j'aimais ça moi aussi. Ses yeux marron aux pépites d'or me fixaient sans ciller tandis qu'il me parlait. J'aimais bien sa bouche, aussi. Et puis il osa. Il se pencha en travers de la table et posa ses lèvres sur les miennes.

Au moment où mon portable entonna la sonnerie de Rauser.

Merde !

Et Rauser n'était pas de bonne humeur.

— Le foutu serveur de Buckhead qui s'est occupé de Brooks le soir du meurtre a filé, grommela-t-il.

Je regardai Grady. Il me dévisageait – serein, patient. Il avait beau avoir grandi dans une petite ville de province, il n'en était pas moins sûr de son charme. Mais il n'était pas prétentieux pour autant. Ses cheveux semblaient s'enflammer sous le soleil de midi. Il croisa les bras sur sa poitrine et je ne pus m'empêcher de remarquer que ses biceps tendaient le tissu de ses manches de chemise. *Seigneur !*

— C'est un immigré clandestin, poursuivit Rauser. Il est introuvable, mais je crois que le restaurateur sait où il est, et je lui ai dit que nous ne nous intéressions ni au permis de travail du gars, ni à ce que lui, le restaurateur, servait comme bobards à l'administration à son sujet. Je cherche un meurtrier, nom de Dieu ! Maintenant j'envisage de lancer un appel à témoins, au cas où quelqu'un d'autre aurait vu Brooks ce soir-là. Et s'il était avec une femme, par exemple, et que le tueur l'ait attrapé plus tard ? Cette femme, si elle existe, doit être quelque part. Elle a été la dernière à l'avoir vu vivant et elle sait peut-être quelque chose d'intéressant pour nous. Mais il faut tenir compte de la famille, tu comprends ? Je veux dire, l'épouse et les enfants de Brooks souffrent déjà assez comme ça. Je ne veux pas qu'ils se sentent davantage humiliés. L'appel à témoins, donc… ce sera notre ultime recours. Allô ? Street ? Tu es là ?

Je souris à Grady. Il me sourit. Je fondis.

— Je t'écoute, dis-je à Rauser.

— Les chaînes d'information essaient de nous aider en montrant des images de la voiture de location dans laquelle Dobbs a été tué. En plus des photos de Dobbs, bien sûr. Nous espérons qu'un témoin va se pointer et dire qu'il l'a vu quelque part à un moment ou un autre. Nom de Dieu, les gens ne lèvent-ils plus jamais le nez de leurs putains de BlackBerry ? Et où es-tu, toi ? J'ai plein d'autres trucs à te dire.

— Sur le chemin du retour. J'aimerais en avoir davantage à te raconter, pour ce qui me concerne, répondis-je sans quitter Grady des yeux. Mais Rauser… donne-moi cinq minutes et je te rappelle.

Je coupai la communication. Le jeune homme dit :

— Hmm, j'ai l'impression que je ne vais pas pouvoir terminer mon sondage ce soir. Dommage. Vous auriez pu avoir… tout ça !

D'un geste ample, comme un prince offrant son royaume, il me désigna la station-service et son parking.

— Une prochaine fois ? répondis-je. Je viens d'être brusquement rappelée à la réalité.

Grady me raccompagna à la voiture. Il ouvrit ma portière et inclina le buste.

— Enchanté d'avoir fait votre connaissance, m'dame.

Je le vis agiter la main, dans le rétroviseur, tandis que je m'éloignais sur la route. Je composai le numéro de Rauser.

— Ça va, toi, tout de même ? demandai-je.

— Quatre homicides au nom d'Atlas dans ma ville – ça va superbien, t'imagines ! Et ce n'est pas comme si les merdiers habituels s'arrêtaient sous prétexte que nous avons un tueur en série sur les bras, tu sais ? Ce matin, un mec est entré dans une boutique d'électronique et a flingué trois personnes au pistolet. À part ça, nous avons fait le tour de la ville avec la photo de Charlie, et devine quoi ? Des tas de gens le reconnaissent. Tout le monde le reconnaît, à vrai dire ! Cet enfoiré se balade à vélo à travers la ville toute la journée, tous les jours. Il est tellement visible que nous ne pouvons pas vraiment tenir compte de l'avis des personnes qui disent le reconnaître. Mais nous l'avons déjà associé à trois des victimes – Dobbs, Brooks et Richardson. Et nous continuons de rassembler des éléments contre lui.

— Ouah, fis-je. C'est énorme, ça, Rauser.

— Quand est-ce que tu seras en ville ? Je voudrais m'asseoir un moment avec toi et parler de tout ça, tu vois.

J'ouvrais la bouche pour répondre lorsque Rauser s'exclama :

— Oh, merde. Attends une seconde !

Je tournai sur Martin Luther King Jr. Boulevard et, suivant les instructions de Grady, gagnai la voie express. Le souvenir du contact de ses lèvres sur les miennes me hantait.

Rauser reprit la ligne :

— Keye, il faut que je te dise quelque chose.

Il était tout à coup très calme. Mauvais signe. Quand il parlait sur ce ton, c'était en général que la situation était grave.

— Il y a deux heures, nous avons eu une alerte à la bombe, chez toi, au Georgian. Un paquet enveloppé dans du papier kraft, sans adresse d'expéditeur, sans timbre, qui a fait son apparition à l'entrée du hall. Comme il avait l'air suspect, l'hôtel a appelé le service de déminage. Nos gars ont sorti le paquet de l'hôtel et l'ont analysé. Il n'a pas sauté. Ce n'était pas une bombe. Mais il t'était adressé, Keye. Et… à l'intérieur, il y avait un pénis.

Je fus obligée de m'arrêter au bord de la route.

30

Le lendemain matin, à l'agence, je passai deux bonnes heures à préparer un dossier pour Guzman, Smith, Aldridge & Haze. Margaret Haze m'avait fait savoir qu'elle attendait le résultat de mes recherches pour le nouveau dossier qu'elle m'avait confié. Neil, en petit génie de l'espionnage qu'il était, m'avait aidée à trouver les informations dont j'avais besoin.

Dans l'antichambre du bureau de l'avocate, un peu plus tard, je trouvai Diane assise à son immense table haricot. Les mèches presque blanches de ses cheveux blonds au carré étaient parfaites, comme d'habitude, c'est-à-dire savamment désordonnées, et son maquillage impeccable. Diane aurait-elle été en deuil que je n'en aurais rien su ; elle était de ces gens qui sont capables de vivre des événements bouleversants dans leur vie privée sans que quiconque s'en aperçoive.

Moi, en revanche, je ne suis pas très douée pour cacher mes soucis.

— Oh là ! fit-elle dès qu'elle me vit. Tu es fatiguée et il y a quelque chose qui cloche.

Je lui parlai du paquet arrivé au Georgian à mon nom et de l'horrible cadeau qu'il contenait. Je lui parlai du coup de téléphone déchirant que j'avais reçu de Mirror Chang. Je lui parlai aussi de Charlie : son comportement envers moi à l'agence, son passé violent et la vie bien étrange qu'il menait aujourd'hui, les mensonges dont il nous avait abreuvés, les coupures de journaux que j'avais trouvées dans sa maison, les soupçons qui pesaient maintenant sur lui, l'interrogatoire de la police et les liens que Rauser avait pu établir entre lui et trois des victimes d'Atlas. J'avouai éprouver un terrible sentiment d'échec personnel à l'idée que je n'avais jamais senti, jamais vu cette facette malade, sinon diabolique, de la personnalité de Charlie. Là-dessus, Diane me répliqua qu'elle n'était pas d'accord avec moi. Elle connaissait Charlie, elle aussi, et elle avait peine à croire ce qu'elle entendait.

— Enfin ! dis-je, forçant un sourire. Passons à autre chose. Parle-moi un peu de ton nouveau jules. C'est toujours sérieux ?

Diane rit.

— C'es très sérieux, oui. Mais t'ai-je dit que je sortais avec… une femme ?

— Hmm, non. Tu avais omis ce petit détail, en effet.

Cette révélation me procura un sentiment étrange. Diane et moi étions copines depuis l'enfance. Jamais je n'avais pensé qu'elle pût être attirée par les femmes. Bon, ce n'était pas exactement comme si je venais d'apprendre la mort de Michael Jackson, mais… cette annonce prouvait qu'on n'était jamais à l'abri d'un truc à vous faire tomber des nues, y compris de la part de ses meilleurs amis.

— Pourquoi tu ne me l'avais pas encore dit, d'ailleurs ?

— Heu... l'occasion ne s'est pas présentée, je crois.

Je la toisai d'un regard sévère : *C'est ça, ouais.*

— Sérieux, reprit-elle, je ne sais pas ce qu'il y a en elle qui me plaît tant, mais c'est bel et bien à cause d'*elle* que je suis avec une femme, tu comprends ?

— Je ne sais pas quoi dire. On dit « félicitations », tu crois, dans ce genre de situation ?

— Ce serait sympa, répondit Diane, tout sourire, et elle décrocha le téléphone pour appeler l'avocate. Madame Haze, Keye Street est arrivée.

— Eh ben... félicitations ! dis-je en me penchant pour l'étreindre quelques instants. On se fait un ciné ou une pizza très bientôt, d'accord ? Tu me raconteras tout !

— Entendu, acquiesça Diane, et elle reporta son attention sur l'écran de son ordinateur.

Je foulai la luxueuse moquette en laine tressée de l'antichambre et franchis la porte de bureau de Marga-ret Haze. Je culpabilisais un peu, tout à coup. Diane attendait quelque chose de moi, me semblait-il, mais quoi ? Je n'étais pas sûre de comprendre ce qu'elle voulait. Mais peut-être me trompais-je complètement.

Margaret Haze se leva pour contourner sa table et venir à ma rencontre. Par les vastes baies vitrées, j'aperçus les quartiers sud et est de la ville et, au-delà, ses banlieues : le CNN Center et la salle omnisports Philips Arena à droite, Stone Mountain[1] quarante kilo-

---

1. Montagne de granit de 513 mètres de hauteur sur laquelle sont sculptées, en un gigantesque bas-relief, les silhouettes équestres de trois chefs des anciens États confédérés.

mètres droit devant, les tours de Midtown à gauche, et enfin l'autoroute 75 filant vers le nord.

Elle portait les escarpins Chanel qui seyaient à la femme de pouvoir qu'elle était. Des chaussures magnifiques, dont j'étais jalouse. Et un tailleur noir. Elle regagna son fauteuil quand nous nous fûmes serré la main. La lumière entrait à flots dans le bureau et la silhouette de Margaret se découpait presque en ombre chinoise devant moi. Je l'avais rarement vue dans une autre couleur que le noir. Mais cela n'avait rien d'étonnant. À Atlanta, tout le monde semblait habillé pour commettre un cambriolage.

J'ouvris ma sacoche et tendis à l'avocate tout ce que j'avais pu dénicher sur feu le propriétaire de la société Southern Towing, tué de vingt-trois balles de revolver par l'un de ses chauffeurs – lequel avait agi en légitime défense, s'apprêtait à plaider Margaret.

— Vous aviez raison, dis-je. Ce type était terrifiant. Il avait un long passif d'agressions, des peines de prison, d'arrestations, de bagarres et d'actes de violence divers et variés. Ses amis et beaucoup de personnes qui le connaissaient bien disent qu'il battait sa femme, battait ses gamins, et parfois ses chauffeurs. La plupart des gens que j'ai interrogés avaient peur de lui. Sa femme, par contre, reconnaît qu'il avait sale caractère, mais affirme qu'il ne la frappait pas. Pourtant, vous verrez la copie de son dossier médical et ce n'est pas joli, joli. Quatre visites aux urgences en deux ans. Dans la même période, les flics se sont rendus à leur domicile six fois, alertés par les voisins, quand il la tabassait. Ou tapait sur les enfants. Ce type était dangereux. Face à lui, moi aussi j'aurais sorti mon arme.

— Je n'aurais pas pris ce client si j'avais pensé qu'il pouvait être un assassin.

— Hmm.

Margaret sourit.

— Attention, Keye, vous feriez mieux de garder vos opinions pour vous. Est-ce votre carrière au FBI qui vous a rendue si méfiante à l'égard des avocats en droit criminel ?

Je souris à mon tour – et ne répondis pas. Ma mère m'avait bien inculqué qu'il ne faut pas mordre la main qui vous nourrit.

Margaret me dévisagea encore quelques secondes – l'air plutôt amusé, sans animosité, elle cherchait juste à déchiffrer mon expression. Puis elle se repencha sur les informations que je lui avais apportées. J'avais bien travaillé, sans rien omettre. Les documents portaient toutes les dates, les heures, les adresses, les noms, les renseignements divers attendus. Les déclarations des différentes personnes que j'avais interrogées, la copie du lourd casier judiciaire de la victime et les dossiers médicaux pouvaient sans doute occuper Margaret un moment.

Je patientai. Je regardai par la fenêtre et bus un peu d'eau, je scrutai la photo, sur la table, de Margaret petite fille en compagnie de ses parents, j'examinai les œuvres d'art suspendues aux murs.

— Parfait ! dit-elle finalement. Avec tout ça, je ne devrais pas avoir grand mal à prouver que cet homme était dangereux et que mon client avait peur pour sa vie. Quant à savoir si le juge en conviendra… Nous verrons.

Elle parcourut encore un document, avant d'ajouter :

— Il me faudra présenter des citations à comparaître comme témoin à plusieurs des personnes que vous mentionnez ici. Pourrez-vous vous en charger ?

— Sans problème. Ce ne sera pas difficile. La plupart d'entre elles sauteront sur l'occasion de se plaindre du sale caractère de cet homme. J'ai l'impression qu'il n'y a pas grand monde pour regretter sa mort. Et pas mal de gens sont contents que votre client l'ait assassiné. Qu'il ait tiré sur lui, je veux dire.

— Très bien. Diane vous appellera quand nous aurons préparé les citations.

Installée à la terrasse du Starbucks qui se trouve au numéro 100 de Peachtree Street – au pied de la tour Equitable –, j'observais les pigeons qui se disputaient des miettes de pain dans le parc Robert Woodruff, de l'autre côté de la rue, et les cadres dynamiques en costume ou en tailleur, téléphone portable à l'oreille et mines affairées, qui défilaient devant moi sur le trottoir. Au coin de la rue, des hommes en salopette criaient des instructions au chauffeur d'un gros camion de livraison qui manœuvrait pour se garer dans une cacophonie de grondements de moteur et de crissements de freins.

Rauser s'assit lourdement en face de moi sur une chaise en métal brun. Il avait vingt minutes de retard. En soupirant, il remit sa cravate bleu ciel en place sur sa chemise blanche.

— Très élégant, dis-je. Tu as rancard avec une demoiselle ?

— La presse. Je me tiendrai derrière le chef, mais je dois la boucler. Dans quelques minutes, il va y avoir des fuites importantes dont vont profiter... certains journalistes.

Je souris.

— Ah, les fuites à la presse…

— Ouais, voilà. J'ai conclu un marché avec Monica Roberts après qu'elle nous a coincés dans le parking. Quand j'étais sur la scène de crime Dobbs, je l'ai appelée et je lui ai promis l'exclusivité – confirmation du nom du suspect et photo de Charlie – si elle oubliait nous avoir filmés ensemble.

— Rusé.

— Ce n'est pas aussi intéressé de ma part que ça en a l'air. J'espère qu'un téléspectateur reconnaîtra Charlie, nous contactera et nous permettra de le relier à d'autres victimes. Voilà ce que nous savons pour le moment. La compagnie de messagerie pour laquelle il travaille comptait David Brooks et l'autre avocate assassinée, Elicia Richardson, parmi ses clients. D'après les registres, Charlie a fait plusieurs livraisons à leurs deux cabinets. Nous avons aussi trouvé une société de box individuels de stockage, pas loin de chez lui, où il loue à l'année un conteneur assez vaste pour y garer une voiture. Le box est vide, en ce moment, mais il y a des traces d'huile de moteur sur le sol. Un véhicule a dû s'y trouver il y a peu de temps. Nous avons essayé de le filer dans le quartier, mais il a déjà réussi à semer mes gars deux fois. Nous pensons qu'il passe par un labyrinthe de petits entrepôts qui se trouve dans le coin, planque son vélo quelque part, et prend son véhicule. Nous surveillons tout le secteur. À part ça, nous avons enfin obtenu un mandat de perquisition du procureur.

— Tu as fouillé sa maison ?

— En tout début de matinée. Et nous n'avons absolument rien trouvé ! Les indices circonstanciels s'accumulent, pas de souci de ce côté-là, mais nous n'avons ni couteau, ni traces de sang, ni photos – rien. Ce type est notre tueur, pourtant, j'en suis sûr. Nous l'aurons. Le paquet déposé à ton nom au Georgian est au labo. La première analyse est faite. C'était bien la bite de Dobbs.

Rauser grimaça, comme le font les hommes quand ils sont confrontés à l'idée de la castration, puis soupira et reprit :

— Le paquet lui-même est en cours d'analyse. Nous espérons y trouver des traces d'ADN. Je ne sais pas comment il s'y prend, ce salaud, mais nous l'aurons !

— J'en suis sûre, dis-je en me penchant vers lui pour toucher sa main sur la table.

Il désigna mon gobelet.

— C'est quoi, cette boisson ?

— Chaï Tea Latte. Glacé.

— Je croyais que c'était un art martial, ce truc-là.

— L'art martial c'est le taï-chi, gros malin.

Il saisit le gobelet et en but deux grandes gorgées sans m'en demander la permission. Puis il rota en reposant le gobelet au fond duquel ne restaient plus que quelques glaçons laiteux, et se renversa en arrière sur sa chaise.

— *Quoi ?* dit-il en me regardant.

— Certains jours, je ne sais pas ce qu'il y a d'aimable chez toi. Tu es tellement… lourdingue.

Il m'offrit un large sourire et, la main sur l'entrejambe, fit le geste de remettre son outillage en place.

— Et drôlement mature, en plus, dis-je avec ironie.

— Et Dan, alors ? Quoi de neuf ? Vous vous êtes rabibochés ?

— Oh non ! Et ça ne risque pas d'arriver. Il avait juste besoin de fuir son appartement quelques jours et il s'est imaginé qu'il pourrait loger chez moi.

— Ah ouais ? Et c'est pour ça qu'il se balade à poil pendant que t'es au téléphone avec moi. Normal, quoi.

— Oh mon Dieu ! Tu es jaloux ? Ça, Rauser, c'est supermignon.

— Reviens sur terre. Je te protège un peu, c'est tout. L'histoire montre que Dan n'a jamais été un très bon investissement.

Je haussai les épaules. Nous gardâmes le silence quelques instants, puis Rauser reprit :

— Tu sais, j'étais au commissariat quand le gars de la société de dépannage qui a tué son patron a été inculpé. Tu t'occupes de ce dossier pour Margaret Haze, non ? Il avait les yeux injectés de sang et il empestait l'alcool. Il a tiré vingt-trois balles sur le mec. Travailler pour la défense sur ce genre de cas, ça doit quand même faire un peu mal, non ?

— Ça paie les factures, dis-je évasivement.

Je n'avais pas envie de parler de ça.

— Voilà exactement la raison pour laquelle je ne voudrais pas devenir détective privé. Tu travailles pour les méchants trop souvent à mon goût. Quand je prendrai ma retraite, de toute façon, j'arrêterai pour de bon.

— Si j'attendais de n'avoir que des clients parfaitement honnêtes, mon agence ne survivrait pas.

— Exactement ce que je veux dire ! Et c'est bien pour ça que je serais incapable de faire ton job. Enfin peu importe. Maintenant que je t'ai raconté le peu de trucs que je sais sur Atlas, dis-moi ce que tu as trouvé de ton côté.

— Je suis allée voir la scène de crime de la première victime.

— Ouais. Anne Chambers.

— J'ai lu son journal intime, j'ai contacté ses anciens amis, ses professeurs, ses camarades de chambre, ce genre de choses.

— Et ?

— J'ai parlé à pas mal de gens. J'ai vu le lieu du crime. J'ai pris des tas de notes. J'ai lu le journal d'Anne Chambers. Au moment du crime, elle écrit qu'elle a rencontré quelqu'un, mais elle ne cite aucun nom et ne s'étend pas sur la question. J'ai montré la photo de Charlie à sa mère, qui ne l'a pas reconnu.

Je sortis de ma sacoche le dossier que j'avais rédigé après ma visite en Floride.

— Tiens, dis-je en le lui passant. Peut-être que quelque chose te sautera aux yeux. Moi, je crois que j'ai gardé trop longtemps le nez dedans.

— Peut-être qu'il n'y a rien à trouver de ce côté-là.

Je secouai la tête.

— Pas d'accord. Il y a quelque chose pour nous, j'en suis sûre, dans le meurtre d'Anne Chambers. Dans sa vie. Mais je n'arrive pas à saisir de quoi il s'agit. Si tu veux une arrestation et une condamnation, trouve un lien entre Charlie et la Floride.

— Ce ne sera peut-être pas nécessaire si nous l'associons aux victimes d'Atlanta.

— Promets-moi de regarder quand même, d'accord ?

— Promis. Je l'emporte à la maison et j'y jette un œil avant de me pieuter. Tu sais, Keye, il faut que nous attrapions Atlas. Les affaires non élucidées, ça n'est bon pour personne. Les familles, surtout, ne peuvent pas trouver la paix tant que nous ne leur apportons pas des réponses.

Je regardai de nouveau les pigeons, songeant aux victimes et à leurs proches. Rauser but l'eau laiteuse produite par la fonte des glaçons au fond de mon gobelet.

— À Jekyll Island, j'ai rencontré une vieille femme qui vit près de la maison de la famille Chambers. Une cartomancienne. D'après Mme Chambers, Anne lui rendait régulièrement visite.

— Elle t'a prédit ton avenir ? demanda Rauser, narquois.

— Pas exactement. Enfin... si, d'une certaine façon.

Je rougis, un peu troublée par le souvenir de ce qu'elle m'avait dit. *Mais le flic, pas pareil. Il vous aime, lui !*

Rauser me regardait d'un air intrigué.

— Et puis ?

— Elle m'a dit que la dernière fois qu'Anne lui avait rendu visite, elle l'avait prévenue qu'elle était en danger.

— Facile de dire ça aujourd'hui.

— Facile de dire n'importe quoi aujourd'hui.

— Tu l'as crue ?

— Non. Enfin, je ne sais pas. Elle est vraiment bizarre, cette vieille dame, mais je crois qu'elle sait quelque chose. Elle m'a parlé de Dan. Elle l'a appelé M. Joli-Cœur. Mais...

— Ah ! Ça lui va bien ! s'exclama Rauser en riant.

— Et puis elle a dit que moi aussi, j'avais été à deux doigts d'y passer. Et c'est bizarre, si on pense à l'accident de voiture, aux roses, au paquet... Mais juste après, elle m'a demandé si je bouffais du minou. Alors je pense qu'elle est juste cinglée.

— Elle t'a demandé si tu bouffais du minou, répéta Rauser, hochant gravement la tête.

Je voyais bien qu'il se retenait d'éclater de rire. Je levai les yeux au ciel. Il saisit le gobelet pour en avaler les bouts de glaçons qui s'y trouvaient encore.

— Même en Floride, alors, les gens pensent que t'es une gouine refoulée ? dit-il, très amusé.

— Putain, Rauser, c'est quoi cette obsession ?

— Tu es flattée. Reconnais-le !

Je repensai tout à coup à une chose que Grady m'avait dite pendant que nous dégustions ses MoonPie à la station-service.

— Au Nouvel An, à Brunswick, en Géorgie, la population trempe une grosse crevette en papier mâché dans une immense bassine de sauce aurore, dis-je. Tu savais ça, toi ?

Rauser me regarda fixement, perplexe.

— Et toute la population du coin se rassemble avant minuit autour de cette bassine pour le décompte du Nouvel An.

— O.K. Et alors ?

— Tu ne trouves pas ça un peu étrange ?

— Je trouve étrange que tu t'intéresses à un truc pareil. Et que tu m'en parles.

— C'est carrément étrange, je trouve. Tu trouves pas que c'est étrange, toi ?

— Hmm… dans quoi voudrais-tu qu'ils la trempent, cette crevette ?

— Je crois que tu ne saisis pas bien la nature du problème.

— De la sauce tartare ?

Je désignai mon gobelet vide.

— Que dirais-tu d'aller nous en chercher deux autres, maintenant que tu t'es approprié le mien ?

Rauser expira bruyamment.

— Bof… Ces boissons industrielles hors de prix, ça ne me dit pas grand-chose. Franchement, je n'ai aucune envie d'aller poireauter à la caisse pour reboire de la lavasse pareille. Surtout chez des mecs qui ne peuvent pas s'empêcher d'ajouter *latte* à la fin de tous leurs noms de produits.

Je me levai et lui tapai durement l'épaule.

— J'y vais, alors. Tu es un tel macho, parfois, Rauser !

Il m'offrit son sourire le plus ravageur.

— Prends-en un pour moi aussi, d'accord ? Avec plein de glaçons.

31

Racaille m'accueillit à la porte, se frotta contre mes jambes, me regarda en louchant un peu et voulut m'entraîner en direction de la cuisine. Dans ses fantasmes, j'en étais convaincue, cette chatte était un chien de berger qui menait obsessionnellement son troupeau et vivait dans un petit monde bien circonscrit. Ses quelques possessions – une souris, un minuscule oreiller rempli d'herbe à chat, une balle –, elle les rassemblait toujours à la même place, sous la table, quand elle avait terminé de jouer. Le jour où elle avait eu la chance de trouver un ballon gonflé à l'hélium, le lendemain de mon anniversaire, elle avait passé des jours entiers à le tirer par la ficelle qui en pendouillait, chaque fois qu'il se déplaçait à travers l'appartement, pour le rapporter dans le même angle du salon. Je ne la contredis jamais. C'est plus facile comme ça. Elle est très déterminée. Si je contrecarrais ses désirs, elle ne me laisserait pas en paix avant d'avoir obtenu gain de cause.

Je sortis une tranche de dinde cuite du frigo, la coupai en petits morceaux et la donnai à Racaille sur une coupelle. Adossée au plan de travail, je secouai ensuite la bombe de chantilly que j'avais également prise dans le frigo, la portai à mes lèvres et appuyai sur le bouton blanc. *Hmm, ça c'était une toute petite dose*, pensai-je ensuite en lisant les informations nutritionnelles sur la bombe : il était conseillé d'en consommer deux cuillers à soupe par personne par service. L'embout entre les lèvres, j'appuyai sur le bouton, plus longtemps que la première fois, à trois ou quatre reprises. C'était délicieux. Racaille semblant s'intéresser à ce que je faisais, je pulvérisai un tout petit nuage de chantilly sur son assiette. Elle y goûta, le lécha entièrement, puis s'étira et, n'ayant plus besoin de moi, m'abandonna à la cuisine.

Le jeudi matin, cinq jours après la mort de Jacob Dobbs, j'arrivai à mon bureau dès huit heures, après avoir dormi comme une souche, sans faire le moindre rêve. Je consultai d'abord ma boîte vocale. Premier message de Tyrone, de Tyrone's Quikbail : « *Hé, ma belle, j'ai un fuyard qui me fait le coup du fugitif. Il faut que tu me l'attrapes par la peau du cul. Pas difficile. Un gamin d'une vingtaine d'années. Il ne s'est pas présenté devant le juge après avoir été arrêté pour conduite en état d'ivresse.* »

Diane, ensuite : « *Salut, toi, les convocations des témoins à comparaître sont prêtes et t'attendent sur mon bureau. Il y en a sept. Et un bon gros chèque à ton nom ! C'est toi qui paies le repas, la prochaine fois !* »

Le téléphone sonna. Ma mère voulait que je lui promette de venir dîner à la maison samedi soir. Tentant. Le samedi soir, chez mes parents, c'était tourte à la viande, tomates et moutarde brune, et pour finir cheese-cake à la banane. Petites variations au menu selon les saisons, nous avions parfois des épinards ou du chou frisé à la place de la moutarde brune.

Ensuite, Mère dit :

— Je sais que ce ne sont pas mes oignons, mais...

Oh-ho... Quand elle commençait avec ce genre de propos, il fallait s'attendre au pire.

— Dan a fait des erreurs, Keye, mais que veux-tu, les hommes sont comme ça ! J'ai passé un peu de temps avec lui, vois-tu, après que tu es partie en voyage, et nous avons eu une conversation tout à fait agréable. Il t'aime profondément.

— Samedi, je viendrai avec Rauser, répliquai-je.

Moi-même, j'étais stupéfaite. *Ha ! Prends ça !* Mère n'oserait jamais me reparler de Dan en présence de Rauser, et ce pour la simple raison qu'elle ne savait pas vraiment ce qui se passait entre nous deux. Notre relation l'intriguait. Comme elle intriguait tout le monde, d'ailleurs. Tant pis ou tant mieux, Rauser m'avait souvent servi de rempart contre les talents d'entremetteuse de ma mère.

Je rappelai Tyrone et lui promis de passer chercher la paperasse du cas qu'il voulait me donner. C'était un petit boulot, qui ne me rapporterait pas grand-chose, mais il était important que je me rende de temps en temps disponible de cette façon pour Tyrone, sinon il risquait de tirer une croix sur moi. Et je ne savais jamais quand je pouvais avoir besoin de ce genre de job alimentaire. Les cabinets d'avocats payaient bien, en particulier Guzman, Smith, Aldridge & Haze, mais la compétition était rude et mon papa m'avait bien appris de ne pas mettre tous mes œufs dans le même panier. Je ne devais pas oublier les grosses mensualités de mon emprunt immobilier et j'essayais donc de ne brûler aucun pont, si petit fût-il.

Quand j'eus raccroché, je repensai tout à coup à mon voyage à Jekyll Island. Le souvenir de la mer, de l'air pur, me rendit quelque peu nostalgique. J'aurais voulu avoir cette vie-là : marcher sur la plage, adopter un chien, acheter un vieux pick-up, peut-être même présenter les crabes des sables à Racaille. Mais comment gagner ma croûte là-bas ? Comment quitter Diane, Neil et Rauser ? Je laissai le fantasme se dérouler dans ma tête quelques instants, puis je revis Mme Chambers accablée depuis tant d'années par le chagrin, et je songeai à ma propre peine, celle que je portais en moi depuis l'enfance. Quand une personne que l'on aime est assassinée, la douleur s'estompe peu à peu, mais elle ne s'en va jamais vraiment.

Les bureaux de Tyrone's Quikbail se trouvaient dans Mitchell Street, au cinquième étage d'un bâtiment vieillissant en stuc jaune, tout près du Capitole de l'État de Géorgie, de la mairie et du tribunal. Les rues du quartier abritaient une bonne douzaine d'autres sociétés de cautionnement comme celle de Tyrone. Ma préférée était baptisée : *Maman va te sortir de prison – Cautions & autres services*.

Je montai par les escaliers. L'ascenseur ne m'inspirait pas confiance : traces de doigts graisseux sur tous les boutons, moquette repoussante, grincements et grognements inquiétants de la cabine quand elle s'élevait à petite vitesse dans les étages. Une vilaine odeur d'urine envahissait la cage d'escalier, mais j'étais sûre, au moins, d'arriver à l'étage voulu. Et si mon poids, aujourd'hui, suffisait à faire rendre l'âme à ce pauvre ascenseur ? J'avais déjà avalé trois Krispy

Kreme depuis le début de la matinée et je n'aimais pas les mauvaises surprises dans les ascenseurs.

Le hall de Tyrone's Quikbail était tranquille. La secrétaire avait disparu et son bureau était impeccablement rangé. Peut-être Tyrone était-il entre deux employées ; il en changeait souvent, par le biais d'une boîte d'intérim. J'avais vu des tas de visages différents à ce poste.

— Salut, Keye ! s'exclama-t-il quand j'entrai dans son bureau. Quoi de neuf ?

Il portait un blazer jaune citron par-dessus une chemise en soie rouge. Quand il se renversa en arrière dans son fauteuil et croisa les jambes, je vis que son pantalon était assorti à la veste, et ses chaussettes à la chemise. Contraste saisissant avec les locaux miteux qu'il occupait, Tyrone était une flamme, une lumière vive et colorée. Il mesurait un mètre quatre-vingt-quinze et il avait la mâchoire carrée et des épaules d'haltérophile. Des fossettes creusaient ses joues quand il souriait. Je le trouvais séduisant. Lui aussi, il se trouvait séduisant.

— Tu vas me récupérer ce sale gosse, alors ?

Je haussai les épaules.

— Ça dépend. Combien tu paies ?

— Arrête ton char, dit-il, et il partit d'un grand rire, brièvement, avant de me regarder tout à coup d'un air faussement menaçant. Me fais pas ce coup-là, Street !

Il attrapa une enveloppe en papier kraft au coin de sa table et me la tendit.

— Le jeune mec s'appelle Harrison. Tu t'occupes de ça et je fais en sorte de t'en trouver une bonne la prochaine fois.

416

Lyndon Harrison, selon le dossier, avait été arrêté sur l'autoroute 75 à la limite du comté de Fulton. Il avait accepté l'éthylotest, qui avait révélé une alcoolémie juste au-dessus de la limite légale. Hélas, il s'était très mal comporté quand l'agent de police lui avait annoncé qu'il devait l'emmener au poste : le flic avait promptement ajouté un refus d'obtempérer à l'arrestation pour conduite en état d'ivresse. La mère du jeune homme avait offert sa maison comme garantie de la caution de six mille dollars avancée par Tyrone. Une belle prise pour lui, cette baraque. Mais il n'était pas ce genre de mec, me précisa-t-il avec un grand sourire.

En sortant, je suivis Mitchell Street jusqu'à Capital Avenue, pris à droite sur Decatur Street et roulai quelques minutes plein est. Le quartier d'Oakhurst, à Decatur, où je me rendais, avait longtemps été dangereux ; il comportait de nombreuses maisons abandonnées, insalubres, squattées par les toxicomanes et les dealers. Depuis quelques années, cependant, il connaissait une sorte de renaissance. Atlanta ne cessant de s'étendre et de grignoter les localités qui la bordaient, et les prix de l'immobilier dans le centre-ville et à Decatur même grimpant inlassablement, de nombreux résidents de longue date d'Oakhurst voyaient à présent leur vie changer du tout au tout. De minuscules maisons plantées sur des terrains d'à peine mille mètres carrés valaient subitement des centaines de milliers de dollars, et de plus en plus de propriétaires plantaient des panneaux « À VENDRE » au bord des trottoirs. Peu à peu, les maisons étaient rénovées ou rasées pour faire place à de nouvelles constructions. Certains habitants ne voulant pas vendre, il n'était toutefois pas rare de voir des maisons restaurées, agrandies et bordées de palissades impeccables, côtoyer des bicoques malmenées par les années et les intempéries, sinon en état de délabrement avancé.

La propriété de Lyndon Harrison se trouvait sur Winter Avenue, près de la station de métro d'East Lake. C'était une petite maison de briques blanches, aux volets noirs, précédée d'un carré de pelouse bien entretenue. Il y avait aussi des plants de lavande sous les fenêtres de la façade et des gerberas autour de la boîte aux lettres. Un golden retriever m'aperçut à travers une fenêtre quand je sonnai à la porte ; il se mit à aboyer avec force, frétillant d'excitation.

Le garçon qui me reçut n'avait pas plus de dix-huit ans. Et ce n'était pas le jeune homme de la photo du prévenu qui avait ignoré sa convocation au tribunal. Une odeur de marijuana, filtrant à travers la porte-moustiquaire, me chatouilla les narines.

— Bonjour, dis-je d'un ton agréable. Lyndon est à la maison ?

— Ouais, dit le garçon en souriant. Une seconde, d'ac ?

— D'ac, répondis-je.

Dès qu'il eut disparu, je tirai la porte-moustiquaire et m'avançai dans un petit couloir au sol carrelé, avec un porte-manteau d'un côté et un miroir de l'autre. Le golden retriever se précipita gaiement vers moi et fourra son museau au creux de ma main jusqu'à ce que je consente à lui accorder de l'attention. Je m'agenouillai et lui frottai les oreilles.

— Vous désirez ? demanda une voix masculine.

— Salut, Lyndon, dis-je comme si j'étais une vieille amie.

En me redressant, je glissai la main gauche vers ma poche de derrière, où j'avais une paire de menottes.

— Je m'appelle Keye Street, dis-je en faisant un pas vers lui.

Je tendis la main droite, mais il ne la saisit pas.

— D'accord, et après ?

Lyndon Harrison était grand, très grand, et maigrichon. Il avait le corps typique de l'adolescent qui n'a pas encore commencé à remplir la charpente qu'il s'est bâtie en poussant subitement à la verticale. Je souris avec affabilité. Face à son expression revêche, cependant, je commençais à perdre espoir de voir notre rencontre se passer sans accroc.

— Je me demandais si vous n'aviez pas oublié votre convocation au tribunal, par hasard…

— Ah, putain de merde ! s'exclama-t-il. Vous êtes qui, vous ?

Le garçon qui m'avait ouvert la porte reparut dans le couloir.

— Qu'est-ce qui va pas, mon cœur ? demanda-t-il, et il appuya sa tête sur l'épaule de Lyndon.

— Elle veut m'emmener au tribunal, gémit Lyndon en glissant un bras autour de la taille de son copain.

Ses yeux bleus étaient injectés de sang, les pointes de ses cheveux châtain clair étaient délavées, presque blanches, et il portait un jean baggy, avec une corde en guise de ceinture, dont l'entrejambe lui descendait presque jusqu'aux genoux. Calvin Klein et haschisch.

— Vous allez l'emmener en prison ? demanda le petit ami avec la mine mi-fascinée, mi-horrifiée, de celui qui aime les beaux mélodrames.

— Non, dis-je. Il faut juste qu'il vienne au tribunal avec moi pour que nous puissions prévoir une nouvelle date avec le juge.

— J'ai pas envie d'y aller aujourd'hui, déclara Harrison.

Oh, mon garçon...

— La garantie de votre caution, c'est la maison de votre mère, dis-je avec patience. Vous rendez-vous compte qu'elle risque de la perdre ?

Il me considéra d'un air affligé, comme si j'étais l'être humain le plus ennuyeux et le plus pathétique du monde.

— J'irai demain, dit-il, clignant paresseusement des yeux.

Et il me tourna le dos. Je l'agrippai par le poignet et lui passai une menotte. Surpris, il fit volte-face : je lui attachai l'autre poignet. Facile.

— Désolée, demain ça n'entre pas dans mon programme.

— Vous êtes *qui*, vous ?

— Un chasseur de primes qui vous veut du bien, répondis-je. Allons-y.

— Oh, c'est trop *cool*, se pâma le copain quand j'entraînai Lyndon vers la porte.

— Clifford peut nous accompagner ? demanda Lyndon tandis que nous marchions sur le trottoir en direction de ma voiture, suivis de l'autre garçon et du golden retriever.

— Votre petit ami ne peut pas s'occuper de lui ?

Lyndon renifla, excédé.

— Clifford *c'est lui*, mon petit ami. *Oooh !*

J'ouvris la portière passager de ma voiture et aidai Lyndon à s'asseoir sur le siège. Je passai la ceinture de sécurité dans la chaîne des menottes au cas où il aurait voulu essayer de filer.

— Comment s'appelle le chien, alors ? demandai-je. John ?

— Vous êtes vraiment une horrible rabat-joie, vous, hein ? répliqua Lyndon avec une moue boudeuse.

Dans le rétroviseur, je vis le petit ami et le chien plantés au milieu de la rue bordée de chênes. Clifford leva la main pour faire coucou, agitant délicatement les doigts.

Chérie, c'est moi ! Je suis rentré à la maison !

Le pavillon, au cœur du quartier de Morningside, était parfaitement silencieux. Souriant, l'assassin posa son attaché-case sur la console de l'entrée et en sortit une paire de gants chirurgicaux et un couteau de pêche dont la lame en dents de scie mesurait douze centimètres.

Tu as passé une bonne journée ?

Cette question lancée d'une voix puissante, susceptible d'atteindre sa destinataire. L'assassin entra dans la cuisine, ouvrit la porte du réfrigérateur. Une bouteille d'eau, un petit en-cas rapide. La journée avait été très longue et chargée. Pas une minute pour déjeuner.

L'assassin tapa du pied sur le sol de la cuisine, plusieurs fois, assez fort pour qu'elle l'entende au sous-sol. *Pourquoi tu ne réponds pas ? Tu m'en veux encore pour hier soir ?*

Un mouvement attira son attention sur le seuil du couloir. Un gros chat se tenait là, fixant des yeux cet être humain qu'il n'avait pas l'habitude de voir dans la maison. Il ouvrit la bouche pour pousser un miaulement timide.

Eh bien ! Où tu te cachais, toi ?

L'assassin s'agenouilla, retira un gant et tendit la main. Le chat n'hésita pas. Il vint à sa rencontre et se laissa caresser.

Tu as de l'eau ? De quoi manger ? Je vais m'occuper de toi, d'accord. Et puis j'irai m'occuper de ta maîtresse. Ta maîtresse qui me réclame, ta conne de maîtresse, ta putain de maîtresse qui ne cesse de réclamer !

L'assassin s'assit à la table de la cuisine, but de l'eau au goulot de la bouteille, coupa quelques morceaux de cheddar et essaya de faire le vide dans son esprit après sa longue journée – de se détendre un peu un regardant le chat tigré avaler ses croquettes.

Je regrette de devoir te laisser seul, mon minou, mais j'ai beaucoup à faire. Il y a des gens qui attendent, tu comprends ? Il est temps de leur donner ce qu'ils veulent.

Melissa Dumas était attachée sur une vieille chaise à dossier droit dans le sous-sol – avec le lave-linge, le sèche-linge et les outils de jardinage. La veille, l'assassin l'avait tirée jusque-là par les cheveux ; à demi consciente, elle avait poussé des gémissements sourds quand ses membres avaient heurté les marches en ciment de l'escalier, mais elle n'avait pas protesté plus que cela. Ensuite… elle ne pouvait pas savoir combien de coups de couteau elle avait reçus, car elle avait perdu connaissance après le deuxième. Plus tard, revenant à elle, elle avait supplié pour avoir un peu d'eau. On lui en avait accordé quelques gouttes, juste assez pour lui permettre de survivre.

Elle entendit un bruit et entrouvrit les yeux. L'image qu'elle découvrit l'aurait étonnée si elle avait encore été en mesure d'éprouver de l'étonnement : l'assassin, qui se tenait devant elle, ne portait qu'un calot en papier, des surbottes et des gants en latex.

Sais-tu depuis combien de temps tu es ici ? Comprends-tu ce que je te dis ? Qu'est-ce que ça fait ? Tu m'entends ? QU'EST-CE QUE ÇA FAIT ?

La tête de Melissa retomba sur sa poitrine. L'assassin lui saisit le menton, plongea ses yeux dans les siens et sourit. Son sourire n'était ni moqueur ni mauvais ; il était affectueux. L'assassin savait qu'il éprouvait parfois de l'amour pour ses victimes. Et cet amour allait croissant au fil de l'échange, alimenté par ce que les victimes donnaient d'elles-mêmes, par les longues heures de patience qu'elles lui offraient.

Tu es tellement fatiguée, ma pauvre chérie. Ne t'inquiète pas. J'ai donné à manger au minou.

Un soupir, un pincement de regret. Non pour ce qui s'était déjà passé ici, pas plus que pour ce qui allait bientôt arriver, mais parce que l'aventure était presque terminée.

Ah, oui, il est temps d'avancer. Temps de laisser mes marques sur toi, ma belle. Puis de faire disparaître mes traces.

32

— Vos honoraires habituels, plus les frais.

L'espèce d'écho que j'entendais dans l'écouteur signifiait que Larry Quinn me parlait en mode mains libres. Je jetai un coup d'œil vers Neil qui était rencogné dans son fauteuil, les pieds levés sur sa table. J'activai le haut-parleur pour qu'il puisse profiter de la conversation.

— Mais il faut que vous montiez jusqu'à Ellijay, précisa Quinn.

Ellijay ? La cambrousse absolue, dans le nord de la Géorgie. Mazette. Des images de joueurs de banjo et de Ned Beatty[1] à quatre pattes me passèrent par la tête. Mais j'avais besoin d'argent et, pour être franche, j'étais plutôt contente d'avoir une raison de quitter à nouveau la ville. Primo, ça me permettrait d'échapper au dîner de samedi soir chez mes parents. Secundo, je

---

1. Allusion au film *Délivrance* de John Boorman (1972), dans lequel l'acteur Ned Beatty entama sa carrière, et qui relate l'aventure de quatre hommes d'affaires d'Atlanta dans la nature « sauvage » de la Géorgie.

pensai à la photo que j'avais trouvée chez Charlie – celle où il avait écrit *Salope ! Menteuse !* au-dessus de mon visage. Je pensai aussi au contenu terrifiant du paquet adressé à mon nom au Georgian. Je voulais m'éloigner de tout ça.

— C'est très joli, par là-bas, continua Quinn. Et il doit faire moins chaud qu'ici. On va vous trouver une chambre d'hôte très sympa. Vous êtes dispo, oui ou zut ?

— La mission, ce serait quoi ?

— Eh ben c'est une espèce de… de… de recherche de personne disparue.

J'entendis quelqu'un ricaner derrière lui.

— Mais encore ? dis-je.

— À vrai dire, précisa Quinn qui se retenait manifestement de rire, il s'agit de retrouver une vache disparue.

Des gloussements retentirent dans son bureau. Neil me regarda d'un air intrigué et se leva pour me rejoindre.

— C'est une vache de mission, quoi ! ajouta Quinn.

Et il éclata carrément de rire avec les deux ou trois personnes qui se trouvaient autour de lui.

Oh, putain…

— Une seule vache, vraiment ? demandai-je. Pas tout le troupeau ?

À présent, ils riaient aux larmes.

— Désolé, Keye, bafouilla Quinn. C'est… C'est notre premier dossier « vache ». Donnez-moi une minute !

J'échangeai un regard amusé avec Neil tandis que rires hystériques et grognements se poursuivaient dans le haut-parleur.

— Bon, reprit enfin Quinn. Désolé ! Voilà le topo. Le client, à Ellijay, est un riche agriculteur. La vache de la famille a disparu. Le client nous a demandé de lui envoyer quelqu'un qui lui retrouverait sa vache, et… votre nom nous est tout de suite venu à l'esprit, Keye !

— Je suis flattée, dis-je, levant les yeux au ciel. Cette vache, c'est… quoi ? Une sorte d'animal de compagnie ?

— Ouaip, réussit à lâcher Quinn entre deux hennissements d'hilarité. Sadie est une vache domestique. Sadie, c'est son nom.

Une nouvelle salve de rires éclata dans le bureau. La sonnerie de Rauser s'éleva à cet instant de mon portable.

— Larry, puis-je y réfléchir une minute et vous rappeler ?

— Meuh oui ! fit Quinn.

Et là, Neil se mit à s'esclaffer à son tour.

— Nous en avons un autre, me dit Rauser d'une voix qui trahissait une grande fatigue. Une femme. C'est sa femme de ménage qui l'a trouvée au sous-sol en descendant s'occuper du linge sale.

— Oh, Rauser…

— Le crime porte la signature d'Atlas, aucun doute possible. Mise en scène, coups de couteau, fil de fer, morsures. Dès que nous avons entré le nom de la victime, Melissa Dumas, dans le système, il est apparu qu'elle a eu un procès au tribunal de Fulton. Discrimination professionnelle et harcèlement sexuel. Grosse indemnisation de l'employeur en sa faveur. Elle a été attachée sur une chaise, poignardée d'innombrables fois sur tout le devant du corps, mise à terre et poi-

426

gnardée à nouveau dans le dos, après avoir succombé, une bonne douzaine de fois. Le légiste pense qu'elle a survécu douze à quinze heures à ses premières blessures. Le couteau a disparu, évidemment.

C'était horrible. Insupportable. Je m'efforçai d'encaisser le coup, puis murmurai, sans doute davantage pour moi-même que pour Rauser :

— Cette fois, il a vraiment pris son temps. Mon Dieu…

— Vivante, elle a été attaquée à différents moments. Au moins deux fois. Avec des pauses, donc. Cet enfoiré sadique l'a fait souffrir pendant des heures. Et il a dû la laisser là, seule, entre deux séances. Je n'arrête pas de penser à la terreur qu'elle a dû éprouver, attachée dans ce sous-sol, à attendre son retour. Les voisins ne savent rien d'elle. Ils la voyaient juste, de temps en temps, faire son jogging. Ils ne connaissaient même pas son nom. Keye, elle a vécu là-bas quatre ans et ils ne connaissaient pas son nom !

— Le tueur a-t-il été sexuellement actif avec elle ? L'a-t-il pénétrée ? A-t-il mutilé ses organes génitaux ou ses seins ?

Je pensais à Anne Chambers, à ces photos de scène de crime que j'avais longuement examinées. Je pensais à Jacob Dobbs, castré dans une voiture. J'ajoutai avant que Rauser ait répondu :

— Sait-on où se trouvait Charlie au moment où elle est morte ?

— Charlie a semé deux fois mes gars. Je parie que ces absences correspondent aux heures des périodes de torture que le légiste nous a calculées. Je t'ai dit qu'il y avait un chat dans la maison ? Le tueur lui a donné des croquettes et de l'eau.

— Hmm… il voulait être sûr que le chat ne serait pas affamé et ne deviendrait pas dingue avant que quelqu'un trouve le cadavre.

Je pris une profonde inspiration. Un jour, Charlie avait apporté à l'agence un minuscule chaton roux qu'il avait trouvé dans la rue. Il l'avait gardé dans ses bras en attendant l'arrivée de ma mère qui avait promis de le confier à quelqu'un.

— Le chef, Connor, envisage d'appeler le FBI à la rescousse.

En général, les flics détestaient que les autorités fédérales se mêlent de leurs affaires. Le groupe d'enquête de Rauser fonctionnait à son propre rythme. Ses hommes connaissaient et aimaient leur communauté. Atlas, c'était *leur* dossier. Et pour Rauser lui-même, il ne s'agissait pas d'un meurtre comme un autre. Je le connaissais. C'était un meurtre de plus qu'il n'avait pas été capable, *lui*, d'empêcher – un autre échec, une autre famille anéantie. Et maintenant, la presse allait encore publier des gros titres hystériques, exhortant la police à trouver « enfin » le coupable. Je me demandais combien de coups de téléphone la police d'Atlanta avait reçus, pour ajouter à la masse de travail du groupe d'enquête, et au stress de Rauser, après que la photo d'identité de Charlie avait été montrée au public.

— Je peux te rejoindre dans dix minutes, dis-je.

— Non ! Je ne veux pas que tu viennes sur cette scène de crime. Il t'a déjà prise pour cible. Il pourrait recommencer.

— Entendu. Je… Je suis désolée, dis-je un peu bêtement.

Je ne savais plus comment l'aider. Ma participation à l'enquête n'avait apparemment servi qu'à le mettre davantage sous pression. Il avait des soucis avec ses supérieurs, avec les médias, avec l'opinion publique. Et Charlie étant toujours en liberté, il s'inquiétait pour moi.

Cette chambre d'hôte à Ellijay m'attirait de plus en plus.

33

En termes de climats et de paysages, la Géorgie présente de grands contrastes entre les terres planes et humides de son extrémité sud-est et les montagnes plantées de pins et de vigne kouzou qui s'élèvent dans sa partie nord – des montagnes assez hautes pour capter les neiges de l'hiver avant qu'elles ne se transforment en pluie au-dessus d'Atlanta.

L'autoroute 75 traverse l'État sur près de six cents kilomètres : partant du Sud marécageux et de ses fermes marines, elle longe champs de coton et boutiques de produits agricoles divers, restaurants de cuisine rustique et de clafoutis à la pêche maison, aires de stationnement pour routiers et enseignes de la chaîne Waffle House, passe par les villes de Perry et de Macon avant de fusionner brièvement avec l'autoroute 85 pour traverser Atlanta, puis reprend sa liberté pour sillonner montagnes et villes de l'industrie textile du Nord en direction de Dalton, la « capitale mondiale de la moquette ».

Je quittai la 75 au nord de Marietta et virai vers Ellijay et Blairsville, sachant que j'allais devoir couper la climatisation si je voulais laisser assez de souffle à ma petite Neon pour grimper les collines qui se profilaient devant moi. Le labo de la police avait libéré mon Impala, mais celle-ci était encore en réparation. Mon père avait décidé de se charger du choix de l'atelier de carrosserie où elle devait être remise en état et j'avais l'impression qu'il avait décidé de la faire cuirasser.

C'était un vendredi, la chaleur était étouffante et je me rendis soudain compte que j'avais oublié de prévenir ma mère que je ne pourrais pas me joindre au dîner du lendemain soir. Je pris mon téléphone en main et m'armai de courage.

— Comme ça, tu ne peux pas venir ? répliqua-t-elle. Dis-moi que tu n'es pas encore en train de te balader à travers le pays au nom de je ne sais qui, ma petite chérie ?

J'hésitai. Mère, toujours prête à me faire la leçon, enchaîna :

— Oh, pour l'amour du ciel ! Vas-tu *une fois de plus* te mettre en danger, Keye ?

— Pas cette fois, maman, dis-je en souriant. Je cherche une vache. À moins qu'elle ne soit armée, je pense que je ne risque pas grand-chose.

— Une *vache* ! Seigneur, ma fille, nous ne t'avons pas éduquée de cette façon-là.

— Tu m'en diras tant.

— J'ai préparé un cheese-cake à la banane avec un biscuit aux noix de pécan.

Mère était une redoutable négociatrice.

— Tu veux bien aller jeter un œil sur Racaille ce week-end ? demandai-je, songeant au chat de Melissa Dumas et au tueur qui l'avait nourri.

— Blanchette devrait venir vivre ici, avec ton père et moi, dit ma mère d'un ton presque larmoyant. Pauvre petite chose...

Je froissai près du téléphone le papier d'emballage des délicieux beignets au sucre glace que j'avais avalés en guise de déjeuner.

— Maman ? Maman ? Je ne t'entends plus. La connexion est mauvaise ! On se rappelle !

Mon premier après-midi sur la piste de la vache portée disparue fut des plus paisibles, ce qui est peut-être une bonne chose, je ne sais pas, quand on recherche un animal de ferme. Je fis tout d'abord la connaissance de Jim Penland, le propriétaire de la vache – le client. Grand, costaud, très avenant, cheveux bruns épais et yeux marron, habillé en Wrangler des pieds à la tête, il me fit l'effet d'être un type tout à fait normal. Il possédait je ne sais combien de milliards d'hectares et les plus grands vergers à pommes de la région. Le comté de Gilmer était une sorte de capitale de la culture de la pomme – un business manifestement pris très au sérieux par les gens du coin. Nous n'étions pas ensemble depuis un quart d'heure que Big Jim me conduisit à l'un de ses spots de vente, un piège à touristes situé au bord d'une route à quatre voies qu'il appelait « l'autoroute », pour m'offrir une assiette de tartelettes maison, à la pomme bien entendu, accompagnées de deux boules de glace à la cannelle.

— Mon *Dieu*, murmurai-je après y avoir goûté.

Mes orteils se recroquevillaient dans mes chaussures et j'avais des frissons dans le bas du ventre.

— C'est drôlement bon, hmm ? fit Big Jim avec un grand sourire. Difficile de trouver mieux qu'une tarte cuisinée devant vous, avec de bonnes pommes bien fraîches, et servie avec de la glace elle aussi préparée par la maison.

— C'est presque irréel, bafouillai-je.

Une tartelette de ce genre chaque jour et je me voyais tout à fait renoncer au sexe – définitivement.

Big Jim termina prestement sa première tartelette et s'attaqua à la seconde. Un filet de vapeur s'élevait des pommes et les boules de glace mollissaient rapidement. Nous étions assis à une table de pique-nique sur l'immense terrasse de la boutique de style « cabane de trappeur » de Big Jim. Les touristes allaient et venaient, repartant les bras chargés de tartelettes chaudes enveloppées dans des sacs en papier et de pots de confiture de pomme.

— Alors, qu'avez-vous prévu ? demanda-t-il.

Prévu ? Je le regardai quelques instants, perplexe, avant de piger.

— Oh ! Pour trouver la vache, vous voulez dire.

— Sadie, corrigea-t-il.

— Oui. Sadie. Eh bien… je pensais commencer par poser des questions à droite et à gauche, vous voyez ? Les voisins, vos employés, tous les gens dont vous me direz qu'ils étaient dans les parages au moment de la disparition de Sadie. Et puis, heu… avez-vous la moindre info, au sujet de Sadie, susceptible de m'aider ?

— C'est une bonne petite. Ça fait déjà quatre ans qu'elle vit avec nous. Un beau jour, elle a quitté le pré où elle était à brouter avec ses copines, elle s'est rapprochée de la maison et elle n'a plus voulu s'en aller. Nous avons essayé de la renvoyer dans l'enclos, mais elle s'en échappait pour revenir vers la maison ! Sadie, il faut savoir qu'elle est capable d'ouvrir n'importe quelle barrière et n'importe quelle porte. Un jour, en rentrant à la maison, je l'ai trouvée qui mangeait des serviettes en papier dans la poubelle de la cuisine. Elle a frotté le bout de son mufle contre le visage de ma fille et… nous l'avons adoptée, que voulez-vous ! Nous lui avons construit une petite étable privée à côté de la maison, et à partir de là elle s'est mise à nous suivre partout, tout le temps, comme un chien. À vrai dire, c'est le meilleur chien que nous ayons jamais eu.

— Et sa disparition ? Vous êtes rentré chez vous un jour et elle n'était plus là, c'est ça ? demandai-je avant d'entamer ma seconde tartelette.

Big Jim hocha la tête.

— C'est à peu près ça. J'avais passé la plus grande partie de la journée dans les vergers, ma fille était chez une amie et ma femme était ici, à donner un coup de main à l'accueil des visiteurs, parce qu'un de nos employés était malade. Quand je suis rentré à la maison, Sadie n'est pas venue à la rencontre de mon pick-up. J'ai tout de suite compris qu'il s'était passé quelque chose.

— Et c'était quand, ça ?

— Il y a trois jours. Mardi. Nous avons fait tout ce qu'il faut faire quand on perd un animal domestique. Des affichettes un peu partout, une annonce dans le canard local, la promesse d'une récompense, ce genre de choses. Pour vous dire la vérité, nous sommes tous très malheureux de l'avoir perdue.

— Sadie avait-elle l'habitude de partir en balade seule ? De fuguer, peut-être ?

— À partir du moment où nous avons arrêté d'essayer de la garder dans l'enclos avec les autres vaches, elle est restée tout le temps collée à nos basques. Elle ne s'éloignait jamais de la maison seule. Elle se déplaçait uniquement quand elle suivait l'un de nous.

— Des ennemis ? marmonnai-je, la bouche à moitié pleine.

— Nan. Tout le monde aime Sadie, dit Big Jim, et il m'offrit un grand sourire pour ajouter : *Moi*, par contre, j'ai des ennemis. Évidemment, puisque je suis le plus riche enfoiré d'exploitant du comté !

— Vous me ferez une liste, d'accord ?

— De mes ennemis ? De ceux que je connais, oui, sans problème.

Je passai le reste de l'après-midi à interroger la femme de Big Jim, Selma, puis la fille de Big Jim, Kathie, puis de nombreux employés de Big Jim. Tout le monde semblait adorer Sadie la vache, en effet, mais où et quand avait-elle été vue pour la dernière fois ? Personne n'avait de réponse concluante à cette question. Un type me raconta qu'ils avaient exploré toute la propriété et les bois environnants, pendant que la petite Kathie était partie en ville, au cas où Sadie serait tombée malade et aurait quitté la ferme pour s'en aller mourir quelque part – mais non, ils ne l'avaient trouvée nulle part.

Je m'engageai enfin sur la route de Blackberry Mountain pour trouver la maison d'hôte que le cabinet de Quinn m'avait réservée. J'avais sommeil, j'étais gavée de tartelettes aux pommes hypercaloriques, et je ne savais pas quoi faire d'autre en attendant que Big Jim me donne la liste de ses ennemis. Une sieste, décidai-je, voilà ce dont j'avais besoin. En plus, impossible de m'offrir pareil luxe à Atlanta où il y avait toujours un truc qui m'en empêchait, toujours quelque chose à faire.

Je m'avançai dans la propriété au volant de la Neon et découvris trois chalets en bois disposés en triangle, à distance respectable les uns des autres, à flanc de colline. M'arrêtant sur le gravier de l'aire de stationnement, j'aperçus un 4x4 et une Harley-Davidson à l'intérieur d'une grange. Deux femmes sortirent du premier chalet, le plus grand, et vinrent à ma rencontre.

— Salut, me dit l'une d'elles. Je suis Pat Smelly. Et voici Chris. Vous devez être Keye.

Le couple « Smelly[1] *» ?* ne pus-je m'empêcher de penser. *Vraiment ?* Je ne fis aucun commentaire, bien sûr. Chris portait un short court de couleur pastel – le genre de short que les femmes vraiment grosses ne devraient jamais oser enfiler et semblent ne pas pouvoir s'empêcher d'adopter. Pat était en jean et en tee-shirt – maigrichonne et hommasse, des épaules de cintre métallique et une poignée de main qui me mit presque à genoux.

— Nous allons vous installer là-haut, me dit-elle, désignant un des deux chalets situés au-dessus du leur.

Elle n'avait pas l'accent de la région. Une intonation plutôt caractéristique du Nord – quelque part vers la frontière canadienne. Je décidai arbitrairement de la situer dans le Minnesota.

— C'est petit, mais vous ne manquerez de rien, enchaîna-t-elle. Il y a une chambre, un salon et une belle terrasse qui donne sur l'étang. Vous trouverez du

---

1. *Smelly* : « malodorant ».

café en grains dans le frigo et un moulin sur le plan de travail. Si vous avez besoin de quoi que ce soit, n'hésitez pas à venir nous voir. Chris a fait du pain aux pommes, cet après-midi. J'en ai mis un sur la table pour vous. Et puis nous venons tout juste d'installer une parabole. Vous pouvez regarder la télé si ça vous chante.

— Hmm, merci beaucoup.

Du pain aux pommes ? Miam-miam.

— Je prends votre bagage ? demanda Pat.

— Nan, merci, je me débrouille. Tout ce dont j'ai besoin, maintenant, c'est de la clé et d'un téléphone.

— La porte n'est pas verrouillée. La clé est sur la table. Mais nous n'avons pas le téléphone. Désolée, conclut Pat en saisissant la main de Chris.

Pas le téléphone ?

Je les regardai regagner leur chalet. *Des lesbiennes dans l'arrière-pays géorgien ? Qui l'aurait cru ?*

Une heure plus tard, juchée sur la balustrade de ma terrasse, je me penchais aussi loin que possible au-dessus du vide en me retenant d'une main à la gouttière en zinc du toit du chalet, mon téléphone portable brandi vers le ciel de l'autre main, pour tenter de capter le réseau. J'essayais de ne pas regarder l'étang noirâtre qui semblait guetter ma chute dix mètres sous la terrasse.

— Keye ?

Je tressaillis et faillis lâcher la gouttière. Pat et Chris Smelly se tenaient juste derrière moi. Et m'observaient d'un air soucieux.

— Mettez-vous une cloche autour du cou, quoi ! m'exclamai-je. Vous m'avez fichu la trouille.

Pat haussa les épaules.

— Ce n'est pas une très bonne idée de grimper comme ça sur la balustrade. Vous pourriez vous faire mal.

Chris hocha gravement la tête.

— Il n'y a que là-haut que j'arrive à avoir un peu de réseau, dis-je. Vous entrez toujours comme ça chez les gens ? Sans frapper, je veux dire ?

— Nous avons frappé, mais vous ne nous avez pas entendues.

Elles échangèrent un regard, Chris pouffa de rire et se couvrit la bouche avec la main. Pat désigna leur chalet.

— Nous vous avons vue perchée ici et nous nous sommes dit que vous aviez peut-être besoin d'aide. Venez sur notre toit. Le réseau y est accessible. Là-haut, en plus, nous avons installé du mobilier de jardin. Vous serez à l'aise.

— Heu… d'accord, fis-je, et je pris la main qu'elle me tendait pour sauter de la balustrade.

— Nous avons voulu un toit plat, chez nous, pour pouvoir nous en servir comme terrasse découverte, dit Pat. Pour admirer le spectacle des montagnes tout autour de nous.

— C'est comme si nous avions une pièce supplémentaire, précisa Chris. C'est notre petit paradis au milieu des sapins.

C'était la première fois qu'elle prononçait une phrase entière – *deux* phrases – en ma présence. Elle, par contre, elle avait indiscutablement l'accent du Sud.

— Je ne veux pas vous déranger, dis-je tandis que nous quittions mon chalet, puis j'ajoutai à l'intention de Chris : Votre pain aux pommes est délicieux.

438

J'avais un peu honte, car j'en avais déjà avalé la moitié. Il était sur la table, au milieu de la pièce principale, et je me demandais si elles avaient remarqué ma gloutonnerie en passant à côté.

— Le pain aux pommes, c'est ma spécialité, répondit Chris – ce qui ne m'étonna pas beaucoup, vu la taille maousse de ses fesses.

Le chalet qui m'avait été assigné avait pour mobilier des chaises de bois brut noueux, des fauteuils tapissés, un futon d'une vingtaine d'années et, comme éléments de décoration, plusieurs tableaux, sculptures et objets « rustiques » dont le thème dominant était la volaille. Mais le chalet Smelly était d'un tout autre style : sol carrelé anthracite dans la grande pièce, plafond voûté, mobilier contemporain aux formes épurées, beaucoup de lumière grâce à une immense baie vitrée triangulaire donnant sur le lac et la chaîne des Blue Ridge, du cuir, du lin, de l'acier – une page d'*Architectural Digest* en pleine cambrousse. Un basset et un chat bicolore roupillaient ensemble sur un tapis à zébrures devant la cheminée.

— Nous avons tout construit, tout décoré nous-mêmes, me dit Pat. Nous avons acheté la propriété il y a dix ans, quand les terrains ne valaient qu'une bouchée de pain dans la région. Aujourd'hui, nous sommes rentrées dans nos frais et nous avons la belle vie.

Elle ouvrit une porte. Nous grimpâmes un étroit escalier en pin et franchîmes une autre porte donnant sur le toit du chalet. Regardant autour de moi, je vis d'innombrables plantes en pot, un barbecue à gaz, des lampes japonaises et deux chaises longues, une méridienne d'extérieur – tout ce mobilier en wengé. *Il y a quelqu'un ici qui aime vraiment les magazines de déco intérieure*, pensai-je.

— Téléphonez tranquille, dit simplement Chris, et elles me laissèrent sur leur toit avec mon portable.

Rauser répondit à la deuxième sonnerie.

— Salut, toi. Tu as eu mon message ?

— Non. Ça manque de réseau, là où je suis.

— Et c'est où, là où t'es ?

— Ellijay, dans le Nord. Hmm... pour une vache portée disparue. Je mène l'enquête, précisai-je avec un petit rire. C'est ma première affaire de ce genre, tu sais. Ma première vache d'affaire. Ma mère est très fière. Là, tout de suite, je suis sur le toit de madame et madame Smelly. Mais ce serait trop long à t'expliquer.

— J'aimerais quand même entendre ça, dit Rauser, et je sentis à sa voix qu'il était intrigué.

— Je te raconterai tout à mon retour, promis. Quoi de neuf, de ton côté ?

Je n'étais pas sûre de vouloir entendre ce qu'il avait à me dire. En cet après-midi, agréable parenthèse, les meurtres d'Atlanta me paraissaient bien loin.

— Le maire est déchaîné. La presse est déchaînée. Et ce petit salopard de Charlie Ramsey continue de nous faire tourner en bourrique. Je t'ai dit qu'il avait déjà filé entre les doigts de mes gars plusieurs fois, tu te souviens ? Et mes gars ne sont pas des imbéciles ! Les périodes où nous l'avons perdu de vue correspondent aux moments où Melissa Dumas a commencé à être torturée, douze à quinze heures avant de mourir. Et l'heure de la mort de Dobbs, si le légiste ne se trompe pas, colle aussi avec ce que nous savons de l'emploi du temps de Charlie. Nous pensions qu'il était chez lui, au lit, avant la première fois où nous l'avons interpellé, mais il avait dû s'éclipser en douce.

Je songeai au moment où nous avions appris par la C.B. de la voiture de Rauser, juste après le premier interrogatoire de Charlie, qu'un cadavre avait été aperçu dans un véhicule. Charlie devait avoir su, pendant qu'il jouait l'innocent et le gentil toqué devant nous, que cet appel ne pouvait tarder – que le cadavre mutilé de Dobbs était en train de cuire dans une voiture garée au soleil sur la Huitième Avenue. Je fermai les yeux. Les meurtres, hélas, m'avaient rattrapée à Ellijay.

— Comment fait-il pour vous semer ? demandai-je. Vous savez ça, maintenant, ou pas ?

— Nous avons pigé le truc, oui. Grâce à cet entrepôt de stockage individuel dont je t'ai parlé. Nous lui avons tendu un piège. Nous avons réquisitionné le conteneur qui se trouve juste à côté du sien et Bevins y a pris position, habillée d'un débardeur moulant et d'un short ultracourt, avec une vieille bagnole bourrée de vieilleries récupérées dans deux ou trois dépôts-ventes.

L'inspecteur Linda Bevins était une femme blonde et plantureuse aux yeux un chouïa trop espacés. Le genre de femme qui fait facilement craquer les hommes. Le genre de nana que les mecs sous-estiment en général.

— Charlie est arrivé là-bas sur son vélo et il est aussitôt tombé dans le panneau. Il lui a proposé de l'aider à décharger son véhicule. Bevins s'est mise à lui raconter, l'air de rien, qu'elle lançait une procédure juridique contre son employeur qui l'avait mise à la porte. Elle a bien joué le coup, sans le pousser, en attendant qu'il pose lui-même des questions. Je lui avais conseillé de dire qu'elle avait un autre voyage à faire pour le déménagement de ses affaires – afin que Charlie sache qu'elle reviendrait et qu'il aurait l'occasion de la revoir. Il se détendait, il avait l'air de plus en plus à l'aise avec elle, et puis la tuile. Il a repéré une étiquette de prix au nom de l'Armée du Salut sur un pied de lampe et il a additionné deux et deux en un rien de temps. Il a laissé tomber la lampe par terre en regardant Bevins d'un air mauvais, et il s'est barré.

J'entendis Rauser tirer sur sa cigarette avant de poursuivre :

— Maintenant, la bonne nouvelle. Nous avons quelqu'un qui a reconnu la tête de Charlie à la télévision. Une femme qui affirme qu'il l'a violée. Elle avait porté plainte et a été examinée par un médecin après son agression, mais le violeur n'avait pas été retrouvé. Et Balaki s'occupe en ce moment d'un autre appel du même genre. Un viol qui s'est produit il y a six semaines. Cette femme-là affirme que son agresseur avait un couteau. Si tout ça se confirme, j'aurai arrêté ce fumier avant demain matin et son ADN sera analysé pour les viols. À ce moment-là, je pourrai le garder en prison pendant que nous bétonnerons le dossier Atlas.

— C'est énorme ! m'exclamai-je.

Je n'oubliais pas le jour où Charlie m'avait agressée, le langage qu'il m'avait tenu, sa colère. Au FBI, j'avais travaillé sur plusieurs cas de violeurs en série. Certains commençaient comme voyeurs, puis passaient à l'acte quand ils ne pouvaient plus résister à leurs fantasmes de possession brutale.

— Tu as pu l'associer aux meurtres survenus en Floride ?

— Non. Pas encore.

— Tu es un bon flic, Rauser. Je ne voudrais pas être à la place des criminels.

Rauser avait une stratégie simple quand il recevait des compliments : il les ignorait.

— Parle-moi de madame et madame Smelly, dit-il.

— Madame et madame Smelly sont les proprios de la maison d'hôte que Quinn a réservée pour moi. Très sympa. Enfin, *leur* maison est très sympa, en tout cas. Dans celle que j'occupe, il y a pas mal de coqs et de poulettes brodés et encadrés. Pourquoi les gens font ça ? Je veux dire, c'est quoi le truc qui fait que les gens associent « volaille » à « maison dans les bois » ? Je ne pige pas.

— Ouais, convint Rauser. On s'attendrait plutôt à des images de gibier, ce genre d'horreurs.

Je ris.

— Cela dit, elles sont vraiment gentilles. Elles m'ont permis de venir sur leur toit pour te parler, parce que chez moi je n'ai pas de réseau.

— Et « madame et madame », ça veut bien dire…

— Que c'est un couple de lesbiennes, oui.

— As-tu remarqué que le lesbianisme est un thème récurrent de ton existence ?

— De *ton* existence ! Tu ne penses qu'à ça, comme tant de mecs. Pourquoi fantasmez-vous à ce point sur l'idée de vous retrouver au pieu avec deux femmes et de les voir se toucher ? Je ne pige pas. Nous, les femmes, nous n'avons pas ce genre de truc dans la tête. Sache-le, Rauser, nous ne nous excitons pas sur l'idée de voir deux bonshommes se tripoter.

Je m'installai sur une des chaises longues en wengé du couple Smelly. Le soleil était couché et les étoiles commençaient à pointer dans le ciel, tellement plus proches et plus nombreuses, ici, dans les montagnes, que sous le dôme de pollution lumineuse de la grande ville.

— Bon, je retire ce que je viens de dire, ajoutai-je. Ça peut nous exciter, si, mais uniquement si les deux hommes sont tout juste nubiles et ont les fesses bien dures.

— Et madame et madame Smelly, ce sont de vraies lesbiennes, ou bien… deux femmes qui te donnent l'impression de s'intéresser à toi ?

— Elles vivent ensemble et elles se tiennent la main, si tu veux savoir. Et je suis sûre qu'elles s'intéresseraient à moi, évidemment, précisai-je avec ironie. Mais elles sont visiblement amoureuses l'une de l'autre.

J'entendis la voix de Pat derrière moi :

— Et nous sommes monogames.

Je tournai la tête. Elle m'apportait une tasse dont s'élevait un filet de vapeur.

— Et elles sont monogames, répétai-je, souriant à Pat et m'efforçant de cacher que j'étais terriblement embarrassée.

— Et la vache ? demanda Rauser.

Je pris la tasse que me tendait Pat. Elle contenait une infusion. À la menthe, peut-être.

— La vache, c'est une longue histoire.

— Je te rappelle demain, Street. D'ici là, essaie de ne pas avoir d'ennuis.

Je glissai mon téléphone dans ma poche en levant les yeux vers Pat.

— Je me rends bien compte de l'impression que vous avez dû avoir, mais cet ami me taquine sans arrêt parce qu'il s'imagine que je crois que des tas de femmes ont envie de moi, alors qu'en fait, je ne crois pas ça du tout. Vraiment pas. Je me suis juste posé la question au sujet d'une serveuse de chez Hooters et au sujet d'une fille de la police scientifique avec qui il couche. La plupart des femmes ne m'aiment pas beaucoup, à vrai dire. Et je ne connais pas de lesbiennes, en dépit du fait que ma meilleure amie couche en ce moment avec une lesbienne et qu'il y a un million de lesbiennes à Atlanta. Et à *Decatur*. Oh mon Dieu. Avez-vous déjà été à Decatur ? C'est genre, heu… gouine-ville, si vous voulez ! Coupes en brosse et chaussures de marche…

Je me tus. Pat me regardait fixement.

— J'aggrave mon cas, c'est ça ? demandai-je.

— J'espère que l'infusion vous fera du bien. Chris l'a préparée avec la menthe du jardin.

Elle marqua une pause, l'air de chercher ses mots, avant d'ajouter :

— Avez-vous jamais songé que si votre meilleure amie couche avec une lesbienne, c'est peut-être parce qu'elle *est* lesbienne ?

Je secouai la tête et souris.

— Non, à vrai dire, je n'y avais même pas pensé.

34

Je retrouvai Big Jim à sa boutique au bord de la quatre-voies. Il posa devant nous des mugs de café qui portaient son monogramme et des assiettes de tarte- lettes aux pommes accompagnées de glace. Nous étions installés à l'intérieur, à une petite table disposée devant une cheminée en pierre. Big Jim retourna sa chaise pour s'asseoir à califourchon.

— Il n'y a pas mieux pour le petit-déjeuner, me dit-il avec un grand sourire en désignant mon assiette.

Je ne risquais pas de le contredire. Depuis la veille, je salivais à la perspective de goûter à nouveau ces merveilles de tartelettes.

— Voilà la liste que vous m'avez demandée, dit-il, dépliant une feuille de papier qu'il posa devant moi. Mes ennemis, pour l'essentiel, ce sont mes concur- rents. Et j'ai aussi indiqué quelques personnes à qui j'ai pu déplaire ces derniers temps.

J'avalai une bouchée de tartelette et un peu de glace, fis descendre le tout avec une gorgée de café, puis saisis la feuille. La liste était longuette.

— Je n'aurais jamais cru qu'il y avait autant de monde à Ellijay, dis-je.

— Hmm… je suppose que j'ai une façon bien à moi de blesser certaines personnes dans la région.

— Vous me faites pourtant l'effet d'être un homme plutôt agréable.

— Ouais, mais avec vous c'est facile. Une poignée de tartelettes et je vous ai déjà dans la poche.

Je souris. Big Jim m'était de plus en plus sympathique.

— Avez-vous une photo de Sadie ?

Il hocha la tête, tira un cliché de son portefeuille et me le passa.

— Jolie vache, dis-je comme si j'y connaissais quelque chose.

Les yeux de Big Jim se mirent à briller et il détourna la tête.

Je commençai mon enquête au Cupboard, un restaurant du centre d'Ellijay. Vaste salle, déco de cafétéria et banquettes de vinyle marron. Je m'assis dans un box pour attendre Ida May Culpepper, la première personne de la liste de Big Jim.

Deux serveuses allaient et venaient à travers la salle – des femmes d'une quarantaine d'années, avenantes et énergiques, qui connaissaient les prénoms des clients. Je jetai un œil au menu : poulet et boulettes de porc, chou cavalier au vinaigre épicé, foies de poulet frits… Et des tas de produits à base de la spécialité de la région : crêpe aux pommes, pain aux pommes, tourte aux pommes, gâteau aux pommes, salade de pommes, beignet aux pommes.

— Et voilà, ma belle ! dit la serveuse qui m'avait accueillie, et elle posa devant moi une immense tranche de tourte aux pommes sur une assiette. Du café ?

— Oh, non, merci, je ne pourrai pas avaler tout ça. J'attends juste Ida May.

— Vous ne pouvez pas vous asseoir au Cupboard sans rien manger, ma belle. Ça ressemblerait à quoi ? La tourte, c'est un cadeau de la maison. Ida May sera là dans une minute.

Ida May Culpepper était une femme minuscule, d'une cinquantaine d'années, qui avait des rides de fumeuse autour de la bouche et les cheveux teints en noir. Elle s'assit en face de moi dans le box, un grand sourire aux lèvres.

— Qu'y a-t-il pour votre service, ma jolie ?

— Avez-vous déjà vu cette vache ? demandai-je – aussi sérieuse qu'on peut l'être quand on pose une question pareille.

— Oh mon Dieu ! s'exclama Ida May, et elle éclata de rire. C'est une blague, dites-moi que c'est une blague ! Vous êtes ici pour la vache de Jim Penland ? Ne me dites pas qu'il a engagé un détective privé pour lui retrouver sa bête !

— Ben… si.

Elle secoua la tête, l'air incrédule.

— J'en ai quatre dans mon pré, des vaches, et deux d'entre elles ont exactement la même tête que celle-ci. Allez-y voir, si vous voulez vous donner cette peine. Peut-être pourriez-vous relever leurs empreintes de sabots !

— D'après M. Penland, vous avez récemment eu une prise de bec.

Ida May recula contre le dossier de la banquette, les yeux arrondis de stupeur.

— Il vous a expliqué pourquoi, au moins ? J'ai quatre restaurants et une pâtisserie dans deux comtés de la région. Nous utilisons beaucoup, beaucoup de pommes. Mais plus les siennes. Aujourd'hui, nous avons un autre fournisseur. Ça n'a rien de personnel, bien sûr, mais il faut bien que je gagne un peu d'argent sur mes produits. Et Jim refuse mordicus de baisser ses prix. Par-dessus le marché il se fiche bien que je lui aie donné un gros coup de pouce quand il s'est lancé dans le métier.

— Ça… Ça me paraît assez personnel, ce petit conflit, au contraire.

— Eh bien… oui, c'est peut-être un peu vrai. Mais croyez-moi, je ne donnerais quand même pas deux dollars pour cette fichue vache.

En sortant du restaurant, j'aperçus une pile d'exemplaires d'un journal d'Atlanta, dans un panier en métal posé à côté de la porte, accompagnée d'un petit écriteau indiquant que les quotidiens étaient à soixante-quinze cents et l'édition du dimanche à deux dollars vingt-cinq. Le gros titre du canard happa mon regard : MEURTRE ABOMINABLE DANS UN PAVILLON DE MORNINGSIDE. LE 8ᵉ D'ATLAS.

Je retournai dans le restaurant payer le journal à la caissière, puis décidai de marcher un peu. J'avais besoin d'exercice. Il était à peine dix heures et demie et j'avais déjà déboutonné mon jean sous ma chemise. Si je ne quittais pas très vite la capitale de la pomme, il faudrait un camion pour me ramener chez moi.

Je passai trois grosses heures à trouver des renseignements sur tous les noms de la liste des « ennemis » de Big Jim. Parmi eux, il y avait les Snell, père et fils, propriétaires de la deuxième plus grosse exploitation de pommes et de poires de Géorgie. Ils me racontèrent avoir une ville à leur nom à proximité d'Atlanta, m'assurèrent ne nourrir aucun sentiment négatif à l'égard de leur plus important concurrent et m'affirmèrent enfin être « d'honnêtes gens qui vivons dans la crainte de Dieu ». Ils ne demandèrent pas mieux que de me faire visiter leurs vergers, leur usine de transformation, leur maison et leurs écuries. Ils me nourrirent de petits sandwiches au fromage et aux poivrons, et finirent par m'inviter à les accompagner à l'église. Là, je regimbai tout de même et pris congé.

Dans les collines qui surplombent Ellijay, Clyde Clower, sixième nom de la liste de Big Jim, ne se montra pas aussi accueillant. Non content d'empester la Budweiser et la marijuana, il me claqua la porte de son mobile home au nez – si violemment que la baraque trembla comme sous l'assaut d'un vent de tempête. Big Jim l'avait licencié deux jours avant la disparition de Sadie. Je fis discrètement le tour du mobile home. Je ne vis rien d'intéressant, mais décidai que Clyde semblait bien le genre de type capable de perdre son emploi *et* de voler une vache. Je résolus de revenir plus tard retenter le coup.

Je commençais à me faire du souci pour Sadie. Elle suivait partout Big Jim, sa famille et leurs proches, parce qu'elle préférait leur compagnie à celle des autres vaches. Elle ouvrait les portes et se sentait bien dans la maison. Cette vache était le meilleur chien qu'ils avaient jamais eu, avait précisé Big Jim. Et elle était désormais totalement habituée aux êtres humains – socialisée, pour ainsi dire. Je n'aimais pas l'imaginer perdue dans un endroit qu'elle ne connaissait pas, souffrant d'angoisse à cause de cette séparation.

Je décidai de jeter un œil au pré d'Ida May Culpepper. Ma Neon peina beaucoup pour atteindre le sommet de la colline sur laquelle se trouvait le ranch de la restauratrice. Le pré, où broutaient quelques vaches, était situé à côté de la maison et de la grange, et entouré d'une barrière de gros rondins presque aussi haute que moi. Je m'y appuyai et sortis la photo de Sadie de ma poche. J'observai les vaches. J'observai la photo. Je regardai à nouveau les vaches. Et encore la photo. J'étais perplexe. Indécise. Je criai le nom de Sadie à plusieurs reprises. Les vaches m'ignorèrent. Me snobèrent, plutôt. Elles redressèrent la tête, me fixèrent quelques secondes de leurs yeux noirs impénétrables, puis se remirent à brouter.

J'avais dans la voiture une cagette de pommes que Big Jim m'avait donnée. Supposant que les vaches devaient aimer ce fruit, j'en pris quelques-unes avant d'escalader la barrière et d'aller à leur rencontre.

— Sadie ! Viens par ici, ma chérie. Tu veux une pomme ?

Les vaches s'animèrent sans hâte et commencèrent à venir dans ma direction à petits pas. C'est alors que j'entendis le bruit d'un animal qui galopait au loin. J'écarquillai les yeux. C'était un taureau. Il fonçait vers moi, tête baissée, soulevant un nuage de poussière rouge derrière lui. Si j'avais pu voir son expression, j'aurais dit qu'il avait l'air furieux. Des corbeaux qui picoraient à quelques mètres de moi s'envolèrent tout à coup. Apeurées, les vaches se mirent à leur tour à courir.

Je pris mes jambes à mon cou, balançant les pommes par-dessus mes épaules, l'une après l'autre, dans l'espoir de les dissuader de me pourchasser. Elles ignorèrent mon offrande. Difficile à croire, peut-être, mais les vaches sont excellentes au cent mètres. Je n'étais pas assez bien payée pour me laisser piétiner par des bovidés dans le pré d'Ida May. Dès que j'eus lâché ma dernière pomme, j'accélérai autant que je pus et bondis vers la barrière. Je réussis à me glisser entre les rondins juste avant que le taureau ne m'ait rattrapée. Il pila, renifla rageusement et se mit à tracer des cercles dans la poussière, grattant le sol avec son sabot. Les vaches le rejoignirent, passablement excitées elles aussi. *Seigneur*. Dès que j'eus un peu repris mon souffle, j'appelai Big Jim.

— Parlez-moi un peu de Clyde Clower, dis-je. A-t-il de la famille dans la région ?

Je respirais encore bruyamment, mais j'avais du réseau, ici, sur la colline d'Ida May, et je voulais en profiter. Après avoir tendu mon majeur aux vaches, je regagnai ma voiture en m'efforçant de retrouver mon calme.

— Il y a sa mère, je crois. Elle est veuve, si je me souviens bien, et elle a une petite maison quelque part dans le coin. Vous pensez que c'est Clyde qui a volé Sadie ?

— Disons que c'est un bon suspect. Il a un mobile. Mais je sais qu'il ne peut pas l'avoir emmenée sur le terrain de camping où il habite. Si c'est bien lui qui vous a chipé Sadie, il a dû la cacher quelque part. Où ça, à votre avis ?

— Aucune idée. Je ne le connais pas assez bien. Clyde travaillait pour moi, mais j'ai beaucoup, beaucoup d'ouvriers agricoles dans les vergers, vous savez. C'est seulement en cas de problème que j'apprends quelque chose sur leur vie privée.

— Et avec Clyde, justement, quel a été le problème ? Pourquoi l'avez-vous renvoyé ?

— Il est venu ivre au travail. Trois fois de suite.

— Auriez-vous la possibilité de trouver l'adresse de la maison de sa mère, tout de même ?

— Ça, ce n'est pas difficile. Attendez une seconde. Elle est probablement dans le registre. Vous avez rencontré Ida May Culpepper ?

— Ouais, fis-je. Au restaurant. Et je suis chez elle en ce moment même. Pourquoi ne m'aviez-vous pas prévenue que les vaches allaient se jeter sur moi ?

Big Jim pouffa de rire.

— Vous *prévenir* ? Les vaches ne sont pas des animaux agressifs, Keye. Ne vous tracassez pas.

— Hmm…, fis-je. Sauf que j'étais dans le pré avec quelques-unes de vos pommes, pour parlementer avec les vaches, et elles ont bien failli me piétiner.

Le rire de Big Jim résonna si fort dans l'écouteur que je dus écarter le téléphone de mon oreille.

— Normal, mes pommes sont délicieuses ! s'exclamat-il entre deux éclats de rire. Elles en voulaient toutes !

La mère de Clyde vivait au sommet de Forest Mountain Road, une petite route en pente raide, sinueuse, qui fut une véritable épreuve pour la Neon. Je roulais à trente à l'heure et le moteur rugissait. J'étais presque au bout de mes peines lorsque je vis un pick-up Chevrolet apparaître dans le rétroviseur. Il me rattrapa à toute allure et se colla presque à mon parechocs. J'entendais le grondement de son puissant moteur et les graviers de la route crisser sous ses roues. J'essayai plusieurs fois de me ranger sur le côté pour le laisser passer, mais la chaussée était trop étroite. Enfin, à l'approche d'un virage, le pick-up fit une embardée, accéléra et passa à côté de moi comme une fusée. Je remarquai alors qu'il traînait une remorque à chevaux. Il se rabattit brusquement devant la Neon, me faisant une queue-de-poisson et projetant une pluie de graviers sur mon pare-brise. Je faillis partir dans le fossé.

— Connard ! hurlai-je.

Une main apparut à la vitre du conducteur – et un majeur se tendit vers le ciel. Le pick-up me distança en un clin d'œil dans un nuage de poussière rougeâtre.

Quelques minutes plus tard, j'arrivai enfin à la propriété de la mère de Clyde. Je me garai sur l'allée et descendis de voiture. La maison en bois blanc se dressait au milieu d'un terrain sans barrière. Il y avait un jardinet fleuri sous les fenêtres de la façade et un potager sur le côté. Au fond de la cour, les portes de la grange étaient ouvertes sur la remorque et le pick-up stationnés en marche arrière.

— Clyde ! criai-je. Je sais que vous êtes ici avec la vache de Big Jim. Sortez tout de suite, ça vaut mieux. Je l'appelle immédiatement.

La voix de l'ouvrier agricole me parvint du fond de la grange :

— Allez vous faire foutre, connasse !

Je sortis mon téléphone de ma poche. Pas de réseau. *Merde !* À ce moment-là, une voiture du shérif du comté de Gilmer déboula sur la route et s'arrêta en dérapant à côté de la Neon. Le shérif et un adjoint en descendirent précipitamment. Big Jim devait avoir pris mes soupçons au sérieux – et avoir décidé de prévenir le shérif. Je lui fis signe en désignant la grange.

— Je crois qu'il détient la vache de Jim Penland ! dis-je. Je l'ai suivi jusqu'ici.

Bon, d'accord. Strictement parlant, je ne l'avais pas vraiment « suivi », puisqu'il m'avait dépassée en trombe et plantée dans la poussière. Mais ils n'avaient pas besoin de connaître les détails de l'histoire.

Je portai la main à ma poche de derrière pour en sortir ma carte professionnelle. Ils braquèrent leurs armes sur moi.

— Hé ! protestai-je. Ne nous énervons pas. Je suis détective privé et je travaille pour Jim Penland. Pour retrouver sa vache.

Hélas, je ne pus m'empêcher de lâcher un petit rire quand je prononçai ces derniers mots.

Clyde Clower sortit de la grange, en tirant Sadie la vache au bout d'une corde. Quand il vit les pistolets des flics, il lâcha la longe et leva les mains au-dessus de sa tête.

— Oh, c'était qu'une blague, grommela-t-il.

Sans attendre que le shérif ait ouvert la bouche, il s'allongea par terre à plat ventre. De toute évidence, ce n'était pas la première fois qu'il se faisait arrêter. Le nez dans la poussière de la cour, il ajouta d'une voix étouffée :

— Je voulais juste l'embêter un peu. C'était pas sérieux. Dis-leur, Kate ! Cette nana, c'est ma copine. Kate Johnson.

— Voulez-vous bien cesser de braquer vos armes sur moi ? dis-je au shérif et à son adjoint. Je m'appelle Keye Street et je ne suis *pas* la copine de cet homme. Je vous ai dit que je travaillais pour Jim Penland.

L'adjoint s'approcha de moi, me fouilla et me passa les menottes.

— Comme si Big Jim allait engager un détective privé pour retrouver sa foutue vache, dit le shérif, amusé.

— Je t'aime, Kate ! cria Clyde en me regardant avec un grand sourire.

— Regardez ma carte professionnelle, bon sang !

L'adjoint, qui m'avait entraînée vers la voiture de patrouille, m'appuya sur la tête pour me faire asseoir sur la banquette arrière.

— Bouclez-la, dit-il simplement.

À l'autre portière, le shérif poussa sans ménagement Clyde à l'intérieur de la voiture. Je fis la grimace. Le jeune homme sentait mauvais. Il me sourit. De près, ses dents ressemblaient à des pieux de vieille palissade.

— Pourquoi ils t'ont chopée, toi ? demanda-t-il, et il poussa un grognement moqueur. *Kate !*

— Tu pues le caca, répondis-je.

Le shérif me lança un regard menaçant dans le rétroviseur.

— Taisez-vous, tous les deux, ordonna-t-il.

Nous nous rencognâmes contre le dossier de la banquette, Clyde Clower et moi, épaule contre épaule, et nous laissâmes conduire par le shérif du comté de Gilmer et son adjoint.

Pour finir, les flics consentirent à regarder ma carte professionnelle et Big Jim leur expliqua, riant à gorge déployée, qu'il avait bel et bien engagé un détective privé d'Atlanta pour retrouver Sadie la vache domestique. Avant que je ne reprenne la route, il me serra si fort dans ses bras qu'il faillit m'étouffer.

J'étais à hauteur de Canton, à une petite heure d'Atlanta, quand la sonnerie de Rauser s'éleva de mon téléphone.

— Tout se tient du côté des femmes dont je t'ai parlé, dit-il avec enthousiasme. Les examens médicaux et les prélèvements effectués sur elles après les viols ont fait tout le travail. En plus, les portraits-robots réalisés juste après les faits correspondent bien à notre ami Charlie. Et accroche-toi bien : d'après l'une de ces femmes, il s'est servi de fil de fer pour l'attacher.

Je ne répondis rien. Pour Rauser, je le savais, ce détail en disait plus long que tout le reste. Les coupures et certaines ecchymoses observées sur les cadavres montraient qu'Atlas travaillait avec du fil de fer.

— Nous avons obtenu un mandat pour chercher ce fil de fer chez Charlie, enchaîna Rauser. Nous ne l'avons pas trouvé. Par contre, tiens-toi bien, nous avons trouvé le couteau sous le matelas de son lit ! Avec des traces de sang sur la lame. Celui de Melissa Dumas et celui de Dobbs. Ce couteau colle aussi avec les blessures des autres victimes d'Atlanta. Et si ça ne te suffit pas, nous tenons enfin le véhicule de Charlie. Une Jeep Wrangler dont les fibres de la moquette correspondent à celles retrouvées sur Dobbs. Il la planquait dans le garage d'une maison dont nous avons découvert qu'il est aussi propriétaire. Maintenant, notre dossier est en béton.

Je songeai une fois de plus aux nombreuses visites de Charlie à l'agence, à ses petits cadeaux, aux moments où je l'avais observé plantant des pensées dans le bac devant notre mur. Qui pouvait refuser d'ouvrir sa porte à un tel homme ? Personne, évidemment.

— Mais tu avais déjà fouillé sa maison, objectai-je. Et tu l'as arrêté à deux reprises. Il savait qu'il était surveillé. Je ne comprends pas pourquoi tu n'as pas trouvé ce couteau la première fois. Et pourquoi l'aurait-il laissé là, tout à coup, sous son matelas ? Et où sont ses trophées de psychopathe – les photos, les vidéos, les trucs qu'il chipe sur les scènes de crime ? Et ces femmes dont tu me parles… Il les a violées sans aller plus loin, n'est-ce pas ? Pourquoi laisserait-il certaines de ses victimes en vie alors qu'il a déjà tué si souvent ?

— Les deux femmes qui se sont présentées à nous ont utilisé la même tactique, répondit calmement Rauser. Elles se sont complètement soumises, elles ont même offert de lui donner satisfaction et elles ont fait semblant d'aimer ce qui leur arrivait. En priant pour trouver une occasion de prendre la fuite.

— Désolée, je ne pige toujours pas. Un truc ne colle pas.

— Oh, Keye, grogna Rauser. Nous avons le couteau, nous avons des masses d'indices compromettants, et bientôt nous aurons son ADN ! Nous pourrons aussi exploiter l'ADN trouvé dans la chambre d'hôtel de David Brooks – pour l'associer à Charlie, j'en suis certain. Écoute, tu savais que ce type était louche, sinon tu ne serais pas entrée chez lui l'autre soir. Ton instinct t'a soufflé que Charlie n'avait pas simplement oublié ses médocs, et ton instinct avait raison. Quand rentres-tu, que nous puissions aller boire un grand verre de jus de raisin ensemble ? Après la conférence de presse, je vais être un homme important. *Très* sollicité. Si tu veux me voir, tu seras peut-être obligée de prendre rendez-vous pas mal de temps à l'avance.

35

Je m'absorbai, durant les journées qui suivirent, dans diverses tâches simples, alimentaires – enquêtes sur les antécédents de gardes d'enfants, remises de citations à comparaître, dossiers de Tyrone's Quikbail, longues heures de surveillance pour certaines affaires de réparation pour dommages corporels de Larry Quinn. Je m'étais souvent plainte d'avoir à gagner ma vie de cette façon, mais la violence d'Atlas et l'affrontement avec ce tueur en série sadique m'avaient permis de prendre du recul, d'une certaine façon, par rapport à cet univers de ténèbres. Je savais que je ne voulais pas y retourner.

Cependant, j'avais encore le sentiment que tout n'était pas dit. Conséquence, peut-être, des épreuves par lesquelles j'étais passée ces dernières années. Chez les Alcooliques Anonymes, on m'avait expliqué que tous les anciens accros avaient plus ou moins cette idée à l'esprit. Parce qu'ils avaient vécu longtemps dans l'ombre, à toujours *cacher* leur addiction, leur vie intérieure, leurs pulsions irrésistibles, leurs démons.

Charlie Ramsey était en prison. Son procès se préparait. J'étais certaine qu'il ne reverrait jamais les rues d'Atlanta. Deux autres femmes s'étaient présentées à la police. Violées par cet homme qu'elles avaient reconnu à la télévision. La liste de ses crimes courait sur près de deux décennies et le couteau trouvé chez lui avait scellé son destin. Le procureur était certain d'obtenir une condamnation pour les viols et au moins deux meurtres d'Atlas – Dobbs et Melissa Dumas – grâce aux traces de sang relevées sur le couteau. Les fibres de la moquette correspondant à celle de la Jeep Wrangler cachée de Charlie ne pesaient pas lourd en elles-mêmes, mais elles s'ajoutaient à la somme accablante des indices circonstanciels : un autre tour de clé dans la serrure de sa prison. Plus important, et sans doute plus révélateur encore, il n'y avait pas eu de nouveau meurtre depuis l'arrestation de Charlie. Les lettres, les e-mails, les bouquets de roses avaient cessé, eux aussi, bien sûr. Je me demandai quel sort l'esprit dérangé de Charlie avait pu me réserver. Avais-je été destinée à devenir une photo supplémentaire sur le tableau d'affichage de la salle de crise ? Atlas s'en était pris à Dobbs non pas parce qu'il avait le profil habituel de ses victimes, mais parce qu'il était important dans l'enquête. Atlas avait ainsi élargi le champ de son expérience. Il s'était mis à tuer pour les gros titres et pour le pur plaisir de se montrer plus habile que la police. Si ce schéma de comportement n'était pas exceptionnel pour un tueur en série, il n'en était pas moins terrifiant.

Je m'étais trompée de bout en bout au sujet de Charlie. Et avec le recul, le profil du tueur que j'avais établi m'apparaissait affreusement... profane. Rien, dans le passé de Charlie, n'indiquait qu'il avait été maltraité, violenté pendant son enfance. J'avais pourtant été tellement sûre qu'Anne Chambers et David Brooks avaient symbolisé des figures parentales ! Grave erreur, de toute évidence. D'un autre côté, mon profil collait avec certaines caractéristiques de la personnalité et de la vie de Charlie. Sa réussite en tant que star du football universitaire puis dans le domaine du génie biomédical, notamment. J'avais conseillé à Rauser de chercher un bourreau de travail, une vedette de son domaine professionnel. Je n'avais jamais imaginé qu'un homme aussi couronné de succès puisse adopter le masque du gentil maboul que Charlie s'était choisi, mais… avait-il réellement eu le choix ? L'accident avait bel et bien eu lieu, et l'avait mis dans l'incapacité de mener une vie normale. Nous savions désormais que, non content d'avoir eu très tôt le goût de la violence et de la prédation, notamment sur le plan sexuel, il avait encore plus de colère en lui *après* l'accident. À cause des lésions cérébrales provoquées par ce drame, ou plutôt à cause du déficit cognitif que ces lésions semblaient avoir induit, Charlie s'était montré plus impulsif que jamais. Et il avait eu des problèmes relationnels évidents. Après être passé plusieurs fois sur la table d'opération et suite à une longue rééducation, il avait essayé de reprendre le travail, mais il était alors devenu très agressif sur le plan verbal – et même menaçant envers ses collègues. Le schéma comportemental empoisonné qui l'avait caractérisé presque toute sa vie s'était donc aggravé. J'en avais moi-même fait l'expérience. Il expliquait beaucoup de choses sur Charlie et l'homme qu'il était aujourd'hui. En tout état de cause, mon analyse avait été mauvaise sur de nombreux points ! Était-ce un signe ? Quand il est temps pour nous de renoncer à quelque chose, l'univers a sa façon de nous le faire comprendre. Peut-être n'étais-je pas aussi douée pour mon travail que je l'avais longtemps cru. L'univers a aussi sa façon de nous faire comprendre cela, non ?

Les journées raccourcissaient et rafraîchissaient enfin. L'automne était là, les arbres prenaient des couleurs presque fluorescentes, des sacs en papier brun bourrés de feuilles mortes et de branches coupées s'alignaient sur les trottoirs du quartier de Winnona Park où vivaient mes parents. L'air frais et sec était parfumé par les feux de cheminée allumés dans les pavillons.

Mon frère, Jimmy, après avoir résisté pendant tant et tant d'années aux invitations pressantes de ma mère, avait pris l'avion de Seattle pour fêter Thanksgiving avec nous. Hélas sans son compagnon, Paul – une déception pour moi. J'aimais Paul presque autant que Jimmy l'aimait. Nous décidâmes de nous retrouver en vidéo sur Skype, dans l'après-midi, pour bavarder un petit moment.

Jimmy et Rauser étaient devenus copains dès leur première rencontre, quelques années plus tôt, au moment où j'étais sortie de la clinique de désintoxication. Peu après l'arrivée de Rauser à la maison, mon père, Jimmy et lui se réunirent entre les murs lambrissés de la salle de télévision de mes parents pour regarder un match de football ; ils étaient tous les trois supporters de l'équipe des Cowboys de Dallas. Mère consentit à les laisser tranquilles après leur avoir servi des petites saucisses et des bières bien fraîches. De toute façon, elle devait achever les préparatifs du dîner.

Ma cousine Miki était de la fête. Miki, cheveux blond vénitien et yeux bleus, travaillait comme reporter. Nos existences n'auraient guère pu être plus différentes que nos physiques. Miki était la fille de Florence, la sœur de ma mère. Bien des années plus tôt, quand Miki avait commencé à passer seule les vacances chez nous, nous nous étions entendu dire que Tante Florence était partie en Europe. Ce n'était que bien plus tard, à l'âge adulte, que nous avions découvert que l'« Europe » était un nom de code familial pour l'asile de fous. Tante Florence était internée depuis le douzième anniversaire de Miki. Je me souvenais d'être allée chez elles, un jour, avant le départ de Tante Florence pour l'« Europe » : il y avait un house-boat au milieu de leur jardin. Personne ne m'avait fourni la moindre explication à ce sujet, personne ne semblait y trouver à redire, mais je revoyais encore Tante Florence descendant la passerelle de ce bateau immobilisé sur l'herbe pour l'éternité comme une châtelaine sortant de son manoir. Jimmy s'était glissé dans la cabine, un peu plus tard, quand personne ne prêtait attention à lui ; il m'avait juré y avoir vu des penderies pleines de vêtements, des tas de produits de beauté sur la coiffeuse, ainsi que d'innombrables gobelets à café remplis de pièces de monnaie. Ma cousine Miki, si belle et si talentueuse, avait quant à elle les bras couverts de cicatrices – des poignets jusqu'aux coudes. Elle était entrée en guerre contre son propre corps à l'âge de quatorze ans. Scarifications, internements psychiatriques, toxicomanie, anorexie et plusieurs années d'erreurs de jugement de la

part du corps médical avaient suivi. Elle avait maintenant trente-cinq ans et je ne savais pas grand-chose
d'elle, mais j'étais plutôt contente que nous n'ayons
pas le même poison en circulation dans les veines. Je
suis déjà bien assez maboule de mon côté. Et, miraculeusement, je manque de profondeur, ou de capacité de
concentration, pour la dépression chronique.

En fin d'après-midi, ce jour de Thanksgiving, nous
nous réunîmes dans la salle à manger qui n'avait pas
changé depuis mon enfance : plafond haut, embrasures
de portes voûtées, plâtre des murs percé et rafistolé
mille fois au fil des ans. La peinture jaune pâle avait
foncé, mais ma mère prenait grand soin de la table en
chêne, des coussins en chintz des chaises et de
l'antique vaisselier d'angle.

Pour ce dîner particulier de l'année, Mère avait des
goûts des plus traditionnels. Elle avait préparé tellement de plats que nous avions mis les rallonges à la
table. Avant de nous asseoir, nous nous tînmes par les
mains pour le bénédicité. Une tradition indéboulon-
nable dans ma famille baptiste. Mon père prit la
parole :

— Nous te sommes reconnaissants, Seigneur, de
toutes ces bonnes choses qui sont ici sur la table. Nous
te remercions aussi de la présence de Miki et de Keye
qui ont bien failli se tuer avec la drogue et l'alcool.

J'ouvris les yeux. Mon père parlait tête baissée, les
yeux fermés. Jimmy se racla la gorge pour contenir
son rire. Je croisai le regard de Miki. Elle souriait.

— Oh, pour l'amour du ciel, Howard ! protesta ma
mère.

Mon père enchaîna, imperturbable :

— Et merci, Seigneur, pour ma femme qui est encore si jolie et pour mon fils qui est pédé.

Nous redressâmes tous la tête.

— Hmm… amen ! dit Rauser.

— Amen, répétai-je avec enthousiasme, en même temps que Jimmy et Miki, avant que nous ne prenions place sur nos chaises.

— Sacrée prestation, commenta ma mère qui couvait mon père d'un regard sévère, puis elle demanda d'un ton radouci : Qui a faim ?

Un énorme saladier d'écrasé de pommes de terre à l'ail se trouvait sur la table. Il y avait aussi un plat de haricots verts mijotés à la crème et aux échalotes, un plat de gâteaux à la patate douce et au piment chipotle accompagnés d'une salade de mangue fraîche à la coriandre et au piment jalapeño, et un plat de pain grillé au chèvre chaud sur lit de verdure, avec fenouil et cerises Bing. Voilà pour les légumes. Il y avait aussi un coquelet grillé par personne. Pour le dessert, Mère avait préparé deux choses : la spécialité préférée de Jimmy, une tourte aux mûres qu'elle avait elle-même cueillies et congelées pendant l'été, et le cheese-cake au potiron (avec glaçage au sirop d'érable et aux noix de pécan grillées) que j'attends toute l'année.

— J'ai mis beaucoup d'épices sur les gâteaux de patate douce en pensant à vous, dit Mère à Rauser d'une voix sucrée.

Elle avait remarqué qu'il ajoutait du piment liquide sur presque tout ce qu'elle lui donnait à avaler. Il hocha la tête et attrapa le plat qu'elle désignait.

— Je ne connais pas de meilleure cuisinière que vous, madame Street. On ne mange nulle part aussi bien que dans cette maison.

— J'avoue que j'adore cuisiner, dit Mère qui rougissait un peu. Surtout pour les hommes qui ont de l'appétit ! C'est sensuel, la cuisine, savez-vous ? Il suffit de peler une pomme pour s'en rendre compte.

Je regardai ma mère les yeux écarquillés, prenant subitement conscience du fait qu'elle *flirtait* avec Rauser.

— Curieux, murmura Jimmy.

Mon père semblait n'avoir rien remarqué. Je jetai un coup d'œil sur son verre et sur celui de Rauser. Ils buvaient du lait de poule et je savais que ma mère le chargeait généreusement en rhum. Je me demandais combien de verres ils s'en étaient déjà descendus depuis le milieu de l'après-midi.

— Tu n'as pas toujours été aussi douée pour la cuisine, dit mon père.

Toute ma vie, je l'avais entendu faire ce commentaire à l'occasion du dîner de Thanksgiving. C'était en général son unique contribution à la conversation. Comme je m'y attendais, il ajouta :

— Au début de notre mariage, souviens-toi, tu cuisinais tellement mal que nous disions la prière *après* le repas.

— *Howard !* protesta ma mère. Ça fait trente ans que cette blague n'est pas drôle. Je ne vois vraiment pas ce qui te fait penser qu'elle pourrait amuser quiconque aujourd'hui.

— Je la trouve assez drôle, moi, dit Miki d'une voix monocorde – elle était en train de contempler le rond de serviette en céramique, qui représentait une dinde, posé à côté de son assiette.

Mère la regarda quelques secondes, l'air interloquée, puis fusilla mon père du regard pour déclarer avec son plus bel accent de la côte :

— Howard, tu as braqué la fille de mon unique sœur contre moi ! J'espère que tu es content.

Scarlett O'Hara trahie. Ma mère était plus sudiste que jamais quand elle se prenait pour une martyre.

— Où es Diane, Keye ? demanda Jimmy. J'espérais la voir aujourd'hui.

Je souris. Mon frère était un véritable artisan de la paix. Et il avait le don d'amadouer ma mère.

— Elle a une nouvelle passion, répondis-je.

— Tiens donc !

Il y avait des années – des décennies – que nous observions Diane aller de relation amoureuse en relation amoureuse. Et nous savions que le cycle continuerait. Elle n'était guère du genre à trouver son bonheur dans la solitude.

Ma mère soupira.

— La seule femme de cette Terre de Dieu qui soit capable de t'attirer, Jimmy, et elle est assez bête pour se comporter comme une fille de rien !

— Diane n'est pas bête du tout, objecta Jimmy. Elle est adorable. Et ce n'est pas une fille de rien. Quant à la seule femme de ma vie, ce sera toujours toi et rien que toi, maman.

Mère se radoucit aussitôt.

— Et toi, mon chéri, tu es la plus jolie chose sur laquelle j'aie jamais eu la chance de poser les yeux. Tu le sais, n'est-ce pas ?

Je ne pouvais guère la contredire. Les traits fins, les yeux noisette, la peau chocolat : mon frère était très bel homme. Son héritage génétique était un mystère complet. On ne savait rien de ses parents biologiques. N'empêche, sa force tranquille avait commencé à apaiser notre famille névrogène dès le jour où il y était entré.

— Tu devrais venir ici plus souvent, ajouta Mère. Ce n'est plus comme autrefois, tu sais. Aujourd'hui, nous avons plusieurs familles afro-américaines dans le quartier. Et la Chine a dû ouvrir ses portes, quelque part, je suppose, parce qu'il y a des petites filles chinoises qui jouent un peu partout dans les rues.

Elle tapota la main de mon père.

— Tu vois, Howard, nous étions en avance sur notre temps.

Je levai ostensiblement les yeux au ciel et Jimmy se cacha derrière sa serviette. Enfants, mon frère et moi avions souvent des soucis à table. Je le faisais rire pendant la prière, par exemple – et Emily Street ne tolérait pas qu'on plaisante au moment de la prière.

Rauser ne mit pas longtemps à faire un sort à son coquelet. Quand il se resservit des légumes, il posa une véritable colline de haricots verts mijotés sur son assiette. Mère les préparait à la sudiste, avec une riche sauce à la crème, des croûtons et des échalotes grillées – tout ce qu'il fallait pour aller droit à la crise cardiaque. Il y avait moins de matière grasse dans une bouteille d'huile que dans ses casseroles.

— Keye, ne fais-tu donc jamais la cuisine pour cet homme ? demanda Mère d'un ton lourd de reproches, puis elle regarda Rauser, tout sourire, pour ajouter : Je lui ai tout de même enseigné une chose ou deux, savez-vous ?

Rauser s'essuya les lèvres avec sa serviette.

— En fait, nous mangeons pas mal de plats à emporter, dit-il. Et j'avoue que ça me convient très bien.

À ma plus complète surprise, il se pencha alors vers moi pour poser un baiser au coin de mes lèvres. Et sa main saisit la mienne sous la table.

— Hmm, fit ma mère, l'air peinée. Un homme comme vous ne devrait pas être obligé d'acheter des aliments tout prêts.

Rauser ne répondit pas. Il me regardait. Et moi, je n'arrivais pas à détacher mes yeux des siens.

Dans le silence qui suivit, mon père annonça tout à trac :

— Après le repas, j'ai quelque chose à vous montrer.

— Depuis je ne sais plus combien de semaines, je n'ai plus le droit de mettre le pied dans le garage, se plaignit ma mère.

Rauser étreignit doucement ma main sous la table, puis me lâcha et reporta son attention sur son assiette.

Après le café, nous sortîmes tous ensemble de la maison et nous postâmes devant la porte fermée du garage. Pendant que nous attendions que mon père l'ouvre, Rauser glissa un bras en travers de mes épaules. Je levai les yeux vers lui et il m'embrassa sur le front. J'étais sidérée. Il avait été fleur bleue, comme ça, toute la journée.

Mère enlaçait Jimmy par la taille et Jimmy tenait la main de Miki. Des voisins de mes parents nous rejoignirent pour voir mon père dévoiler son tout dernier projet personnel.

La porte du garage se souleva enfin, grinçant sur ses rails, et un halètement de stupeur collective s'éleva de notre groupe quand nous découvrîmes le nouveau dada de mon père. Et ses horribles pieds métalliques. Nous l'observâmes de longues secondes en silence, nous nous regardâmes les uns les autres, un peu embarrassés, et nous le contemplâmes encore. Personne ne savait quoi dire.

Mon père semblait perplexe face à notre silence.

— C'est une sculpture, expliqua-t-il. Un aigle qui tient un rat dans son bec.

Quelqu'un poussa un gémissement de dégoût. Mais Jimmy eut alors la bonne idée d'applaudir. Nous l'imitâmes tous, poussant quelques cris d'approbation, et mon père s'inclina devant nous.

— Quel vieil imbécile ! Quelle horreur, murmura Mère, et elle se couvrit la bouche d'une main pour ajouter : Comme si ça ne suffisait pas qu'il écrive LEON au-dessus de la porte, tous les ans, avec les décorations de Noël !

Mon père était dyslexique mais refusait de l'admettre.

— On va faire un petit tour ? me proposa Rauser. Juste toi et moi ?

Nous marchâmes tranquillement, sans parler, jusqu'au bout de Derrydown Way, puis nous rejoignîmes Shadowmoor Drive.

— À propos…, dit Rauser tandis que nous arrivions au bout de la passerelle pour piétons qui menait au terrain de jeux situé derrière l'école maternelle de Winnona Park. Jo et moi, c'est fini pour de bon.

— Jo ? C'est qui, ça ? répliquai-je avec un grand sourire.

— Keye… quand tu as eu cet accident, sur l'autoroute, j'ai cru que j'allais mourir.

Nous nous arrêtâmes près des balançoires du terrain de jeux. Les lumières brillaient aux fenêtres des pavillons d'Innan Drive et de Poplar Circle, les deux rues qui bordaient l'école. Ce quartier déjà ancien avait fait le plein, depuis quelques années, de nouvelles familles et d'argent frais. La plupart des propriétés avaient été rénovées. Je vis une voiture se ranger au bord du parc et éteindre ses phares. Les couples d'adolescents venaient ici le soir pour se peloter sans être dérangés. Des gens venaient aussi faire courir leurs chiens sur le terrain de foot et dans le parc, stationnant leurs véhicules sur le parking de l'école.

Rauser me fit face et prit mes mains dans les siennes.

— J'ai longtemps pensé que nous avions bien le temps, toi et moi. Et puis cette nuit-là, je me suis rendu compte de mon erreur. Le temps passe très vite et nous n'en avons pas tant que ça. Je suis un imbécile, Keye. Il y a trop longtemps que j'attends de te dire que je t'aime.

Je regardai les petites rides, autour de ses yeux, qui donnaient toujours l'impression qu'il était sur le point d'éclater de rire – ces rides qui me paraissaient si familières, devant lesquelles je me sentais tellement à l'aise. Je regardai ses épais cheveux poivre et sel, ses larges épaules, et je me rendis compte que je n'étais plus insensible comme je l'avais cru pendant si longtemps. Au contraire, j'étais en feu en présence de cet homme qui me connaissait si bien et m'aimait malgré tout.

— Quand je t'ai téléphoné, un soir, et que Jo a répondu à ta place...

— Je savais bien que tu étais morte de jalousie, dit-il avec un petit sourire faraud.

— Jalouse ? Sûrement pas.

— Hmm… et peut-être que Jodie Foster va débarquer ici pour bavarder avec nous. Là, maintenant, dans ce fichu parc.

— Et c'est tout ? Tu ne crois pas qu'elle va nous faire un strip-tease, dandiner du cul ou quelque chose comme ça ? J'aime bien quand tu dis ce genre de trucs.

Rauser écarquilla les yeux comme si j'avais baissé ma culotte au milieu d'une église.

— Hé, pour l'amour du ciel ! Je te parle de Jodie Foster ! Un peu de respect, quoi !

Je me serrai contre lui tandis que nous éclations de rire. Il m'enlaça et je blottis mon visage au creux de sa poitrine. Il sentait l'air froid du soir et l'after-shave. Il me vint à l'esprit que je ne l'avais pas vu allumer une seule cigarette de la journée.

J'entendis un petit cri franchir ses lèvres, un *ha !* ténu, presque une expiration. Je levai les yeux vers lui. Une expression étrange s'était peinte sur son visage : il semblait à la fois stupéfait et peiné.

— Rauser ? Qu'est-ce qui ne va pas ?

Il fronça les sourcils, écarta sa main de sa poitrine et la tourna pour me la montrer. Nous nous regardâmes, horrifiés, comprenant ce qui venait de se passer. Il avait du sang sur la main. *Seigneur ! Du sang ! Nom de Dieu !*

Le second coup de feu, aussi silencieux et inattendu que le premier, atteignit Rauser à la tempe. Ses jambes cédèrent sous lui et il s'écroula. Je tombai avec lui.

Oh mon Dieu, oh mon Dieu, oh mon Dieu.

De la main droite, je retirai mon écharpe et mon manteau, de la gauche je tirai mon téléphone de ma poche et composai le 911 avec le pouce. Je plaquai mon manteau sur la blessure de sa poitrine et pesai dessus de tout mon poids.

— Rauser, dis-moi quelque chose ! *Tu m'entends ?* Reste avec moi. Nom de Dieu, *reste avec moi* !

Le sang coulait à flots de la plaie, gouttant sur le sol de terre sèche qui l'absorbait aussitôt. *Je vous en prie, Seigneur, gardez-le en vie je ne boirai plus jamais je ne me plaindrai plus jamais je ne me disputerai plus jamais avec ma mère.*

Je scrutai la rue tout en soulevant légèrement la tête de Rauser pour l'envelopper dans mon écharpe. Mon cœur battait à tout rompre, étrange contrepoint du pouls de Rauser que je sentais déjà faiblir. Le contact de son sang chaud qui imbibait mes vêtements, ma peau, me bouleversait.

— 911, répondit une femme. Quelle est la raison de votre appel ?

— *Officier de police touché par balles !*

Je crois que j'ai crié ça, mais je ne pourrais pas le jurer. Le temps, les mots, la lumière, tout semblait s'embrouiller dans mon cerveau. J'entendais mon propre souffle comme si j'avais la tête sous l'eau dans une baignoire.

— À côté de l'école primaire de Winnona Park, dis-je encore. Sur le terrain de jeux.

Mon Dieu, nous sommes ici ensemble, dans ce terrain de jeux. Il m'enlaçait il n'y a pas une minute. Oh, Seigneur...

— Tireur embusqué, précisai-je.

J'avais l'impression qu'une palette de briques m'était tombée sur la poitrine et j'avais du mal à respirer.

— L'officier de police est le commissaire Aaron Rauser, chef de la brigade des homicides. Oh, Seigneur, il respire à peine. *Rauser, reste avec moi !*

J'augmentai la pression de ma main sur sa poitrine. Mon écharpe, autour de sa tête, était imbibée de sang. L'opératrice essayait de me garder en ligne. Elle voulait savoir ce que j'avais vu. Elle voulait mon nom. Elle voulait davantage de détails. Envoyait-elle ses agents au-devant d'une situation dangereuse ?

— Je ne sais pas où est le tireur. Sur Poplar, je pense. Je m'appelle Keye Street. Oh, Seigneur, dépêchez-vous !

Et c'est alors que je la vis. Une voiture dont les phares venaient de s'allumer. Elle reculait dans la rue, s'éloignant de moi, de l'école – elle vira brusquement pour s'engager dans Avery Street.

Je criai de nouveau à Rauser de ne pas me quitter. Je pleurai. *Reste avec moi, Rauser. Je t'aime. Reste avec moi.*

— Je vois un véhicule qui part à vive allure sur Avery, dis-je à mon interlocutrice. En direction de Kirk Road !

— Quel véhicule ? Pouvez-vous l'identifier ?

— Non, il fait trop sombre. Je peux juste dire que c'est une voiture.

Où est l'ambulance, putain ? Rauser, ne meurs pas maintenant, tu entends ?

Un bip, dans l'écouteur de mon portable, m'informa que je venais de recevoir un texto. J'écartai l'appareil de mon oreille pour regarder l'écran. Je ne réfléchissais plus ; mes réflexes me gouvernaient. Je me sentais complètement détachée de moi-même, comme si j'observais la vie brisée d'une inconnue avec un sentiment d'irréalité totale.

Le sang de Rauser rendait mes doigts tellement glissants que le téléphone faillit m'échapper.

Il n'y a plus que nous 2, maintenant, lus-je sur l'écran. *Avec mes sentiments les meilleurs. A.*

36

Connor, le chef de la police, était furieux. Il refusait d'être dépossédé de l'énorme victoire qu'il avait remportée auprès du public avec l'arrestation de Charlie. Il fusilla du regard Brit Williams, qu'il avait nommé commissaire et placé à la tête de la brigade des homicides le soir où Rauser avait été abattu.

— C'est absolument hors de question, grogna-t-il. Hors de question !

— Chef…, essayai-je d'intervenir.

Je me tenais à côté de Williams devant l'immense table de travail en acajou de Connor.

— Ce message que j'ai reçu sur mon téléphone, sa formulation, c'est tout à fait le style d'Atlas. Charlie Ramsey est un criminel, oui, indiscutablement. Il devrait être condamné à une lourde peine, oui. Mais…

— Docteur Street, m'interrompit-il. Espérez-vous sérieusement voir la police d'Atlanta rouvrir cette enquête après ce que la ville a enduré ? Je sais que vous êtes personnellement impliquée dans cette histoire. Je m'en rends bien compte. Et nous voulons autant que vous arrêter l'agresseur d'Aaron. J'ai dit très clairement que nous utiliserons toutes les ressources de nos services pour traîner ce salopard devant la justice. Mais je ne rouvrirai pas la blessure douloureuse du cas Atlas à cause d'une hypothèse sans fondement. Qu'aucune preuve concluante ne peut corroborer, en tout cas. Nous avons trouvé une arme, chez Ramsey, qui portait des traces de sang de deux des victimes d'Atlas. Une arme qui est la même que celle utilisée sur *toutes* les scènes de crime d'Atlas. Les preuves matérielles sont irréfutables. Nous savons que c'est *ce* couteau, précisément, qui a tué les victimes d'Atlas. Et pas dans un seul cas, pas dans deux, mais dans *tous* les cas.

Je baissai les yeux en soupirant.

— Notre tueur est en prison et attend son procès, enchaîna Connor d'un ton sec. Et quatre femmes se sont présentées pour l'accuser de les avoir agressées et violées. L'une d'elles racontera même à la barre qu'il a utilisé du fil de fer pour l'attacher.

— Oui, c'est exactement ça, le problème ! m'exclamai-je. Elle est encore en vie pour le raconter !

Williams me jeta un regard noir. Je poursuivis malgré tout, d'une voix plus posée :

— Chef, aucune des victimes d'Atlas n'a été violée. Et pour ce qui est d'associer Charlie aux meurtres, nous n'avons pour ainsi dire que le couteau qui a été retrouvé à son domicile – et qui n'a été retrouvé qu'à la *seconde perquisition*, ce qui paraît bien étrange. Nous avons quoi d'autre ? Un véhicule dont la moquette est la même que celle de quatorze autres modèles de voitures ! Vous n'avez trouvé aucune photo, aucun des objets des scènes de crime qu'Atlas a gardés comme trophées, aucune tache de sang sur ses vêtements, dans son évier ou dans son véhicule. Par contre – par contre ! –, vous avez des fibres et de l'ADN, dans les dossiers des femmes violées, qui l'incriminent de façon irréfutable. Si Charlie était Atlas, il faudrait donc en déduire que ce criminel est parfois très intelligent et hyperorganisé, qu'il ne fait aucune erreur dans certains de ses crimes, mais qu'il fait preuve d'une inconséquence ridicule dans d'autres cas. Franchement, chef, Charlie ne correspond pas au profil. Agresseur et violeur, oui. Atlas, non.

Connor se leva, le feu aux joues. C'était un homme corpulent, au physique intimidant, et sa colère faisait l'effet d'un véritable uppercut à celui qu'elle visait.

— Primo, explosa-t-il, rien ne vous dit que le meurtrier a emporté des objets des scènes de crime, ni qu'il a pris des photos ! Les criminels mentent, comme vous le savez très bien, docteur Street, et la seule indication que nous ayons de l'existence de ces photos se trouve dans les lettres pleines de bobards du prédateur psychopathe que nous avons arrêté. Secundo, le message que vous avez reçu juste après l'attaque de Rauser peut avoir été envoyé de n'importe où. Le téléphone était un appareil à carte SIM prépayée. Tout le monde peut acheter ça au magasin du coin pour quinze dollars. Ensuite, le mode opératoire de l'attaque de Rauser ne colle pas du tout avec celui d'Atlas. Jamais il n'a utilisé d'arme à feu ! Si ça vous déplaît parce que le profil que vous aviez rédigé était un peu différent, c'est votre problème, pas le nôtre. Nous avons fait notre travail. L'affaire Atlas est close.

Il se tourna vers Williams pour ajouter d'un ton sec :

— Nous avons un criminel qui court les rues et qui a abattu un collègue, un de mes très bons amis. Je veux que vous l'appréhendiez. *Hier !* Ai-je fait une erreur en vous donnant le poste de Rauser, Williams ? Parce que votre grade d'inspecteur, vous pouvez le récupérer très vite.

— Nous trouverons l'agresseur du commissaire Rauser, patron, répondit calmement Williams.

Il avait une sale tête. Il n'avait sans doute pas dormi une minute depuis l'attaque de Rauser.

Connor me regarda à nouveau.

— Je vous remercie de votre aide, docteur Street. Si nous avons une facture à vous payer, adressez-vous à Eric Fordice à la comptabilité. Commissaire, j'attends un rapport sur mon bureau chaque matin *et* chaque après-midi tant que cette affaire ne sera pas réglée.

Williams avait les mains liées. Connor refusait de rouvrir l'enquête Atlas, mais il disait vouloir utiliser toutes les ressources de son service pour retrouver la personne qui avait tiré sur Rauser. J'étais convaincue qu'ils abordaient mal le problème. Leur enquête prendrait trop de temps, ne mènerait nulle part et mettrait d'autres personnes en danger.

Je voulais désespérément attraper Atlas. Je fantasmais sur l'idée de lui faire exploser moi-même la cervelle. À bout portant. Il m'avait pris trop de choses. Quand Rauser était tombé sous moi, quand son sang avait imbibé mes vêtements, mouillé ma peau, le couteau d'Atlas avait plongé plus profondément que jamais dans ma vie. Il m'avait brisé le cœur.

Les images de la nuit de l'attaque de Rauser gardaient dans ma tête l'aspect des anciens films en super-8. Elles tremblotaient et n'étaient pas toujours très nettes. J'y voyais clair une seconde, complètement flou celle d'après. J'avais fait le trajet jusqu'à l'hôpital dans la voiture d'un flic. Les ambulanciers avaient refusé de m'embarquer dans leur véhicule. Ils avaient un gros travail à faire sur Rauser, avaient-ils dit. Je les aurais gênés. Mais je n'arrêtais pas de penser : *Et si tu meurs pendant que je ne suis pas auprès de toi ?*

Jimmy et Miki m'avaient rejointe à l'hôpital, pour ne plus en partir de la nuit. Mes parents, Neil et Diane avaient également passé beaucoup de temps là-bas. Rauser était resté des heures au bloc opératoire. La chirurgienne nous avait parlé de possibles lésions aux lobes frontaux et de traumatisme crânien, elle avait aussi parlé de la dangereuse blessure que la première balle avait causée à la poitrine de Rauser, de l'immense quantité de sang qu'il avait perdu et du risque d'infection – un véritable champ de mines d'avertissements. Je jure que pendant qu'elle se tenait là, devant nous, et nous débitait son baratin, j'avais l'impression de voir sa bouche remuer pour cracher des mots qui rebondissaient sur moi. Elle aurait tout aussi bien pu parler une langue étrangère.

Plus tard, elle était revenue dans la salle d'attente où nous nous rongions les sangs. Elle était alors beaucoup plus pessimiste qu'auparavant. Rauser avait fait une crise cardiaque pendant qu'on l'opérait, nous avait-elle expliqué. Jimmy m'avait agrippé par la taille pour que je reste sur mes jambes. Rauser avait été réanimé, mais sa vie ne tenait plus qu'à un fil. Il était désormais presque à l'état végétatif. Il respirait naturellement, mais c'était à peu près tout. Et puis ? C'est à ce moment-là que les médecins prennent un air compatissant et vous disent de garder espoir mais de vous préparer au pire. *Se préparer au pire ?* Comment fait-on une chose pareille, nom de Dieu ? J'avais l'impression d'avoir reçu une balle en pleine poitrine, comme Rauser. *Fais quelque chose*, m'étais-je alors dit. *Trouve l'enfoiré qui a fait ça.* J'étais sonnée ; j'avais tellement de chagrin que je tenais à peine debout. Mais je savais que si je ne bougeais pas, si je restais inactive, je craquerais. Je le savais. J'avais envie de boire. Je n'étais pas taillée pour la tristesse et la disparition des gens que j'aimais. *Fais quelque chose ! Attrape ce salopard !*

Le fils de Rauser, baptisé Aaron lui aussi, était déjà en ville. Sa fille s'organisait pour venir le lendemain. Le fils était un bel homme de vingt-six ans qui avait lui-même un fils âgé de deux ans. Il fut très gentil avec moi, mais il avait besoin de passer du temps seul avec son père. Personne ne savait si Rauser tiendrait le coup. Il spécifiait dans son testament qu'il acceptait d'être maintenu en vie quelque temps, en cas d'accident grave, mais qu'il tenait absolument à être débranché s'il n'était plus capable de respirer par lui-même. Chaque fois que j'entrais dans sa chambre, je priais pour voir sa poitrine se soulever et retomber normalement. Quel bouleversement, depuis cette promenade digestive le soir de Thanksgiving, quand je me serrais contre lui et que nous rigolions ensemble de ses blagues nulles ! J'y repensai mille fois.

Enfin, je quittai l'hôpital et fis face à la réalité du monde extérieur – un monde privé de mon meilleur ami. Je retrouvai ma vieille Impala, réparée et agrémentée de quelques accessoires sélectionnés par mon père : de nouvelles ceintures de sécurité, un système d'alarme, un GPS. Je rentrai chez moi. Me doucher.

Manger. Il fallait que je me force à me nourrir. J'étais tellement épuisée que je n'avais plus les idées claires. Comment manger, comment faire pour simplement déglutir, quand on est déchiré en deux ?

Je fermai les yeux et inspirai une grande bouffée d'air froid. Dans un mois, les fêtes de fin d'année. *Seigneur.* Comment ferais-je pour les passer sans Rauser ?

Attrape ce fumier, débrouille-toi simplement pour avoir ce fumier.

Je donnai à manger à Racaille et m'affalai sur le canapé. J'étais à bout de forces, mais je ne voulais pas m'absenter de l'hôpital trop longtemps. J'étais terrifiée à l'idée qu'il meure, qu'il cesse de respirer, en mon absence. *Il n'y a plus que nous 2, maintenant.* Non, connard, tu te goures. Tu n'as pas assez bien visé. Rauser est encore de ce monde et je ne le laisserai pas partir. *Et toi, je te trouverai. Je le jure.* Mais l'épuisement eut raison de moi et je m'endormis, Racaille roulée en boule contre ma hanche.

Au moment de la construction de la maison de Rauser, dans les années cinquante, quand Eisenhower était président, deux chambres semblaient bien suffisantes. Il avait fait ajouter une véranda et une terrasse à l'arrière. Ainsi qu'une palissade, tout autour du jardin, pour le chien qu'il aurait à l'heure de la retraite. La maison possédait aussi un grenier qu'il n'avait jamais pris le temps d'aménager. Elle était petite, mais, Rauser ayant abattu deux ou trois cloisons intérieures, elle était lumineuse et paraissait bien assez spacieuse pour une ou deux personnes.

Dans la salle de bains, je trouvai son rasoir au bord du lavabo, son flacon d'after-shave sur l'étagère. Sur son lit, à l'hôpital, il me paraissait complètement *absent* – une coquille que je pouvais toucher, mais sans plus. Ici, dans cette maison, nous avions hurlé ensemble pendant les matches des Braves, descendu des carafes entières de thé glacé et avalé tous les types de cuisines à emporter disponibles à Atlanta. Je l'entendais encore dire à ma mère, au repas de Thanksgiving, qu'il se satisfaisait bien de l'habitude que nous avions d'acheter des plats préparés. Je le sentais me toucher la main pendant qu'il parlait.

J'entrai sur des jambes en coton dans la cuisine et allumai un des quatre feux de la gazinière. Le matin, Rauser préparait du café non filtré avec des grains à demi moulus – un breuvage imprécis et rugueux, semblable à l'homme qu'il était, qui vous attaquait l'estomac comme de l'acide pour batterie. Pas de dosages précis : il versait juste quelques cuillers de café dans l'eau chaude avant de la faire bouillir, puis remplissait nos tasses. C'était le meilleur café du monde.

Un samedi, je m'en souvenais, j'étais arrivée chez lui de très bonne heure. Il m'avait ouvert la porte vêtu d'un simple caleçon et m'avait dévisagée en clignant les yeux, mal réveillé. J'avais pleuré, ce jour-là. Un incident venait de se produire avec Dan – encore un acte de foi de ma part, encore une monstrueuse déception de la sienne. Rauser devait avoir regardé trop longtemps Don King à la télé, car ses cheveux étaient dressés sur sa tête comme ceux de l'acteur. Il avait bâillé et m'avait entraînée dans la maison en me passant un bras autour des épaules, il avait enfilé un tee-shirt et s'était occupé de préparer du café. Son amitié était merveilleuse. C'était insupportable d'être dans cette cuisine sans lui.

Je me préparai une tasse de son café et cherchai le dossier, les notes et les albums de l'université de Floride que je lui avais donnés chez Starbucks... quand il avait bu mon thé glacé à ma place et râlé contre cette « lavasse », pensai-je avec un sourire. Je les trouvai dans la petite pièce, à l'arrière de la maison, qui lui servait de bureau. Une fois de plus, je le savais, je devais tout reprendre à partir du début. À partir du premier meurtre. Y avait-il réellement cent ans que j'étais allée à Jekyll Island, que j'avais bavardé avec Katherine Chambers et quitté sa maison avec les affaires de sa fille assassinée ? C'était l'impression que j'avais. J'eus tout à coup envie d'emporter ces documents à l'hôpital et de les réexaminer assise au chevet de Rauser – pour partager mes idées avec lui. Je ne savais pas s'il était en mesure de me comprendre, ou même de m'entendre, mais, si j'avais ne serait-ce qu'une toute petite chance de le faire revenir à la vie en lui rappelant l'enquêteur qu'il était, je voulais tenter le coup. Il ne s'était déjà que trop éloigné de moi.

Je rassemblai les papiers et les Post-it, le journal intime d'Anne Chambers et les albums, pour en faire une pile bien nette. L'album de l'UFR de criminologie et de droit pénal était sur le dessus.

Je m'assis dans le fauteuil de Rauser. Nous pensions depuis toujours que le tueur connaissait à fond les méthodes d'enquête de la police. Il prenait la peine de nettoyer méticuleusement ses scènes de crime, pour y enlever jusqu'à la plus petite trace de sa présence. Il comprenait aussi le principe d'échange de Locard, avais-je dit à Rauser dans la salle de crise… il y avait au moins cent ans.

L'université était-elle la source de tout ce savoir ? Atlas avait-il appris la criminalistique et les techniques de la police scientifique sur le campus de l'université d'État de Floride ? Anne Chambers avait-elle pu faire la connaissance de son assassin dans le bâtiment de l'UFR de criminologie et de droit pénal ?

Je consultai la liste des cours suivis par la jeune femme. Aucun ne lui donnait la moindre raison de fréquenter ce bâtiment particulier. Je sortis le plan du campus. Anne occupait une chambre du bâtiment Roberts de la résidence universitaire – un des plus anciens. Je l'avais déjà indiqué d'une croix rouge sur le plan. Je suivis du doigt Tennessee Street, tournai dans Smith Street et gagnai l'UFR de criminologie. Sur le plan, le trajet semblait longuet. Mais je me souvenais que le campus m'avait paru assez petit – bien moins étendu, en tout cas, que ceux de beaucoup d'autres universités du pays. N'empêche, mon idée était quand même un peu tirée par les cheveux. Pour quelle raison les chemins de cette étudiante de première année et du tueur s'étaient-ils croisés ? Et *où* ? S'ils n'avaient pas suivi les mêmes cours, avaient-ils partagé d'autres activités ? S'étaient-ils rencontrés dans un club d'étudiants ? À une fête ?

En ouvrant un tiroir de la table à la recherche d'un stylo, je trouvai là un paquet de cigarettes encore emballé et le Zippo terni de Rauser. Je me souvenais de l'odeur de son essence, qui me chatouillait les narines chaque fois qu'il l'allumait. J'avais remarqué le soir de Thanksgiving qu'il n'était jamais sorti de la maison pour faire une pause cigarette. Il essayait donc d'arrêter de fumer. Il y avait des années que je le poussais dans cette voie. Et il avait rompu avec Jo. Tout au long de l'enquête sur les meurtres d'Atlas, compris-je tout à coup, Rauser s'était méthodiquement préparé à vivre avec moi. J'eus du mal à retenir mes larmes.

J'ouvris l'album photo de l'année de la mort d'Anne et commençai à l'examiner attentivement, page après page. Je voulais regarder chacune de ces photos d'identité candides que les étudiants fournissaient à leur université, ainsi que les photos des équipes sportives, des clubs d'activités, des groupes d'études et des UFR. Je voulais les regarder toutes.

Je venais de reprendre le plan en main lorsque, tout à coup, j'eus une révélation. Dans Smith Street, à cinquante mètres de l'UFR de criminologie, il y avait l'UFR d'arts plastiques. Anne était étudiante en arts plastiques et peintre. Les deux bâtiments étaient quasi voisins. Si leurs emplois du temps concordaient, le tueur pouvait facilement l'avoir remarquée, puis abordée pour se faire une place dans sa vie.

L'excitation m'envahit. Ce tueur que je cherchais, était-ce un étudiant ? Un membre du corps enseignant ? Je songeai à la vieille Emma, qui m'avait dit avoir mis Anne en garde. Je songeai à Mme Chambers qui m'avait dit que sa fille semblait enchaîner les relations amoureuses. Je sentais que je me rapprochais du but. *Je vais te trouver, salopard.*

37

J'étais encore dans le bureau de Rauser, les doigts serrés sur l'argent terni de son Zippo, quand mon téléphone portable vibra sur la table.

— Tu sais, me dit Neil, j'ai repensé à cette histoire de blog, et… c'est quoi, l'élément central du mode opératoire d'Atlas ?

— Les coups de couteau ? proposai-je.

— Tout juste. Et le couteau, ça signifie quoi ?

— Volonté de puissance, pénétration, contrôle de la victime…

— Moins professoral, Keye, m'interrompit Neil. Pense à des trucs plus simples.

— Hmm…

— Sexe et coupures, non ?

— Heu… ouais, si tu veux.

— Alors voilà : j'ai trouvé des sites web de fanas de BDSM et de fétichisme hard sur lesquels tu peux raconter tous les trucs sexuels les plus tordus qui te passent par la tête sans te faire éjecter par un modérateur, sans attirer l'attention des autorités, sans risquer la prison. En gros, tant que tu dis qu'il s'agit d'un récit imaginaire – de fantasmes –, tu peux écrire que tu fais subir n'importe quoi à n'importe qui.

Les hommes de Rauser et Neil avaient déjà longuement cherché ces blogs auxquels je pensais depuis le début de l'enquête. Et jusqu'à maintenant, ils n'avaient rien trouvé. Mais peut-être ne nous étions-nous pas posé les bonnes questions.

— Nous n'avions pas regardé les sites des groupes fétichistes les plus barrés, les plus hard, reprit Neil comme s'il avait lu dans mes pensées. Et tu sais quoi ? Je suis tombé sur une communauté dont le dada est ce qu'elle appelle le fétichisme extrême et les jeux de lames. Là, tu peux lire des pages et des pages de récits de gens qui sont excités par le sang, les couteaux et ce genre de merde. Et…

— Tu as trouvé le blog d'Atlas ! m'exclamai-je en me redressant dans le fauteuil.

J'appuyai sur la touche de démarrage de l'ordinateur de Rauser.

— Je t'envoie le lien. Le site, c'est jeuxde-lames.com. Cherche un blogueur qui s'est donné le nom de LameVive. Et accroche-toi bien avant d'entamer ta lecture. C'est dur à avaler.

Quelques instants plus tard, je découvris jeuxde-lames.com, qui se présentait comme *le* site Internet de la communauté des amateurs de jeux de lames et autres pratiques fétichistes extrêmes. Les blogueurs pouvaient y publier, sans aucune restriction, toute fiction et réflexion ayant trait à leur « passion ». Comme Neil me l'avait annoncé, le blog de LameVive me choqua et me donna la nausée. Il comportait environ soixante billets, rédigés sur une période de trois ans. Des ratiocinations, pour une petite partie d'entre eux

– contre les faibles et les pauvres, contre la circulation routière, contre la cupidité. Mais la plupart des textes étaient glaçants. Je reconnus les descriptions des scènes de crime de Lei Koto, de David Brooks, de Melissa Dumas, d'Anne Chambers. Les victimes étaient présentées comme si elle avaient accueilli avec joie, et même désiré, les actes de torture et les mutilations qu'elles avaient endurés avant de mourir. Lisant le récit que LameVive faisait de sa traque de Melissa Dumas, j'entendis presque la chanson de Roy Orbison s'élever des enceintes de sa voiture tandis qu'il l'observait faire son jogging, et se masturbait, et pensait déjà à planter la pointe de son couteau dans sa chair – avant de s'en vanter sur ce site en se protégeant derrière l'excuse du fantasme, du récit imaginaire. C'était révoltant ! Comment ces textes avaient-ils pu être mis en ligne sans être dénoncés ? Je lisais ici des choses qui n'avaient jamais été portées à la connaissance du public avant que les lettres d'Atlas ne soient publiées. Et tous les billets livraient des détails qui n'avaient été observés que sur les scènes de crime, des détails que seuls les enquêteurs pouvaient connaître. LameVive parlait aussi de William LaBrecque comme d'un homme dénué de tout sens moral, violent, qui battait sa femme et méritait lui-même une sévère correction. Dénué de tout sens moral ? Atlas se permettait des jugements moraux ? C'était complètement insensé !

Dans l'un de ses plus courts billets, il évoquait son premier meurtre, à l'âge de seize ans, précisant que cet événement l'avait si peu affecté que ses notes au lycée n'avaient même pas fléchi. Atlas tuait depuis qu'il était adolescent ! Je me souvenais qu'il s'était vanté, dans l'une de ses lettres à Rauser, d'avoir été en activité plus longtemps que personne ne l'avait jamais soupçonné. Qui avait été la première victime de ce jeune tueur ? Anne Chambers, comme nous le pensions ? S'agissait-il d'un crime facile qui avait aiguisé son appétit pour le meurtre – ou bien Atlas avait-il tué une ou plusieurs personnes *avant* Anne Chambers ? En tout état de cause, trop de gens avaient souffert par sa faute. Trop de vies avaient été détruites. J'en avais mal au cœur. Et puis… le dernier billet du blog me donna l'impression que cet horrible couteau déchirait ma propre chair, qu'Atlas m'attaquait directement. Et je revécus tout à coup ces minutes, le soir de Thanksgiving, quand le sang de Rauser m'avait couvert le visage et les mains. Pendant ce temps, le tueur rentrait chez lui pour se vanter de son exploit sur son blog.

JEUXDELAMES.COM

Votre blogosphère adulte > Fétichisme extrême & Jeux de lames > Extrême SANS LIMITES, une fantaisie de LameVive > Souvenirs

Ce n'est pas vraiment très amusant. À vrai dire, c'est même assez décevant une fois qu'on a relevé le défi de viser correctement. Tout se passe trop vite : la détonation – pan ! – et c'est déjà terminé. Rien à voir avec le couteau. Rien à voir avec le plaisir de prendre le temps de vivre la scène, rien à voir avec le bonheur de trancher la chair et de regarder le fluide rouge s'écouler de la victime tandis que la douleur lui tend la peau, tandis que ses expressions s'intensifient et changent au fil des minutes. Pan ! Je l'ai

491

eu. Pan ! Et il est tombé par terre. C'était tellement… impersonnel. Par contre, j'ai vu sa souffrance à elle. Ça, c'était quelque chose, tout de même. Ce fut bref, mais je chérirai longtemps ce souvenir.

Bientôt je n'aurai plus que cela : des souvenirs. Je vais effacer les vidéos et toutes mes belles photos. Ces instants de gloire numérisés doivent disparaître. Ça ne me plaît pas, bien sûr. Mais il est temps. Et de toute façon je connais chaque image par cœur, je peux en savourer en pensée chaque détail, chaque son, chaque odeur. Ce soir, oui, je jetterai mes photos imprimées au feu et je les regarderai jaunir, se recroqueviller, noircir en leur centre et s'enflammer. Ce sera bien, finalement. Il ne faut jamais manquer cela : le premier feu de l'année, les feuilles mortes, les premiers flocons. Des petits plaisirs. La vie passe si vite.

Plus vite que tu ne le crois, fils de pute, pensai-je, cherchant le moyen de poster un commentaire sur le blog de LameVive. Je lus les conditions d'accès au site. Il fallait ouvrir un compte pour avoir le droit de commenter les billets des auteurs. Je laissai ce message sous le dernier de LameVive : *Je n'aurai de repos que lorsque je vous aurai trouvé. KS.*

J'avais peur pour tous mes proches – Neil, mes parents, mon frère, Diane. J'espérais, avec ce message, qu'Atlas se concentrerait sur moi. Il y avait déjà eu trop de victimes. J'envoyai un e-mail, avec le lien du site, au BlackBerry du commissaire Brit Williams : *Neil a découvert ce blog. C'est Atlas, j'en suis absolument certaine. Vérifiez les dates. Un des billets, au*

492

moins, porte une date postérieure à l'arrestation de Charlie.

Verrouillant la porte de la maison, je songeai au million de fois où Rauser et moi en étions sortis ensemble, riant ou nous chamaillant au sujet d'un truc ou d'un autre. Nous étions si bons amis, et depuis si longtemps, que nous étions constamment en train de plaisanter ou de nous disputer, me semblait-il. Au volant de l'Impala, je pris la direction de Peachtree Street et de l'hôpital Piedmont. J'avais tellement envie de boire de l'alcool que j'en salivais.

Le couteau de Charlie, celui que la police avait trouvé sous son matelas, constituait une véritable énigme. La première perquisition n'avait pas permis de le découvrir, et puis… quoi ? – une seconde fouille de la maison livrait aux inspecteurs cette lame tachée de sang ? C'était louche, bien sûr, et je m'en voulais de ne pas avoir suivi mon instinct. Atlas savait que Charlie était notre principal suspect. La police d'Atlanta n'avait pas lésiné sur les moyens pour diffuser la nouvelle auprès du public. Elle avait même organisé une fuite de sa photographie. Atlas en avait-il profité pour piéger Charlie et, ainsi, se mettre en quelque sorte à l'abri ? Charlie était un criminel *de toute façon*. Calmer la police en le lui offrant sur un plateau, pouvoir souffler un peu, prévoir le prochain coup, tuer à nouveau – c'était une bonne stratégie. Je me demandais si Atlas était allé jusqu'à se donner la peine de cacher chez Charlie le couteau de pêche qui avait détruit tant de vies. Ou l'avait-il simplement laissé quelque part où Charlie ne pouvait que le trouver et le ramasser ?

La volonté de jouer – jouer avec ses victimes, jouer avec la police – était une donnée essentielle du comportement d'un tueur comme Atlas. Presque plus importante que le plaisir qu'il tirait de l'acte de tuer. Traiter ses victimes en objets, échapper à la police, narguer ceux qui essayaient de le capturer, voilà ce qui l'excitait profondément. Voilà pourquoi il avait tué Dobbs, puis tiré sur Rauser. En outre, sa maladie avait évolué. Il avait de plus en plus besoin de ce genre de divertissements. L'identité de la victime comptait de moins en moins. Il ne recherchait plus un type de victimes particulier, qui symbolisait quelque chose d'important à ses yeux. Il pouvait attaquer, tuer, utiliser tous ceux qui étaient susceptibles de le faire se sentir maître du jeu. En ce sens, Charlie Ramsey avait été magnifiquement piégé. Mais ensuite, rien n'obligeait Atlas à refaire surface pour tuer Rauser. Pourtant il l'avait fait, poussé en avant par un ego tellement vorace qu'il ne pouvait plus s'arrêter.

Mon téléphone sonna au carrefour de la Quatorzième et de Peachtree.

— Ça va, Keye ? me demanda Diane. Tu prends soin de toi ? Je peux t'aider ?

— Ça va, merci. Je suis sur le chemin de l'hôpital. Rauser va un peu mieux, je crois.

— Rauser est bien soigné par les médecins. Mais toi, tu dois prendre soin de toi, insista-t-elle d'une voix douce, mais ferme.

Je ne répondis pas.

— Tu nous manques à tous, reprit Diane. Ça te ferait peut-être du bien de t'éloigner un peu de l'hôpital, tu sais ? De te changer les idées. Margaret te fait dire que nous avons beaucoup de travail à te confier, si tu es intéressée. Et moi… j'aimerais bien te voir.

Un carillon, dans l'écouteur, m'indiqua que je venais de recevoir un e-mail.

— Hé, je dois y aller, dis-je. Ne t'inquiète pas, Diane. Je vais bien. Vraiment. Je t'appellerai en cas de besoin, d'accord ? Tu es adorable. On se voit bientôt.

Je franchis le carrefour et m'engageai sur l'allée de dépose-minute du centre commercial Colony Square. Brit Williams avait répondu à mon mail. Ses enquêteurs venaient de contacter le site qui publiait le blog de LameVive pour lui réclamer toutes les informations qu'il voudrait bien lâcher au sujet de ce blogueur, mais il faudrait un mandat du juge pour obtenir un accès complet aux serveurs de jeuxdelames.com – ce qui demanderait un peu de temps. Williams en convenait : le blog parlait bien des meurtres d'Atlas, mais il estimait que rien ne permettait d'affirmer que ce dernier en était l'auteur. Quiconque suivait de près l'enquête était à même de rédiger des textes à partir de cette histoire, jusque dans ses moindres détails, et de les mettre en ligne. Qui plus est, Williams ne jugeait pas probant le fait que le style des billets fût le même que celui des lettres d'Atlas adressées à Rauser et à moi. Après tout, me disait-il, ces lettres ayant été publiées dans la presse, n'importe qui pouvait en imiter le style. Il avait informé le chef de la police que le blog comportait un billet rédigé le soir de l'attaque contre Rauser – et que ce texte était assez suspect pour justifier une enquête. Cependant, concluait-il, les divagations floues de ce blogueur ne permettaient pas de lier l'attaque contre Rauser à Atlas. Atlas, c'est-à-dire Charlie Ramsey, était en prison et neutralisé. Rauser avait été blessé par un voyou qui avait une dent contre lui pour une raison ou une autre.

M'apercevant que je tremblais, je pris une profonde inspiration. L'air était sec, mais encore trop chaud pour avoir dénudé les arbres ; les feuilles s'accrochaient à leurs branches et ne les quitteraient sans doute pas avant Noël. Une rangée d'érables palmés avait viré au rouge cerise sur la Quinzième Avenue. Colony Square et le High Museum of Art étaient déjà habillés de guirlandes et de décorations diverses pour les fêtes de fin d'année. La radio publique nationale diffusait le discours du président sur la réforme du système de santé. Un petit groupe d'hommes et de femmes attendait de pouvoir entrer dans un restaurant au coin de la rue ; ils bavardaient en riant beaucoup. La vie continuait, irrésistible en dépit des souffrances morales dont souffraient les uns, des tragédies qui accablaient les autres. Je me sentais loin de tout ça. La douleur a cet effet. Elle vous rend totalement égocentrique.

Williams m'avait déçue. Non. Il m'avait mise en rogne. Je répondis à son mail : *Arrêtez de déconner, Brit ! Que ferait Rauser si vous étiez à sa place à l'hôpital ? Il remuerait ciel et terre quoi qu'en dise le chef, voilà ce qu'il ferait.*

Mon téléphone bipa quelques secondes après que j'eus envoyé ce courriel. C'était un texto – avec un numéro de téléphone masqué. *Merci de votre petit mot, Keye. Très sympa. Mais prenez du repos, chère amie. La vie serait moins drôle si je n'avais plus aucun adversaire. A.*

Le commentaire que j'avais laissé sur le blog de LameVive avait été lu.

496

Je restai assise dans ma voiture une minute, pour me remettre les idées en place, avant de redémarrer afin de gagner l'hôpital. Rauser me manquait. Je voulais lui parler de nos découvertes. Je voulais l'entendre me taquiner et rouspéter que je devais cesser d'être obsédée par cette affaire. *Je n'aurai de repos que lorsque je vous aurai trouvé.*

Je saisis le flacon d'after-shave que j'avais pris chez lui avec son rasoir et sa mousse à raser. Je l'approchai de mes narines : un parfum musqué et paisible, sans douceur excessive, qui me renvoya au souvenir de moments où Rauser et moi étions en voiture, de soirées où nous regardions la télévision ensemble sur son canapé ou sur le mien.

Je passai au bureau des infirmières pour leur dire bonjour. Je saluai aussi le flic en uniforme qui montait la garde devant la porte de Rauser. La police surveillait sa chambre vingt-quatre heures sur vingt-quatre. J'avais pris l'habitude de venir ici en fin de journée, pour ne pas déranger ses enfants quand ils étaient à son chevet. Son ex-femme était passée, un jour, elle aussi ; nous n'avions pas su quoi nous dire.

Rauser était dans son lit comme la veille au soir, et la veille encore, et toutes les soirées précédentes – déjà deux semaines. Les yeux fermés. Des pansements neufs autour de la tête. Le drap bleu du lit d'hôpital tiré jusque sous le menton. Sa respiration me paraissait régulière et paisible. Cela n'avait pas toujours été le cas. Les premiers jours, il m'avait paru n'inspirer et n'expirer que par à-coups, quand son corps lui en laissait la force.

Ayant rempli une cuvette haricot d'eau chaude, j'humectai le chaume épais qui couvrait ses joues avec un essuie-main. J'y étalai ensuite de la mousse à raser, puis, avec beaucoup de précautions, passai le rasoir sur son visage imparfait. J'étais fatiguée de lui voir l'air si miteux, cette mine de vagabond. Pendant que j'essuyais, avec la serviette humide, les traces de mousse qui lui restaient dans le cou et près des oreilles, je lui murmurai que j'avais peur. J'avais peur et j'étais ivre de colère. *Reviens-moi, Rauser.*

38

Je fus réveillée vers quatre heures du matin par une infirmière. Elle sourit gentiment et s'excusa de me déranger ; elle avait besoin de vérifier les drains et le goutte-à-goutte de Rauser : les acides aminés, le glucose et les électrolytes injectés directement, par un cathéter, dans une des épaisses veines sous-clavières qui serpentaient dans le labyrinthe de muscles, de veines et d'artères de son thorax – et le nourrissaient assez pour lui permettre de survivre. Quand elle était entrée dans la chambre, je dormais sur le lit, blottie contre Rauser, la tête sur sa poitrine, un bras en travers de son ventre. Avant de me lever, j'écoutai quelques secondes sa respiration paisible.

Je saluai le policier de garde devant la porte, puis je gagnai l'ascenseur et descendis au rez-de-chaussée où je savais pouvoir trouver de l'air frais, même si c'était sur un banc en ciment et sous les néons agressifs de l'entrée des urgences.

Les haut-parleurs du hall diffusaient la version instrumentale d'un chant de Noël. *Joyeux Noël*, pensai-je avec amertume. *Joyeux putain de Noël !*

Que faisais-je au moment où Neil m'avait téléphoné, la veille dans l'après-midi ? J'étais sur le point
de mettre le doigt sur quelque chose, me semblait-il,
juste avant que le blog dont il m'avait parlé ne me
fasse changer de trajectoire. De quoi s'agissait-il ? Je
me souvenais d'avoir regardé, sur le plan du campus
de l'université d'État de Floride, le bâtiment de l'UFR
de criminologie… et celui des arts plastiques, oui,
voilà, dont je m'était aperçue qu'il était tout proche.
La Floride. La première victime d'Atlas. Mais Anne
Chambers était-elle vraiment la première victime ? Je
commençais à en douter. Si le tueur avait seize ans au
moment de son premier meurtre, comme il s'en vantait
sur son blog, où Anne et lui avaient-ils fait connaissance ? Pas à l'université. Je palpai la poche de mon
jean. Mon trousseau de clés s'y trouvait bien. La pile
de documents et d'albums concernant Anne Chambers
était dans ma voiture. Il y avait un Starbucks à l'intérieur de l'hôpital. Je pouvais m'offrir un bon café et
me replonger là-dedans sans attendre. Oui, j'allais
m'offrir un gobelet de « lavasse », pensai-je en souriant – et j'éprouvai en même temps un pincement
de douleur au souvenir des blagues nulles de Rauser,
de ses éclats de rire, de ses railleries affectueuses à
mon égard, parfois, quand nous examinions ensemble
les données de l'affaire Atlas.

Le Starbucks était quasi désert. Il n'était pas encore
cinq heures du matin. Je pris un double *caffè latte* et
l'emportai à une grande table sur laquelle j'étalai les
albums de photos d'Anne Chambers, sa correspon-
dance, ses albums d'université et ainsi de suite – tout
ce que sa mère et Mary Dailey, à l'université d'État de
Floride, m'avaient donné. Je me penchai sur le plan du

campus et me demandai une fois de plus si c'était là, dans un de ces bâtiments, sur une de ces allées, qu'Anne Chambers avait fait connaissance avec son meurtrier. J'avais déjà feuilleté l'album à plusieurs reprises et n'y avais rien vu d'important. Mais peut-être était-il temps d'examiner un par un les noms et les photographies de *toutes* les personnes, sans exception, étudiants, professeurs et autres, qui se trouvaient sur ce campus l'année de la mort d'Anne. Je levai les yeux vers le plafond et me représentai la jeune femme sortant du bâtiment de l'UFR d'arts plastiques... pour rencontrer le tueur. Qu'y a-t-il, chez elle, qui l'intéresse ? L'a-t-il traquée ? Se sont-ils connus par hasard ? Par l'entremise de qui ? Sont-ils devenus amis ? Amants ? La vieille Emma m'avait dit qu'Anne fréquentait quelqu'un. Mais ce n'était peut-être pas lui. Peut-être même avait-elle refusé ses avances ! Et il l'avait haïe pour cette raison. Un étudiant ? Un professeur ? Ni l'un ni l'autre ? Je poussai un soupir de dépit.

Un interne vêtu d'un pyjama de bloc vert pâle entra d'un pas traînant dans le café ; il avait l'air de ne pas avoir dormi depuis un mois. Il paya un café et un muffin au caissier, puis détala quand son biper retentit, abandonnant son petit-déjeuner sur une table.

J'envoyai un e-mail à Neil pour lui demander d'essayer d'accéder aux dossiers d'inscription des étudiants de l'université de Floride, puis je me replongeai dans l'album de l'UFR de criminologie et de droit pénal. Cette fois, je recopiai sur une feuille tous les noms qui accompagnaient les photos d'identité et les photos de groupe des étudiants. Cela m'obligeait à me concentrer sur chaque individu, sans en oublier un seul, au lieu de me contenter de laisser glisser mon regard sur les pages.

Vers six heures et demie, quand les premières lueurs du jour commencèrent à filtrer par les fenêtres, après un second double *latte* qui gargouillait dans mon estomac vide, je commençai à repenser à Rauser allongé sur son lit, là-haut, dans sa chambre. Il me suffisait de fermer les yeux pour voir les traits de son visage dans leurs moindres détails, pour me rappeler ses mains, son odeur, sa façon de se mouvoir, les plats qu'il aimait et la nourriture qu'il refusait d'avaler. Au fil des ans, pensai-je soudain, j'avais entièrement mémorisé Rauser. Pourtant, je ne pouvais le faire guérir par ma seule volonté. Je tournai la page de l'album que je venais de terminer d'examiner pour passer à la suivante.

C'est alors qu'un nom sembla bondir de l'album pour me prendre à la gorge. Les yeux écarquillés, je fixai le cliché qui l'accompagnait : une photo de groupe de douze étudiants de thèse qui, d'après le texte qui l'accompagnait, avaient tant et si bien travaillé que leurs travaux de recherche leur valaient déjà une certaine célébrité dans le domaine de la criminalistique. Leur étude collective était intitulée : « Les origines sociobiologiques des comportements antisociaux ».

Je frissonnai de la tête aux pieds. Seigneur. Était-ce possible ? Un flot de pensées corrosives envahit mon cerveau fatigué. Je revis mentalement le campus planté de cornouillers, de palmiers et de chênes. Là, quelque part au milieu de cette végétation, Anne Chambers avait lié connaissance avec cet assassin qui devait ensuite lui massacrer le visage avec un pied de lampe en cuivre, puis lui trancher le clitoris et les tétons. J'avais toujours pensé que tout avait commencé là-bas, en Floride. Le monstre s'était révélé, et formé, au contact de cette jeune fille. C'était évident, car les violences subies par Anne Chambers avaient quelque chose... d'intime. La mutilation des seins, par exemple, était une façon de dire : « Je te hais, maman. » Anne symbolisait une mère qui, pour une raison ou une autre, était honnie. Mon esprit s'emballait, ravivant divers souvenirs que j'avais accumulés au cours des mois passés. Des fragments d'information se regroupaient et commençaient à prendre un sens nouveau. La forme dense et précise d'une solution, d'une vraie solution qui dépassait la simple hypothèse, m'apparaissait enfin.

Je tapai le nom de l'assassin présumé dans la fenêtre de mon moteur de recherche. D'innombrables documents apparurent. J'en parcourus plusieurs, cliquant de lien en lien jusqu'à ce que je trouve des renseignements de fond. Cette étrange obsession pour le droit civil. Cette volonté de transformer les plaignants en victimes. Tout était là. J'avais peine à y croire, et pourtant tout était là, irréfutablement. Atlas se cachait... *juste sous nos yeux*, depuis toujours.

FLORIDE : UN HOMME CONDAMNÉ POUR LE MEURTRE BRUTAL DE SA FEMME. Je cherchai une description détaillée de la scène de crime. Il n'y en avait pas. L'article précisait simplement que la victime avait été poignardée à plusieurs reprises avec un couteau de pêche. Le père d'Atlas avait donc tué son épouse ? Et Atlas suivait l'exemple que lui avait donné son papa meurtrier ? Ou bien... papa avait-il simplement endossé la responsabilité d'un crime commis par un enfant qui s'était découvert une passion pour la violence meurtrière ? Avais-je trouvé la clé du mystère d'Atlas ? Tout avait-il commencé par la mère ? Était-ce le meurtre de cette femme qui était décrit dans le blog, celui qu'Atlas disait avoir commis à seize ans, celui qui n'avait même pas fait fléchir ses notes au lycée ? Si oui, Anne Chambers n'était donc pas sa première victime. Et nous ne saurions peut-être jamais combien d'autres l'avaient précédée. Finalement, après des années de séjour dans les couloirs de la mort, le père d'Atlas avait rendu l'âme sur la chaise électrique brûlante, trop souvent utilisée, de l'État de Floride.

Je cliquai sur le lien d'un article qui portait sur la femme qu'il avait été accusé d'avoir tuée – sa propre épouse. Une célébrité mineure de la scène artistique de Floride. UNE ARTISTE AGIT POUR SA COMMUNAUTÉ, annonçait le titre. Il y avait une photographie. La ressemblance de cette femme avec Anne Chambers, étudiante et artiste en herbe, me stupéfia. À présent, je voyais bien la scène : Anne Chambers sortant un beau jour du bâtiment des arts plastiques, jeune, pleine de vie, naïve, artiste comme la mère assassinée d'Atlas – et d'une ressemblance tellement troublante avec cette mère qu'elle ne peut que soulever une tempête dans l'esprit de l'assassin.

Je reportai mon attention sur la photo de groupe de l'album. *Atlas.* J'éprouvais une terrible brûlure dans la poitrine, comme si je venais d'avaler de la lave en fusion. Elle se répandait à travers tout mon corps, signe d'une révolte, d'une envie d'aller au combat qui s'accompagnait aussi d'un sentiment de haine absolue, infecte, contre Atlas. Je pensai à Rauser, à notre pro-

menade le soir de Thanksgiving, à ses bras qui m'enla-
çaient, et je me sentis à la fois plus enragée et plus
impuissante que je ne l'avais jamais été – même à
l'époque où j'étais parfois trop saoule pour quitter
mon pyjama et sortir de chez moi. Atlas nous avait
trop pris, à Rauser et à moi.

Je composai le numéro de Brit Williams sur mon
portable.

— Keye, écoutez, me dit-il d'un ton apaisant. Nous
voulons tous retrouver le salaud qui a fait ça à Aaron.
Mais essayer de rouvrir le dossier Atlas, vraiment…
Aujourd'hui, nous devons aller de l'avant. Si vous
voulez nous aider, aidez-nous dans ce sens-là.

— Vous n'avez pas le bon coupable, Brit, dis-je
d'une voix sourde.

— Depuis l'incarcération de Charlie Ramsey, nous
n'avons pas eu d'autre meurtre portant la signature
d'Atlas. C'est indéniable. Si vous voulez faire bouger
les choses, il va falloir bien plus qu'un texto signé
« A ». Vous parlez tout le temps de preuves matérielles, Keye. Donnez-moi des preuves matérielles et
je verrai ce que je peux faire. Mais je dois avoir autre
chose que ma bite à la main pour parler au chef.

Je serrai les dents, m'interdisant de me défouler sur
Williams.

— Je sais que vous aimez beaucoup Rauser, ajouta-
t-il.

À mon grand dépit, je sentis mes yeux s'emplir de
larmes.

— Et vous l'aimez, vous aussi, me forçai-je à dire.
Il me fait *confiance*, Brit. Il a toujours eu confiance en
mon instinct. Vous le savez. Maintenant, j'ai besoin
que vous aussi, vous me fassiez confiance. Même si

vous pensez que je suis devenue complètement folle, faites ça, ne serait-ce que parce que c'est ce que Rauser ferait à votre place. Trouvez-moi les rapports de scène de crime de ce meurtre qui s'est produit en Floride. J'ai besoin d'en connaître les moindres détails. C'est tout ce que je vous demande. Je peux mettre Neil là-dessus, mais j'aurai un résultat plus rapide et plus complet si vous contactez vous-même la police de Tallahassee qui a mené l'enquête à l'époque.

Le silence se prolongea au bout du fil. Puis Williams grommela :

— Oh, putain. Parce que je n'ai rien d'autre à foutre, n'est-ce pas ?

Je remontai à la chambre de Rauser pour voir comment il allait, puis redescendis au rez-de-chaussée. Je m'assis sur un banc du jardin de l'hôpital, le col de mon manteau relevé sur les oreilles, soufflant sur mon café fumant, le troisième depuis l'aube, dans l'air froid du petit matin. Des feuilles mortes d'érable s'entassaient sur le sol humide de rosée.

À neuf heures et demie, je commençais à devenir dingue. Je regardai mon téléphone pour la énième fois. Il était bien allumé. Réglé pour sonner. Mais il ne sonnait pas. Enfin, alors que j'hésitais à le jeter par terre et à le piétiner, Williams me rappela.

— Si vous saviez la chienlit que c'est pour obtenir le dossier d'une affaire archivée en Floride, dit-il d'un ton las. Peut-on se retrouver à midi et demi ?

Nous nous donnâmes rendez-vous au restaurant La Fonda Latina, sur Ponce de Leon Avenue, à cinq minutes du commissariat. La salle étant bondée, nous nous installâmes à l'étage, sur la terrasse extérieure. Ce n'était pas plus mal. Il faisait froid, mais nous pouvions parler sans risquer d'être entendus. Très peu de tables étaient occupées autour de nous. Williams commanda de la paëlla aux calmars ; moi un café ; un serveur déposa un panier de tortillas chips et un bol de sauce salsa entre nous.

Tremblante, je croisai les bras sur ma poitrine tandis que Williams trempait une chips dans la sauce et l'avalait.

— Vous devez manger quelque chose, dit-il. Vous avez vraiment mauvaise mine. Il ne fait pas si froid que ça, vous savez.

Il poussa vers moi une enveloppe qu'il avait posée sur la table.

— Voilà, tout est là. Tout ce que vous m'avez demandé. Et peut-être quelques horreurs que vous n'attendez pas.

Il mangea quelques chips qu'il fit descendre avec une bière Modelo pendant que j'examinais le contenu de l'enveloppe. Quand je passai en revue les photos de la scène de crime, je sentis qu'il m'observait avec attention.

— Ça vous rappelle quelque chose, tout ça ? demanda-t-il. À propos, j'ai envoyé un e-mail des photos du mari et de ses vêtements à notre spécialiste des traces de sang. Le mari a lui-même appelé la police pour annoncer la mort de sa femme, comme vous voyez. Mais les taches de sang qu'on voit sur ses vêtements ne collent pas avec le genre d'éclaboussures qu'un meurtre comme celui-là doit provoquer. Et de manière générale, il y a des tas d'indices matériels assez bizarres dans le dossier de l'accusation.

Je levai les yeux vers lui, perplexe.

— Cet homme est passé sur la chaise électrique pour *meurtre*. Comment ont-ils obtenu sa condamnation ?

— Il a avoué, pour commencer. Et tenez-vous bien : il a été enfoncé par l'enfant qui a dit l'avoir trouvé penché au-dessus de sa mère, le couteau de pêche ensanglanté à la main. Ce témoignage et les aveux ont fait tout le travail. Il y a vingt-trois ans, en plus, on ne reconstituait pas les scènes comme on le fait aujourd'hui.

— Il y a énormément de similitudes avec ce que nous avons vu sur les scènes de crime d'Atlas, c'est certain, dis-je, désignant les photos. Mais c'est moins organisé. Ici, il y a beaucoup d'émotion. Et de la fureur.

— Je ne pensais pas que les enfants étaient capables de faire ce genre de chose.

— Ça arrive. Chez certains adolescents très perturbés.

Je regardai à nouveau les photos. Au FBI, j'avais étudié la psychologie des enfants tueurs. Les propres parents des psychopathes novices sont parfois les premières victimes du terrible cocktail psychique – faible capacité pour le raisonnement abstrait et désir irrépressible de satisfaction immédiate – qui gouverne ces individus. Les scènes de crime sont alors souvent atrocement violentes. Et les enfants étrangement indemnes au sortir de cette expérience abominable.

Mes notes, au lycée, ne fléchirent absolument pas.

Le serveur apporta la paëlla dans un poêlon en fonte. Williams saisit sa fourchette et dit :

— Le chef ne rouvrira pas l'affaire Atlas si nous n'avons que ça à lui offrir. Nous devons bétonner le dossier.

Puis il me regarda droit dans les yeux et sourit :

— J'ai montré une photo de votre suspect au restaurant où David Brooks a mangé le soir de sa mort. Bingo. Le directeur a tout de suite confirmé. Ça ne nous suffit pas, mais c'est un début, dit-il, et il fourra une fourchette de riz entre ses lèvres avant d'ajouter : Keye, vous vous rendez bien compte de la taille du putain de tigre auquel vous vous attaquez, n'est-ce pas ? Votre suspect fait du jogging avec le *maire* ! Vous le saviez, ça ? La police d'Atlanta ne peut pas se permettre de chercher noise à un fauve de ce calibre.

— Moi, je peux.

Williams m'étonna alors en disant :

— Oui, je sais. Et après avoir vu tout ça, Balaki, quelques autres inspecteurs et moi, nous sommes prêts à faire tout notre possible pour vous aider. Sur notre temps libre, précisa-t-il. Mais, Keye… avez-vous quelque part où aller, jusqu'à ce que nous contrôlions la situation ? Que ça vous plaise ou non, Rauser avait raison. Vous avez besoin de protection.

Je savais que les lames d'Atlas étaient tranchantes. Je les avais senties quand ma voiture avait dérapé sur l'autoroute. Quand Rauser s'était effondré contre moi.

— J'ai ce qu'il me faut pour me protéger, Brit, répondis-je. Et je n'hésiterai pas à m'en servir.

39

Margaret Haze se leva, le sourire aux lèvres, quand j'entrai dans son bureau. Elle portait un tailleur Helmut Lang noir, très ajusté, hypermilitant – et tellement au-delà de mes moyens que je ne pouvais même pas en imaginer le prix. Quand je fus devant sa table, elle reprit place dans son fauteuil. Je ne m'assis pas. J'avais les nerfs en pelote.

— En quoi puis-je vous être utile, Keye ? demanda-t-elle d'un ton agréable.

Elle n'avait pas l'air étonnée du tout de ma visite.

— Vous pouvez m'être utile en arrêtant de tuer des gens, répondis-je.

Je voulais lui passer les menottes ici, tout de suite, et l'empêcher de jamais revoir les cieux azurés d'Atlanta. Je voulais qu'elle souffre. Cette salope découvrirait peut-être alors le sens du mot empathie. *Et maintenant, vous ressentez enfin quelque chose ?*

— Je ne vous suis pas.

Elle était très calme. Je n'arrivais absolument pas à savoir dans quel état d'esprit elle était.

— Arrêtons les salades et ayons une conversation

sincère, voulez-vous ? répliquai-je. Terminés, les petits jeux. Je suis venue ici pour vous mettre à l'aise. Je sais que vous faites régulièrement inspecter votre bureau pour voir s'il contient des micros espions. Et je vous assure que je n'en porte aucun sur moi, Margaret.

— Mes clients escomptent et méritent une confidentialité absolue quand ils sont dans le bureau de leur avocat. À propos, j'espère que vous ne serez pas trop déçue, mais j'ai décidé de ne plus faire appel à votre agence pour nos travaux d'enquête. J'ai l'impression que nous ne sommes plus sur la même longueur d'onde, vous et moi.

Ni son expression ni sa voix n'avaient changé. Elle était totalement maîtresse d'elle-même. J'entendis le téléphone sonner dans l'antichambre et vis un voyant clignoter sur sa console. Elle l'ignora et dit :

— Aujourd'hui Diane est absente. Depuis trois ans, c'est la première fois qu'elle manque un jour de travail.

— C'est moi qui lui ai conseillé de ne plus venir. Je lui ai tout expliqué. Elle était bouleversée, Margaret. Vous étiez un modèle à ses yeux.

— Les apparences sont trompeuses et on ne connaît jamais vraiment les gens, Keye. Vous, vous devriez le savoir.

— Nous devons parler, Margaret, dis-je en écartant les bras. Fouillez-moi, si vous voulez. Vérifiez par vous-même. Je n'ai pas de micro.

Elle pouffa de rire.

— C'est absurde, Keye.

Sans un mot, je retirai mes chaussures, ma veste, puis commençai à déboutonner mon chemisier. Je défis chaque vêtement lentement, et le retournai, et le secouai pour montrer qu'il ne contenait aucun appareil électronique, avant de le poser devant moi sur la table. Elle garda le silence pendant que je me déshabillais, et je vis dans son regard amusé, plein d'arrogance aussi, qu'elle me jaugeait sans vergogne – je vis ce que ses victimes devaient avoir vu : un être froid, incapable de manifester la moindre émotion.

Totalement nue, je tournai sur moi-même. Elle désigna mes boucles d'oreilles d'un geste autoritaire. Je les retirai et les posai devant elle. Elle les saisit, les examina, puis me les tendit.

— Rhabillez-vous, Keye. Que vont penser les gens ?

Elle continua de m'observer pendant que je renfilais mes vêtements.

— Vous êtes venue seule ?

— Le commissaire Williams et l'inspecteur Balaki attendent dehors, dis-je en m'asseyant sur une chaise.

Elle se rencogna dans son fauteuil, les bras sur les accoudoirs.

— Me croyez-vous dangereuse ? Me craignez-vous ? C'est pour cela que vous les avez amenés ?

Je voulais lui dire qu'elle m'avait déjà fait beaucoup de mal, qu'elle m'avait infligé des blessures profondes, mais je savais que je ne devais pas lui donner un tel ascendant sur moi.

— Franchement, je ne pense pas être votre type, dis-je. Mais il est vrai que vous semblez vous diversifier…

Elle m'interrompit, un léger sourire plissant ses lèvres luisantes de rouge :

— Mon type ? Et quel serait-il, mon *type*, selon vous ?

512

Je me penchai pour saisir la photographie posée au coin de la table : Margaret enfant, entourée de ses parents, sur le pont d'un voilier.

— Votre type, ce sont les personnes qui vous rappellent cet homme, votre père, ou celles qui vous rappellent ses clients, ou celles encore qui vous rappellent votre mère. Car c'est bien de cela qu'il s'agit, n'est-ce pas ? Il leur en a donné plus qu'il ne vous en a donné à vous ? Couchait-il aussi avec elles – avec eux ?

Margaret fit pivoter son siège vers la fenêtre. Les yeux sur la ville qui s'étendait jusqu'à l'horizon, elle répondit :

— Vous savez, Keye… si vous aviez la moindre preuve contre moi, les deux policiers ne seraient pas derrière la porte. Ils seraient ici pour m'arrêter.

Elle ne semblait ni méprisante, ni apeurée, ni même en colère. À vrai dire, elle paraissait sincèrement intriguée par mon attitude.

— Comment les considériez-vous ? insistai-je. Comme des parasites, avec tous leurs petits besoins méprisables, leurs problèmes ridicules, leurs actions en justice minables et motivées uniquement par la cupidité ?

Immobile, elle ne répondit rien. Je patientai. Derrière la vitre je voyais un vaste paysage urbain parcouru par des autoroutes entrelacées, mais pas le moindre son ne pénétrait à l'intérieur du bureau. La pièce était absolument silencieuse.

— Quel enfant conserverait sur sa table la photo d'un père qui aurait assassiné sa mère ? repris-je enfin. C'est vous qui avez commis ce crime, n'est-ce pas ? Vous l'avez tuée. Et puis vous l'avez laissé se faire

513

accuser, lui, et mourir sur la chaise électrique. Cela vous a-t-il fait du bien ? Elle a d'abord payé pour vous avoir privé de son affection à lui, et puis il a payé pour ce qu'il vous a fait ? Il vous a trahie, n'est-ce pas, Margaret ? D'abord il vous a aimée. Ensuite il vous a abandonnée pour votre mère. Ou pour d'autres.

Elle se tourna vers moi. La lumière de l'après-midi faisait étinceler ses yeux verts.

— Est-ce le moment où je suis censée craquer ?

— Ce serait sympa, répondis-je.

Riant doucement, elle se leva et se dirigea vers le minibar. Elle se servit un cognac, puis me tendit une petite bouteille d'eau gazeuse et un verre.

— Si j'étais la personne que vous me soupçonnez d'être, je serais une sociopathe absolue. Vous connaissez ces choses-là mieux que personne. Je serais incapable d'éprouver le moindre remords. Je pourrais vous dire que jamais ils ne m'ont manqué, ni l'un ni l'autre. Leur… disparition, peut-être violente ou atroce, n'aurait été qu'un événement parmi tant d'autres. Rien d'extraordinaire. Ne pensez-vous pas qu'il s'agit là d'une vérité essentielle de la vie, Keye ? Il nous arrive des choses, mais ce ne sont que des choses qui arrivent, voilà tout. La vie ne nous touche pas vraiment. Je crois que vous comprenez ce que je veux dire. Je crois que c'est la raison pour laquelle vous avez été alcoolique. Et la raison pour laquelle vous avez fait les choix spectaculairement stupides qui ont été les vôtres. Je crois qu'au fond, vous êtes aussi insensible, aussi fermée aux choses, que moi.

— J'*étais* insensible.

J'avais peine à contenir la haine que cette femme m'inspirait. Je pensais à Rauser, à ses bras autour de moi, à la révélation que j'avais eue quand j'avais senti, pour la première fois depuis longtemps, que le désir physique, le sang qui bouillait dans les veines, n'excluait pas forcément l'amour et la confiance.

Elle sirota son cognac, les yeux rivés sur moi, impassible.

— C'est stupéfiant, tout de même. Avec votre éducation, vous auriez pu faire tant de choses ! Et pourtant, vous avez choisi le FBI ? Mais pourquoi, pour l'amour du ciel ? Pour remettre de l'ordre dans le monde, c'est ça ? Vous avez beaucoup souffert d'avoir vu vos grands-parents se faire tuer sous vos yeux et… quoi ? Vous continuez de chercher les monstres qui ont commis ce crime ?

J'ouvris calmement la bouteille d'eau gazeuse, remplis le verre, puis reposai la bouteille sur la table et bus une gorgée. Je voulais qu'elle voie que mes mains ne tremblaient pas, que ses remarques ne me déstabilisaient pas. Je bluffais. J'avais mal aux tripes comme si j'avais avalé des lames de rasoir. Mais le bluff, c'est une compétence que les alcooliques et les toxicos apprennent de bonne heure dans leur carrière. Et j'étais devenue particulièrement douée dans ce domaine au fil des années.

— Comment se porte le commissaire Rauser ? demanda Margaret, et elle secoua la tête, l'air faussement peinée. Il faudrait vraiment libérer nos rues de toute cette violence.

J'eus l'impression qu'un acide se répandait dans mes veines. Je ne voulais pas entendre ce nom franchir ses lèvres.

— C'est de *vous* que je vais libérer nos rues, dis-je. Et je ferai tout ce qu'il faut pour cela.

Elle sourit. Ma remarque semblait beaucoup l'amuser.

— Tiens donc ? Et comment comptez-vous faire, Keye ? Vous allez me tirer dessus ? Me poignarder ? Non, je ne crois pas. Vous avez un handicap, celui des limites de votre morale personnelle. Et celles-ci vous empêchent de lutter efficacement contre le crime, n'est-ce pas ?

Elle était tellement arrogante que j'avais envie de me jeter sur elle et de l'étrangler. Elle exploitait brillamment un préjugé classique du monde judiciaire, du monde en général, sur les femmes et la violence – et elle en avait parfaitement conscience. Le criminel non identifié est toujours *a priori* un homme, pas une femme. Et les femmes sont soupçonnées les dernières dans les affaires de meurtres violents à caractère sexuel. Comme tout le monde, je n'avais pas pensé à mettre Margaret Haze sur la liste des suspects parce qu'elle était une femme.

— Vous savez, Margaret, ce sentiment d'infaillibilité est une composante de votre maladie. Mais vous vous faites des illusions. Vous paierez pour vos crimes. Le blog, c'était une erreur. La police remontera jusqu'à vous, soyez-en sûre. Le secret n'en est plus un. La police d'Atlanta vous surveille.

— Avez-vous idée des sommes que notre cabinet investit dans les carrières de nos politiciens locaux ? Non, bien sûr, vous n'en savez rien. Le maire et le procureur, le chef de la police et tant d'autres – ils préféreraient tous garder leur travail, voyez-vous ? Non, Keye, la police d'Atlanta ne me surveillera pas. Et si vous pensiez me faire peur avec ces deux flics qui vous attendent dehors, sachez qu'ils ne risquent pas de m'empêcher de dormir ce soir.

Je m'esclaffai.

— Je viens de penser à ce que vous éprouverez quand vous serez obligée d'échanger votre tailleur Helmut Lang contre une jolie petite combinaison de prisonnière. En Géorgie, je crois qu'elles sont bleues. Ça ira bien avec vos cheveux. J'adore l'idée de voir bientôt votre vie s'effilocher complètement.

— Vous et moi, nous ne sommes donc pas si différentes, répliqua-t-elle calmement. Vous aussi, vous avez des pulsions sadiques.

— Permettez-moi une question, Margaret. Juste pour satisfaire ma curiosité : saviez-vous déjà, après avoir massacré votre propre mère, que vous voudriez continuer à tuer ? Ou bien cette envie vous est-elle venue quand vous avez fait la connaissance d'Anne Chambers ? Quand je vois cette photo de votre mère, ici, sur la table, je ne peux m'empêcher de m'interroger. Ces deux femmes se ressemblaient beaucoup. Et elles étaient artistes toutes les deux. Est-ce la raison pour laquelle vous avez éprouvé le besoin de l'assassiner ?

Margaret prit le temps de réfléchir. Elle n'avait pas l'air plus émue que si je lui avais demandé quelle sorte de thé elle préférait boire dans l'après-midi.

— Pour être franche, je savais déjà qu'il m'en faudrait davantage. Ma soif n'était pas totalement étanchée. Mais ce n'est que lorsque j'ai rencontré Anne que j'ai vraiment compris ce que j'éprouvais. J'ignorais aussi que ce... Que cette chose ne devait plus jamais me quitter. C'était un peu comme si j'avais ressenti une démangeaison quelque part, sans vraiment comprendre qu'il s'agissait d'une démangeaison. Vous devez m'excuser. Je n'ai jamais vraiment eu l'occasion de mettre des mots sur tout cela. Je ne sais même pas s'il y a des mots pour en parler.

Elle leva son verre comme pour porter un toast, l'air satisfaite, et but une gorgée de cognac avant d'ajouter :

— Cependant, c'est assez libérateur d'*essayer* d'en parler.

— Peut-être auriez-vous intérêt à faire une déposition officielle, en ce cas. Imaginez à quel point ce serait… libérateur.

Margaret pouffa.

— Je vous aime bien, Keye. Vous m'avez toujours plu. Vous êtes intelligente et vous êtes drôle. Je suis très chagrinée de découvrir que vous pensez que je pourrais vouloir vous faire du mal. Si vous êtes encore en vie, savez-vous, ce n'est pas par hasard. Je vous ai *protégée*, si vous voulez tout savoir.

— Protégée ? Vous m'avez donnée en pâture aux médias afin que je sois éjectée de mon siège de consultante à la police d'Atlanta. Vous avez trafiqué ma voiture et j'ai failli y passer. Et vous avez tiré sur mon meilleur ami !

— Arrêtez le mélodrame, Keye, ça ne vous va pas du tout. Vous n'avez pas failli y passer, non. Vous avez eu une bosse sur la tête. Et peut-être finirez-vous par comprendre que vous étiez plus en sécurité en cessant de collaborer avec la police. Mais vous avez refusé de baisser les bras. Et vous avez pris des risques parfaitement ridicules. LaBrecque, par exemple. Nous savions toutes les deux que c'était un voyou. Il vous a fait mal, il vous a menacée et vous y êtes quand même retournée. Ne croyez-vous pas qu'il vous aurait tuée, ce jour-là, dans le chalet au bord du lac ? Soyez un peu reconnaissante envers moi, Keye. Je ne voulais pas qu'il vous arrive quoi que ce soit.

Voilà pourquoi LaBrecque ne collait pas avec le profil des autres victimes d'Atlas. Je me souvenais d'être venue voir Margaret, après ma rencontre à l'église avec cet homme, une ecchymose sur le poignet. Elle avait eu l'air désolée.

— Et Dobbs ? À quoi bon l'avoir tué ? Et ce paquet que vous m'avez envoyé ensuite… Avez-vous fait ça parce que vous connaissiez l'historique de mes relations passées avec cet homme ?

— Je pensais juste que ce paquet vous ferait plaisir, Keye. Auriez-vous préféré trancher vous-même son pénis ? Et en ce qui concerne le commissaire Rauser… Cette histoire n'a rien à voir avec vous, Keye. Tout ne se passe pas toujours en fonction de *vous*, essayez de garder cela à l'esprit. J'avais une relation à part entière avec Rauser avant que vous ne commenciez à vous pointer avec lui sur les scènes de crime.

— Une relation ? Avec Rauser ? Margaret, revenez sur terre ! Quelques divagations envoyées par courrier à un flic ne constituent pas une *relation*. C'est votre maladie qui parle, là encore. Elle vous fait perdre le sens des réalités. Elle s'aggrave, n'est-ce pas ? Et pour votre gouverne, sachez que Rauser ne vous a jamais prise au sérieux. Il vous considérait comme un simple malfrat. Un malfrat agaçant et dangereux, mais rien de plus.

— La bave du crapaud et toutes ces choses, Keye, dit Margaret avec son petit sourire ironique.

— Si vous l'approchez encore une seule fois, je jure devant Dieu que je n'attendrai pas que la police vous règle votre compte. Si vous ne pouvez pas réprimer ce… cette *démangeaison*, Margaret, je me chargerai de vous la faire passer.

— Le commissaire Rauser ne présente plus aucun intérêt pour personne, de toute façon. Sauf pour les amateurs de légumes, peut-être.

Elle regarda sa montre en platine, se leva et alla ouvrir la porte.

— Merci de votre visite, Keye. À présent, veuillez m'excuser, je dois me préparer à recevoir un client.

La, la, la-la.

Une chanson enfantine, sans paroles. La mélodie grimpait dans les aigus, avant de revenir doucement vers les graves. Aigus, graves. Aigus, graves. *La, la, la-la*. Encore et encore. Elle ne variait jamais et la petite Margaret ne s'en lassait pas.

Assise devant sa maison de poupée, elle jouait en chantant. La maison de poupée était immense. Margaret avait supplié le Père Noël de la lui livrer. Elle possédait trois niveaux et s'ouvrait comme une valise, donnant accès à l'intérieur de toutes ses pièces. Margaret pouvait y modifier la disposition des petits meubles et des petites poupées de la famille qui l'habitait.

La, la, la-la.

… Oh-ho ! Maggie fronça les sourcils. Quelque chose n'était pas en ordre dans la maison !

Elle glissa la main dans la chambre des parents et saisit délicatement papa pour le mettre dans la chambre voisine. La chambre de la petite fille. *Voilà, c'est mieux.* Elle voulait papa dans cette chambre-là. Loin de maman, qui l'ennuyait. D'une pichenette, elle éjecta maman du petit lit double. La poupée tomba par terre entre le lit et le mur – hors de vue. *Oui, comme ça c'est bien.*

La, la, la-la.

Margaret se souvenait à la perfection de cette maison de poupée. Aussi clairement qu'elle se souvenait de l'odeur de son père, mélange de sueur et de déodorant Old Spice, quand il venait la rejoindre dans sa chambre. Elle regarda la photographie sur sa table : sa mère, le voilier, son père qui la tenait dans ses bras. Elle avait cinq ans quand cette photo avait été prise. Son père était toujours très occupé. Il n'avait pas de temps à consacrer à sa famille – sauf la nuit quand il touchait doucement Maggie, et l'embrassait, et lui disait qu'il faisait cela parce qu'il aimait tellement, tellement sa petite fille. Le corps de Margaret avait répondu à cet amour, il s'était ouvert à papa. Elle n'avait pas pu s'en empêcher.

Voilà comment Maggie avait découvert l'amour, dans l'atmosphère moite de sa petite chambre, un palmier devant la fenêtre et le ciel de Floride pour témoin de ce qu'ils faisaient ensemble.

Encore aujourd'hui, le contact de son père lui manquait. Mais elle en était privée à jamais. Parfois, quand elle se touchait, elle imaginait que c'étaient ses mains à lui qui la caressaient. Et pour cela, elle l'adorait et le détestait. Mais elle détestait encore plus ceux qui le lui avaient enlevé.

La, la, la-la...

40

Un écriteau, sur le tableau de bord de ma Neon, m'identifiait comme livreuse. Avec ça, pas de souci avec la sécurité du parking et je pouvais me garer sur une des places réservées aux coursiers, juste en face de la tour SunTrust Plaza. Planquée derrière le volant, j'étais pratiquement invisible. *Boucliers activés.*

Nous la surveillions à tour de rôle depuis trois jours, jonglant avec nos emplois et les exigences de nos vies privées. Nous passions aussi autant de temps que possible à l'hôpital. Noël approchait et Rauser était encore dans le coma. Ça me rendait dingue. Notre vie quotidienne étant perturbée, Racaille devenait nerveuse, parfois même farouche. Les enfants de Rauser me téléphonaient presque chaque jour, mais, n'ayant rien à faire à Atlanta, ils n'étaient pas revenus. Son ex-femme non plus. Neil avait décidé de renoncer à son boycott des corvées de paperasses de l'agence et faisait de son mieux pour tenir le gouvernail en attendant que je puisse reprendre le travail à plein temps. Diane lui donnait un coup de main et, me disait-il, faisait un boulot remarquable pour ce qui était de mettre de l'ordre dans nos affaires.

Trois jours plus tôt, dégoûtée et furieuse en quittant le bureau de Margaret, j'avais appelé Diane et lui avais tout raconté. Elle était sidérée. J'avais aussi senti de la peur dans sa voix. Elle savait qu'elle ne pourrait jamais plus retourner chez Guzman, Smith, Aldridge & Haze – en tout cas pas tant que Margaret Haze serait en liberté. Non contente d'avoir eu l'énorme surprise d'apprendre que sa patronne, une femme qu'elle admirait énormément, menait une carrière parallèle de tueur en série, Diane avait désormais le poids du chômage sur les épaules. Je lui avais fait une proposition qui était bien loin, en termes de salaire, de ce qu'elle avait touché chez l'avocate, mais bon : elle ne courait plus le risque d'être poignardée un jour ou l'autre par son employeur. Diane se faisait beaucoup de souci pour moi. Nous nous parlions tous les soirs au téléphone. Les jours où elle ne pouvait pas venir à l'hôpital, elle ne manquait pas de me demander des nouvelles de Rauser. Elle voulait savoir si la surveillance de Margaret portait ses fruits. Elle voulait savoir si je tenais le coup, aussi bien psychologiquement que physiquement, et si je mangeais autre chose que des beignets pendant que je patientais devant le numéro 303 de Peachtree Street. Elle allait de temps en temps chez moi pour tenir un moment compagnie à Racaille et la gâter avec du lait et de la crème fraîche.

Margaret Haze apparut à la porte de la tour. Avec un frisson de nervosité, je m'enfonçai dans le siège derrière le volant de ma Neon reconvertie en voiture de livraison. Elle traversa la rue et vint vers le parking. Sa Mercedes gris métallisé était stationnée là depuis le matin. Je tournai la visière de ma casquette des Braves pour dissimuler mon visage tandis qu'elle se rapprochait. Je la vis, dans le rétroviseur, passer d'un pas alerte derrière moi, svelte et énergique, l'attaché-case à la main, les talons de ses Jimmy Choo à sept cents dollars cliquetant sur l'asphalte.

La Mercedes s'engagea sur Peachtree Street. Elle passa devant le Georgian Terrace Hotel, traversa Midtown et fila jusqu'à Buckhead. Je la suivis en lui laissant une confortable avance. Elle tourna sur Piedmont Road et nous longeâmes l'hôtel d'affaires où David Brooks avait été assassiné. Je repensai à cette nuit d'été brûlante – la cheminée dans la chambre, le vin, le verre à pied tombé sur la moquette – et à ce que nous savions, aujourd'hui, des dernières heures de la vie de cet homme. Margaret et David Brooks avaient dîné à quelques rues de là dans un restaurant de Buckhead. Plus tard, profitant de ce que Brooks était nu et sexuellement excité, elle avait plongé la lame de son couteau dans sa poitrine, juste au-dessus du sternum. Je l'imaginais derrière son dos, lui murmurant des mots doux à l'oreille tandis qu'elle passait le bras pardessus son épaule pour le poignarder.

Haze s'engagea sur le parking d'un concessionnaire Mercedes. Je m'arrêtai au bord du trottoir et attendis près de vingt minutes. Enfin, elle reparut dans la rue à pied. Et héla un taxi. Je me précipitai dans les bureaux du concessionnaire. Il y avait plusieurs comptoirs : Pièces détachées, Entretien, Locations et Vente. Il me fallut de longues secondes pour trouver un employé capable de m'expliquer ce que Margaret était venue faire ici. J'appelai alors Brit Williams.

524

— Haze vient de rendre sa voiture chez un concessionnaire de Buckhead. C'était une location avec option d'achat.

J'étais ressortie sur le trottoir et scrutai la rue de tous côtés. À gauche, j'aperçus un taxi qui tournait vers Peachtree Road. Il me semblait que c'était la voiture dans laquelle Margaret était montée. Buckhead n'était pas le centre d'Atlanta, les taxis ne s'y suivaient pas à la queue leu leu. Et je savais que j'avais de bonnes chances, en me dépêchant, de rattraper cette voiture.

— Brit, elle va quitter la ville ! m'exclamai-je en me précipitant vers la Neon. C'est pour ça qu'elle s'est débarrassée de la Mercedes.

— C'est Noël, Keye. Les vacances. Tout le monde s'en va. Sauf nous. Et rien ni personne n'interdit à Haze de voyager.

Je démarrai et me lançai à la poursuite du taxi.

— Elle essaie de partir sans laisser de traces, insistai-je. S'il y a des indices dans la Mercedes, vous en aurez besoin pour votre dossier. Pouvez-vous la réquisitionner avant qu'elle ne soit contaminée ?

— *Merde*. Si le patron apprend ça, il va me botter le cul.

Le taxi ramena Haze à son bureau. À dix-neuf heures ce soir-là, nous étions cinq pour la tenir à l'œil : le commissaire Williams, moi, les inspecteurs Balaki, Velazquez et Bevins. Je me garai une fois de plus sur une place réservée aux compagnies de messagerie, en face de la tour SunTrust Plaza, et glissai mon écriteau factice de livreuse derrière le pare-brise.

Elle apparut à dix-neuf heures trente-deux. Ses cheveux auburn étaient attachés en chignon derrière sa nuque, impeccablement tirés sur les tempes et le front. Elle portait un manteau noir à col haut, cintré aux hanches et ouvert en V inversé sur ses jambes gainées de bottes noires en cuir souple qui lui remontaient jusqu'au-dessus des genoux. Si elle se savait surveillée, elle nous montrait clairement, avec cette tenue, qu'elle n'en avait cure.

Elle longea le trottoir sur quelques dizaines de mètres et entra dans le pub-restaurant qui se trouvait là, un établissement à deux cents dollars le repas.

Je sortis de ma voiture et traversai la rue en slalomant entre les véhicules. À l'intérieur du restaurant, lumières tamisées, atmosphère douillette, murmures des conversations d'une clientèle huppée. Je demandai un siège au bar. Je voulais tenir Atlas à l'œil.

Connor, le chef de la police, refusait toujours de soupçonner Margaret Haze. Le fait qu'elle ait ouvertement parlé devant moi de sa double vie et de ses crimes ne constituait pas une preuve, m'avait-il rappelé, agacé que je ne lâche pas le morceau. Il se fichait aussi que les employés du restaurant de Buckhead aient reconnu sa photographie. Balaki avait inventé une excuse pour montrer cette photo à l'épouse de David Brooks. Oui, Haze était présente au barbecue que son mari et elle avaient organisé dans leur jardin l'année passée – un lien de plus entre Haze et Brooks. Un lien, aussi, avec le blog de LameVive. *J'avais fait la connaissance de sa femme et je l'avais baisé, lui, vingt minutes plus tard, derrière le pavillon de la piscine*. J'espérais que cette accumulation d'indices circonstanciels porterait ses fruits. Mais comme Williams me l'avait fait remarquer en mangeant sa paëlla à La Fonda Latina, et comme Margaret me l'avait elle-même confirmé avec tant d'arrogance dans son bureau, le cabinet Guzman, Smith, Aldridge & Haze était un très, très gros requin dans l'océan politique d'Atlanta. Et le chef de la police restait convaincu qu'Atlas était déjà derrière les barreaux. Nous n'avions aucune preuve irréfutable contre Margaret. Les meurtres avaient cessé. Et Margaret, étant en relation directe avec le maire, savait tout ce qui se passait au commissariat et patientait sans inquiétude. Mais j'étais certaine qu'elle ne serait pas capable de résister bien longtemps à sa « démangeaison ».

Le bar en cerisier verni reflétait le mur de bouteilles d'alcool et de verres qui se trouvait derrière le barman. Installée sur un tabouret haut à dossier capitonné, je fouillai le restaurant des yeux jusqu'à ce que je repère Margaret. Nos regards se croisèrent. Elle sourit et me fit un petit signe de la main.

Le barman me demanda ce que je désirais boire. Je sentais l'odeur du Dewar's qu'il venait de servir à un client après y avoir ajouté de l'eau gazeuse au robinet-distributeur situé juste devant moi. Je venais de lui répondre, lorsque j'eus la surprise de voir Larry Quinn entrer dans le restaurant. Il était seul. Et très élégamment habillé. Il sourit quand il m'aperçut.

— Keye ! dit-il en venant à ma rencontre. Je voulais vous appeler, justement. Big Jim était ravi de la conclusion de votre enquête. Je lui ai quand même rappelé que nous n'avions pas l'habitude de faire les vaches disparues.

Je jetai un coup d'œil en direction de Margaret qui sirotait un martini.

— Vous venez ici… pour rencontrer quelqu'un, Larry ?

— Rendez-vous galant, dit-il d'un air complice, et il me serra la main. Et je la vois qui est assise là-bas. Souhaitez-moi bonne chance, Keye. Très sympa de vous voir ici ce soir.

J'écarquillai les yeux, horrifiée : il se dirigeait vers la table de Margaret. Elle se leva et ils se donnèrent l'accolade. Seigneur ! Je ne pouvais pas laisser Larry avec Margaret Haze. Je ne savais que trop bien comment les « rendez-vous galants » de cette femme se terminaient. Pourquoi Larry ? Il était connu pour ses publicités télévisées et ses procès pour dommages corporels – des procès qu'il gagnait le plus souvent. Le lien avec le père avocat et avide de gloire de Margaret était évident. Je m'étais trompée en pensant qu'elle avait essayé de se débarrasser du souvenir de son père avec l'assassinat de Brooks. En tout état de cause, je ne voulais pas qu'elle reprenne son travail d'auto-analyse aux dépens de Quinn.

Je trouvai le numéro de l'avocat dans le répertoire de mon téléphone. La ligne sonna dans l'écouteur, mais je n'entendis aucune mélodie dans le restaurant. Quinn n'avait-il pas son portable sur lui ? Ou bien l'avait-il mis sur vibreur ? C'est alors que je le vis tirer l'appareil de sa poche, en regarder l'écran… et le poser à l'envers sur la table. *Mince*. Je ne voulais pas faire un scandale, mais il n'était pas question que Quinn quitte ce restaurant en compagnie de Margaret. Je tapai rapidement un texto à son intention : *Ne restez pas avec cette femme. Enquête pour meurtre. Danger.*

Quelques secondes plus tard, Quinn saisit son téléphone. Comme il me tournait presque le dos, je ne vis pas son expression quand il découvrit mon message. Je ne fus même pas sûre qu'il le lisait. Il reposa cal-

528

mement l'appareil sur la table à côté de son assiette. Un serveur s'approcha de lui avec un verre de vin. Quinn en but une longue gorgée, puis se leva et sortit du restaurant sans même m'adresser un regard quand il passa devant le bar.

Mon téléphone vibra dès qu'il fut dans la rue.

— Nom de Dieu, Keye ! Savez-vous depuis combien de temps je n'avais pas eu rancard avec une femme ?

Margaret était en train de rassembler ses affaires pour quitter la salle à son tour.

— Un jour, Larry, vous me remercierez, dis-je simplement.

Il poussa un juron. Je rabattis le clapet de mon téléphone.

Haze s'arrêta à ma hauteur et me toucha affectueusement le bras, comme si nous étions de vieilles amies.

— Vous feriez bien de rentrer chez vous, Keye. Je retourne au bureau et je crois que je vais travailler très tard. Apparemment, l'homme avec qui j'avais rendez-vous a été appelé pour une urgence.

Elle regarda les bouteilles alignées au mur, puis baissa les yeux sur mon verre. Un sourire moqueur lui monta aux lèvres.

— Ne replongez pas, Keye. Les alcooliques ne présentent aucun intérêt. Ils ne sont pas dangereux.

Je saisis le verre à whisky à fond épais. Il était lourd et me procurait une agréable sensation dans la main – plus agréable que toutes les sensations que j'avais pu éprouver depuis quelques semaines. Je le reposai sur le bar tandis que Margaret s'éloignait. La glace commençait à fondre dans mon Pepsi Max.

Il faut une carte magnétique pour utiliser les ascenseurs de la tour SunTrust Plaza. Les cabines et les halls, à tous les étages, sont équipés de caméras de surveillance. Après vingt-deux heures, il faut aussi signer un registre au bureau des agents de sécurité, dans le hall principal, au rez-de-chaussée, avant d'emprunter les ascenseurs. Comme la plupart des banquiers d'investissement et avocats de la tour dont les carrières exigeaient de longues journées de travail, Margaret avait l'habitude de cette routine. Elle connaissait également la plupart des agents de sécurité par leurs noms et veillait à se montrer courtoise avec eux, à prendre parfois quelques minutes pour bavarder, et à leur donner de généreuses étrennes au moment des fêtes de fin d'année.

Au poste de sécurité, les images vidéo des halls, des ascenseurs, des couloirs s'affichaient sur une batterie d'écrans fixés au mur. Les deux agents en place se répartissaient les tâches : l'un d'eux surveillait les moniteurs tandis que son collègue s'occupait de l'accueil des personnes et du registre des entrées et sorties. Margaret avait attentivement étudié leurs méthodes de travail ; elle avait posé de nombreuses questions sur les systèmes de sécurité de la tour, leur fonctionnement, l'emplacement des caméras. Tout cela pour se rassurer, bien sûr, puisqu'elle était une femme et travaillait souvent très tard – bien après que la plupart des employés de la tour étaient rentrés chez eux retrouver leurs familles. Ces deux dernières années, en particulier, elle avait régulièrement fait appel aux lumières des agents de sécurité et ils avaient pris ses préoccupations très au sérieux, ne demandant pas mieux que de répondre à ses questions pour la tranquilliser. Margaret Haze comptait tout de même parmi les plus célèbres avocats de la ville.

Après avoir fait une pause et être sortie prendre un verre quelque part, Margaret venait de saluer les agents de sécurité et d'échanger quelques mots avec eux. Elle voulait qu'ils se souviennent de son passage. Elle signa dûment le registre, à vingt heures cinquante-deux, avant de prendre l'ascenseur.

C'était un jour de semaine et les bureaux étaient déserts. Les niveaux inférieurs du cabinet, occupés dans la journée par des centaines de jeunes avocats et d'assistants, devaient encore grouiller de monde, mais elle avait le cinquante-troisième étage pour elle toute seule.

Dans une petite heure, elle le savait, l'équipe de nettoyage investirait les lieux après être entrée dans l'immeuble par les aires de chargement du sous-sol. Un seul employé signerait le registre pour tout le groupe, lequel monterait alors dans les étages par les ascenseurs de service. Margaret avait accordé beaucoup d'attention aux routines de travail, aux uniformes et au matériel de ces personnes.

L'emplacement des ascenseurs de service, bien à l'écart des ascenseurs normaux, était idéal à ses yeux : il lui permettait de quitter discrètement son bureau après avoir enfilé la tenue bleue des agents d'entretien. Chaussures plates aux pieds, tête baissée, démaquillée, les cheveux attachés en chignon et cachés sous un bandana, elle était pour ainsi dire invisible. Plusieurs femmes de l'équipe se couvraient ainsi les cheveux pour ne pas les avoir devant le visage pendant le travail. Elle pouvait facilement sortir de la tour par les aires de déchargement, puis y revenir avant que l'équipe de nettoyage n'ait terminé son service. Remontée à son bureau après avoir fait ce qu'elle avait prévu de faire en ville, elle remettrait ses habits de riche avocate et ressortirait de la tour par la grande porte. Elle avait déjà fait cela plusieurs fois.

Deux soirs plus tôt, d'ailleurs, elle était passée devant l'inspecteur Velazquez dans le hall de l'immeuble et il ne lui avait prêté aucune attention – une femme de ménage, une personne sans intérêt. *Imbécile.*

Mon téléphone sonna. Le nom de l'inspecteur Balaki était affiché à l'écran. Je pensai à Rauser. Ses coups de fil me manquaient. Je ne lui avais jamais dit que j'avais assigné la chanson « *Dude* (*Looks Like a Lady)* », d'Aerosmith, à son numéro, et que je riais chaque fois qu'il m'appelait.

— Keye, rentrez chez vous et prenez du repos. Williams et moi, nous sommes là. Et Bevins est à l'hôpital avec le commissaire. Tout est en ordre.

Je regardai l'horloge du tableau de bord. Vingt-deux heures trente-six.

— Vous savez, Andy… je ne sais pas comment vous dire à quel point j'apprécie tout ce que vous faites, vous et les autres…

— Arrêtez, ma belle, m'interrompit Andy Balaki avec son accent traînant du sud de la Géorgie. Aaron, c'est la famille. Pour nous tous.

Je me mis en route. Je voulais rentrer chez moi ; j'avais besoin de dormir, en effet. J'étais passée quelques minutes à mon appartement, à l'aube, pour

nourrir la chatte, nettoyer sa litière, changer de vêtements et me doucher. La journée, ensuite, avait été
longue. Diane m'avait elle aussi exhortée à rentrer
chez moi et à me mettre au lit. J'étais épuisée, je ne
pouvais pas le nier.

Je roulai vite. Les rues étaient presque désertes. Les
décorations lumineuses suspendues aux réverbères,
aux arbres, annonçaient l'arrivée de Noël.

J'allumai la cheminée au gaz de ma chambre et me
pelotonnai dans mon lit avec Racaille, la télé allumée
sur *Dexter*. Il ne me fallut pas longtemps pour
m'endormir. Ça, c'était normal. Mon problème, en
général, c'était de *continuer* à dormir.

Ce fut Racaille qui m'alerta. Elle me réveilla avec
un grondement sourd, inhabituel de sa part, juste avant
de bondir par-dessus ma tête pour atterrir sur le parquet.

Et puis la lumière de la rue filtrant par les rideaux
entrouverts se réfléchit une fraction de seconde sur
une surface en mouvement. Le temps que mon cerveau comprenne qu'il s'agissait de la lame d'un couteau, le temps qu'il comprenne que Margaret Haze se
tenait au-dessus de moi, il était déjà trop tard. Margaret me frappa violemment à la tête avec un objet lourd.
Le monde devint soudain bleu cobalt devant mes yeux
et une douleur atroce, fulgurante, se répandit dans mon
crâne. *Mal. J'ai mal.* Je luttais de toutes mes forces
pour ne pas m'évanouir.

Elle se glissa en souplesse sur le lit, s'assit à califourchon sur moi et se pencha en avant. Son visage
était si proche du mien que je sentais une odeur
de café dans son haleine. Que faisait-elle ? J'essayai
de cligner des yeux pour voir quelque chose, j'essayai

de me concentrer sur mes capacités de perception. Avec quoi m'avait-elle frappée, nom de Dieu ? Elle était sur moi – penchée en avant. J'avais mal. Partout. La lampe, c'était la lampe. Elle m'avait frappée avec ma lampe de chevet.

J'éprouvai tout à coup une douleur vive au niveau du poignet. Un fil de fer, froid, mince, s'enfonçait dans ma chair. Il fallait que je reprenne le contrôle de moi-même, de mon environnement, il fallait que je me libère. *Du fil de fer !* me criait mon cerveau embrumé par la douleur. Fil de fer… Se débattre… Les coupures… Les victimes… Rauser me disant que toutes les victimes avaient les mêmes coupures. *Du fil de fer !* J'allais mourir. Je comprenais enfin ce qui se passait. Cet assassin silencieux était en train d'enrouler du fil de fer autour de mon poignet, pour l'attacher au montant du lit.

J'essayai de gigoter, de me cambrer pour la déloger de mes hanches ; j'essayai, de ma main libre, de trouver un point d'appui, désespérément, quelque part. J'essayai de la frapper. En vain. Il était déjà trop tard.

Margaret continuait à peser de tout son poids sur moi. Et elle m'observait – je m'en rendais compte, à présent que mes pensées s'éclaircissaient un peu et que la réalité de la situation s'imposait à moi : elle m'observait et voyait chaque pensée, chaque prise de conscience angoissée qui se manifestait sur mon visage. Elle m'étudiait comme un sujet de laboratoire. Tenter de l'amadouer ? De la persuader d'arrêter ? Aucune parole de ma part ne la toucherait, j'en étais certaine, rien ne la ferait renoncer à son projet. À ses yeux je n'étais déjà plus un être humain. Je n'étais plus réelle. Je n'étais qu'un jouet avec lequel elle voulait s'amuser.

Redressant légèrement le buste, elle tendit le bras vers mon poignet, qu'elle avait solidement attaché au lit et, d'un geste précis, sans hésitation, l'entailla avec la lame du couteau. Une vive douleur se répandit dans mon bras. Il me semblait qu'une scie électrique attaquait ma chair. Le sang gicla de mon poignet et éclaboussa mes doigts.

— Tu sens le pouvoir de Margaret, maintenant, Keye ? Et moi, tu sens mon pouvoir ?

Elle me frappa à nouveau et la pièce tournoya devant mes yeux. J'eus l'impression que j'allais vomir de terreur.

— Tu ne m'as jamais prise au sérieux ! hurla-t-elle.

Je la vis saisir un rouleau de fil de fer et en couper une longueur avec le couteau. Je frissonnais. J'avais des picotements dans les lèvres. Je comprenais le sens de ces symptômes. Je perdais trop vite sang et calcium. À quelle vitesse exactement, ça, je n'en avais aucune idée. Impossible de chronométrer en soi ce genre de phénomène.

— *Toi ?* bafouillai-je.

J'avais fait changer ma serrure pour me protéger – et puis je lui en avais donné la clé. *Seigneur*.

Elle se pencha pour saisir mon bras libre. Sans doute allait-elle enrouler le fil de fer autour de mon second poignet. Je la frappai avec toute la force que j'avais encore en moi. Elle bascula sur le côté et tomba sur le parquet au pied du lit.

— Diane, pourquoi ? demandai-je dans un murmure rauque, sang et salive coulant entre mes lèvres. Pourquoi tu fais ça ?

Elle se redressa en criant :

— *Parce que tu ne t'arrêteras jamais, putain ! Tu ne t'arrêteras que quand tu auras tout foutu en l'air !*

Elle se jeta sur moi.

Je pressai la détente.

Dans la pièce obscure, il me sembla voir un geyser de pétrole jaillir de son cou. Sang et chairs tombèrent en pluie sur mon visage, envahissant ma bouche et mes narines de leur chaleur et de leur goût métallique. Diane laissa échapper une sorte de gargouillement, puis s'effondra.

La dernière chose dont je me souviens, c'est du bruit de mon pistolet, celui que j'avais réussi à tirer de sous mon oreiller, heurtant le parquet à côté du lit.

Épilogue

C'était la seconde fois que je faisais un séjour à l'hôpital – et que j'étais soignée par l'excellent personnel du Piedmont – grâce à Margaret Haze. C'était elle, et elle seule, que j'accusais de tout ce qui s'était passé. Je savais qu'elle avait manipulé et transformé Diane. J'avais la conviction profonde que ma douce, mon adorable amie avait été *victime* de ce monstre, elle aussi, même si les détails de ce qui s'était passé entre ces deux femmes m'échappaient. J'avais tué mon amie d'enfance. Ça, je n'arrivais pas à l'assimiler. *Si vous êtes encore en vie, savez-vous, ce n'est pas par hasard*, m'avait dit Margaret dans son bureau. En effet. J'étais en vie parce que je m'étais battue pour vivre. Et pourquoi ? Diane était morte. Charlie était en prison. Rauser était coincé dans une sorte de terrible purgatoire. Par moments, je me demandais pour quelle raison je ne m'étais pas laissée aller dans le grand vide.

Je ne me souviens ni de ce second transfert jusqu'à l'hôpital, ni de mes deux premières journées en service de réanimation. J'avais perdu beaucoup de sang, m'expliqua-t-on ensuite.

J'ai dormi. Pendant des jours entiers, j'ai dormi. La grande échappatoire.

La cicatrice que j'avais au poignet droit ne me quitterait jamais – rappel indélébile qu'un assassin était venu à moi, en pleine nuit, armé d'un couteau à dents de scie, et m'avait ouvert le poignet d'un geste implacable.

Tu sens le pouvoir de Margaret, maintenant, Keye ? Je le sentais encore. Mais je ne pensais pas que Margaret avait voulu ma mort. Elle m'avait dit qu'elle me protégeait. Elle m'avait mise en garde, aussi, quand j'avais évoqué Diane – mais je n'avais pas compris le message. *Les apparences sont trompeuses et on ne connaît jamais vraiment les gens, Keye. Vous, vous devriez le savoir.* Je le sais, maintenant, Margaret. J'ai bien compris la leçon.

Les médecins m'avaient trouvé une autre commotion cérébrale, plus grave que la première, des tas de contusions au visage, quelques dents bien amochées dont il me faudrait prendre soin dès ma sortie de l'hôpital. J'étais condamnée à passer pas mal de temps avec des kinés et des chirurgiens-dentistes. L'hôpital me conseilla de rester en observation quelques jours. Le temps d'avoir la certitude que toutes mes blessures guérissaient correctement. Mais nous avons tous quelques blessures ici et là, non ? Nous avons tous des cicatrices. N'était-ce pas ce message que Margaret avait cherché à me faire comprendre ?

Mère était passée chez moi nourrir Racaille – et avait décidé de l'emmener chez elle. Ce rapt, elle le tramait depuis longtemps de toute façon. Elle appelait sans doute déjà Racaille Pouponnette ou Blanchette et la reprogrammait méthodiquement. J'avais bien l'intention de récupérer ma chatte dès que possible.

Neil s'occupait de l'agence. Rauser était encore dans le coma et je me fichais bien de savoir si je devais ou non quitter un jour cet hôpital. Je ne me voyais pas rentrer chez moi. Ici j'étais près de lui, c'était parfait.

Les choses ne s'étaient pas du tout passées comme nous l'avions espéré. La bonne nouvelle, je suppose, c'était que Connor, le chef de la police, avait enfin accepté d'ouvrir les yeux face à la longue liste d'indices probants que nous avions à lui montrer. Il avait autorisé l'ouverture d'une enquête en bonne et due forme sur Margaret Haze. On avait retrouvé l'arme utilisée contre Rauser, un 9 mm qui avait appartenu autrefois à Cohen Haze, le père de Margaret. Elle avait nettoyé sa maison à fond, mais la police scientifique et technique avait trouvé des traces de sang humain dans la Mercedes qu'elle avait laissée chez le concessionnaire – le sang de Lei Koto, celui d'Elicia Richardson et celui de William LaBrecque. En outre, les empreintes de Haze étaient partout dans l'appartement de Diane. Ainsi que le sang de Jacob Dobbs, qui imbibait même certains vêtements de Diane. Les fibres de la moquette de la voiture de Diane correspondaient à celles trouvées sur le cadavre de Dobbs. Le sang de Dobbs était aussi dans la Toyota de Diane. Les enquêteurs en avaient déduit que Diane y avait assassiné Dobbs. À combien d'autres meurtres avait-elle participé ? Combien en avait-elle commis seule ? Personne ne pouvait répondre à ces questions pour le moment.

Des affaires de Diane avaient été trouvées dans le pavillon de style Tudor de Margaret, à Buckhead. Leur relation avait duré assez longtemps, de toute évidence, pour qu'elles couchent l'une chez l'autre. Margaret était bel et bien la personne dont Diane était tombée amoureuse. Voilà la vraie raison pour laquelle mon amie avait paru très émue le jour où je l'avais mise au courant de ce que j'avais découvert au sujet de sa patronne.

Peu après que j'avais repris conscience, Williams était entré dans ma chambre d'hôpital avec une expression lugubre, pour m'annoncer :

– Atlas a disparu.

Margaret Haze était désormais recherchée, comme suspect dangereux, par le FBI et Interpol. Les deux agences scruteraient la planète entière, guettant les crimes qui porteraient sa signature. Il y aurait d'autres meurtres, j'en étais certaine. D'autres innocents tomberaient entre ses griffes.

– Elle se préparait à fuir depuis des années, m'expliqua Williams. Tous les mois, elle plaçait de l'argent dans des banques étrangères. Les virements de moins de dix mille dollars n'attirent pas l'attention, Keye, et la destination finale de cet argent est inconnue. On ne peut pas en retrouver la trace. Elle devait aussi avoir un faux passeport, des papiers, tout ce qu'il faut pour disparaître d'une minute à l'autre.

Je m'asseyais chaque jour au chevet de Rauser et je lui faisais la lecture comme j'avais appris à le faire avec ma mère quand j'étais gosse. Chaque matin, il avait droit au journal avec une généreuse dose de mes commentaires personnels. Je tenais beaucoup à ce qu'il reste connecté à la vie, à ma personne, à ma voix, aux nouvelles concernant la ville qu'il avait fait le serment de protéger. J'avais aussi pris l'habitude de me glisser dans sa chambre, tard le soir, quand j'avais le sentiment que le monde s'écroulait autour de moi – quand j'étais hantée par les terribles souvenirs de l'attaque de Rauser ou de la voix de Diane tandis qu'elle essayait de me tuer : *Parce que tu ne t'arrêteras jamais, putain !* Je me blottissais contre lui et me laissais aller à repenser à un million de petits moments que nous avions vécus ensemble. Je regrettais de ne pas avoir été plus gentille avec lui. Je l'avais parfois taquiné si méchamment ! Lui avais-je seulement dit à quel point je le trouvais intelligent, beau et drôle, lui avais-je dit qu'il était extraordinairement sexy dans ses débardeurs à trois sous ? Pourquoi n'avais-je pas admis que j'étais jalouse de Jo Phillips ? Et ce truc au sujet de Jodie Foster, quand il s'était indigné de ma réaction – ce souvenir me rendait dingue. Seigneur, que n'aurais-je pas donné pour retrouver un seul de ses agaçants petits travers !

J'étais hantée par le souvenir de ce soir de Thanksgiving, sur le terrain de jeux – Rauser la main sur la poitrine, l'air si étonné quand il avait compris qu'il avait été touché par une balle. La colère et le chagrin me tordaient le ventre. Je m'en voulais de ne pas avoir deviné ce qui allait se passer. J'étais spécialiste du profilage, n'est-ce pas ? Pourquoi n'avais-je pas su arrêter Atlas ?

Je sortis de mon lit et enfilai un bas de survêtement. Je refusais d'arpenter les couloirs de l'hôpital en pyjama. Je me trouvais déjà assez pitoyable comme ça, couverte d'ecchymoses et de pansements.

Mon téléphone carillonna. Je soupirai. Ma mère avait récemment découvert les joies du texto – et elle était hélas très douée pour cette activité.

Je regardai l'écran. Numéro caché. J'eus l'impression de recevoir un coup de couteau en plein cœur. Quelque part, pourtant, je savais que j'attendais ça depuis que j'avais appris la fuite de Margaret Haze.

Dommage pour Diane. Trop instable. Qu'avez-vous éprouvé en voyant la vie la quitter ? Désolée d'avoir dû m'en aller si soudainement. Une nouvelle existence commence pour moi. Mais ne vous inquiétez pas. Ils ouvrent toujours leur porte. M.

Je transférai le message à Williams. La machine se mettrait aussitôt en branle pour retrouver l'origine de ce texto, mais je savais que Margaret ne l'aurait pas envoyé si elle n'avait été absolument certaine d'être à l'abri du danger.

Qu'avez-vous éprouvé… ? J'ai eu l'impression d'être déchirée en deux, Margaret, voilà ce que j'ai éprouvé.

J'entrai dans la chambre de Rauser, refermai la porte sur moi et me glissai sur le lit avec lui. Je restai un moment allongée, à regretter son absence de tout mon être.

– Rien n'a de sens, si tu n'es pas là, murmurai-je.

J'avais le cœur brisé, mais je n'avais plus de larmes. Il me manquait tellement, j'avais tellement besoin de rire avec lui, de lui parler, d'être en sa compagnie. Nous nous étions raconté les histoires de nos vies, de nos *vraies* vies, les choses qui nous avaient marqués, transformés et fait grandir, les histoires que l'on réserve pour cette personne particulière que le destin nous livre et qui a sur nous l'effet d'un sérum de vérité. Et quand cette personne disparaît, le chagrin que nous éprouvons est un fleuve dont les eaux débordent et dévastent tout alentour.

— Rauser, fils de pute, murmurai-je encore. Si tu ne me reviens pas, je consacrerai ma vie à faire des remarques désobligeantes sur Jodie Foster.

Je l'embrassai sur la joue et tirai son bras par-dessus ma poitrine. Puis je fermai les yeux.

Il faisait encore nuit quand je me réveillai. Des doigts étreignaient mon épaule. Des doigts puissants. Et ce bras… ce n'était pas le bras inerte que j'avais glissé autour de moi, comme chaque soir avant de m'endormir, depuis des jours et des jours.

Je restai immobile quelques instants, le cœur battant la chamade. La poitrine de Rauser se soulevait et retombait régulièrement.

Je redressai lentement la tête.

— Je commençais à me demander quand tu allais revenir à toi, dit-il.

REMERCIEMENTS

Merci à mon excellent ami et consultant particulier, l'agent spécial Dawn Diedrich. Merci à tout le personnel du Georgia Bureau of Investigation pour le dévouement et la compassion dont il fait preuve envers les victimes de crimes violents et leurs familles. Merci à Brent Turvey, spécialiste du profilage, d'avoir répondu à mes nombreux e-mails. Merci aussi à la société Forensic Solutions, à Lisa Lyons, pathologiste, et à l'agent spécial Steve Watson.

Kelly Chian et Deb Dwyer, merci infiniment. Victoria Sanders, vous devriez porter une cape rouge : vous êtes une super-héroïne. Merci, Chandler Crawford. Benee Knauer et Kate Miciak, l'aide que vous m'avez apportée ne peut se décrire en quelques mots ; j'aurai une dette éternelle envers vous.

Kari Bolin, Meredith Anton, Deb Calabria, Greg Luetscher, Michal Ashton, Pam Wright, Scott Williams, Adair Connor, Jayne Rauser, Susan Culpepper, Betsy Kidd, Kim Paille, Elizabeth Jensen, Fred Kyle et Betty Williams, Diane Paulaskas, Graham Street, Chuck Bosserman, Heather Rouse et Susan Balasco : chacun de vous m'a offert quelque chose de précieux pour ce livre. Un merci tout particulier à Mary Silverstein pour l'ordinateur portable qui m'a libérée. Roy, Jani Faye et Tricia Watson, j'espère que vous regardez ceci.

Le Livre de Poche s'engage pour
l'environnement en réduisant
l'empreinte carbone de ses livres.
Celle de cet exemplaire est de :
550 g éq. CO$_2$
Rendez-vous sur
www.livredepoche-durable.fr

**PAPIER À BASE DE
FIBRES CERTIFIÉES**

Composition réalisée par NORD COMPO

Achevé d'imprimer en mars 20114 en France par
CPI BRODARD ET TAUPIN
La Flèche (Sarthe)
N° d'impression : 3004491
Dépôt légal 1re publication : avril 2014
LIBRAIRIE GÉNÉRALE FRANÇAISE
31, rue de Fleurus – 75278 Paris Cedex 06